MW01608860

GRANDES NOVELISTAS

Jorge Amado

LA DESAPARICIÓN DE LA SANTA
O
VISITACIÓN DE YANSÃ A LA CIUDAD DE BAHÍA
O
EXECRACIÓN PÚBLICA DE FANÁTICOS Y PURITANOS
O
LA GUERRA DE LOS SANTOS

Traducción de Rosa S. Corgatelli

LA MUERTE Y LA MUERTE DE QUINCAS BERRO DÁGUA
EL CAPITÁN DE ULTRAMAR
TIERRAS DEL SINFÍN
TOCAIA GRANDE. SU CARA OSCURA

Jorge Amado

LA DESAPARICIÓN DE LA SANTA

Una historia de hechicería

Novela bahiana

EMECÉ EDITORES

Cualquier semejanza de los personajes y situaciones de esta
novela con personajes y situaciones de la vida real será mera
coincidencia.

Diseño de tapa: *Eduardo Ruiz*
Título original: *O sumico da santa*
Copyright © *Jorge Amado 1988*
Todos los derechos reservados.

© *Emecé Editores, S.A, 1989*
Alsina 2062 - Buenos Aires, Argentina

Edición anterior: 12.000 ejemplares.
2ª impresión en offset: 2.000 ejemplares

Impreso en Compañía Impresora Argentina S.A., Alsina 2041/49,
Buenos Aires, enero de 1990

I.S.B.N.: 950-04-0913-5
8.725

*En el Quai des Célestins, en el regazo
de Zélia, la Rampa del Mercado.*

*Para seis poetas del mundo:
Myriam Fraga, en el Largo de Pelourinho;
Fernando Assis Pacheco, en Pardilhó;
Francis Combes, quelque part à Paris;
Georges Moustaki, dans l'Île St.-Louis;
José Sarney, en la Isla de São Luís do Maranhao;
y René Depestre, en Jacmel, Haití,
esta historia de hechicería.*

El rey me mandó llamar
para casarme con su hija.
La dote que él me daba:
Oropa, Francia y Bahía.

(Coco das Alagoas)

"Bahía
les dieux sont parmi nous
. . . .
les dieux
qui furent trop longtemps condamnés à la nuit"

(Francis Combe, La Lumière de Bahia)

"Bahia de Tous les Saints
c'est là que l'Afrique vit encore en exile"

(Georges Moustaki, Bahia de Tous les Saints)

"Y partió en su viaje el Viajero sin puerto *en aguas de la Bahía de To-*
dos los Santos."

(Herberto Salles, Os Pareceres do Tempo)

"Yansã llegó en el granizo,
vino trueno, vino relámpago"

(Zora Seljan, Yansã, Mulher de Xango)

"El maestre Manuel y María Clara
narraron, discretamente, el desastre
del* Viajero sin puerto"

(Epaminondas Costalima, A Noite de Glória de João Silva)

"Este mundo es un espanto"

(Fernando Assis Pacheco, carta)

"Dios es brasileño"

(dicho popular)

Esta es la pequeña historia de Adalgisa y Manela y de algunos otros descendientes de los amores del español Francisco Romero Pérez y Pérez con Andreza de Anunciação, la hermosa Andreza de Yansã, mulata oscura. En ella se narran, para que sirvan de ejemplo y advertencia, acontecimientos sin duda inesperados y curiosos ocurridos en la ciudad de Bahía —en otro lugar no podrían haber sucedido. La importancia de la fecha es relativa, pero conviene saber que todo pasó en un corto lapso de cuarenta y ocho horas, largo tiempo de vidas vividas, al término de los años 60 o en los comienzos de los años 70, más o menos por ahí. No se buscó explicación; una historia se narra, no se explica.

Proyecto de novela anunciado hace cerca de veinte años, con el título de La guerra de los santos, sólo ahora, en el verano y el otoño de 1987, en la primavera y el verano de 1988, en París, volqué la trama en el papel. Escribiéndola, me divertí; si, con su lectura, se divierte alguien más, me daré por satisfecho.

LA DESAPARICIÓN DE LA SANTA:

UNA HISTORIA DE HECHICERÍA

LA TRAVESÍA

EL EMBARQUE. Aquel día, en intempestivo horario vespertino, despuntó en la Bahía de Todos los Santos, procedente de Reconcavo, el *Viajero sin puerto,* las velas hinchadas —el mar es un manto azul, dijo el enamorado a su enamorada. Por extraño que pueda parecer, no se oía, en la estela del viento, la voz de María Clara desfalleciendo en la dolencia de una cantiga de amor.

Así ocurría porque, además de la carga habitual y olorosa de ananaes, cajus y mangos, la embarcación había recibido en Santo Amaro da Purificação el encargo —mejor dicho, la misión— de conducir a la capital la imagen de Santa Bárbara, la del trueno, famosa por su belleza secular y por milagrosa, prestada por la parroquia, con inocultable resistencia del vicario, para ser exhibida en la pregonada Exposición de Arte Religiosa, glosada en prosa y verso por la prensa y por los intelectuales: "el suceso cultural del año", proclamaban las gacetas. Para atender a la sagrada incumbencia, el maestre Manuel había cancelado la partida matutina, atrasándola en casi doce horas, pero lo hizo con satisfacción: valía la pena, y doña Cano no pedía, ordenaba.

El párroco se sintió menos afligido al ver que viajaban también un padre y una monja: él joven y moderno, cabellos desaliñados, vestido de civil; ella de edad, delgada, pálida, de hábito negro; la providencia divina, que no falla, los había embarcado junto con la Santa:

—Velen por ella durante la travesía; sobre todo presten atención en la embocadura del río; las aguas son volubles y el viento sopla fuerte. Que Dios los acompañe.

Ayudados por el vicario, por el sacristán y por doña Cano, entre oraciones y aplausos del inquieto grupo de beatas, el padre y la monja procedieron a la ceremonia del embarque.

17

En la bajada resbaladiza, sin embargo, prefirieron confiar la imagen peregrina a las manos marineras del maestre Manuel y su mujer María Clara, que la colocaron con reverente cautela en la popa de la embarcación. Allí, de pie, la majestuosa efigie de la santa católica semejaba un mascarón de barco, votiva figura de proa, entidad pagana y protectora.

LA MONJA Y EL PADRE. Con la brisa de la tarde en las velas ufanas, allá salió el barco con la Santa. Al timón, el maestre Manuel sonrió al reverendo y la buena hermana: no se asusten, Santa Bárbara no corre peligro.

Sentada junto al pedestal, María Clara cuida la estabilidad de la imagen, impide que las sacudidas del barco amenacen su equilibrio. Quédense tranquilos, agregó para calmarlos del todo, mientras examinaba y elogiaba el afán puesto en el revestimiento del pedestal, adornado con primores de brocados y cintas, bordados y puntillas, confeccionados para la ocasión por las devotas de la Cofradía de Nuestra Señora de la Buena Muerte, de la vecina ciudad de Cachoeira, piadosas viejecitas, artistas consumadas. ¡Ah!, si dependiera de ellas la Santa viajaría cubierta de oro y plata, oro viejo, plata de ley, pero el director del museo se había negado, perentorio: había prohibido hasta el relicario de la hermandad... ¡qué antipático!

Afirmaciones dignas de confianza, las del maestre y su mujer; no obstante la monja, oculta por el hábito gastado y severo, temió por la seguridad de la Santa durante toda la travesía, ya fuera en la corriente del río, ya fuera en las aguas agitadas del golfo, pero no dijo nada, no dejó traslucir la inquietud; sólo rezó, pasando y repasando las cuentas del rosario: la brisa que envolvía a la imagen iba a calmarse en sus manos huesudas. Para ella el viaje fue largo y preocupante; recién respiró aliviada cuando el barco se acercó a la Rampa del Mercado: todo había marchado bien, ¡Dios sea loado! Enseguida la Santa, con su bolsa de rayos y truenos, estará en el Museo de Arte Sacra donde el director, fraile alemán, doctor emérito, tres veces erudito, autor consagrado, la sotana blanca, impecable, la aguarda impaciente. Sobre el origen y la autoría de la famosa escultura había redactado una tesis enardecida y atrevida. Sólo entonces, liberada de las rejas del miedo, la hermana Eunice cerró los ojos, dejó escapar un suspiro de desahogo y pudo, al fin, sentir la dulzura de la brisa.

El padre no parecía padre; estos reverendos de hoy son muy raros. ¿Cómo reconocerlo sacerdote si llevaba vaqueros, camisa floreada abierta al viento y no se veía coronilla afeitada en el centro de la cabellera revoloteante? Un lindo muchacho que atraía las miradas de las mujeres. El hábito no hace al monje, enseña el pueblo en sentencia bastante anterior a tales cambios de vestuario y de comportamiento, y le cabe razón. A pesar del aparente desaliño de las ropas y el peinado, de la falta de sotana y de coronilla, no se trataba de un hippie en camino a la colonia de Paz y Amor en Arembepe, sino de un padre ordenado, sincero en la vocación y el apostolado, consagrado a la misión aceptada y ejercida. En la distante parroquia que le había tocado, los fieles eran pobres de Dios, siervos de los ricos, sujetos a la ley inmemorial de la violencia.

A él, el viaje le había parecido todavía más largo, interminable, pues viajaba con la impunidad y la injusticia y tenía razones para pensar que no había sido llamado a la capital con el objeto de recibir elogios e incentivos. Había oído despropósitos y amenazas, leído noticias en los diarios que denunciaban y condenaban la acción subversiva de ciertos sacerdotes. Su nombre, padre Abelardo Galvão, había salido en los periódicos, versiones mentirosas: los canallas desfiguran los datos, inventan, enlodan, envilecen. Infamia y ruindad, piensa el padre. De Patricia conocía apenas el cristal de la voz, el enigma de la sonrisa, el melindre femenino de la mirada. En la ponzoña de tales insinuaciones, los miserables trataban de esconder los cadáveres que se pudrían en la orillas fangosas entre guaiamuns. El padre viaja con los tres muertos, sabe quién mandó asesinarlos, lo saben todos; de nada sirve saber, los que dirigían a los pistoleros siguen intactos, inaccesibles, por encima del bien y del mal. La tierra tiene dueños, unos pocos, se cuentan con los dedos de las manos; pocos, pero implacables.

INFORMACIÓN, MODESTA Y PRUDENTE, SOBRE BAHÍA. A pesar de que no se oía la voz de María Clara recordando promesas de amor, alegrías y penas, en verdad, al lado de la imagen, canturreaba oraciones de fe, dedicadas a los santos y los encantados. La melodía no llega a la monja y al padre pero convoca verdes montones de *baronesas* que cercan el curtido casco del bote. En los troncos carnosos, las flores azules, recién abiertas, se inclinan saludando a Santa Bárbara, la del trueno. El río Paraguazú tiene olor a tabaco y gusto a azúcar; la embarcación navega entre cañaverales y plantaciones de tabaco.

En el mar del golfo, cardúmenes de peces reciben al barco, un cortejo de pulpos, rayas y tiburones acompaña su estela. El sol derrama oro en el cielo de la Bahía de Todos los Santos.

La Bahía de Todos los Santos es la puerta del mundo, como ya se sabe. Desmedida, en ella caben reunidas las demás ensenadas de Brasil y todavía sobra espacio donde contener las rías de Galicia y las escuadras del universo. En cuanto a belleza, no hay comparación que se pueda hacer ni existe escritor capaz de describirla.

Un rebaño de islas, cada cual más apacible y deslumbrante, pasta en este mar de sueño. Pastoreadas por la isla mayor y principal, la de Itaparica, pobladas de tropas lusitanas y holandesas, de tribus de indios y de naciones africanas. En el fondo de las aguas, en el reino de Aioká, yacen cascos de carabelas armadas en guerra, hidalgos portugueses y almirantes bátavos, colonos e invasores expulsados por los denodados patriotas brasileños. Itaparica, madre de la patria reciente, suelo de libertad en las batallas de la Independencia, en las fiestas de enero.

De las glorias de la Bahía de Todos los Santos manda la prudencia no hablar; es recomendable guardar silencio, para evitar el despecho y los celos: su fama está en la boca de los marinos, en las canciones de los trovadores, en las cartas y los relatos de los navegantes. A las glorias de Bahía aquí no se les dará espacio ni se cantarán loas para celebrarlas: la modestia es atributo de la grandeza.

En el regazo del golfo, en la brisa de la península, plantada en la montaña, se eleva la ciudad de Bahía, cuyo nombre completo es Ciudad del Salvador de Bahía de Todos los Santos, enaltecida por griegos y troyanos, exaltada en prosa y verso, capital general de Africa, situada en el oriente del mundo, en la ruta de las Indias y la China, en el meridiano del Caribe, gorda de oro y plata, perfumada de pimienta y romero, puerto del misterio, faro del entendimiento.

Sobre esta ciudad de Bahía mucho más se podría decir, si no fuera por la modestia y la prudencia. Hacia sus muelles de historias y canciones navega el *Viajero sin puerto,* el maestre Manuel al timón, su mujer María Clara al cuidado del pedestal: lleva de pasajeros a un padre y una monja y la imagen de Santa Bárbara, la del trueno, que dejó su altar sencillo en la Matriz de Santo Amaro da Purificação para figurar en la Exposición de Arte Religiosa, en la capital. En sordina, la voz de María Clara en la zambullida de los peces, en el vuelo de las golondrinas de mar.

EL TOCADOR DE ATABAQUE. En lo alto de la Rampa del Mercado, sentado sobre un vacío cajón de querosén, un negro bien vestido, de ambo blanco, corbata mariposa y zapatos de dos colores reluciendo en el brillo del lustre, ejecutaba aquel atardecer unos solos de *berimbau* para un pequeño público compuesto de vendedores de frutas, capitanes desocupados y una pareja de enamorados. No había rueda de *capoeira* que animar; el negro tocaba por el simple placer de tocar y el sonido provenía del pasado remoto, del fondo de las *senzalas,* contaba del horror de la esclavitud.

Al mirar en dirección al Fuerte del Mar, sorprendido, el músico reconoció la silueta del *Viajero sin puerto* navegando en las primeras horas del crepúsculo en vez de hacerlo como de costumbre al comienzo de la mañana, cuando traía en lo alto del mástil la estrella del alba y la voz de María Clara despertaba al sol:

El marinero bonito
sirena del mar se llevó...
Es dulce morir en el mar
en las olas verdes del mar...

Crespúsculo y madrugada son por igual horas buenas para llegar y partir, la vida está hecha de imprevistos, de ellos proviene su gracia, ¿no es cierto? El negro suspende el toque,

21

aguza el oído, escucha el sonido de la sirena que anuncia el fin de la travesía. ¿Dónde se perdió la voz de María Clara, por qué no se oye la melodía predilecta de los marinos?:

> *Te daré un peine para peinarte,*
> *el cielo y el mar te voy a dar...*

En el sonido majestuoso de la sirena, se destaca una marejada triunfal, ¿qué buena nueva anuncia el maestre a la ciudad y al pueblo? Embriagador aroma de frutas envuelve el muelle, perfume de *jaca*s maduras.

En la dulzura de la tarde, en la opulencia de la puesta de sol, las aguas y los peces entregaron la nave con el pedestal y la hermosura de la Santa en el puerto de la llegada; la embarcación tocó el cemento de la Rampa. Se levantó María Clara, fue a recoger las velas, mientras el maestre Manuel bajaba el cabo con la piedra que hace las veces de ancla. El *Viajero sin puerto* se inmoviliza, el sol estalla en el cielo, en el cielo vespertino de Bahía, en todos los matices del rojo, del rosa al escarlata.

EL DESEMBARCO. El padre Abelardo ayuda a la monja a ponerse de pie, respiran los dos aliviados, desembarcan cada uno con su prisa. Velaron por la Santa durante la travesía, ya no son necesarios pues en las proximidades de la Rampa se ve, estacionada, la camioneta del museo, esperando.

Para recibir la imagen preciosa, el director había escogido a Edimilson Vaz, joven y talentoso etnólogo, auxiliar de confianza. Él no había podido ir en persona; en aquel preciso momento presidía una concurrida entrevista colectiva con la prensa hablada y escrita, para dar a conocer detalles referentes a la gran exposición cuyo *vernissage* * estaba fijado para dos días después: se hallaban presentes periodistas de Bahía, los corresponsales de importantes órganos del sur del país y, para culminar, un cierto Fernando Assis Pacheco. Cuando el barco llegó a la Rampa del Mercado, el director comenzaba a discurrir sobre la secular imagen de Santa Bárbara, la del trueno

* Vernissage: Preinauguración.

—¿por qué del trueno?, por qué la alforja repleta de rayos donde debían figurar la torre de un castillo y una palma? —, obra capital de la imaginería que dentro de algunos minutos estaría allí iluminando la sala, ¡deslumbrando a los señores periodistas, mis queridos amigos! Sobre rayos y truenos, fechas y lugares, santeros y escultores, divergían museólogos, historiadores, críticos de arte, unos en pro, otros en contra, todos competentísimos y el director todavía más, la impecable sotana blanca, el aire seráfico que por momentos se tornaba pícaro y malicioso.

Antes de que el maestre Manuel y María Clara, terminado el amarramiento del barco, se encargaran del transporte de la imagen, la Santa salió del pedestal, dio un paso hacia adelante, acomodó los pliegues del manto y se fue.

En un meneo de ancas, Santa Bárbara, la del trueno, pasó entre el maestre Manuel y María Clara y les sonrió, sonrisa afectuosa y cómplice. La *êbômin* colocó las manos abiertas delante del pecho en el gesto ritual y dijo: *Eparrei Oyá!* Al cruzarse con el padre y la monja hizo un saludo gentil a la monja y le guiñó el ojo al padre.

Allá fue Santa Bárbara, la del trueno, subiendo la Rampa del Mercado, andando hacia los lados del Elevador Lacerda. Llevaba cierta prisa, pues la noche se aproximaba y ya había pasado la hora del *padê*. También el negro bien vestido se inclinó al verla, tocó el suelo con los dedos, después los llevó a la cabeza y repitió: *Eparrei!* El negro era Camafeu de Oxóssi, *obá* de Xango, puestero del Mercado, solista de *berimbau*, otrora presidente del *Afoxé* Hijos de Gandhi, y ni él mismo sabía si allí se encontraba por acaso o por obra y gracia de los *encantados*. Antes de que las luces se encendieran en los postes, Yansã desapareció en medio del pueblo.

LA AUDIENCIA COLECTIVA

LA ESPERA. Mientras discurría en un portugués casi sin acento, amenizando con inesperadas expresiones populares la aridez del tema expuesto —relataba investigaciones en archivos nacionales y extranjeros, comentaba estudios especializados, exponía la pasión del arqueólogo—, don Maximiliano von Gruden, director del Museo de Arte Sacra, controlaba por el marco de la ventana el portón de entrada, a la espera. El atraso de la camioneta comenzaba a preocuparlo.

Luego de hacer en el comienzo de la entrevista breves tomas mostrando al monje, ilustre y elegante, rodeado de periodistas, saludando, efusivo, al "enviado especial" de la prensa portuguesa, los equipos de televisión se preparaban para retirarse —el tiempo de la televisión vale oro y se mide por fracciones de segundo. Don Maximiliano necesitó usar mucha labia —y labia no le faltaba, simpático como el que más—, ofrecer nueva ronda de whisky, para mantenerlos en la sala, a los técnicos y a las cámaras, "por unos instantes apenas, mis amigos, para filmar la llegada de la imagen que ya está en camino, ya salió del muelle".

Mentira, no había tenido noticias de Edimilson y la preciosa carga, pero ¿qué importa una inocente mentira cuando se la dice por un motivo justo? En ese caso, justo e imperioso. Para que millones de telespectadores en el país entero pudieran ver los noticiarios de las 20:00, trasmitidos por las cadenas nacionales, don Maximiliano von Gruden al lado de la imagen de Santa Bárbara, la del trueno, tesoro único del arte brasileño, comparable apenas a ciertas creaciones del Aleijadinho. Preciosidad poco conocida y aun menos estudiada, don Maximiliano había terminado de establecerle la genealogía —linaje, procedencia, fechas casi precisas y autoría, sobre todo la autoría más que probable— en tesis escrita originalmente

24

en alemán, traducida al portugués, publicada en el libro que sería lanzado durante el *vernissage* de la Exposición de Arte Religiosa marcado para el viernes siguiente. Un ejemplar de la edición alemana, impresa en Munich, primor de gráfica, yacía como olvidado sobre la ancha mesa antigua, holandesa auténtica —hasta los cronistas, poco afectos al trato de los museos y las antigüedades, se daban cuenta de la perfecta armonía de la sala, de la autenticidad y el raro valor de cada una de las piezas allí exhibidas, estatua, cuadro o mueble.

En la tapa, reproducida en colores, la estampa de la Santa. Bastaría con tomar el volumen con gesto casual y hojearlo delante de las cámaras: la coronación, la apoteosis de la victoriosa carrera del santo varón. Santo varón, disculpen, no es la expresión correcta: museólogo ilustre, investigador competente, erudito y conceptuado historiador de arte, doctor honoris causa de cuatro universidades, don Maximiliano von Gruden era todo eso y todavía más; sin embargo, no era un santo varón.

EL ENVIADO ESPECIAL. Don Maximiliano oyó la pregunta del portugués barbudo, entrecerró los ojos azules, sonrió. Más allá de las cámaras de televisión, periodistas de las estaciones de radio empuñaban grabadores, los de los diarios se contentaban con bloques de papel y lápiz. Recubierto de modestia y mansedumbre, el cabello ralo, la cara pálida, la sotana impoluta, don Maximiliano parecía él mismo una figura de museo modelada en cera. Pregunta malvada, que destilaba ponzoña, sugería atrevimiento, tal vez precipitación en las conclusiones de la tesis, dejaba lugar a dudas, a posibles errores. Extendiendo los brazos como si fuera a bendecir al provocador, el monje abrió los ojos y respondió, la voz redonda, aduladora:

—Unos pocos minutos más y mi querido amigo podrá juzgar con los ojos que Dios le dio para ver y saber: la mejor prueba es la imagen, todo lo demás que se diga sin haberla visto no pasa de especulación y palabrería. Si yo fuera dado a la vanagloria, podría proclamar que las conclusiones de mi tesis fueron dictadas por Santa Bárbara, la del trueno, en persona, allá desde el reino de los cielos donde se encuentra... —se permitió una risita maliciosa. ¿Te gustó, charlatán?

La cruda verdad, sin embargo, es que solamente entonces, al oír la pregunta, insidiosa, agresiva, se dio cuenta del ardid tramado por los compadres para desacreditarlo delante de
la prensa. De nada había desconfiado cuando, días antes, el
corresponsal lisbonés llegó a su presencia envuelto en elogios:
periodista de renombre peninsular, casi tan conocido en Madrid cuanto en Lisboa, autor de reportajes sobre arte y literatura de repercusión en todo el continente europeo, citado en
la rúbrica cultural de *Le Monde*, Fernando Assis Pacheco era
además poeta consagrado por la crítica. Quien lo presentara
con tamaño circunloquio tenía autoridad para hacerlo por
compatriota y conocedor, nada menos que el crítico de arte
Antonio Celestino, con columna fija en *A Tarde*, los sábados.

En la ocasión, don Maximiliano, encantado de contar con
la participación de un periodista portugués, venido de Lisboa,
en el encuentro previsto con la prensa para la presentación de
la imagen, no reparó en los detalles —no obstante evidentes—
comprobatorios de la trampa. Pero bastó una única pregunta,
avanzada subrepticiamente por el portugacho mientras aguardaban la llegada del pedestal con la Santa, para que descubriera los hilos del ovillo y los desenrollara, para encontrar, escondida detrás de dos comparsas, la figura detestada del
incorregible J. Coimbra Gouveia, caprichoso, insolente rival,
cuyo placer en la vida parecía ser el de contestar y denigrar los
estudios del homólogo bahiano (nacido en Baviera).

El tal Fernando Assis Pacheco, gran periodista y gran
poeta según sus propias reglas, no se encontraba allí, en la sala
del director del Museo de Arte Sacra, chupando whisky importado, debido a los azares del viaje de vacaciones a Brasil,
conforme afirmó en la visita anterior. Ni se debía apenas a la
curiosidad intelectual el visible interés en torno de la procedencia y la autoría de la imagen, de la incógnita de los rayos y
truenos. Don Maximiliano, al presentarlo a los cofrades nacionales, le dio el título de "enviado especial" para valorizar la
entrevista colectiva. Enviado especial, no cabía duda, pero no
de la empresa periodística sino, eso sí, del taimado J. Coimbra
Gouveia, que en aquel momento se rascaba los huevos abierto
de piernas en el mugriento sillón del despacho del director del
Museo da Pena: la vista de la sierra de Sintra es deslumbrante.

EL LLAMADO TELEFÓNICO. Escondidas intenciones, designios inconfesables habían traído al vil Pacheco a Bahía en el momento exacto del mayor triunfo de don Maximiliano von Gruden, cuando la intelectualidad patricia se curvaba reverente ante el doctor emérito que acababa de finalizar una controversia centenaria, esclareciendo definitivamente las múltiples cuestiones referentes a la imagen de Santa Bárbara, la del trueno. El perverso Assis trataba de mancharle la reputación con la baba de la envidia —don Maximiliano levantó el ruedo de la sotana para resguardarla de la baba de la envidia.

Ahora percibía por qué el falso Celestino se había empeñado tanto en obtener con anticipación un ejemplar de la tesis, pretextando un artículo que escribir y publicar antes de que la edición se entregara al público: quería ser el primero en saludar acontecimiento tan significativo en la vida cultural luso-brasileña. Don Maximiliano le creyó —¿qué mortal, díganme, es capaz de quedar incólume ante una avalancha de elogios? Si existe alguno, no se llama Maximiliano von Gruden. Escribió en el ejemplar —uno de los cinco primeros enviados por la editorial— dedicatoria calurosa, no regateó los adjetivos lisonjeros, quedó a la espera del artículo.

Tan distante estaba de la idea de un complot que ni se acordó de los lazos de amistad existentes entre Celestino y Coimbra Gouveia, el primero de los cuales se proclamaba el "modesto discípulo" del segundo, que se hospedaba en la rica residencia de aquél en sus venidas a Bahía para chismorrear de iglesias, conventos y sacristías. En medio de parrandas monumentales —don Maximiliano había participado en algunas y, para ser justo, debía alabar la calidad de los manjares y los vinos, estos portugueses saben tratarse—, el forastero anunciaba descubrimientos capaces de revolucionar el arte de los azulejos y las imágenes. Nada de eso se le ocurrió al autografiar con aquel desenfreno de loores el ejemplar para el "agudo Antonio Celestino, exponente de la crítica de arte". Ejemplar enviado hacia Portugal por el exponente, por cierto ese mismo día, por vía aérea, para que el infame Gouveia le pasara el peine fino de la contestación.

Una semana después, cuando Celestino se le apareció llevando al periodista lusitano, tampoco desconfió de nada. Abrió los brazos al recién llegado, efusivo: se vio brillando en las páginas de los periódicos de Lisboa y Porto, proclamado autoridad máxima, innegable. Tenía esas ingenuidades, en contraste con la fama de sabedor —más sabedor que ratón de iglesia, decía de él el profesor Udo Knoff, especialista en azulejos; eran enemigos íntimos. Fue necesaria la pregunta venenosa para ponerlo ante la sucia realidad de la conjura. Se sintió como un boxeador que, en el momento de ser proclamado campeón, recibe un directo en el estómago, a traición. Sin embargo, pronto se levantó con ansias de liquidar de una vez al adversario, la sonrisa de mofa subrayando la respuesta, inmediata y perentoria.

No tuvo tiempo de saborear el embarazo, la confusión del portuga: sonó el teléfono y don Maximiliano, sin esconder el alborozo, se dirigió a la mesa, listo para oír la noticia de la partida de la kombi transportando la imagen. En aquel preciso instante comenzaron las desventuras del director del Museo de Arte Sacra, en la antevíspera del *vernissage* de la Exposición de Arte Religiosa. Duraron dos días, un siglo por lo menos.

EL ORATORIO. Mientras don Maximiliano, todavía eufórico, atiende el teléfono: —Soy yo, Edimilson, dime...—, los periodistas aprovechan la oportunidad, unos para irse sin esperar la imagen, otros, la mayoría, para reabastecer los vasos. Se precipitan, horda sedienta, se atropellan delante del oratorio convertido en bar, pillería de don Maximiliano que en él esconde las botellas de whisky importado y las de vino de Oporto envejecido en barril, en el Douro.

—Un pillo, eso es lo que él es —afirmó sobre el director del Museo de Arte Sacra el austero y discreto profesor Renato Ferraz, director del Museo de Arte Moderna, allí presente, chupando dosis doble del sagrado escocés —puro con apenas dos cubitos de hielo—. Imagínense si no fuera austero y discreto.

En cuanto al oratorio, "suntuoso, de gran tamaño y mucha arte", conforme aseverara en un artículo sobre "Los tesoros del Museo de Arte Sacra de Bahía" el citado Antonio Celestino, provenía "de las calles estrechas habitadas por los talladores seiscentistas, de la calle do Piolho o del callejón das

28

Caganitas, de la calle da Indiaria o la cortada dos Gatos, de la callejuela dos Marchantes, en la ciudad lusitana de Braga, pieza de terso y genuino barroco portugués". Colocado en la sala de la dirección, el mueble precioso se conservaba útil, sólo que en lugar de imágenes de santos abrigaba licores caros, también ellos objeto de extensa y cálida devoción.

El exquisito crítico de arte saboreaba una copa de Oporto, gota a gota, suspiro a suspiro. Oyó el comentario ácido del profesor Ferraz, el sabor de la ambrosía, ¡un terciopelo!, no le permitió concordar ni discordar. Prepotente, sabedor, pillo, mañoso, presumido, etcétera y todo lo demás, pero nadie le negaba a don Maximiliano competencia, iniciativa y autoridad.

Un haz de luz cae sobre la copa del vino fino y aleonado, en la mano señorial del maestro Celestino. Las llamas del crepúsculo circundan la iglesia y el monasterio, penetran por las ventanas, se derraman en oro en las paredes de piedra, el sol se precipita en el jardín entre las acacias.

EL INOPORTUNO. ¿Qué? Casi un grito, la pregunta despierta la atención de Guido Guerra, joven escriba en los comienzos de su carrera en la prensa y la literatura, en busca de un asunto sensacional capaz de proyectarle el nombre más allá de los límites de la provincia. Ojos agrandados, boca abierta, don Maximiliano von Gruden escucha, anonadado, pero se compone al percibir el interés del cronista del *Diário de Notícias*: cierra la boca, semicierra los ojos, se controla. Los periodistas brindan por la inminente llegada de la Santa tan comentada.

—No entiendo... Repite... ¡Quédate tranquilo, repite! — La voz apenas audible, por el rabillo del ojo examina a la concurrencia, el agitado Guerra continúa atento: —No, es mejor que me esperes sin salir de ahí, llego enseguida. —Vuelve a oír, conteniendo la impaciencia; concluye, orden imperiosa: —Espérame ahí, ya te dije.

Cuelga, encara al grupo que se aproxima, cada palabra le cuesta un esfuerzo pero cuando habla la voz resuena tranquila, casi categórica, trasluce cordialidad; don Maximiliano llega a sonreír:

—Les pido disculpas. Los convoqué para que recibiéramos juntos aquí a la incomparable imagen de Santa Bárbara, la del trueno, que por primera vez deja su altar de la iglesia matriz de Santo Amaro para figurar en nuestra exposición. Acabo de enterarme de que un imprevisto provocó un pequeño atraso en los plazos establecidos y que recién mañana podremos acoger a nuestra huéspeda celestial —ensanchó la sonrisa.

—¿Mañana, a qué hora? —La preocupación de Leocádio Simas tenía razón de ser. Conocedor de los hábitos establecidos por don Maximiliano para los encuentros con la prensa, en el museo, sabía que a la tarde se servía whisky mientras que por la mañana apenas jugos de fruta, aunque variados: de *umbu* y *cajá*, *mangaba* y *caju*, *maracujá* y *graviola*. Inclusive de *pitanga*, un placer.

—Todavía no puedo determinar la hora, pero la comunicaré a las redacciones en cuanto tenga informaciones más precisas... —con un gesto discreto, ordenó al bedel trancar la puerta del oratorio antes de que Leocadio, esponja notorio, volviera a servirse.

—¿Y qué fue lo que sucedió exactamente, lo que motivó el atraso? —quiso saber el indiscreto Guerra, la cara ávida, la nariz de papagayo, el olfato de perro; no consumía whisky, prefería los jugos de frutas tropicales: ¡sería mejor que consumiera!

¿Qué había sucedido? Eso era lo que don Maximiliano quería saber, averiguar cuanto antes. Se dirige al inoportuno, traga la impaciencia y la irritación, la cabeza trabaja a todo vapor en busca de una justificación válida capaz de contener las habladurías, la desconfianza del peligroso calavera. Peligrosísimo, vive entrometiéndose donde no lo llaman: ¿no fue él quien descubrió el agujero en los cofres de la cooperativa del maíz y lo divulgó en un reportaje que hizo época, desencadenando un escándalo monumental? Don Maximiliano lo toma por el brazo, lo aparta de los demás; todavía no sabe qué decir, para ganar tiempo le secretea al oído:

—Si yo le contara, mañana saldría en el diario y podría...

—Prometo no publicar nada, a no ser con su consentimiento.

Don Maximiliano se exprime los sesos, no encuentra explicación digna de crédito pero el propio periodista, metido a

30

detective, acude en su ayuda al insinuar:

—¿No será otra de las exigencias del vicario?

Guido había destacado en su diario las dificultades creadas por el párroco de Santo Amaro; asumía, además, una posición simpática, criticando lo que llamaba "una actitud tacaña y retrógada" del sacerdote al oponerse al préstamo de la imagen. Don Maximiliano aceptó el pie y se lanzó —una imprudencia, como fue a constatar enseguida:

—Guarde la información para usted; se lo cuento en confianza pero tiene que prometerme que no va a divulgarla...

—¡Prometido! Dios es testigo...

—Pues bien: no contento con el seguro y las garantías ofrecidas por el museo, el vicario exigió un documento más. Siendo la imagen tan valiosa, no le niego razón... Ustedes, los de la prensa, anduvieron esparciendo tantas mentiras sobre el museo y sobre ese pobre hombre de Dios que lo dirige, que el resultado es éste.

—¿Mentiras, don Maximiliano? ¿Cuáles?

—¿No hubo quien dijo que, al devolver la imagen de San Pedro Arrepentido a la capilla de Monte Serrat, entregamos una copia y nos guardamos la pieza original en el museo...?

—¿Y eso es mentira, don Maximiliano?

Don Maximiliano sonríe, balancea la cabeza sin aceptar la provocación pero Guido Guerra es insaciable, quiere saber cuál es el nuevo documento que exigió el vicario.

—Una garantía de fiscalización extendida por el Patrimonio Histórico. —Lo inventó en el momento, ni sabe cómo. Descansa la mano en el hombro del cronista en un gesto amigo: —Por favor, Guido, ni una sola palabra sobre este asunto; el vicario podría ofenderse. Le hice una confidencia al amigo, no le proporcioné una noticia al periodista. Cuento con usted.

¿Ofenderse? El vicario, imbuido de la mayor mala voluntad, iba a ponerse como loco si la inocente invención por desgracia llegara a su conocimiento —un enemigo más, intenso, en la extensa lista de los que deseaban comparecer al entierro de don Maximiliano.

—No se preocupe, maestro. Soy una tumba... —la fisonomía juiciosa, respetuosa: cara de santo, si no fuera feo como el Diablo.

Nunca había estado don Maximiliano tan apurado en su vida; aun así se demoró estrechando las manos de periodista en periodista, lamentando el tiempo perdido por el personal de los canales de televisión, se habían molestado con todos esos bártulos para nada. Una pena, realmente una gran pena: don Maximiliano von Gruden había nacido para exhibirse en el video, las cámaras le valoraban la postura y la elegancia. Abraza al poeta portugués como si no hubiera advertido las escondidas intenciones que le dirigían los pasos:

—Volveremos a conversar, estimado Antonio Alçada Baptista. —Tan humillado, y sin embargo aún consigue molestar al atrevido cambiándole la identidad: los poetas son sensibles, tienen la vanidad a flor de piel. —Aclararemos todas las dudas.

Espera verlos atravesar los portones, el fin del trajín con los materiales de la televisión, antes de precipitarse escaleras abajo: Dios del cielo, ¿qué había sucedido? En el teléfono, el pequeño Edimilson parecía perdido, no decía nada coherente, repetía absurdos.

LA FIESTA

Oyá entró en el *barracao* vestida con los colores del crepúsculo, en la cabeza la estrella vespertina, verde perfume de mar en los senos de ébano. No la esperaban, pero no hubo sorpresa ni agitación; sólo el sonido de los *atabaques* creció, y en la rueda de los santos *êbômins*, *ekedes* y *iaôs* se curvaron en reverencia. Por el camino, había recogido injusticias y malas acciones, los traía en haz bajo la axila izquierda, en la mano derecha los rayos y los truenos.

Desembarcados de un taxi, María Clara, el maestre Manuel y el *obá* de Xangô Camafeu de Oxóssi se apartaron para que ella pasara: *Eparrei Oyá!* También el chofer se inclinó, saludando. Se llamaba Miro, vivía riendo, un calavera; se declaraba hijo de Ogum, pero las malas lenguas esparcían los rumores de que el dueño de su cabeza era Ex, indicios y pruebas no faltaban. Cuentos corrientes en las ruedas de pereza y vagancia, cada cual es libre de creerlos.

Apoyándose en las ancas y en el antebrazo, Oyá se extendió a los pies de la *māe* Menininha de Gantois, madre de bondad y de sabiduría, reina de las aguas mansas, inmensa y majestuosa. Grande para acoger en el regazo de valles y montañas las quejas, las penas, las súplicas de sus hijos e hijas, el pueblo de Bahía. Sentada en un trono pobre, sillón con brazos, de alto respaldo, empuñaba el *adjá*: las hijas de sangre, Carmen y Cleusa, una de cada lado; los demás hijos e hijas, los de santo, en todas partes.Menininha de Gantois, la Oxum más hermosa, la incomparable. Oyá a sus pies, extendida.

La *iyalorixá* le tocó la cabeza y, tomándola por los hombros desnudos, la levantó y la acogió en el pecho. Entonces Oyá se irguió entera, volvió el cuerpo, senos y nalgas, daba gusto verla y desearla, pero el grito de guerra impuso silencio, hizo estremecer al más audaz, fue oído en los extremos de la ciu-

33

dad: había venido para guerrear, que lo supieran todos. Las manos en la cintura, saludó a la rueda y a la orquesta y, a continuación, saludó a algunos antiguos y notables, deteniéndose delante de ellos para abrazarlos, pecho contra pecho, corazón contra corazón.

Miguel Santana Obá Aré cantó en su honor una cantiga que muy pocos recordaban todavía, olvidada en el pasado:

"Ialoiá é du aná tá
ai mi arê aree
ialoiá é du aná tá
ai mi arê aree
ô lindé bochirê
é ialoiá
é ialoiá ô ô"

Después de danzar frente a Obá Aré, a Oyá le extrañó que no estuviera el viejo *babalaô* sentado en el lugar que le correspondía por derecho, junto a la *madre de santo*. Allí se había encaramado uno de esos modernos africanólogos mediocres, un poco de conocimientos, toneladas de bazofia, que afirmaban tonterías presumidas ante una manada de torpes que lo cubrían de preguntas sobre misticismo, parapsicología y cultura negra.

¿Por qué en la punta de un banco destinado a visitantes comunes y no en una de las sillas de paja reservadas a los convidados de honor? Se siente él donde se siente, allí estará el trono, dijo el *ogan* de la sala, tratando de explicar. Oyá concordó con el concepto correcto, pero no se conformó con la disculpa apresurada para la negligencia indisculpable. Con un gesto trazado en el aire derribó de la silla al osado que se había atrevido a ocuparla. El fulano se vio sacudido con violencia.

—Oyá, ventolera que arranca los árboles y los arroja lejos—, levantado y tirado al suelo, sintió un golpe en el pecho, otro en la boca del estómago, además de dos bofetadas en la cara. Se levantó atontado, respirando con dificultad: recogió su tropa de torpes, era guía turístico, merecía su destino.

Oyá, dulce brisa que acaricia el rostro de los niños y los viejos, en un paso de cortesía, en un ademán de respeto, condujo a Miguel Santana Obá Aré, venerable *obá* proclamado por la madre Aninha, la inolvidable, y lo llevó a sentarse don-

34

de era debido. Sonriente, complacida, la madre Menininha entregó el *adjá* al *babalaô*, que lo agitó convocando a los *encantados*. La fiesta ganó un ritmo mayor, una alegría de risas contenidas y de aplausos mudos; lo sucedido no había pasado inadvertido a los que eran capaces de ver, los que tenían la bendición y no estaban allí sólo para pasar un buen rato sino porque compartían la fe.

Antes de que Oyá entrara en la rueda, a ella se aproximó una muchacha blanca, de unos cuarenta años, cabellos oxigenados, linda. Habló con el alma en la boca, de tal manera estaba ansiosa:

—Hace una semana que la busco, vine de San Pablo. La hermana Grazia, de la Tenda do Caboclo Pajeú, en el Brás, me mandó que le preguntara dónde está mi anillo. La hermana Grazia es médium vidente, consultó con el *Caboclo* y él dijo que cuando yo tenga el anillo todo se va a resolver: Marino vuelve corriendo y no me deja nunca más. Ve a Bahía, me dijo, busca en el *candomblé* a la chica con la estrella vespertina, ella te va a decir dónde está el anillo. Vine para acá, ya estuve en más de diez *terreiros*, iba a desistir, mañana tomaba el ómnibus para volver... Pero me enteré de esta fiesta... El anillo es de cobre con la cabeza de un león...

—Tu anillo lo tiene aquel hombre de sombrero blanco —respondió Oyá señalando a Camafeu de Oxóssi, que se acercaba para colocarse al lado de Miguel Santana, como le competía.

La paulista corrió hacia él.

—Mi anillo, dígame... —y lo describió.

—Lo tengo yo, señora. Recibí una partida de collares, pulseras y anillos, vino de Lagos; vendí todos los anillos, sobró sólo uno, exactamente éste. Pasê mañana por el Mercado y se lo daré. Pregunte por Camafeu de Oxóssi, allá me conocen todos.

—¿Y cuánto me va a costar?

—No le va a costar nada, es un regalo de Yansã; si quiere traiga una prenda para ella, una paloma blanca, suéltela en el muelle.

Si Oyá se hubiera propuesto montar en un *caballo* suyo, en la ronda había cuatro a disposición y, sentada entre los visitantes, se veía a Margarida de Bogum, mujer del *ogan* Aurelio Sodré, Yansã Oiaci, pero Oyá se contentó con danzar en medio de las *hijas de santo*, en festejar a Oxalá —el Oxalá de Carmen, un esplendor—, a Omolu y a Euá, a Xângo y a Oxum, a Oxóssi y Yemanjá —Yemanjá más melindrosa que la de María Clara hasta hoy no se manifestó ninguna en *terreiro* de Candomblé, ya sea en Bahía, ya sea en Angola, en Cuba o en Benim.

Antes de que la fiesta terminara Oyá partió, tenía mucho que hacer. Había ido a la ciudad de Bahía para concluir la tarea iniciada en enero, el Jueves de Bonfim, traía un propósito y una decisión: liberar a Manela del cautiverio y darle una lección a Adalgisa. Sus caballos, ella los montaba en pelo; a Adalgisa le pondría una grupera y así la montaría. Para enseñarle la tolerancia y la alegría, lo bueno de la vida.

EL PERRO SIN DUEÑO

LAS VISIONES DE EDIMILSON. Edimilson continuó repitiendo absurdos ante don Maximiliano von Gruden perplejo y trastornado, casi fuera de sí. Para no llamar la atención, el director había ido manejando el *fusca** de su propiedad, evitando usar el auto del museo. Estacionó junto a una camioneta vacía. ¡La imagen, dime! ¡Dame cuentas de la imagen!

La silueta magra de Edimilson, los hombros curvados, perdido en el desierto de los muelles. Perdidos los dos, don Maximiliano insistía, reclamando hechos concretos —¡para con esos disparates!— el asistente desamparado, agitando las manos: dos muñecos articulados bajo los postes eléctricos cuya luz pequeña no conseguía disipar la densa sombra de la noche húmeda y secreta. Un distante rumor de conversaciones y risas venía de la Ladera de la Montaña, donde el alboroto de la vida comenzaba en los bares y los burdeles. Una estrella se encendió en el Fuerte del Mar.

Edimilson, al borde del patatús, juraba a Dios y todos los santos que había visto a la imagen alzada sobre el pedestal en la popa del barco cuando el *Viajero sin puerto* rumbeaba hacia la Rampa del Mercado. A pesar de haberla visto en la reverberación del poniente, cuando figuras y formas singulares recorrían el cielo, se deshacían en el mar, había reconocido a Santa Bárbara, la del trueno: varias veces había acompañado a don Maximiliano a Santo Amaro, sumando funciones de asesor y de chofer, y la había tenido en los brazos, fascinado:

—Sí, era ella. Pongo las manos en el fuego.

En el fuego del infierno, solamente. Pues, como se conta-

---

* Nombre con que los brasileños llaman popularmente al modelo más común de Volkswagen, también denominado "escarabajo" o "cucaracha".

37

ba en un relato sin pies ni cabeza, de repente la imagen había comenzado a crecer, a transformarse, y cuando él se dio cuenta se había convertido en una morena linda, criatura de carne y hueso, vestida de bahiana. Desembarcó y allá se fue. Juraba por las llagas de Cristo y por la virginidad de María Santísima.

Sin embargo, Edimilson no podía explicar, por más que quisiera cumplir con un don Maximiliano feroz, amenazador: no se explica lo que no tiene explicación. Le temblaban las manos, sudaba, sentía frío y miedo, estaba a punto de llorar. Milagro de Dios o tramoya del Diablo, él lo había visto —claro que lo había visto: ¡que Santa Lucía me ciegue si no lo vi! —. Afirmaba y reafirmaba, jurando por el alma de la madre ya fallecida, juramento fatal. Lo más inexplicable es que lo había visto y no se había admirado. ¿Cómo pudo? Transacción del Diablo, don Maximiliano, no hay otra explicación.

Don Maximiliano von Gruden no creía en el Diablo. Un día de confidencias, Edimilson le contó que desde niño era dado a visiones: al caer la noche los árboles se transformaban en viejas horribles; con chales negros sobre los hombros, recorrían el jardín vaticinando desgracias. Los estudios universitarios no lo habían curado, tampoco el conocimiento del materialismo dialéctico, estudiado a escondidas por influencia del doctor José Luis Pera, profesor sustituto, un marxista redomado.

EL VICARIO Y LA POBLACIÓN. En los alrededores de la Rampa, además del delirante Edimilson con su cuento para niños, el alarmado director del Museo no encontró quien le fuera de ayuda, un viviente capaz de proporcionar esclarecimiento válido. Buena voluntad, palabras vanas: el maestre Manuel y María Clara, en compañía de Camafeu de Oxóssi —Su Excelencia sabe de quién se trata, ¿no es así? Todos conocen a Camafeu, hasta el gobernador—, habían partido en un taxi. En el taxi de Miro, ese vago. Los demás que por allí se encontraban a la llegada del *Viajero sin puerto*, vendedores de frutas, marineros, la pareja de enamorados, se habían ido, cada cual había seguido su rumbo. Eso fue cuanto consiguió saber: en el mercado los puestos cerraban las última puertas. De la monja y del padre, ninguna noticia.

38

El vicario, al anunciar por teléfono la partida del barco, había informado sobre un padre y una monja, pasajeros a cuyos cuidados recomendó la imagen excelsa, aunque la providencia divina velaba por la Santa. Urgía encontrarlos, al padre y a la monja; esa era la primera medida a tomar. Era muy probable que la imagen estuviera con uno de los dos religiosos, a salvo. Y, si no lo estuviera, don Maximiliano iba a oír de boca de personas responsables un relato serio de lo que realmente había ocurrido a la llegada del barco. ¿Pero cómo localizarlos si desconocía sus nombres y direcciones, el convento de la monja, el hospedaje del sacerdote?

Telefonear al vicario de Santo Amaro para solicitar esclarecimientos, contando al mismo tiempo lo sucedido —¡caro amigo, nuestra inestimable imagen desapareció, se perdió! —, en eso no quería pensar. El valentón iba a enloquecer, poner el grito en el cielo, perder los estribos, armar el mayor escándalo. Había consentido en el préstamo a duras penas, garantías y seguro no le calmaban la desconfianza, no le reducían los recelos. Resistió cuanto pudo, rezongando cedió por fin a la presión del cardenal, pedido imperativo. Sin embargo, no escondió la contrariedad, de la cual se jactó en el sermón dominical: su oposición al envío de la imagen reflejaba el sentimiento unánime del pueblo de la ciudad. Telefonear al vicario, jamás: no era loco. El asunto debía ser esclarecido, la imagen recuperada, sin que la noticia de la desaparición llegara a Santo Amaro, ya fuera al sacerdote, ya fuera a la población.

¿Salir de convento en convento en busca de una monja, ir a la Curia para descubrir de qué padre se trataba? ¿Solicitar audiencias al cardenal, directamente? ¿Dirigirse a la policía para comunicar lo acontecido? ¿Hablar con Manolo, de la Casa Moreira, pidiéndole que avisara a los anticuarios? ¿Recomendar a Mirabeau Sampaio que permaneciera atento e informara a los principales coleccionistas: el que compre la ima- gen va a perder su dinero...? ¿Recoger pistas e indicios aquí y allí? ¿Por dónde comenzar? El mundo había caído encima de don Maximiliano y lo aplastaba: el día solar de reconocimiento y victoria se transformaba en noche de oprobio y amargura.

Desesperado, el monje ilustre deambuló por el muelle vacío, clamando a los cielos. Un perro sin dueño lo acompañó durante algunos minutos, después se tendió en el suelo y aulló mirando hacia la negrura del mar... única muestra de solidaridad que recibió.

LOS DEMONIOS. ¿Qué crímenes había cometido, qué pecados, para sufrir castigo de semejante monta, para ser sometido en vida a una prueba tan tremenda? ¡Misericordia, Señor! La estrangulada invocación del monje se mezcla con el aullido del perro en el silencio de la noche, en las sombras del muelle.

Luces de fuego fatuo, Edimilson, ángel en pánico, entrevé una caterva de demonios que cargan en los hombros los pecados de don Maximiliano. Procesión de fogaril dirigiéndose hacia Monte Serrat, donde, en la entrada de la Capilla, al lado de la pila de agua bendita, San Pedro Arrepentido recibe a los visitantes —¿la imagen verdadera, esculpida por fray Agostinho da Piedade, o una copia instalada en el museo al mando de don Maximiliano von Gruden? ¿Quién lo sabe? Ni el propio Edimilson, funcionario de toda confianza, tiene certeza—. Se suceden los demonios en la danza de los pecados; don Maximiliano curva los hombros, la carga es pesada.

Se confiesa pecador, pecados veniales, pecados capitales, ¿pero qué significan tentación, flaqueza y caída para quien tanto hizo —para quien tanto hizo y tanto hace— por la gloria de Dios y de Su reino sobre la tierra?

Inclusive sobre esta tierra de Bahía hacia donde lo había conducido el destino para que en ella viviera y trabajara. Tierra donde todo se mezcla y se confunde, nadie es capaz de separar la virtud del pecado, de distinguir entre lo acertado y lo absurdo, trazar los límites entre la exactitud y el embuste, entre la realidad y el sueño. En las tierras de Bahía, santos y encantados abusan de los milagros y de la hechicería, etnólogos marxistas no se espantan al ver una imagen de altar católico trasformarse en mulata garbosa a la hora del atardecer.

LA CORREA

**ADALGISA EN LA PUERTA DE CALLE CON LAS CIN-
CO LLAGAS DE CRISTO.** El grito de Adalgisa estremeció
los cimientos de la Avenida del Ave-María:

—¡Ya mismo te vas adentro, mocosa descarada! ¡Perra!

Manela entró corriendo y desapareció de la vista de la tía.
Cuando Adalgisa levantó el brazo para el bofetón, ya no la vio;
seguramente había entrado por la puerta siempre entornada
de la casa de Damiana —parecía la casa de una prostituta, con
ese vaivén de gente, tanto entrar y salir. Por la mañana, Damiana preparaba grandes ollas de *massa* para las tortas de *puba*, maíz y *aipim* que un despabilado grupo de chicos vendía a
la tarde de puerta en puerta, a clientela segura. Dulcera con-
sumada, la fama de Damiana del Arroz con Leche —¡ah, el
arroz con leche de Damiana!, de sólo recordarlo se hace agua
la boca — no se reducía al barrio de Barbalho; su clientela se
extendía por las cuatro puntas de la ciudad y, en el mes de las
fiestas de San Juan y San Pedro, el mes de junio, no daba abasto a los pedidos de *canjica, pamonha* y *manuê*. Alegre casa de
mucho trabajo, compararla con un burdel de puta exigía exceso de mala voluntad, pero Adalgisa no usaba medias tintas.
Además, sobre casas de prostitutas, dentro o fuera de las puertas, Adalgisa no sabía nada: si llegaba a cruzarse con una ma-
dama en la calle escupía de costado para demostrar repugnan-
cia y reprobación. Se consideraba una señora y no una sujetita
cualquiera: las señoras tienen principios y los exhiben.

Maestra en lanzar indirectas, no bajó el tono de la voz. Se
desgañitaba para que la vecina la oyera:

—Juro por las Cinco Llagas de Cristo que voy a terminar
con este amorío aunque sea la última cosa que haga en mi vida. Dios ha de darme fuerzas para enfrentar a esta gentuza
que quiere llevar a una niña por el mal camino, hacia la per-

dición. El Señor está conmigo, no tengo miedo de nada, nada me ata, de nada sirven las mañas de negros, yo no soy de la misma laya, no me mezclo con gente a la deriva. Voy a sacar el vicio del cuerpo de la mocosa aunque me cueste lo poco que me queda de salud.

Vivía quejándose de su salud frágil, pues, a pesar de la apariencia saludable, padecía repetidas jaquecas, un persistente dolor de cabeza que a menudo se prolongaba día y noche agriándole el humor, poniéndola fuera de sí. Responsabilizaba a conocidos y parientes, al vecindario entero, sobre todo a la sobrina y al marido, por los achaques que la perseguían y la maltrataban. Doña Adalgisa Pérez Correia, de proclamada sangre española por parte del padre y de oculta sangre africana por parte de la madre: la pesadilla, el terror de la calle.

LAS NALGAS DE ADALGISA Y EL RESTO DEL CUERPO. Ni siquiera era calle. La Avenida del Ave-María no pasaba de ser un callejón sin salida, un *cul-de-sac*, en la pedante expresión del profesor João Batista de Lima e Silva: en aquel tiempo, todavía soltero a pesar de cuarentón, el profesor habitaba la última casita del pueblo, la más chiquita. Al oír los ecos del arrebato de Adalgisa, se acercó a la ventana, se bajó los anteojos para leer y descansó la vista en las nalgas de la vecina irritable.

Irritable pero fuertona, todo tiene su compensación. En el mediocre paisaje del callejón desprovisto de huertas y jardines, de árboles y flores, la compensación mayor era el trasero de Adalgisa, que reafirmaba la belleza del universo. Cesto de Venus, culo de Afrodita, digno de un cuadro de Goya, en las doctas y viciosas elucubraciones del profesor —también él un exagerado, como se ve.

El resto tampoco era para despreciar, muy por el contrario, comprobaba el profesor, deleitándose. Senos abundantes y rígidos, piernas largas, trenzas negras circundando el rostro oblongo de española donde se encendían ojos de furia, dramáticos. Una pena la expresión agresiva: el día en que Adalgisa perdiera el modo arrogante, de mofa y desprecio, el aire de superioridad, cuando dejara en paz a las Cinco Llagas de Cristo y sonriera sin rencor, sin afectación, ¡ah!, su belleza

42

arrebataría los corazones, inspiraría versos a los poetas. En las horas tardías el profesor João Batista contaba sílabas, rimaba estrofas, pero sus musas eran otras que Adalgisa: ingenuas enamoradas de la adolescencia *sergipana*.

Por el lado paterno, los Pérez y Pérez, Adalgisa llegaba en penitencia de las procesiones de la Semana Santa de Sevilla cargando la cruz de Cristo —consideraba solamente ese lado; no quería saber de otro, si lo hubiese. No se enorgullecía de las nalgas de Goya y sí, sabía algo de Venus, hermosa pero tullida de los brazos, de Afrodita nunca había oído nombrar.

EL SOCIO MENOR. El rencoroso discurso de amenazas alcanzó el punto más alto de la cólera cuando Adalgisa reconoció, al volante del taxi parado delante de la entrada del barrio, a Miro, perro tiñoso, que le hacía señas con una mano —¡cínico, atrevido, insolente, pobretón!— Sintiéndose observada por el profesor, ciudadano respetable, catedrático, periodista, lo saluda con cortesía, se encuentra en la obligación de explicar la exaltación y los malos modos:

—Estoy cargando mi cruz, pagando mis pecados. Esto es lo que pasa cuando se crían hijos de otros: responsabilidad y mortificación. Esta infeliz está devorando mis carnes, acabando con mi salud, llevándome para el cementerio. Dónde se ha visto, una niña que apenas tiene diecisiete años...

—Cosas de juventud... —intenta disculpar el profesor sin saber exactamente cuál es el delito de Manela pero sospechando puterías con el noviecito: ¿ya se la habrá dado? ¿Niña, a los diecisiete años? La tía es ciega: no ve a la mujer hecha, maliciosa y contoneante, cuerpo de apetito, lista para la cama. ¿No fue candidata a Miss No-sé-qué? —A los jóvenes hay que tenerles paciencia...

—¿Más de la que tengo yo? Usted no sabe nada, profesor... Si yo le contara...

Si todavía no se la dio, anda perdiendo el tiempo, las farmacias venden la píldora sin necesidad de receta médica. Liberadas del miedo de la gravidez, las muchachas de hoy viven a mil, en una prisa desatada, con fuego en el culo. No miran el ejemplo de Adalgisa, casta y honrada.

Como todos están cansados de saber, de tanto oírselo repetir, Adalgisa no tuvo novios antes de conocer a Danilo, primero y único, que la llevó al altar del matrimonio virgen y pura. Virgen, puede ser, pura es más dudoso. No hay moralismo capaz de atravesar incólume un año de noviazgo; siempre terminan ocurriendo algunas osadías, por mínimas que sean: mano en los pechos, palo en los muslos. Danilo Correia, modesto pero activo amanuense en la oficina del notario público Guimarães Vieira, ex crack de fútbol, hábil adversario del profesor en los tableros de damas y en los dados, marido afortunado, exclusivo señor de aquellas opíparas nalgas y del resto del cuerpo de Adalgisa, señora honesta, virtuosa —¡qué lástima!

Se engañaba el profesor João Batista de Lima e Silva: la sabía honesta pero no la adivinaba pudibunda. Danilo sería, cuando mucho, un socio menor: el que verdaderamente mandaba en el cuerpo de Adalgisa, le trazaba los límites en la cama, era Cristo Nuestro Señor.

NOTICIA HISTÓRICA. Queda firmemente prometido: en breve se retomará el tema candente y controvertido de la pudibundez de Adalgisa, de cama católica, puritana, regida por el padre confesor. Control semanal, los domingos, en el confesionario de la iglesia de Santana, antes de la misa de las diez y de la sagrada comunión. Se trabará conocimiento con la personalidad espartana del reverendo padre José Antonio Hernández, falangista, incorruptible, dueño de las hogueras del infierno, misionero en el Brasil —¡me cago en Dios, qué misión tan penosa y adversa!—, fiscal de la pureza de Adalgisa. Se contará, entonces, con los necesarios detalles, de las vicisitudes y amarguras del escribiente Danilo Correia, víctima no resignada.

Sobre Manela apenas aparecen dudas, levantadas sobre todo por las lucubraciones del profesor João Batista: por qué desea Adalgisa castigarla, si todavía será virgen o ya conoce el sabor de lo que es bueno, si fue o no electa Miss No-sé-qué. ¿Miss Qué? Urge esclarecer tales y otras incertezas pues páginas atrás se anunció que fue con el objetivo principal de liberar a Manela del cautiverio que había venido a la ciudad de Bahía, en visitación, trayendo en bandolera la alforja con rayos y truenos, un orixá de los más temibles, Oyá Yansã, la *iabá* que no teme a los muertos y cuyo grito de guerra enciende cráteres de volcanes en la cima de las montañas. Después de todo, Manela, ¿de quién se trata?

Manela, así como está escrito y no Manuela como ya se preguntó al leerle el nombre y siempre se pregunta al escucharlo, creyendo que se trata de un error en la grafía o en la pronunciación. Nombre heredado de la tatarabuela italiana, memoria recordada por la familia por haberse tornado legendaria la belleza de aquella primera Manela, belleza escandalosa y fatal. Por ella dos tenientes coroneles, ardientes y tontos, se batieron a duelo desacatando los edictos; por ella se apasionó y se mató un gobernador de la provincia; por ella un padre en camino de las honras del obispado cometió sacrilegio, desdeñó la eminencia, largó la sotana y se amancebó.

Para conocerlo todo de la extensa y agitada crónica de Manela Belini, para detalles precisos de nombres y fechas, patentes y cargos, se recomienda la lectura del capítulo "Aproximación a la historia de la provincia de Bahía", volumen del profesor Luis Henrique Días Tavares, en el cual los acontecimientos aquí citados y otros más son expuestos a la luz de documentos. Los triunfos de la diva en los teatros, entonando arias de ópera para las plateas extasiadas, el mortífero desafío a espada cuando la honra de la Belini fue lavada en sangre — apenas unas gotas, lo suficiente—, los rumores en torno del suicidio del gobernador, el concubinato con el padre del cual resultaron la familia bahiana y la tradición del nombre de Manela. Lectura amena, a pesar del título.

Luis Henrique Días Tavares, historiador, doble del ficcionista Luis Henrique, Luis Henrique *tout court*, como decía el colega y amigo del alma João Batista de Lima e Silva. El fabulador se aprovechó del episodio del padre y sobre él creó una graciosa novela picaresca —no se sabe a quién elogiar más: si al historiador, si al novelista. De preferencia, hay que leer a los dos.

A Eufrasio Belini del Espíritu Santo, descendiente del sacrilegio, le gustaba recordar en las rondas de cerveza y charla las historias de la bisabuela —italiana redomada, de mal genio, pedazo de mujer: el día que tenga una hija le doy el nombre de Manela. Era romántico y fiestero.

LA PROCESIÓN DE MANELA. Manela no llegaba de Sevilla en el cortejo de la Procesión del Señor Muerto, el Viernes de la Pasión. Su procesión era el Jueves de Bomfim, o sea, el de las Aguas de Oxalá, el mayor de Bahía, único en el mundo. No venía envuelta en compunción y penitencia, cubierta con la mantilla negra, recitando la letanía al son siniestro de las matracas. ¡Mea culpa! ¡Mea culpa! se arrepentía la tía Adalgisa golpeándose el pecho. Manela venía envuelta en júbilo y diversión, vestida con el deslumbrante traje blanco de bahiana. En la cabeza, equilibrado sobre el torso, llevaba el pote de barro con agua de olor para el *lavado de la iglesia*, iba bailando y cantando músicas de carnaval al son irresistible del trío eléctrico.

Aquel año por primera vez Manela había asumido su lugar entre las bahianas. Para acompañar la procesión —a escondidas de la tía, no es necesario decirlo—, había faltado a la clase de inglés del curso de vacaciones en el instituto de los norteamericanos. Faltó sin rodeos, pues todo el grupo había comunicado la víspera a Bob Burnet, el profesor, la decisión de no asistir a esa clase para participar en la fiesta del lavado. Curioso de las costumbres bahianas, el joven Bob no se limitó a concordar con la idea sino que se propuso acompañarlos, y lo hizo con su conocida eficacia: sambó sin parar bajo el sol ardiente de enero, se empapó de cerveza. Una simpatía de persona.

Manela se cambió de ropa en la casa de la otra tía, Gildete, en el Tororó. Cuando Dolores y Eufrasio murieron en un accidente de auto —cuando volvían por la madrugada de una fiesta de casamiento en Feira de Santana, Eufrasio, de contramano, no tuvo tiempo de desviarse del camión cargado de cajones de cerveza—, Adalgisa se encargó de Manela y Gildete de Marieta, un año más joven. A pesar de ser viuda y madre de tres hijos, Gildete quiso quedarse con las dos. Adalgisa no consintió: hermana de Dolores, era tan tía como la hermana de Eufrasio, asumía sus obligaciones, cumpliría su deber. Dios no le había dado hijos, se dedicaría a hacer de Manela una señora, una señora de principios, como ella misma. Se reservó lo que pensaba del destino ofrecido a Marieta, relegada a un ambiente cuyos hábitos consideraba censurables —y no perdía ocasión de censurarlos. Gildete, viuda de un puestero del mercado, profesora pública, no era una señora; cuando mucho una buena persona y hasta por ahí no más. Para no esconder nada, vale la pena una sucinta referencia a la opinión general, expresada por conocidos y amigos, acordes en considerar que, en la lotería de las huérfanas, Marieta se había sacado la grande.

Manela había iniciado la ceremonia en la escalinata de la iglesia de la Concepción de la Playa, morada de Yemanjá. Llegó de mañanita en compañía de la tía Gildete, de Marieta y de la prima Violeta, se mezclaron con decenas de bahianas a la espera de que se formara el cortejo. ¿Quién dijo decenas? Eran centenas de bahianas reunidas en las escaleras del templo, todas con los trajes blancos, rituales: la falda amplia, las enaguas almidonadas, la blusa de puntillas y bordados, las sandalias de taco bajo. Ostentaban, en los brazos y el regazo, *balangandãs* de plata, adornos y pulseras con los colores de sus santos. Pote, jarra o cantarillo sobre el turbante, en la cabeza: agua perfumada para la *obrigacão*. Madres e hijas de santo de todas las *naciones* afro-bahianas —nago, jeje, ijexá, angola, congo— y de la nación cabocla, melindrosas y alegres. Manela, quién sabe si la más hermosa, sobresalía en animación. Encima de los camiones, los *atabaques* resonaban, convocando al pueblo. De repente estalló la música de un trío eléctrico, y el baile comenzó.

De la Iglesia de la Concepción de la Playa, junto al Elevador Lacerda, hasta la Basílica de Bomfim, en la Colina Sagrada, la distancia es de unos diez kilómetros, un poco más, un poco menos, depende de la devoción y de la *cachaça*. Hay millares de personas, el cortejo es un mar de gente, se extiende hasta perderse de vista. Automóviles, camiones, carrozas, jumentos adornados con flores y ramas, llevando en el lomo barriles repletos: no puede faltar el agua perfumada. En los camiones, grupos animados, familias enteras, *blocos* y *afoxés*. Los músicos empuñan sus instrumentos: guitarras, acordeones, *cavaquinhos*, panderetas, *berimbaus* de capoeira. Compositores y cantores populares: Tião Motorista, Riachão, Chocolate, Paulinho Camafeu. La voz de Jerônimo, la de Morães Moreira. Pantalones anchos, saco blanco, petimetre, pelo crespo de algodón, sonríe Batatinha cruzando la calle. Le estre-

chan la mano, le gritan el nombre, lo abrazan. Una rubia —
¿norteamericana, itálica, paulista? — viene corriendo, lo besa
en la cara negra y linda.

Ricos y pobres se mezclan y se codean. En la ciudad mestiza de Bahía existen todos los matices de color en la piel de
los vivientes: van del negro, azul de tan retinto, al blanco leche, albo nieve y la infinita gama de los mulatos... todos com-
parecen. ¿Quién no es devoto del Señor de Bomfim, de milagros incontables, quién no adhiere a Oxalá, de *ebós* infalibles?

El General-Comandante de la Región, el Almirante de la
Base Naval, el Brigadier del Aire, el Presidente de la Asamblea, el del Superior Tribunal de Justicia, el de la Egregia
Cámara de Concejales, banqueros, hacendados del cacão, ejecutivos, senadores, diputados. Algunos desfilan en negras li-
musinas, otros, sin embargo —el gobernador, el intendente, el
capitán de la industria del tabaco, Mario Portugal—, acompañan a pie, junto con el pueblo. También la ralea de los de-
magogos, candidatos en las próximas elecciones, recorre los
kilómetros a pie, distribuyendo abrazos, sonrisas y palmaditas
en las espaldas de los posibles electores.

El cortejo ondula al sabor de la música de los tríos: himnos y canciones religiosas, sambas y *frevos* de carnaval. El
acompañamiento crece por el camino, cobra volumen la multitud: baja gente por las laderas, se vacía la feria de San Joa-
quín, desembarcan atrasados de los ferry-boats y la lanchas,
llegan en los barcos. Cuando la cabeza de la procesión alcan-
za el pie de la ladera, en la colina, del Trío Eléctrico de Dodô
y Osmar una voz se eleva, conocida y amada; se hace el silencio, el cortejo de detiene, Caetano Veloso entona el himno al
Señor de Bomfim.

La subida de la ladera se inicia al son de los *atabaques*, al
canto de los *afoxés*, son las *aguas de Oxalá*. La masa de pueblo
se dirige a la Basílica, que está cerrada por decisión de la Curia. Antes se lavaba la iglesia entera, se celebraba a Oxalá en
el altar de Jesús, un día volverá a ser así. Las bahianas ocupan
el atrio y las escalinatas, comienza el lavado, se cumple la obligación del candomblé: Exê-ê-babá!

Llegado de Portugal, en el tiempo de la colonia, en la promesa afligida de un náufrago lusitano, Nuestro Señor de Bomfim; venido de la costa de Africa, en el tiempo del tráfico de
negros, en el lomo ensangrentado de un esclavo, Oxalá. Sobre-

vuelan la procesión, se encuentran en el seno de las bahianas, se sumergen en el agua perfumada y se confunden, son una única divinidad brasileña.

LAS DOS TÍAS. Aquel Jueves de Bomfim fue decisivo en la vida de Manela. Todo contribuyó a la determinación y el cambio, los episodios y los detalles. La procesión, fausta jornada de canto y danza, la pompa de las bahianas, la plaza de la Colina embanderada con papel de seda, adornada con palmas de cocotero, el lavado del atrio en la Basílica, las *feitas* recibiendo a los *encantados*, el ritual sagrado y el almuerzo con los primos en la mesa de romance, la comida y la bebida, el *dendê* escurriéndose de la boca hacia el mentón, las manos engrasadas, la cerveza helada, las *batidas* y el *quentão* de *cachaça*, canela y clavo, el futin con la hermana, la prima y los muchachos, los *assustados* en casas de familia y el baile público en la calle, los tríos eléctricos, el encender de los reflectores, de las lámparas de colores en la fachada de la iglesia, ella vagando en medio de la multitud y Miro a su lado, conduciéndola de la mano. Sensación de levedad, Manela se sentía capaz de salir volando, golondrina liberada en la euforia de la fiesta.

Por la mañana, al llegar a la Iglesia de la Concepción de la Playa, era una pobre chica, infeliz. Oprimida, sin voluntad propia, siempre a la defensiva: miedosa, embustera, desanimada, fingida, sumisa. Sí, tía. Ya oí, tía. Ya voy, tía. Obediente. Concurrió a la procesión porque Gildete se lo había exigido, en un ultimátum de amenazas horrendas:

—Si no estás aquí bien tempranito te voy a buscar, y soy muy mujer para partirle la cara a esa tipa si se atreve a decir que no puedes venir conmigo. ¿Dónde se ha visto una cosa así? Piensa que tiene coronita, que es una reina, y no pasa de ser una pretensiosa, una comemierda. No sé cómo Danilo soporta tanto fastidio, hay que tener mucho aguante.

Las manos en la cintura, en pie de guerra, completó:

—Tengo cuentas que saldar con esa presumida, anduvo hablando de mí, tratándome de revoltosa y macumbera. Un día me las va a pagar.

Bonachona, cordial, amorosa, un dulce de coco, la tía Gildete no guardaba rencor; los anunciados desquites, las prometidas venganzas no iban más allá de las palabras. Pero en las raras ocasiones en que se enfurecía, perdía los estribos, se transformaba, cambiaba por completo, capaz de los peores absurdos.

¿No había irrumpido, desatinada, como loca, en el despacho del Secretario de Educación cuando la tentativa gubernamental de suspender la merienda escolar en nombre de la economía? ¡Cálmese, profesora! —y eso fue lo único que dijo el secretario—. Perdió la compostura, abandonó la sala precipitadamente, temeroso de la agresión física, al enfrentar la figura robusta de Gildete en tren de pelea, las ríspidas palabras de acusación, en nombre de los chicos pobres, la sombrilla levantada —piernas para qué te quiero. Funcionarias en pánico trataron de detenerla, Gildete las apartó enardecida; resuelta, sin prestar atención a protestas y prohibiciones, fue atravesando las antesalas hasta llegar al recinto sagrado donde el secretario atendía. La fotografía salió en los diarios, ilustrando las noticias sobre el proyecto de supresión de la merienda escolar hasta entonces guardado en secreto; resultó en una tan grande ola de protestas, amenazas de huelga y manifestaciones que la medida fue cancelada y Gildete escapó de desacreditante advertencia en su hoja de servicios. En lugar de reprimenda, elogios, pues el gobernador aprovechó lo sucedido para librarse del secretario, de cuya lealtad política dudaba. Para rematar le atribuyó la autoría de la malhadada idea y lo entregó a las fieras.

Elogios y cierta notoriedad: en un discurso en la Asamblea del Estado, Newton Macedo Campos, combativo diputado opositor, se refirió al incidente, colocó a Gildete en las alturas, tratándola de "ardiente patriota e ínclita ciudadana, noble abanderada de los niños, líder de la sacrificada clase de los profesores". Además, quisieron cooptarla para la dirección del sindicato pero ella se negó: le gustaban los elogios pero no había nacido para líder o heroína.

Sacando fuerzas de flaqueza, Manela obedeció y a la mañana temprano se fue para la casa de la tía Gildete, aprovechando la ausencia de Adalgisa, que había ido, en compañía del marido, a la misa del séptimo día de la esposa de un colega de Danilo. Se llevó los cuadernos y los libros de inglés para que ella la creyera en clase; calculaba estar de vuelta para el almuerzo. Controlaría la hora en el reloj, abandonaría la procesión a tiempo de ir a buscar el vestido y los libros, tomar el ómnibus, todo cronometrado. Así, temblando por dentro, asustada con la propia audacia, se cambió de ropa, se puso las enaguas y la pollera armada, los senos desnudos bajo la bata de bahiana —¡ay, si tía Adalgisa viera una cosa semejante!

Decir que no se arrepintió, que le encantó, es poco decir. Al retomar el camino a la casa, fuera de hora, era otra Manela: la Manela verdadera, aquella que se había escondido después de la muerte de los padres, que se apagaba al recelar el castigo. Del castigo de Dios que, omnipresente, todo lo ve y todo lo anota para el ajuste de cuentas en el día del Juicio Final, y del castigo de la tía Adalgisa que la criaba y educaba. La tía, atenta y batalladora, al ver o al saber, cobraba en el momento, con el grito y con la correa.

Es de verde que se tuerce el pepino; Manela había cumplido trece años cuando fue a vivir en compañía de los tíos, no era tan chica, y, según Adalgisa, los padres la habían educado muy mal. Niña-muchacha llena de mañas y caprichos, habituada a las malas compañías, al trato de gentuza, suelta con las compañeras del colegio en las matinés del cine, en los auditorios de la televisión participando en programas que de infantiles sólo tenían el nombre, en las fiestas, hasta a terreiros de candomblé la habían llevado, los irresponsables.

Adalgisa le había puesto cabestro, le dictaba horarios rígidos, no le permitía andar por la calle, y, en cuanto a fiestas y cines, solamente acompañada por los tíos. Terreiros de santos, ni hablar: Adalgisa le tenía horror al candomblé. Horror sagrado, el adjetivo se impone. Cabestro corto, mano fuerte, la llevaba bajo control, castigaba sin dolor ni piedad. Estaba cumpliendo su deber de madre adoptiva —un día, instalada en la vida, Manela se lo agradecería.

LA HORA DEL MEDIODÍA. *Exê-ê-babá!* Las palmas de las manos abiertas a la altura del pecho, Manela saludó la llegada de Oxolu-fa, Oxalá viejo, en el atrio de la Basílica de Bomfim: curvándose delante de la tía Gildete al verla estremecerse, cerrar los ojos y quebrar el cuerpo sobre las rodillas, poseída. Apoyándose en la escoba, improvisado *paxôro*, Gildete salió bailando los pasos del encantado: viejo, quebrantado pero por fin liberto del cautiverio, de la cadena donde penaba sin juicio y sin sentencia, Oxalá festejaba la libertad. Cuando se mostró en la plaza, las campanas repicaban anunciando la hora del mediodía.

Hora en que Manela había calculado estar de vuelta en la Avenida del Ave María, para el almuerzo. Vestida de estudiante, con falda y blusa, los senos presos en el corpiño, en la mano la cartera con los libros y los cuadernos de inglés, como si llegara de la clase en el instituto. Buen día, tía, ¿cómo te fue en misa?

Ciertamente se había olvidado o había desistido y, al oír las campanas, ya no servía de nada acordarse, pues a las doce y media en punto el tío Danilo se sentaba a la mesa y la tía Adalgisa le servía de comer. Si Manela por acaso se atrasaba, el plato se enfriaba a la espera en la cocina: llegó tarde, coma comida fría para aprender a llegar en hora. Aquel día Adalgisa ni siquiera se ocupó de preparar algún plato y ella misma apenas probó el bife a la cacerola con *feijão-fradinho* —se quedó en el primer tenedor: el espanto y la indignación le cerraron la garganta. La boca amarga como hiel, la cabeza estallando, muda, sin querer creer lo que los ojos habían visto — antes mejor ser ciega.

LAS AGUAS DE OXALÁ. Quien anda para atrás es cangrejo, consideraba en la víspera la tía Gildete, amiga de las frases hechas, las historias y los recitativos, concluyendo la diatriba contra Adalgisa. Volviendo a su manera de ser normal, sentada entre las sobrinas, rascando suavemente la cabeza de la hija Violeta acuclillada a sus pies, se había referido a la leyenda de las aguas de Oxalá y la había relatado —si quieren oír, se la cuento. Si lo hizo con algún propósito, no lo proclamó. Se aclaró la garganta y dijo lo que sigue, palabra más, palabra menos:

—Cuentan los antiguos, lo oí de mi abuela, negra grunci, que Oxalá salió un día recorriendo las tierras de su reino y de los reinos de sus tres hijos, Xango, Oxóssi y Ogum, para saber cómo vivía el pueblo, con la intención de corregir injusticias y castigar a los malos. Para no ser reconocido, se cubrió el cuerpo con trapos de mendigo y salió a preguntar. No recorrió mucho camino: acusado de vagancia, lo llevaron preso y le pegaron. Por sospechoso lo metieron entre rejas, donde, ignorado, vivió años enteros, en la soledad y la suciedad.

"Un día, pasando por casualidad frente a la mísera cárcel, Oxóssi reconoció al padre desaparecido, dado por muerto. Liberado a los apurones, rodeado de honras, antes de regresar al palacio real fue lavado y perfumado. Cantando y bailando, las mujeres trajeron agua y bálsamo y lo bañaron; las más hermosas le calentaron la cama, el corazón y las partes.

"Aprendí en carne propia las condiciones en que vive el pueblo de mi reino y en los reinos de mis hijos; aquí y allá en todas partes campean el arbitrio y la violencia, las reglas de la obediencia y el silencio; traigo las marcas en mi cuerpo. Las aguas que apagan el fuego y lavan las llagas van a apagar el despotismo y el miedo, la vida del pueblo va a cambiar: empeñó su palabra, puso en juego su poder de rey. Esa es la historia de las aguas de Oxalá, que pasó de boca en boca, atravesó el mar y así llegó a nuestra capital bahiana: mucha gente que acompaña la procesión, cargando potes y cántaros con agua perfumada para lavar el piso de la iglesia no sabe lo que hace. Quiero que ustedes lo sepan y lo trasmitan, a los hijos y a los nietos cuando los tengan: la historia es linda y contiene enseñanza.

Se calló Gildete, sonrió a la hija y a las sobrinas. Tomando a Manela de la mano, la estrechó contra el pecho, la besó en las mejillas y le acarició el pelo enrulado.

Oxalá no logró cambiar la vida del pueblo, es fácil comprobarlo. Aun así se debe reconocer que ninguna palabra pronunciada contra la violencia y la tiranía es vana o inútil: alguien, al oírla, puede superar el miedo e iniciar la resistencia. Así fue que Manela recorrió los caminos de Oxalá en el atrio de la Basílica de Bomfim a la hora en que debía estar llegando a su casa.

LA EKEDE. Cuando las campanas repicaron, en la aflicción de la hora perdida, Manela se unió al Señor de Bomfim, para quien nada es imposible. En los altos de la sacristía, todo un piso repleto de agradecimientos y *ex votos*, el museo terrible de los milagros, testimonio y prueba de poder del santo patrono.

Al mismo tiempo que invoca la protección divina —¡Misericordia, mi Señor de Bomfim! —, en un gesto instintivo, hereditario, Manela inicia el ritual de las *ekedes*, acólitas de las *hechas* en el cuidado de los orixás manifestados: desenrolló de la cintura la faja inmaculada para limpiar con ella el sudor del rostro de Gildete: las manos en la cintura, los puños cerrados, Oxalá rezonga órdenes.

Manela tenía conciencia de la dimensión de la falta cometida, del tamaño del delito: mayor no podía ser, ¡ay, no podía! Precisaba inventar una explicación verosímil, imaginar una disculpa admisible que sujetara el brazo implacable de la tía Adalgisa y le callara la boca de improperios —ciertos insultos dolían más que un par de bofetones. Se tornaba difícil engañar a la tía, desconfiada y especuladora, pero a veces Manela conseguía convencerla y escapar del sermón, los retos y la correa. No es que fuera embustera por naturaleza, pero, en momentos de pánico y humillación, no se podía hacer más que mentir. Peor todavía cuando no se le ocurría nada y sólo le restaba confesar el error y pedir perdón: perdón, tía, no lo hago más, nunca más, lo juro por Dios, por el alma de mi madre. El pedido de perdón no evitaba el castigo, cuando mucho lo ablandaba —¿valdría la pena?

Secó la cara de la tía Gildete y, sin pensar, como si obedeciera órdenes —tal vez las órdenes rezongadas de Oxalá—, la acompañó a lo largo de la danza triunfal del *encantado*, conmemorativa de la libertad conquistada, del fin de la soledad y la suciedad. Se fue entonando, sintió como una comezón en los brazos y las piernas, trataba de equilibrarse, no lo lograba, dobló el cuerpo, se dejó ir. Como en un sueño, se percibió otra, flotando en el aire, y se dio cuenta de que ya no necesitaba inventar disculpas, concebir mentiras, pues no estaba cometiendo un crimen, un delito, un error o una falta, ningún pecado. No había culpa que confesar, motivo para pedir perdón o merecer castigo. En un paso de liberación, Manela bailó frente a Oxalá, *Babá Okê*, padre de la Colina de Bomfim; evolucionaba ella y la tía Gildete en el atrio de la Basílica en medio de las palmas cadenciadas de las bahianas. ¿Cómo sabía aquellos pasos, dónde había aprendido ese ritmo, adquirido ese fundamento? Alegre y leve, de pie contra el cautiverio, ya no le pesaban en el lomo la culpa y el miedo.

Oxolufã, Oxalá viejo, el mayor de todos, el padre, se

acercó a ella y la abrazó, y abrazada la mantuvo contra el pecho, estremeciéndose y haciéndola estremecer. Al apartarse, gritó bien alto para que supieran: *Eparrei!*, y las bahianas lo repitieron, inclinándose delante de Manela: *Eparrei!*

Yansã partió tan súbitamente como llegó. Se llevó, para enterrar en el monte, la inmundicia acumulada, toda esa porquería: la pusilanimidad y la sumisión, la ignominia y el fingimiento, el miedo a las amenazas y los gritos, a las bofetadas en la cara, a la correa de cuero colgada en la pared y, peor que todo, a los pedidos de perdón. Oyá había *limpiado* el cuerpo de Manela, le había *hecho la cabeza*.

Al susto y a la mortificación que la dominaron cuando las campanas marcaron la hora del mediodía sucedió un completo desahogo: presa de alegría, en el rechazo al yugo y al cabestro, Manela rediviva. Así rodaron aquel Jueves de Bomfim las aguas de Oxalá. Apagaron el fuego del infierno, *axé*.

EL COUP DE FOUDRE. Aquel Jueves de Bomfim, bajo el sol escaldante y luminoso de enero, al final de la ceremonia de lavado, Manela conoció a Miro.

Coup de foudre, como diría al tomar conocimiento del caso el estimado y conceptuoso vecino, profesor João Batista del Lima y Silva, familiarizado con la lengua y la literatura francesas, si bien en la Universidad enseñaba periodismo. Amor a primera vista en lo que a Manela se refiere, Miro le había echado el ojo hacía bastante tiempo y aguardaba una ocasión propicia para declararse.

Estaba Manela alborozada en los escalones del atrio, rociando con agua perfumada a la multitud en delirio —hijas de santo en trance recibían *orixás*; diecisiete Oxalás erraban por el patio, diez Oxolufas, siete Oxanguinhas—, cuando oyó a alguien pronunciar su nombre, llamándola con insistencia:

—¡Manela! ¡Manela! Aquí estoy.

Miró y lo vio comprimido junto a las escaleras, puestos en ella los ojos pedigüeños. En la cara negra la boca abierta en risa exhibía los dientes blancos y, por increíble que parezca, en aquel apretujamiento atroz los pies sambaban. Manela tropezó, derramando el contenido del cántaro de barro, cuyas últimas gotas cayeron sobre el pelo rizado del atrevido. Pelo peinado a la *black power*,* ultima moda lanzada por los *black panthers*** norteamericanos, sena de la lucha antirracista. Manela no recordaba haberlo visto antes, ?que importancia tenia?

Miro extendió la mano y dijo:

—Ven.

EL VUELO DE LA GOLONDRINA. Sensación de alivio, de bienestar, el deseo único y urgente de vivir, insidiosa euforia, dulce locura: la golondrina liberta batía las alas, lista para alzar el vuelo y descubrir el mundo: Manela reía sin freno.

En la plaza en torno de la Basílica y en las calles al pie de la Colina, el pueblo había dado comienzo al carnaval: mes y medio de juerga y diversión, de fiesta sin parar, que nadie es de hierro para aguantar durante el año entero las amarguras de la vida, la miseria y la opresión, la desgracia vil e ilimitada. El don de hacer la fiesta aun en medio de semejantes y calamitosas condiciones es propio y exclusivo de nuestro pueblo, y merced del Señor de Bomfim y de Oxalá: los dos juntos suman uno, el Dios de los brasileños, nacido en Bahía.

Desfilaban *blocos* y *afoxés*, los Hijos de Gandhi hacían la primera figuración del año, y la música de los tríos eléctricos resonaba en un horizonte de palafito y barro, en la podredumbre de los Alagados. Vendedores atravesaban la multitud ofreciendo cintas de Bomfim, medallas y estampas, santitos de colores, *figas* y *patuás*. Numerosa clientela de turistas acudía, alborozada y turbulenta.

En los tableros olorosos, los *acarajés*, los *abarás*, el pescado frito, los cangrejos, la *moqueca* de *aratu* envuelta en hojas de banana, el *acaçá* de maíz. En los puestos atestados, ruidosos, las comidas de coco y de dende: *caruru, vatapá, efó,* las diversas frituras y las diferentes *moquecas*, ¡tantas!, gallina de *xinxim*, arroz de *haucá*. La cerveza bien helada, las *batidas*, el jugo de lambreta, afrodisíaco incomparable. Las canastas de frutas, suntuosas: mango-espada, calota, corazón de buey e itiúba, mango rosa, sapotas, sapotis, cajás, cajaranas, *cajus*, pitangas, jambos, carambolas, once clases de bananas, tajadas

* Black power: poder negro.
** Black panthers: panteras negras.

56

de ananá y sandía. Todo a punto de agotarse, sin embargo los puestos no daban abasto a la clientela vasta y voraz: comilona a manos llenas.

En varias de las casas destinadas a los peregrinos, alquiladas a veraneantes para las fiestas, pequeñas orquestas —guitarra, acordeón, flauta, pandeiro, cavaquinho— animaban assustados familiares. Entre las parejas enlazadas, no faltaban personas de edad, viejitos que competían con los jóvenes, matando las nostalgias de los buenos tiempos. La inmensa mayoría del pueblo, sin embargo, bailaba al aire libre, en la calle, al son eléctrico de los tríos: frevos y sambas, marchas de carnaval: "Atrás del trío eléctrico sólo no va el que ya se murió", dijo el músico. Baile sin tamaño, sin hora de acabar, perenne y desmarcado, hay que ver para creer.

No pararon de saltar, bandada alegre de bailarines que festejaban el grito de inauguración del carnaval en el Jueves de Bomfim: la hermana, la prima, los primos, enamorados y enamoradas, adherentes, conocidos y desconocidos: Manela fue el alma del grupo, nadie le ganó en animación. Enferma a las puertas de la muerte, en el milagro de la salud recuperada quiso usufructuar todo a lo que tenía derecho. Bailó en el asfalto la danza colectiva y brasileña, integrada en la fiesta del pueblo —del populacho, como se comenzaba a decir para designar a la parte más desposeída de la población. En el entusiasmo de la suave melodía de jazz de los Batutas de Periperi, enlazada en los brazos del galán, aleteó en el blues de su vida. Bailó samba, fox, rock, bolero, rumba, twist, inclusive trazó pasos de tango argentino —Miro era imprevisible—, de pieza en pieza, de meneo en meneo, una cerveza aquí, una batida allá, más allá una copa de licor, la euforia creciendo. Eso sí que era vivir.

LA VELA BENDITA. Gildete fue a romper el ayuno en el puesto Reina del Mar, presidió la mesa harta y la prosa inconsecuente, rió con los hijos y las sobrinas, medió entre los enamorados. Se retiró a media tarde: viuda y cincuentona, ya no le competía el trío eléctrico.

Dejó a la hija y las sobrinas al cuidado de los muchachos: Alvaro, estudiante de tercer año de medicina, salía con una compañera de la facultad con intenciones de noviazgo y casamiento; Dionisio, alocado y pintón, cuidaba el puesto del Mercado Modelo, cabeza hueca siempre rodeado de mujeres. En la mesa, dos hermanas gemelas, una oxigenada, la otra morena, se disputaban su preferencia; Dionisio seducía a las dos: ¿no eran gemelas? ¿Y entonces? Súmense los hijos de Gildete, el custodio de Manela, el pretendiente Miro, que no la dejaban ni a sol ni a sombra.

En la punta de la mesa, saboreando *siri*, Gildete buscaba captar en la cara de la sobrina lo que le ocurría por dentro: Manela nada había dicho sobre la hora de volver a su casa, no había demostrado agitación ni apuro. Si por la mañana parecía preocupada, consultando el reloj con insistencia, a veces inquieta, el pensamiento lejos, a partir de la ceremonia del lavado había dejado de consumirse.

Los indicios de desasosiego habían dado lugar a cierta exaltación: habladora, desinhibida, riendo con motivo o sin él, abandonando la mano en la mano de Miro. ¿Habría la sobrina dado el grito de Independencia o Muerte?, se preguntaba la tía. Maestra primaria, adoraba referir a los niños ejemplos de la historia de Brasil. Levantándose de la mesa para ir en busca del ómnibus, al despedirse de Manela le dijo al oído:

—¿No quieres venir conmigo? Si quieres, te acompaño a la casa de Adalgisa, deja todo en mis manos.

—Gracias, tía, no es necesario. Todavía no quiero ir, me quedo con las chicas, voy con ellas. No te preocupes, tía, está todo "okéi".

Gildete demoró la mirada en el rostro de Manela y por detrás de la animación inmoderada, de la fiebre de la fiesta y del romance, pudo constatar el ánimo firme, la decisión segura —no había dudas, había proclamado la Independencia. De cualquier manera, ella, Gildete, se mantendría atenta por lo que pudiera ocurrir. Para intervenir, si fuera necesario. Diviértanse, chicos, recomendó recogiendo el pote vacío y la escoba.

Terminada la obligación del lavado, las puertas de la Basílica se abrieron al público. Los fieles entraban, iban a persignarse delante de la imagen milagrosa del Señor de Bomfim, a pedirle la bendición y protección. Bahianas poco antes en trance se arrodillaban en la nave del templo para rezar el padrenuestro. Apretados en la sacristía, los turistas adquirían entradas para el Museo de los Milagros, preguntaban si estaba permitido fotografiar, fotografiaban. Las beatas vendían velas, la cofradía facturaba dádivas y limosnas. Un padre, moreno y viejo, el ralo pelo blanco, fue hasta la puerta, contempló la plaza en fiesta. Había llegado a vivir el tiempo en que se lavaba toda la iglesia: nunca había percibido en la ceremonia falta de fe, de devoción, señal de falta de respeto. Jamás entendió por qué sus superiores habían prohibido celebración tan piadosa y conmovedora: el pueblo lavando la casa del Señor. ¿Cosa de negros? ¿Pero no tenían sangre negra todos los bahianos? Casi todos, con certeza, las excepciones son raras.

Gildete, al pasar frente a la Basílica, cortó camino, entró, compró una vela bendita y la encendió. Se persignó en la fila de los fieles, colocó la vela en uno de los varios candelabros frente al altar mayor. Se arrodilló frente a la imagen de Nuestro Señor de Bomfim, murmuró un avemaría, hizo la señal de la cruz y, tomando el pote y la escoba, se fue.

LOS ENAMORADOS. Cuando Manela bajó del atrio, Miro, tirándole de la mano, la condujo al puesto Reina del Mar, donde, en la mesa conseguida por obra y gracia de la relaciones de Dionisio, ya se regalaban los primos: Alvaro con la novia, el cabeza hueca con las gemelas, atendiendo a una y a otra con empeño, destreza y competencia. Al verlo llegar, Dionisio interpeló a Miro, elevando la voz para que lo oyeran en medio del barullo:

—¡Eh, Miro! ¿Qué pasa? ¿Tu novia es Manela?

—¿Conoces a alguna otra? —lo desafió Miro.

Dionisio explicó, atendiendo la curiosidad estampada en el rostro de la prima.

—Este vago dijo que iba a buscar a la novia, y vino contigo. No sabía que ustedes se conocían.

Se sentaron apretados a la cabecera de la mesa, pequeña para el número de comensales. Los ojos de Manela se posaron en los de Miro buscando explicación para la impertinencia. Pero el malvado, antes de descifrar la charada, pidió las *moquecas* y las *batidas* —para ella *moqueca* de *siri* y *batida* de *maracujá*, para él *moqueca* de *raya* y *batida* de limón—. Recién después habló, mirándola con tal expresión de ternura y encantamiento que ella bajó la vista y carraspeó —bajo la claridad ofuscante del sol de verano, nadie notó que Manela se había ruborizado, pero no por eso debe ignorarse el detalle, significativo.

—Tú no te acuerdas, pero yo te conocí hace unos cuatro años en el Candomblé de Gantois, en la fiesta de las *quartinhas* de oxóssi. Tú estabas con el fallecido Eufrasio y tu fallecida madre, doña Dolores. Parece que fue ayer. Eras muy chica. Después te perdí de vista pero nunca te olvidé. Recién el otro día supe que eras prima de mis amigos y hermana de Marieta. Ahí me dije: esta vez no se me escapa más.

Pretensión y agua bendita no le hacen mal a nadie, bromeó Manela. Bromeó por bromear, preguntó por preguntar, broma y pregunta inocuas no iban a impedir lo que estaba destinado a suceder:

—¿Y si yo no quisiera salir contigo?

—¿Por qué no ibas a querer? No son chicas lo que me falta, loado sea Dios. Acá como me ves, soy la locura de las chicas, no te miento. Pero me faltas tú. Ya te dije que nunca te olvidé y que te estuve buscando todo este tiempo. Me hechizaste.

Se rió con placer, risa de confianza y convencimiento; Manela rió también, rieron los dos juntos, rió Dionisio sin saber por qué, las dos chicas lo acompañaron. Fueron presa de incontrolable *fou-rire* —como explicaría el profesor João Batista si estuviera allí—. Dionisio, a las carcajadas, señalaba a la prima y al amigo ante las hermanas y los concurrentes. Todavía no había decidido con cuál de las dos terminaría la fiesta. Tal vez con las dos, para mantenerse en la cresta de la ola, de la ola de la promiscuidad sexual, sentida y atrayente reivindicación de ululantes camadas de clase media en sabrosa descomposición. Consiguiendo por fin contener la risa, comentó:

—Dos embobados. Enamoramiento de *caboclo*. Esa no es para mí.

A partir de allí, Manela y Miro no se largaron más. Tomados de la mano circularon por la plaza, se ataron cintas de Bomfim cada uno en la muñeca del otro: tres nudos en cada cinta, cada nudo un pedido secreto. Miro le ofreció un sombrero de paja para protegerla del sol y un abanico de cartón para que se abanicara. Sobre todo saltaron con el trío eléctrico, ni se dieron cuenta del caer de la tarde. La noche los alcanzó en la cadencia doliente de un blues, los rostros juntos, pareja romántica en el assustado ofrecido por el periodista Giovanni Guimarães y su mujer, Nancy.

Doña Nancy servía licores finos, néctar de las monjas carmelitas; Giovanni discutía de política con amigos: esos milicos son demasiado salvajes, unos incapaces, la dictadura no tiene mucha vida. El doctor Zitelman Oliva contestaba: discúlpeme, maestro Giovanni, pero no lo creo. Infelizmente, esa manga de energúmenos vino para quedarse mucho tiempo. Infelizmente, repetía melancólico y realista.

Para pagar promesa, súplica atendida, los Guimarães alquilaban todos los años, en enero, una casa en la Colina y festejaban con denuedo al santo bienhechor. Si quedo embarazada, prometo, mi Señor de Bomfim... Doña Nancy había quedado embarazada, dio a luz una linda nenita, bautizada con el nombre de Ludmila, sonoro y eslavo.

¿Para pagar una promesa? ¿Pero no era Giovanni comunista y de los más convictos? ¿Y por qué una cosa tiene que impedir la otra? ¿Qué vienen a hacer aquí las patrullas ideológicas? ¡Fuera! ¡Rápido! ¡Váyanse al infierno, váyanse a la puta que las parió! No caben patrulladores en estas páginas ecuménicas.

EL BESO. Antes del blues, arrastrado y lánguido, habían girado en el rock y el swing, cortejado en el samba y la rumba, y se habían exhibido en la aplaudida demostración del tango arrabalero. Miro bailaba como un príncipe, Manela no se quedaba atrás: un par de virtuosos, además enamorados —conmovedores. Es grato comprobar que todavía existe sentimiento en un mundo cada vez más dominado por el materialismo grosero y por los intereses egoístas —comentó, conmovida, doña Auta Rosa, la esposa del pintor, dirigiéndose al filósofo belga Michel Sooyans, sacerdote católico, profesor de la Universidad de Lovaina, invitado distinguido, personalidad extranjera. Educado, el distinguido concordó sin esconder sin embargo una punta de impaciencia: si por él fuera estaría en medio de la calle, asistiendo al espectáculo extraordinario de la fiesta del pueblo en Bahía. Amaba las fiestas del pueblo, adoraba a Bahía y, padre moderno y esclarecido, siendo adversario (filosófico) no era enemigo del materialismo.

En la lista de las prohibiciones establecidas por la tía, madre adoptiva, no constaba el baile, sorprendente liberalidad. Tal vez porque a Adalgisa le gustaba bailar y lo hacía con elegancia y beneplácito, cuando iba a los saráos del Club Español o al bailecito en casa de familia conocida. No es necesario decir que bailaba exclusivamente con el marido.

De soltera, antes de conocer a Danilo, Adalgisa había ganado el primer lugar en un disputado concurso de pasodoble, en el salón del Centro Gallego, teniendo como pareja al diestro Dmeval Chaves, en la época joven empleado de librería. Adalgisa todavía posee el broche de oro con amatistas, premio ofrecido por los gallegos de la Casa Moreira, acreditado comercio de antigüedades. Al entregarle la prenda, en improvisación breve pero inspirada, Manolo Moreira la comparó con Terpsícore, eligiéndola "musa bahiana de la danza". Por esas y otras razones, en las fiestitas de cumpleaños, bautismo y casamiento, en los bailes del Español, Manela tenía permiso para bailar, dentro de los límites de la decencia, es claro.

Límites de la decencia, ¡ay!, en la ausencia de Adalgisa, ¿quién podría trazarlos un Jueves de Bomfim, ya llegada la noche, después de tanta cerveza bebida en los puestos, las *batidas* y las *caipirinhas*, sin hablar de los licores de convento y, aún más dulce y embriagadora malvasía, la ininterrumpida declaración de amor? Cuando la luz faltó en la sala —¿se quemó el fusible o algún descarado la desconectó? ¡Vaya a saber! —, Miro la besó en la boca y le pasó la mano por los pechos.

LA DESAFORADA. Eran más de las nueve cuando Manela apareció en la entrada de la Avenida del Ave María: la tía Adalgisa la esperaba en la puerta. El flojo del marido había salido para no presenciar la escena, dejando a la esposa, pobre ser enfermo, la preocupación y la responsabilidad. Madre adoptiva, Adalgisa había asumido las obligaciones y las cumplía aun sintiéndose, como se sentía, al fin de sus pocas fuerzas: palpitaciones en el corazón, la boca amarga, la cabeza a punto de estallar.

Manela no llegó a pronunciar una sola palabra: no me

vengas con mentiras, perra sinvergüenza, que ya lo sé todo. Dos bofetadas, una en cada mejilla, la mano abierta y pesada de la tía, allí en la puerta de calle, a la vista de los vecinos. Entró cobrando. Bofetones que estallaban y la voz airada de Adalgisa que la insultaba con los peores nombres. Le echó en cara los malos instintos, la vocación macumbera y meretriz y, no dándose por conforme, trajo de la paz del cementerio la memoria de Eufrasio: tuviste a quien salir, al negro *cachacero*, el borracho que mató a mi hermana, pobrecita. Pasó de largo los orígenes, las maneras y las costumbres de la pobrecita de la hermana, atribuyendo a la sangre y a la influencia del cuñado las inclinaciones deplorables que insistían en apartar a la sobrina del buen camino para conducirla al pecado y la perdición.

Se olvidaba de que en su hermana, Dolores, había prevalecido el otro lado, el africano. La sangre española que le corría por las venas no le había impuesto leyes ni hábitos, no la había hecho blanca. Por el brazo católico del padre, don Francisco Romero Pérez, llamado Paco Negrero en homenaje a sus prioridades en materia de hembras, Adalgisa había tomado los caminos de la colonia española y de la Santa Madre Iglesia, sin desvíos. Por la mano plebeya de la madre, Andreza de la Anunciación, llamada de Yansã porque ninguna exhibía tamaño garbo al recibir al *encantado* de los truenos en la ronda de las *hechas*, Dolores, sin dejar de frencuentar a los gallegos con agrado y la misa con piedad, no se perdía fiesta, grito de carnaval, *obligación* de candomblé. En el *axé* secular de la Casa Blanca se rapó la cabeza, hija dilecta de Euá.

El lado afro de Dolores se acentuaba en las hijas, morenas color de cobre, pues Eufrasio, a pesar de la turbulenta abuela romana y del apellido Belini, era bien oscuro, brasileño de muchas sangres mezcladas —Belini Alves del Espíritu Santo, italiano, portugués y negro. Con tantos muchachos blancos, de buena familia, ¿por qué diablos, se preguntaba la ibérica Adalgisa, Dolores había elegido al *cabo-verde*? ¿Qué había visto en él, además de la guitarra y el saber cantar?

Al oír a la tía despotricar contra Eufrasio, tratándolo de borracho y asesino, solamente entonces Manela abrió la boca, levantó la voz, le interrumpió el discurso, deteniendo el caudal de bilis:

—No hables de mi padre. Habla de mí, di lo que quieras,

no me importa... eres mi tía, vivo en tu casa, tienes derecho. Pero sácate de la boca el nombre de papá, que no está vivo para defenderse.

Fue tan inesperado, tan insólito y absurdo, que Adalgisa se calló, confundida. Fuera de sí, no se había dado cuenta de la extraña actitud de la sobrina, que hasta allí se había mantenido en silencio, cobrando callada, sin llorar ni pedir perdón. ¿Dónde estaba la Manela sumisa y temerosa, deshecha en lágrimas y sollozos, caída de rodillas solicitando clemencia? Basta, tía, juro que no lo hago más, lo juro por mi salvación, por el alma de mi madre. Por fin destrabó la boca, recuperó la voz, pero lo hizo para ordenarle a la tía que se callara. ¿Qué había pasado, capaz de tornarla así de osada, de exhibir tamaño atrevimiento? ¿Qué estaba ocurriendo?

—Te enseño, desagradecida. ¡Te arranco la lengua, desaforada!

Se dirigió al fondo de la sala y sacó la correa de la pared.

EL NOTICIARIO DE LA UNA EN LA TELEVISIÓN. Adalgisa escuchaba radio durante el día entero, sabía de memoria los horarios de las principales emisiones, no se perdía los programas de concursos y de música *sertaneja*, los preferidos. No se separaba del aparato de transistores, llevándolo de aposento en aposento: en el baño a la mañana temprano, sobre la cómoda en el dormitorio, en la cocina mientras preparaba el almuerzo, encima de la máquina de coser en la sala. La apagaba de noche para mirar novelas en televisión; seguía dos, la de las siete y la de las ocho, la primera casi siempre con el marido, también él novelero. Terminados los deberes escolares, Manela se reunía con los tíos.

El televisor, aparato caro y noble, no tenía el mismo gasto, la misma utilidad que la radio de pilas: no podía transportarlo de cuarto en cuarto, prestar atención al programa mientras se encargaba de las tareas de la casa. Lo apreciaba sobre todo por la noche: novelas, miniseries, películas, transmisiones directas de los acontecimientos importantes. Danilo prefería los programas deportivos, fanático del fútbol, su pasión. Había jugado en el Ipiranga, club de su corazón, primero y único. En él se había iniciado cuando todavía era un chico, en él se había hecho conocido, punta de lanza celebrado, popular. Rechazó propuestas millonarias del Bahía y del Victoria, jamás cambió de camiseta hasta sacársela como consecuencia de una contusión grave que lo apartó de la cancha para siempre.

Otra preferencia del marido: no se perdía los noticiarios, inclusive el de la una de la tarde: desde la mesa donde almorzaba, se ponía al tanto de lo que sucedía en Brasil y en el mundo, comenzando por las noticias de Bahía. Adalgisa miraba el noticiario desatenta: los azares de la política y los rumbos del universo poco le interesaban, con excepción de los desfiles de modas y las informaciones respecto de las cortes europeas, de España, de Mónaco, de Inglaterra: se babeaba por la familia real inglesa. ¡Qué divina!, exclamaba al divisar en la pantalla a la Reina Madre.

Ahora bien, acontece que aquel día, habiendo encendido como de costumbre el televisor para que Danilo viera el noticiario, a Adalgisa casi le da un patatús al ver en el video a su sobrina Manela en pleno lavado de Bomfim. La depravada desparramaba agua perfumada en la melena de un vagabundo cualquiera: días después el vagabundo resultó ser chofer de taxi, el vehículo parado delante de la entrada del pueblo, la bocina implacable. Menos mal que Adalgisa tuvo tiempo de sentarse. Danilo exclamó: ¡Pero es Manela, mira, Dadá! Le resultaba gracioso, al infeliz. Dadá murmuró: ¡Ay, Dios mío!, y se puso la mano sobre el corazón para impedir que estallara.

Trasmitido en vivo desde los altos de la Colina de Bomfim, el reportaje sobre la fiesta del lavado comenzó presentando esa alegre imagen de Manela junto a las escaleras, el cántaro en la mano —quien la vio no la olvidó. Después, habiendo mostrado al gobernador y al intendente saludando el uno y el otro a la multitud, las cámaras se movieron en flashes sucesivos, algunos realmente afortunados, de las bahianas bailando en el atrio de la Basílica en honor a Oxalá. Adalgisa reconoció a Gildete llevando a Violeta, Manela y Marieta. Gildete y Violeta, impenitentes candombleras madre e hija, sin conformarse con inducir a esas usanzas impías y desbocadas a la sobrina Marieta, huérfana indefensa, arrastraban a Manela a escondidas, en rebeldía contra la madre adoptiva —apuñalaban a Adalgisa por la espalda.

65

Una de las cámaras aisló a Manela una vez más para mostrarla, impúdica, revoleando las ancas, el rostro brillante de sudor e impudor, los pies endemoniados. No la veía de la misma manera el locutor que se desparramaba en elogios a la fiesta, a las bahianas y a Manela en particular. Llamaba la atención de los telespectadores sobre la pureza del traje blanco, ritual, los collares y las pulseras, según él expresiones auténticas de una cultura; en la opinión de Adalgisa, bárbara y afrentosa ornamentación de *candomblé*. Un sátiro, cínico y pedante, el descaro escondido debajo de las barbas a lo Che Guevara, de moda entre la muchachada contestataria y rockera, el locutor se declaró incapaz de "describir como es debido la belleza café con leche de Manela; para hacerlo como se lo merece se exige la inspiración de un poeta, la imaginación de Godofredo Filho, la fantasía de Carlos Capinam". Poeta o no, se deslumbraba el cronista con la gracia adolescente, la expresión altanera, la hermosura de la bahiana, flor de la raza brasileña cumpliendo su obligación de hija de santo en la procesión de las aguas de Oxalá. Con qué placer abofetearía Adalgisa al charlatán si lo tuviera allí, delante de ella, en persona y no por televisión. En el video, la cara de Manela, pervertida, riendo como una perdida, los pies de Manela trazando pasos de macumba, el busto semidesnudo bajo la blusa suelta, cara, pies y busto en el noticiario de la una de la tarde, programa visto y oído por centenas de miles de personas, en la capital y en el interior. ¡Qué ultraje! ¡Qué goce!

¡Manela está con todo!, dijo Danilo, ancho por los merecidos elogios a la belleza de la sobrina. No llegó a decir que eran merecidos, se tragó el resto de la frase, pues Adalgisa lo miró de tal manera, ojos mortales de furia y dolor, que el buen Danilo en el mismo instante se dio cuenta, horrorizado, del error cometido y percibió la extensión criminal del acontecimiento: Manela había ido a la procesión por libre y espontánea voluntad, sin pedir permiso, sin el acuerdo de Dadá y, todavía peor, aceptando la invitación de Gildete. Y él, la bestia del tío, la aplaudía.

¡Flor de la raza, hermosura adolescente, rostro altanero! Adalgisa miraba en el televisor la cara sudorosa, grosera, corrupta —esa es la palabra justa— de la vil desvergonzada: hipócrita, pérfida, falsa, desleal, gentuza de la peor especie, entregándose a la nefanda práctica de la hechicería. Apuñalada a traición, el puñal clavado en el pecho, Adalgisa se levantó de la cruz en el estertor de la muerte, apagó el televisor. Danilo dejó la servilleta y, sin esperar el café, se fue cantando bajito.

El dolor de cabeza, insoportable, un nudo en el estómago, sensación de náusea, malestar creciente, generalizado, Adalgisa elevó los ojos moribundos a la estampa del Corazón de Jesús entronizada en la sala: ¡Socórreme, Señor, en este trance! ¡Dame fuerzas para corregir a la pecadora, para traer a la oveja descarriada de vuelta a tu rebaño!

EL CÓDIGO DE CASTIGOS. Decir que en casa de los padres' Manela jamás había cobrado sería mentir, falsear los datos de la narración, mala costumbre hoy corriente entre los conspicuos señores que escriben la Historia —la grande, con H mayúscula. La hacen a gusto, a la medida de los intereses de los dueños del poder, acomodando los hechos según la conveniencia de los dictadores. No se trata, explican ellos, de desfigurar la Historia sino de limpiarla de acciones y personajes que le comprometen la imprescindible pureza ideológica.

Alguna que otra vez, tanto Eufrasio como Dolores le calentaban la cola cobrándole una travesura más osada. Unas pocas palmadas, más para constar que para doler. Zurra propiamente dicha, digna de ese nombre feo, Manela recibió apenas una, y la merecía. Tenía doce años, cursaba el primer año del Colegio Manuel Devoto y formaba parte de un grupo pesado.

Invitado a comparecer al colegio, Eufrasio se encontró con otros padres y madres en la sala del director y fue informado de que recaía sobre Manela y sus demás compañeros una amenaza de expulsión debido a la gravedad de la indisciplina cometida el día anterior. Sólo los padres saben de las dificultades para obtener vacante para los hijos en un establecimiento oficial, gratuito. Eufrasio debía la vacante para Manela a la recomendación del doctor Wilson Lins, además de escritor, prócer político.

Indignados por el cero puesto, de pura maldad, por el profesor de Educación Moral y Cívica a la totalidad de la clase, los cuarenta alumnos —veintidós chicos, dieciocho chicas—

67

le habían derramado en el cuaderno de notas una generosa cantidad de aceite de dendê y, como todavía sobraba en la botella, esparcieron el resto en la silla donde el déspota asentaba el flaco trasero. Escuálido, intolerante y aburrido pero mayor del Ejército, el profesor puso al director contra la pared. La amenaza de expulsión no pasó del susto, imposible expulsar a un grupo entero y, por fortuna, se trataba de un mayor retirado. No por eso Eufrasio dejó pasar el hecho por alto: paliza para el recuerdo.

La vida regalada, en el cariño y la confianza de los padres, sin miedo y sin mentiras, terminó al mudarse a la casa de los tíos después de la tragedia del accidente automovilístico. En seguida comenzaron las reprimendas y los castigos. Severos y continuos, sobre todo en el transcurso del primer año, cuando Manela todavía mantenía veleidades de resistir a las órdenes de Adalgisa. Antes de que cambiara de táctica y se dispusiera a mentir y a fingir, a actuar a escondidas.

Comenzaron y prosiguieron, oír sermones y cobrar bofetadas se tornó hábito, humillante y doloroso, al principio inevitable. Adalgisa había aprendido con el padre José Antonio, su director espiritual, a no usar la palabra castigo: la madre no castiga, enseña, corrige. Decía: mereció un correctivo, yo se lo apliqué, cumplí con mi deber pues la estoy criando en el respeto a la ley de Dios, para hacer de ella una señora.

De Danilo, Manela no tenía quejas. El tío jamás había levantado la mano para castigarla ni abierto la boca para insultarla, retarla, tratarla de mocosa, de inmunda ingrata, de ordinaria, de excomulgada. Si había dejado de defenderla del rigor de la esposa —llegó a intentarlo pero luego desistió, no se atrevía a contrariar a su intempestiva Dadá, una pila de nervios, siempre con las eternas jaquecas—, por cierto que en lo íntimo reprobaba los métodos educacionales usados por la consorte, íntegra, pía e iracunda. Además, en la manera de actuar y comportarse de Adalgisa había un montón de cosas que él desaprobaba y deploraba.

Jovial y gentil, Danilo introdujo a la sobrina en las sutilezas de la dama y el backgammon, le enseñó juegos de paciencia y trucos de baraja. De paciencia y trucos necesitaba Manela para soportar y transgredir, cumplir y violar el reglamento que le dictaba la conducta y le comandaba la vida. Código severo y estricto; cada falta con su pena.

68

Penas de las más variadas, para que ningún verdugo encontrara defectos. Dejar de ir con los tíos al cine, quedar encerrada en el cuarto a la hora de la novela de la televisión, de los programas de Chico Anisio y Jo Soares, prohibición de frecuentar casas de amigas, no hacer la visita semanal a la tía Gildete, quedarse sin postre, rezar el rosario de rodillas y en voz alta, éstos eran algunos de los castigos más corrientes. Represiones, palmadas, tirones de orejas, golpes en la cara y, cuando la culpa, el error, el pecado pasaba de venial a capital, para corregirlo ahí estaba, colgada en la pared, la correa de cuero, antigua, informe, aterradora —eficiente. La lista de los pecados mortales establecida por tía Adalgisa, mucho mayor que la del catecismo, aseguraba la utilidad de la correa. Regalo del padre José Antonio al saber que la cara diocesana había decidido criar a la sobrina huérfana: le va a ser útil, no tenga escrúpulos en utilizarla, corregir a quien prevarica no es pecado, no ofende a Dios, es de su agrado. Está en la Biblia, hija mía: castigar con firmeza es una de las maneras de demostrar misericordia.

No se debe perder tiempo, dejar para mañana lo que se puede hacer hoy: al día siguiente del entierro de Dolores y Eufrasio, cuando Manela regresó de la clase, los ojos todavía hinchados de llorar, Adalgisa la puso en confesión y le rezó el credo. Vamos a aprovechar para aclarar las cosas desde ya, poner los puntos sobre las íes para que después no digas que no sabías. Si eres obediente y te portas bien, si sacas buenas notas en el colegio, si procedes con decoro y pundonor, demuestras temor a Dios y devoción, y no les das disgustos a los tíos, nada te faltará y tendrás derecho a regalías.

Cuáles eran las regalías nunca lo supo, pero tomó conocimiento inmediato de la extensa relación de lo que le estaba prohibido. Frecuentar malas compañías; asistir a matinées, auditorios de televisión, bailecitos, fiestas de cualquier clase, a no ser acompañada por los tíos; andar por la calle; dar cuerda a los muchachos, salir con alguno. De *candomblé*, *umbanda*, esas hechicerías, mantener la mayor distancia, ni oír hablar, son antros de perdición donde el demonio se apodera de las almas de los cristianos.

No le impedía ver a la otra tía, la hermana del padre, pero esas visitas debían ser limitadas, no más de una por semana y ya era mucho. Si la hermana quisiera verla, que fuera a

69

la casa de Adalgisa y Danilo, ¿no eran también tíos de ella? Fue un largo monólogo, repetitivo, la voz ora blanda y cariñosa, ora agresiva y amenazadora, Adalgisa se exaltaba fácilmente.

El fin justifica los medios, ya lo enseñaban con provecho Hitler y otros padres de patria, guías geniales de los pueblos: voy a hacer de ti una señora, cueste lo que costare. Para concluir la exposición con broche de oro, le señaló el látigo en la pared, entre una estampa de la Virgen Santísima y un retrato amarillento de Adalgisa y Danilo felices el día del casamiento. Si era necesario, ella, Adalgisa, tía con responsabilidades de madre adoptiva, no dudaría en usar la correa, sin hesitación ni asco. Será para tu bien, un día me lo vas a agradecer.

LA CASI MISS. Manela vino a conocer el peso de la fusta, el ardor del látigo, cortante como un filo de navaja, transcurrido más de un año desde aquella conversación inicial y terminante. Lo consideraba, desde hacía mucho, objeto simbólico, sin otra función fuera de la de advertir, intimidar.

Se había tornado bastante habilidosa en el arte de engañar a la tía, de adormecerle la vigilancia, envolviéndola en complicada trama de mentiras e invenciones. Para mejor convencerla, había conseguido comprometer, en una especie de amigable conspiración, a amigas del colegio y hasta a vecinos apenados por las restricciones y las correcciones impuestas a Manela, víctima indefensa de una saña desnaturalizada. Ni los asesinos en la cárcel cumplen pena tan férrea —se rebelaba Damiana, vecina del otro lado de la pared obligada a oír gemidos y sopapos, pedidos de perdón. Esa mujer es una víbora, no tiene corazón, decía en voz alta, para quien quisiera oírla.

Habituada a las confesiones de Manela —asumía las faltas aun sabiendo que no escaparía al castigo: tiene algo bueno y lo reconozco, no es mentirosa—, Adalgisa había creído con cierta facilidad, durante meses, las explicaciones, las disculpas para los atrasos, las razones para las salidas y las visitas. Sabes, tía, llego tarde porque acompañé a Telma al Hospital Portugués donde está internado el padre; operación de cáncer, pobrecito, no se salva. Adalgisa se interesaba:

¿cáncer? No me digas. ¿Ya tiene metástasis? Operaciones y hospitales, enfermedades y tribulaciones, temas de su agrado. En las tramas engendradas por Manela siempre había una punta de verdad y, si era el caso, un cómplice acompañaba a la embustera a la puerta de casa, pronto a confirmar la patraña, sobre todo las de mayor envergadura.

Tantas veces va el cántaro a la fuente que al final se rompe y el agua se derrama: las patrañas crecieron y se volvieron tan frecuentes que Adalgisa terminó con la pulga en la oreja. Como quien no quiere la cosa, haciéndose la tonta, pasó a someter a control riguroso las disculpas, las justificaciones y los pasos de Manela. No tardó en descubrir los cuentos de la sobrina, duplicó la dosis de los castigos conforme le pareció recomendable y equitativo, pues a la falta se sumaba la mentira, uno de los siete pecados mortales del catecismo.

Del concurso para la elección de Miss Primavera, sin embargo, Adalgisa se enteró por accidente, aunque a tiempo, ¡bendito sea Dios!, de evitar que ocurriera lo peor. Tomada por sorpresa, había quedado inmóvil, despavorida: unos breves segundos, nadie se dio cuenta. Luego se recompuso y fue a la guerra.

Le llamó la atención una clienta, Norma Martins, señora rica, exponente del top-set, a pesar de ellos criatura simple además de competente médica ginecóloga. Le había encargado un sombrero para usar en el casamiento de la hija del doctor Jorge Calmon, el de *A Tarde*, evento que había hecho a Adalgisa trabajar día y noche, seis sombreros de alto lujo que entregar en el transcurso de la semana.

Palabra va, palabra viene, durante la prueba de la obra maestra en flores artificiales y discreto velo de tul, doña Norma, que no perdía ocasión para hablar del hijo, entonces alumno secundario pero ya con la locura del piano —más que locura, vocación—, se refirió a Manela:

—Renatito es promotor electoral de su hija...

—¿Mi hija? —se admiró Adalgisa, pero enseguida comprendió a quién se refería la médica—: ¡Ah, sí! Mi sobrina, hija adoptiva. La crío desde que murió mi hermana. ¿Su hijo conoce a Manela?

—¿Si la conoce? Pero le estoy diciendo que Renatito está entusiasmadísimo, haciéndole la campaña; me dijo que la decisión está entre ella y esa chica que trabajó en la película de

71

D'Aversa, no me acuerdo el nombre...

Historia sin pies ni cabeza, Adalgisa creyó que se trataba de un equívoco, error de persona:

—¿Haciéndole la campaña a Manela? ¿Está segura, doña Norma? ¿Campaña para qué?

—Para el concurso de Miss Primavera, ¿su chica no es la candidata del diario de Ariovaldo? Ese que sale los domingos: tiene buenos artículos, es gracioso, pero no va a andar: le da con todo al gobierno... —Rió complaciente pensando en el diario de Ariovaldo.

Adalgisa se apoyó en el respaldo de la silla puesta al lado del espejo para la prueba del sombrero: una debilidad en las piernas, la cabeza que latía. Forzó una sonrisa, consiguió articular:

—¡Ah!, el concurso, sí...

Por suerte doña Norma había salido en busca de dinero para pagar el material y la hechura de la prenda, grácil y cara:

—Quedó lindo, doña Adalgisa, usted es una artista. Deseo que su chica sea la elegida. Renatito dice que ella es la más bonita de todas. Felicitaciones.

Todavía tuvo que agradecer las felicitaciones y los elogios a Manela. Su hijo es muy amable, doña Norma. Salió echando humo hacia la casa de Aydil Coqueijo, otra clienta, buena de lengua y de información. Nadie más al tanto de esos descaros de concursos de miss y festivales de música popular que doña Aydil y su marido, figura numerosa: magistrado austero, jurista acatado, profesor de derecho, cronista amable, compositor premiado, bueno para el piano y la guitarra, voz afinada, inspirador y promotor de arreglos y sucesos, multipresidente.

Dio en el blanco. Ni precisó confesar el motivo de su interés: apenas mencionó el concurso, la clienta, atenta y entusiasta, le dio los datos completos con derecho a jocosos comentarios. La elección de Miss Primavera se realizaba todos los años, en septiembre; las candidatas representaban los diversos diarios de la ciudad, promotores del certamen, y algunos establecimientos comerciales que cargaban con los gastos, entraban con los cobres. Un jurado, compuesto por personas conocidas, dictaba el veredicto, después de los desfiles: traje folclórico, vestido de noche y bikini.

¿Bikini? ¿Dos-piezas? Divertida, doña Aydil se burló del espanto de la sombrerera: Adalgisa, no sea antigua: la malla enteriza es cosa del pasado. El juzgamiento sería el domingo, dos días después, en el Teatro Villa Vieja. Doña Aydil se proponía ir a ver desfilar a las jovencitas: esa muchachada de hoy que no tiene límites. ¿Le interesa? Si quiere asistir, puedo conseguir entradas para usted y su marido.

Acerca del pasquín representado por Manela y del lugar de la orgía, nada preguntó, sabía de ellos por el padre José Antonio: había oído duras palabras de condenación. El semanario destilaba el veneno ruso, la propaganda de los rojos. El recto sacerdote no encontraba explicación para la absurda apatía de las autoridades —¿por qué aún no habían prohibido la circulación del papelucho? Dirigido por un columnista de mala entraña: decían que era buen escritor pero no pasaba de pornógrafo y subversivo, por subversivo había estado preso, se llamaba Ariovaldo Matos.

En el escenario del teatro Villa Vieja se montaban los peores espectáculos, los más degradantes, piezas que atentaban contra las buenas costumbres, la moral y la religión. Los shows con músicas de protesta, los humoristas irrespetuosos y obscenos, el baile de las actrices. El de Oxum, el libertinaje, una bacanal. Lugar donde se reunía la baja ralea de los intelectuales —de Glauber Rocha a João Ubaldo Ribeiro—, vagabundos de mala muerte, enemigos del orden establecido y de los santos preceptos de la ley divina.

Adalgisa regresó a la casa con la boca llena de hiel y el corazón pesado: Manela marchaba a pasos rápidos hacia el lodo y la podredumbre, hacia el abismo —la aguardaban la prostitución y el infierno. En la sala, interrumpiendo los deberes, Manela recibió a la tía con una sonrisa cándida y un pedido:

—El domingo, tía...

El domingo, sí, dijo Adalgisa, y fue en dirección a la pared donde estaba colgada la correa. Quién sabe, a lo mejor todavía había tiempo de impedir la caída y la maldición.

Manela tenía quince años; uno y medio del cautiverio al que había sido destinada después de la muerte de los padres, cuando estrenó la correa de cuero. La tía no tuvo contemplación ni piedad: le cortajeó el cuerpo entero, sólo respetó la cara. Cuando le faltaron las fuerzas y dejó de golpear, encerró en el cuarto a la ex favorita del concurso, a pan y agua, a partir de aquella tarde de jueves de septiembre hasta la noche del domingo. Para que meditara y se arrepintiera.

73

El lunes, al llegar al colegio, cabizbaja, el cuerpo molido, apenas pudiendo sentarse, los ojos hinchados de llorar, deshecha y desmoralizada, Manela supo que Marilda Alves, la chica de la película, candidata del vespertino *O Estado da Bahia* y del cronista Renot, había sido proclamada, por unanimidad, Miss Primavera.

LA CORREA. Manela recibió el primer latigazo, la alcanzó a la altura de los riñones, le cortó las carnes. Más cortante e intolerable el insulto escupido por la tía:

—¡Perra!

Adalgisa levantó el brazo, haciendo zumbar la correa, utilizada con frecuencia en los dos años transcurridos desde el concurso de Miss Primavera, pero antes de que lo bajara de nuevo, Manela dio un paso al frente y, 'sin gritar, la voz apenas un poco más alta que lo normal pero grave y categórica, ordenó:

—Para, tía. Larga esa fusta si quieres que siga respetándote.

—¡Perra! ¡Excomulgada!

Adalgisa movió el brazo, el látigo silbó en el aire, pero el segundo golpe no llegó a alcanzar a la perra excomulgada. Peregrina de la fiesta de Bomfim, el *cuerpo limpio*, la *cabeza hecha*, Manela aferró con la mano derecha la muñeca de la tía, con la izquierda le abrió los dedos: tomó la correa y la tiró lejos. Ojos abiertos, incrédula, perdida, sin acción ni palabras, Adalgisa miró a la sobrina, vio a Satanás en su frente —era el fin del mundo.

—Nunca más me pegues con esa correa. Se acabó, tía. Si quieres que siga viviendo en esta casa y obedeciéndote.

Adalgisa se estremeció de la cabeza a los pies, se pasó las dos manos por el rostro congestionado, hilos de baba en las comisuras de los labios, cerró los ojos, respiró hondo como si el alma se le escapara del pecho, cayó al piso.

El cuerpo en contorsiones, temblores en los brazos y las piernas, espuma saliendo por la boca, golpeando la cabeza contra el piso, la tía Adalgisa parecía en trance, poseída.

74

EL VÍA CRUCIS

EL SECRETARIO DE SEGURIDAD PÚBLICA. Arrellanado en el sillón giratorio, elevando la mano en un gesto elegante y afirmativo, el doctor Calixto Passos, secretario de Seguridad Pública del Estado de Bahía, encaró al alarmado director del Museo de Arte Sacro:

—¡Otra más! Si continuamos así, no va a quedar ni una sola imagen de valor en las iglesias de Bahía. ¿Sabe, mi estimado maestro, cuántas fueron robadas en estos últimos tres meses? Dieciséis, nada más ni nada menos. Ni catorce ni quince: ¡dieciséis!

Sonrió, enfático; le gustaba oír la propia voz, tribuno aplaudido desde los bancos académicos de la Facultad de Derecho, orador del grupo, abogado en lo civil que tenía a su cargo las carteras de poderosas organizaciones financieras, político próspero. "Calixto Passos, el talento al servicio de la justicia", había escrito un cronista en crisis de adulación a propósito de la elección del nuevo Jefe de Policía. El comisario Parreirinha firmaría con los ojos cerrados la opinión del chupamedias. De pie, al lado de la mesa, asentía con la cabeza, secundando las afirmaciones del jefe: consideraba al doctor secretario sagacísimo, un Aguila de Haia, un Rui Barbosa. Don Maximiliano von Gruden, al contrario, la consideraba la madre de la incompetencia.

El doctor Calixto se inclinó en dirección al monje, bajó la voz en tono de confidencia y complicidad:

—¿El culpable, los culpables? Todos lo sabemos: fulano y fulano de tal. Pero nadie se atreve a poner la capucha en la cabeza de los fulanos. ¿Quién se atrevería a hacerlo, si se trata de cabezas rasuradas?

Una bestia cuadrada, una vaca preñada, se dijo don Maximiliano, a quien la desesperación quitaba todo y cualquier resquicio de generosidad. Ahí venía él, tonto jactancioso, a repetir la burra cantinela de la "venta por debajo de la mesa de las imágenes pretendidamente desaparecidas de las iglesias y capillas, ilícito, escandaloso comercio efectuado por los propios curas en las parroquias del interior". Parroquias pobres, algunas paupérrimas, sin dinero para las necesidades más mínimas; unos pedazos de madera, si sirven para ofrecer sopa en las sacristías, ¿quién no los vendería? Don Maximiliano traga indignación, saliva y bilis.

PARÉNTESIS PARA REGISTRAR PROFANAS ELUCU-BRACIONES DE DON MAXIMILIANO VON GRUDEN SOBRE LA VENTA —VENTA NO, TRUEQUE— DE SANTOS Y OBJETOS DE CULTO, MIENTRAS, INFLA-MADO, EL JEFE DE POLICÍA DA UNA PERORATA. Por cuenta de importantes anticuarios o por cuenta propia, andarines pícaros, negociantes roñosos en busca de mercadería, salen a la caza por el interior. Van de localidad en localidad, de pueblo en pueblo, de hacienda en hacienda, de casa en casa, infatigables. Regresan con los baúles repletos de todo: preciosidad y basura.

Puede ocurrir, y ocurre, que haya una pieza fuera de serie, un tesoro, suficiente para hacer la independencia del bagallero merecedor de la protección divina. Desde lo alto de los cielos los dioses acompañan con benévola simpatía la jornada laboriosa, extenuante, de los fieles prosélitos de raza y creencia. Jahvé, Jehová revelado en el Sinaí, el buen Dios sirio-libanés de los maronitas y el misericordioso Jesús del Vaticano conducen los pasos de los intrépidos caminantes —cada uno su protegido— a los escondrijos del arca o del oratorio donde yace la pieza incomparable a la espera del intrépido paladín: David, Salim o João da Silva.

Enviados de la providencia divina atenta a los ruegos de los pastores de almas que viven en la escasez, en la penuria, ellos pagan al contado, en moneda corriente, a peso de oro. Pagar, de hecho una miseria, mienten, engañan envuelven y, si surge la ocasión propicia, roban y se apropian. Sea como fuere, son beneméritos pues, con los cobres obtenidos por aquellas inútiles antiguallas, se recuperan las golpeadas finanzas de las parroquias, se cubre el déficit de las limosnas, la mezquindad de los óbolos.

Con el apoyo de los fieles y el aplauso de las devotas, los curas adquieren vistosas imágenes de yeso, todavía frescas la pintura azul de los mantos, la pintura roja de las mitras y las tiaras, para sustituir los trastos carcomidos, en buena hora trocados —los santos no se venden, se truecan— por dinero vivo. Ganan los altares con la sustitución: las modernas efigies dan otro aspecto; se regocijan las beatas: ahora sí, da gusto verlas. Se saldan deudas con atraso, se mantiene al día el ejercicio de la caridad, la atención a los mendigos y carentes de hogar, a los enfermos, a los huérfanos y viudas, y la mejoría del magro pasar del devoto pastor, probo vicario, de la comadre y de los ahijados, pobrecitos. La comadre en la mocedad la más provocativa tentación de la parroquia, todavía conserva en el rostro envejecido y en el cuerpo maltratado trazos de la huida belleza, del encanto apetitoso, descarriador.

Aun en el ejercicio inmaculado de la religión, en estos tiempos de inflación y crisis se torna obligatorio saber arreglarse, defenderse, buscarle la vuelta al modo brasileño, sin lo cual no habrá la sopa de los pobres, y la de la paupérrima familia parroquial se hará rala y poca. En la capital, las autoridades eclesiásticas, severas, amenazadoras, eructan indignación, hablan de impiedad y sacrilegio, rotulan de crimen y escándalo al tráfico de imágenes consagradas, de bienes patrimoniales de la Iglesia. ¿Qué saben esos regalados monseñores, en el usufructo de las comodidades de la Arquidiócesis, de la carencia y los apuros de los sacerdotes desterrados en los *sertões*, pobres diablos que sobreviven a la buena de Dios? Satanás pregonando la cuaresma: es fácil criticar con la barriga llena.

Si no fuera porque su misión lo obliga a la discreción, don Maximiliano sorprendería a la bestia del secretario declarándole que, a su manera de ver, ese atacado comercio, si se lo examina a la luz de los intereses de la cultura, revela un beneficio evidente, una innegable utilidad. Robadas o compradas a precio de banana por los ambulantes, piezas de notable valor escapan a la destrucción a que estaban condenadas en los conventos y las curias. Pasando de mano en mano, de lucro en lucro, terminan sanas y salvas, bien cuidadas, en las colecciones particulares o en los museos.

¿Opinión de museólogo hereje? De hereje, incrédulo e impío ya lo calificaron —el padre José Antonio Hernández fue más lejos: para él, don Maximiliano von Gruden era el perfecto ejemplo de lo que no debe ser un sacerdote, era ateo y anarquista. Peligrosísimo, pues se presentaba vestido con la blanca sotana de los benedictinos. En nuestros días de desorden y falta de respeto, de teología de la liberación y otras diabólicas blasfemias, los enemigos de la fe y la doctrina cristianas se esconden en las sotanas y los hábitos, los lobos se cubren con la piel de las ovejas.

LA CARCAJADA. Don Maximiliano se armaba de paciencia —la paciencia no era su virtud cardinal—, esperando el momento oportuno para interrumpir la pesada perorata del secretario de Seguridad y volver al asunto que los había llevado allí. Sobre la gravedad del caso y la urgencia de las medidas capaces de esclarecer el misterio, llevar a descubrir y capturar a los criminales y recuperar la imagen, había discurrido con energía y detalles, al comienzo de la entrevista. Insistió en el carácter secreto de la investigación, secreto indispensable por todos los motivos —don Maximiliano pensaba en el vicario de Santo Amaro y en su reacción al saber de la desaparición de la santa: iba a poner el mundo cabeza abajo.

Habló del valor intrínseco y extrínseco de la escultura, joya sin precio, patrimonio de Bahía y el Brasil. Ochocentista, contemporánea de la creación genial del Aleijadinho: solamente las piezas de su comprobada autoría podían superarla, según la opinión de los peritos, y en breve, ¿quién sabe?, alcanzaría idéntica cotización. Basta tomar en cuenta el hecho de que es la única imagen de Santa Bárbara, la del trueno, que presenta a la Santa empuñando una haz de rayos en lugar de la palma habitual. Santa Bárbara, la del trueno, valor imposible de calcular en dinero: los museos de Europa y los Estados Unidos pagarían, sin discutir, cualquier suma en dólares para tenerla en su acervo.

Llamó la atención sobre la fecha del *vernissage* de la exposición programado para dos días después: a partir de entonces el valor de la imagen se haría todavía mayor. Expuso, remitiéndose al libro que sería lanzado durante la ceremonia, la tesis audaz sobre la cual ya tanto se hablaba en los diarios: cortés e hipócrita, el secretario afirmó haber oído expresivas referencias.

Si lo había oído o no, poco importaba. Importaba, eso sí, constatar que, en ningún momento, el boquirroto había llegado a percibir la relevancia del asunto; para él no pasaba de ser uno más entre los numerosos hurtos de objetos sagrados que venían sucediéndose en el interior del Estado: don Maximiliano perdió la paciencia y el latín. De nada había servido la exhaustiva explicación, precisa y docta, en el intento de hacer que el jefe de Policía comprendiera que no, no se trataba de un robo más de imágenes en desuso, de cotización desigual, la mayoría sin otros méritos más allá del moho y las polillas.

Con sus ojos de pescado puestos en los ojos azules de don Maximiliano, la insinuación en el susurro y la risita, el doctor Calixto Passos completó su pensamiento:

—En ciertos casos no se trata propiamente de robo, al menos cometido por un ladrón venido de afuera. Quiero decir...

Apoyó las dos manos sobre el escritorio, miró a Parreirinha que se babeaba de admiracion —el doctor había matado la víbora y mostraba el palo— y prosiguió:

—Quiero decir... enajenación... las piezas cambian de dueño... Por ejemplo: no hace todavía una semana, dos imágenes robadas en Laranjeiras fueron descubiertas en el depósito de una empresa, en la calle de la Independencia. Habían sido traídas de Sergipe y vendidas aquí... —Hizo silencio por una fracción de segundo, para aumentar el suspenso. —...por una persona de la familia del padre...

—Pero, como ya le dije, doctor...

El doctor alzó la mano, interrumpiendo al director del Museo de Arte Sacra, y le preguntó:

—Dígame, estimado maestro: ¿conoce bien al vicario de Santo Amaro? Dígamelo confidencialmente, que quede entre los dos, nadie nos oye... —Parreirinha miró por la ventana como si no estuviera atento. —¿...Usted lo considera una persona digna de confianza o...?

Don Maximiliano von Gruden había llegado al extremo de la inquietud y el nerviosismo, hacía un esfuerzo sobrehumano para no salir a los gritos por la calle, como una marica loca. Pero al oír la pregunta confidencial del secretario de Seguridad Pública del Estado de Bahía sobre la honorabilidad del vicario de Santo Amaro, estalló en la mayor carcajada de la parroquia.

EL CORONEL DELEGADO DE LA POLICÍA FEDERAL. El encuentro con el coronel Raúl Antonio Parreiras había dado al menos un resultado práctico: don Maximiliano recuperó el pedestal que había quedado abandonado en el barco y lo llevó consigo al Museo.

A pedido del delegado de la Policía Federal en Bahía, el *Viajero sin puerto* había sido conducido por fusileros navales de la Rampa del Mercado hacia el embarcadero de la Marina de Guerra. El coronel se entendió por teléfono con la autoridad naval de turno, decidiendo sobre la suerte inmediata de la embarcación que había transportado la imagen. Designó un agente de vigilancia en las proximidades de la Rampa.

—Con el barco detenido en la Marina, esa pareja va a tener que dar la cara. Vamos a oírlos, interrogarlos un poco, pues seguramente ellos conocen a los responsables; no dudo de que sean cómplices. Lo sabremos en seguida.

Se refería al maestre Manuel y a María Clara. Sin pérdida de tiempo despachó a un policía con órdenes de detener al maestre del barco y a su mujer —la sede de la Policía Federal estaba en el puerto, en un antiguo depósito de carga, entre el mercado y el muelle de la Navegación Bahía, a dos pasos del sitio donde había ocurrido el robo. El detective regresó agitando las manos: los señalados, después del desembarco, habían partido en un taxi, no se sabía hacia dónde. Información obtenida de un puestero retrasado que echaba una cana al aire en el Xispeteó, bar de putas.

Don Maximiliano se levanta del desánimo en que lo habían postrado la incompetencia y el discurso vano del secretario de Seguridad. En la Policía Federal, el coronel oyó al director del museo con atención, interesado: pareció convencido de la importancia capital del problema. Vestido de civil, se arregló las uñas durante el comienzo de la conversación, alternando tijerita, alicate y lima, en la delicada tarea: no parecía el valentón que afirmaban que era.

Se mostró complacido con la visita del monje, intelectual

conocido y alabado, entendió las razones del pedido de secreto —ni una palabra, quédese tranquilo; aquí estamos habituados a trabajar en la sombra y el silencio, sin lo cual sería imposible enfrentar a la criminalidad y el terrorismo. Discurría sin prisa, tenía la noche a su disposición. Sobre el robo exteriorizó opiniones que impresionaron a don Maximiliano: no gastaba recursos oratorios, se expresaba en lenguaje de tecnócrata, de perito —convincente.

—Aquí, en la Policía Federal, hemos seguido con la debida atención esta serie de asaltos a las iglesias y abrimos una nutrida carpeta que cubre el tema de forma detallada en el plazo de los últimos veinte años, tal vez más. En mi opinión, existe una mafia organizada detrás de estos delitos, y muy bien organizada. No se trata de hurtos esporádicos, como ocurría en el pasado.

El secretario de Seguridad amaba oír su propia voz, el coronel delegado de la Policía Federal apreciaba exhibir sus conocimientos:

—Ya pasó la época del amateurismo, de las incursiones de artistas por el interior del estado, aventurándose hasta Sergipe y Alagoas para robar santos en conventos y capillas. Los artistas eran listos, vivían más de esos robos que de la venta de cuadros y esculturas. Hoy todos ellos están podridos en plata; ganan el dinero que quieren, no precisan robar imágenes ni asaltar conventos, son unos ricachones. Lamento no saber pintar... La actividad criminal que ejercieron se tornó de conocimiento público, basta leer cualquier artículo sobre Carybé o Jenner Augusto, el jeep de Mario Cravo se volvió folclore, los santos robados por ellos están casi todos en manos de coleccionistas de acá o del sur, en las casas de los ricachones: Clemente Mariani, Odorico Tavares, Orlando Castro Lima.

Metódico, antes de guardar el alicate en el cajón, junto con la tijerita y la lima, lo utilizó para cortar la punta de un cigarro Suerdieck, demorándose en encenderlo. Dio una pitada, aspiró el humo y, reclinándose, tocó el timbre colocado detrás de la silla. Le preguntó a don Maximiliano si no quería refrescar la garganta con una cervecita helada —¡hace un calor de peste! — Ordenó traer botellas y vasos y, sólo después de servir y servirse, prosiguió:

—Actualmente, don Maximiliano, la situación es mucho

más seria: enfrentamos a una pandilla audaz que no mide las consecuencias para llevar adelante sus proyectos criminales. Llamo su atención sobre el siguiente hecho, comprobado: las piezas de real valor desaparecen, no vuelven a ser vistas. ¿Por qué? porque se las llevan fuera del país. Seguimos la pista de algunas de ellas: llegamos a Portugal y España, Suiza y Francia. Existe un tráfico internacional de antigüedades, seguramente usted estará al tanto, es cosa sabida. Por detrás de la desaparición de su famosa Santa Bárbara, iremos a descubrir, no tengo dudas, la mano de esa pandilla, de esa mafia. Tenemos que actuar con mucha rapidez para impedir que, valiosa como es, sea enviada al extranjero.

Don Maximiliano estaba harto de escuchar dimes y diretes, chismes, a propósito de ese misterioso tráfico de objetos sagrados. En conversación reciente, había oído de boca de Mercedes Rosa, directora del Museo Costa Pinto, y Carlos Eduardo da Rocha, director del Museo del Estado, dos talentos, dos charlatanes, cosas para estremecerse, que involucraban a figurones de la más alta respetabilidad. Pero por primera vez oía de una autoridad responsable la noticia de la existencia de la cuadrilla internacional organizada y peligrosa. El propio Museo de Arte Sacro poseía piezas de procedencia oscura para no decir sospechosa: don Maximiliano prefería ignorar cómo habían llegado a las salas del convento de Santa Teresa —¿lo ignoraría?—.

La posibilidad del envío de Santa Bárbara, la del trueno, hacia el extranjero —alentada nada menos que por el delegado de la Policía Federal— acabó de liquidarlo:

—¿Usted piensa realmente que hay peligro de que la imagen sea llevada fuera del país...?

—Claro que sí, no soy hombre de bromear con cosas serias. Creo, sin embargo, que no hubo tiempo para que la hayan despachado; todavía debe de estar escondida en alguna parte de la ciudad. Debemos descubrirla, en veinticuatro horas si es posible. Voy a poner a mis hombres en acción de inmediato, comenzaremos a actuar ahora mismo: vamos a controlar las salidas de ómnibus y automóviles, las rutas y los vuelos aéreos. Tenemos las medidas de la imagen, revisaremos todo lo que pueda parecer sospechoso, abriremos cualquier valija o cajón capaz de contenerla. No se preocupe, deje el asunto en mis manos; yo lo mantendré al tanto de cómo anda la investigación.

Al levantarse para conducir a don Maximiliano hacia la puerta del despacho, le hizo la última, espantosa, aterradora revelación:

—¿Sabe adónde va el dinero obtenido con los robos practicados en las iglesias, sobre todo las divisas provenientes del extranjero? ¿No lo sabe? Se lo voy a decir: va a la subversión, el terrorismo, la guerrilla urbana, los comunistas y los padres sandías, ésos que son verdes por fuera y rojos por dentro. ¿Se espanta? Podría darle detalles, pruebas concretas, pero no lo hago para no perjudicar las investigaciones que estamos llevando a cabo.

Apoyó la mano pesada en el delicado hombro del fraile:

—Existen numerosos padres cómplices de los comunistas; no le estoy diciendo ninguna novedad, el hecho es notorio. Para mí, para nosotros, responsables del orden del país, de la seguridad nacional, esos padres son bandidos aun peores que los comunistas. Además de enemigos, son traidores. —Repitió la palabra, indignado, categórico: ¡Traidores! Pero nosotros vamos a acabar con ellos, con ellos y con los comunistas, con toda esa canalla de perversos. Con todos.

Como si no bastaran el desasosiego, la ansiedad, el disgusto para consumirlo, don Maximiliano sintió un frío en los huevos: la cordialidad que había presidido el encuentro se desvanecía, dando lugar a un clima cargado, de advertencia y amenaza; el coronel asumía de pronto la imagen del matón que decían que era. Leve compresión de los dedos de hierro en la frágil espalda del director del Museo, el coronel Raúl Antonio Parreiras —nombre de triste fama— dijo, mirándolo fijo a los ojos:

—Sé todo a su respecto, reverendo —recalcó las sílabas—, ¡absolutamente todo! Sé que usted, aunque no apoya ostensiblemente a nuestro patriótico gobierno, tampoco lo combate, se mantiene al margen de la política, no conspira contra la Revolución, nuestra benemérita Revolución de 1964 que salvó al Brasil del comunismo. Continúe así y nadie lo incomodará, puedo garantizárselo. Manténgase lejos de la subversión, ese es el consejo que le doy.

Ablandó la voz, aflojó los dedos, sonrió con los labios y con los ojos, de nuevo amable, deferente ciudadano:

—Gracias por la visita, tuve mucho gusto en conocerlo

83

personalmente y hablar con usted. —Tendió la mano a don Maximiliano: —Que le vaya bien; en breve tendrá noticias mías, buenas noticias: cuente con nosotros.

Mandó a un agente que acompañara al nombrado intelectual hasta el auto, llevando el pedestal. Intelectuales, mala raza... El coronel escupió en el piso, refregó el pie encima.

EL REVERENDÍSIMO SEÑOR OBISPO AUXILIAR. El vía crucis de don Maximiliano en aquella noche de prueba había comenzado con el encuentro con la combativa e influyente figura de monseñor Rudolph Kluck, obispo auxiliar de la Arquidiócesis de Bahía. Larga conversación en alemán, lengua materna de guerreros.

El perplejo director volvió a enviar a Edimilson al museo y salió del muelle hacia la residencia cardenalicia, en el Campo Grande. Debía, ante todo, informar al cardenal, decidir con él las providencias a tomar, pedirle consejo y amparo. Su Eminencia había demostrado real interés por el éxito de la exposición, y su mediación había sido decisiva para el préstamo de la imagen.

En Campo Grande se enteró de que el cardenal había acompañado al rector de la Universidad a Brasilia, en la tentativa de obtener de las autoridades responsables, si no la conmutación, al menos el ablandamiento de las drásticas medidas decretadas contra los estudiantes, a raíz de la huelga general y las manifestaciones: para evitar que perdieran el año.

A falta del cardenal, don Maximiliano telefoneó al obispo auxiliar, segunda persona en la Arquidiócesis, solicitándole audiencia inmediata pues el asunto por tratar era de la mayor importancia. Si realmente es tan urgente, puede venir, lo espero, consintió el reverendísimo.

Alemán como don Maximiliano, ahí terminaba, en la nacionalidad de origen, toda y cualquier identidad entre los dos sacerdotes. En lo demás, polos opuestos, agua y fuego, sal y azúcar, el huevo y el asador. Flaco y alto, pálido, elegante, melindroso, el museólogo; robusto, bajo, sanguíneo, desaliñado, cáscara gruesa, el teólogo inconcluso.

Se trataban con mesura y ceremonia cuando de vez en cuando se encontraban; se toleraban a duras penas. Había

84

quien atribuía a la malicia de don Maximiliano el apodo de "Lefebvre de los pobres" aplicado a don Rudolph Kluck a causa del lanzamiento de un volumen más de su obra ya considerable de teólogo —cuatro gordos tomos— que analizaba y condenaba al mestizaje y el sincretismo, defendiendo la pureza de la fe, la exactitud de los dogmas. La burla había caído en el vacío pues, además de unos raros prelados y el profesor José Calazans que, aparte de haber dirigido un seminario sobre el Concilio Vaticano II, no soportaba oír misa rezada en portugués —impertinencia de sergipano—, nadie en aquellos lares tenía idea de quién era monseigneur Marcel Lefebvre y cuál era el papel desempeñado por el jefe de los integristas franceses en las luchas intestinas de la Iglesia.

Decían que don Rudolf había sido designado obispo auxiliar para compensar la elección del nuevo cardenal de Bahía, primado del Brasil, considerado simpatizante con las posiciones progresistas de cierta parte del clero —la llamada Iglesia de los Pobres— en lo que se refiere a lo social y lo político: en cuanto a las cuestiones doctrinarias, se inclinaba hacia los conservadores, apoyaba a los tradicionalistas. Contradicción corriente en los medios eclesiásticos exprimidos entre la miseria de la población y los dogmas y misterios de la doctrina, entre la reforma agraria y la misa en latín. Pero continuemos, pues tales metafísicas no caben en estas páginas pirrónicas —disculpen la palabrota.

Decían muchas cosas, no siempre agradables; don Rudolph hacía oídos sordos y proseguía en la tormentosa catequesis: artículos y entrevistas, homilías y sermones, prédicas en la radio —usaba la radio con asiduidad, por ser el medio de comunicación más popular—. Desde la ventana de su celda, en lo alto del Convento de las Ursulinas, donde residía, acostumbraba contemplar el paisaje de la ciudad de Bahía —de Bahía no, de la ciudad del Salvador—. Bella sin duda, no negaba la evidencia, pero habitada por gentíos idólatras y mestizos, la mayor parte de color negro, que, ignorantes de las hegemonías de raza y cultura, la raza aria, la cultura occidental, ensuciaban la ley y corrompían el evangelio, mezclaban los colores del arco iris y, en lecho de amor ilícito, fundían sangres y dioses.

Urgía separar el trigo de la cizaña, el bien del mal, el blanco del negro, imponer límites, trazar fronteras. Con pena de tener que guardar en lo recóndito del pecho el ejemplo sin par, don Rudolph no se atrevía a pregonarlo: no caería bien en medio de la barahúnda reinante a partir del fin de la Gran Guerra, de la derrota: en Africa del Sur se había refugiado la perfección del mundo.

EL ANILLO EPISCOPAL. La conversación fue en alemán, lo que la hizo aún más ríspida y penosa. Habiendo escuchado, sin interrumpir, el relato minucioso del director del Museo de Arte Sacro, el primer comentario de don Rudolph Kluck se refirió a la declaración de Edimilson:

—Mire usted, don Maximiliano, a lo que conducen las mezclas: a la debilidad de espíritu, a la imbecilidad. Ese auxiliar suyo, perdóneme que se lo diga, es un imbécil.

Don Maximiliano tragó en silencio. No pretendía enfrentar al superior jerárquico, discutirle las tesis, exacerbarle la mala voluntad acostumbrada: el obispo auxiliar no le perdonaba los pruritos de independencia y la lengua ácida. La situación recomendaba cordura y acatamiento, el monje bajó la cabeza.

Aprovechando aquel raro momento, don Rudolph se restregó las manos, cerró los ojos, habló despacio, saboreando las sílabas y las pausas, destilando el veneno gota a gota:

—Me han hablado acerca de su... ¿Cómo era exactamente la frase? ¡Ah, sí! La cohorte de los ángeles del Museo... Fue eso lo que me dijeron...

Don Maximiliano tragó en seco, se obligó a tener paciencia, curvó la espalda; don Rudolph prosiguió, implacable:

—Pensé que se referían a imágenes del acervo, ángeles de piedra o madera... Me engañaba... Los ángeles son los funcionarios... —levantó la voz— ...Si al menos fueran capaces y no debiloides...

Sin alterar la postura —el día de la cobranza llegaría, el señor obispo no perdería por esperar —, don Maximiliano consideró:

—Podremos conversar sobre los funcionarios del museo en cualquier ocasión que Su Excelencia desee; explicaré los criterios que presiden las contrataciones, realizadas, además, por el rector y no por mí. Pero ahora me gustaría que nuestra conversación se restringiera al problema de Santa Bárbara.

Dicho y hecho: el obispo auxiliar era maligno y maledicente pero no había nadie más vigilante y responsable cuando se trataba de la doctrina y los bienes de la Iglesia. Con el dedo, donde resplandecía el anillo episcopal, tocó el hombro curvado del monje:

—Tiene razón, el asunto es grave, vamos a él.

De común acuerdo establecieron un plan de acción; don Rudolph dictaba la táctica y la estrategia, analizaba cada paso por dar, todavía más eficiente por estar resolviendo un problema cuya solución no cabía a la Arquidiócesis y sí a la Universidad Federal a la cual pertenecía el Museo de Arte Sacra, niña de los ojos de Edgard Santos, el fallecido rector de hecho magnífico que lo había fundado.

Del padre y de la monja se ocuparía el obispo auxiliar; no era recomendable hablar de ellos, que don Maximiliano hiciera como si desconociera su existencia, que dejara que la policía los descubriera por información de terceros: así habría tiempo para que las autoridades eclesiásticas los oyeran.

—El padre, sé de quién se trata; acudió al llamado, tiene hora fijada conmigo mañana a la mañana, en el Arzobispado. Tal vez usted ya haya oído hablar de él, el padre Abelardo Galvão, vicario de Piaçava, en el sertão, antes de Conquista. ¿No sabe quién es? Es uno que anduvo invadiendo las tierras del coronel Joãozinho Costa, al frente de una banda armada, creó un problema que todavía nos da dolores de cabeza: lo mejor es mantenerlo lejos de la policía el mayor tiempo posible. La monja no sé quién pueda ser pero es fácil localizarla. Esos dos quedan por mi cuenta.

Aconsejó a don Maximiliano procurar inmediatamente, sin perder un minuto, al secretario de Seguridad y al coronel delegado de la Policía Federal: los consejos de don Rudolph más bien parecían órdenes. Él mismo habló por teléfono con las dos autoridades, solicitó y combinó los encuentros. Acentuó la necesidad de que la investigación fuera rodeada del mayor secreto: si la noticia circulaba se iba a crear una confusión de los mil demonios. ¿Ya pensó en la reacción del personal del Patrimonio Histórico? Don Maximiliano lo había pensado y temido, pero sobre todo temía la reacción del vicario de Santo Amaro.

¿El vicario de Santo Amaro? Escarmentado, también don

Rudolph Kluck se asustó. Conocía la aspereza y la mala crianza del tosco provinciano, insolente, hueso duro de roer. Había intentado conseguir que limpiara la fiesta de Nuestra Señora de la Purificación de las impurezas, las inmundicias fetichistas que tanto la envilecían, oyó un no rotundo e irrespetuoso: quien festeja a la Santa es el pueblo. Su Excelencia va a tener problemas con esas pavadas de intrasigencia, austeridad y rigidez. Ni catequesis ni intimidación lo hicieron cambiar de parecer: nombre otro vicario si quiere llevar a cabo la frescura de convertir la fiesta en penitencia. Por el tamaño de la burrada, se ve enseguida que Su Excelencia es gringo, que no entiende a nuestra nación brasileña.

No podían dejar de comunicarle lo ocurrido pero podían retardar, quién sabe evitar, el alboroto, la estampida de la manada:

—Es mejor dejarlo para mañana, tal vez para el mediodía ya se tenga la solución de ese problema...

Por una vez en la vida don Rudolph y don Maximiliano coincidían en la letra, en la música y en la vihuela.

El señor obispo auxiliar apresuró el término del coloquio; se aproximaba la hora marcada por el jefe de Policía para recibir al Director del Museo:

—Recomiendo prisa y sigilo, hable de nuestra preocupación.

Vocación de diplomático, don Maximiliano anunció:

—Mañana haré llegar a manos de su Excelencia un ejemplar del libro de mi autoría que será lanzado en la Exposición. Fruto de investigación y estudio, creo que con él concluyo la polémica sobre la imagen de Santa Bárbara, la del trueno. — Se hizo el modesto: —No es un triunfo mío, sino de la Iglesia.

Don Rudolph dijo ya saber del libro y su importancia, agradeció el ejemplar —no se olvide del autógrafo— y, no queriendo quedarse atrás en materia de erudición, especuló al despedirse.

—Si estuviéramos ante la aparición de un dios, podríamos hablar de teofanía. Pero tratándose de una desaparición, ¿cómo decirlo? Se me ocurre la palabra encantamiento. El encantamiento de Santa Bárbara, la del trueno. ¿Qué le parece, don Maximiliano?

Usó la palabra justa sin saberlo, sin que tampoco lo supiera don Maximiliamo, sobre cuyo cadáver parecía que estaba bailando el obispo. Bajó la cabeza, don Rudolph elevó la mano y lo bendijo. En el dedo índice el anillo episcopal, signo de grado y poder del jerarca.

EL ALTAR. El primer piso del antiguo Convento de Santa Teresa, transformado en sede del Museo de Arte Sacro de la Universidad Federal de Bahía, estaba iluminado cuando, casi a la medianoche, don Maximiliano von Gruden detuvo el fusca en el patio y, con la ayuda del portero, retiró el pedestal del asiento de atrás.

Bajo la dirección del arquitecto Gilberbert Chaves, que se ofreció para colaborar en el montaje de la exposición, dos auxiliares del museo — dos muchachos mulatos, dos ángeles de la cohorte de don Maximiliano, maligna invención de don Rudolph: ese don Rudolph, grosero campesino de mala entraña, lengua de víbora —, disponían las piezas en las salas ocupadas habitualmente por el acervo. Don Maximiliano saludó a Gilberbert, le preguntó por la salud de Sonia y, acompañado por los presentes, inició la inspección. Se detuvo ante el sitio destinado a la imagen de Santa Bárbara, la del trueno. Bajo la mirada atenta del arquitecto y los funcionarios, don Maximiliano se demoró observándolo.

—¿Vamos a colocar la imagen ahora, maestro? ¿Dónde está?

—Ahora no. Vamos a colocarla sólo pasado mañana, algunas horas antes de la inauguración. Para evitar que empiece a aparecer gente a verla, perturbando nuestro trabajo. — Completó para impedir objeciones: — Hay personas a las que no podrímos negarles el acceso; lo mejor es evitar cualquier visita anticipada. —Intentó una sonrisa, lo consiguió: —Santa Bárbara está bien guardada.

—¿Dónde la dejó, maestro? ¿En la iglesia?

—No. Lejos de aquí, a salvo.

Gilberbert Chaves contemplaba el pedestal que el portero había dejado en el suelo, estudiándole los detalles:

—Ya en el pedestal solo es una obra de arte, una preciosidad. Merece ser expuesto.

—En una exposición de artesanías, sin duda, pues es realmente un primor. En ésta, la nuestra, no va. —Don

Maximiliano se volvió hacia el portero y ordenó: —Guárdelo en el depósito, Almerio, para restituirlo junto con la imagen.

Seguido por los tres colaboradores, recorrió las salas; el arreglo de las piezas iba adelantado. Elogió el trabajo pero, mientras caminaba, fue haciendo modificaciones, cambió un crucifijo de lugar, corrigió la posición de dos pedestales, hizo transportar un oratorio al salón mayor. Uno de los muchachos le comunicó:

—Ya me olvidaba de decirle que el vicario de Santo Amaro telefoneó tres veces. La primera preguntó si el barco ya había llegado; le respondí que sí y dije que usted había ido al muelle al buscar a la Santa. Telefoneó de nuevo, dos veces, para saber si usted ya había vuelto. Dejó el recado de que lo llame en cuanto llegue.

—Ahora ya es muy tarde, ya es más de medianoche.

—Me dijo que lo llamara a la hora que fuera.

Se aprovecha la frase para informar que el vicario de Santo Amaro respondía al nombre de Teófilo López de Santana pero toda la gente lo llamaba el padre Teo, y doña Marina, el ama de llaves, en la intimidad lo trataba de Teteo.

Se despide Gilberbert Chaves, los dos muchachos aceptan que los lleve en su coche, van con él, don Maximiliano se queda solo entre las imágenes, retorna con pasos lentos, demorando la mirada en cada pieza. Muestra en verdad excepcional, en raras ocasiones se había exhibido en el Brasil riqueza semejante: tantas piezas, todas ellas singulares. En lugares de honor, esculturas de fray Agostinho da Piedade y de fray Agostinho de Jesús, y el Cristo en la Columna, trágico y deslumbrante, de Chagas, el Cabra, préstamo del Museo do Carmo. Solamente en Minas Gerais, debido a la herencia del Aleijadinho, habría sido posible realizar algo comparable. Don Maximiliano sintió que los ojos se le humedecían: aquello era su obra, fruto de su trabajo, de su saber, de su amor. Al posar, sin embargo, la vista empañada en el pedestal vacío, destinado a recibir la imagen de Santa Bárbara, la del trueno, se contrajo el corazón del monje.

Para él, la estupenda, la incomparable Exposición de Arte Religiosa de Bahía quedaba malograda, un fracaso, un desastre, marcaba el término de su carrera, el fin de su vida. No pensó en el suicidio pero llegó a pensar en renunciar y regresar a la celda y al claustro en la Abadía de São Bento.

LOS APOSENTOS. Hambriento: no había tocado un alimento desde el almuerzo frugal al mediodía —un vaso de leche, una pequeña omelette de queso, una tajada de jamón. Extenuado del trajín del día y la amargura de la noche, atormentado, don Maximiliano von Gruden enfrentó la escalera empinada que conducía al sótano donde quedaban los depósitos del museo y los recién construidos aposentos del director: pequeña sala, cuarto amplio, baño completo. Mi celda de anacoreta, decía él, escondiendo la risa.

En la sala, saliendo de los estantes, pilas de libros por el piso, en cinco lenguas, sin contar el latín. En el escritorio inglés con gavetas secretas, la máquina portátil, de las más chicas, papel en blanco, lapiceras, lápiz y goma —usaba lápiz para corregir los textos— y un estilete de jade, recuerdo de la China. En el cuarto, dos sillones de cuero negro, modernos, confortables. Preciosa mesita de *pico-de-jaca*, obra y presente del artesano João dos Prazeres; encima de ella, en una bacinilla del siglo XVII, blanca y azul, loza de Macau, florecía una planta de rosas verdes, raras, enviada de Goiás por la estimada colega Amalia Hermano Teixeira: historiadora, museóloga y botánica. Palangana y jarra de cerámica portuguesa, procedentes del convento de Mafra, cocidas por el artista José Franco, pintadas por su mujer Helena: flores y pájaros azules. Colcha de terciopelo labrado, cubriendo una cama de matrimonio en *pau-marfin*.

Ni una sola estampa, ni una sola imagen. En las paredes, apenas una vieja fotografía entre dos vidrios sujetos por ganchos de metal: en el paisaje de pinos bajo la nieve, una aldea alemana; en vetusto marco restaurado, moderno xilograbado coloreado de Emanuel Araújo, un gato musculoso y sutil en el celo de la noche brasileña. En el rincón, sobre el reclinatorio de los tiempos de la colonia, una reproducción italiana de buen tamaño del David de Miguel Angel, el divino.

Don Maximiliano von Gruden entró en la *suite, garçonnière* de *bon vivant*, celda de anacoreta, se arrodilló junto a la cama, bajó la cabeza casi tocando la colcha de terciopelo, rezó, se dio el puño contra el pecho, pidió perdón a Dios.

GIROFLÊ

Mucho de lo que aconteció durante la visitación de Yansã a la ciudad de Bahía nunca se va a saber: dónde durmió, con quién jugó el dulce juego, sobre qué pecho amante sosegó la cabeza en la hora tardía del reposo, del sueño de la valiente. No debido a las tinieblas, al contrario: por ser demasiada, la claridad no permitía ver con los ojos que un día la tierra ha de comer.

Charlatenerías, rumores, chismes hubo demasiados en los *terreiros* y en las universidades, en las *camarinhas*, en los centros culturales, en las ferias y los mercados. Palabras sin ton ni son, inconsecuentes: la verdad no la supo nadie. Hablar por hablar no cuesta esfuerzo ni dinero.

Como, por ejemplo, la confusión vivida o imaginada por el fotógrafo Bruno Furer, que fue glosada en prosa y verso y terminó en una historia popular escrita por el trovador Rodolfo Coelho Cavalcanti. De la calidad artística del trabajo del referido profesional del objetivo no se necesita hacer alarde, pues es de sobra conocida por todos. Anótese, con todo, un detalle poco divulgado hoy en día: Furer se tornó exclusivo del pintor Carybé (Héctor Julio Páride de Bernabó, nombre de marqués veneciano o de cabaretero porteño), cuya obra viene documentando en labor de decenios —con esa finalidad viajó de la Ceca a la Meca, por los cinco continentes, incluyendo los yermos de la Patagonia y el invierno de Leningrado, por cuenta del magnate de los pinceles.

Ahora, en aquella primera noche de la visitación, llevando un enorme portafolio relleno de diapositivas y copias de fotos, colgadas al hombro las dos cámaras de las cuales jamás se separaba, Bruno Furer llegó a eso de la medianoche a la casa del maestro Carybé para entregarle el material destinado al marchand londinense —una colección de cuarenta y cinco reproducciones de los cuadros más recientes y del panel de Iguatemi —. Bruno estaba de últimas, cansadísimo, había trabajado hasta esa hora para terminar y entregar el pedido en la fecha marcada —el inglés tomaría el avión al día siguiente por la mañana.

Encontró la casa vacía, Carybé y la señora habían salido a cenar en la casa del banquero Victor Gradin: Grace acababa de moldear una serie de piezas de cerámica y quería someterlas a la opinión del mayoral de las artes antes de llevarlas al horno; a pesar de ser millonaria, era una excelente profesional. No pudiendo esperar y conociendo los hábitos insensatos de la pareja —jamás trancaban las puertas, no creían en ladrones—, Bruno entró en la sala.

La mansión de Carybé, en Boa Vista de Brotas, más parece un museo, tal es la naturaleza y la categoría de lo que en ella se encuentra expuesto. Basta recordar el retablo español, seiscentista, que ocupa toda una pared del salón de recibo. Conserva prácticamente intactas las doce pinturas originales de Mejía, el Zurdo; sólo una de ellas, la séptima, está un tanto dañada. Pieza extraordinaria, cuya presencia en el Brasil sólo fue posible debido a una conjura de amigos en la cual participaron anticuarios, escritores, empresarios y aduaneros — Luiz Forjaz Trigueiros, Nuno Lima de Carvalho y su hermano padre, el poderoso periodista José Carlos de Vasconcelos, el actor Raúl Solnado y el obispo de Braga, además de funcionarios de las aduanas de los tres países, cuyos nombres no son citados por obvias razones de seguridad.

No será el caso de enumerar aquí las obras de arte que constituyen el patrimonio del pintor, pero, en la intención de dar una pálida idea de la importancia de la colección, vale destacar algunos objetos, aunque sea de oídas.

La cariátide griega, obtenida del coleccionista paulista João Agripino Doria, a cambio de óleo y tres aguadas de la autoría del dueño de casa, piezas monumentales que se encuentran en el atelier. En el comedor, tres exvotos pintados por Toilete de Flora a mediados del siglo pasado, y los iconos: el ruso, el macedonio y el búlgaro, siendo este último un original del pintor de iconos Krastu Zakhariev, de Triavna, fechado en 1824: San Jorge y San Dimitri, juntos, en tonos rojos, blancos y dorados. ¿Cómo vinieron esos vetustos santos ortodoxos, de tan distantes patrias, bienes inexportables, a parar al barrio de Brotas, en Bahía? Queda la pregunta sin respuesta: no cae bien, en argumento de eclesiásticos y artistas, hablar de estafas, revelar tramoyas, cómplices, falsificaciones, soborno y contrabando: causa incomodidad. A Carybé no le faltaban astucia y experiencia, conforme informó ante el delegado de la Policía Federal, autoridad idónea.

También por vías ilegales había venido de las extranjas el soberbio oratorio, descubierto por el pintor en la buhardilla de la casa solariega de la bisabuela del político bahiano Manuel Castro. Carybé se puso azúcar en la boca, palabras de miel, se trajo el oratorio en el equipaje para entregar al distinguido bisnieto brasileño, modesto recuerdo de los parientes lusitanos: ¿no se ofenderá con las impudicias?, se alarmó la bisabuela. Víctima de reincidente ataque de amnesia, el portador se olvidó de entregar el "modesto recuerdo" y hasta hoy Castro ignora la existencia del oratorio. Sin embargo, compensó la distracción dándole noticias frescas y detalladas de los desconocidos familiares de allende el mar, hidalgos acogedores y simpáticos.

Nadie se ofendió con las impudicias: escenas de la vida de Santa María Egipcíaca cubrían el interior del nicho, pintadas por artista medieval e ingenuo —naif, corrigió el profesor João Batista durante un almuerzo de comida con aceite de oliva, conmemorativo del cumpleaños de la joven señora Nancy. Escenas curiosas, lascivas, libertinas para decirlo todo. Exhibían a la bienaventurada, muchachita alegre, ejerciendo en el burdel sin velo de alegoría, desnudita en pelo; la mostraban después como una vieja desgraciada, cubierta de una tela grosera, castigándose con el látigo, en llanto y sangre.

Para que las pinturas pudieran ser vistas y apreciadas como es debido, Carybé conservaba el oratorio vacío y con las puertas siempre abiertas. Además, gratificaba a Santa María Egipcíaca con el puesto de patrona de las putas, tan agradable en el serrallo, tan tenaz en el monasterio.

Al encender las luces de la araña de cristal para depositar en la mesa el portafolio con las reproducciones y los slides, Bruno, sorprendido, se topó con la imagen de una santa dentro del nicho, más precisamente una extraña Santa Bárbara: ¡maravilla de imagen! Al punto de que Carybé la había colocado en el oratorio, sin importarle que cubriera las escenas picarescas de la atribulada vida de la egipcia. ¿Dónde y cómo la habría conseguido? No era una pieza para ser expuesta en venta en anticuarios, y además el día anterior no se encontraba allí.

Se aproximó para admirarla mejor: sin ser especialista, sabía bastante de antigüedades, vivía cercado de coleccionistas, era raro el día que no fotografiaba relicarios, imágenes, muebles —estaba ante algo sensacional. ¡Abracadabra!, pensaría para definir su emoción, si conociera el término, pero, como no lo conocía, pensó y exclamó: ¡pucha!

Tenía la impresión de haberla visto antes. ¿Dónde, Dios del cielo? En el auto, camino de la Boca del Río, donde habitaba, se le hizo la luz, consiguió ubicarla: era Santa Bárbara, la del trueno, la famosísima imagen de la Matriz de Santo Amaro. ¿Cómo diablos habría ido a parar al oratorio, en la sala de visitas de Carybé?

Al llegar a su casa despertó a Gardenia, le contó lo que había visto, pidió su opinión. Con Carybé nunca se sabe, dijo ella. ¿No te acuerdas del cuadro de Jenner que robó en la oficina de Mirabeau, a la hora de mayor movimiento, en la cara de los empleados, y nadie lo vio? Con Carybé todo puede ser. Pero eso de robar a Santa Bárbara, la del trueno, del altar de Santo Amaro, me parece demasiado, te has vuelto loco, no lo puedo creer.

Más tarde, por la madrugada, Pergentino Cuarto-Año penetró en el jardín de la casa y forzó la puerta del atelier de Carybé. Pretendía apoderarse de la fortuna del oriente: en la Casa de Detención, en un curso de conferencias para mejorar el nivel intelectual de los detenidos, oyó del ensayista Claudio Veiga la afirmación, y no la puso en duda, de que en el atelier de Carybé, en un arca de Goa, estaba escondida la fortuna del oriente. Pergentino se jactaba de no ser ningún analfabeto, de haber cursado hasta el cuarto año del ciclo básico secundario; no había terminado los estudios porque el padre había muerto y él tuvo que salir a trabajar: arriesgado pero a salvo de horarios fijos, del impuesto a las rentas y de los patrones a quienes obedecer. Además de letrado, Cuarto-Año era individualista.

Entusiasmado con el tesoro de Alí Babá, no había tenido en cuenta otra información trasmitida por el profesor Veiga en el documentado discurso y le fue mal: presidente del Axé do Opô Alfonjá, el *candomblé* de la madre Aninha y la madre

Senhora, las singulares, de los *babalaôs* Martiniano Eliseu do Bonfim, Edison Carneiro y Pierre Fatumbi Verger, los sabios —*saravá!*—, Carybé es uno de los doce *obás* de Bahía, se llama Obá Onã Xocun, en el *terreiro* se sienta al lado derecho de la madre Stela de Oxossi, la *iyalorixá*.

Los ojos habituados a ver en la oscuridad, necesidad del oficio, el inesperado visitante vislumbró el bulto de una negra desnuda adormecida sobre el banco de madera. Despacio se acercó: ¡escultural! Le pareció una diosa pero no reconoció a Oyá Yansã —¿cómo había de imaginarlo? Al ritmo de la respiración, las tetas incautas se estremecían y la cola soberana salía de los límites bastante anchos del lecho improvisado, culo para estupidizar a cualquier mortal: Cuarto-Año se estupidizó, nunca había visto tal munificencia. Lo atraían sobre todo los labios morados entreabiertos mostrando dientes de morder y la punta de los pendejos que rodeaban la boca de la misericordia, ¡qué cosas más lindas!

Con el palo duro, Pergentino Cuarto-Año se olvidó del arca de Goa y el tesoro del oriente, abrió la bragueta de los jeans preparándose para actuar: esas modelos que posan desnudas para los pintores son de cama fácil, no hacen barullo, no arman escándalo por tan poco. Además, Cuarto-Año tenía conciencia de su valor: era el mimado de las morenas y las rubias del Matatu de Brotas.

No llegó siquiera a tocar a la dama, a sentir el calor y la blandura de la boca y del higo, pues en el mismo instante en que empuñó la vara, de lo alto del estante donde estaba colocado el San Jorge de granito, sin desmontar del caballo blanco, seguido por el dragón de fuego, saltó sobre él, embistió con la lanza dirigida hacia los huevos y la poronga del galán de las mujeres.

Ágil como el pensamiento, la otra necesidad del oficio, en un salto de gato Pergentino alcanzó la puerta, se precipitó escaleras abajo, San Jorge persiguiéndolo con la intención evidente de caparlo. Envuelto en las llamas del dragón, como loco, a los gritos y pedidos de socorro, Cuarto-Año atravesó el jardín, llegó a la calle y sólo dejó de correr en la comisaría del distrito, donde se entregó. Lo tomaron por borracho y, como lo conocían, el subdelegado ordenó que lo metieran debajo de la ducha y le dieran un baño de agua fría.

En cuanto al fotógrafo Furer, dado que al día siguiente

anduvo hablando sin ton ni son, fue llamado a declarar por el comisario Parreirinha, en la Delegación de Hurtos y Robos. Mono viejo, no confirmó la historia sin pies ni cabeza: si estaba en boca del pueblo, la culpa no era de él. ¡Ay, ojalá se encontrara con la imagen de Santa Bárbara, la del trueno, en la casa de Carybé o donde fuera, para poder fotografiarla a su antojo! No deseaba otra cosa. Si descubre dónde está, por favor avíseme, señor comisario, y vengo corriendo con la máquina.

Sentado al fresco en un banco, en los jardines de la Academia de Letras de Bahía, el rapsoda Carlos Cunha, que oyó los rumores, resumió el embrollo en una sola palabra: *giroflê*. Si alguien quiere saber el porqué de la rima, basta pedir al poeta la clave de la adivinanza.

NOVIAZGO Y CASAMIENTO

PROMESA Y DEUDA. Se prometió, a cierta altura de la intriga, levantar la punta del velo con que Adalgisa cubre su vida matrimonial, para denunciar las limitaciones impuestas por la religión a Danilo Correia, cuarentón fogoso y reprimido, escribiente de escribanía, ex esperanza del fútbol bahiano: día más, día menos, será convocado para la selección brasileña, vaticinaban los cronistas especializados en la época del esplendor.

Llegó la hora de cumplir la promesa, pagar la deuda, mientras las policías —la federal, la del estado y la arquidiocesana, cada cual con pistas y teorías propias— buscan establecer las coordenadas capaces de llevarlas a los ladrones y a la recuperación de la imagen de Santa Bárbara, la del trueno. ¿Conseguirán los ladinos sherloques de la ciudad del Salvador develar la trama, poner a la sombra a los responsables, salvar a don Maximiliano von Gruden del destierro clausural, perpetuo, con que se encuentra amenazado?

Don Maximiliano sufre de claustrofobia, nació para los grandes espacios de la convivencia, de la conversación docta y la charla jocosa, de la controversia, la asamblea, el sarao, para el rumor y la maledicencia, para el brillo de la sociedad. Nombre de los más constantes en la columna Sociedad, de July, en *A Tarde*, donde la cronista dicta la moda, comanda el sol y la lluvia.

Ya se conocerán los resultados, esperamos que positivos, de las investigaciones y las pesquisas, la confirmación de cualquiera de las teorías o de todas ellas. Pero, como todavía no existe nada de concreto, ni rastro de los cacos ni pista de la Santa, se aprovecha el descanso para el embuste y el chisme, para la alcahuetería. Enredos de amores y amantes, intrigas de penas y venturas, de ansia y júbilo, melodrama y happy end.

98

EL SOÑADOR. Vestido con pantalón piyama azul con rayas color de zapallo, el pecho descubierto, peludo, Danilo sale del baño donde acaba de cepillarse los dientes. En la cama, enrollada en las sábanas, Adalgisa cierra los ojos.

En las tardes ociosas, en el burdel, tendida al lado de Danilo sobre el colchón blando de lana de barriguda, Isabel Boca de Oro susurraba, pasando la mano levemente sobre los pelos negros: es como tocar terciopelo, me da una calentura... Adalgisa raras veces toca el pecho del marido y no sabe lo que significan expresiones como tener o dar calentura, indignas de una señora.

Los lentes colocados sobre la mesa de noche, las chinelas una al lado de la otra, Danilo se acuesta. Antes de apagar la luz de la cabecera, levanta la colcha y contempla, con la misma gula de la primera noche, la cola de Adalgisa que el calzón intenta esconder sin conseguirlo del todo —calzón, palabra en desuso, designación cursi, démodée, difícil de encontrar en un negocio fino —. Inclinado sobre Adalgisa, Danilo pide —nada más que lo trivial—, ella se niega:

—Hoy no, ya dije mis oraciones:

Danilo trata de aproximarse, acercar el cuerpo, abrazarla, Adalgisa se aparta, se echa boca abajo, resguardando los senos y el tajo:

—Si no quieres rezar, por lo menos haz la señal de la cruz antes de dormir. Hereje.

Repeliéndolo, empuja el brazo del marido:

—Saca la mano de ahí. ¡Degenerado!

En el sueño Danilo la toma por atrás, tan sólo un sueño. Persiste hace diecinueve años, el tiempo de casados.

EL VAGO. Diecinueve años de casados, uno de novios, sin contar los meses de filo, veinte años de carencia. Danilo Correia, mulato bien puesto, dulce naturaleza, calmo y cortés, a quien los amigos seguían llamando Príncipe Danilo, ya no debido a los dribles y los goles sino por bien vestido y bien hablado, tenía que recurrir a los tragos y las putas, santos remedios para males de esta especie.

¿Por qué una criatura así de cordial y amistosa amarraba su destino a una falda tan áspera y maldicente? ¡Eso, por qué! Habiendo pasado los treinta, estando al borde los cuarenta, a pesar de la antipatía, Adalgisa era una treintañera apetitosa, un pedazo de mujer. Cuando sacaba del armario uno de los vestidos domingueros y se lo ponía para ir a la misa de diez en la Piedad, a casa de clientas finas, a un almuerzo en la residencia del doctor Artur Sampaio, un ricacho amigo de Danilo desde los bancos escolares, a las vísperas danzantes del Club Español, al desfilar en la calle atraía miradas de codicia: cuadriles de navegación y descompás. Falda desabrida, culo de santa, esplendoroso, meditaba el profesor João Batista al verla en la puerta de calle agrediendo a la humanidad, amenazando arrancar el cuero de la sobrina.

Recurría menos a los tragos que a las putas. Medio en serio, medio en broma, no faltaba quien se refiriera, con aire de alabanza o de censura, la mayoría royéndose de envidia, a la asiduidad con que el Príncipe Danilo frecuentaba a las prostitutas, al menos dos veces por semana: al caer la tarde en los burdeles, regalándose. En los postreros burdeles de Bahía, beneméritas academias en vías de extinción.

Vecino y compañero en el tablero de backgammon, en el tablero de damas, igualmente versado en esas bohemias, el profesor João Batista acostumbraba cambiar impresiones con Danilo sobre el porte, el semblante y otras minucias, las virtudes y las habilidades de burdeleras que ambos conocían y apreciaban. Jamás se había atrevido, sin embargo, a hacer una pregunta que le quemaba la lengua: cómo se explicaba que se viera tan a menudo en los prostíbulos a quien tenía a disposición, en casa, a una mujer de la categoría de Adalgisa, hembra fuerte como para cerrar el comercio, una locura. Si él, João Batista de Lima e Silva, en vez de soltero fuera casado con una potra igual, no iba a desperdiciar dinero en cama de puta, comería en el hogar lo trivial y lo exquisito, las entradas, el plato principal y el postre. Adalgisa, busto atrevido, caderas suntuosas, hembra de primera, banquete opíparo, *repas exquis*.

Nunca preguntó, nunca supo a ciencia cierta, si bien a determinado altura de los acontecimientos había llegado a desconfiar, cuáles eran las razones que comandaban la desarreglada vida sexual del óptimo vecino en la opinión unánime de la Avenida del Ave María.

Damiana consideraba a Danilo un santo, merecedor de altar y culto, pues únicamente un santo podría soportar las malas sangres, los vinagres de Adalgisa —si fuera yo, la mandaba reventar en las profundidades del infierno. Alina, la vecina del otro lado, encontraba una explicación divina para la paciencia de Danilo: ella es la penitencia que Dios le dio, pobrecito. Mientras que el marido, Deolindo, sargento de la Policía Militar, machista militante, criticaba la absurda tolerancia de Danilo, un vago. La mujer se puso los pantalones de él, manda y desmanda, hace lo que se le da la gana y encima jode la paciencia de los demás, esa hija de puta. Si estuviera en el lugar de él, le daría dos gritos, le aplicaría dos sopapos, pondría todo en orden. Con las mujeres no se puede andar con vueltas, no hay que darles la menor rienda: si el hombre ofrece un dedo, la mujer se agarra el brazo entero. Conmigo no lo haría, ¡ah no!

Deolindo, machón reputado, voz de trueno, cara de pocos amigos. Alina lo oía en silencio, en apariencia de acuerdo y resignada, por dentro riendo de los cuernos del marido; lo que tenía de arrogante lo tenía de manso, el mayor cornudo de Briosa.

UN MINUTO DE SILENCIO. A pedido de influyentes personajes de esta trama —el profesor Joāo Batista de Lima e Silva, el periodista Leocadio Simas, el infortunado Príncipe Danilo y otros, cuyos nombres no son citados por comprensible discreción, frecuentadores asiduos y gratos de los burdeles condenados a la desaparición, superados pero no sustituidos por los hoteles de alta rotatividad y las casas de masajes—, hágase una pausa, un minuto de silencio en homenaje a la memoria de esos placenteros sitios de convivencia y entretenimiento, destinados a la deleitable práctica de la fornicación.

Se regocijaron en los burdeles de la ciudad de Bahía sucesivas generaciones de ricos, pobres y regulares, ciudadanos de todas las profesiones e ideologías, maestros y estudiantes, artistas y artesanos, banqueros, bancarios, comerciantes, empleados, monseñores y modestos sacerdotes, hacendados, diputados, figurones de la política y la magistratura, altos gra-

101

dos y suboficiales, médicos, dentistas, veterinarios, farmacéuticos e ingenieros, en fin, la nobleza, el clero y el pueblo. Instituciones democráticas y culturales asistían para la educación y las buenas costumbres, algunos de ellos, ciertamente, merecían que los registrara el Patrimonio Histórico y Artístico. Recordemos, con nostalgia y suspiros, el burdel de Josette la Rouquine, *doublé de maison close* y de salón literario donde pontificaba el poeta Braulio de Abreu, sonetista de rimas raras.

Bajo el maternal comando de las sabias burdeleras, las prostitutas atendían a la clientela, servían dulce de banana en rueditas, licores de *pitanga* y cacao, de rosas y violetas, destilados en filtro de papel por las monjas, en los conventos. En aromáticas sábanas se recorría con pericia, fantasía y buen querer la gama infinita de los placeres, de las caricias que preparan, calientan y conducen al instante supremo cuando la vida y la muerte se confunden.

Muchos iban a buscar en la quietud de los burdeles, en el cálido regazo de las mancebas, la compensación para los deleites que los prejuicios moralistas les negaban en el lecho conyugal. Salían reposados, distendidos, recuperaban la alegría de vivir. Con lo cual se aseguraba la armonía de las parejas, la estabilidad de los matrimonios, la solidez de la institución de la familia, base de la sociedad cristiana y occidental, eso es.

Se paga un precio abusivo por el progreso mal entendido: destrucción, violencia, vandalismo. Se identifica el crecimiento con el desarrollo, se condena al hombre a la soledad de los hoteles, de las casas de masajes, se degrada el placer de la vida.

En los burdeles, aún no hace mucho, artífices de extrema competencia, nativas y extranjeras —¡ay, las francesas románticas, las místicas polacas! —, ejercían el inmemorial oficio en la gracia y el capricho, sacerdotisas de la voluptuosidad como escribían los literatos. En los hoteles de paso todo es vil comercio, pornografía y desamor, se acabaron *les marieuses* y la *délicatesse*.

Ni aun diciendo hotel-*de-passe* y *délicatesse*, en francés, idioma de las prácticas eróticas, de la malicia en la cama, de las cosas de amor, ni así el profesor João Batista, cautivo burdelero, se acostumbraba a los hoteles, a las casas de masajes, mostradores donde la sociedad de consumo comercia sexo, en los límites del vicio y la angustia, despojado del romance, de dulce de banana en rueditas, del licor de las monjas, de la sala de conversación y galanteo, de la poesía. ¡Ay, los tiempos de antaño!

EL JUGADOR. A pesar del relieve concedido por el lisonjeado y fecundo Sylvio Lamenha, en la columna "High Society" del *Diário de Notícias*, al "enlace de la galante gitana Adalgisa, gentil ornamento de la sociedad local, huida de un verso de Lorca, hija estremecida de nuestro firmante el caballero don Francisco Romero Pérez y Pérez, destacada figura de la benemérita colonia ibérica, con el dandi Danilo Correia, el popular Príncipe Danilo, atleta consagrado en las lides futbolísticas", la ceremonia fue simple, realizada en la intimidad de la residencia del padre de la novia, sin pompas de iglesia. La situación, difícil, no permitía gastos extravagantes ni desperdicios.

Paco Negreiro andaba mal de finanzas, iba de mal en peor. El juego había consumido la mercería, comido las acciones del Banco Económico y las del Banco de Bahía, las obligaciones del Tesoro; la sequía había ayudado diezmando las vacas. Paco tuvo que vender por diez réis de miel colada el casco agrietado de la *fazenda*. La Fazenda Cataluña, cara, rápida, malograda aventura, pura ostentación. La vanidad de jactarse, en la ronda de póquer del Club Inglés, señor rural, plantador de algodón y criador de ganado, colega del cacaocultor Raimundo Sá Barreto, del latifundista Almir Leal y de otros terratenientes, los poderosos del mundo. Rarísimas veces había puesto los pies en aquellas glebas perdidas en el sertão: la Fazenda Cataluña tuvo una única utilidad: sirvió para la luna de miel de Dolores y Eufrasio.

La más chica, Dolores, se casó jovencita, dos años antes que Adalgisa, en medio del fausto y la precipitación. La bendición, en la catedral basílica, fue dada por Su Excelencia el obispo de Aracaju, amigo de la familia Pérez, de paso por Bahía. Música de órgano, coro de voces femeninas, la *Marcha Nupcial* de Mendelssohn. El cortejo atravesando la nave entre canastillos de flores naturales, precedido por media docena de angelitos, niños ricos, tres nenas, tres nenes, esparciendo azahares en el camino de la novia, las damas de honor llevando la cola larguísima del vestido de organdí blanco, bordado y rebordado, virginal. Dolores del brazo del padre, Andreza deshecha en lágrimas, las alianzas de oro, todo conforme manda el figurín. Del lado de afuera de la iglesia, los papamoscas se codeaban para ver. A pesar de la agitación, de la prisa con que fue decidido y realizado el casamiento, doña Esperanza Trujillo había conseguido imprimirle todo ese aparato, gala infrecuente, y nadie se admiró: le conocían la eficiencia.

La corrida se debió al hecho de que Dolores se encontraba embarazada de dos meses. Aun antes de noviar, Eufrasio, bueno para la serenata y expedito, la había desvirgado detrás del Faro de la Barra, lugar propicio: en la ocasión los Pérez todavía residían en una casa propia, chalé con galerías en la Barra, frente al mar.

El chalé también se disolvió en deudas; de la aparatosa riqueza apenas quedaba el negocio de chatarra, ubicado en Agua dos Meninos, en el cual por diversión Paco había puesto dinero, socio comanditario, para ayudar a un patricio joven y emprendedor, Javier García. El patricio se ocupaba del negocio y lo hacía prosperar.

Javier García no jugaba, tenía alergia a los casinos, cabarés, bares y burdeles, subía y bajaba a pie, dos veces por día, la Ladera del Agua Brusca para economizar los centavos del ómnibus del Pilar. Había llegado de Tenerife hacía siete años, con una mano atrás y otra adelante, engrosaba sus bolsillos a costa de economías y privaciones y de los ágiles cinco dedos con que sobrepasaba al socio capitalista. Javier García no era jugador, era tramposo.

EL SERMÓN. Sin pompa, sin basílica, sin obispo, el casamiento de Adalgisa tampoco fue una miseria de pobretón: se guardaron las apariencias.

Mesa harta de dulces y salados, bebidas al por mayor: vinos y coñaques españoles, manzanillas y jerez. Se brindó por la felicidad de los novios con champaña: el matrimonio Amelia y Benito Fernández, testigos de la novia en el acto civil, habían enviado, además de un regalo valioso, fino servicio de cena, media docena de botellas de champaña. Alto ahí, ¿qué es eso de champaña? Champaña es un brebaje de fabricación gaúcha; tratándose de *vin blanc mousseux*, francés, se debe escribir y pronunciar champagne como enseña el profesor João Batista de Lima e Silva: para evitar confusiones derivadas de la carestía de la vida y el bastardeo del paladar.

La ceremonia se inició a las cinco de la tarde de un sábado de mayo, transcurrida la hora de atraso de buen tono en los sucesos elegantes. Sería más correcto hablar de ceremonias, primero la religiosa, oficiada por monseñor Gaspar Sadock, enseguida la civil, presidida por el doctor José Alves Ribeiro, juez de la jurisdicción de familia. No compareció el mundo de gente que había llenado la catedral dos años antes, cuando las bodas de Dolores, pero, aun así, sobraban personas en el departamento de Graça: Paco Negreiro era estimado por sus buenas cualidades y no solamente por el dinero que ya no tenía. Además de alquilado, el departamento era pequeño: los asistentes se comprimían en la sala de estar, invadían los cuartos de dormir, chismeaban en la cocina, murmurando sobre la disipación de los bienes de Paco Pérez y Pérez. El juego y la ruina forman un par inseparable, pregonaba los domingos el elocuente padre Barbosa desde el púlpito de la elegante Iglesia de la Victoria: mejor prueba no había.

Vestido vaporoso, de tul, estilo renacimiento, modelo y confección de María Zilda, regalo del matrimonio Cotrim, Lourdes y Jonas, padrinos del acto religioso; velo, guirnalda, flores de azahar en profusión testimoniando la virginidad de la novia —esta vez la doncellez prometida era de veras: no estaba embarazada y ni siquiera la punta del pájaro del novio le había tocado apenas el virgo incólume. No había probado la fruta-verga, cosa rara en nuestros días progresistas, hecho digno de referencia y alabanza.

Adalgisa se enjugó una lágrima cuando Monseñor, al discursear, recordó a dos santas criaturas recientemente fallecidas: la madre de la novia, la buena Andreza, y la madrina querida, el hada protectora, la maestra de Dadá, doña Esperanza Trujillo, "ovejas del rebaño del Señor que las llamó a su seno, desde donde bendicen a la hija y la alumna en el día feliz de los gratos esponsales". Monseñor Gaspar Sadock, inigualable en un sermón de casamiento.

EL RAMO DE LA NOVIA. Sermón demasiado prolijo, en la opinión crítica de Danilo. Hacía idéntica restricción a la rebuscada arenga del doctor juez, vate consagrado que agasajó a Adalgisa con tales y tantas palabras de loor a la "belleza ofuscante, suntuosa, brasileña, caldeada en los crisoles en que las razas se mezclaron", que más parecía una declaración de amor, y el novio se quedó con la pulga en la oreja: los poetas no merecen confianza. Danilo estaba que saltaba de un pie al otro.

No se trata de fuerza de expresión: los zapatos nuevos, de charol, le apretaban los pies, no veía la hora de quitárselos. No veía la hora de encontrarse a solas con Adalgisa en la casita de la playa en el *Morro* de San Pablo, prestada por un amigo del suegro, el rico industrial Fernando Almeida, para que en ella gozaran de la luna de miel.

Terminadas las ceremonias, comenzó el aburrimiento de las felicitaciones: la fila daba vuelta a la sala. Besos a la novia, abrazos al novio, dos palabritas, parabienes, votos de felicidad, bromas maliciosas, para nunca acabar. Danilo oye votos y bromas, agradece, sonríe, abraza, desabraza, el pensamiento lejos.

Lejos, no. El pensamiento cerca, pues no piensa en otra cosa que en el tajo de Adalgisa, allí, a su lado, al alcance de su mano. Al tajo tan receloso ahora tiene acceso libre, pleno derecho, después de la bendición del padre y la firma del juez en el certificado de casamiento. Finalmente, ¡Dios del cielo!, va a desvirgar a Adalgisa. El tajo y el resto.

Adalgisa, entre besos y lágrimas, risitas finas de las amigas, la envidia y la jocosidad, la sal y la pimienta, evoluciona en la sala, al término de las felicitaciones, de convidado a convidado, de amiga a amiga. Danilo no aguanta más de tanta calentura acumulada. Pero tiene que posar para el retrato. Para los retratos: tomados del brazo, colocándose la alianza, besando a la novia. A la hora del beso no aguantó, se fue en seco.

Adalgisa levanta el ramo de flores de azahar, lo tira en dirección al grupo de ansiosos de las núbiles inquietas: aquella que atrape el ramo se casará en el curso del año.

LA MUCHACHA SERIA. En un año de noviazgo es normal que ocurra, se afirmó antes, algún desliz por más pudibunda y durona que sea la doncella: mano en los pechos, palo en los muslos. Poco faltó para que el noviazgo de Adalgisa y Danilo escapara de la regla aquí anunciada. Duró un año, casi día a día, desde la fecha del pedido a la del casamiento: Dadá llegó virgen al altar improvisado en la sala de estar y casi llega inmaculada, tan escasa fue la putería.

No por falta de ocasión: sobraron las oportunidades. Permanecían los dos solitos la mayor parte de las dos horas, de las ocho a las diez de la noche, en que, diariamente, noviaban, comentando estrenos de filmes, programas de radio, músicas nuevas, cantores y cantoras —Adalgisa adoraba a Angela María, Danilo prefería a Dalva de Oliveira, ambos fanáticos por Elizete Cardoso—, recordando momentos de la brillante trayectoria futbolística del ex crack del Ipiranga, trazando planes para el futuro. Paco Negreiro se iba a los casinos clandestinos, tugurios de ruletas dudosas, de barajas marcadas: ya no existían los salones de juego, de añorada memoria, del Palace Hotel y de Tabarís. Danilo llegaba, Paco salía, se daban las buenas noches, cambiaban una palabra amable. Andreza tenía la vela a los enamorados durante algunos minutos, luego los dejaba, sobraban quehaceres, muchos.

A solas en el sofá de la sala cuando no salían tomados de la mano a pasear por los alrededores, yendo hasta el Bahiano de Tenis, el Yate Club, a admirar la luna llena, clavada en el mar, desde los altos de la residencia de los jesuitas en la Ladera de San Antonio de la Barra, buenos lugares para el amor, aconsejables. En la oscuridad de brea o bajo la claridad de la luna, Danilo podría haber desflorado a Adalgisa con la mayor tranquilidad, sin correr riesgo de estorbos, lejos de miradas indiscretas, si ella lo hubiera consentido —Dadá no consentía.

Dársela antes del casamiento, ni pensarlo, prefería la muerte. El ejemplo de Dolores, que se apresuraba a abrir las piernas, no afectaba a Adalgisa. En ese particular y en muchas otras contingencias, las dos hermanas eran agua y fuego, pensaban y actuaban de manera más que diferente, opuesta. A los diecisiete años, Dolores quedó embarazada, se casó grávida de Perivaldo, que disfrutó poco tiempo el bello nombre recibido en la pila bautismal: murió de disentería a los ocho meses de nacido.

Cerca de los veintidós, mayor de edad, al borde de quedar soltera por su fama de pedante y soberbia, Adalgisa se encerraba en sus principios, heredados de la madrina, doña Esperanza Trujillo, viuda sufrida e íntegra. Los principios le dictaban la conducta, doña Esperanza la había educado para ser una señora. Dadá no transigía: los clamores de la revolución sexual la dejaban indiferente, no conocía la píldora. Muchacha seria, comentaban las comadres en las iglesias.

MANO EN LOS PECHOS, PALO EN LOS MUSLOS. En lo que toca al disfrute, a la lascivia, a la voluptuosidad, a la putería propiamente dicha, el romance y el noviazgo habían sido de los más discretos, de los menos íntimos, platoniquísimos. Si fuera otra la enamorada, la novia, Danilo, muchacho lindo, el Principe Danilo de los estadios de fútbol, ídolo de las multitudes, aclamado por las mujeres, habría sido tratado con dulces y manjares, pero Dadá, en el transcurso del encuentro cotidiano, no iba más allá de los besos: cuanto más cerca de la despedida, más demorados y ardientes, en la partida un chupón cinematográfico. Los besos le gustaban.

Mano en los pechos por cierto hubo, en momentos de mayor liberalidad. En general la mano por encima del vestido, jamás por debajo de la combinación: del corpiño, ni pensar. En los muslos también, de tanto en tanto. Casi siempre por encima de la enagua; una vez en la vida, otra en la muerte, por encima del calzón, alcanzando los contornos del tajo que él adivinaba, pero que constataba, bien servido de pelos. En día de mayor atrevimiento y de consentimiento inesperado, él la sintió humedecida —lo que bastó para hacerlo gozar, inundando los calzoncillos. Sin esperar a llegar a casa, como de costumbre, para la paja urgente, o al quilombo, para descargar en una puta de su relación. Era popular en el Maciel y en el Gameleira, galán de las prostitutas.

Palo en los muslos, podía contar con los dedos las oportunidades habidas durante aquel año de empeño y contención. Adalgisa se estremecía al contacto con la poronga férrea e impaciente; se apartaba, brusca, al sentirla, sobre la bombacha, buscar a la vergonzosa. Nunca le hizo Danilo una acabada ni ella una paja. Dadá mal sopesaba en la mano la medrosa arma de combate, sin conocer en rigor el calibre y la longitud, la grandeza. Le extrañaba la gota de rocío en la palma de la mano: cuando se la refregaba parecía goma arábiga.

LA CONTRADICCIÓN DIALÉCTICA. Obra difícil y desagradable la de relacionar limitaciones, describir lo que se debería haber hecho y no se hizo, contar lo negativo y lo no alegre, prosa enfadosa, escritura desoladora y deprimente. Pero el cronista no puede huir a la verdad, esconder lo feo y lo triste, salir por ahí eructando ventajas, diciendo que Danilo salió victorioso, cuando, en realidad, el pobre muchacho recorrió un camino de piedras, royó durezas, atravesó las arenas del desierto, sufrió hambre y sed, fue tratado a pan y agua: poco pan y poca agua...

Adalgisa se distendía, bajaba la guardia, se dejaba ir, apenas cuando, en los brazos del novio, bailaba en una reunión familiar, en una matinée del Centro Gallego o una velada del Club Español. Extasiada por la música, sobre todo por los ritmos lentos y románticos, los preferidos, no reclamaba si él le metía la pierna entre los muslos, ni parecía darse cuenta del contacto, del refregamiento violento y persistente. Sonreía arrobada, los ojos semicerrados, adoraba bailar. Pero no todos los días había un baile en una casa amiga, una fiesta de gallegos, mucho menos una en el Español: lo que es bueno es raro y dura poco.

Ante esas penurias que aquí contra la voluntd se narran, se pueden imaginar las condiciones físicas y morales en que Danilo llegó al casamiento: le dolía el sable. Impaciente y ávido, ansioso y frenético, aguantaba con dificultad. Mañana será otro día: dejarán de existir cualesquiera límites para la plena satisfacción de sus deseos, por más locos que puedan ser. Todo le será consentido, eructará con la barriga llena.

Cometerá grave equívoco, incurrirá en error capital quien, a esta altura del relato, cojo pero honesto, concluye que Danilo, el carente, nada sentía por Adalgisa además de deseo —el calumniado deseo carnal—, principio y fin de lo que no pasaría de una pasión devoradora y efímera. Tal opinión, liviana y estrecha, limita y falsifica los verdaderos sentimientos de Danilo. Él la amaba profundamente, con amor genuino que se demostró definitivo con el largo transcurrir del tiempo.

Cautivo de la elegancia y la hermosura, de la belleza física, de las perfecciones del cuerpo de Dadá. Las piernas torneadas, la cintura de avispa, el busto altanero, las negras trenzas. Habituado a lucirse en el empleo del lugar común, Danilo se afanó en la elección de sustantivos y adjetivos para calificar el rostro ibérico, para definir los afros cuadriles de Adalgisa. Se quemó las pestañas, fue al diccionario, las crónicas sociales, triunfó: rostro malagueño de gitana. En cuanto al insolente, estupendo rabo, la popular expresión culo de *tanajura* le pareció prosaica y despreciativa. Se entregó a la meditación y la pesquisa, ¿quién lo diría capaz de consultar notas de Antonio Houaiss? Pues lo hizo y fue recompensado, por fin encontró la locución exacta, la réplica al rostro malagueño: nalgas de hotentote. España y Africa reunidas en la geografía brasileña de Adalgisa.

Danilo asimilaba estribillos, sentencias, frases hechas y, a veces, palabras difíciles, expresiones raras, en las vibrantes transmisiones radiofónicas de los partidos de fútbol y las empleaba cada dos por tres en los análisis de jugadas, pases, penales y goles, en inflamadas discusiones con otros fanáticos hinchas. Los vocablos fuera de lo común que le sonaban diferentes y graciosos, los reservaba para Dadá en las horas de enamoramiento y romance. Le decía trigueña, morocha, campanilla, pulcra, señorial, andaluza, venus calipigia.

Cautivo de las prendas domésticas ostentadas por la novia: cocinera de buena mano para el condimento, sacaba canciones en el piano, cosía y bordaba, sombrerera emérita. Del carácter, que calificaba de íntegro, inmaculado, diamantino: tenía para elegir. Cautivo, también y sobre todo, de las cualidades morales, de las virtudes, tantas. Entre tantas, la mayor, la que él más apreciaba, por encima de todas las otras, se situaba el pudor. Se enorgullecía del pundonor de Dadá, la prudencia en las caricias, la bravía resistencia a sus embestidas: la mano en los pechos, el palo en los muslos.

Contradicción explícita, evidente, no hay cómo esconderla o discutirla. Dialéctica, la contradicción es parte integrante de la vida, aun cuando nos parezca inexplicable, absurda. Danilo sufría en la carne las consecuencias pero admiraba y se envanecía con el recato y la moderación que Adalgisa se imponía y le imponía. Si no la amara con tan grande amor, no habría atravesado aquel año de noviazgo. ¿Y qué decir de los diecinueve que ya duraba el casamiento?

PAUSA PARA LA MEDITACIÓN. De los diecinueve años que ya duraba el casamiento nada se dirá por ahora; se aprovecha la loca carrera de los recién casados camino de Valencia, donde tomarán la lancha para la luna de miel en el Morro de San Pablo, y se hace una pausa narrativa de sus amores — ¿cómo enunciarlos? — ardientes y castos.

La historia que en estas páginas se propone contar es intrincada, son múltiples los espacios y los tiempos en que se desenrolla el ovillo de la vida, se necesita quemar los sesos para no dar vuelta las cosas, no romperse la cara en el sobresalto de la primera esquina, no extraviarse en las encrucijadas de los *ebós*.

Nadie pierde por esperar. Más adelante se retomará el tema de la vida sexual y sentimental del ex crack de fútbol y la sombrerera y se contará con el reposo y el realismo necesarios cómo transcurrieron la noche de nupcias y la luna de miel, con lo que se entenderá la aparente incoherencia de "amores castos y ardientes". No basta contar, es preciso hacerlo con regla y compás, como manda el figurín. Cada tema a la hora exacta y un tono de voz para cada criatura. Quien piense que es fácil, que se atreva.

Ahora hay que atender otros frentes de batalla, retomar asuntos que quedaron atrás, traer a la escena a figuras igualmente destacadas. Don Maximiliano von Gruden, por ejemplo: poco durmió en la noche de aflicción, no es justo dejarlo por más tiempo a la espera de noticias. De buenas noticias, conforme desea.

Si por acaso hubiera alguien que tenga prisa por saber cómo fue la noche de nupcias, en la avidez de detalles libidinosos, excitantes, basta que salte algunas páginas y encontrará más adelante la descripción completa; sabrá, de pe a pa, de qué manera la doncella perdió la virginidad: nadie está obligado a leer el libro entero.

111

LOS LLAMADOS TELEFÓNICOS

LA SENSACIONAL EXCLUSIVA PERIODÍSTICA O LA GLORIA Y LA MIERDA. Aunque velara la alta madrugada, echado sobre libros en vigilias de estudio o en el rumor de la noche de amigos, don Maximiliano von Gruden se levantaba tempranito, al canto de los gallos en la avenida proletaria, vecina al monasterio.

Lavándose los dientes junto a la ventana, el director del Museo de Arte Sacra se detenía en el movimiento matinal de la población del caserío: hombres saliendo para los lugares de trabajo, soñolientos y apresurados, mujeres iniciando, ya cansadas, el trajín doméstico. Vida de fatiga y menoscabo, mediocre, tan ajena a la suya, don Maximiliano no llegaba a entenderla, a sentirse solidario con las dificultades de aquella gente insignificante. No los despreciaba por ser pobres, no tenía la riqueza en tamaña cuenta, sino por ser ordinarios, por estar sujetos a aflicciones y opresiones en nada semejantes a los desasosiegos y cuidados intelectuales del museólogo. Pero la mañana del jueves, doce horas después de la noticia de la desaparición de la imagen de Santa Bárbara, la del trueno, habiendo atravesado la noche insomne, se pensó igual a ellos o aún más desdichado, sin puerta de salida. O, si alguna había, era la puerta estrecha de la dimisión y el ostracismo.

Antes de ir a los deberes religiosos inherentes a la condición de sacerdote, cada mañana don Maximiliano leía los diarios colocados en la puerta del cuarto por Nelito, otro de los ángeles a los que se había referido el obispo auxiliar, el malévolo: ángel mensajero, negro retinto, un tesoro. También el jueves, por la fuerza de la costumbre y en cumplimiento del deber, se sentó en una de los sillones de cuero negro que contrastaban con la sotana blanca, los diarios en el piso, amontonados en el orden en que acostumbraba leerlos.

Enseguida se vio en la primera página de *A Tarde*, de pie, sonriente, hojeando la edición alemana del libro sobre la controvertida imagen. Fotografía de Vavá, pequeña pero excelente: Vavá era un talento, escogía el ángulo correcto y el momento exacto para disparar el obturador de la cámara; tenía que mandarle un ejemplar de la edición brasileña, con una palabra simpática de dedicatoria. Volvió a contemplarse en la foto, se encontró bien, la sonrisa modesta e inteligente. Lindo, ¿por qué esconder la verdad?

"Mañana, Museo de Arte Sacra — Exposición y lanzamiento — Llegó la famosa imagen de Santa Bárbara del Trueno". La llamada, en negrita, remitía al lector a la página tres de la primera sección para la nota referente a la entrevista colectiva y a las informaciones sobre los sucesos y la llegada de la imagen. Abierto en tres columnas en lo alto de la página, el artículo no podía ser mejor ni más completo. Había cubierto la noticia y redactado el texto, con la vivacidad habitual, el cronista José Augusto Berbert, joven de edad, antiguo de oficio, pues había entrado de chico en la redacción de *A Tarde*. Correcto y capaz, a pesar de excomulgado don Maximiliano lo estimaba —el fallecido cardenal Da Silva había excomulgado, en la década del 30, al jurista Epaminondas Berbert de Castro, padre de José Augusto, y a toda la familia, *ad eternum*, pero eso es otra historia: daría, además, para una sabrosa novela picaresca.

A pesar de haberse retirado antes de que el llamado telefónico de Edimilson pusiera fin al encuentro con la prensa, José Berbert, en la noticia, extensa y precisa, detallaba lo ocurrido, se deshacía en informaciones, valoraba la presencia del poeta portugués "enviado en misión especial por *O Jornal*, de Lisboa, para cubrir los grandes acontecimientos: la Exposición y el Libro". A propósito del libro, citaba sus títulos en portugués, *Origen y autoría de la imagen de Santa Bárbara*, la del trueno, y en alemán, *Der Ursprung und der Schofer des Gnadenbildes Barbara, die des Donners*, soltaba cohetes: "primorosa confección gráfica, profusamente ilustrado". En cuanto al contenido, se remitía a la opinión de Antonio Celestino, autoridad en el asunto, recogida en el transcurso de la audiencia colectiva: "Obra monumental y definitiva", decretaba el sábelotodo.

Además, la gaceta anunciaba para el sábado un artículo

del afamado crítico, el "docto cronista del Patio de las Artes", sobre el volumen del director del Museo de Arte Sacra, aún no expuesto en las librerías y ya consagrado. Adelantaba el título: "El libro de don Maximiliano von Gruden, Obra Mayor".

La nota reproducía otra instantánea: el director del Museo conversando con el poeta y periodista lisboeta: don Maximiliano estaba óptimo —no podía olvidarse del libro para Vavá.

Con la mandíbula caída, la moral casi elevada, el corazón casi alegre, en el silencio del cuarto apenas cortado por el gorjeo de un par de canarios silvestres en el alféizar de la ventana, don Maximiliano se retractó: autocrítica, mea culpa. Había sido injusto con el amigo Celestino, imaginó complots, celadas, miserias, había lanzado bravuconadas, gastado ironías, mientras el buen lusitano, digno de todos los adjetivos de la dedicatoria, sudaba en la máquina de escribir para exaltar la gloria del autor de la "Obra Mayor". Obra mayor, ese Antonio Celestino sabía las cosas: don Maximiliano percibió salpicaduras de gloria en la sotana.

También había sido injusto con el poeta Pacheco. Viéndolo en la foto, cordial y reverente, se daba cuenta de que la pregunta que tanto lo había irritado la víspera no era un pedido de J. Coimbra Gouveia, no escondía segundas intenciones, no contenía ponzoña, no correspondía a una complicidad de allende el mar. Todo aquello no había sido más que imaginación, sospecha infundada, fantasía, y todo estaría en el mejor de los mundos de no ser por la desgracia acontecida. De nada servía la conclusión del artículo, infelizmente engañosa, confirmando la llegada al museo de la imagen de Santa Bárbara, la del trueno, venida de Santo Amaro: el cronista había presenciado el desembarco —Zé Berbert era a veces exagerado, en el ansia de informar bien y más. Sin embargo, don Maximiliano se encontraba tan alterado por la nota que un vislumbre de esperanza le calentó el corazón: quién sabe, tal vez a esa hora la Policía de Estado, la Federal o la propia Curia ya había develado el misterio, encontrado la imagen, prendido a los ladrones si es que ladrones había. Bien podía ser.

Pero, ¡ah!, la desgracia ocurrida estaba en la primera página del *Diário de Notícias* donde don Maximiliano vio también una fotografía suya: ¿cómo la habían obtenido, los miserables? En el muelle, con los brazos abiertos, el rostro contraído, al fondo la camioneta y Edimilson. El titular abarcaba la cabeza de la página, bajo el nombre del periódico: LA DESA-PARICIÓN DE LA FAMOSA IMAGEN DE SANTA BÁRBARA, LA DEL TRUENO. Debajo de la foto, la leyenda: "Junto a la Rampa del Mercado, el director del Museo de Arte Sacra, en pánico, al tomar conocimiento del robo de la imagen más famosa del Brasil." "Celebérrima y valiosísima", así la calificaba la nota que ocupaba la mitad de la primera página del matutino. La firmaba Guido Guerra, pero si no la hubiera firmado, don Maximiliano no se habría engañado sobre el autor del texto; bastaba la referencia maliciosa a las exigencias del vicario de Santo Amaro para indicar quién la había redactado. Refería, una a una, las diligencias del director del Museo, del Mercado al obispo, del secretario de Seguridad al delegado de la Policía Federal y de vuelta al convento de Santa Teresa con el altar vacío. Exclusiva periodística sensacional, Guido había puesto mierda en el ventilador. ¿Salpicaduras en la sotana? Don Maximiliano se sintió cubierto de pies a cabeza.

EL PRIMER LLAMADO TELEFÓNICO. La misa diaria rezada por don Maximiliano era corta; acababa de despacharla cuando fue llamado al teléfono.

—De la Policía Federal, maestro.

Universitario en el último año de museología, practicando en Santa Teresa, Oscar Mafra se admiró de la precipitación con que el director, de costumbre tan mesurado de maneras, corrió a atender: tropezaba con la sotana. Llamado de la Policía Federal, ¡albricias! El día anterior, el coronel le había prometido buenas noticias en plazo breve, cumplía la promesa con loable rapidez, comprobando la eficiencia de la corporación que comandaba. Don Maximiliano se apuraba para oír la novedad que haría del jueves el día de la resurrección: ¡albricias! ¡Aleluya! Subió corriendo la escalera, llegó al despacho sin aliento, levantó el aparato:

—Aquí don Maximiliano.

—Un momento, el coronel Raúl Antonio le va a hablar.

Escuchó la voz anónima y ruda que decía: el hombre ya está, jefe, y enseguida el coronel delegado de la Policía Fede-

115

ral vociferó en el aparato, sin siquiera dar los buenos días:

—¿Por qué no me comunicó ayer que el padre Abelardo Galvão venía en el barco, junto con la imagen? Usted ocultó a la policía un hecho de la mayor importancia, dejó de revelar un dato fundamental. ¿Por qué lo hizo? Respóndame.

—¿Hecho importante? Yo...

—¿Yo, qué?

—Tratándose de un sacerdote, pensé...

—No tenía ni que pensar ni que dejar de pensar, sino, eso sí, colaborar con nosotros. Usted escamoteó la existencia del Padre. ¡Del padre Galvão! ¿Por qué lo hizo? ¿Con qué intención?

—Ninguna. No tuve ninguna intención. ¿Cómo podía imaginar que un sacerdote tuviera que ver...?

—¿Tuviera que ver? Ese padre es la clave de toda la trama. Si no es uno de los jefes de la banda, es un cómplice categorizado.

—¿Cómplice? ¿Jefe de banda? ¡Señor Jesús!

—No venga a decirme que no sabe quién es el padre Abelardo Galvão.

—Realmente no lo sé, coronel. Oigo este nombre por primera vez. —En realidad lo había oído el día anterior de boca del obispo auxiliar, enredado en sospecha y censura. —Sólo supe que un padre y una monja habían venido en el barco...

—Y no nos dijo nada, ni sobre el padre ni sobre la monja. Escúcheme bien, don Maximiliano, no lo volveré a repetir: no trate de engañarnos, no le servirá de nada.

—Yo...

—No olvide que sabemos todo acerca de usted. —Como había hecho la víspera, separó las sílabas: —Absolutamente todo.

Colgó de un golpe sin decir hasta luego. Don Maximiliano, en el apuro de oír la buena nueva, había atendido de pie, junto a la mesa de trabajo: se desplomó en la silla giratoria. El practicante, que lo acompañaba, al verlo así deshecho, como una figura de cera derritiéndose en sudor, las manos cubriendo el rostro, se preocupó y se atrevió a preguntar, con miedo:

—¿Se siente mal, maestro?

El monje reaccionó a la preocupación del muchacho, se compuso en la silla, trató de sonreír, sin conseguirlo:

—Estoy bien, Oscar, gracias. Vaya a cumplir con sus obligaciones, déjeme solo. Pero antes tráigame un vaso de agua, por favor.

Sacó del bolsillo de la sotana la cajita oval, de esmalte trabajado —en la tapa la miniatura reproducía la Trinidad, de Andrei Roublev, los tres ángeles a la mesa de Abraham—; en ella guardaba las píldoras que le mantenían en orden el nervio simpático, se colocó una en la palma de la mano. Reflexionó y, tomando en cuenta las circunstancias, dobló la dosis: tragaría dos, en cuanto llegara el agua. ¿Qué había dicho el obispo a propósito del padre? Buen tipo no era, ese sujeto. Por eso don Rudolph le había ordenado mantener en secreto su presencia en el barco, y la de la monja, para compensar. Recomendación inútil: ellos, los de la Federal, lo saben todo, absolutamente todo.

EL SEGUNDO Y EL TERCER LLAMADO TELEFÓNICO. Don Maximiliano no atendió el segundo llamado. Diga que no estoy, que salí y usted no sabe a qué hora volveré, ordenó a Oscar cuando le anunció la comunicación interurbana, de Santo Amaro. Por cierto que el obispo se irritó pues el muchacho, desubicado, repetía:

—No, no es mentira, reverendo, el director salió. No, no está acá mandándome decirle esto... Salió, de verdad... —Se detuvo para oír, abrió los ojos: —¿Que le diga eso? ¡Ah! ¡Ah no, yo no se lo digo!

Oscar colgó el teléfono, tartamudeó:

—El vicario...

—No necesita repetirlo, Oscar, me imagino lo que él dijo. —Don Maximiliano curvó los hombros, cruz pesada, cerró los labios, cáliz amargo.

La tercera llamada fue la del Secratrio de Seguridad del Estado. El doctor Calixto Passos, al contrario del coronel Raúl Antonio, se deshacía en amabilidades, la voz envuelta en vaselina:

—Muy buenos días, estimado maestro. —Después del intercambio de gentilezas, que se prolongó por unos instantes, el jefe de Policía entró en el tema: —Lo llamo para darle noticias, conforme prometí. Todavía no tengo la solución de nuestro pequeño problema pero estamos actuando; ya obtuvimos varias pistas, una de ellas sensacional... —Repitió: — ¡Sensacional! Además, sobre ella me gustaría oírlo...

Don Maximiliano agradeció la deferencia, se puso a las órdenes, un poco menos disgustado: mejor tratar con un idiota que con un verdugo. Escuchó sin sobresalto la pregunta del doctor Calixto:

—Estimado maestro, ¿usted sabía que en el mismo barco y en el mismo viaje en que venía el... el objeto que nos interesa... estaba el padre Abelardo Galvão?

—Ayer, cuando estuve con usted, todavía no lo sabía, pero hoy por la mañana me dieron esa noticia.

—¿Usted conoce al padre Galvão?

—No lo conozco personalmente ni lo conocía de nombre. Recién hoy oí el nombre de esa persona. Por primera vez. — Para dejar claro su deseo de contribuir al éxito de la investigación, agregó: —Por lo que me dijeron hoy, había también una monja en el barco.

—Sí, tenemos la información. —La voz se apartó del teléfono: está buscando la nota con la información, pensó don Maximiliano; lo oyó murmurar: ¿dónde está? La encontré, aquí está... La voz aumentó de volumen: —Se trata de la hermana María Eunice, del Convento de las Arrepentidas... Va a declarar hoy. Prontuario limpio, ya lo verificamos. Mientras que el del padre Galvão es un prontuario pesado, estimado maestro: el hombre es un agitador peligroso... —Se calló de pronto, seguramente considerando que había hablado de más.

A pesar de que era curioso —lo tildaban de chismoso—, don Maximiliano no hizo preguntas sobre la actuación y la peligrosidad del padre. El obispo se había referido a cuestiones de tierras, por lo que recordaba. Invasión de haciendas... Eso: invasión de haciendas, agitación de ocupadores de tierras, subversión. Mi Dios, ¡en qué honduras se había metido, envuelto con esa clase de gente...! La voz modulada del secretario de Seguridad volvió a hacerse oír:

—Sobre esto hablaremos personalmente. En cuanto tenga adelantada la investigación, voy a pedirle, estimado maestro, que me haga el honor de su visita para una conversación en la que analizaremos juntos la situación. Quizá sea hoy mismo, si todo sale bien.

—Estoy a sus órdenes, doctor Calixto, cuando quiera. Le pido que no olvide la urgencia de una solución, la inauguración de la muestra está marcada para mañana y es imposible posponerla. Para entonces necesitamos haber recuperado...

—...el objeto... —atajó el jefe de Policía—. Creo que sí, que lo tendremos a tiempo. La comprobación de mi tesis vino a facilitar todo. ¿Se acuerda de la tesis que le expuse ayer?...

—Sí.

—Sobre ese tipo de acción criminal, ¿se acuerda? Resultó correctísima. Los autores de... de la hazaña... están siempre próximos, tienen fácil acceso al... objeto...

Esperaba la aprobación, tal vez el aplauso del interlocutor, pero, como persistía el silencio al otro lado del cable, preguntó, un tanto molesto:

—¿Está escuchándome, maestro?

—Con mucho interés, doctor. Pero no sé si capto bien su pensamiento. Hablaba sobre los autores...

—...de la hazaña... Preste atención: ese padre Galvão es cura en una parroquia del sertão donde, además, ha dado que hablar. Al venir para la capital dio una vuelta enorme para pasar por Santo Amaro, en el Recóncavo, y embarcarse en la nave junto a la imagen. ¿No le parece extraño, estimado maestro? Santo Amaro, vea bien, digo Santo Amaro de la Purificación...

—¿Qué es lo que tiene Santo Amaro de la Purificación? No entiendo...

—¿No fue de Santo Amaro que desapareció aquella custodia de oro macizo, viejísima, que después fue a aparecer en los presentes ofrecidos al Papa?... ¿Se acuerda, estimado maestro? Se habló mucho de que el vicario estaba involucrado, recuerde. Ahora ate los cabos y saque las conclusiones...

SE ABRE NUEVO PARÉNTESIS PARA EL CHISME DE LA CUSTODIA DE ORO. En la estructura anárquica del relato, entrecortada de idas y venidas, extensos flashbacks, con espacios narrativos diversos y desencontrados, *pleine de longueurs*, diría el profesor João Batista si lo leyera y analizara, una vez más, y no ha de ser la última, se abre un paréntesis. Para atender la curiosidad malsana de los indiscretos, locos por saber qué historia es la citada por el secretario de Seguridad también llamado jefe de Policía del Estado de Bahía: custodia de oro macizo —¡revieja, estimado maestro! —, pieza rica, magnífica. Robada de la Iglesia de Santo Amaro, surgió enumerada entre las dádivas ofrecidas al Sumo Pontífice por un alto dignatario eclesiástico de visita en el Vaticano.

Don Maximiliano von Gruden, hágase justicia, trató de corregir las informaciones del doctor Calixto Passos, pero la autoridad no le dio tiempo, se despidió después de mandarlo a atar los cabos y sacar conclusiones. Si por acaso había alguna verdad en el cuento, eran erróneos los detalles. La custodia en cuestión no pertenecía a la Matriz de Santo Amaro sino a otra parroquia del Recóncavo, y el padre Teófilo Lopes de Santana, el desgraciado padre Teo, se merecía críticas por las actitudes descompuestas y las maneras groseras, las palabras de mal gusto, pero nada tenía que ver con la mágica travesía, del río Paraguazú al río Tíber, del sagrado hostiario. Siendo, además, como harto se sabe, defensor extremo del patrimonio de su vicaría. ¡Pero vaya uno a convencer a un jefe de Policía, dueño absoluto de la verdad! Para explicar los hurtos de objetos religiosos, el doctor Calixto Passos había creado una teoría brillante y simple, confirmada en la práctica diaria: él mismo la consideraba una obra de arte, él y el comisario Parreirinha. *Cherchez le prêtre*, gritaba, al saber que un bien de la iglesia se había esfumado, imitando en la cita francesa al profesor João Batista: ¡pero qué diferencia de pronunciación!

No era don Maximiliano contrario a la maledicencia, según sus desafectos, la ejercitaba con frecuencia. Así, quien quiera saber el resto de la historia, con exactitud y hartura de pormenores: cuál era la parroquia, la devoción de la Matriz de donde retiraron la custodia suntuosa, el peso en oro, el valor en dólares y la vetustez de la pieza, el nombre del vicario y el de la eminencia que obsequió al Papa con prenda tan cristiana, costosa y bella: quien quiera saber todo eso y más todavía debe recurrir a las luces del director del Museo de Arte Sacra de la Universidad de Bahía, pues en estas páginas beatas no se admite la mala lengua, los dimes y diretes, la difamación.

Lo más probable es que la historia, de cabo a rabo, no pase de ser una invención de los infames enemigos de la civilización occidental: individuos sin escrúpulos, echan mano de todos los recursos para alcanzar sus malignos, monstruosos objetivos. Así, haciendo oídos sordos al ladrido de los perros, al aullido de los lobos, se puede garantizar sin pudor que la confusión en la prensa, noticias e insinuaciones, revelaciones y desmentidas, exclusivas sensacionales y el silencio abrupto, los rumores en las esquinas ociosas de la ciudad, el epigrama de Clovis Amorim y el folleto de la reportera Edilene Matos fueron embuste y fraude para provocar escándalo. Menos mal que la Censura Federal actuó a tiempo, poniendo fin a la trama. Nada más que trama, se puede jurar si fuera necesario. Conjura siniestra para socavar las instituciones.

No, poner las manos en el fuego es exigir demasiado: existe una nítida diferencia entre arriesgar una afirmación y practicar una temeridad. Ni siquiera para defender intereses santos se debe caer en la exageración, uno se puede quemar la mano.

LOS DEMÁS LLAMADOS TELEFÓNICOS, MUCHOS. Fueron innumerables los demás llamados telefónicos; relatarlos uno a uno sería perder el tiempo y gastar papel: basta de palabrería. La mayoría provino de las redacciones de los diarios y de las estaciones de radio a la búsqueda de informaciones. Secretarios de redacción, redactores y cronistas ansiosos por hablar con don Maximiliano o, en su ausencia, con cualquier funcionario del museo, de preferencia Edimilson, testigo ocular. Durante toda la mañana, el teléfono no dejó de sonar. Son las trompetas del Juicio Final, pensó el rubio practicante pero se tragó el atrevimiento; el maestro no estaba de ánimo para chistes. En cuanto a Edimilson, se había esfumado: partió de vacaciones; adónde había ido a gozarlas no se sabía. Voy a descubrir a ese desgraciado aunque sea en el carajo, vociferó, en el teléfono, Napoleón Sabóia, corresponsal de *O Estado de São Paulo*, rompiendo los tímpanos y los melindres del joven Mafra —lo que el pobre muchacho oyó aquel día no se escribe.

La nota de Guido Guerra había provocado un terremoto en las redacciones bahianas, repercutido incontinenti en las del sur del país y del noroeste. Periodistas que jamás habían oído la menor referencia a la imagen de Santa Bárbara, la del trueno, salieron tras su pista, decididos a informar bien al público. Y a develar el misterio del robo, tan sensacional co-

121

mo atrevido, practicado a la llegada del barco a la Rampa del Mercado, en la nariz de diversas personas que de nada se habían dado cuenta. En San Pablo, en Río de Janeiro, en Recife, trataban de entrevistar a los apurones a los especialistas más reputados: Pietro Bardi y su esposa, la arquitecta Lina Bo, ex directora del Museo de Arte Moderna de Bahía, Joaquim Cardoso, Renato Soeiro, Joaquim Falcão, Aloisio Magalhães, Marcos Vinicius Vilaça, para citar apenas a los más importantes.

Sin embargo, ni siquiera los reporteros bahianos, sus conocidos, ni siquiera el amigo José Augusto Berbert, ni un solo periodista consiguió entrar en contacto con don Maximiliano von Gruden, y era él, y no otro, el figurón buscado y requerido por la prensa local y nacional *au grand complet* — ya andaba rozando la pedantería —. Por todos los títulos: director del museo donde la imagen —pieza de resistencia, punto alto de la Exposición de Arte Religiosa— debía ser mostrada al día siguiente, para eso había venido de Santo Amaro, y autor de un grueso libro sobre el escaldante tema. ¿Dónde encontrar un ejemplar de sobra? Constaba que *A Tarde* se había apoderado del de propiedad de Antonio Celestino y, echado sobre él, Cruz Ríos, un as, pergeñaba el editorial: redactarlo exigía sabiduría y competencia. Don Maximiliano no había salido de vacaciones pero se había hecho humo, igual que Edimilson. El excitado Mafra repetía por teléfono la misma cantinela: el director salió muy temprano, después de celebrar la misa, sin decir adónde iba; volvería enseguida, con certeza, a qué hora no tenía idea —y más que rápido cortaba para evitar los desafueros.

Cortaba y en el mismo instante atendía otra llamada: gacetas y estaciones de radio de Bahía —y las de todo el país a través de las sucursales o en comunicación de larga distancia—. Hubo inclusive la llamada del corresponsal en Brasil de *New York Times*, Edwin McDowell, con sede en Río de Janeiro. Detalle curioso, al contrario de la mayor parte de los colegas brasileños, el norteamericano sabía de la existencia de la imagen y de su valor. Pues ni a él atendió don Maximiliano: bienvenido en cualquier otra ocasión en que sería homenajeado, llevado en andas, pero no en aquella hora amarga —gusto a hiel en la boca del monje, puñal clavado en el pecho. ¡Ay, el *New York Times*, ay, calvario de infortunios,

Señor Dios Omnipotente! ¡Ay, Señor, ayúdame!

Atendió sólo al rector de la Universidad, que llamaba desde Brasilia, donde estaban él y el cardenal, pero ya con el pasaje marcado para el vuelo del fin de la tarde, después de un último encuentro con el ministro. No el de Educación y Cultura, que no resolvía nada, sino con el ministro de Guerra: éste sí podía decidir sobre la suerte de los estudiantes. La audiencia, obtenida a costa de mucho empeño, impidió que el rector, alarmado con las noticias difundidas por las estaciones de radio, anticipara la vuelta a Bahía: en compensación se demoró al teléfono.

Llamada difícil, indigesta. En público, el rector y el director intercambiaban amabilidades y elogios, se hacían declaraciones de admiración y de aprecio: de la boca para afuera, pues en verdad se detestaban. Al rector, hombre práctico, de actitudes claras, la imaginación y los arrobos del fraile lo confundían e incomodaban. El director se quejaba de la poca atención dispensada al museo por el rector, que se había negado a duplicar las partidas a él destinadas en el diminuto presupuesto de la Universidad.

Don Maximiliano relató lo poco que sabía, no escondió la gravedad de lo acontecido; el rector enfatizó:

—¿Hecho grave? Diga gravísimo, de consecuencias imprevisibles para el museo y la Universidad.

Puso a don Maximiliano al frente de sus responsabilidades: usted, que hizo lo posible y lo imposible para obtener la imagen, actúe ahora con la misma tenacidad para recuperarla. Sin ello el museo y la Universidad serían el blanco de las críticas y las censuras más acerbas, de las insinuaciones más desmoralizantes. El museo, como usted sabe, no goza de buena fama, se habla de piezas adquiridas de forma sospechosa, de devolución de copias en lugar de... —y ahí venía la anécdota de San Pedro Arrepentido. Recordó:

—El vicario de Cachoeira no quería...

—¿De Cachoeira, rector? —se vengó don Maximiliano—. Querrá decir de Santo Amaro...

—De Cachoeira, de Santo Amaro, ¿qué diferencia hay? Usted lo obligó...

Así prosiguió, a los tropiezos, el llamado telefónico. Don Maximiliano apartó el tubo del oído: con aquella lata el rector quería dejarlo sin otra puerta de salida que la dimisión, en caso de que la imagen no fuera recuperada a tiempo. ¿Debía decirle que ya había decidido dimitir si tal calamidad acontecía? Se contuvo: ¿por qué darle esa alegría al rector antes de la hora irremediable? Cuando consiguió retomar la palabra, sólo tocó el tema de la fecha del *vernissage*: ¿debían mantenerla o posponerla?

—No veo motivo para posponerla, al final la Exposición no se reduce sólo a esa imagen, hay mucho más para ver. No tendremos la imagen pero tendremos el libro que usted escribió sobre ella, una cosa compensa la otra, ¿no? —La referencia al libro, dardo feroz, había demorado demasiado, y don Maximiliano la tragó callado. —Inauguraremos mañana, a la hora prevista. El ministro confirmó su presencia. —Se refería al ministro de Educación, el de Guerra tenía otras cosas que hacer.

Entre la conversación con el secretario de Seguridad y la partida —¡espectacular!— de don Maximiliano hacia el palacio arzobispal, el vicario de Santo Amaro llamó tres veces, encarnizado y agresivo, echando pestes: he aquí que, después de tantos galicismos, comienzan los españolismos, ¡válganos Dios! Mal empleado, además, pues el padre Teo vociferaba los desafueros en la lengua del pueblo de Bahía, mejorada por las bocas-de-infierno, de Gregorio de Matos a James Amado, lengua excelente para el uso de la verdad.

EL CERCO. El teléfono era lo de menos. Escépticos al respecto de la ausencia de don Maximiliano, los periodistas acamparon en el atrio, a la entrada del convento de Santa Teresa, delante de la iglesia y de la puerta del museo. Puerta cerrada con llave: debido a los preparativos de la exposición, el acervo no estaba franqueado al público. Un reportero más audaz trató de penetrar por una ventana del primer piso pero perdió el equilibrio en la tentativa de escalar la pared, se lastimó con la caída, fea: bien hecho —al saber del accidente, don Maximiliano lo apreció como era debido, alegría pequeñita pero satisfactoria.

En los corredores de la Secretaría de Seguridad Pública y en los locales de la Policía Federal se aglomeraban periodistas veteranos y novatos. El jefe de Policía, en el deseo de agradarlos y así preservar su imagen de autoridad competente y cordial, prometió recibirlos más tarde, con noticias concretas. Quizá por la mañana pueda proporcionarles una revelación importante; tengan paciencia en beneficio de la sociedad, dijo, en breve speech, una sonrisa de ilusionista de circo listo para retirar el conejo de la galera. El comisario Parreirinha levantaba el pulgar de la mano derecha para reforzar el carácter relevante de la información prometida.

El coronel Raúl Antonio había mandado un cana a despacharlos: nada de declarar y que no se quedaran a hinchar la paciencia de los que estaban trabajando, que se mandaran mudar. Se mandaron mudar del antiguo depósito de carga transformado en repartición oficial, pero se mantuvieron en las inmediaciones. Establecieron cuartel general en el Mercado, donde recogían noticias viejas —el Viajero sin Puerto remolcado al Arsenal de la Marina durante la noche, la prisión por la madrugada de María Clara y el maestre Manuel— y se inundaban de rumores, escuchaban historias espantosas de la boca de Camafeu de Oxóssi, referidas a una paulista y un anillo nigeriano. Tomaban batidas y *lambretas* en los puestos de bebidas.

Tamaño movimiento de los medios de comunicación llevaría a creer que la desaparición de la imagen de Santa Bárbara, la del trueno, era el acontecimiento más grave, el único realmente grave, ocurrido en el país en los últimos días. Recuérdese que los hechos narrados en esta crónica, pobre de brillo, rica de veracidad, pasaron en los peores años de la dictadura militar y la rígida censura a la prensa. Había una realidad oculta, un país secreto que no figuraba en las noticias. Los diarios, las estaciones de radio y televisión se encontraban limitados, en las secciones informativas, a hechos en general poco palpitantes. Reducidos en las notas de opinión al loor incondicional del sistema de gobierno y los gobernantes. Prohibición total de cualquier noticiario, de la menor alusión, al respecto de los cotidianos asesinatos políticos, prisiones, torturas, violaciones de los derechos humanos, de comentarios sobre la censura de espectáculos y libros, así como referencias a huelgas, manifestaciones, marchas, protestas, movimientos de masas y tentativas de guerrilla. Nada de eso sucedía en la patria feliz bajo la égida de los generales y los coroneles, si se creía en la lectura de los diarios. Algunos de ellos llenaban los espacios en blanco, debido al corte de temas palpitantes, con la publicación de recetas de cocina —*O Estado de São Paulo* estampó en medio de la primera página una receta de *quitande*, plato bahiano poco conocido—, de poemas, baladas, odas y sonetos de poetas clásicos, cantos de Os Lusíadas. Los lectores entendían y se alborotaban , tratando de adivinar lo que había sucedido en el país.

No se permitían críticas al franquismo, al salazarismo, tampoco a los gloriosos generales latinoamericanos que ejercían con igual firmeza e incompetencia el poder en la Argentina, el Paraguay, Uruguay, Chile, Bolivia, colegas de nuestros gloriosos —ni en la prensa ni en cualquier otra tribuna. Desde la tribuna de la Cámara Federal, en el ejercicio de su mandato, el diputado Francisco Pinto había calificado a Pinochet de tirano: perdió el mandato y fue metido en prisión. Dos padres franceses que, desde el púlpito de sus iglesias, osaron defender a los siervos de la tierra en los feudos de la Amazonia se encontraron en la cárcel con un proceso a cuestas.

La censura, la corrupción y la violencia eran las reglas de gobierno, vale recordarlo pues existe quien ya se ha olvidado. Tiempo de ignominia y de miedo: las cárceles repletas, la tortura y los torturadores, la mentira del milagro brasileño, las obras faraónicas y la extorsión, la impostura y los arreglos — hay quien tiene nostalgia, es natural.

Ahora bien, se sabe que las buenas intenciones, los acontecimientos felices, la normalidad y la alegría no son asuntos de preferencia de las redacciones: cuanto mayor la desgracia, mejor la noticia. En el sofocamiento y el marasmo de la prensa brasileña de la época, la desaparición de la imagen de Santa Bárbara, la del trueno, caía del cielo como un regalo. Los profesionales de la crónica policial, en su mayoría, creían en un robo planeado y practicado por ladrones especialistas en templos y abadías, se referían a bandas y receptores, pero algunos no excluían y hasta defendían la hipótesis de complicidad de párrocos y obispos. Complicidad o autoría.

El jefe de la sucursal del *Jornal do Brasil*, Florisvaldo Matos, poeta apreciado —¡cuántos poetas hay en esta tierra bendita de Bahía, Dios del cielo!—, calentísimo al colgar el teléfono sin haber conseguido hablar con don Maximiliano, insinuó que era bien probable que la clave del misterio estuviera en manos del fraile artero: día más, día menos, la imagen aparecería catalogada en el acervo del museo y allí podría ser vista, en su pompa y realeza. A cambio, en el altar de la Matriz de Santo Amaro se entronizaría una copia en yeso, hecha de medida, Santa Bárbara, la de los truenos fosforescentes, en tecnicolor.

LA FUGA. Los trabajos de arreglo de la muestra proseguían bajo la dirección del arquitecto Gilberbert Chaves, al cual se había unido otro arquitecto, además de pintor, Lev Smarchewski. Don Maximiliano daba las coordenadas, orientaba: exigente como siempre pero silencioso, de poca prosa y ninguna risa, lo contrario del conversador brillante a que estaban acostumbrados los auxiliares y los amigos. Lev había hecho referencia al artículo del *Diário de Notícias*; lacónico, el director había respondido con una única palabra: irresponsabilidad. No se habló más del asunto; solamente el pedestal vacío recordaba la desaparición de la Santa.

Don Maximiliano sacaba de entremedio de otros objetos, en un estante, el primor de un cáliz de oro, incrustado de piedras preciosas, de origen eslavo, para destacarlo, aislándolo sobre un pedestal, cuando Oscar Mafra vino del despacho, donde hacía guardia al lado del teléfono, para trasmitirle un recado urgente:

—Maestro, llamó el padre Soares. —Se trataba del secretario del obispo auxiliar. —Don Rudolph pide que usted comparezca inmediatamente en el palacio. El padre Soares pidió que no demorara. —Imitó la voz gangosa del reverendo: —Dígale que venga enseguida, Su Excelencia lo está esperando.

Por el borde levantado de la cortina, don Maximiliano examinó el patio colmado de periodistas y fotógrafos. ¿Cómo hacer para cruzar hasta el portón de salida? Parecía imposible. Aun de espaldas, percibió la interrupción del trabajo en la sala. Sin darse vuelta, dijo:

—Continúen, por favor. Todavía hay mucho que hacer y el tiempo urge. Para la media tarde de mañana todo tiene que estar listo.

Siguió mirando por la hendija de la ventana, por fin giró hacia la sala, dio dos pasos en dirección a Lev:

—Lev, dígame: el auto que está estacionado al otro lado

de la calle, en la puerta del taller de Roque, es suyo, ¿no?
—Sí, es mío, don Maximiliano. Está a sus órdenes.
—Gracias, Lev: le agradezco y le acepto. Oiga bien. Dentro de cinco minutos, la puerta del museo será abierta y los periodistas serán invitados a entrar para ver cómo marchan los trabajos. Cuando sea franqueada la entrada y ellos comiencen a subir la escalera, usted, Lev, baja, pasa entre ellos, andando sin apuro, y va hacia su auto. Enciende el motor y me espera. Yo salgo por la iglesia, entro en el coche, usted aprieta el acelerador. —Recorrió la sala con la mirada, no llegó a sonreír pero por un instante el ardid imaginado para engañar a los periodistas los confortó.

Dicho y hecho, el plan funcionó a las maravillas. Nelito abrió la puerta de entrada al museo, Oscar Mafra transmitió la invitación a los reporteros: don Maximiliano manda decir que los señores pueden entrar. Se precipitaron, sorprendidos y victoriosos: el fraile bajaba los brazos. Fue una corrida espectacular, escaleras arriba. Se cruzaron con Lev: la exposición está quedando una belleza, adelantó el arquitecto sin responder a las preguntas sobre don Maximiliano: ¿el director, dónde está? Las cámaras de televisión cerraban la marcha.

Saliendo por la media hoja abierta en la puerta central de la iglesia, don Maximiliano comenzó a cruzar el patio vacío, con pasos rápidos. De repente, un cronista se acercó a una de las ventanas para tirar el pucho del cigarrillo y lo reconoció. Dio la alarma a los gritos: ¡Allá va, huyendo! Olvidando la compostura, don Maximiliano agarró el ruedo de la sotana y echó a correr. Corriendo, cruzó el portón, se metió en el auto, Lev salió a toda velocidad Ladera de la Pereza abajo.

EL SOSPECHOSO. Cuando dieron las once de la mañana llegaron a los diarios, por vías irregulares, los primeros rumores sobre el envolvimiento del padre Abelardo Galvão en la desaparición de la imagen de la Santa. Llamados anónimos informaron a los redactores jefes o a los secretarios de redacción la existencia de la pista, idéntica en la Policía Federal y en la Secretaría de Seguridad, que apuntaba al cura de Piaçava como el sospechoso número uno. Que se quedaran en sus puestos, recomendaban, pues nuevas y mayores informaciones serían trasmitidas. Detalle curioso: los llamados, fue fácil comprobarlo, no provenían de las reparticiones policiales, pero tampoco hubo desmentidas: ni en el edificio del Largo de la Piedad ni en el depósito del Muelle del Puerto.

La desaparición de Santa Bárbara, la del trueno, asumió a partir de entonces un carácter realmente sensacional, connotación insólita, inesperada. La participación del padre Galvão establecía un eslabón entre el hurto de la imagen peregrina y el problema de las luchas de los sin tierra contra el latifundio, las invasiones de haciendas, la reacción de los propietarios, los cadáveres de campesinos agujereados de bala, la acción —benemérita o criminal, depende de quién lea y juzgue— de los padres de la Iglesia de los pobres, asunto explosivo.

La actuación del cura de Piaçava había comenzado a ocupar espacio en los archivos y relieve en las páginas de los diarios. En más de una oportunidad, en los últimos meses, su nombre había aparecido en títulos gordos, en caja alta. DISCÍPULO DE DON HELDER, EL PADRE ABELARDO FUNDA COMUNIDAD —EL CURA DE PIAÇAVA COMANDA INVASIÓN EN LA FAZENDA SANTA ELIODORA —HACENDADO ACUSA AL PADRE GALVÁO DE INCENDIARIO.

En un diarucho de escándalo, sin fecha segura de publicación —salía cuando algún interesado aflojaba los cordones de la bolsa—, el título anunciaba una nota picaresca: EL PADRE ABELARDO GALVÁO, RASPUTÍN DE LOS POBRES. El subtítulo mencionaba el nombre de Patricia.

EL EBÓ

Al amanecer de aquel jueves Oyá fue de visita en calles y callejones, en el centro y en las afueras de la ciudad de Bahía, yendo de *axé* en *axé*, de visitación. Si, debido a los cuernos de búfalo y a la escupida de fuego, alguien la reconoció, no reveló espanto, no hizo escándalo, no se tiró a sus pies ni le proclamó el nombre. La saludó con discreción, en un susurro de la boca para adentro, solamente ella y nadie más podría percibirlo: *Eparrei!* Quien más sabe menos habla, el alarde y la jactancia son recursos de los necios y los charlatanes. Oyá atravesó altanera y bella, vestida con un manto rústico; en los hombros desnudos, en los brazos y en los tobillos, collares y pulseras color de vino. La vieron los madrugadores y los demorados.

Fuera como fuere, algo traslució: un rumor corrió, se esparció. En las *casas de santo*, en el bullicio de las *camarinhas*, en el recato de los *pejis*, se oyeron conversaciones apagadas, se trocaron habladurías, y en el Mercado de Santa Bárbara, en el Bajo de los Zapateros, varios puestos amanecieron adornados con guirnaldas, banderola de papel de seda, flores de papel crêpé, si bien aún estaba distante la fiesta de Yansã que allí se conmemora el 4 de diciembre. Fiestera sin par, Jacira de Odô Oyá improvisó modesto *caruru* de doce gruesas de *quiabos*, para celebrar. Para celebrar qué, ni dijo ni le preguntaron.

Oyá había venido por Adalgisa y por Manela, a cobrar lo que le era debido, dar el ejemplo a quien le había faltado, proclamar el derecho a la vida y el amor. En cuanto a fiestas, se contentaría con la de la víspera, cuando desembarcara y fuera al Gantois: obligatoria, pues el jueves es su día de la semana. Pero, si había otras, no las desdeñaría. Sucedió, mientras tanto, lo imprevisto que le acarreó nuevos trabajos: madre afectuosa, Oyá no sabe negarse a sus hijas. No había venido para fiestas, pero con tantos quehaceres la conmemoración se imponía.

Según consta, Oyá habría comenzado por el Axé de Alaketu, vecino de la casa de Carybé —de Boa Vista al Matatu es muy cerca, queda todo en Brotas—, donde algunos afirmaban que ella había pasado la noche en alegre compañía: señalan como prueba la tela donde se ve a una negra adormecida en misterio y poesía, y, alrededor del cuerpo esbelto e inmenso, el paisaje de Bahía, la montaña, el mar, el pueblo. Poniendo atención en los trazos de la figura, es fácil darse cuenta del parecido con Olga, la poderosa *iyalorixá*: Olga do Alaketu, Olga de Tiempo, Olga de Yansã.

La *madre de santo* inició las *obligaciones* del día tirando los *buzios* para invocar al *encantado*, proponer el *ebó* y transmitir las aflicciones de la muchacha, los pedidos, fáciles unos, otros difíciles de satisfacer, cuando Oyá se mostró y encendió la aurora al pie de la ladera de Alaketu. Olga sonrió: mi madre vino en persona, ¡salva el día bendito! La cabra, sujeta por una cuerda atrás del puesto, baló afligida.

Acuclillada ante la escudilla de *acarajés*, la muchacha apenas vio la luz de la aurora rompiendo las tinieblas, pero distinguió fulguraciones granate, estrías color de vino, y las tomó como signos favorables. De favorecimiento dependía quien venía cargada de cuidados, ambiciones, carencias, la alforja repleta. Petición grande y variada, ¿para tanta necesidad y tanta urgencia bastarían dos docenas de *acarajés* y una cabra joven, aunque traída del *sertão*.

Jamás la muchacha se había sentido tan preocupada, pues aquel día se tornó de repente decisivo para su carrera incipiente; pero era ambiciosa y obstinada, como una hija de Yansã. En breve cumpliría tres años de *hecha*, a partir de la fiesta del *nombre* no había faltado a ninguna *obligación*, había cumplido contra viento y marea el calendario de los *boris*. La Santa la había ayudado en las pruebas de ingreso en la escuela y en el estreno en el Teatro Castro Alves, donde representó con garbo y elogios el papel de doña Pata en una pieza infantil de João Jorgen, ese sinvergüenza. Cabellos de india, negros y lacios, ojos azules de blanca, labios carnosos de negra y el color tiznado, la muchacha hizo los ruegos.

Clamaba por justicia para los explotados, solicitaba coraje y arte delante de las cámaras y ansiaba acoger en los brazos al hombre que le consumía la sangre. Joven universitaria simpatizante de las causas prohibidas, actriz novata en los tablados de los teatros populares, pobres, provisorios, perseguidos, cabra en celo gimiendo de pasión ardiente y reprimida. Había puesto en la misma bolsa de ruegos al programa de televisión, al francés famoso, a un padre lindo y casto y a los tres cadáveres que había visto de lejos, pudriéndose. La otra cabra, la que había traído de ofrenda, la había robado de los rebaños del hacendado, lo que le daba más valor y mayor merecimiento.

Mientras Olga oía la vehemente enumeración, Oyá se volatilizó en la voz de la muchacha, recorrió el latifundio y el poblado, acarreó la carga de infortunios, tomó conocimiento de las intenciones malignas, de los planes diabólicos, supo de la condena a muerte. Oyá conocía al padre, compañero de viaje en la travesía del Paraguazú, muchacho lindo, corazón generoso y atormentado. El resto de la solicitación de la joven, afectación y desempeño, no requería esfuerzo. Tomaría las líneas paralelas para trazar un círculo.

La muchacha llegó al fin de la petición. Oyá, habiendo regresado y decidido, montó en Olga, su caballo favorito, empuñó el sable y salió bailando. Tres veces escupió fuego antes de acoger en el pecho a la pedigüeña y aceptar el *ebó*. La escudilla con los *acarajés* fue puesta en el *peji* pero cuando, caliente y roja, la sangre saltó del pescuezo de la cabra, Oyá la succionó con avidez. Mandó que los pedazos del animal fueran cocinados y, separada su porción, que el resto sirviera de festín al pueblo del *axé* al fin de la tarde. Así se hizo.

LOS ACONTECIMIENTOS DE LA MAÑANA DEL JUEVES

A LA BUENA DE DIOS, LO QUE DEBA SER. A partir de la mañana del jueves, víspera del *vernissage* de la Exposición de Arte Religiosa, conforme se está harto de saber, se precipitaron los acontecimientos, atropellándose unos a otros, desencontrados en apariencia: tornando el enredo aún más confuso, un laberinto.

A los personajes conocidos vinieron a sumarse figuras nuevas, nacionales y extranjeras, algunas de siniestra competencia, mezclándose entre amables criaturas, codeándose con las celebridades. Sin hablar del gentío que se juntó, sin que fuera necesario convocarlo.

Se hace más difícil desatar el hilo del ovillo y atarle las puntas: el hecho es narrar a la buena de Dios, al correr de la pluma, como se decía en los buenos tiempos. Tal vez sea necesario mezclar tiempos y espacios en la secuencia de los episodios, rompiéndose la armonía que se pretendió establecer para contar el cuento. Quién sabe, en medio de la barahúnda y el atropello se trillará un camino válido que conduzca a la conclusión de la aventura.

Si no fuera posible, se dará lo dicho por no dicho y punto: cuento chino.

LAS GEMELAS. La mañana de aquel jueves, cuando el padre Abelardo Galvão, sin sotana pero llevando pechera y cuellito de celuloide, insignias de su condición de clérigo, se aproximaba a la entrada del palacio arzobispal, se cruzó con una negra alta y esbelta, de porte arrogante, ataviada con telas de colores. Al pasar junto a él la negra le sonrió, confiada.

Aunque él la vio de reojo, le pareció conocida, de dónde no se acordaba. Se volvió con la intención de cerciorarse pero ya no la vio. Había desaparecido en medio de la multitud, en el rumor de la Plaza de la Sede. Absorto, al preguntarse dónde la había visto y a quién se parecía, no oyó al mocoso que le proponía la compra de un diario pregonado a los gritos:

—¡La noticia de la Santa que desapareció de la iglesia!

El obispo auxiliar lo dejó enmohecer en la antesala durante una buena media hora, a pesar de haberlo convocado con fecha, hora y minutos marcados y recomendación de no atrasarse: a las diez y media en punto. El seminarista que lo atendió y fue a anunciarlo ni siquiera volvió. Lamentando no haber comprado el diario para acortar la espera con la lectura, el padre Abelardo, entregado a sus pensamientos, se trasportó a los sertãos de Piaçava. De no ser por los ruidos de la plaza que invadían el viejo caserón, ecos de música, pregones de anuncios, estaría confinado a los yermos del paisaje agreste, el campo de palmeras, plantaciones de *piaçava* y *dendê*, el lugarucho mezquino, el pueblo desamparado.

En la antesala el carillón ronco marcó la hora: a aquella hora, minuto más, minuto menos, Patricia atravesaba a caballo la plazoleta frente a la iglesia, en un galope que la llevaba a las márgenes del río vaciado por la sequía. Regresaba al trote corto, se apeaba delante de la tiendita de la india Milá, detrás de la tribuna para el coro. Colocaba las riendas sobre la parte delantera de la silla, aflojaba los arreos, el caballo se recogía de motu proprio a la sombra del pórtico.

El padre Abelardo, desde la puerta de la iglesia, seguía cada movimiento, cada gesto de la amazona: en vez de pantalón de montar usaba un vaquero desteñido, en lugar de botas, zapatillas de goma. Le acudía a la memoria la inmutable recordación de la infancia en las pampas: en el portón del corral se movían la abuela, la china y los animales. Imágenes desparejas le daban, no obstante, idéntica sensación de vida plena. El hecho se repetía cada uno de los días, ¡ay, tan pocos!, de las visitas de Patricia a la casa de los padres: las visitas se habían tornado más frecuentes y más prolongadas, así le parecía. ¿O se engañaba? El padre Abelardo Galvão, equilibrado en el filo de la navaja, cargaba el peso del universo en la espalda.

No bien se puso a reflexionar sobre las razones capaces de dictar el comportamiento de la muchacha, plazos de idas y venidas y de permanencia, el padre fue tomado por inesperado devaneo: la negra con la que se había cruzado en la calzada del palacio —¿dónde la había visto antes?—, negra retinta como era, le recordaba a Patricia. Patricia, sí, ella y no otra. Físicamente parecidas, de un parecido que en el silencio de la antesala aumentaba a cada instante, ¿no serían por acaso iguales? Iguales, ¿de qué manera? ¿El porte, las facciones, quién sabe? La esbeltez, la altura, el brío, la sonrisa ambigua: confiada y evasiva. Alguna cosa más, no sabía qué: vio a la negra apenas de reojo pero la vio entera y para siempre.

Igual a Patricia, como si fueran hermanas gemelas pero de familia, de estirpe, de linaje diferentes. La oscura identidad con Patricia le recordó entonces cómo y dónde había visto a la negra. Había ocurrido el día anterior, en la Rampa del Mercado, a la llegada del barco. Pasó a su lado, pero era una mulata vestida de bahiana: le había guiñado el ojo. La altura, la sonrisa, la elegancia, el semblante, el porte de Patricia. Alguna cosa más, ¿qué? En la ocasión no reparó, tan preocupado venía debido al llamado del obispo auxiliar. Pero ahora, en la antesala del palacio arzobispal, él las identificaba, hermanas gemelas. ¿Dos o tres? ¿Cuántas? Se daba cuenta del engaño. Engaño, insensatez o devaneo, en él no prosiguió el atormentado cura de Piaçava. Parado frente a él, las manos cruzadas sobre el volumen de la barriga, examinándolo de arriba abajo, la voz gutural, el padre Soares le anunció que Su Excelencia lo esperaba.

EL OBISPO EN LA VENTANA. Al penetrar en la sala donde don Rudolph recibía y despachaba, el padre Abelardo lo vio de pie, junto a una de las ventanas abiertas sobre la plaza: montado en sus zapatones —como era de baja estatura, usaba tacos altos—, al tope de la cabeza el solideo rojo, la pose marcial. El padre Abelardo había relacionado siempre la prepotencia del obispo auxiliar con el uniforme militar. Pero no le concedía estrellas de general victorioso en los campos de batalla, sino apenas un puesto de cabo mandón e intolerante. Se paró próximo al escritorio, carraspeó para anunciarse.

Don Rudolph no prestó atención al ruido del carraspeo como no lo había hecho con el de los pasos, continuó ajeno, acechando: la cortina de terciopelo lo resguardaba de la indiscreción de los transeúntes. Le hacía mella la figura de la negra parada en el centro de la plaza, bajo los destellos del sol, una estatua. A pesar de la distancia, percibía, como si la encarase frente a frente, que los ojos de la negra refulgían, dos carbones encendidos, dos brasas, y era sin duda de él que ella se reía, descocada. Peor todavía, tales contrasentidos no lo desconcertaban aunque lo dejaban inquieto, perturbado en sus designios.

He aquí que de pronto la negra desapareció. Él la miraba, ella desapareció. No salió del lugar, no se movió, no se deshizo en humo, no se desvaneció: dejó de ser y de estar. El lugar de la estatua quedó vacío.

Don Rudolph desvió los ojos y por azar los posó en un tipo que también miraba la fachada del palacio: mal arreglado, calzaba alpargatas sertanejas, el sombrero de ala ancha le cubría el rostro y, a pesar del sol candente, llevaba capa impermeable. Desinteresado, el obispo se apartó de la ventana, afirmó el paso al principio vacilante, fue hacia la mesa. Antes de sentarse, se sirvió agua, bebió dos tragos, se enjugó el sudor de la cara y del cuello. Guardó el pañuelo, no escondía el enfado: calor mortal de los trópicos, humedad sórdida, pegajosa, y un mal padre frente a él. Sentía un malestar en el cogote, la cabeza todavía nublada.

EL EJÉRCITO DE CRISTO, ¿CUÁL DE ELLOS?. El padre Abelardo no contó con recepción calurosa, ni siquiera cordial; conocía la posición de obispo auxiliar al respecto de los problemas relacionados con la parroquia de Piaçava, reflejo de los problemas sociales que dividían al clero brasileño. No había imaginado, sin embargo, que el encuentro iba a revestirse de tanta ceremonia. En lugar de interlocutor en diálogo espinoso pero civilizado, con citas de textos doctrinarios, referencias al Concilio Vaticano II, a la Pastoral de la Tierra y a libros recientes de teología, se vio sentado en el banquillo de los acusados, oyendo seco libelo acusatorio. Poco, casi ningún derecho de defensa le fue dado, Su Excelencia le imponía si-

lencio a cada tentativa de exponer la verdad de los hechos, tan
evidentes, clamaba a los cielos.

La hipocresía no se contaba entre los defectos de don Rudolph: no tenía el hábito de disimular su pensamiento, fingir
estima cuando despreciaba. Así, al sentarse, apenas hizo una
señal con la cabeza en dirección al padre. No lo acogió en el
pecho en fraterno abrazo, no le tendió la mano, no le dio el
anillo a besar: era un guerrero y no un diplomático. Indicó la
silla, del otro lado del escritorio, el dedo apuntando, lanza en
puño:

—Veo que usted, reverendo, se olvidó, no tuvo debida-
mente en cuenta la recomendación que le hice la última vez
que nos vimos, sobre la dignidad del traje sacerdotal.

—Tanto la tuve en cuenta que estoy vestido con clergy-
man, en obediencia a las órdenes de Su Excelencia.

En la frase correcta, en la inflexión respetuosa, don Rudolph presintió señales de mofa, elevó la voz:

—Yo dije: de sotana. En buen portugués. La próxima vez
quiero verlo de sotana. ¿O será que el uso de la sotana le pe-
sa o le obstaculiza los movimientos?

El portugués no siempre era bueno, y el acento gutural
tornaba más acerba la reprimenda, más imperiosa la orden.
Entre el obispo auxiliar de la Arquidiócesis Primada del Brasil y el oscuro párroco de Piaçava se situó, en formación de
combate, el Ejército de Cristo. ¿El ejército o los ejércitos?
Bien diversos uno del otro, el del obispo, el del cura: opuestos, enemigos.

Para don Rudolph no cabía duda, y lo afirmaba, autoritario: el Ejército de Cristo, trincheras levantadas en los cinco
continentes, tenía la misión de sustentar, como venía haciendo a través de los siglos, el derecho a la propiedad de las clases dominantes. Abusos, si los había, la caridad se encargaría
de corregirlos: para eso existe la caridad, padre Galvão, una
de las tres virtudes teologales. La Iglesia es sustentáculo del
orden y no promotora del desorden. Ejerza la caridad, padre.

El padre Abelardo, al contrario, consideraba que esa Iglesia de la sumisión y de la obediencia ciega, al servicio de los
ricos y los poderosos —para ellos los bienes del mundo, para
los pobres la esperanza del reino de los cielos—, era la negación de la palabra dèl Mesías: la Iglesia debía servir a la justicia y a los necesitados. El auténtico Ejército de Cristo, reclu-

137

tado en las favelas de las ciudades y en la miseria de los campos del tercer mundo en desesperación por padres y obispos portadores de una prédica nueva, debía sustentar la acción insumisa, la resistencia y la lucha.

Frente a frente las dos formaciones, aunque ambas uniformadas con la tradicional sotana, imposible no distinguir entre lo viejo y lo nuevo, la contradicción que conduce, inexorable, al avance de la sociedad. Y basta de discurso pues aquí lo que se desea y se debe hacer es tan sólo dar noticia sucinta e imparcial de la controversia en que se empeñaron el obispo auxiliar y el cura sertanejo. Sin que se tome partido y se procure influir en la docta discusión. Don Rudolph definió la herejía:

—Usted, padre, es un oclócrata. No hay herejía más nociva en nuestros días que querer implantar la oclocracia en la Iglesia. Es lo que usted quiere hacer.

Don Rudolph era un pozo de sabiduría, el padre Abelardo era un oclócrata y encima desconocía el término y su significado. Sólo deseaba que fueran respetados los derechos de los colonos y los ocupantes de las tierras pero él también exhibió sus lecturas: fue seminarista aplicado a los estudios, dicen que brillante, le preveían un futuro de solideo y honras. Don Rudolph le cortó la palabra en medio de una cita de San Ambrosio que el padre Abelardo declamaba con el acostumbrado énfasis de gaucho fronterizo: "La tierra es dada a todo el mundo y no solamente a los ricos, el bien que te arrogas es dado a todos para el bien común." No llegó al fin de la frase, don Rudolph le tiró la Biblia por la cabeza. Fue silenciado en latín: "Redde Caesari quae sunt Cesaris, et que sunt Dei Deo."

EL ULTIMÁTUM. El obispo auxiliar no había accedido al pedido del propietario de la Fazenda Santa Eliodora, Joãozinho Costa —doña Eliodora Costa era un pilar de la Iglesia, majestuoso—, que solicitaba el alejamiento, la sustitución inmediata del párroco de Piaçava: el cardenal no daría su acuerdo.

En la opinión del cardenal, los conflictos de Piaçava, como también otros del interior, provenían de la miseria extrema y afrentosa, y el cura no podía pasarlos por alto. Actuar con prudencia, con certeza, pero no desconocerlos. Así lo había dicho al obispo auxiliar cuando acordaron convocar al padre Abelardo Galvão para "cortarle las alas pero no el pescuezo".

Don Rudolph había prometido, a cambio, poner freno a la acción subversiva del padre —subversiva, según el hacendado. Durante la conversación reservada después el regio almuerzo que reunió a la familia para festejar la confirmación de la hija menor, Marlene, el obispo había preferido calificar la acción del cura de imprudente, de intempestiva. A propósito, Joãozinho Costa se refirió, de paso, a la sospechosa relación del reverendo con cierta sujetita, hija del recaudador del Estado. Con el pretexto de visitar a los padres, la joven, con seguridad una intrigante, aparecía en Piaçava cada dos por tres, y se metía en las tierras de la fazenda, en las casas de los campesinos, cuando no estaba con nuestro santo hombre, a puertas cerradas, en la iglesia. Estaba a la vista.

Después de la oclocracia y el latín, llegó la hora del ultimátum:

—Escúcheme con atención, para que después no diga que no le avisé, padre Galvão.

Si el padre deseaba continuar ejerciendo el servicio del Señor en Piaçava, debía dejar de usar Su nombre en vano, abandonar de una vez por todas y por completo la acción subversiva —subversiva y no imprudente: allí, a solas con el cura, la conversación era otra, no moderaba los adjetivos—, la propaganda marxista, indigna de un sacerdote, y debía dedicarse a la salvación de almas y no al comando de *jagunços*. Dios y la Arquidiócesis lo habían designado cura: dependía de él, del padre Galvão, continuar o no en Piaçava. Cuide de las almas y ejerza la caridad. Peroró con vehemencia y convicción. La voz de mando: no daba consejos, dictaba órdenes. Hizo una pausa antes de agregar:

—Le recomiendo, además, compostura en sus relaciones femeninas. Están llamando la atención.

—¿Relaciones femeninas? ¡Cuáles, dígame! Deseo saber.

—No importa cuáles, no le estoy preguntando ni voy a responder. No se levante todavía, tenemos otro asunto que tratar.

Cerrado el capítulo explosivo —alas cortadas, el pescuezo todavía no—, la voz del obispo auxiliar perdió la agresividad:

—¿Sabe algo al respecto de la imagen de Santa Bárbara, la del trueno, que vino en la misma embarcación?...

La pregunta quedó en el aire, sin terminar. En la puerta que daba a la sala, el padre Soares pedía permiso para entrar, agitando una hoja de papel.

LA ACUSACIÓN. El padre Soares depositó el recaͻ frente a don Rudolph y esperó de pie, las manos cruzadas sobre el vientre. El obispo levantó la vista:

—¿Él está al aparato?

—Todavía no. Mandó llamar.

—Diga que voy a atender.

Mientras, de vuelta en la sala, el padre Soares anunciaba: Su Excelencia va a atender, puede comunicar, don Rudolph levantó el teléfono colocado en un rincón del escritorio, se quedó esperando. No demoró, se desdobló, solícito:

—Buenos días, coronel, ¿cómo está? ¿A qué debo el placer de oírlo? —Escuchó, frunció el entrecejo. —¿Importante y urgente? Diga, por favor. —Interrumpió al interlocutor enseguida, para confirmar: —Estoy al tanto, sí. Fui yo quien aconsejó buscarlo, coronel. ¿Recuerda que le pedí que lo recibiera? —Sonrió a la expectativa de una buena noticia pero casi enseguida la sonrisa desapareció. —¿Cómo dijo? Sí, lo conozco, claro... —Levantó los ojos, los fijó en el cura de Piaçava. —Un momento, coronel... No oigo bien, voy a cambiar de teléfono.

Se levantó, se dirigió a la sala. Al pasar recomendó al padre Abelardo: espéreme, no demoro. Pero demoró, el llamado se prolongó. A un gesto del obispo, el padre Soares cerró la puerta de comunicación entre las dos piezas. El sacerdote, a solas, reflexionaba sobre las órdenes recibidas. Era largo el brazo, era pesada la mano de los dueños de la tierra.

Se llevó un susto al ver al obispo auxiliar frente a él, con una piedra en cada mano, queriendo saber de la imagen sobre la cual había iniciado una pregunta antes de ser llamado al teléfono. Ahora, sin embargo, la voz de don Rudolph estaba embargada, descompuesta, ya no hacía una pregunta sino una acusación, la más estrafalaria:

—Y la Santa, ¿qué hizo con ella? —No le dio tiempo siquiera para espantarse, lo atropelló: —La imagen de Santa Bárbara, la del trueno, que vino bajo su custodia de Santo Amaro, ¿adónde la llevó, dónde la escondió, por qué la robó, cuáles son sus cómplices? Padre Galvão, usted ha ido demasiado lejos.

FLASH DE PATRICIA A LA LUZ DEL DÍA.

Quien se tome el trabajo de retornar al comienzo de la historia, recordará que de Patricia el padre Abelardo conocía apenas el cristal de la voz, el enigma de la sonrisa, el melindre de los ojos. Además, sobre Patricia poco más se dijo y se supo. Urge reparar la omisión inepta, abandonando por inútil cualquier tentativa de justificación, cualquier pedido de disculpas: imposible explicar la negligencia sin recurrir a artificio o a embuste.

Hubo, por cierto, quien la reconoció en el Axé de Alaketu despachando un *ebó* de sangre para Yansã, dueña de su cabeza. Cerró los ojos en el momento en que el cuchillo de punta, manejado por el *axogum*, cortó la vida y el grito de la cabrita. Positivo: la muchacha era Patricia y la cabra había venido de los rebaños de Joãozinho Costa.

El mismo Joãozinho Costa, señor feudal, que, sin citarle el nombre pero proporcionando detalles precisos, capaces de identificarla enseguida y sin error, a ella se refirió, en plática reservada con el obispo auxiliar de la Arquidiócesis el domingo festivo en que Su Excelencia confirmó a Marlene, después de la misa de las once en la Catedral Basílica. En la homilía, don Rudolph había enaltecido las virtudes que engalanaban aquel hogar cristiano.

Al galope, Patricia cruzó a caballo la sala de espera del Palacio Arzobispal, desmontó en las inmediaciones de la iglesita de Piaçava, ante los ojos del padre Abelardo, nublados, codiciosos. Debido al padre, el nombre de Patricia había aparecido en los diarios, fuera del espacio reservado al noticiario y a la crítica de espectáculos.

Por lo que se recuerda, además de esas pocas referencias nada más sobre ella se contó: sobran algunos adjetivos —hermosa, elegante, altiva. Adjetivos genéricos, elogios merecidos que la ilustran pero no la retratan, no la describen, ni física ni, menos aún, moralmente.

141

¿Alta o baja, gorda o flaca, sesuda o risueña, senos grandes o pequeños, el culo cómo era? Ni siquiera se le esclareció el color de la piel: mezcla de indios, negros y blancos, se habló de color tiznado, ¿qué se quiso decir con eso? Llegó, y ya llegó tarde, la oportunidad de presentar a Patricia a plena luz del día, dispersa la niebla en la madrugada del despacho y antes de que se exhiba ataviada, peinada, maquillada, bajo la claridad de los focos.

En cuanto al color quemado, deberíase haber escrito color moreno, así se debe leer: morena color de *jambo* —perdón por el lugar común pero no hay comparación mejor—. Los largos cabellos lacios, negros y brillantes, el rostro de escudo, oriental, herencia de los antepasados *pataxos*: pómulos salientes, ojos saltones. Saltones pero de un azul transparente, de aguamarina —y ahí va otra idea trillada—, ojos de gringa, de europea. Ojos mimosos, los definió el padre Abelardo, acertando de lleno a pesar de su limitada autoridad en materia de mujeres: culpa de los votos de castidad, asegúrese de una vez para evitar malentendidos. Si tuviera un poco más de competencia, vería que el mimo de Patricia se extendía de los ojos al cuerpo, era patente en el balanceo de los senos, los pezones forzando la blusa de *cambray*, ostensivo en el vaivén de la cola apenas cubierta por la minifalda. ¡La cola era de negra, *Deo gratia!*

Había concluido el curso de letras francesas en la Facultad de Filosofía, pero no había dejado la Universidad pues se inscribió en la Escuela de Teatro, donde era el suspiro del director Nelson Araújo, dramaturgo y novelista, que le descubrió la vocación, le modificó el nombre y le preveía el futuro: a ésta no la frena nadie, nació para el escenario.

Patricia debutó en las tablas hace dos años, en una pieza infantil, no paró más. En esos dos años hizo de todo: otras piezas infantiles, teatro musical, teatro popular, dramas y comedias, obras groseras, autores nacionales y extranjeros, tomaba lo que apareciera —el pequeño movimiento teatral de la ciudad no permitía elección. En el cine obtuvo —por influencia de Nilda Spencer, otra figura de proa que apostaba a ella y la protegía— minúsculo papel en un filme de Nelson Pereira dos Santos, adaptado de una novela bahiana. Robó la escena, según escribió Walter da Silveira, valentón de la crítica cinematográfica: si el papel hubiera sido más importante, se habría robado la película.

Con compañeros de la universidad, empeñados en la protesta por la dictadura militar, había participado en la fundación del Teatro de la Arena de Bahía, de vida breve pero dinámica —un día la policía llegó y embarcó a la troupe en un celular, directo para la cárcel. A las chicas las soltaron horas después, a los muchachos en medio de la noche. Prisión motivada por la insistencia de los estudiantes en montar un espectáculo prohibido por la censura: continuaban ensayándolo y mantenían en la fachada del teatro un provocativo cartel anunciando la fecha del estreno. Arrancado de la pared por los canas, el cartel se convirtió en pedazos, los jóvenes vivieron su momento de heroísmo, con derecho a ficha en la Sección de Orden Político y Social y amenazas.

Frecuentaba la Alianza Francesa, decía poemas de Eluard —"*Liberté, j'écris ton nom*"—, soñaba con una beca de estudios en París cuando no soñaba con el padre Abelardo. Le ocurría unir al padre y a París en un mismo sueño. Se veía con él, tomados de la mano, bajando, bajo la nieve, el Boul'mich, en medio de la loca población del Quartier Latin. *Des tourtereaux*, diría el profesor João Batista. Ya que se habla del profesor Batista, ¿dónde anda? ¿Por qué desapareció del argumento figura tan simpática? El profesor, además, conocía a Patricia y formaba parte de sus admiradores, elogiándole la pronunciación francesa, el encanto y la dotes de comediante. Profetizaba: un día llegará a hacer Fedra, de Racine.

PATRICIA EN EL CAMARÍN. No por escrúpulo, timidez o negligencia de Patricia, el padre Abelardo conocía de ella apenas el cristal de la voz, el enigma de la sonrisa, el melindre de los ojos. ¡Ah, si dependiera de ella, sólo de ella! Bien que se esforzaba: la voz que se partía en medio de la frase, la mirada perdida, la sonrisa ambigua, la melancolía y el suspiro.

Nunca había sido conquista fácil, exigía que la cortejaran, que la enamoraran y la sedujeran, no se entregaba así no más, no era de cama inmediata. Una única vez le había ocurrido sentirse devorada de celo, necesitada, incapaz de pensar, de reflexionar. Pasión igual a la de ahora, por el padre, duró la temporada bahiana de una obra teatral de Boal: además de lindo, el galán era apenas presuntuoso. Abelardo, al contrario, además de bonito, era una persona maravillosa, Patricia no conocía a nadie que se le pudiera comparar. Corazón puro y generoso, inteligencia lúcida, consecuente en la lucha para eliminar las causas de la miseria, y qué voz tan rotunda y convincente, perturbadora. ¿Y la melena de gaúcho? Daban ganas de meter los dedos en la cabellera rubia y ondeada, rascarle la cabeza. Pero ese amor de criatura, ¡ay!, se mantenía distante y frío, no advertía la fiebre que devoraba el vientre de Patricia.

Nacida del interés que consagraban a las condiciones de vida de los colonos y los ocupantes de las tierras, de los sin tierra, alimentadas en las interminables conversaciones sobre política y literatura, música, cine y teatro, los acontecimientos del mundo y las aflicciones del pueblo brasileño, las prisiones, la tortura, la resistencia, la recomendación del arzobispo de Olinda y de Recife, los hechos del guerrillero urbano Carlos Marignela, las relaciones entre la estudiante y el padre se tornaron íntimas y afectuosas, pero de una intimidad y un afecto de hermanos. Almas hermanas, decía él.

En instantes fugaces, Patricia pensaba entrever vislumbres de codicia, chispas de deseo en la mirada del padre, en el temblor de la voz, sobre todo en los silencios súbitos. Fuego fatuo, sin duración: enseguida retomaba los caminos de la fraternidad. Como si no notara el balanceo de los senos, no le viera la curva en el escote, no sintiera el contacto de la rodilla, el jadeo acelerado de la respiración. ¿No entendía o no quería entender? ¿Indiferente, insensible a sus encantos de mujer, o tímido, medroso, prohibido?

Patricia jamás había imaginado que un padre pudiera ser fiel al compromiso del celibato, menos aún un padre moderno, de pantalones vaqueros y camisas floreadas, al tanto de los problemas sociales, al frente de una acción comunitaria, encolerizado contra los latifundistas y burgueses, un hombre de izquierda. ¿Celibato? Cosa de un pasado extinto, igual que la virginidad de las muchachas antes del casamiento. Prejuicios.

En el camarín, separando faldas, blusas, pantalones, el vestido blanco de bahiana, trajes que usaría durante los cinco días de filmación con el equipo francés, hasta sentía un frío en el útero cuando pensaba en el programa de televisión. La mañana de aquel jueves, a la misma hora en que el padre

144

Galvão discutía de la doctrina con el obispo auxiliar, Patricia sacó a relucir su nombre, en conversación con Sylvia Esmeralda, compañera de curso, amiga y confidente.

Sylvia Esmeralda, nombre de guerra de destacado ornamento de la sociedad, atacado por el virus del teatro, seguía con divertida curiosidad los suspensos de la sufrida pasión: Patricia no sabía hablar de otra cosa, ni que el padre fuera el último varón sobre la tierra. Nada menos cuando tenía un equipo de franceses a su disposición: el director, famosísimo, era un vejete en plena forma, ¡un flor de tipo! Sólo por el nombre valía la aventura, relación capaz de engrandecer la biografía de cualquier estrella de teatro.

—Por mis cálculos —informó Patricia—, él debe de haber llegado. Prometió venir a buscarme. Tal vez aquí...

—¿Qué?

—Quiero que sepas, Sylvia, que voy a voltear a ese padre aunque tenga que atarlo. Nunca vi un tipo tan idiota.

Sylvia Esmeralda extendió la mano hacia la luz, examinó las uñas pintadas de rojo oscuro:

—No es idiota, querida. Es el voto de castidad, un encadenado, no tiene escapatoria. Seguro que todavía es virgen.

—¿Virgen?

Parecía imposible. Tamaño hombre, debía de andar por los treinta años. Pero, pensándolo bien, hasta podía ser: lo increíble sucede cuando menos se lo espera. Patricia se mordió los labios, los ojos distraídos, tristones.

—Virgen, el pobrecito... —La voz desfallecida, de quebranto: —Pues si es virgen, va a dejar de serlo, lo juro por la salvación de mi alma.

Puso los dedos en cruz, besó la cruz:

—Dios me va a ayudar.

—¡Hereje! —dijo Sylvia Esmeralda para decir algo inteligente, la cabeza en el francés.

LA CHANSON DE BAHÍA. El francés canoso, el vejete en plena forma que perturbaba los pensamientos de Sylvia Esmeralda, era Jacques Chancel. Deambulaba en carne y hueso por los meandros del conjunto histórico, ocupándose en los últimos detalles de la filmación de una emisión más de *Le Grand*

Échiquier: iniciaría las grabaciones la tarde del jueves. Emisión de dos horas y quince minutos, dedicada toda ella a la vida y las costumbres de la ciudad de Bahía: *candomblé, capoeira, samba de roda, blocos* y *afoxés*, el caserío, el mar, el pueblo y la música. La Chanson de Bahía, anunció Chancel en entrevista colectiva, al desembarcar.

Tres años antes había viajado al Brasil con un grupo de estrellas de la RTF, Radio y Televisión Francesas, para participar en la entrega de los Premios Molière, en Río y San Pablo, y se detuvo en Bahía; fue una rápida estada de dos días. Con el objetivo de entrevistar a Vinicius de Moraes, entonces residente en Itapuã, para otro programa suyo, de la radio: *Radioscopie*. En la casa del poeta conoció a Dorival Caymmi, le oyó las canciones marítimas y los sambas, quedó loco.

Al saber que Caymmi era el patriarca de una grey numerosa de compositores, pidió a Nilda Spencer, para quien había traído una carta de Madeleine Archer, de la compañía de aviación, y en cuya casa iba a almorzar comidas típicas, que le posibilitara conocer algunas composiciones de esos bahianos tan nombrados. Nilda seleccionó una decena de elepés, y antes y después del *caruru* y del *vatapá* el homenajeado se mantuvo junto al aparato de sonido, escuchando en la voz de Maria Betânia, de Gal Costa, de María Creusa y de los propios compositores un fabuloso festival.

Pidió a los presentes, invitados para conversar con el visitante, que lo disculparan por la falta de atención: al fin de la tarde embarcaría hacia Río, donde tomaría el avión a París; tenía que aprovechar el tiempo. Los breves minutos de conversación, sin embargo, valieron la pena pues el figurón los aprovechó para hacer una gran declaración de amor a la ciudad que lo había deslumbrado por la belleza antigua, la atmósfera mágica y la fuerza de la vida popular. Habló maravillas de la música que acababa de escuchar y reveló su intención de mostrar la ciudad y el pueblo de Bahía al público francés, consagrándole una de las próximas emisiones de *Le Grand Échiquier*, programa récord de audiencia, como seguramente los amigos ya sabían.

Intención, no, decisión irrevocable, tomada allí, en ese momento: apenas llegado a París apresuraría las medidas necesarias, regresando enseguida para las filmaciones. Nilda Spencer batió palmas, entusiasmada, el francés le encargó una serie de providencias. Para comenzar, debía ir al encuentro de Vinicius de Moraes para que él, con la urgencia exigida, estudiase el libro del programa en todos los detalles. Habiéndolo dicho, el afamado visitante se despidió entre besos y abrazos: *à bientôt!*

Al día siguiente Vinicius rió de la inocencia de Nilda cuando la actriz, entusiasmada, lo buscó para que se ocupara del libro —el hombre pide la mayor urgencia, poeta—. Mi bienamada Nilda, olvide eso, no lleve adelante encargo alguno, no tome compromisos, no gaste su tiempo, no empeñe su prestigio. Si lo hace, se va a lastimar. Le tomó una mano y la besó con afecto, antes de proseguir.

¿Entonces ella no sabía lo que pasa con estos gringos? Llegan al Brasil, se entusiasman, desembarcan en Bahía, les encanta, deciden hacer y deshacer, anuncian espectáculos musicales, programas de televisión, películas para el cine, la chancha y los veinte y no están mintiendo: el entusiasmo es real, verdadera la intención. Sólo que, apenas ponen el pie en el avión de vuelta para París o Nueva York, ya están en otra y nunca más se tiene noticias de ellos. Jacques se enamoró de Bahía y ciertamente le gustaría hacer un programa con la música de la gente de aquí, no estaba engañando cuando habló de eso. Pero a esta hora, en París, ya ni se acuerda de la conversación de ayer. Aunque quisiera acordarse no tendría tiempo, ocupado en mil cosas, Nilda.

Nilda recordó Orfeo, el filme de Marcel Camus adaptado de la pieza de Vinicius. La excepción que confirma la regla, retrucó él: no se repite. Pero no se ponga triste, mi negra, oiga esta canción sobre Itapuã que Toquinho y yo acabamos de componer. Bebió un sorbo de whisky, tomó la guitarra.

La actriz siguió el consejo del poeta, pero lo hizo muerta de tristeza: el proyecto de una emisión dedicada a Bahía, de un programa tan importante como *Le Grand Échiquier*, le pareció lo máximo, y aquella idea genial había nacido durante un almuerzo en su casa, ella lo sentía cosa suya, quería verla realizada. Pero Vinicius tenía experiencia, estaba curtido, Nilda no tardó en darle la razón: se cansó de esperar una palabra del francés, ni señales de vida.

Ya había olvidado por completo aquel asunto, superado la decepción, cuando pasados tres años después del almuerzo, recibió un telegrama de París, firmado Jacques Chancel, anunciándole la llegada a Bahía en cuatro días de un tal Guy Blanc, técnico de cine y televisión, con la responsabilidad de montar la producción de *Le Grand Échiquier*. El propio Chancel llegaría una semana después con el resto del equipo. El largo telegrama trataba del proyecto como si hubieran transcurrido tan sólo unos pocos días y no tres años desde la fecha del almuerzo y la conversación inicial: le pedía que contactara a Vinicius y le informara, reclamándole el libro. Nilda estaba en las nubes, feliz de la vida: le gustaba decir que la vida, con frecuencia, es surrealista. Único contratiempo, Vinicius ya no se encontraba en la ciudad, había partido en excursión a través de la Argentina y el Uruguay; no podían contar con el poeta.

Competente, expedito, el director de producción no perdió tiempo; apenas desembarcado puso el proyecto en marcha acelerada: circulaba por la ciudad en el taxi de Miro, contratado para servir al equipo. Las relaciones de Nilda, popular y querida, le fueron de mucha ayuda: el gobernador, el intendente, el cardenal y las madres de santo le rendían homenajes, los artistas y compositores eran sus compinches, ella conseguía todo y aún más. Hizo dos sugerencias, aceptadas enseguida por Guy Blanc: encargar a Nelson Araújo el libro del programa y contratar a Patricia da Silva Vaalserberg como traductora al servicio del equipo.

Al llegar, Jacques Chancel aprobó las disposiciones tomadas, salvo la que se refería a Patricia. En cuanto lo vio, morena de ojos azules, *pataxó* y holandesa, y al oírla hablar un francés correcto con irresistible acento brasileño, promovió a Patricia das Flores al puesto de asistenta suya. Belleza sensual y erótica, secreta y exhibida, él la reconoció y proclamó: no existía otra tan perfecta para servirle de partenaire en la presentación del programa: *tout le monde sera envoûté.*

LAS VIRTUDES DE OLIMPIA. Un alma simple, un hombre recto, Joãozinho Costa, propietario de la Fazenda Santa Eliodora y de otros dominios urbanos y rurales de los cuales aquí no se hace mención, en respeto a la circunspección del latifundista: ya fuera por natural modestia, ya fuera por comprensible prudencia alusiva al impuesto a las rentas, no le agradaba exhibir la enumeración de sus bienes.

148

Quien lo calificaba con tal rigor de expresión era el estimado yerno y consejero, doctor Asterio de Castro, victorioso empresario de obras públicas, feliz marido de Olimpia, la hija mayor del hacendado, monumental y desenvuelta. Al conocerla, durante un cóctel en la nueva sede de la firma Castro Inmobiliaria y Constructora Ltda., el periodista Augusto Bastos, más conocido por Cugu Bosta, perdió la compostura y la cautela, salió pregonando: ¡es un avión, es un avión! Por encargo del empresario, el redactor escribía textos laudatorios al gobierno; el doctor Castro los firmaba y los publicaba en las gacetas. Esos artículos y la abnegación de Olimpia eran las dos llaves maestras con que contaba para abrir las puertas más cerradas, forzar los cofres del Estado.

Puesto que Olimpia, en vuelo de chorro, aterrizó en la historia, se habla de ella incontinenti, demorándose los particulares de la conversación habida una semana atrás entre el suegro y el yerno, a pesar de ser el hilo conductor de la trama, como se verá. Por ser mujer y por ser impetuosa, sabiendo imponerse, Olimpia merece la preferencia, la primacía. En el sermón de la confirmación de Marlene, don Rudolph no detalló las virtudes personales de cada miembro de la familia, si lo hubiera hecho ya se sabría del altruismo, del espíritu de sacrificio de Olimpia, la dedicación sin límites al marido.

Siendo un avión, gran mujer en todos los sentidos, en la estatura elevada —salía al padre—, en la fachada vistosa, en el cuerpo espectacular, en el carácter intrépido, Olimpia desfilaba cercada de pretendientes que le codiciaban —no la mano, es evidente, pues llevaba más de tres años de casada—, que le codiciaban el conchaje. Sabíase que ella la daba y que el marido se tapaba los oídos, cerraba los ojos, en la suya, tranquilo. Podía elegir entre los jóvenes y ardientes sementales aquel que mejor le pareciera. Sin embargo, los testigos acentuaban el cuidado con que Olimpia seleccionaba a los amantes. Despreciando a los linduchos y refinados, iba a buscarlos siempre en las altas esferas del poder: un gobernador, un ministro y un general activo, comandante de tropa.

Que no se venga con falsos moralismos a negar la virtud al elitismo de la elección: esposa devota, Olimpia se sacrificaba en la cama para posibilitar al marido los benditos contratos que tanto daban que hablar a los envidiosos y los calumniadores. Sacrificio, sí, pues ir a la cama y practicar el coito y los adornos circundantes con algunos de aquellos asquerosos señores exigía estómago. Estómago y carácter: Olimpia los poseía. Se había casado con Asterio de Castro sabiendo lo que hacía. No siendo lo que se dice un hombre buen mozo, Asterio se vanagloriaba de ser un hombre ético, o sea, capaz de aceptar y dirigir todo cuanto sirviera a su ambición.

Para compensarse de los repetidos holocaustos, Olimpia degustaba adolescentes: chicos con uniforme de colegio —ya no existen uniformes de colegio, corríjase a tiempo: chicos nuevitos, jovencitos. Tenía vocación de profesora y entendía del tema. Olimpia, un avión.

LAS SANTAS MISIONES. El doctor Asterio de Castro miró al suegro —alma simple, hombre recto— con los ojos de sapo, hinchados:

—Recoja su pistolero, páguele el silencio y devuélvalo.

La competencia del yerno se imponía. Los ojos saltones y el disfrute de la voz silenciaban a Joãozinho Costa en medio de los arrobos de hombre recto. El doctor Asterio confundía el valor, el significado de las palabras, se equivocaba fácilmente, no encontraba diferencia entre recto y directo, tal vez debido a la rima. Pretendía resaltar la manera de ser del hacendado, impulsiva, la precipitación con que se disponía a actuar, recurriendo a recursos extremos. Un defecto más que una cualidad: la estima del doctor Castro por el suegro se condimentaba con una pizca de desprecio. Entre los dos, una distancia histórica. Joãozinho Costa permanecía en un Brasil de la Edad Media, semifeudal, donde bastaban la fuerza y el mando. El doctor Asterio de Castro competía en un Brasil industrial, moderno, en proceso de desarrollo; para ganar era preciso actuar con la cabeza: el puño, sólo en última instancia.

"Sólo en última instancia y hasta por ahí no más. Usted va a hacer un mártir cuando lo que necesita es desenmascarar a un tartufo, un sinvergüenza. Use la cabeza. —Aspiró una bocanada del cigarro cubano, contrabando costoso, privilegio de ricachos y de las altas figuras del gobierno. —¿Usted no dijo que el padre anda con una chica, una que representa en los teatros? Hasta mandé poner el nombre de ella, junto con el del cura, en el pasquín de Gugu Bosta: usted me lo pidió, ¿se acuerda? Que el reverendo estaba metejoneado... El otro día vi a esa chica en el teatro: no está mal. Dice cada palabrota con la cara más limpia de este mundo... y tiene un cuerpo, que ni le cuento... Apareció medio desnuda... —Chasqueó la lengua en la boca blanda, apretó los ojos de sapo, le quedaba una cara indecente, pornográfica. —Despache al pistolero, deje al padre por mi cuenta.

Joãozinho Costa no había visto otro recurso, además del pistolero, al convencerse, en la conversación con el obispo auxiliar, de que el padre Galvão no sería trasladado de Piaçava. Esperaba la ida del sacerdote a la capital, así el acontecimiento no se daría en el sertão, sería más difícil acusarlo de haber ordenado el crimen. En las comunidades eclesiásticas de base, en las misas durante el Evangelio, los padres rojos lo responsabilizaban por la muerte de los tres bandidos que habían resistido a la expulsión de las tierras de la Santa Eliodora. Había mandado a buscar, en la Zona da Mata en Pernambuco, a Zé do Lirio, un antiguo conocido, hombre de confianza, portador de una hoja de servicios inmaculada.

—¿Ya pensó, don Joãozinho, en la cara de don Rudolph cuando reciba la foto del reverendo y la chica, los dos en bolas, en un cuarto de hotel? La cara de él y la del cardenal: no se engañe, es ese mosquita muerta el que tira de las riendas de los padres de la subversión. —Rió en medio del humo del cigarro, saboreando de antemano la reacción del cardenal puesto contra la pared. —No va a tener otro remedio que esconderlo en algún convento, mandarlo lejos. Si fuera necesario, se publicará la foto en el diario de Bosta. Desnudo frontal, don Joãozinho, mostrando todo. —Prolongó la risa, la boca blanda: en la voz pastosa la desnudez anunciada adquiría un aspecto obsceno, inmundo.

—¿Y quién va a sacar esas fotos? ¿Cómo es que el padre y la chica van a ir a parar a un hotel? No son locos.

—Lo que le falta es imaginación, mi estimado suegro y amigo. Déjelo por mi cuenta, ya le dije, y no se preocupe. Para esa santa misión dispongo de personal competente, con experiencia.

Joãozinho Costa se tragó las preguntas, prefería no saber. Temía inmiscuirse en ciertas actividades del yerno, penetrar en zonas oscuras, inquietantes: corrían rumores, por lo bajo, al respecto de las vinculaciones del empresario con el SNI.

¿Qué pito tocaba en los subterráneos del poder mayor, secreto e inapelable? ¿Personaje importante o simple informante? Joãozinho Costa lo ignoraba, mejor así.

"Mafioso y alcahuete", sin comillas, impreso en tipografía enorme, ese era el título del artículo de Arivaldo Matos sobre el doctor Asterio de Castro, en la primera página del semanario. La trayectoria política, de la renegada juventud comunista al prócer del golpe militar, una de sus cabezas pensantes en Bahía, los negocios prósperos, la vida pública. Soborno, corrupción, la mafia de las obras oficiales, y pruebas a granel: un horror. No había referencia directa al Servicio Nacional de Informaciones —Ariovaldo era loco, pero no tanto—, ni se hacía necesario, estaba a la vista: ¿a quién servía el alcahuete, para quién trabajaba el delator? Tampoco había alusión a Olimpia, directa o indirecta, ni la sombra de una insinuación: comuna o delirante de piedra, Ariovaldo era un gentleman.

En la ocasión, Joãozinho Costa, indignado con la diatriba, anunció al yerno la intención de mandar a aplicar unos golpes al periodista. Asterio le agradeció y se negó; ya entonces le dijo: déjelo por mi cuenta. No demoró y al semanario se le suspendió la circulación, lo cual no debe causar admiración a nadie pues hace bastante tiempo la señora Norma Martins, en conversación con Adalgisa, había previsto tal medida. No previó, sin embargo, la cárcel que el periodista se tragó ni el proceso al que respondió. Si bien a propósito de tales medidas no salió a cuento el explosivo artículo —otras las causas declaradas: envolvimiento con el Congreso de los Estudiantes, ilegal, y la cobertura de la represión sangrienta, incitación a la huelga de los transportes urbanos, ilegalísima—, Joãozinho costa no se dejó engañar. Percibía el dedo de Asterio en la interdicción del diarucho y en la prisión del director: dedo grueso, mano de gato.

Nuevamente el yerno intervenía para contenerle el ímpetu, estorbarle la acción, vetarla: esta vez no se trataba de golpes, la sentencia era otra, equivalente al crimen practicado por el padre. No del todo convencido, Joãozinho Costa concordó: también él se divertía pensando en la cara del cardenal, sabidamente pudibundo, al recibir la foto. Reserve una copia para mí, quiero mostrarla al pueblo de Piaçava, a esos imbéciles sólo les falta sacar a San Juan del nicho y poner al padre en su lugar.

LA RAZÓN PROFUNDA. Aun así, en cuanto a la otra santa misión, la que encomendó a Zé do Lirio, Joãozinho Costa no la dio por excluida. La suspendió por el momento: vamos a ver en lo que resulta el plan de Asterio, esa locura. Mandó que el pistolero aguardara nuevas órdenes, Zé do Lirio le comunicó la intención de aprovechar la demora para grabarse bien grabada en la niña de los ojos la cara del predestinado. No era buen fisonomista, su única deficiencia profesional. El recuerdo de lo sucedido en Caruaru lo hacía prudente y atento.

En la estima de Joãozinho Costa por el yerno había también una punta de desprecio. Le reconocía las cualidades, muchas y convenientes, proclamaba a los cuatro vientos las proclamables: sobre algunas más valía guardar silencio. Para su gusto de hombre recto y alma simple, jefe sertanejo, señor de tierras, Asterio de Castro era demasiado obsecuente: adulador, chupabotas, servil. La razón mayor, sin embargo, de su reserva en relación con el yerno, se la guardaba en el fondo del pecho, jamás se refería a ella y evitaba pensar en ella, de tan delicada. A pesar del compromiso con la verdad que preside esta crónica de costumbres, se vaciló en proclamarla y, al hacerlo, se ruega discreción. Joãozinho Costa les tenía alergia a los cabrones, a los cuernos, a los maridos mansos, blancos predilectos de la chacota y las burlas. Atravesados en la garganta, los cuernos familiares lo ahogaban. No culpaba a Olimpia: había heredado de él la estatura y la incontinencia, culpaba al idiota del marido, incapaz de satisfacerla y controlarla.

En el artículo, Ariovaldo Matos había usado palabras candentes: repugnante, siniestro. El físico repugnante, de escuerzo, el carácter siniestro, de vampiro. Un hombre de honra, un caballero andante, había respondido Olimpia, la fiel esposa, al columnista de la "Sеnana del Jet-Set" que le pedía que definiera al marido en una frase. Un ser ético, se definía él mismo. Doctor Asterio de Castro, ¡qué personaje!

LA CORTINA. En la sala vacía del palacio, en el primer piso, don Rudolph, absorto, cuando salió del ensimismamiento se encontró mirando por la ventana: allá estaba la negra, en el mismo lugar, una estatua. Mostrando los dientes, riéndose de él. Su Excelencia largó la cortina, se estremeció, gotas de sudor le humedecían la frente. Mañana desgraciada, repleta de toda clase de problemas: la pastoral de la tierra, las comunidades eclesiásticas de base, la imagen desaparecida, el escándalo en el diario, las sospechas de la policía, la indignación del padre, la perspectiva de la reunión con el coronel Raúl Antonio —el obispo auxiliar estaba a punto de desfallecer, perdido en dudas. ¿Hasta dónde podía ir un clérigo en el camino de la herejía? En.el vértigo de la tentación, en la ponzoña de las doctrinas marxistas, ¿aún respetaría el carácter sagrado de los mandamientos? Rezando por el catecismo de la oclocracia, el padre Galvão poseía, no obstante, una virtud: no escondía sus ideas, no escamoteaba sus acciones, mostraba su posición. No mentía.

Su Excelencia había mandado convocar a don Maximiliano; al final el director del Museo de Arte Sacra era el responsable de la imagen; si no fuera por sus caprichos, dictados por la vanidad, Santa Bárbara, la del trueno, estaría en paz en la Matriz de la Purificación, en Santo Amaro. Despacio, con miedo, volvió a levantar la punta de la cortina, espió: la negra le sacó la lengua. ¡Cruz Diablo!

EL CORTEJO. Salía el padre Abelardo Galvão del Palacio Arzobispal, por la misma puerta entraba el padre Eliseu Madeira, el de las Obras Pías, apresurado y sonriente. Se saludaron con un movimiento de cabeza, no se conocían. Vigilando en las inmediaciones, algunas personas se agitaron al ver al cura de Piaçava. Eloi, el seminarista de guardia, aprovechó el entra y sale para echar una ojeada al movimiento de la plaza: ¡qué negra más bonita, pucha! Bené, el sacristán, murmuraba que las negras son más calientes... El mocoso se aproximó, corriendo.

Aún turbado, el padre Abelardo resolvió cambiar de ropa antes de ir a buscar a Patricia: me encontrará fácil en la Escuela de Teatro. Se encaminó hacia la Misericordia, cinco personas le siguieron el rumbo, guardando mayor o menor distancia, disparatado cortejo que le pisaba los talones.

El comisario Parreirinha encabezaba el grupo, limpiándose los dientes con un palillo para disimular, el bulto del revólver levantando el saco, el caño a la vista. Allá va el comisario Parreirinha siguiendo a un pobre tipo, señaló el *maconheiro* a su amigo, resbalaron en la curva de la ladera.

Dos canas de la Policía Federal, cada cual más arruinado, alejados el uno del otro para no llamar la atención, se mantenían en contacto por medio de sofisticados walkie-talkies japoneses, la última palabra en materia de pertrechos: el zumzum sorprendía, asustaba a los transeúntes. Atrás, cerrando la marcha, el tipo de capa impermeable y sombrero de alas anchas. Había agregado anteojos oscuros a la indumentaria clásica de pistolero, detrás del padre para verlo de cerca: Zé do Lirio no quería correr riesgos al recibir órdenes para cumplir el trato.

La negra por momentos iba delante, pasando al padre, por momentos iba al paso con los canas de la Policía Federal —la estática estallaba en los sutilísimos walkie-talkies—, en un encontronazo casi derriba al comisario Parreirinha: es de creer que se divertía a lo grande. Cuando el padre Abelardo llegó frente a la Cámara Municipal, ella lo precedió y lo aguardaba en el paseo del Elevador Lacerda, sentada a la mesa del bar con vista al golfo, saboreando un helado de pitanga.

Cuando el cura de Piaçava se detenía a admirar el Palacio Municipal —¡qué perfección!—, los agentes aguardaban: los canas en posición alerta, el pistolero en posición de descanso, el comisario saltando de un pie a otro. Los policías lo seguían para determinar el lugar donde se hospedaba, para saber adónde se dirigía, al encuentro de quién, para recoger nuevas pistas antes de apresarlo. El asesino, para fijarlo en la retina y no errar el tiro.

Entonces la negra subió a la balaustrada, abrió los brazos sobre el mar y la ciudad: en la mañana de sol, límpida, esplendorosa, aconteció la súbita fulguración de un rayo, un corte de puñal. El cielo se tiñó de púrpura con los tintes de los collares y las pulseras de Oyá, se cubrió de sombras, espesas y pesadas. La negra se disolvió en tinieblas.

El rugido de los truenos rodó sobre los palacios, ensordeció al mundo. Detrás del padre, noche cerrada; el padre desapareció en la claridad. *Oxente!*

LA(S) NOCHE(S) DE NUPCIAS

INVITACIÓN AL VIRGO. Aprovéchese la confusión establecida en la Plaza Municipal donde, en la oscuridad retinta, el comisario Parreirinha atropella transeúntes, los canas de la Federal tratan de encender linternas eléctricas, yanquis, de bolsillo, ofrecidas por la CIA, las linternas no funcionan, se olvidaron de las pilas, y el pistolero reza una oración de exorcismo —se aprovecha la oscuridad del mediodía para reencontrar a los recién casados. En el embarcadero de Valença, a la espera de la lancha, nerviosos los dos, tomados de la mano. Cae la noche a la hora exacta, noche sin luna, de viuda.

Existe quien esté aguardando con incontenida paciencia este capítulo de la intriga, el del virgo. Pues que no se demore más y se cuente cómo transcurrió, sin omitir detalle. Si a algunos les parece prolija en demasía la descripción de la noche de nupcias, por los mismos idénticos motivos agradará a otros, numerosos: no sólo de padre y obispos se ornamenta la historia, no se nutre apenas de teologías. Está aún por escribirse una buena historia donde no haya sexo, explícito o disimulado, factor de alegría y sufrimiento, fuente de la vida: ni la Biblia se escapa. Muy por el contrario.

El caso se alarga más allá de las previsiones, la escritura es lenta, de acuerdo. Pero la culpa la tiene Adalgisa, que no quiso, o Danilo, que no supo; la culpa es de los dos, que no cumplieron el rito al debido tiempo. Lo ideal sería haberlo hecho antes del casamiento, en ocasión del noviazgo, pero, como ya se señaló y no hay por qué repetir, el puritanismo se impuso y lo impidió. Ahora, sin embargo, están casados, con libreta y alianza, va a comenzar la esperada ceremonia del himeneo, está hecha la invitación. Quien no quiera asistir que saltee las páginas.

LA RADIO DE PILAS. Por suerte había traído para el Morro de San Pablo la radio de pilas, pequeño transistor que llevaba a las canchas de fútbol, desde el término de su carrera de goleador. Asistía al partido siguiendo la narración barroca y los comentarios contundentes de França Teixeira, en aquellos tiempos joven comunicador ya popular pero todavía pobre, hincha exaltado del Ipiranga. Fanático y amigo de Danilo, siempre lo había apoyado, contribuyendo sobremanera a popularizarle el nombre: le exaltaba jugadas, le acreditaba victorias, había inventado el apodo consagrador: "Danilo, el príncipe de las canchas." Lo aclamaba, en vena de lirismo, "Príncipe Danilo, el tierno y eterno enamorado de la pelota" o, en el entusiasmo por algún lance del admirado en día de inspiración, lo glorificaba ante el micrófono: "El Príncipe Danilo se sobrepasó, se comió la pelota, abusó."

Reducido, el equipaje de Danilo cupo en un bolso de mano: malla para el baño de mar, dos shorts y dos camisetas con el escudo del Ipiranga para pasear por el pueblo, convivir con los veraneantes, un piyama, un par de ojotas. En compensación, Adalgisa había llenado la valija del padre, como si la luna de miel fuera a durar un mes y transcurriese en Copacabana o en Honolulú. Una pila de vestidos para la mañana, la tarde, la noche, tres pares de zapatos, uno de taco alto, dos más nuevos y un bikini, regalo de Dolores: no seas anticuada, ya nadie usa malla de una pieza. Variedad de bombachas, combinaciones, enaguas, blusas y faldas, media docena de camisones —iy él que la quería desnuda en la cama, sin un trapo que le escondiera el más mínimo detalle del cuerpo!—. En el último instante Danilo había metido la radio entremedio de la ropa, inspiración del cielo.

Así pudo pasar la tarde del domingo escuchando la transmisión del desafío interestatal Bahía versus Santos, con Pelé despedazando: tres goles, cada cual más imposible, el tercero ni hablar: França Teixeira había llegado a perder el hilo del discurso... Tan notables, consiguieron impedir que Danilo perturbara el sueño pesado en que Adalgisa se había sumergido después del almuerzo. Adormecida en el sofá, suspiraba levantando el pecho: el corpiño y la blusa impedían que se viera la marca dejada por los labios ávidos, mancha azul violeta que partía del pezón izquierdo.

Tan geniales los tantos del Rey Pelé, desviaron el pensamiento de Danilo de los hechos de la noche anterior. Los hechos de la noche anterior, de la noche de bodas, ¡ay! Ay!

RONDÓ DE LA LANCHA. La oscuridad había caído sobre el mar cuando la lancha, venida de Valença, los desembarcó en el pequeño muelle, al pie del Morro de San Pablo: el morro prestaba el nombre a la isla encantada.

Tinieblas negras, luna nueva, mal podían mirar el interior de la embarcación los atrasados apiñados en el último viaje del sábado. Todos ellos habitués de los fines de semana en las viviendas a la orilla de la playa, kilómetros de arena fina y blanca, golpeada por las olas, sólo se podía comparar al paraíso. Se conocían todos, conversaban animados combinando programas para el domingo. Danilo se aisló con Adalgisa en la popa de la barca. Una fulana murmuró a la vecina: recién casados; rieron las dos.

La brisa de mayo, arreciante desde el atardecer, había llevado a Adalgisa a abrigarse contra el pecho atlético del novio —ya no más novio, ahora esposo con papeles y alianza en el dedo anular de la mano izquierda. Recostada sobre el pecho viril del marido —su marido, su amo, su señor, su hombre, pensó—, en busca de ánimo, calor y seguridad. La cabeza puesta en reposo en el hombro de Danilo, la recién casada tan fácil de reconocer cerró los ojos y buscó calmarse.

Danilo le amparó el cuerpo trémulo bajo la chaqueta del traje nuevo, azul, cortado y cosido de medida para el casamiento por el sastre de la familia Sampaio, Gustavo Reis, de buena clientela y carero: el que pagó la cuenta fue el doctor Artur Sampaio, padrino platudo. Al acomodarla, aprovechó y posó la mano en el seno que abultaba bajo la blusa de seda: Adalgisa se había cambiado de ropa antes de salir, había abandonado el vestido de novia encima del lecho de soltera. Al toque, ella se sobresaltó, sacudió el busto como si hubiera recibido una descarga eléctrica. ¿Sentía apenas frío o era de miedo que se estremecía? Adalgisa apretó el brazo de Danilo.

Furtivo, él le tomó la mano y la fue llevando del brazo hacia el muslo hasta la altura de la bragueta, colocándola de palma contra el pájaro que amenazaba romper los botones y liberarse, tan ansioso y apto se encontraba. Adalgisa no se dio cuenta de inmediato de dónde le había acomodado la mano, se sentía inclusive alentada por el calorcito que allí se concentraba pero, al percibir en los dedos la pulsación nerviosa, comprendió que bajo los pantalones había algo más, además de muslo: rápida, retiró la mano y la llevó a la boca para ahogar la exclamación —un gemido, ¡uy!—, menos de rechazo que de espanto. Incorregible Danilo: se valió del movimiento de la asustada para pasarle la lengua por la oreja, por fuera y por dentro, osadía inédita, nunca había acontecido antes: un escalofrío recorrió el cuerpo de Adalgisa, de arriba abajo, y le quebrantó la voz:

—¡Por favor! Hay gente mirando...

—¡Tonterías! No nos ve nadie.

Pero ella lo miró con ojos tan suplicantes que Danilo se quedó quieto y durante algunos minutos no ocurrió nada digno de mención. Se redujo a un discurso sincero y apasionado, de palabras elocuentes, preciosas, llenas de lugares comunes románticos y radiofónicos, que ella oyó con evidente agrado y creciente tentación. "Dadá, tú eres el sol cenital de mis días, la estrella polar de mis noches", recitó con voz tibia y envolvente.

Cuando la lancha enfiló hacia el muelle de la isla, Adalgisa, deshecha de emoción, volvió a reposar la cabeza en el pecho del marido, rodeándole el cuello con los brazos. Danilo comenzó a besarla suavemente en la frente y, despacio, fue yendo de beso en beso, llegó a la oreja, usó la lengua, tomó el lóbulo en la boca, taimado. Dadá no lo impidió ni protestó, ni siquiera cuando él la mordió despacio.

La barca llegó al roquedal, los pasajeros se levantaron, Adalgisa se recompuso, atontada. Danilo le ofreció la mano para ayudarla a saltar. Ella extendió los dedos, sonrió, turbada: le pareció breve el tiempo de navegación.

LOS DESACUERDOS. Navegación pequeña, repleta de audacias y anuencias, difícil aprendizaje de las obligaciones de esposa, de la conquista del placer: Adalgisa suspiró al desembarcar.

Para Danilo, cuarenta minutos lerdos en la soledad del mar, avidez contenida. Había masticado las riendas para no tomar el freno con los dientes, mató el tiempo en declaraciones de amor, ansioso por cobrarse los derechos adquiridos, dedicarse a la posesión de los encantos y vergüenzas de Dadá, iniciarla, hacerla mujer, su mujer. En la lancha, imposible.

Cuando se encontraran solos los dos en el dormitorio, ya no existirían testigos, limitaciones, reclamos, miradas suplicantes. Los parcos sucesos del trayecto, él no los consideró siquiera un aperitivo, antipasto: en la coyuntura dispensaba los bocadillos, quería comenzar por el plato fuerte que no era otro que el virgo de Adalgisa. No era que despreciara los refinamientos, las quintaesencias, las exquisiteces, y de ellos se abstuviera: al contrario, mucho los apreciaba y con constancia los practicaba, pero para disfrutarlos con Dadá habría tiempo de sobra, la vida entera por delante.

Sometiéndose a los pruritos de pudor de la novia, acatándolos y hasta valorándolos, había esperado, comiendo el pan que el diablo amasó, por más de un año, el momento de "recoger en el jardín de la hermosura y la inocencia la flor virginal", conforme al verso de un poeta de sus relaciones, o sea, desflorar a la más linda y casta doncella de Bahía. Le había costado, además de amarga abstinencia, el precio de la libertad. Obtuvo empleo, se tornó un hombre serio, asumió responsabilidades, dijo adiós a la vagancia, a la buena vida, a la bohemia. Tenía derecho y tenía apuro.

¿Qué sucederá cuando al fin se enfrenten los dos en el cuarto, en el cadalso del lecho, a la hora de la verdad? —se interrogaba Dadá al ritmo del balanceo de la barca. La madrina, doña Esperanza, algo le había explicado cuando, al conseguir Danilo empleo en la escribanía, decidieron fijar fecha para el casamiento. Planes enseguida postergados, debido precisamente a la muerte súbita de la madrina, ¡ay, qué desgracia! No hay cómo expresar la falta que ella le hace.

Le había recomendado sumisión y paciencia en el trance crucial —el dolor físico agrava el oprobio: prepárate para sufrir, hijita mía...— en el cual la mujer renuncia a lo más valioso que posee ante los ojos de Dios, la pureza del cuerpo, la virginidad. La posesión de la esposa por el esposo no está catalogada en la lista de los pecados pues el sacramento del matrimonio la santifica pero no por eso deja de ser, en realidad, un acto cruel y un tanto obsceno.

Que estuviera atenta sobre todo a las prohibiciones y limitaciones impuestas a la relación sexual de los cónyuges por la Santa Madre Iglesia, para no practicarlas, no correr el riesgo de verse de repente excomulgada. Existen hombres depravados —la mayoría, mi niña— que abusan de la inocencia de las pobres criaturas y no dudan en arrastrar a las propias esposas por los caminos de la lujuria, de la corrupción, como si ellas fueran prostitutas. Son caminos de ignominia, de perdición. Piensa en tu ángel de la guarda, siempre a tu lado: él presencia todo cuanto haces. La madrina no aclaró sobre lo permitido y lo prohibido y Adalgisa no se atrevió a preguntar, tuvo vergüenza.

Algo sabía, sin embargo. Marilú, compañera de las más evolucionadas, divertida y locuaz, que había intentado introducirla en las bocas del infierno y propuesto presentarla a ejecutivos magnánimos: manos abiertas, pagaban buena tela por paja, chupada, romper el culo —la astuta Marilú hacía ostentación de sus conocimientos, teóricos y prácticos. Parca teoría: además de una torpe adaptacón del Kama Sutra, en edición barata, había leído las páginas más candentes de la traducción de Sexus, de Henry Miller, y oído hablar de Freud. Práctica tenía de sobra, para dar y vender.

Adalgisa no se envició con macoña ni dio el culo. Fumó una vez sola, no le gustó, y ningún ejecutivo le vio la cara y mucho menos el cuerpo, pero supo, por la condiscípula, cuáles eran y cómo se cometían aquellas cosas. Le oyó críticas y malignidades a propósito de los matrimonios que reducen los embates del sexo al ejercicio puro y simple de la posición denominada "papá y mamá", ridiculizada por renombrados sexólogos, especialistas en la materia, en programas de gran audiencia en las estaciones de radio. Posición clásica, según esas eminencias y además admitida por los cánones de la Iglesia que acepta y hasta bendice la fornicación —coger, traducía Marilú, dejando de lado la erudición—, se practicaba con el objetivo exclusivo de la reproducción de la especie humana. Sacando eso, lo demás es pecado y vituperio. Para Marilú, la sabia de estudios secundarios, era lo mejor que uno podía llevarse al cajón, a la hora del entierro.

Las dos mitades de la misma naranja, decían de Adalgisa y Danilo, debido a la identidad de gustos, a la manera como los novios pensaban y actuaban, siempre de acuerdo. En lo que se refería a las relaciones sexuales, sin embargo, era total y completa la discordancia. Dos concepciones de la vida y el amor. —controversia antigua, milenaria.

No había artificio ni hipocresía, en el comportamiento de Adalgisa; la madrina la había educado española y puritana; tampoco en la conducta de Danilo, producto del machismo imperante. Lo que para ella no pasaba de penosa obligación de esposa, para él significaba plenitud del himeneo. La palabra que le pasaba por la cabeza era himeneo: las demás, casamiento, boda, matrimonio, esponsales, no le parecían a la altura de la situación. Para ella, festín sucio y doloroso, culpa y pecado. Para él, prácticas limpias y saludables, mérito y deleite. Para Dadá el infierno, para el Príncipe, el paraíso.

Llegados a la isla, el desentendimiento se implantó, el idilio cedió lugar a la discordia. La noche de bodas, que se había anunciado dulce y placentera en la oscuridad de la barca, se desvió de la seducción a la violencia, Danilo en furia; de la sonrisa tímida al llanto convulsivo, Adalgisa desesperada.

LA FULANA. La fulana, rubia de boca rasgada y mirada de yiro, se apresuró a indicar la casa del señor Fernando Almeida. Hizo un comentario chistoso:

—El señor Fernando vive prestando la casa para lunas de miel. Hasta dicen que de luna de miel pasada ahí seguro nace un chico nueve meses después, contados día a día...

Midió a Danilo de la cabeza a los pies, a la luz casi inexistente de la linterna eléctrica. Habiéndolo evaluado, felicitó a Adalgisa:

—Sí, señora. Con este crack hizo un buen gol. La felicito.

Salió caminando al frente, mostrándoles el camino abierto entre rocas; otros viajeros observaban, curiosos. Al término del sendero accidentado oyeron el rumoreo del mar, las olas reventaban contra la inmensidad de la playa: no se le veía principio ni fin. La rubia señaló la morada a la distancia: divisaron una casa de dos pisos, de casita no tenía ni siquiera la apariencia. Detuvo el paso, lamentó:

—Qué pena que no sea una noche de luna. Conozco el mundo entero, y todavía no encontré un lugar más bonito que el Morro de San Pablo. Ideal para luna de miel. —Una pausa breve. —Y mejor todavía para el adulterio.

Se demoró mirando y oyendo, enajenada, después se dirigió a Adalgisa:

—No necesito desearle buenas noches, seguro que va a ser una noche inolvidable. Es lo que le deseo, linda. —Volvió a medir a Danilo de arriba abajo, se mordió el labio: —Y a usted también, rico.

La fulana rió y, apresurando el paso, los dejó atrás. Marejada de caracoles, la risa fue a morir en la playa.

LA CENA. Mulata fuerte, de pelo grisáceo, la doméstica los recibió en la puerta, risueña y atenta:

—Me llamo Marialva, les voy a mostrar el cuarto. Mientras se lavan las manos, pongo la cena en la mesa.

—¿Cena? —se inquietó Danilo—. No pensábamos...

—Algo liviano. No se van a ir a la cama en ayunas.

Ir a la cama: había subrayado la expresión, ¿la había usado a propósito? Extrañado, Danilo miró a la mujer pero no sorprendió malicia en el rostro benévolo, en la actitud cordial. Solícita, los acompañó al cuarto, en el piso superior. Colocó la valija sobre una banqueta, abrió los cajones de la cómoda donde disponer las prendas, indicó el armario donde colgar los vestidos, comprobó la existencia de agua corriente en las canillas, dejó una de las lámparas de querosén al lado del jarro de flores, llevó la otra al baño. Después de un último vistazo, cerró la puerta, se oyeron sus pasos en la escalera. Danilo tomó a Dadá en los brazos y la cubrió de besos. Interrumpió tan grata ocupación para decir:

—No voy a comer nada. Ni quiero oír hablar de comida.

Pero Adalgisa no estuvo de acuerdo, alegando que no quedaría bien dejar los platos enfriándose en la mesa, al final la doméstica se había tomado el trabajo de preparar la cena, debían hacer aunque fuera un simple acto de presencia.

—Y te digo más: me estoy muriendo de hambre, el aire del mar me dio apetito.

Era otro el apetito de Danilo pero no quiso crear un problema. Dadá tenía razón, lo reconoció: no podían dejar fama de maleducados, dar motivo de habladurías y burlas.

163

Hundió la mano en el colchón para considerarle la blandura y lo mullido: de primera, iba a ser un festín. Dio el brazo a Adalgisa, juntos bajaron la escalera ante la mirada maternal de Marialva apostada abajo, esperándolos.

En la mesa, sobre el mantel de lino, bordado, extravagancia en una casa de playa aunque fuera propiedad de un rico industrial, las *moquecas* —de pescado, de ostra, de camarón— se ofrecían apetitosas, aderezadas con aceite de coco y de dendê. Fuente de *farinha*, salsa de ají picante triturado con limón, cebolla y cilantro, una botella de vino verde, portugués, helándose en balde de metal cromado. Danilo abrió los ojos. La gentileza sin límites del dueño de casa confirmaba el prestigio de Francisco Romero Pérez y Pérez entre los amigos: se mantenía sólido a pesar de las vacilaciones de la fortuna.

Adalgisa había dicho que tenía hambre, pero se sirvió con cautela: hacía régimen para no engordar y tenía miedo de abusar de las comidas pesadas, sobre todo a la noche. Danilo, que se había mostrado reacio a ir a la mesa, no resistió, se tiró sobre las moquecas con disposición voraz y abundancia de ají picante, comió hasta hartarse, bebió la botella —Adalgisa apenas probó el verde— y cuando, risueña, Marialva mostró el plato de porcelana con la "crema de hombre", mousse de coco con salsa de chocolate, no se contuvo, batió palmas saludando a su postre predilecto, se aflojó el cinto. ¡Qué cosa!

LA FAJA DE GOMA. Revoloteaba en torno de Adalgisa, tratando de desvestirla y dominarla: bufo principal de cómica pantomima. La comparsa escapaba, le huía de las manos, transitando de la valija abierta sobre la banqueta hacia la cómoda y el armario, hacia el baño, retirando y guardando lo mínimo necesario. Se reían los dos, burlescos personajes.

Danilo alternaba alegría y despecho, palabrotas y piropos, adulación y queja, rebuznaba interjecciones, los brazos extendidos buscando agarrarla, en la intención de tirarla en la cama y servirse. Dadá se agitaba entre la broma y el temblor, alborozada, divertida, salvándose por poco de las garras del apurado. Ya había perdido la blusa, arrancada a la fuerza, uno de los botones había saltado y desaparecido detrás de la cómoda.

En ocasión de mayor riesgo, al escabullirse de los dedos que pretendían bajarle la falda, burlándose del fiasco del marido, le sacó la lengua en desafío. Se burlaba de él, parecía deleitarse con aquel juego de gallina ciega, en el fondo se moría de miedo de lo que pudiese ocurrir si él lograba desnudarla y la extendía sobre las sábanas perfumadas con lavanda. Durante la cena, la doméstica había retirado la colcha de crochet con forro de satén, dejando la cama hecha. Lista.

El tercer saltimbanqui no se dejaba ver pero Adalgisa lo sabía presente y actuante: se trataba de su ángel de la guarda. Responsable de Dadá, de la pureza de su cuerpo y la salvación de su alma, atento a las amenazas innúmeras que pesaban sobre la inocencia de la pupila en la noche de nupcias, noche fatal. Dispuesto a cumplir con el deber de guardián de la honra y la virtud, atropellaba los pasos de Danilo, le desviaba las manos, lo hacía tropezar con nada, como si estuviera borracho. En los trances más difíciles, cuando le faltaban las fuerzas y ya no había escapatoria, Adalgisa recurría a él, murmuraba: ¡ayúdame, mi ángel de la guarda! Se zafaba incólume.

Incólume, hasta cierto punto. Superando las contrariedades visibles y las invisibles —la agilidad de Dadá, el sopor en las piernas del perseguidor—, Danilo consiguió sacarle la falda; mano de obra complicada y trabajosa. A costa de amenazas —¡desgarro esta porquería!—, ella levantó los brazos permitiendo que la falda estrecha pasara por encima de su cabeza. Faltaba sólo librarla de la combinación pues el calzón, el corpiño, las medias no constituirían problema cuando la agarrara. Quiso festejar el hecho decisivo pero, en vez de exultante exclamación de victoria, le subió de las entrañas indelicado eructo. Si Adalgisa lo oyó, no lo demostró. Por un instante, el Príncipe perdió el equilibrio.

Recompuesto, alcanzó y aferró con firmeza el ruedo de la combinación y como las amenazas no decidieron a Dadá a cooperar, Danilo, indignado, resolvió cumplirlas. Nuevita, la elegante pieza del ajuar, rasgada de arriba abajo, hecha pedazos, rodó a los pies de la virgen, exhibiéndole la desnudez del tronco. El torso enjuto, los senos visibles en la transparencia del corpiño de encaje, el vientre liso, redondeado, el oscuro misterio del ombligo. ¡Pero no le exhibió el trasero, ay, no!

Bajo la combinación, partiendo de las rodillas, prolongándose hasta la cintura, sujetando y comprimiendo las dos

165

bandas del universo, impidiendo la visión soñada, codiciada
—después de tan larga espera, iba por fin a regalarse la vista—, se extendía una monstruosa faja de goma. Cinturón de
castidad, Danilo ya lo había sentido con los dedos en los últimos meses de noviazgo, le tenía horror y asco. Definitivo, implacable contra la lujuria, le bastaba tocarlo y perdía la calentura.

Adalgisa se había convencido de que el hábito de la faja
la haría más bonita, de porte más esbelto y, sobre todo, ayudaría a disminuirle el volumen provocativo de los cuadriles.
Garantía afianzada en un anuncio de página entera en una revista de San Pablo: señoras de alta clase, superelegantes, expresaban opinión idéntica. El consejo de Madame Nadreau,
francesa viajada, había sido decisivo para que Dadá se precipitara a la tienda de don Miguel Najar y comprara la faja de
goma: compró dos. Nunca dejó de usarla.

La visión desoladora y odiosa de la faja lo derrotó. Víctima de repentino desánimo, el Príncipe de las canchas movió,
melancólico, la cabeza, bajó los brazos, se sentó en la cama.
De lo cual se aprovechó la novia para encerrarse en el baño,
llevando consigo el camisón. No uno cualquiera sino aquel
que, para diferenciarlo de los demás, se llama "camisón de la
noche", de la noche de bodas. Obra de arte en crêpe de China, espuma blanca, leve, revoloteante, transparente, borde de
puntillas, el ruedo apenas debajo de las rodillas, abierto a ambos lados, el de Adalgisa había venido de la Boutique Laura
Alves, de Ipanema, Río de Janeiro. Con las disculpas de doña
Gloria Machado, imposibilitada de asistir al casamiento por
encontrarse de excursión en Tailandia en compañía del marido, el big boss.

Danilo se arrancó los zapatos de charol, suspiró aliviado,
se masajeó los pies doloridos. Se sacó la ropa, prenda a prenda, se extendió desnudo en la cama a la espera de que la esposa saliera del baño y finalmente él la volteara. La cabeza
descansada sobre la almohada, la naturaleza a media asta,
cerró los ojos para ver mejor la cajeta donde, embutido, el virgo se escondía, cosa linda. Se adormeció.

LA ELABORADA. Se engañó por entero, cayó de la rama, aterrizó en el ridículo quien se apresuró a reír a costa de Danilo, haciéndolo blanco de bromas de mal gusto por creerlo dormido a pierna suelta hasta la mañana siguiente, perdiendo la hora y la ocàsión. Por cierto, debió usarse el verbo dormitar, en lugar de adormecer como está escrito dando lugar a conclusiones apresuradas y equívocas.

Danilo dormitó sin dormir del todo, el pensamiento puesto en aquello que se sabe. Sin embargo, de vez en cuando abría los ojos, constataba que la puerta del baño todavía estaba cerrada, volvía a bajar las pestañas. Las bajó varias veces pues Adalgisa demoró una buena media hora haciéndose la belleza y cuando retornó al cuarto —cuando entró en la cancha, como escribían los cronistas de fútbol refiriéndose a la entrada triunfal del Príncipe en el terreno de la pelea — estaba simplemente deslumbrante, princesa de cuento de hadas o de Principado de Mónaco, la comparación queda a elección de cada uno. Acicalada de cabo a rabo. Se había deshecho de la pintura usada para la ceremonia, tomado una ducha para librarse del sudor, refrescado el rostro con agua de lavanda, perfumado el cuerpo con agua de Colonia —la *originale eau de Cologne*, de Koln am Rhein, había recibido un frasco de regalo, fineza de una refinada, doña Eva Adler, consulesa de Austria y clienta de doña Esperanza —, soltado los rulos del cabello en torno del cuello al modo de ciertas imágenes medievales, se había quitado el corpiño, la faja de goma liberando senos y nalgas, lavado las partes, inclusive el tajo y la escarapela, con desodorante específico para "higiene íntima" que Dolores le había aconsejado: para bañar la chucha, querida, no hay igual, la puerquita queda divina: limpia, perfumada, resbaladiza, ¡enloquecedora! Lujos de Dolores, su hermana, que desde chica se daba a esos descaros.

Acicalarse es lo contrario, lo opuesto de lo que arriba se relata, ¡santa ignorancia! Acicalarse es efectuar elaborado maquillaje —sombra violeta en los párpados, rimel en las pestañas, lápiz en las cejas, lápiz púrpura en los labios, rubor en las mejillas, ¡máscara redomada! —, es exhibir peinado insólito, inventado y esculpido por perito del porte del gran Severiano o por otro coiffeur des dames de igual melindre, es perfumarse con ciencia y arte, usando fragancia francesa, cara y excitante, sexy: una gota exhalando lascivia en el plumaje de los pendejos. ¡Santa ignorancia! Acéptese la censura, la reprensión de quien sabe, practíquese la autocrítica, formúlese respetuoso pedido de disculpas. Pero, así o asá, sea como fuere, acicalada o simplemente aseada, libre de artificios, Adalgisa quedó todavía más linda, más apetecible. Ninguna princesa, de cuento de hadas o de Principado de Mónaco, le llegaba a los pies.

Había hesitado al ponerse la camisola corta, fluctuante y transparente, abierta a los lados hasta la mitad de los muslos, prenda de doña Gloria: temía parecer provocativa, ofrecida, descarada. No tuvo más remedio: la otra, cosida por doña Esperanza, la había guardado en la cómoda: de satén, rica, con entremedios de bordado inglés, compuesta, cerrada en el cuello, faja ancha en la cintura, larga hasta los pies, acompañada de robe y calzón de la misma tela, accesorios decorosos. La de doña Gloria era pieza única, sin bombacha, y mucho menos calzón y robe.

Cuando Adalgisa recibió, de las manos de la madrina, las tres prendas envueltas en papel de regalo, con el consentimiento de la regalante deshizo el paquete y se puso el camisón por encima de la combinación para ver cómo le caía en el cuerpo: ¡perfecto! Levantó el calzón para medirlo con los ojos, no necesitaba probárselo, perfecto también: la perfección de doña Esperanza en la máquina de coser. Interrumpiendo elogios y agradecimientos de la ahijada, doña Esperanza pronunció una sentencia cuyo sentido cabal escapaba a Adalgisa: el acento castellano se tornaba aun más cerrado cuando entre dientes se refería a determinados temas. Por supuesto, habría dicho que el camisón era la última trinchera que cubría el bastión de la virginidad cuya conquista, la noche de bodas, debería darse como consecuencia de maniobras y ardides que hicieran de la rendición de la plaza victoria y no derrota. Lenguaje sibilino de viuda pudenda, Dadá se quedó sin saber de qué astucias y trampas se trataba, dónde y de quién la derrota y la victoria. En eso había pensado al ponerse la aireada camisola, obsequio de la ricachona carioca.

El movimiento del picaporte al abrirse la puerta despertó a Danilo: a la mortecina luz del lugar él la miró, visión irreal, paradisíaca. Pensó que todavía estaba dormido, abrió los ojos para sentirse despierto, se levantó con un rugido, saltó de la cama, la naturaleza en ristre: potente y agresiva, un ariete. Tan arrogante que el ángel de la guarda de Dadá vaciló en las alas y, no cabiendo duda sobre lo que iba a pasar, se fugó para no volver más. Salió por la ventana por donde, errante, la brisa del mar entraba en el cuarto y levantaba el ruedo del camisón de Adalgisa.

LA BRISA. La brisa de la noche se divertía levantando el camisón de Adalgisa, alzándolo por encima de las rodillas, mostrando una pizca de muslo: en inesperado alboroto se irguió a la altura del surco del culo. Aun viendo mal bajo la claridad débil de la lámpara de querosene, Danilo sintió un golpe en el pecho y, sin temer las consecuencias, dejó escapar un grito de guerra, vibrante toque de clarín.

La desposada buscaba contener la brisa, controlar el camisón, ojos bajos, sonrisa miedosa sin saber cómo actuar, qué hacer. Jamás lo había visto así, completamente desnudo: en la playa lo admiraba con la malla de baño —slip, moda reciente y osada—, le había palpado la musculatura del pecho y los brazos, los diarios elogiaban la condición atlética del crack del Ipiranga y ella se enorgullecía. Pero he aquí que lo veía sin calzoncillos, sin slip, todo peludo, y aquella arma gatillada: ¡ayúdame, Nuestra Señora de la Purificación!

No quedaba bien llamar a la Virgen Purísima, la Inmaculada, en presencia de desnudez tan desvergonzada, pensó, todavía más confusa. ¿Qué había dicho doña Esperanza acerca del camisón de la noche de bodas? Del otro, no del trapo indecente que, en vez de cubrirla, la exhibía. La brisa le corría por las piernas, le subía entre los muslos, le soplaba los caracoles del pubis, tenue comezón. Estremecida, trataba de hallarlo desagradable, no lo conseguía.

Del otro lado de la trinchera, se aprestaba el conquistador a pasar de la palabra a la acción cuando tuvo que refrenar el ímpetu del ataque para contener el eructo, despacharlo con prudencia y discreción. Digestión difícil, una pelota en el estómago. Mierda.

No sería un ligero malestar lo que iría a disminuirle el entusiasmo, reducirle la intensidad del deseo, colocarlo en corner. Se arrojó, más que decidido e impetuoso: incontrolable como cuando partía en dirección al arco para marcar un gol.

169

Ahora o nunca. No esperaba encontrar dificultad, resistencia, oposición. El obstáculo... pero el obstáculo era la meta ansiada, lo que de mejor había, el trofeo por conquistar, el virgo de Adalgisa.

LOS CRÉDITOS DEL GARAÑÓN. Danilo poseía alguna experiencia, tenía en su crédito de machote dos virgos tomados en la gloria de los estadios. Retrato en los diarios, perfil latino de galán de cine, elogios a granel en los programas de radio, homéricas descripciones de goles, príncipe de acá, príncipe de allá, podría haberse pasado todas las vírgenes que deseara, de no ser por el recelo de verse envuelto en un escándalo, titular en las gacetas: ídolo del fútbol, amenazado de muerte, se casa apremiado por la ley. Buen tema para Armando Oliveira, cronista chistoso, con público cautivo de millares de lectores: no podría haber mejor asunto para bromear. Además, la posición ocupada por Danilo en el equipo, punta de lanza, se prestaba a juego de palabras, a doble sentido, a ocurrencia, auténtico regalo para Armando Oliveira. ¡Dios me defienda de entrar en un problema de esa especie! No corría riesgos: cuando la amenaza de cometer un desatino le parecía patente, rompía la relación, desaparecía, tomaba las de Villadiego.

Maduros, los virgos que había tomado: fáciles y tranquilos los dos. Inesperado el de Albertina, mayor de veintiún años, funcionaria pública, señora de sí, vergonzosa para dar. Por qué no lo había dado antes, nadie lo sabe. Pero, habiendo comenzado, prosiguió con ganas, conquistando récords. Cuando Danilo la llevó a la cama del burdel de Aurinha Culo de Griega, la pensaba agujereada hacía mucho; cuál no fue su sorpresa al comprobarla virgen, himenuda. Al sentir el inusitado obstáculo, levantó la faena santa, la puso en confesión:

—No me digas...

Albertina lo reconoció, entre presumida y molesta:

—Soy virgen sí. Tú eres el primero... Te lo juro.

Virgo maduro pero entero, como quedó comprobado por la sangre que coronó la calva del reverendo confesor. Tarde gloriosa, fecha marcante: la lluvia plena de verano lavaba las calles de la ciudad de Bahía mientras, en el abrigo del cuarto del burdel, Albertina Carvalhaes, hasta entonces simple ofi-

170

ciala administrativa ejerciendo en la Justicia del Trabajo, iniciaba su carrera de cogedora de las más competentes y exito·sas de que se tienen noticias. Bajo la égida del Príncipe Danilo, a quien, en la lasitud de la cama, ronroneaba, agradecida: ¡ay, mi Clark Gable!, eres demasiado bueno. Albertina Carvalhaes, feíta de cara, el cuerpo un monumento.

Un poco menos tranquilo y mucho menos entero el virgo de Benzinha. En la oportunidad no había de qué vanagloriarse: Benzinha se había ofrecido, se había entregado, abrió las piernas sin que se lo pidiera, en la Pedra do Sal, cerca de la casa de veraneo de Miss Switt, agregada cultural norteamericana, donde trabajaba de mucama. Romance perturbado pues la chiquita había noviado con Isaías Hormigón, veterano goleador en vías de sacarse los botines, pozo de celos, rudo atleta. Hormigón ejercía extrema vigilancia en torno de la novia de cuya fidelidad tenía sobradas razones de duda: Benzinha era una figurita popular en el tradicional Gafieira* do Barao.

Hartos de encuentros apresurados, cansados de correrías y carencias, sabiendo a Isaías preso en la concentración del club en vísperas de un match importante, los clandestinos buscaron la soledad de la playa frente a la mansión de reposo del cardenal primado, rincón ideal para una buena sesión de apriete. Apriete tal que, desafiada, Benzinha perdió los estribos y se dio gratis. Se acostó en la arena, se levantó el vestido, no llevaba bombacha, abrió la chucha: tómala, Príncipe, no la quiero guardar para el cornudo de Isaías. Danilo se bajó los pantalones, le satisfizo la voluntad con placer pero, al recordar la proeza, la subestimaba. Mucha cabeza de pájaro había andado ensanchando la vía de acceso y si ninguna había penetrado por ella, respetando parcos restos de virginidad, se debía al temor que Hormigón infundía: gigante y valentón, de manos enormes. A la distancia, monjas en retiro aprovechaban la media hora de recreo nocturno para jugar en la playa, mojarse los pies en las olas: al eco de sus risas inocentes Danilo desfloró lo que había sobrado del virgo de Benzinha.

Vivió semanas de aprensión, inquieto, receloso de que después del casamiento el cornudo de Isaías, reincidente agresor de jueces y adversarios, al encontrar el camino abierto, hiciera un escándalo, fuera a cobrar los centavitos de la novia.

* *Gafieira:* bailongo.

¿Centavitos? Ni siquiera eso valía el virgo que había. Benzinha, Rita Benta de Lima, galante rostro trigueño, risa provocante, ancas de navegación.

PAUSA POÉTICA. Despachado el eructo, cerrado el paréntesis de los desfloramientos practicados casi a disgusto por nuestro héroe, se retoma el hilo de la historia en el preciso momento en que Danilo parte en dirección a Adalgisa y la toma en los brazos: momento crucial. Esta vez no se trataba de virgo maduro, sazonado en la práctica del libertinaje, reducido a la mitad en el contacto de dedos, lenguas, vergas. Jamás tocado por dedo vicioso, lengua diestra, poronga ni hablar, de Danilo o de otro cualquiera, habiendo sido él el primero y único novio de Dadá.

Si fuera nuestro Príncipe lector de poesía, a ejemplo del cronista Lamenha, podría en la circunstancia, para darle un tono romántico, recitar el mágico verso de Lorca, repetido por estudiantes y subliteratos, "verde que te quiero verde", u otros menos desgastados, "en la concha de la cama/ desnuda de flor y brisa todos ellos propicios para la ceremonia. Pero, en amor a la verdad que estricta preside este relato, débese revelar la notable ignorancia del recién casado en materia de poesía, en particular de la poesía de la península ibérica: de la española nada sabía, de la portuguesa conocía a Camõens de oír hablar, de lectura no iba más allá de escasos sonetos de Bocage, pícaros.

PRECIPITACIÓN Y OFF-SIDE. La tomó en los brazos levantándole, en el mismo gesto, el camisón hasta los hombros. Beso arrebatado, las manos sobre los senos, los cuerpos pegados, muslo contra muslo, vientre contra vientre: Su Alteza comprimía la encaracolada greña de la Princesa. Brusco movimiento, Danilo derribó a Dadá sobre la cama, modeló las curvas de las nalgas, y, aferrando con fuerza, le abrió los muslos, buscando colocarse a punto para el asalto. No cabiendo en el vano conquistado, aumentó la presión de los dedos para obligarla a apartar aún más las piernas, dejando libre el camino del virgo que se le negaba.

Adalgisa gimió, Danilo ahogó la protesta machucándole los labios, devorándolos en un chupón de lengua y dientes, interminable. Sintiéndose asfixiar, ella se debatió, él la contuvo comprimida bajo el peso de su cuerpo, le aferró las muñecas contra el colchón. Para aferrarle las muñecas y mantenerle los brazos quietos, le soltó los muslos. Más que rápida, Dadá cruzó una sobre otra, cubriendo, obstruyendo el gol, dejando al precipitado punta de lanza sin campo de juego. Diversas veces, França Teixeira, al micrófono, directo desde el estadio, había criticado la osadía del crack para alegría de los hinchas del equipo adversario: el Príncipe Danilo se anticipó sin esperar el pase, el juez hizo sonar el silbato anunciando impedimento, colocándolo en off-side.

LAS DUDAS. Así comenzó y prosiguió la noche atroz, combate masacrante, prepotencia y rechazo. Guerra declarada entre enemigos profundos y no, como debería haber sido, desvelo de amantes, tierno desvarío. Danilo tratando de mantenerla inmóvil, con las piernas abiertas, ella debatiéndose, resistiendo. Lucha ardua, mortificante, creciendo en violencia y en pavor, perdida la calma, agotada la sangre fría, el habla áspera sucediendo al galanteo, la orden a la súplica, el reproche al cariño, la fuerza a la seducción.

Revolviéndose, ojos lagrimeantes, corazón en agonía, Dadá se preguntaba: ¿él me amará, o sólo desea usufructuar mi cuerpo? ¿Por qué me quiere tomar a la fuerza? ¿Por qué no tiene paciencia de esperar? Le dolían los labios, los de arriba y los de abajo, mordidos unos, molestados, estrujados, ultrajados los otros, en el constante estregamiento, en las incesantes tentativas de romperle la resistencia y el himen. Estaba cansada, deprimida, las fuerzas comenzaban a fallarle, era un montón de miedo.

¿Cómo podrá un ciudadano brasileño, casado ante el padre y el juez, en ceremonia simple pero decente, después de seis meses de romance y más de un año de noviazgo, transcurridos en el buen querer y la comprensión, cómo podrá él entender que en la noche de nupcias la esposa se niegue, se debata, tranque las piernas y se ponga a llorar? Durante las primeras salidas y el noviazgo, Danilo había aceptado, se conformó con las limitaciones impuestas por Dadá, educada en los rígidos cánones de la Iglesia por la madrina beata y hasta se complacía con tales principios, pruebas de rectitud y honradez. Pero todo en el mundo tiene límites, eran esposos con papel firmado, las nociones de inmoralidad y de deshonra se tornaban descabelladas, intolerables. ¿Me habré engañado y ella no me ama, me enamoró y me aceptó como novio por la vanidad de mostrarse por las calles del brazo del crack de fútbol, el príncipe de las canchas, el ídolo de las multitudes?

Para completar el disgusto, aumentar la humillación, se encontraba pesado, la digestión por hacer, el estómago revuelto, la boca ácida, la barriga quemando, amenazas de eructo paralizándole las iniciativas, facilitando el empecinamiento de Adalgisa. Sudado, irritado, triste, viendo la hora de perder la cabeza y usar el brazo.

EL DOLOR SIN REMEDIO. Tarde a la noche, después de penosa charla, hubo un breve período de apaciguamiento: Adalgisa parecía resignada, consintió en sacarse el camisón, se dejó ver, solamente le pidió cautela y calma: despacio, por el amor de Dios. Por Dios él se lo juró.

Más fuerte aún que la resignada disposición de cumplir con valentía el deber de esposa fue el susto que le dio cuando sintió el pedazo desmedido que forzaba la entrada de tajo tan estrecho, tan pequeño, tan cerrado, jamás sería posible conseguirlo sin lisiarla para siempre. Cuanto más cerrada, pequeña, estrecha, para Danilo más mimosa y deseada: boca del mundo que sus ojos apenas entrevieron y la poronga embestía en busca de un pasaje para un universo de disfrute, océano de delicias. Entre deprimido y exaltado, en un impulso súbito Danilo intentó forzar la barrera. Adalgisa exclamó: ¡ay!

Estaba cansada, aterrada, las fuerzas comenzaban a fallarle. Fue tamaño, sin embargo, el sobresalto, tan fulgurante el dolor que la poseía, que consiguió soltarse, salir de abajo de Danilo y saltar fuera de la cama. El dolor que la había atravesado y en ella se incorporó no lo sintió en las partes vergonzosas, pues Danilo había errado el blanco, se había confundido de entrada. Fue aquel dolor de cabeza que la perseguía desde

174

la adolescencia, repitiéndose insistente, en ciertas ocasiones insoportable. Le cocinaba las meninges, llama, lengua de fuego, devorándole los ojos, cegándola, amenazando enloquecerla. La maltrataba desde que, a los catorce años, tuvo las primeras reglas, jaquecas repetidas: ningún médico le había encontrado el remedio, de nada habían servido las medicinas de las comadres. Cuando te cases todo eso se te pasará, pronosticó el doctor Elsimar Coutinho, médico de la familia, recetando el matrimonio. Por lo visto, la receta no había surtido efecto.

En el ímpetu de la fuga, Dadá entró en el baño, se encerró con llave; los sollozos altos, punzantes, resonaron en el cuarto. Danilo paró de aporrear la puerta y vociferar: ¡sal, sal, antes de que haga una locura! Dejó caer los brazos, se quedó parado, desnudo, patético, idiota. La poronga marchita, disminuida a una cosita sin gracia, fláccida y fea y, encima, rasguñada, dolorida.

LA PUERTA DEL BAÑO. A través de la puerta trancada del baño se dio la reconciliación, hicieron las paces, se juraron amor eterno. Al principio, en las voces entrecortadas, perduraban acentos de llanto y amargura, de desilusión y engaño, insatisfechos como estaban el uno con el otro. Pero enseguida prevalecieron escrúpulos de conmiseración y pena, disponiéndolos al perdón y a la esperanza. Cesados los golpes en la puerta, los sollozos, a cambio de agravios y desafueros, las palabras se ablandaron, las amenazas se disolvieron en quejas, las exigencias en súplicas.

—No aguanto más, estoy muerta de dolor de cabeza. Si me amas, déjalo para mañana.

—¿Que si te amo? ¿Todavía lo dudas? ¡Tonta!

—Entonces dame el gusto, bruto. Ten paciencia conmigo. —Repitió: —¡Bruto!

Suplicaba humilde, y Danilo sabía cómo le hacían doler los dolores de cabeza. Pero ella lo había tratado de bruto, reaccionó:

—Quien no me ama eres tú, solamente me estabas engañando...

—¡No digas tonterías!... ¿Entonces dime, por qué motivo

me iba a casar contigo? Por favor...

—¿Y mañana? ¿Me dejarás? ¿No vas a hacer como hoy?

—Juro que mañana te dejo. ¡Te lo juro! —Más que cualquier afirmación, la voz dolorida lo convenció: —Ten un poco de consideración por mí, mi amor...

Mi amor entregó las armas:

—Está bien, Dadá, queda para mañana. Puedes salir.

—¿No me vas a agarrar?

—Ya te dije que lo dejamos para mañana. Pero mañana sin falta, ¿eh?

Ella exigió una última garantía:

—¿Lo juras por el alma de tu madre?

—Por el alma de mi madre.

Aun así Adalgisa no salió enseguida y él se vio obligado a golpear de nuevo la puerta:

—¡Sal! ¡Sal ya mismo! ¡Vamos!

—¿Por qué tanto apuro?

—Porque necesito entrar, Dadá. ¡Rápido!

El tiempo justo para agacharse sobre el inodoro, la bocanada incontenida ensuciándole el mentón. Se metió un dedo en la garganta, vomitó la moqueca y la mousse de chocolate, bolo ácido, asqueante, mandioca y vino. Adalgisa se metió en la cama, desapareció bajo la sábana, se envolvió en ella, se hizo la muerta. Danilo abrió la ventana, aspiró el aire con avidez, Alma en pena en la soledad de las nupcias.

LA NOCHE INOLVIDABLE. ¡Ay, ésa debería haber sido la mejor noche de su vida, noche celeste, sublime, gratificante, motivo de exaltación y de orgullo —superando la conquista del título de campeón bahiano de fútbol, campeonato que él había dado al Ipiranga, según opinión general de los entendidos—, deleitoso recuerdo, noche inolvidable! ¡Ay!, fue la peor de todas, la más infeliz, quería borrarla de la memoria. Por nefasta y amarga, por desdichada y humillante: noche de ira y de violencia, de decepción y ridículo. ¡Inolvidable!

Reclinado en la ventana abierta sobre la playa, Danilo asistió a la transparencia de la aurora naciendo en las tinieblas del horizonte, y cuando, al final, volvió a acostarse, cerró los ojos ardidos y el sueño lo tomó hasta avanzada la mañana del domingo. Ya no estaba descompuesto, estaba desmoralizado, cubierto de vergüenza y desengaño. Por entero, de la cabeza a los pies. De la cabeza a los pies, por entero, enrollada en la sábana, en el extremo de la cama, Dadá no dejaba aparecer la punta de una uña, un cabello, encogido paquete de pavor. ¿Conseguía adormecerse o hacía de cuenta para que él sintiera pena y la dejara en paz? Adalgisa tenía al menos el miedo que la alimentaba. Él estaba vacío, desolado. Vestido de payaso, vestido no: desnudo, en pelo, justo para la risa y la burla. Poco importaba la ausencia de testigos, las desgracias se adivinan.

LOS TORTOLITOS. Danilo abrió los ojos con la sensación de haberlos cerrado cinco o diez minutos antes, pues perduraban el sabor amargo en la boca y, en el pecho, la sensación de desaliento. Se sobresaltó: el cuarto inundado de sol, la cama vacía —¿dónde andaría Dadá? Apurado, miró la hora en el reloj de pulsera encima de la mesita de noche: nueve y veinticinco, se encerró en el baño. Barriga aliviada, barba afeitada, mientras se ponía el pantalón espió por la ventana el movimiento de los bañistas en la playa. Una zambullida en el mar, buena medida para recuperar el físico y la moral, pero ¿cómo imaginar a Adalgisa, después de lo que había ocurrido, con disposición para programas de playa y baño de mar? ¿Dónde se habría metido?

En la escalera, Marialva limpiaba el pasamanos. Le deseó buen día y en respuesta a la pregunta aprensiva informó que la noviecita estaba esperándolo allá abajo: la señora, enmendó sonriendo. Había bajado temprano, tomado café con leche, comido *cuzcuz* de maíz y *pao-de-ló*, después se había sentado en la galería. Un día lindo para bañarse en el mar, para echarse a sol y relajarse. Danilo bajó apresurado por los escalones, de dos en dos.

Ahí estaba ella, estirada en la reposera. Linda, mi Dios, ¡qué linda era! Los pies descalzos, las manos cruzadas, los muslos envueltos en un pareo floreado, el bulto de los senos bajo la malla, pañuelo de seda apresando los cabellos, anteojos de sol. Al verlo, se quitó los anteojos y sonrió: ojos magullados, labios entumecidos. Danilo se acercó con el corazón

177

palpitante: la besó levemente en la boca, vio de reojo la marca de los dientes en el labio inferior. Le tocó la cara con dedos de delicadeza. Preguntó, dejándole a ella la decisión:

—¿Quieres ir a la playa? ¿O no?

Adalgisa balanceó la cabeza, de acuerdo. Estando Danilo inclinado sobre ella, lo atrajo hacia sí y le ofreció la boca para un nuevo beso; de hecho fue ella quien lo besó y lo hizo con fuerza y despacio. Como si lo hiciera a propósito, en una afirmación, sin importarle el estado de los labios doloridos, la hinchazón y la equimosis. Prueba de amor, Danilo se dio cuenta y no abusó a pesar del estremecimiento que lo recorrió cuando sintió que la punta de la lengua de Dadá le tocaba los dientes. Tendió la mano para ayudarla a levantarse.

—Vamos.

—Antes toma el desayuno.

De pie, junto a la mesa, tragó media taza de café, masticó un pedazo de pan, no probó *cuzcuz*, aunque era su golosina preferida. El porche daba sobre la playa extensa hasta perderse de vista, la arena blanca y limpia, repleta en el trecho frente al caserío: salieron tomados de la mano. Adalgisa parecía libre de preocupaciones, segura de sí y animada.

—¿Estás mejor del dolor de cabeza, Dadá?

—Ya pasó, gracias a Dios.

Danilo no se admiró. Inesperado y terrible, así como venía se imponía, el dolor de cabeza desaparecía sin más, se iba de repente. Cruzaron entre miradas y sonrisas, en un rastro de cuchicheos, en busca de un lugar tranquilo donde extender la estera: corriendo, Marialva los había alcanzado con las toallas y la estera de paja. A pesar de que había dejado de jugar hacía más de un año, la notoriedad de Danilo despertaba la curiosidad de los bañistas, que no dejaban empero de reparar en la opulencia de las formas de Adalgisa y en la malla fuera de moda. Lamentando que se cubriera tanto quien tantos tesoros tenía para ostentar.

Anduvieron un buen trecho hasta donde encontraron menos turistas. Extendieron la estera sobre la arena, distante de la agitación y el bullicio, de la curiosidad y las atenciones. Se demoraron al sol antes de enfrentar las olas; Danilo, buen nadador, cruzó en dirección a las lanchas y los barcos anclados a lo lejos, Dadá se contentó con algunas brazadas.

Mañana tranquila de romance, de conversación amable y

178

agrados contenidos. Cambiaron besos: tengo labios de negra, dijo ella, pero no lo dijo quejándose, hasta sonreía. Miró alrededor, bajó el escote de la malla para mostrar la mancha morada en el pecho, resultado de un chupón. Mira lo que me hiciste, bruto: la voz era mimosa.

Entonces, en el gozo de aquella mañana de sol y ternura, Adalgisa, afligida, se refirió al pasar a los sucesos y a los insucesos de la noche anterior: pidió disculpas y paciencia. Danilo no se quedó atrás: confesó haberse mostrado demasiado ansioso, había sido grosero, que lo perdonara. ¿Perdonar? Quien debía pedir perdón era ella, pues se había mostrado cobarde y necia, incapaz de asumir como es debido la condición de casada para la cual, por otro lado, la madrina la había preparado. Pero, si él entendía y confiaba en ella, habría de resultar una buena esposa y el hogar que iban a construir, bajo la bendición de Dios, sería un hogar feliz, estaba segura. Así será, aseguró Danilo. Ella ronroneó, deshecha en mimos:

—¿Juras que me amas?

Danilo no llegó a jurar debido a la interferencia de una simpática pareja que fue a presentarse. Laura y Darío Queiroz vivían en Valença pero tenían casa en el Morro, donde pasaban la mayor parte del año. Fanático del fútbol, Darío, a pesar de ser hincha del Victoria, sabía todo sobre la carrera del ex príncipe de las canchas, sacó conversación: ¿por qué colgaste los botines cuando todavía tenías fútbol para varios años? Quiso volver a recordar los desafíos clásicos y golazos, pero Laura no lo permitió:

—Vamos, los tortolitos quieren quedarse a solas.

EL DOLOR DE CABEZA. No se admiró Danilo y nadie debe admirarse, imaginando artimaña de Adalgisa para huir al hierro candente: inesperado y terrible como venía y se imponía, el dolor de cabeza desaparecía sin más, se iba de repente. Vale la pena repetirlo para que no se mantenga la sospecha de ardid.

Al encontrarla postrada por la crisis de jaqueca —acontecía con frecuencia—, Danilo siempre conjeturaba si no tendría razón doña Teodolina cuando garantizaba que se trataba de arrimo: eso es algún espíritu atrasado que se arrimó a la pobrecita. Siendo de origen sobrenatural, el achaque era de cura fácil: en pocas sesiones en la Tienda de las Aguas de Jordão, con oraciones, consultas al más allá y la formación de corrientes de pensamiento positivo, la hermana Fátima, aquella santa, después de iluminarlo, despacharía al perturbado hacia los círculos espaciales de donde había venido.

Doña Esperanza oía en silencio la lata de doña Teodolina en deferencia a la clienta adinerada pero renegaba del consejo y de la santa. Llevar a la ahijada a una sesión espiritista, recorrer las médiums, además de ser pecado mortal le parecía prueba de ignorancia y atraso. Condenaba con vehemencia tales supercherías y creencias: peor que sesión espiritista y médium, solamente *baticum* de candomblé y madre de santo.

Sin referirse de forma expresa al casamiento, compartía la opinión del doctor Elsimar Coutinho: un día todo eso se le pasará.

LA ESPERA. Danilo le pidió a Marialva que a la noche sirviera apenas una comida liviana y frugal. Había sido harto abundante el almuerzo de langosta fresca, pescado a la marinera y camarón frito, sin hablar del aperitivo de patas de cangrejo, todo regado con cerveza y guaraná. Llegados de la playa, llenos de hambre, los recién casados hicieron las honras merecidas a la refección. Danilo ensayó una invitación al cuarto pero Adalgisa se tendió en el sofá y en el mismo instante se zambulló en el sueño, durmió la tarde entera.

Marialva había prometido:

—No se preocupe, haré algo rapidito, comida leve. —No variaba la sonrisa atenta en la afabilidad del rostro.

Marialva tenía nociones muy particulares sobre lo que era una comida frugal: un simple café con leche, había dicho. Para acompañar el simple café con leche cocinó *aipim*, *inhame*, choclos e hizo un cuzcuz de tapioca con leche de coco, ése que no va al fuego. Antes, empero, sirvió un pollito asado con arroz blanco: todo liviano, no se puede negar. Nerviosa, Dadá apenas pellizcó. Los recuerdos de la víspera contuvieron la gula de Danilo.

La inquietud de Adalgisa iba in crescendo, desde que despertó al fin de la tarde, al ponerse el sol. Se restregó los ojos, vio a Danilo frente a ella —al acecho, pensó con un escalofrío. Transcurrió entonces un tiempo de gato y ratón, largo de silencios, pesado de intenciones, parco de palabras. Dejando el sofá, aún en la morriña de la playa y la siesta, Dadá se dirigió a la escalera, él amenazó acompañarla.

—Vuelvo enseguida —atajó ella rogando que la esperase.

Demoró bastante pero bajó nueva, con un vestido simple, de entrecasa. La ducha la había librado de la lasitud pero no del nerviosismo. La noche había caído sobre la colina, del muelle, la barca partía hacia el continente con exceso de pasajeros. Marialva preguntó si podía servir la comida.

—Sí, puede —respondió Danilo sin lograr esconder la agitación: cucaracha tonta incapaz de calentar una silla.

Si dependiera de su voluntad habrían subido al cuarto tan pronto cruzaron los tenedores y dejaron la mesa. Pero Adalgisa propuso dar una vuelta frente al caserío: para ayudar a hacer la digestión. ¿Qué digestión, si no habían comido casi nada? Pero como la invitación había sido hecha delante de la doméstica, Danilo contuvo la impaciencia, no discutió, le dio el brazo, cruzaron el porche.

—Voy a abrir la cama... —La voz cándida de Marialva deseando las buenas noches, renovando las sospechas de Danilo. —Cuando entren, basta con pasar la traba de la puerta, aquí no hay ladrones.

En la calle el movimiento era poco, raros paseantes, algunas parejas bajando la comida, saludaban, reconocían y seguían a los tortolitos con ojos de curiosidad y benevolencia. El viento llevaba remolinos de arena, de diversas casas llegaban sones de música: bailecitos y mesas de canasta y póquer, había explicado la doméstica informando sobre los usos y costumbres de los veraneantes. Bajo las estrellas, a alta velocidad, las lanchas potentes de los ricachones surcaban el mar de whisky y regalías.

Silencio cortado apenas por algún saludo amable o por el ruido de los motores de las lanchas al pasar. ¡Esta gente sabe gozar de la vida!, envidiaba Danilo tratando de sacar conversación: Adalgisa no respondía, tensa, los dientes apretados. Anduvieron hasta donde comenzaba la subida hacia el muelle, volvieron al mismo paso, que él trataba de acelerar y ella mantenía despacioso. Al regreso, al llegar delante de la casa del doctor Fernando Almeida, —en la sala la lámpara encendida, dejada por Marialva—, Danilo se detuvo y dijo:

—Vamos. —No pedía asentimiento, reclamaba.

Adalgisa bajó los ojos hacia el suelo, la madrina le había recomendado sumisión y coraje en el trance crucial, balbuceó:

—Vamos...

De las sombras surgió el hincha Darío Queiroz dispuesto a comentar los goles de Pelé. Aprovechando el desconcierto de Danilo, que se disculpaba —lo dejamos para mañana, mañana sin falta—, Dadá se escabulló al cuarto. Cuando él llegó, jadeante, ella acababa de meterse en la cama, debajo de las sábanas. Se había puesto el camisón cosido por la madrina, el del sacrificio.

¡FINALMENTE, UFF! Danilo apagó el pabilo de la lámpara de querosén, la oscuridad se sumó al silencio, bajo la sábana Adalgisa apretó los ojos. En el sueño, durante la siesta de la tarde, el ángel de la guarda la había cubierto con las alas, protegiéndola. El ángel de la guarda, mirándolo bien, era Danilo —el marido es el guardián del hogar, el defensor de la esposa: qué confusión, Dios mío.

En el cuarto, ni pensar podía, avasallada por el miedo: el ángel flameante, inflamado demonio, arrancó la sábana y la arrojó lejos, comenzó a levantar el camisón cuerpo arriba. El tiñoso exigía que ella levantara la cola para dar paso al camisón —ordenaba con determinación, no cabía discutir.

Dadá levantó no solamente la cola sino también los brazos y la cabeza: había bastado vacilar un poquito para que la determinación se mudara en rispidez. Dispuesta a seguir los consejos de la madrina, obedeció: el camisón siguió los pasos de la sábana. Igual que lo que aconteciera la noche anterior, estaba desnuda y había llegado la hora: apretó los dientes.

Danilo le separó las piernas, le abrió los muslos, se estiró sobre ella, le besó la boca con ardor pero sin furia en deferencia al labio inflamado. Ilusionada por aquella prueba de consideración, Adalgisa le dejó los movimientos libres, él se aprovechó para situar con comodidad la punta de la lanza: flameante, ostentosa, fulgurante, apetitosa, magnífica, queda la elección del adjetivo a cargo de las señoras, sólo quien se sirve y se sacia puede calificar y celebrar. En ristre, la punta de la lanza en los labios virginales del tajo: Danilo empujó con fuerza y decisión.

También Adalgisa se había dado cuenta del aguijón candente que la lastimaba, pronto para el asalto, y esperaba, los nervios tensos, el corazón en suspenso, dispuesta a soportarlo todo, como venía haciendo hasta allí, con resignación y estoicismo, sin un solo gemido, sin ninguna protesta. Pero cuando él empujó y el dolor se hizo temible, ella olvidó la decisión tomada, gritó y se revolcó. Le arañó la espalda, intentó morderlo.

Al contrario de lo que había sucedido la noche anterior, no logró soltarse, él la mantuvo agarrada y abierta, y de nuevo arremetió, violento, incontrolable. Ella dijo, entre gritos y sollozos: ¡ay, para, por el amor de Dios, para, no aguanto, me voy a morir me voy a morir! El dio una embestida más, definitiva y atroz, y penetró cajeta adentro.

Si hubo algún baboso que, oyéndola gritar ¡ay me voy a morir!, pensó que Adalgisa se deshacía de gozo, se rompió la cara: rasgada, dilacerada, Adalgisa sólo sentía dolor, dolor y nada más. Gemía sin parar, mientras Danilo se enseñoreaba de la plaza conquistada, tomaba posesión, se instalaba, moviéndose impetuoso y acelerado. También él gemía, se le escapaban ayes: los de él, ésos sí, de puro gozo. A los suspiros de placer se mezclaban aullidos de triunfo. También él dijo me voy a morir, cuando se derramó dentro de ella y, agotado, se desplomó encima de Dadá y la besó. Levantó la cabeza para anunciar: ¡mi mujer! A ella y al mundo.

Retiró al guerrero del reducto conquistado, de la plaza al fin rendida, Adalgisa gimió fuerte, un bramido. Danilo se limpió en la sábana: si la doméstica, la amanerada Marialva, durante el arreglo del cuarto se había admirado de encontrar las cobijas inmaculadas, sin vestigio de desfloramiento, a la mañana siguiente ya no tendría motivo de sospecha y duda, la prueba de sangre estaba hecha. Sagrada y sacramentada: sangre en profusión. Finalmente, ¡uff! Ya era hora, qué virgo más dificultoso.

POSDATA. Para el buen entendimiento del relato, en lo que se refiere a lo ocurrido y sus consecuencias, sobre las cuales

183

se hablará más adelante, se hace útil mencionar dos detalles por más irrelevantes que puedan parecer.

Cuéntese primero, con brevedad y sin comentarios, que Danilo, no dándose por satisfecho con la metida difícil —para Adalgisa, dilacerante—, volvió a la carga sin atender a los ruegos de la violada, la penetró y se deleitó en posesión lenta y prolongada, y aun hubo una tercera vez. Tajo estrecho, apretado, dádiva de Dios.

Paró en la tercera, no porque estuviera saciado o le faltase calentura: que nadie haga tal injuria, sino para permitir que Adalgisa descansara. No había apuro, les quedaba una semana de luna de miel para disfrutar en el Morro de San Pablo: playa y cama.

Cuéntese también que Dadá, tirada entre las sábanas, sin fuerzas, incapaz de resistencia, continuaba gimiendo pero a los gemidos se mezclaba una imperceptible cantilena. Danilo aproximó el oído: ojos cerrados, manos cruzadas, Adalgisa movía los labios, él adivinó una oración: Dadá rezaba. Danilo sonrió al verla agradecer al Señor el haberse tornado mujer completa y acabada, esposa y amante. Oración de gracias, no podía ser otra cosa.

También podía ser que ofreciese a Dios Todopoderoso el sacrificio en pago de los pecados, los pecados de la carne cometidos durante los meses de noviazgo, prometiendo no volver a caer en tentación. Por las dudas, aquí queda como posdata.

ALTAR Y LECHO DE ADALGISA. Diecinueve años habían transcurrido, como se escribe en los mejores folletines, desde la luna de miel, los inolvidables días del Morro de San Pablo, y la situación es la que se sabe: Danilo regalándose en los burdeles para compensar la carencia en que vivía, para engañar la calentura, rechazada y reprimida por la esposa. Diecinueve años después de los acontecimientos inolvidables, repítase el adjetivo, tanto para ella cuanto para él, el ex príncipe de las canchas continuaba padeciendo lecho exiguo: plazos dilatados, escasa variedad. Circunscripto a la pernada escasa y módica, promedio de una por semana, al clásico papá y mamá blanco de crítica y bromas por parte de la sabihonda Marilú, hoy la muy digna señora Liberato Covas Albufeira, pozo de virtudes, patrona de obras pías. Así llega la oportunidad de buscar los datos con qué establecer la moraleja de la historia, remate de cualquier historia que se precie.

Al desembarcar de la lancha para ocupar el cuarto nupcial en casa del doctor Almeida, el Príncipe había desdeñado los aperitivos para arrojarse con exclusividad sobre el plato fuerte y lo comió sangriento, con avidez de hambreado y bastedad de salvaje. Diecinueve años después, aún no se había dado cuenta del error cometido, no lo reconocía, no había establecido la relación entre el culo y los calzones.

Los aperitivos, las entradas, los postres, sabores raros, gratos al paladar, sabrosuras de la lengua, azúcar, jengibre y pimienta, los manjares de la cama, no habiéndolos degustado en la luna de miel, tampoco los obtuvo en el lecho de casado. Por más que tratara de convencerla con cantatas y astucias, palabras seductoras o imprecaciones de rabia, nunca consiguió que Dadá aceptara participar en el banquete o el festín, se sirviera caviar o *fromage camembert bien fait* —*merci*, estimado profesor João Batista—. Estricta, ella no servía, ni consumía, nada más allá de lo magro y trivial ya sin la *sauce au poivre* —una vez más merci, maestro Batista— del virgo que atiza el apetito. Porfía difícil, sobre todo en los primeros meses.

El clima inicial, amoroso, de la luna de miel se deterioró enseguida en un barullo de reproches, recriminaciones, quejas, censuras y, en consecuencia, en la repetición de jaquecas: la celebrada armonía de los novios se fue al diablo y con ella casi se va el casamiento. Aún en el Morro de San Pablo, en día más adverso, Adalgisa amenazó, a los sollozos:

—Yo no te gusto de veras, me parece que lo mejor es que me vaya. Vuelvo a la casa de mi padre. Sola.

Danilo se sintió culpable, se deshizo en disculpas, en juramentos de amor. ¿Cuántas veces, en la playa o en la cama, hicieron las paces y se besaron en el auge de la pasión? En el auge de la pasión, en el calor del beso, confundiendo mansedumbre con docilidad, él volvía a pedir, ella volvía a negar:

—Si me quieres, sácate esas cosas de la cabeza, eso no es amor.

Habiendo comenzado en el Morro, el desacuerdo se acentuó al regreso a la ciudad y poco faltó para que sucediera lo irremediable. Juramentos y conjuros, dolores de cabeza, dolores de codo, Adalgisa terminó ganando, ya en Bahía, a pesar de que Danilo se negaba a aceptar la derrota definitiva. Consiguió mantenerlo en los límites de lo permitido por la madrina y por el padre confesor, sin darle el menor margen para cualquier abuso. La madrina la había alertado sobre el peligro del primer paso en la ladera resbaladiza de las indecencias: el primer paso es fatal, hijita. El padre José Antonio, en el confesionario, trataba de mantenerla alerta: nada más allá de lo necesario para la reproducción de la especie humana. La voz del padre José Antonio, de costumbre discursiva, poderosa, se apocaba, baja, ronca, trémula, al aflorar el tema espinoso: por pudor, seguro.

LA MUÑECA. Correcta, Adalgisa no se había negado a cumplir el deber de esposa. Durante la luna de miel, cada noche, sin excepción, y en tardes extras para evitar la discordia y la pelea, como Danilo reclamaba como loco, se había entregado y lo había recibido. Poco a poco se tornó más fácil, menos incómodo cada vez, ya no era el sufrimiento extremo del estupro, pero sólo dejó de lastimar pasado un mes.

Danilo no se contentaba con un orgasmo, siempre hacía bis y a veces lo repetía: Adalgisa ponía el pensamiento en otra cosa. La palabra orgasmo y su significado, Dadá la había oído y aprendido de la boca de Marilú, ¿de quién otra podía ser? Pero la condiscípula, sexóloga incipiente, no le había dicho que las mujeres también son capaces de orgasmo y gozo.

Al deber de esposa, se sometía no con agrado, al menos sin resistencia y hasta con un aliento de esperanza. No de llegar a disfrutar con la penetración y el vaivén pues ni siquiera sabía que la mujer pudiera encontrar placer en la relación sexual, sino en la esperanza y la voluntad de quedar embarazada. Enseguida, de ser posible. En ocasión del desembarco, la fulana había sido agorera: luna de miel en casa del doctor Almeida, niño nueve meses después, contados día a día.

El sueño mayor de su vida era tener un hijo, de preferencia nena, para eso se había casado. Mientras la adelantada Marilú participaba en programas, frecuentaba garçonnières, Adalgisa, boba, jugaba con muñecas. Enormes, espectaculares muñecas españolas que caminaban y hablaban, traídas de los viajes, en tiempos de bonanza, por Paco Pérez, padre atento. Era en la hija, rubia, color de rosa, linda, igual a la muñeca favorita, que Dadá, la dolorida, la masacrada, ponía el pensamiento cuando, para concebirla, se sometía mientras Danilo se extenuaba en la cópula. Cópula, palabra fea. Cogida, diría Marilú, como ya se oyó. Marilú no tenía pelos en la lengua, sino destreza.

Anticipadas, las reglas llegaron en la última noche de la luna de miel, decepcionando a Adalgisa. La fulana había errado en la previsión: descarada y mentirosa.

LA FANÁTICA. Adalgisa sabía, de un saber sin duda que, para quedar preñada, embarazada, no necesitaba de otra providencia de cama además de aquella a cuya observancia diaria se había abandonado, sirviendo todo el resto apenas a la satisfacción diabólica de la carne. Durante el noviazgo y aun en la travesía de Valença al Morro de San Pablo, había estado a punto de sucumbir a la tentación, incurrir en error, dejarse corromper. Salvó los pecados con el sacrificio —¡horripilante!— de su cuerpo en la noche de nupcias: en la segunda, pues la masacre duró dos noches, ¿cómo había podido soportarlo? El Señor que la amparaba, dándole fuerza y valor para cumplir la obligación de casada, la asistiría, le daría fuerza y valor para cumplir las obligaciones de católica practicante, temerosa de Dios.

Durante la luna de miel, Danilo tuvo que contentarse con el plato fuerte: fuera de él, abstinencia total. Así continuó al regresar ambos a la capital, y luego fue peor. Mientras tuvo esperanzas de quedar embarazada, Adalgisa se dio sin hacerse rogar, pero cuando el doctor Elsimar Coutinho, basado en los exámenes de laboratorio realizados por el doctor Brenha Chaves, diagnosticó la esterilidad de Danilo —resultante por cierto de la actividad en los campos de fútbol, trompada en las guindas, explicaba el ex crack; congénito, sin cura, conforme confió el doctor Elsimar a la esposa en llanto—, Dadá redujo la asiduidad de las modestas relaciones sexuales: además de modestas, se tornaron escasas.

A situaciones así infaustas, menos raras de lo que en general se piensa, conduce el fanatismo religioso: no sólo el religioso, también el político, los dogmas de cualquier secta, sin excepción alguna. Limitan, deforman, envilecen, castran. ¿Es esta la moraleja de la historia? En parte sí, pero falta completarla. Un poco de paciencia, por favor, ya llegaremos juntos al fin de estas enfadosas consideraciones.

EL MACHOTE. Sin querer disminuir la influencia ejercida por los dogmas ultramontanos en la vida del matrimonio, no cuesta preguntar, en el afán de establecer con perfecta corrección la moraleja de la historia, si Danilo, machote brasileño, no tendría culpa él también.

Dados los antecedentes del noviazgo, Adalgisa no imaginó que la luna de miel fuera a transformarse en decepción y desencanto, conflicto que en Bahía se prolongó en un período crítico de lágrimas, irascibilidad, reproches, amenazas: amenazando inclusive acabar el casamiento. Convencida de que el marido no la amaba, después de escena penosa, la cabeza estallando, el dedo en ristre, ella habló en serio, dispuesta a poner fin de una vez por todas a la situación insostenible:

—¿Qué es lo que estás pensando? ¿Cómo te atreves a proponerme esas porquerías? ¿Piensas que soy una mujer de la vida, una prostituta? Las que se prestan a esas suciedades son las locas de los burdeles. Una mujer que se precia no se rebaja a eso. Entre nosotros se terminó todo. No aguanto más, toma tus cosas, vete. —Vivían en el departamento de Graça, en compañía de Paco.

Sin saber, Adalgisa acababa de salvar el casamiento. Danilo se quedó pensativo, entontecido, la mirada perdida:

—Y yo que nunca había pensado en eso...

No se separaron, Danilo prometió comportarse bien, lo hacía siempre, con vehemencia y juramentos, no le costaba prometer. Volvieron a las buenas relaciones en el cine, yendo a ver una de esas películas lacrimógenas, las preferidas de Adalgisa.

Si bien las limitaciones fueron impuestas por las leyes del catecismo, la frigidez en que Dadá se encerró, según todo indica, provino de la manera como se dio la posesión: la violencia, la carnicería del desfloramiento. Carnicería, expresión pe-

188

sada, fue tomado del notable ensayo de la doctora Graciela de la Concha Carril, psicoanalista argentina a cuyas luces se recurre —es siempre aconsejable buscar apoyo en quien posee autoridad y competencia. "La precipitación —escribe la aplaudida psicóloga —, la ignorancia, la imposición, el mandonismo del macho y señor, impaciente por tomar posesión del himen comprado con el matrimonio, son responsables de la cohorte de mujeres que, en la cama de casadas, atraviesan la vida sin conocer, sin saborear los placeres del sexo" (doctora Graciela de la Concha Carril: La mujer frígida, crimen machista, traducción de Fanny Rechulski, Diaulas Riedel, editor, San Pablo).

Cabe sobrada razón a la científica: inmensa es la legión de brasileñas para quienes los embates de la cama no pasan de monótonas obligaciones de esposa. Jamás alcanzaron el orgasmo, jamás gozaron. Terminan secas, apáticas, tristes, afligidas, malas. Objetos de placer, víctimas de los dogmas puritanos y de la violencia machista. Infelices.

Alarmada, Adalgisa se refería a la tentación, en la barca, durante la travesía —¿recuerdan?—, estuvo a punto de perderse. Si Danilo hubiera persistido en la conquista mansa y apacible, habría, quién sabe, derribado la muralla del puritanismo: ha ocurrido.

Reflexionada en las dos caras de la trágica realidad, la moraleja de la historia puede resultar de utilidad a pesar de que en los días de hoy, con la píldora anticonceptiva y la revolución de los hippies, ya no sobran vírgenes para las noches oficiales de bodas. Cuando los novios derriban puerta abierta, comen comida recalentada. De cualquier forma, aquí queda la lección, vale aprenderla: un virgo debe ser tomado sin precipitación, con garbo, cariño y cortesía. Así se da por finalizado este capítulo de la trama, capítulo del himeneo que se deseó alegre y placentero, repleto de caricias y ayes de amor: resultó en lo que se vio.

EXPLICACIÓN OBVIA. ¿Quedó alguna cosa por explicar? ¿Cuál? ¿De qué manera Adalgisa salvó el casamiento cuando comenzó a romperlo para siempre? Pero la explicación es obvia, está a la vista, es demasiado simple, ¿cómo es posible que alguien no la percibiera?

En la indignación de su discurso, Adalgisa dijo, palabra por palabra: "Las que se prestan a esas suciedades son las locas de los burdeles." ¿Es así? ¿Y entonces? Sin saber y sin querer, ella indicó a Danilo el puerto seguro donde anclar el barco del matrimonio presto a zozobrar.

Al día siguiente, a la tarde, después de cuatro meses de ausencia, el Príncipe de grato recuerdo volvió al burdel de Fadinha, en la Ladera de San Francisco: en el ocio de los juegos, por las ventanas entreabiertas del edificio de dos plantas, las parejas podían ver a las beatas y los turistas entrando en la iglesia de San Francisco, toda de oro.

—El que está vivo siempre aparece... —exclamó Astrund cayéndole en los brazos.

NOTA BENE. Hubo paréntesis y post scriptum, hacía falta la nota bene y llega a propósito para impedir celos y protestas, aflicciones. Al sabor de las exigencias del argumento, fueron citados algunos regalos recibidos por los novios y los nombres de los amigos que los enviaron. Los matrimonios Fernández, Cotrim, Machado —el indiscreto, y por qué no decir excitante camisón de nupcias, elección y atención de doña Gloria—, la consulesa Adler, el comerciante Artur Sampaio.

Los presentes, sin embargo, no se redujeron a esos pocos, otros hubo y de alta jerarquía. Por el costo elevado, vale mencionar el de los matrimonios Lucía y Paulo Peltier de Queiroz, Ana y Angelo Calmon de Sá, Regina y Newton Rique y, por lo pintoresco, agregar el berimbau ofrecido por el maestro Pastinha, con quien Danilo anduvo tomando lecciones de capoeira.

Enumeración extensa, se torna imposible nombrar a todos pero a cada uno Adalgisa envió una graciosa tarjeta —en lo alto dos corazones atravesados por una flecha tirada por Cupido— agradeciendo los regalos y ofreciendo la residencia. La dirección era la misma de Paco Pérez, la joven pareja no tenía dinero para alquilar. Humilde empleado en la escribanía, Danilo ganaba una miseria. Menos mal que Dadá había aprendido con la madrina la profesión de sombrerera.

LOS ACONTECIMIENTOS DE LA TARDE DEL JUEVES

LA CLAUSURA DE LAS ARREPENTIDAS. No transcurrieron seis horas, contadas en el reloj del Largo San Pedro, entre el descubrimiento del recado y la internación de Manela en el Convento de la Lapa, en la Clausura de las Arrepentidas.

En tiempos de antaño y en tiempos bien recientes, el padre de una virgen que cometía el mal paso, arrastrando a lodo de la deshonra el nombre de la familia, allí encerraba a la hija desnaturalizada por el resto de la vida: abadía de tenebrosa celebridad. Muerta y enterrada para el mundo, visitas ni de madre en llanto, ni siquiera la memoria persistía: retratos suprimidos, semblante desvanecido, recuerdos extintos, nombre prohibido, como si jamás la infame hubiera nacido y existido.

Por más absurdo que pueda parecer, la pena de prisión perpetua en el claustro del convento constituía un avance liberal sobre la práctica anterior, sentencia corriente en las ciudades, obligatoria en los sertõe: la condena a muerte. Solamente el anuncio comprobado de la ejecución de los criminales, de la hija maldecida y del vil seductor, limpiaba la honra de la familia, devolviéndole intactos la dignidad y el orgullo. Ciertos padres briosos, en un esmero de justicia, antes de arrancarle la vida al desencaminador, le arrancaban los huevos.

Aún hoy sucede, si bien lo habitual en nuestros días progresistas es ver al padre atento recibir en casa, alimentar a destajo y conducir al lecho de la hija al enamorado del día, sin necesidad de padre y de juez. Cambian los tiempos y las costumbres pero las excepciones persisten, y, al servicio de estos últimos padres y tutores justicieros, persiste abierta la Clausura de las Arrepentidas. En el caso de Manela, lo irremediable no había ocurrido, la internación, siendo preventiva, no sería perpetua. Volverá a la casa en cuanto se saque de la cabeza al perro tiñoso, no quiera saber más del chimpancé —le dijo la tía a la Madre Superiora.

Cuando el portón de salida se cerró, una lágrima se insinuó en la comisura de los ojos de Adalgisa; la enjugó rápido antes de que el padre José Antonio se diera cuenta de aquella muestra de flaqueza.

LA NOTA RASGADA. Por acaso, no. Guiada por la mano de Dios, Adalgisa vio y recogió el pequeño pedazo de papel, en el baño, detrás del inodoro, fragmento de una nota, abollado pero legible. Seguro que había escapado de la mano de Manela sin que ella lo percibiera, cuando, después de estrujar y rasgar el mensaje, la mala entraña lo había tirado para hacerlo desaparecer en el chorro de agua de la descarga.

—¡Ay, mi Padre del Cielo!

Reconoció la letra del perro tiñoso. En búsquedas repetidas, pasaba el peine fino por el cuarto de la sobrina en procura de indicios: había encontrado cartas y recados del chimpancé. Perro tiñoso y chimpancé, así se refería Adalgisa a Miroel da Natividade, Miro para todo el mundo, que, en la correspondencia con Manela,·firmaba "tu futuro esposo, Mirinho del Buen Querer". Convencida de la existencia de un proyecto de fuga tramado por los enamorados, con probable apoyo de Damiana y otros vecinos, con la participación manifiesta de la tía Gildete —la lista de cómplices no tenía límites, Adalgisa se dedicaba por entero al descubrimiento de rastros y pruebas, dispuesta a impedir de cualquier manera, fuera como fuese, por las buenas o por las malas, la ejecución del plan diabólico.

Por las buenas, había perdido la esperanza. De nada habían servido las conversaciones, advertencias, los consejos, lecciones de moral, ni siquiera los ruegos: a tanto llegó. Manela oía en un silencio hostil, no abría la boca ni para replicar o discutir. Solamente, cuando la tía se exaltaba contra el perro tiñoso, el chimpancé, repetía sin alterar la voz: amo a ese perro tiñoso, me voy a casar con ese chimpancé, sea o no sea de tu gusto, tía. Varada por el dolor de cabeza, tomada por la jaqueca, Adalgisa echaba espuma de rabia. Manela se llenaba de pena, la abrazaba: pídeme lo que quieras, tía, menos eso. Por las malas tampoco, pues ni siquiera podía hacer uso de la correa de cuero. Después del fatídico Jueves de Bomfim, quiso utilizarla para amedrentar y corregir, poner las cosas en los debidos términos, no lo consiguió. Como si hubiera desaprendido el manejo del látigo, al tomarlo en la mano podrida no acertaba a aferrarlo, el brazo parecía de plomo. Destituida de la correa, lo poco que le quedaba por hacer ella lo hacía: encerraba a Manela en la casa, castigada, le prohibía salir con compañeras y amigas, la acompañaba o la hacía acompañar por Danilo hasta la puerta del Instituto, iba a esperarla a la salida, se tornó esclava de las obligaciones de tutora responsable por la honra de Manela ante Dios y el Juzgado de Menores. Mientras estuviera bajo su guarda, Adalgisa no permitiría que la sobrina se perdiera, y menos que se juntara con el chimpancé, negro de baja extracción, chofer de taxi. Casarse no podía sin el consentimiento de ella y Danilo, a cuya tutela la huérfana había sido confiada.

Miro era dueño del vehículo, un Dekavé de segunda mano, ¿y? No pasaba de ser un pelagatos. Para la sobrina ella quería un hombre serio, de ser posible con estudios, hecho en la vida o al menos de carrera promisoria que elevara el nombre de la familia. Para ello la había educado dentro de cánones rigurosos y todo lo demás que ya se sabe. Mientras esperaba que se presentara un pretendiente a la debida altura, trataba de mantenerla al margen de la degradación sexual de la juventud, de las prácticas libertinas que convertían a las jovencitas estudiantes en rivales de las putas: rivales desleales, pues se daban gratis. Revolvía cajones y carteras de Manela en busca de píldoras anticonceptivas.

La tira de papel, en la mano trémula, Adalgisa se preguntó si aún habría tiempo de intervenir y evitar lo irreparable. Tal vez, si actuaba con presteza y eficacia. Por suerte, no: por obra de la divina providencia el trozo salvado del agua contenía indicaciones precisas sobre la fuga, día y hora: el perro tiñoso estaría a la espera con el auto a las siete y media de la noche de aquel mismo día. El chimpancé no había usado subterfugios: hoy vas a conocer lo bueno y lo mejor, va a ser una noche maravillosa, mi amor. No puedes continuar sujeta a esa... ¿Esa qué? No era difícil adivinar, Miro calificaba de es-

clavitud a las condiciones de vida de Manela, de verduga y tor- -
turadora a la tutora y tía.

   ¿Quién habría de ayudarla en esa coyuntura decisiva sino Dios? ¿No había sido Él quien le mostró el pedazo de la
nota? Para Adalgisa, el representante personal y acreditado
de Dios en la Ciudad de Bahía era el padre José Antonio
Hernández, su confesor de larga data, director de conciencia.
Se vistió apurada y salió. De tan apresurada, olvidó de tomar
la taza de té de boldo para suavizar la jaqueca que se había
instalado, violenta.

   Adalgisa alimentaba dos sueños principales. Uno antiguo,
el de la casa propia. Para que pudiera un día realizarlo, cada
mes depositaba en el Banco Económico los ahorros debidos
al arte de los sombreros de lujo. El otro databa de enero:
soñaba con ver al perro tiñoso, al chimpancé, metido en la
cárcel. Con esa intención rezaba cada noche un salve y un padrenuestro. Confiaba en los intereses de los ahorros y en la infinita bondad del Señor.

EL JUEZ DE MENORES. Al comienzo de aquella tarde del
jueves, acompañada por el padre José Antonio, Adalgisa fue
recibida por el meritorísimo doctor Liberato Mendes Prado
D'Ávila, juez de Menores; expuso el asunto, obtuvo satisfacción.

   En Rio Vermelho, en la pomposa sacristía de la recién
construida Iglesia de Sant'Ana —¡qué maravilla!, se extasia-
ban las beatas, ¡qué monstruosidad!, se consternaban los artistas—, Adalgisa había confiado al padre sus temores de que
fuera a ocurrir lo peor, el mal irreparable, le pidió consejo y
asistencia. Estaban en juego la honra de la pupila y la responsabilidad de la tutora.

   El padre José Antonio escuchó con la cabeza gacha y los
ojos torvos: los pecados de la carne lo afectaban al punto de
modificarle el semblante y la voz. Hizo preguntas: ¿cree que
ella todavía no se entregó? ¿Hasta dónde habría avanzado en
la senda del vicio? Con seguridad no se entregó y no puede
haber llegado lejos en la desfachatez, yo la tengo con las riendas cortas, no le doy calce. ¿Qué hacer? Evitar la fuga marcada para aquella noche, cosa fácil: bastaba con encerrar a Ma-

nela en el cuarto, impidiendo que fuera al encuentro, lo planeado quedaría sin efecto. Pero ¿y después?

Aun retirándola del colegio, y Adalgisa se disponía a tomar esa medida extrema, no podría mantenerla siempre en prisión domiciliaria, dando que hablar a la vecindad, dando pie a que la tía Gildete se metiera, protestando, promoviendo escándalos y alborotos. ¿Qué hacer para conservarla, durante el tiempo que fuera necesario, distante de la tentación y el peligro, inmune a las maquinaciones? ¿Hasta que decidiera acabar con el romance, deshacerse del chofer de taxi, olvidar al negro ese? Al salvar a la sobrina del mal camino, también Adalgisa se salvaría de la dependencia en que se había transformado su vida: de continuar así terminaría en el manicomio.

Privado de las respuestas capaces de facilitarle el juicio, el misionero levantó los hombros y los ojos, un tanto decepcionado, readquirió la voz solemne e impostada tan apreciada por las devotas, ofreció consuelo y providencia. Dios, en su trono de luz en lo alto de los cielos, era testigo del empeño de la buena oveja que no medía sacrificios para hacer cumplir los preceptos de la Santa Madre Iglesia. Que no desesperara pues él, el padre José Antonio, estaba allí, a las órdenes del Señor, para ayudarla a superar el trance, a desbaratar los planes del enemigo, derrotarlo, salvando la inocencia de la virgen o lo que de ella quedara, no sería mucho: lo pensó pero no lo dijo, no tenía por qué. En la tragicómica pendencia de los amores prohibidos de Manela y Miro, el padre José Antonio Hernández, en nombre de Dios, asumió el comando de las operaciones. Militante de la virtud, no se contentaba con la teoría, la llevaba a la práctica.

—Quédate tranquila, hija mía, el honor de Manela está en las manos de Dios. —Hablaba con Adalgisa en español; a no ser por las opulencias de sarracena, no habría valenciana más castiza.

Dios acaba de inspirarle la solución. En el Convento de la Lapa, Manela quedaría a salvo de cualquier peligro, lejos de cualquier tentación. En la paz de la clausura, en la convivencia con las santas hermanas, en la intimidad de Dios, novia de Jesús, podría reflexionar con calma, darse cuenta de cuánto la perjudicaba ese desvarío. En poco tiempo abandonaría romance y enamorado, agradecería a la tía. Volvería a casa con la cabeza limpia y el alma pura, dejaría de dar trabajo.

—¿En el Convento de las Arrepentidas?

—Sí, hija, el lugar propio para la penitencia y el convencimiento.

El mismo, el padre José Antonio, se encargaría de hablar enseguida con la Madre Superiora. Pero, tratándose de una menor, para internarla se hacía necesario obtener autorización del Juez. No llegaba a constituir un obstáculo: el doctor d'Avila, garantizó el sacerdote, va a entender las razones de la tutora y aprobarle la decisión, es un espartano, un baluarte de la moral.

Espartano, baluarte de la moral, educador, disciplinador de la juventud descarriada, ese flagelo de nuestro tiempo, el meritorísimo no pasaba la mano por la cabeza de los menores delincuentes, la usaba para firmar órdenes de internación en los reformatorios, proporcionar pensionistas a esas ejemplares escuelas del crimen y el vandalismo. Otro meritorísimo, el doctor Agnaldo Bahía Monteiro, colega del Juzgado, en muchos aspectos su opuesto, no medía palabras para calificarlo de atrasado, prejuicioso, reaccionario, fascista. La esposa, doña Diana Teles Mendes Prado d'Ávila, nuestra conocida bajo el nombre de guerra de Sylvia Esmeralda, mala alumna de historia del teatro, actriz aficionada contra la voluntad del magistrado, circunscripta hasta entonces al palco de la Escuela, contaba en confidencia a las amigas íntimas que, además de la partícula aristocrática —la familia del Recóncavo, arruinada, descendía de los García d'Ávila —, las dos cualidades mayores del marido eran la necedad y la disciplina. Todo lo demás no pasaba de consecuencia: la maldad, la hipocresía, la adulación a los poderosos, la prepotencia para con los subordinados y los pobres en general, la retórica vacía, la jactancia y los cuernos.

El padre José Antonio presentó a Adalgisa al meritorísimo con palabras calurosas: dedicada y piadosa oveja del Señor, ejemplo de virtudes, cargaba la cruz de una sobrina rebelde que tutelaba desde la muerte de los padres. El juez pidió que ella expusiera los hechos, escuchó con gravedad, se mostró solidario, expidió la orden. Internada por orden del Juzgado de Menores, Manela permanecería en el convento durante el tiempo que la tutora determinara, y ningún vecino o pariente, aun próximo, tenía derecho a protestar o intervenir.

En cuanto al sátiro, el chofer del taxi, si hubiera hecho mal a la menor, el doctor d'Ávila mandaría ponerlo preso y lo haría con satisfacción, pero no era el caso. Prometió, sin embargo, intimarlo a su presencia para informarle que el juzgado lo tenía entre ojos y para darle a conocer las penas a las que se somete a un corruptor de menores, estuprador de vírgenes. Para apretarle el cráneo, acobardarlo.

EL FALANGISTA. Menos mal que Dios había puesto al padre José Antonio Hernández en su camino, poco antes de la muerte de doña Esperanza. El misionero se hizo cargo de la conclusión de la obra iniciada por la madrina: educar a Adalgisa en la rigidez fanática y puritana del catolicismo español para hacer de la hija de Francisco Romero Pérez y Pérez una sierva de Cristo, católica sin tacha, española de primera, movilizada contra la disolución y la idolatría.

Andaba el padre José Antonio por los treinta años cuando embarcó hacia el Brasil en una leva de sacerdotes despachados por el Vaticano a los países de América Latina donde la doctrina de la Iglesia se corrompía, los principios flaqueaban, los ritos paganos se imponían a la devoción de los santos. Fogoso falangista, impetuoso portador de la palabra infalible del Papa, destinada a los gentíos en general, y de las palabras del generalísimo Franco, éstas destinadas en particular a los españoles de Bahía, nacidos en tierras de la patria o de la colonia. Con el fin de la guerra, con la derrota de Hitler y Mussolini, héroes y mártires inolvidables, la confianza de ciertos patricios vacilaba, la fidelidad y las contribuciones menguaban, la canalla republicana levantaba la cabeza. El padre José Antonio había traído en el equipaje las banderas de la Falange que había empuñado y conducido en las calles de Valencia: ¡Viva Cristo Rey! ¡Arriba España! .

En su curriculum vitae bahiano contaba con victorias expresivas y las derrotas no lo abatían, alma templada en los desfiles franquistas. Entre las campañas que emprendió, enfrentando enemigos poderosos, dos merecen noticia en estas páginas, cita y comentario. Así, al informar sobre el personaje, se aprovecha para narrar acontecimientos de la ciudad de Bahía: todo cuanto en ella pasa es de interés universal.

197

La construcción de la nueva Iglesia de Sant'Ana, en Rio Vermelho, ¡una epopeya! Victoria espléndida: consiguió construir el grande, el imponente templo dedicado a la madre de María, de devoción reducida hasta aquella fecha a mísera capilla tradicionalmente vinculada a las fiestas callejeras y las ceremonias de *candomblé*. Victoria espléndida, que culminó una campaña insana que había durado seis años de empeño y petitorio, no fue, sin embargo, completa pues el padre José Antonio había planeado levantar el nuevo templo sobre los escombros de la capilla popular y sincretista, plantada en medio del Largo de Sant'Ana.

Intentó pero no obtuvo el apoyo explícito del cardenal para la necesaria demolición. Banda de irresponsables al servicio de Moscú, los intelectuales ocuparon las páginas de las gacetas protestando contra el proyecto —Pedro Moacyr Maia escribió documentado artículo sobre las tradiciones del Largo y la capilla, el poeta Wally Salomão publicó la Indignada Invectiva de la Capilla Ana Yemanjá, oda censuradora —, defendieron la permanencia de la iglesita cara a los habitantes del barrio, reproducida en cuadros de José de Dome, Willys, Cardoso e Silva y Licidio Lopes. Poco importaba que no tuviera valor histórico, era un bien del pueblo de la ciudad, pobre y simple igual que él. La Arquidiócesis vaciló, el cardenal se lavó las manos, la iglesita permanece hasta hoy en el Largo, acogiendo, en la gracia de su sencillez, a los devotos en la fiesta de la Señora Sant'Ana y en la procesión de Yemanjá.

La iglesia reciente y majestuosa, en las dimensiones y la arquitectura previstas por el padre José Antonio, se levantó, entre el Largo de Sant'Ana y el de Mariquita, justo al lado de la Colonia de Pescadores. Lugar también apropiado pues, alta y amplia como era, la iglesia arruinaría —así había imaginado el sacerdote— el *Peji* de Yemanjá situado en la Casa del Peso. Allí el pueblo depositaba los presentes para la reina del mar, allí partían los buques el día 2 de febrero, día consagrado a doña Janaína: Janaína, Inaê, Sirena Mukunã, Dadalunda, Marabô, Kaiala, doña María, Princesa de Aioká, son varios y diversos los nombres y las naciones de Yemanjá, novia y mujer de los pescadores.

El padre José Antonio consagró su iglesia con te-deum fausto y solemne, presidido por el cardenal, en presencia del comandante de la Región, del almirante de la Base Naval, del brigadier de la Base Aérea, del gobernador del Estado y el intendente, de gente granada de la ciudad y la colonia española de peso. Conmemoración digna de la España de Franco, redimida. Adalgisa, colgada del brazo de su marido, mantilla negra en la cabeza, exultaba. Había ganado un rosario de madreperla, premio destinado a la campeona de la colecta de dádivas y limosnas para la construcción del templo, en el concurso establecido entre las señoras de la parroquia por el misionero: inventaron rifas, sorteos, bazares y kermeses.

Una semana después, los del pueblo, la negrada, por invitación de los moradores del barrio comandados por Flaviano, el presidente de la Colonia de Pescadores, se reunió para inaugurar, al son de *atabaques* y cantos *iorubas*, una estatua de Yemanjá, ubicada entre la iglesia y la Casa del Peso, creación de Manuel do Bonfim, escultor cuyo atelier quedaba en esos parajes: ¡insolencia inaudita, espantosa! En el sermón dominical, el padre José Antonio, candente, se refirió a sacrilegio y barbarismo.

Con respecto a los desmanes de Manela y Miro, el evangelizador se empeñaba en otra batalla igualmente feroz y oportuna. Planeaba extinguir, arrasar el Candomblé de Engenho Velho, el Ilê Iya Massô, el más antiguo y venerable templo fetichista de Bahía —los estudiosos lo datan de 1830 pero hay quien le da trescientos años de vida o aún más, con seguridad nadie lo sabe. El padre José Antonio apeló a los bríos y la codicia de los dueños de los terrenos y de los capitanes de la industria inmobiliaria: en lo alto de la colina el *terreiro*, la Casa Blanca, abajo, la Avenida Vasco da Gama, el Barco de Oxum con la carga mágica de fundamentos y axés. Tanto dinero perdiéndose, tanto espacio desperdiciado cuando en él podría construirse una buena docena de rascacielos.

Pronto se vio surgir delante del Barco de Oxum, ocultándolo de la vista de los transeúntes, un puesto de gasolina, y ya se hablaba de lotear el resto del terreno, derribar el terreiro de *candomblé* y las casas de los encantados, inclusive la de Oxalá y la de Exu. Alertados, los intelectuales, agentes mal disimulados del demonio y del Kremlin, pusieron una vez más el grito en el cielo y, no contentos con detener la operación en curso, se atrevían a proponer al Patrimonio Histórico y Cultural el empadronamiento de toda aquella área, casas, barracón, terreiro, el Barco de Oxum: espacio sagrado, preñado de historia, símbolo de la lucha de los negros contra la esclavitud. No se vio jamás desfachatez igual, se asombraba el padre José Antonio: como si el terreiro de *candomblé* fuera la Iglesia de San Francisco, el Convento do Carmo o la Catedral Basílica. Contra tal indignidad, el padre José Antonio Hernández escribía cartas a los diarios, se dirigía a las autoridades civiles y militares, a los militares sobre todo, clamaba en los sermones, intentando mantener levantadas en Bahía las banderas de la Falange —un poco a media asta, en esa tierra de espejismos y engaños.

En esa tierra de equívocos raleaban las ovejas en su rebaño de fanáticos y puritanos, pero él las cercaba de atenciones. Se vive un tiempo de negación y permisividad, en que los padres cambian la sotana por los pantalones vaqueros, el latín por el portugués, los ricos por los pobres, reivindican el fin del celibato, se mezclan con guerrilleros comunistas. El padre José Antonio se mantenía fiel al fascismo y a los dogmas. Cumplía los votos de castidad, prebenda difícil, le costaba denuedo y valentía. Soñaba con Dalila, Salomé, María Magdalena, con la mujer de Lot, con la Reina de Saba, poluía las sábanas en la cama de soltero. Ya le había ocurrido soñar con Adalgisa.

EL *ABICUN*. Las muertes de la madre y la madrina se sucedieron en el mismo año, precediendo al casamiento de Adalgisa: en la alocución a los novios, monseñor Sadock recordó a las fallecidas, dos santas criaturas. Doblemente huérfana, con la mano calzada con guante blanco, Adalgisa se enjugó una lágrima de tristeza, llorándoles la ausencia, aún más la de doña Esperanza que la de Andreza.

No es que fuera mala hija, que no hubiera sentido la muerte de la madre. Al lado del cuerpo inerte había tenido una crisis terrible y extraña: sofocada en sollozos, como si tuviera la culpa. Parecía otra persona, echaba espuma por la boca.

Diferente, la desesperación ante el fallecimiento, también él inesperado, de la madrina. La lloró con el rosario en la mano, pasando las cuentas, arrodillada en silencio junto al cajón, levantando cada tanto el paño que cubría el rostro de la muerta para mirarlo, dejando que las lágrimas corrieran.

Desde que la llevó a la pila bautismal, doña Esperanza la había tomado a su cargo y le había enseñado a hacer la señal de la cruz y a rezar el padrenuestro. La formó después en el arte de la costura de sombreros, adornos de tela, ramos de flores, aplicaciones de encajes. Pero sobre todo le indicó el camino a seguir, la educó, hizo de ella una señora. Se miraba en el espejo de doña Esperanza: la madrina había sabido mantenerse encima de la ralea —¡la señora!— a pesar de estar obligada a trabajar para comer. Le debía todo a la madrina, repetía la ahijada al recordarla. Guardaba gratitud a la madre por haberle dado la vida: dos veces lo había hecho pero Adalgisa ignoraba que hubiera nacido y renacido.

Entre Adalgisa y Andreza existió siempre una distancia, un desencuentro que fue acentuándose poco a poco con el correr de los años. Dolores no soltaba las faldas de la madre: la ayudaba en las tareas domésticas, la acompañaba en las visitas a parientes y conocidos, extensa gama de compromisos y ritos de amistad, a las *obligaciones* de santo, *amalás* de Xangô, *carurús* de Cos y Damián, *doburus* de Obaluayê, *boreis, banhos de folha*, fiestas de *terreiro*, constante compañera, hija devota, por cierto la predilecta. Con todo, Andreza reservaba para Adalgisa una atención fuera de lo común, una especie de consideración, de deferencia, como si, por algún motivo, la hija mayor mereciera un desvelo especial.

Adalgisa pasaba la mayor parte del tiempo en el pequeño apartamento de la madrina, residencia y taller, ubicado en uno de esos edificios construidos en las laderas de los morros, de cuatro pisos hacia arriba y cuatro pisos hacia abajo de la calle: en el de más abajo, donde apenas una pizca de sol se dejaba ver por la mañana, doña Esperanza vivía y trabajaba. A cambio, el edificio quedaba en el barrio de Graça, el punto más aristocrático de la ciudad.

Andreza y Paco Pérez se habían casado sin fiesta, sin noticia en los diarios, en presencia de los padrinos y media docena de amigos, cuando el comerciante, ya nacidas las dos hijas, después de más de diez años de convivencia, con el pretexto de haber escapado de un desastre de automóvil, temeroso de morir de repente dejando a la muchacha y las niñas sin derecho a la herencia, en la miseria, decidió legalizar el concubinato. En verdad era loco por las hijas y por Andreza, a quien había conocido de jovencita, deslumbrante pastora del

201

Reisado Flor da Soledade, y de quien se enamoró. Paco Negrero negreaba como buitre, gavilán, ave de rapiña, cazando aquí y acullá, sin tregua ni descanso —satisfechas las ganas, largaba la presa. Pero con Andreza se dio lo contrario: sudó para desflorarla, era virgen cuando él la descubrió envuelta en papel de seda, conduciendo la linterna en el trío de Reyes, y fue ella quien quiso abandonarlo cuando lo vio interesado en Esmeraldina, hija de Omolu, desenfrenada en la rueda de samba, navío en la borrasca.

No por vivir con un español blanco y rico, Andreza desdeñó a su gente negra y pobre, siguió frecuentando *candomblés*, cumpliendo obligaciones de santo y normas de amistad. Cuando lo conoció, acababa de acordar con la madre Aninha, del Axé do Opô Afonjá, que se recogería en la *camarinha* en el próximo barco de *iaôs* para raparse la cabeza y recibir a Yansã, su orixá de frente. Así lo hizo, dejando a Paco plantado, contando con los dedos los días de la iniciación. Sólo no sabía que llevaba en el vientre el producto de los amores con el gringo que la había seducido y le había puesto casa: estaba embarazada de Adalgisa. Al descubrirlo, ya era tarde: iâo de éfun completo, cabeza rapada, *cuerpo pintado, baños de maionga, el encantado* dentro de ella junto con el *abicun*. No le pertenecería el hijo que palpitaba en su vientre, pertenecía a la santa. En el día del *ôrunkó*, de la fiesta del nombre, Andreza saltó dos veces, dio dos nombres, uno era el suyo, el otro, el del *abicun*.

Siendo Adalgisa todavía chica, acababa de pasar la primera etapa, la de los siete años, Andreza le contó lo ocurrido con abundancia de detalles, informándole acerca de la condición especial de los *abicuns*. En los años que siguieron volvió a la carga y lo repitió: el abicun pertenece al encantado y, si quiere vivir, debe pagar un valor excesivo en obligaciones. Adalgisa no quiso saber nada, barrió el hecho de la memoria, el nombre, las minucias, la amenaza. Habiendo pagado, a costa de ingentes sacrificios, la travesía de los catorce años, Andreza trató una vez más de explicar a la hija el riesgo que corría, Adalgisa se negó a oír, su creencia era otra, otros sus santos, sus preceptos y obligaciones, sus fundamentos. No sirvió revelarle el precio que había pagado sustituyendo el abicun en los dos límites, a los siete y a los catorce años: en el último, a los veintiuno, el precio era la muerte. Adalgisa, española, tenía otros compromisos, la corona de espinas, la cruz de Cristo, despreciaba las supercherías y las hechicerías.

No llegó a saber que Andreza, en las vísperas del cumpleaños fatal, para que la sentencia al cumplirse no fulminara al abicun, propuso a Oyá el trueque de cabezas: el día de la fiesta de la mayoría de edad de la hija mayor, amaneció muerta. Adalgisa no sabía lo que era el trueque de cabezas y la palabra *abicun* nada le decía.

En ciertas circunstancias, sin embargo, sentía una invisible presencia a su lado, sombra afligida, desolada. En la tarde de aquel jueves, durante la caminata con Manela en dirección al Convento de la Lapa donde el padre José Antonio las esperaba —Manela iba descuidada, la tía acostumbraba llevarla a la casa de las clientas para enseñarle riqueza y modales—, Adalgisa tuvo la impresión de una silueta que la acompañaba: le tocaba la mejilla, le tomaba la mano, le dificultaba los pasos. ¿Por qué había pensado en su madre, Andreza? ¿Y en quién más habría de pensar? No sería la madrina, doña Esperanza, quien iba a detenerla en el camino del deber: el mal se arranca por la raíz, mientras aún hay tiempo, hija mía.

Aun habiendo ocurrido el cambio de cabezas, la libertad del *abicun* es limitada y dependiente. Si cumple las obligaciones en el rigor del celo por la grandeza del orixá, será una persona igual a las otras, con regalías y derechos. Si, empero, no reconoce su condición, si reniega de ella, no guarda los preceptos, almuerza y cena alimentos prohibidos, no saluda al encantado, no le ofrece el *ossé* y el despacho, se torna clandestino, sujeto a molestias y embarazos de salud, no tiene sosiego, no usufructúa de la paz y la alegría, sólo escucha lo que es malo, sólo mira lo que es feo. Si es macho, se marchitará siendo aún un joven garañón, el pájaro mustio, carne inútil; si es hembra, jamás sentirá en la concha seca el húmedo rocío del placer. El *abicun* que abjura del orixá y lo ignora anda por el mundo como si fuera ciego, sordo, no humano, clandestino: un robot, un monstruo, un zombi, en vez de corazón tiene una piedra en el hueco del pecho.

LAS ENAMORADAS. El padre Abelardo no llegó a trasponer el portón de la Escuela de Teatro. Patricia iba saliendo, se le tiró al cuello, le estampó un beso en cada mejilla, le acarició la cara. Dirigiéndose a la amiga que la acompañaba, comentó:

—No te dije, Silvia, que él iba a venir...

Lo mantenía preso en el abrazo, los senos sueltos bajo la blusa de tela rústica se comprimían contra el tórax del padre, liberado del cuellito de celuloide; había abandonado la ropa de clérigo y vuelto a los vaqueros, a la camisa abierta. Desde el automóvil, Nilda Spencer apuraba, estaban atrasadísimos, el almuerzo había sido marcado para las trece, la mayoría de los compañeros ya debía de haber llegado. Patricia tomó al padre Abelardo de la mano:

—Ven conmigo. Entra en el auto...

El auto, el Dekavé de Miro, esperaba con el motor encendido. Además del chofer, ocupaban el asiento de adelante Nelson Araújo, aferrando un montón de papeles dactilografiados, y una hippie, petulante, de cabellera espesa y alborotada: vestía túnica hindú, estampada y corta, que le exhibía los muslos. En el asiento de atrás, la dicha Silvia se arrellanó junto a Nilda, Patricia empujó al padre:

—Sube rápido... Vamos a tener que apretarnos un poco pero el viaje es corto. Cierra las piernas, Silvia... Todavía faltan dos...

Se apretaron los cuatro, Patricia en la punta, mal sentada. Miro, la mano en la bocina modificada —tocaba el estribillo de La cucaracha—, dio la señal de largada. Maniobró el coche, saludó con la mano, partió como un rayo. En la entrada de Campo Grande, torció bruscamente la dirección para desviarse de un bache, Patricia cayó encima del padre Abelardo. Acababa de hacer las presentaciones:

—El padre Abelardo Galvão, el Robin Hood del campo... Esta, Abelardo, es Nilda Spencer, sabes quién es...

—La bendición, padre —bromeó Nilda, tendiendo la mano.

—La que está a tu lado es Sylvia Esmeralda, compañera de la escuela, los de adelante son el maestro Nelson Araújo, nuestro director, mi segundo padre; junto a él, Arlete Soares, una amiga que vive en París, y el chofer es Miro, figura popular...

—Y las barricadas, ¿cómo van? ¿Han invadido muchas tierras? —Nelson Araújo se halló en la obligación de ser gen-

204

til, sin dejar de hojear los papeles, cambiando enseguida de tema y de interlocutor: —Nilda, ¿qué piensas? ¿Intercalamos las entrevistas de los notables con las presentaciones de los músicos, o bien?...

—Es mejor que lo resuelva el propio Jacques. ¿No te parece?

La chica Soares, la cabeza vuelta hacia atrás, los dedos en los cabellos tratando de alborotarlos aún más, examinaba al padre, boquiabierta:

—Dime, amigo: ¿por casualidad no serás pariente de un padre Herbert, de Munich? Herbert Heuel: nunca vi dos tipos que se parecieran tanto. Lo conozco de París —explicó a todo el grupo—, un sujeto súper. Está haciendo un doctorado en La Sorbonne, ¿y saben cuál es el tema de la tesis? El teatro de Brecht, aunque no lo puedan creer. Cuando viene a París se hospeda en la Cité, hace vida de estudiante. Míralo al tipo.

—¿Se hospeda en tu cuarto, querida? —Sonrisa ingenua en la cara lavada de Sylvia Esmeralda. —Es tu *petit ami*, ¿no?

—Y si lo fuera, dime, ¿qué tendría de malo?

—No tengo sangre alemana, ni tampoco española —explicaba el padre Abelardo—, a pesar de haber nacido en la frontera con el Uruguay. He oído hablar de curas obreros, sé algo sobre ellos. Buena gente.

—Cuenta más de tu enamorado, Arlete —insistió Silvia, indócil.

El coche entró a velocidad en una curva; Patricia, sin tener dónde apoyarse, se resbaló del asiento. Al levantarse, se sentó en la falda del padre, lo más tranquila, como si fuera la cosa más natural del mundo. Nadie le dio importancia, a no ser el propio padre: Dios lo sometía a una prueba atroz. ¿Atroz sería la palabra adecuada?

En el taxi en disparada, Patricia se recostó sobre el cura de Piaçava, se acomodó y le tomó la mano: los cabellos largos, derramados sobre él, le hacían cosquillas en la cara. Animadísimas, las chicas hablaban de romances, Nelson Araújo continuaba ocupado con los papeles, Miro, atento al volante en la Ladera del Contorno, el padre mudo y quieto. Para expresarlo todo, el frío y la fiebre, el pánico y el desorden, el precipicio, atroz no era la palabra precisa, ¡ay, no!

LA CONVERSACIÓN MATINAL. Sylvia Esmeralda había atendido la llamada de Olimpia, desusada a aquella hora, en la sala de profesores, vacía de testigos indiscretos. Una conversación con Olimpia de Castro, otra locomotora de la high society, amiga del alma, cómplice y confidente, no podía ser oída por terceros, corría riesgos. Sylvia había nacido con vocación de confidente, adoraba oír relatos de amores, de pasiones, el primer encuentro y el último, la avidez y el hastío.

Todas las mañanas, precediendo los quehaceres y los ocios del día, se demoraban las dos al teléfono pasando en limpio la vida ajena, trocando maledicencias a propósito de escándalos surgidos y de casos aún ocultos —ellas, si no sabían, adivinaban —, emitiendo opiniones, alimentando hipótesis, disecando el día a día de la gente fina. Cofrades licenciosas y sentimentales, cuchicheaban secretos sobre la última aventura de cada una de ellas: los caprichos de Olimpia, los metejones de Sylvia, en medio de risitas, exclamaciones, suspiros. Temas candentes y exaltantes, de confidencia en confidencia, se informaban sobre especialidades, aptitudes y atributos de los compañeros, detalles físicos y morales, íntimos y peregrinos, referidos en el lenguaje actual, preciso y claro, de uso corriente entre las jovencitas y las señoras, se morían de risa. Se aconsejaban: teniendo ocasión, querida, no te lo pierdas, la lengua de Telésforo es divina, por eso lo llaman picaflor, el chupador del siglo. Gilbertinho, mi amor, es un fuera de serie, tiene una pija de burro, pensé que no me iba a entrar. ¿Y te entró, querida? Todita, mi amor, hasta la raíz de los huevos. En la conversación matinal instructiva, querida para acá, mi amor para allá, lengua, pija, orto y chupada.

De un lado de la línea, el avión Olimpia, en la otra punta, Sylvia, carrusel iluminado, en la metáfora del poeta Joca Teixeira Gomes, de los primeros en acostarse con ella: Sylvia recién casada, él estudiante. La comparación no ha de estar desprovista de sentido, las razones de los poetas, como las rimas, son a veces cabalísticas. Orquesta de percusión, opinaba otro poeta, Paulo Gil —dos poetas más para la Antología de la Poesía Bahiana, ambos, por otra parte, de primerísima línea —, refiriéndose seguramente a los gemidos y bramidos en que se deshacía Sylvia Esmeralda al romper del aleluya.

LOS ADOLESCENTES. Fue Sylvia, competente esposa de juez de Menores, quien introdujo a Olimpia en la exquisitez de los adolescentes: la amiga la superó enseguida, convirtiéndose en reputada especialista —reputada, el adjetivo lo dice todo y suena bien.

Poseedores de encanto particular y único, a cambio los borregos exhibían divertidas limitaciones e inconvenientes graves. Limitaciones de tiempo y de dinero pues dependían de horarios escolares y de mensualidades. Pero encontrar la vuelta para atenderlos en ocasiones inesperadas era lo de menos; ponerles en la billetera con discreción un billete de quinientos, un placer más. Los inconvenientes, éstos sí, terminaban tornándose pesados. Terriblemente posesivos todos ellos, se hacían inoportunos, impertinentes. Inseguros debido a la edad, se volvían agresivos, insolentes. Cuando uno de ellos, juzgándose insustituible, se tornaba insoportable, Sylvia recurría a Olimpia y viceversa, pidiendo ayuda: permutaban gentilezas y mancebos.

Hambreado seminarista a cuyo apetito juvenil Olimpia, manjar suculento, se proponía en las horas vacías, Eloi se mostraba cada vez más exigente y desconsiderado. A pesar de haberle dicho que aquel jueves no podría encontrarlo —tarde reservada para el senador, venido de Brasilia especialmente, decisivo para la liberación de los documentos, el deber ante todo—, Eloi telefoneó desde el palacio arzobispal, hablando bajo y apurado con miedo de ser sorprendido, para avisar que estaría en el lugar indicado a la hora exacta y que la amaba. ¿Qué lugar, a qué hora, qué historia es esa? El lugar y la hora de la esquela, dijo él, y repitió dónde y cuándo —enseguida cortó, dejándola intrigada y confusa. No había arreglado cita, no había designado hora, seguramente todo no pasaba de ser una invención del canallita para obligarla a ir. Habiendo dado las coordenadas cortó la comunicación antes de que ella pudiera discutir y negarse.

En un impulso de rabia, Olimpia decidió dejarlo enmohecerse al sol de Itapuã para enseñarle a no mentir. Pasada la rabia, sin embargo, le dio pena. Si el pobrecito de Dios había tramado aquel ardid, lo habría hecho porque la vida de interno en el seminario no es blanda y el día de descanso hay que aprovecharlo. No vio motivo para castigo y tenía el remedio a mano: llamó a Sylvia, le pidió que fuera, en su lugar, a dar de comer al hambriento Eloi. Unos meses antes había ocurrido lo contrario: por pedido de Sylvia, cansada de tantas exigencias, Olimpia acogió en los brazos y las piernas al rubicundo Jonga, marinerito del yate del simpático millonario Tourinho Dantas.

A fin de exhibirse, dándoselas de internacional, Sylvia Esmeralda se hizo un poco la estirada: estoy acompañando a los franceses de Antenne 2. Terminó poniéndose de acuerdo, no se iba a perder la ocasión de degustar a un seminarista, aún no había probado ninguno: por ti, querida, ¿qué es lo que no hago? En la despedida la voz de Olimpia revelaba un dejo de enojo: dile que, como no podía ir, mandé a mi mejor amiga para que me disculpe y lo haga pasar una buena tarde. Tú sí que estarás feliz, mi amor, a esa misma hora yo estaré mamando la tripa floja del Senador, me da náuseas.

—Y el mocoso, ¿vale la pena?

—¿Si vale? ¡Un cogedor de primera! —gimió Olimpia de Castro, avión en escala.

A TIEMPO. Para evitar que se cometan injusticias, resultantes de informaciones precarias, a tiempo se advierte que no sólo en aventuras sexuales se complacían las dos distinguidas coterráneas en la prosa matinal. Además de jodonas y chismosas, eran cultas y entendidas, discurrían sobre arte y literatura. Fui a la exposición de Jenner Augusto, querida: ¡Jenner es buenísimo! Leí unos versos de Fernando da Rocha Pérez, Nandinho; mi amor, es un colirio para los ojos. Se interesaban por los acontecimientos políticos del Brasil y del extranjero, sobre ellos discutían en perenne desacuerdo.

En materia de ideología, siendo ambas firmes, intransigentes, sectarias, pensaban de manera opuesta. Olimpia, brazo derecho del marido amigo de negocios sospechosos, apoyaba la dictadura, pensaba que los militares eran unos encantos, que estaban salvando al Brasil del abismo y del comunismo ruso y ateo. Por el vasto mundo conturbado, sus ídolos eran Franco, Chiang Kai-shek, Somoza y Pinochet, ponía en hora su reloj según el tiempo de Washington, brújula de las Américas. Sylvia Esmeralda, naturaleza bohemia, alumna de la Escuela de Teatro, simpatizaba con la izquierda pero no podía afirmarse militante debido al matrimonio y a la respetabilidad de la señora Diana Teles Mendes Prado d'Ávila. Pero admiraba a Mao, se había exaltado con el movimiento de los estudiantes en Francia en 1968: querida, Daniel es un dulce de coco. ¿Qué Daniel, mi amor? Daniel Cohn-Bendit, el héroe de La Sorbonne, apareció en un programa de la televisión, un divino. En un lugar oculto de la cartera Louis Vuitton, escondido en la billetera, guardaba un retratito del Che Guevara que João Jorge, ese sinvergüenza, le había dado una tarde incandescente cuando, después de haberle hecho la cajeta, le hizo la cabeza.

LA BROMA. El samba-de-roda acaparaba la atención de todos cuando Sylvia Esmeralda se levantó de la mesa y salió a la francesa: si demoraba quince minutos más, llegaría atrasada a Itapuã. Sentada entre dos eminencias literarias, el ensayista Ordep Serra y el cuentista Helio Pólvora, participaba con movimientos de cabeza e interjecciones sonoras en el brillante debate sobre la crítica universitaria y la creación imaginativa. Conversación, o mejor, controversia de alto nivel pero bastante cansadora, no valía la pérdida del seminarista. Ya había hecho notar su presencia en el almuerzo de la televisión de los gringos, la habían filmado en plano general, en plano medio y en close up, tal vez la vieran en París, con seguridad saldría en las columnas sociales. Durante las grabaciones con Caetano y Gil, Betânia y Gal, a la noche, en el teatro Castro Alves, reencontraría al equipo. Ya había pagado el precio de la cultura; dedicaría el resto de la tarde a las buenas acciones: darse a comer para servir a una querida amiga, lavar el alma y bendecir el cuerpo en cama de seminarista, festín de caridad. Hablando de eso, el padre de Patricia, ¡qué pedazo de gaúcho!

Para inicio de las filmaciones de *Le Grand Échiquier*, la gloria de Bahía mostrada en los videos de la Francia inmortal, Nilda Spencer había resuelto, de acuerdo con Chancel, reunir en el Mercado Modelo, en el restaurante María de San Pedro —salve la memoria de la gran *dama* de la culinaria bahiana, cuyo nombre honra e ilustra esta modesta crónica de costumbres —, a las figuras más festejadas de la vida intelectual de la ciudad, al lado de los compositores del Mercado, de tocadores de berimbau y atabaque, culminando con la presentación del conjunto de samba-de-roda dirigido por Zilá Azevedo: morenas espectaculares, bailarinas increíbles.

El ambiente del mercado, el ritmo de los músicos, los solos de berimbau de Camafeu de Oxóssi, la orquesta de atabaques encantaron al francés, el samba-de-roda lo llevó al delirio: *avec ça, ils vont craquer, les gars!* En cuanto a los intelectuales, servían de marco para el cuadro, oiría a unos cuantos, aprovecharía o no una u otra frase sobre Bahía. Sobre Bahía, la originalidad de su pueblo, la complejidad de su cultura mestiza, bastaría con el *speech* de Pierre Verger, ya acontecido.

Patricia condujo el diálogo con los notables, grabando declaraciones del profesor Germano Tabacof, del poeta Helio Simões, del cronista Raimundo Reis, de Sonia Coutinho —la cámara se demoraba en la cara bonita de la escritora—, del académico Itazil Benicio dos Santos, del profesor João Batista que se expresó en un francés de absoluta corrección gramatical y cantada pronunciación sergipana, de varias otras soberbias personalidades. Sobre el samba-de-roda, el portuga Assis Pacheco, lírico, se deshizo en frases embriagadoras, con los ojos fijos en las mulatas del conjunto.

Al fin de las entrevistas, micrófono en la mano, Patricia arrastró una silla, fue a sentarse al lado del padre Abelardo, amenazó con hacerse cargo de él por sobre el encanto de las mujeres presentes, todas babeadas por él, la atrevida de Sylvia no se tomaba el trabajo de disimular. Patricia mostraba los puños: si alguna comete una idiotez, le parto el hocico. El padre Abelardo reía, nervioso, incómodo, sin saber qué hacer.

Ya que se habla de esto, Patricia le contó al padre que alguien, poco antes del almuerzo, había tratado de hacerle pisar el palito, por teléfono. Hablando como si fuera él, fijó un encuentro para la tarde de aquel mismo día. Le bastó oír la voz para darse cuenta de que se trataba de una broma de mal gusto. De la voz inimitable de Abelardo, gaúcho fronterizo, ella conocía todas las inflexiones y él no le decía querida, tampoco mi amor, la trataba de nena. Ya ni se acordaba del lugar del encuentro: por los lados de Itapuã.

Al son de las palmas de los asistentes, las bahianas de Zilá Azevedo, las blusas blancas, las faldas de volados, coloridas, se deshacían en el samba. Iban a buscar a la mesa del almuerzo y llevaban a la rueda, uno por uno, a los ilustres señores de la academia y de la universidad para el *volteio* y la *umbigada*. El doctor Thales de Azevedo fue aplaudido: ni la edad ni los títulos le disminuían el ímpetu. El juez de Trabajo Carlos Coqueijo Costa, ese era del ramo, tocaba la guitarra y llevaba al samba en los pies. Se vio a Fernando Assis Pacheco tratar con empeño lusitano el requiebro de cintura, sin obtener éxito. Chancel demostró cierta gracia pero el que dominó la rueda fue Miro do Bem-Querer, príncipe de las fiestas.

Las cámaras filmaban, en un mes las imágenes de la fiesta estarían en la televisión francesa. La fiesta de Bahía: Nilda Spencer, de tan feliz, un calor en el corazón, un nudo en la garganta, sentí ganas de llorar.

EL AUSENTE. Nilda Spencer lamentaba la ausencia de don Maximiliano von Gruden en el almuerzo del Mercado. Además de letrado de primera, en la televisión el director del Museo de Arte Sacra era una presencia notable: la sotana blanca, la elegancia de los gestos, la pose de actor. Lo había buscado por todas partes, nadie sabía de él.

Nadie sabía de él y, afanosos, lo rastreaban periodistas y policías. Cuando consiguieron rehacer el itinerario del automóvil de Lev Smarchevsli, don Maximiliano se había escabullido hacía mucho del Palacio de la Arquidiócesis, sin dejar vestigios, parecía la imagen de la Santa.

El obispo auxiliar le había dado a conocer las informaciones del delegado de la Policía Federal: el coronel Raúl Antonio estaba convencido de la participación del cura de Piaçava, al servicio de las finanzas de la subversión. Piezas preciosas, robadas en las iglesias, vendidas en moneda fuerte en el extranjero, alimentaban la pastoral de la tierra y la guerrilla urbana. Don Maximiliano no se sorprendió: el coronel lo había llamado por la mañana, agresivo, desaforado:

—Sólo le faltó acusarme de connivencia. También el secretario de Seguridad cree que el padre Galvão es culpable. De acuerdo, imagínese, con el padre Teófilo, de Santo Amaro. Mire y piense justamente a quién...

Don Rudolph levantó la vista de la edición alemana del libro de don Maximiliano sobre la imagen de Santa Bárbara, la del trueno, que hojeaba mientras discurría sobre el robo, deteniéndose en un párrafo aquí, otro allá:

—Puedo garantizarle que la acusación no tiene fundamento. De ese crimen el padre Galvão es inocente, sus culpas son otras, igualmente graves. Con la desaparición de la imagen no tiene nada que ver: fue por casualidad que viajó en el mismo barco que la trajo.

—Su Excelencia lo afirma con mucha convicción. ¿Cómo lo sabe?

—Yo lo escuché en confesión.

—¡Ah!

—Y usted, señor director, ¿qué consiguió averiguar? Después de todo, es su responsabilidad. ¿Qué noticias me trae? Lo escucho.

Por toda respuesta, don Maximiliano dejó caer los brazos en un gesto que traslucía de manera patente la vastedad de su desamparo. En aquella mañana de sucesos malos, el agobio del director del Museo, confesión de derrota, casi pedido de clemencia, fue un bálsamo para el obispo auxiliar. En el gozo del triunfo, moderó el tono de la voz, cambió de tema. Volviendo al libro, comentó:

—Voy a leer su trabajo con la atención debida pero, pasando los ojos por las páginas, ya me di cuenta de que usted atribuye al Aleijadinho la autoría de esa imagen de Santa Bárbara. Me parece una afirmación temeraria, don Maximiliano. ¿En qué se basa para lanzar hipótesis tan polémica?

—Afirmación osada, no lo niego. Al terminar la lectura, Su Excelencia se dará cuenta de que este libro es resultado de una investigación trabajosa en la cual invertí cinco años Consulté centenas de documentos, descubrí ilaciones, levanté pistas: todo conduce a Ouro Preto y a Antonio Francisco Lisboa, al genial Aleixjandinho... —Tratando un tema que le era caro y propio, don Maximiliano se acaloraba, olvidado de los infortunios, las acusaciones, las amenazas. —Pero, lo que me da la seguridad de que Santa Bárbara, la del trueno, fue creación de él es otra cosa...

—¿Qué cosa?

—El hecho de que el Aleijadinho era mulato. Sólo un mestizo podría haberla esculpido, un mulato, con sangre blanca y sangre negra.

El obispo auxiliar frunció el entrecejo ario, movió la cabeza: "Don Maximiliano von Gruden y la pasión del mestizaje", título de la proposición de un nombrado Antonio Olinto en coloquio reciente sobre sincretismo. Al recibir el programa de la reunión, don Rudolph se había preguntado, curioso, si el enunciado no contenía doble sentido, insinuación maliciosa. No lo contenía, comprobó al leer el comentario de la prensa sobre el coloquio: habladuría vana, tesis degeneradas, conclusiones sospechosas. Dejó el libro de lado, cuando volvió a hablar había abandonado el tema de la paternidad de la imagen para retomar el de la inquietud:

—Hablé por teléfono con el doctor Odorico, extrañado por la virulencia del reportaje de hoy en el *Diário de Notícias*. Todo lo que logré fue que él pusiera las páginas del diario a nuestra disposición. Preguntó si usted no quería dar una entrevista.

Extendió la vista hacia la ventana abierta sobre la Plaza, le vino a la mente la figura de la negra, malévola. Tierra maldita, suelo de réprobos.

—O esa sagrada imagen aparece, o no sé lo que sucederá en este bendito Primado de Bahía... —Dichos en alemán, en boca de reaccionario, ciertos vocablos (sagrada, bendito) sonaban como palabrotas. —Terminaremos todos en la cárcel, acusados de ladrones y comunistas. ¿Tiene alguna otra cosa que decirme, señor director?

—Sí, tengo, señor obispo.

Le comunicó la decisión. Si la imagen no se descubría hasta el *vernissage* de la Exposición, él, don Maximiliano von Gruden, presentaría su pedido de dimisión, irrevocable, y se iría de Bahía. Esperaba contar con el abad para obtener la transferencia. En la Abadía de Río de Janeiro trataría de proseguir, en el silencio y el olvido, la fatigante obra de museólogo, motivo de alguna satisfacción y tantas penas.

Don Rudolph se apresuró a aprobar y aplaudir: la decisión le parecía la única correcta, capaz de atender a los intereses de la Universidad, de la Iglesia y del propio don Maximiliano. Aprobación y aplauso se clavaron en el corazón en llagas del renunciante director del Museo de Arte Sacra.

LA LAGUNA Y EL YACARÉ. El padre Soares dormitaba la siesta, después del almuerzo, cuando los periodistas invadieron el palacio y lo tomaron por asalto, empuñando micrófonos y cámaras fotográficas. El seminarista Eloi, cuya guardia se aproximaba al fin, se vio envuelto en preguntas y el padre Soares fue fotografiado, aire de aspaviento, boca abierta.

Tanto el seminarista cuanto el secretario del obispo auxiliar juraron a pie juntillas que Su Excelencia, después de prolongado primer expediente, se había retirado del palacio y recién estaría de regreso al fin de la tarde. Don Maximiliano había partido antes, el padre Soares no sabía hacia dónde: mentir formaba parte de las obligaciones de un secretario competente. Una pena, pues le gustaría contar a los periodistas que don Maximiliano, cabizbajo, con la cresta caída, vencido, no parecía aquel pozo de prosapia que llevaba al padre Soares, en las raras ocasiones en que lo veía en el palacio, risueño, galante, superior, a murmurar: tranquilo, yacaré, que un día la laguna se va a secar y ahí voy a ver bailar al yacaré. Sumiso, don Maximiliano von Gruden había bajado la escalera interna en dirección al garaje donde embarcó en el auto del obispo auxiliar: partió en compañía de Su Excelencia, escondido en su sombra.

EL PRETEXTO Y LA VALÍA. En el intenso movimiento de las policías, la del Estado y la Federal, ambas en pie de guerra, es grato registrar la noticia de la liberación, al final de la tarde, del maestre Manuel y de María Clara. Fueron mandados salir, sin derecho, sin embargo, a salir de la ciudad: podrían ser convocados en cualquier momento para nuevas declaraciones o para careos: la prisión de los culpables se presuponía inminente.

En el despacho del coronel delegado los aguardaba el publicitario Epaminondas Costalima —otro poeta, sí señor, en Bahía se encuentran dos o tres en cada esquina. Se había enterado de la detención, fue por noticias, ofreció garantías. Los conocía de mucho tiempo, al maestre Manuel y su mujer

María Clara, gente pobre pero incapaz de robar fuera lo que fuese. El delegado dijo que ya había decidido liberarlos pues no habían conseguido nada contra ellos. Gracioso: un simple maestre de barco pero muy bien relacionado. Además de Epaminondas Costalima, venido en persona, un figurón había llamado desde Brasilia, del gabinete del ministro de Educación: nada menos que el escritor Herberto Salles, miembro de la Academia Brasileña, director del Instituto Nacional del Libro. Quería saber el motivo de la prisión del maestre Manuel y de María Clara, sus amigos. Sus amigos, así dijo, poniendo énfasis en la voz. También él, Herberto Salles, asumía la entera responsabilidad por la pareja de navegantes, hacía un llamado vehemente, etcétera etcétera. El coronel prometió ocuparse y sin mentir se proclamó lector. Realmente, joven cadete con tendencias izquierdistas, había leído una novela de ese Salles sobre buscadores de diamantes. Desde entonces había evolucionado, abandonando las tendencias y la lectura de novelas.

Pero no dijo el motivo real de la liberación de la prisión del maestre y su compañera. Lo hacía para seguirles los pasos en la expectativa de llegar a los demás cómplices del padre Galvão. Garantías y pedidos, pretextos útiles, el coronel se mostraba sensible: tendré en cuenta su declaración, haré lo posible para atender su pedido, asegurándose reputación de liberal y atento. En verdad, para el delegado, empeños y cauciones no poseían la menor valía. Intelectuales, raza ruin: escupía, pasaba el pie por encima.

RONDÓ DE LA POLICÍA SECRETA. En las calles de la ciudad, canas de Seguridad del Estado, luminarias de la Policía Federal, se atropellaban en busca de indicios y sospechosos, de intermediarios y receptores, de escondrijos, guaridas de malvivientes, aparatos clandestinos de la subversión.

Los policías secretos surgían en las esquinas, disfrazados, rastreaban padres, interrogaban a anticuarios y coleccionistas. Mirabeau Sampaio, artista plástico de paciencia corta e ira fácil, al ver al detective Expedito Hazte-el-Bestia levantar del pedestal la imagen que ostentaba, cavada en la madera, la firma de Fray Agostinho da Piedade, joya singular de su colec-

215

ción, lo mandó mudar: ¡salga antes de que pierda la cabeza y le dé un tiro en la cara, hijo de puta! Esa historia del robo de la imagen de Santa Bárbara, la del trueno, invención del director del Museo de Arte Sacra, se tornaba abominable, no había pelotas que aguantaran. Interrumpido tres veces en su trabajo, Mirabeau no había concluido en el plazo fijado la madona encargada por el banquero Jorge Lins Freire, regalo de cumpleaños para doña Elcy, con fecha de entrega y pago al contado: ¡ese don Maximiliano era la muerte!

El comisario Parreirinha, al haber perdido la pista del cura de Piaçava, comparaba imágenes en venta en los locales de anticuarios con la foto de una Santa Bárbara barroca, venerada en una iglesia portuguesa de Guimarães, foto reproducida en un libro sobre el Minho   que había ido a parar a los depósitos de la Secretaría, entre mil cachivaches. Otro comisario, Ripuleto, mastín reputado por el olfato —donde hubiera tenedor libre, ahí estaba él empuñando los cubiertos—, había rumbeado para Santo Amaro con órdenes de interrogar al vicario, escuchar al matrimonio Veloso, doña Cano y don José, y a cualquier otro individuo capaz de proporcionar informaciones: no olvide a la muchachita del vicario. El doctor Calixto Passos reafirmaba sus conclusiones: el padre Teófilo había planeado el robo, el padre Galvão lo había ejecutado. Ocultos en las sotanas, ladinos, detrás del comercio de santos antiguos, comandándolo, actúan curas y vicarios, monseñores.

En cuanto a los agentes del SNI, sigla lúgubre, desembarcados de Brasilia con el objetivo de establecer y ejecutar la Operación Cangrejo Conchudo, esos no eran vistos ni presentidos. Trabajaban de incógnito, a la sombra de los disfraces. Un laboratorio para revelación de fotografías había sido montado en alguna parte: madame Lía, propietaria del motel, no puso objeciones, muy por el contrario. Especialistas de pregonada competencia, con estudios en la CIA y la PIDE,   los supermen del SNI ostentaban currículos para causarle envidia a James Bond. En la jefatura del equipo, uno de los astros del Servicio, en el código secreto Agente Siete Siete Cero, conocido entre los amigos como Coz de Mula. Con sólo oírle el nombre, el señalado se borraba.

MATINÉE. Desde el taxi aún en movimiento, Sylvia Esmeralda lo vio, vestido de sotana, al sol, aspirando bocanadas del cigarrillo: lo encontró lindo y conmovedor. Presaboreando las sensaciones de la matinée, dejó un billete grande en la mano del chofer, un caballero: diviértase, señora, que la vida es corta. Esperó que el taxi se alejara para dirigirse al encuentro de Eloi a fin de darle el recado:

—¿Eloi? Buenas tardes, Eloi. Olimpia no pudo venir y como no tenía modo de avisar... —Sonreía, la lengua humedeciendo los labios: no tuvo tiempo de terminar la frase.

Dos hombres salieron del gran coche negro, los rostros embozados, desmostraban prisa, apuntaron los revólveres. Tarzán empujó a Sylvia, en dirección a la limusina: vamos, belleza, rápida y callada si no quieres cobrar. King Kong aferró el brazo de Eloi y lo torció con violencia, con una sonrisa casi cordial. Eloi gimió fuerte: silencio, dijo King Kong, y puntualizó la orden con un sopapo.

Sylvia Esmeralda y el seminarista fueron metidos en el automóvil, donde un tercer hombre, que empuñaba una ametralladora, sentado junto al chofer, parecía ser el jefe. El coche partió, no fue lejos. El motel quedaba en las proximidades, resguardado por muros altos, los portones abiertos, a la espera.

Quico Promessa, el rostro huesudo, oblongo, de ex voto, al recibir de las manos de Eloi la pauta del expediente vespertino, había preguntado al colega, sin esconder la envidia:

—Vas a ir al cine, ¿no? En el Popular están dando un peliculón: Cero Cero Siete contra el doctor No.

Eloi sonrió enigmático, soñador y sobrador:

—Mi Cero Cero Siete es otro...

No sabía lo que le esperaba.

BARLOVENTO. Iban el maestre Manuel y su mujer María Clara proseando con el amigo Epaminondas Costalima, camino del Arsenal de la Marina donde el *Viajero sin puerto* había sido recogido.

—Mi barco —se jactó el maestre abandonando la reserva habitual— es de navegación tan dócil que si un día lo viera andando por los aires como un zepelín o una estrella fugaz, no me admiraría.

Otra cosa no se vio al atardecer de aquel jueves. Las velas hinchadas, el *Viajero sin puerto* sobrevolaba el Fuerte del Mar, cortaba las nubes como si cortara las aguas mansas del golfo. Venía de los comienzos del Brasil, de los tiempos de la colonia, había cruzado mares nunca antes navegados, lusos y africanos, se había detenido en el puerto de Viana do Castelo, en los muelles de São Vicente, en Cabo Verde, de Dakar, en Senegal, las bodegas repletas de odio, amor y poesía, cargas de vida y muerte.

En navegación de cabotaje en los derroteros de Bahía de Todos los Santos, el *Viajero sin puerto* circuló sobre las islas, sobrevoló Maragogipe y Cachoeira, depositó a los héroes de la Independencia en Itaparica. Al timón, una negra desnuda en pelo, ora vestida con el oro del sol, ora con la plata de la luna: Cabello de terciopelo, senos de ébano y la cola mayor que la popa del barco. Medía por lo menos siete metros, los pies en la orilla del Paraguazú, la cabeza en las dunas del Itapuã, en las aguas oscuras del Abaeté.

El *Viajero sin puerto* navegaba en la ruta de los conventos y los terreiros y en todos ellos, negrablanca, blancanegra, Bárbara Oxá descendió del barco y se demoró en tierra. En el Convento del Destierro danzó con Vilhena en el baile disoluto de monjas e hidalgos, ¡ay, qué francachela tan sabrosa! En el Convento de las Arrepentidas, lloriqueó con las desvirgadas en vísperas y maitines, horas canónicas. Abrió los portones de la Abadía de San Bento a los estudiantes perseguidos, a los padres denunciados como partidarios de la conjuración.

Tomó la bendición de la madre Menininha de Gantois, Oxum de Bahia, madre de bondad, saludó a Stela de Oxóssi en su trono del Opó Afonjá y, en el terreiro de Portão, apretó en los brazos a la madre Mirinha que había incorporado al Caboclo Piedra Negra. Navegó en los subterráneos de la ciudad, en los ríos de la memoria, en la luz del mediodía, en la oscuridad de la medianoche, era la imaginación y la conciencia, el sueño de los poetas y los novelistas.

Del mástil del barco los truenos se desataron anunciando la guerra sin cuartel. De nuevo el encantado desembarcó en la Rampa del Mercado, puerto del misterio. Sacó a la noche de la alforja y la extendió sobre la ciudad: partió hacia la pugna y la pelea, el combate y la broma. En la Clausura de las Arrepentidas, era otra la noche de Manela, noche de esclavitud, peor, mucho peor, que la muerte.

El maestre Manuel no apreciaba los embustes, no tenía la costumbre de eructar grandezas, pero refirmó por ser verdad verdadera, probada y comprobada: barco igual al mío, ni el de Guma, ni el de Rufino, ni siquiera el de Querido de Dios, ninguno en las aguas de Aioká:

—Es capaz de navegar por los aires.

GIROFLÁ

Oyá, brisa nocturna, rayo de luna, perfume de jazmín, estribillo de tonada popular, pétalos de rosa, pájaro irisado, cacatúa blanca, gato montés, periquito real, lagarto azul, lagartija verde, *cobra-de-vidro*, doce cuentas multicolores y un búzio de nácar. Oyá se transformó en mil disfraces en la visitación a los artistas, nación muy preferida suya pues, al igual que esos locos lindos, también ella escupía fuego, lanzaba llamas por la boca. Deambuló de atelier en atelier, viendo y apreciando y, por donde pasó, dejó un rastro, una inspiración, una centella. Para que sospecharan de la forastera y se acordaran de ella y la recrearan: pincelada en la tela, trazo en el papel, tajo en la madera, llama en el metal. Era vanidosa, se sabía bella y amaba contemplar su alegoría en los espejos.

En el inicio de la década de los 80, diez años transcurridos desde los hechos narrados en estas memorias, la museóloga Silvia Athayde volvió su atención hacia lo que le pareció coincidencia sorprendente, circunstancia insólita, digna de investigación, esclarecimiento y comentario. Se arrojó sobre el enigma, salió a preguntar, insistió, investigó, movió cielo y tierra, pasó meses atando los cabos del ovillo. Al fin de la ardua empresa, redactó y publicó un pequeño ensayo. Arte en tiempo de iaô, y realizó, con piezas prestadas, una exposición curiosa y provocativa que dio que hablar de norte a sur del país e intrigó a los críticos de arte. El veterano polemista Antonio Celestino escribió: "El sincretismo se reafirmó como creador de arte y la originalidad brasileña resplandeció."

La museóloga descubrió y comprobó que en la década de los 70, en el corto espacio de algunos días, los más importantes artistas plásticos de la tierra —por más increíble que pueda parecer, en Bahía el número de pintores supera al de poetas— concibieron y realizaron esculturas, cuadros al óleo, tallas, dibujos, grabados, monotipias, con temática semejante, si no idéntica, todos ellos inspirándose en el mito de Yansã, o en el culto de Santa Bárbara. Directora del Núcleo de Artes del Banco de Desarrollo del Estado de Bahía, Silvia Athayde consiguió reunir en el amplio salón destinado a las exposiciones seis esculturas, tres de metal, tres de madera, dos tallas, un tapiz, una placa de azulejos y treinta y un cuadros entre óleos, aguadas, grabados, dibujos y un pastel. A la hora de la inauguración, en un atardecer claro y despejado, se cruzaron rayos sobre el edificio del Banco y el ronco sonido del trueno resonó saludando, jubiloso. Laméntase la falta de algunas piezas citadas en el ensayo: no fue posible traer a Río de Janeiro la gran escultura de Carybé y el coleccionista Edwaldo Pacote prestó, a duras penas, una sola de las siete Yansãs de Tati Moreno: tenía amarga experiencia, había cedido un Siron Franco para ser expuesto en Suiza, nunca más lo vio.

Diez años habían pasado desde la mañana en que Altamir Galimberti recogió el *búzio* nacarado y las doce cuentas multicolores encontradas sobre la mesa de trabajo y usó aquellas preciosidades en moldura hecha de valvas recogidas en la playa de Piedra de Sal: la noche anterior había sido de luna llena. Delicadezas de doña Zelia, pensó el artista al tomar el *búzio*, la buena vecina se interesaba por su trabajo y de los viajes le llevaba caracoles africanos, conchas de la Polinesia, rarezas. Marco de la medida exacta para un cuadro que el maestro Carlos Bastos todavía no había pintado. Pero cuando lo pintó la tarde de aquel mismo día, colocó en la tela a Santa Bárbara, la del trueno, saliendo de un oratorio antiguo para ganar la libertad de las calles —la Santa Bárbara, la del trueno, que, en ocasión de fiesta, Cacá Bastos había admirado en la Matriz de Santo Amaro de la Purificação. A los pies desnudos de la Santa, un lagarto azul.

Sucedíanse las Santas Bárbaras y las Yansãs en las esculturas y los cuadros expuestos en el salón del Banco. En el caso del panel de Juárez Paraíso, violento de orquídeas y diamantes, en oro y cobre, la Santa y el encantado se confunden, naciendo el uno del otro, interpenetrados: las dos mitades forman un todo de contrastes y armonías. Ambigua la Santa Bárbara, la del trueno, de Agnaldo, en *pau-brasil*, coronada de clavos; se yergue sobre cuernos de búfalo y en la madera sobresale el recorte del alfanje de Yansã. Si se mira desde el

221

ángulo derecho, se ve a la Santa; desde el izquierdo, al encantado; de frente, a uno y a otro, reunidos. La Santa Bárbara de Antonio Rebouças, artista insólito, es una pequeña obra maestra en acero inoxidable: en un revoleo de danza, la mulata.

Trece grabados de Hansen-Bahía, doce de ellos realizados por encargo para ilustrar el libro de don Maximiliano von Gruden, y una enorme, gigantesca Santa Bárbara en la guerra de los truenos, ejecutada por el maestro grabador en los días tumultuosos. En aquellos días de inspiración única, Ilse, la joven esposa de Hansen, pintó un alegre barco de santos y orixás, un icono copto. La talla espléndida de Zu Campos, el artista de Ladera de Santa Teresa, se titula Santa Bárbara, la del *Eiru*.

El óleo de Jenner Augusto, trabajado en la perfección de las exigencias de quien conoce su oficio, muestra a Santa Bárbara, la del trueno, en los Alagados, atravesando un puente improvisado, insegura sobre el barro. Un grupo de monaguillos la acompaña. Flacos y famélicos, levantan en las manos espadas de cobre y *eirus*. La Yansã de Sante Scaldaferri avanza entre peregrinos, en un territorio de ex votos, rebaños de cabras en la *caatinga*. El *eiru* es un haz de serpientes venenosas, en vez de la espada, un arcabuz de *cangaceiros*. Hay cadáveres que se pudren al sol, siervos de la tierra asesinados. Entre alegres banderas, la Yansã de Jamison Pedra. En el mar de Lev Smarchevski, Yansã navega entre peces de oro, amuletos.

Con chatarra de automóviles, Mario Cravo forjó una grandiosa Yansã de Igbalé, guerrera temeraria, los brazos extendidos, a sus pies la muerte, derrotada. Yansã no teme a la muerte, guarda las puertas del más allá para los *eguns*. Tati Moreno recortó en el metal toda una secuencia de Yansãs, de tamaños y posturas diferentes, voluptuosas todas ellas. Calasans Neto, llamado maestro Calá, rey de Itapuã y cercanías, utilizó la prensa y los pinceles chinos. En la monotipia, Santa Bárbara, la del trueno; en la talla, Oyá' en el cuadro al óleo, las dos: Santa Bárbara, la del trueno, cabalgando una ballena, Yansã montada en ave de rapiña, en el mar y en el cielo de Abaeté. El rostro de la Santa era el de la preclara señora Auta Rosa, la *ilheense*; las nalgas del encantado eran las de Aíla, la excelsa cocinera. José de Dome, en el atelier del Largo de Santana, escribió en los bordes de la tela el título de su cuadro que contenía las infinitas variaciones del amarillo: "Santa Bárbara de los truenos y la cabra de Yansã". Pintó la cabra del color del vino. Su vecino y amigo, Rómulo Serrano, concibió lírica naturaleza muerta de palmas y *eirus*, puestos sobre un paño. Angeles rubicundos circundan a Yansã, sobrevuelan el caserío colonial, en el óleo de Helio Basto.

Genaro de Carvalho concibió un tapiz donde los pertrechos del encantado y los símbolos de la Santa se mezclan. En caligrafías variadas la salutación del *orixá*: *Eparrei Oyá!* Al fondo el Largo do Pelourinho y el Elevador do Taboão. Fue el último trabajo de Genaro, que falleció poco después. Nair colocó a Santa Bárbara, la del trueno, en un campo de flores, alegre y descuidada, jugando con niños. Ya la Santa Bárbara de Jorge Costa Pinto está en el altar de la Matriz de Santo Amaro entre velas encendidas y candelabros de plata.

Willys imaginó a Santa Bárbara conversando en la tienda de Alfredo Santeiro, en Cabeça, en los estantes santos y *orixás* en profusión. Ligia Milton vio a Yansã y Santa Bárbara en el oratorio de la Cruz do Pascoal, tomadas de la mano. Licidio Lopes retrató a Oyá en el río Níger que, venido de Africa, desembocaba en el Rio Vermelho. En un tronco de *jaqueira*, Manuel Bonfim esculpió una Yansã de senos túrgidos y caderas abundantes, lanzando rayos. Cardoso e Silva, pintor de las iglesias de la ciudad de Bahía, reprodujo en la tela la Matriz de Santo Amaro. Nunca la había visto, pero para Cardosinho, pintor, poeta, filósofo, matemático, astrónomo y astrólogo, médium vidente, tal desconocimiento no significaba un handicap. Cerró los ojos y vio la iglesia entera, por fuera y por dentro, la fachada y la nave, el atrio y la sacristía, el altar mayor y el altar de Santa Bárbara, la del trueno. Nunca nadie pintó ni pintará con tal exactitud la Matriz de Santo Amaro.

En todos los matices del granate, del color cereza al color del vino oscuro, se abren las flores lascivas de Fernando Coelho en torno del eiru, cola-de-caballo, cabellera de mujer. Además del granate, Fernando usó el blanco y el rojo, los colores de Xangô, marido de Yansã. Floriano Teixeira, indio *maranhense*, ciudadano del Ceará, artista de Bahía, un japonés, proyectó, usando la técnica del pastel, un altar de Santa Bárbara, la del trueno, cargado al hombro por amigos suyos, dilectos: Milton Dias, James Amado, Wilson Lins y el mueblero Armando Almendra. En lo alto de la tela, abrió ocho ventanitas con escenas lúbricas relativas a los amores de Yansã en la cama, en el río y en el bosque, con el esposo y con los enamorados: para pintar granujadas no hay artista que pueda compararse a Floriano, no piensa en otra cosa.

Luis Jasmin trazó el retrato de la madre Menininha reverenciando a Yansã en un dibujo de grandes proporciones y extrema finura: está colgado en el Candomblé de Gantois. Rubem Valentim tomó los pertrechos y las armas de Yansã y los descompuso y recompuso en la doble calidad de maestro de pintura y *ogan* del Axé do Opô Afonjá, levantado por la madre senhora. Con astillas de madera, Emanuel Araújo creó una forma abstracta, pero quienquiera que viera el objeto veía a Yansã partiendo a la guerra. Hablando de Emanuel, háblese del collar hecho por Valdeloir Rego, digno del cuello de la más hermosa hija de Yansã. Oyá, en los azulejos de Udo Knoff, se llama Dana.

La Santa Bárbara, la del trueno, de Mirabeau Sampaio, el esplendor de la imagen de la Santa de los truenos sobre láminas de oro, portaba aureola color de vino, un desatino. No la pintó por encargo y durante años se obstinó en no venderla. ¿Pero cómo rechazar la oferta millonaria hecha por Antonio Carlos Magalhães? Al ver el cuadro, el jefe político decidió llevárselo costara lo que costase. Por esas y otras cosas, lo apodaron Toninho Maldad: puso un dinero vivo y sin tamaño en la mano de Mirabeau. Aun siendo rico y caprichoso, ¿cómo ignorar, cómo despreciar semejante suma de dinero? Se inclinó el artista ante la impertinencia de Maldad, se deshizo del cuadro, el dinero se esfumó, Mirabeau hasta hoy se arrepiente.

Al panel de Carybé —negra desmedida con la cara, el cuerpo y la elegancia de Olga de Tempo, *iyalorixá* del Alaketu— ya se hizo referencia anterior, no cabe repetirla. Pero aún no se habló de la Yansã en hormigón armado, adquirida al artista por la Municipalidad de Río de Janeiro en la administración de Marcos Tamoyo, colocada en el Parque do Cantagalo, al lado de otras notables esculturas. Pieza monumental, se tornó objeto sagrado, altar de culto: depositan *ebós* en el pedestal, le ofrecen bandejas de *acarajés* y, en los árboles próximos, amarran cabras y cabritos.

Varios otros artistas trabajaron en el tema pero ya se hace larga la lista, es tiempo de cerrar la enumeración. La museóloga fue criticada por no haberse limitado a las piezas de mayor valor. Pero para Silvia, la cantidad de las obras era tan importante como la calidad. Por ello no fue de demasiado rigor en la elección del material expuesto en la Muestra de la Coincidencia Mágica, abierta al público en los salones del Banco de Desarrollo. Inaugurada el día en que se cumplían diez años del *vernissage* en el Museo de Arte Sacra de la Universidad Federal, de la recordada Exposición de Arte Religiosa. La concordancia se debió a Silvia Athayde, atenta, además de capaz y diligente. Así lo dispuso pues las investigaciones la llevaron a la conclusión de que los hechos ocurridos en torno de aquel evento habían sido directamente responsables de *tanta* Yansã y *tanta* Santa Bárbara simultáneas, la mágica coincidencia.

Al volver de la muestra hacia su casa de veraneo en la playa de Mar Grande, Myriam Fraga resumió para Orlando y Beatriz, sus padres, Albérico, su suegro, sus cuatro hijos, la chica y los tres chicos, para Carlos, su amor, el palpitante y ácido debate en que se empeñaron artistas, críticos y charlatanes. *Giroflá*, dijo para expresar que tales despropósitos suceden con frecuencia en Bahía, no causan espanto, son cotidianos para nosotros.

Rosa de los vientos, equinoccio de primavera, arcano de la poesía, Myriam dio la señal y la repitió y entonces todos entendieron la relatividad, el participio y la más-valía, el porqué de las cosas, *giroflá!*

LOS ACONTECIMIENTOS DE LA NOCHE
DEL JUEVES

LA DESAVENENCIA. A Danilo le extrañó la ausencia de Manela en la mesa de la cena. No cumplía castigo pues la puerta del cuarto estaba abierta, ¿adónde le habría permitido ir Dadá? Ultimamente Adalgisa andaba brava, tenía a la sobrina con las riendas cortas: nada de salir a la noche pretextando grupo de estudio en casa de compañeras: de la mesa a los deberes traídos del colegio, a las oraciones y a la cama. Dormía con la puerta cerrada por fuera, la llave en la mano de la tía convencida de que Manela se preparaba para huir. Cuando a Dadá se le metía una cosa en la cabeza, actuaba en consecuencia: encerrar a la chica, maldad innecesaria. Danilo se molestaba pero evitaba comentarios, la enmienda solía salir peor que el soneto.

—¿Dónde está Manela? —preguntó como quien no quiere la cosa, mientras se servía un pedazo de *inhame*, humeante.

Adalgisa interrumpió el arreglo de los cubiertos, miró al marido y entonces le narró las peripecias de la jornada. El hallazgo de la nota, lo que decía, la fuga prevista para aquella noche, la intervención del padre José Antonio, la visita al juez de Menores, la internación de Manela en el Convento de La Lapa, una corrida de locos, el final feliz. Que Dios la protegiera y la sustentara.

—¿Internaste a Manela en las Arrepentidas? ¿Es eso lo que estás diciéndome? —La voz le salió ronca, tanto era el asombro por la noticia que lo había tomado por sorpresa. El rostro demudado, Danilo balanceaba la cabeza sin creer lo que oía.

—Eso mismo. Lo logré, con la ayuda de Dios.

—Dadá, ¿tienes idea de lo que has hecho? ¿Estás loca?

226

—Hice lo que debía hacer para impedir que ella saliera de casa para ir a prostituirse con el perro tiñoso. Dios me ayudó a descubrir la tramoya a tiempo, pero sólo yo sé lo que tuve que correr. Ahora está todo resuelto, ella se encuentra bajo la guardia de Nuestro Señor Jesucristo.

—¿Qué has hecho, Dadá? ¿Enloqueciste de repente o no tienes corazón? ¿Cómo puedes ser tan malvada? —Empujó el plato: —¡Rápido! ¡Levántate, vamos a buscar a Manela ahora mismo! No voy a dejar que la pobrecita pase la noche allá.

—De allá sólo saldrá cuando yo lo decida. Se quedará hasta que olvide al chimpancé, demore lo que demorase. Y habla bajo, no quiero que los vecinos se enteren, es mejor no hablar de esto. Si preguntan por ella, di que fue a pasar unos días afuera, que se fue a la casa de Itassucê, en Olivença. —Itassucê era un prima rica de Danilo, casada con un hacendado del cacao, vivía invitando a los parientes a pasar una temporada en la fazenda o en las termas de Olivença.

Danilo escuchó boquiabierto las consignas dictadas por Adalgisa. Dura como siempre pero tranquila desde que sabía a Manela a salvo de la seducción de Miro, la virginidad segura. En el convento nada malo podría pasarle, muy por el contrario. Recogida en ambiente piadoso, las horas del día ocupadas en la devoción, entregada al fervor divino —misas de mañana, bendiciones a la tarde, oraciones a cada instante, exámenes de conciencia, retiros espirituales—, la permanencia entre las monjas equivaldría a un baño de santidad para el alma sucia y empedernida, amenazada de zozobrar en el vicio. Liberada de los malos pensamientos, victoriosa sobre las tentaciones, aliviada de la carga de los pecados, agradecida, dispuesta a la obediencia y el respeto, la sobrina podría retornar al hogar que había intentado repudiar y ultrajar. Adalgisa irradiaba la satisfacción del deber cumplido: cumplí con mi deber, Dios es testigo. Levantó la lechera para servir la leche.

Danilo se puso de pie:

—Vamos a buscar a Manela, Dadá.

—Ya te dije que te olvides de eso. Ella está en el convento por orden del juez, nadie la sacará de allá, solamente yo, su tutora. Siéntate ahí para tomar tu café, no tuve tiempo de preparar la sopa. Y cierra el pico, no quiero oír chismes de esa gente de la avenida.

—Yo soy tan tutor como tú. Si no quieres ir, voy solo.

—Tú no vas a ninguna parte. Termina con esto, ya te lo dije. No te metas donde no te llaman: la que decide por Manela soy yo y nadie más que yo, ¿oíste? Ahora quédate quieto y deja de importunarme.

Cambió la lechera por la cafetera. En la refección de la noche, Adalgisa no servía comida, cuando mucho un plato de sopa, una *canja* leve. En general se conformaban con café con leche, pan, manteca, y dos o tres cosas más: *aipim, inhame, fruta-pao, bolo de puba* o de maíz, *cuzcuz* de tapioca, *pao-de-ló, requeijão* frito. Danilo era loco por las batatas, pero Adalgisa las preparaba muy de vez en cuando: provocaban gases y Danilo, con la edad, se había tornado pedorreico. Cualquier acontecimiento que lo alejara de la rutina cotidiana le afectaba los intestinos. Así sucedió la noche de aquel jueves: la desavenencia lo trastornó y no puedo contener la descarga de pedos, vigorosa, prolija, altisonante.

—¿Qué es eso, Danilo? ¿En la mesa? ¿No te da vergüenza?

EL JEFE DE LA FAMILIA. ¿Quién llevaba los pantalones en la casa de la Avenida del Ave María? Adalgisa, es evidente, está a la vista, la pregunta hecha a la vecindad no obtendría otra respuesta: la bruja manda y desmanda, el pobre tiene la paciencia de Job, todo lo que desea es vivir en paz.

Adalgisa había asumido el control ya en los comienzos de la vida de casados, aprovechándose de la situación de inferioridad que Danilo enfrentó en los primeros años. Empleado de la escribanía, casi cadete, ganaba un salario de miseria. Fue subiendo la escalera de los cargos peldaño a peldaño hasta llegar adonde se encontraba, primer escriturario con esperanza y promesa de algún día ser nombrado notario sustituto: el titular del cargo, Eustaquio Lago, todavía no se había jubilado de tiñoso que era, aunque casi no se sostenía en las piernas.

De regreso de la luna de miel, debido a la falta de dinero para pagar el alquiler, la pareja fue a vivir con Paco, ocupó el cuarto de Adalgisa: como único cambio, la cama de soltera dio lugar a una de matrimonio. Habiendo conseguido mantener la clientela de la madrina y ampliarla —doña Esperanza, puntillosa, seleccionaba a las clientas, no trabajaba para cualquie-

228

ra —, Adalgisa contribuyó de manera decisiva a las expensas de ella y el marido, que no eran grandes: tenían casa y comida gratis. Paco Pérez no admitía que la hija y el yerno contribuyeran ni con un solo centavo a los gastos de alimentación: cuanto más pobre, más fanfarrón y presuntuoso.

Adalgisa aumentó el número de clientas pese a ser carera, subió los precios, ya altos, cobrados por la madrina. Se imponía, pues las competidoras en la artesanía de los sombreros de lujo no le llegaban a los pies en la calidad y la elegancia de los tapaculos, apodo dado por Danilo a las obras maestras. ¿Para quién es ese tapaculo color rosa?, preguntaba irreverente y bromista al verla examinar, cuidadosa, el primor del tocado. Hasta de Río de Janeiro recibía pedidos y, en la descripción de los trajes de las ricachonas en ceremonias de alta sociedad, los cronistas sociales citaban como prueba de buen gusto, de refinamiento, los sombreros exhibidos por las adineradas "con la *griffe* de Adalgisa Correia, la *modiste distinguée*". En *Siete Días*, Teresa de Mayo explicaba a la periferia que *modiste* es quien hace sombreros, quien hace vestidos es *couturier*.

El bajo sueldo de Danilo, la vivienda de favor, sumados a la esterilidad del ex crack, decretada por el médico especialista, y sobre todo la presunción de hidalguía que Adalgisa continuaba exhibiendo sin darse cuenta de las vicisitudes de Paco Negrero reducido a las migajas del negocio de chatarra, posibilitaron a la esposa trabajadora y soberbia el comando de la casa, la última palabra en decisiones. Dulce naturaleza, criatura de buena convivencia, Danilo aceptaba sin disgusto aparente, al menos sin protestas, la situación impuesta por la cara mitad.

No había problemas, siempre que pudiera conservar algunas prerrogativas, pocas y pequeñas regalías, últimas barricadas del machismo: las salidas nocturnas, dos o tres por semana, para la charla con los amigos en los cafés del centro, la pasión por el fútbol, no se perdía partido del Ipiranga, los juegos de damas las tardes de sábado en casa del profesor João Batista, regados con cerveza, el baño de mar las mañanas de domingo. La frecuentación asidua de los burdeles no entraba en la cuenta, él la practicaba al fin de la tarde, con la necesaria precaución: llegaba a casa puntualmente para el café abundante y la *canja* de gallina, servidos a las siete en punto.

También en la cama se impuso Adalgisa: que nadie se

asuste pues no se volverán a detallar mezquindades, limitaciones, hechos platónicos —¡aberraciones! — ya referidas y ciertamente por todos condenadas, el lecho penoso de Adalgisa. Acentúese apenas que el sufrido Danilo, optimista contumaz, a pesar de haber transcurrido casi veinte años de lucha, aún mantenía intenciones licenciosas, ilusiones de impudicia. Soñando con un milagro, al verla de camisón a la hora de acostarse, le pasaba la mano por el culo: ¡ya va a llegar tu día, culo ladrón! Había leído la frase en una revista de anécdotas eróticas, le encantaba. No pasaba del gesto rápido y la cita, Adalgisa ni se tomaba el trabajo de retarlo, se enrollaba en la sábana para dormir: el zorro pierde el pelo pero no las mañas. Lo que fuera llama ardiente, dando lugar a peleas, discusiones, intercambio de insolencias, terminando en enfado, pasó a ser llama débil, tenue luz de vela, no causaba enojos: había domesticado al zorro.

La muerte de Paco Pérez vino a tornar aún más precaria la situación económica de la pareja. Aconteció de repente, poco después del primer aniversario del casamiento que conmemoraron en familia: sirvieron vino en la cena y fueron, con Dolores y Eufrasio, al cine a ver una película mexicana con Cantinflas, divertidísimo. El infarto fulminante atacó a Paco cuando por fin se dio cuenta de la canallada de Javier García. Algunos amigos ya le habían avisado, aconsejándole que revisara la situación del negocio de chatarra. Paco hacía oídos sordos, el patricio le merecía toda confianza pues le debía todo, comenzando por dinero puesto en el negocio. Paco había entrado con el capital, socio comanditario: socio gerente, Javier no poseía ni un centavo partido por la mitad, sólo la capacidad de trabajo y la codicia.

Cierta tarde, habiendo ido a Agua dos Meninos tras unos cobres para el juego, oyó de Javier García que ya no le correspondía ningún derecho a retirar dinero, tampoco la cantidad mensual correspondiente a intereses. Javier no tenía nada más que pagarle. Al revés, había pasado de acreedor a deudor: debía un dineral a la firma, según se comprobaba por el libro de caja y los vales firmados que el miserable le mostraba. Francisco Romero Pérez perdió el color y la palabra, palideció, tartamudeó, los ojos se le pusieron vidriosos, las piernas le vacilaron, cayó muerto allí mismo en el local de fierro viejo. Donde aparecía raramente; el ambiente sucio, lleno de polvo, no era de su gusto, ex dueño de comercio noble, especias finas, vinos importados, jerez y málaga, quesos manchegos, sardinas de Vigo, mejillones. Javier García participó con modesta suma en la lista suscripta por los amigos para los gastos del funeral. El entierro de primera clase salió de capilla privada en el Campo Santo, tuvo misa de cuerpo presente, sermón, féretro de lujo, velatorio concurrido con recuerdos sentidos e historias picantes, aventuras del finado. En un rincón de la capilla, de madrugada, una negra todavía joven, la última conquista, rezó por el alma del español, consternada, los ojos húmedos. Acompañamiento numeroso, discurso del cónsul de España en la bajada del cajón. Exequias de comerciante rico, fueron un consuelo para Adalgisa.

El dinero obtenido con la venta de los pocos objetos de valor pertenecientes a Francisco Romero Pérez y Pérez apenas alcanzó para pagar los alquileres atrasados del departamento. El doctor Carlos Fraga, abogado de la familia, hábil, insistente y gratuito, consiguió negociar razonable acuerdo en la liquidación de la sociedad del negocio de chatarra, Javier García reclamó y discutió pero acabó desembolsando unos magros centavos. El doctor Carlos dispensó los honorarios: los había ganado, elevados, cuidando de los asuntos del ricacho en el tiempo de las vacas gordas. Adalgisa no tocó la suma pagada por el ex socio: la depositó en la Caja de Ahorros; ya entonces soñaba con la casa propia.

Vivieron durante algunos meses en un cuarto de pensión, antes de acomodarse en un departamentito de un ambiente: dormitorio y sala conjugados, la ducha, la pileta, la cocina. En la Avenida del Ave María estaban hacía más de doce años, casa pequeña pero agradable, Adalgisa no se quejaría a no ser por los vecinos, gentuza sin categoría —exceptuaba al profesor João Batista—. En la caja de ahorros, las economías realizadas en esos muchos años engordaban. Dadá había empezado a estudiar los avisos clasificados de los diarios.

Una cosa no había querido vender, ni estando necesitada: el título de socio propietario del Club Español, transferido del nombre de Paco al de Danilo, y continuaron pagando la mensualidad del Centro Gallego. No aceptaba deshacerse de la condición de señora, seguía el ejemplo de doña Esperanza: la madrina no se había doblegado a los hábitos de la pobreza, inclusive pasando hambre había conservado su lugar.

A los percances, tribulaciones y jaquecas crónicas, se unió la tutela de la sobrina, esa Manela que de española tenía muy poco, que rechazaba su destino de señora, renegaba de los buenos principios, suspiraba enloquecida por un chofer de taxi. Grave responsabilidad, tarea espinosa, pero Adalgisa, con la gracia de Dios, la llevaría a buen término: la pondría en vereda y le salvaría el alma.

EL REVOLTOSO. Para salvar el alma de la maldita, ejecutar el encargo que Dios y el juez de Menores les habían atribuido a ella y a Danilo cuando la muerte de la hermana y el cuñado, Adalgisa debía actuar sola, por cuenta propia, el ex príncipe de las canchas no era de ayuda, no colaboraba. Se mantenía apático, en su rincón, durante las constantes discusiones: no decía ni mu mientras tía y sobrina se trenzaban. En las ocasiónes en que la discusión aumentaba, degenerando en pelea, obligando a Adalgisa a aplicar el código de castigos, Danilo, en silencio, casi a escondidas, tomaba el sombrero y se mandaba mudar. Si ocurría en día de transmisión de fútbol, iba a ver el partido al Quincas Berro D'água, bar de fanáticos en cuya sala funcionaba un aparato de televisión.

No es que fuera indiferente a los hechos que llevaban a Adalgisa y Manela a enfrentarse, a la tía a acusar, a la sobrina a pedir perdón: se dilaceraban. Sólo que no aprobaba los métodos empleados por la esposa para corregir y educar —y ella lo sabía. Al presenciar las reprimendas iniciales, los primeros castigos, reaccionó condenando la violencia del discurso y el rigor de los correctivos. A propósito de la correa, él usó la palabra madrastra para definirla; tú eres la madrastra más malvada del mundo.

No volvió a usar el término, nunca más. No imaginó que Adalgisa tomaría a mal la calificación, que reaccionaría de manera tan desesperada, profundamente herida, sentida y ofendida: Danilo se impresionó, tartamudeó disculpas, Adalgisa se negó a oír. A los llantos, ofendida hasta el fondo del alma, fue presa de una crisis que duró la noche entera, palpitaciones en el corazón. Emergía de las palpitaciones para hundirse en el lamento: calificada injustamente por quien más debía alentarla y aplaudirla pues Danilo era responsable por la suerte de la sobrina tanto como ella, Adalgisa. Pero la tía cargaba sola con los pesares de la tutela y cuando buscaba impedir que la casquivana se desviara por los malos caminos, recibía como recompensa el peor de todos los insultos: ¡madrastra! Mordía la almohada, clamaba por la muerte.

Temiendo el deterioro de la relación pacífica y tierna, de la armonía amena y confortable que, a pesar de todos los pesares, caracterizaba hasta entonces la vida del matrimonio, Danilo decidió dejar que el barco navegara a su entero antojo, se lavó las manos. Como Pilatos en el Credo, acentuó el padre José Antonio Hernández: el marido y el confesor no se veían con buenos ojos. Sin saber por qué, al encontrar al padre inquisidor, Danilo sentía ganas de darle una trompada, romperle la cara, patearle las bolas.

La convivencia entre el tío y la sobrina, no siendo íntima ni estrecha, se prolongaba en un clima de gentileza y afecto, se fortaleció marcada por la estima mutua. Danilo trató de interesarla en la pasión del fútbol, con mediocre resultado; en compensación, en los juegos de damas y backgammon se reveló una alumna brillante, rival peligrosa, y se destacaba en los solitarios, las cartas distribuidas en la mesa de la cena; obtenía resultados sensacionales, acorralaba al tío. El tío Danilo, explicó Manela a Miro, es amoroso, me gusta mucho, lástima que no tiene carácter con la tía Adalgisa, creo que le tiene miedo.

Que Danilo actuase por miedo o lo hiciera por prudencia dictada por el amor, la discreción de su comportamiento llevó a Adalgisa a acostumbrarse de tal forma a la concordancia del marido al extremo de prestar mayor gravedad a la pedorrea, relegando a un segundo puesto la amenaza inusitada: si no vienes conmigo, voy solo, ahora mismo. Así, tomada por sorpresa, lo siguió con la vista, sin hacer un gesto, sin pronunciar palabra, los pasos de Danilo por la sala: él se puso la corbata, el saco, el sombrero en la cabeza:

—Hay un límite para todo, Dadá. Sólo vuelvo con Manela.

Se paró en la puerta, el rostro contraído en un rictus de dolor —físico y moral, según consta—, levantó la pierna, una oleada de ventosidades multísonas llenó la sala, ahogando la orden imperativa de Adalgisa:

—¡Vuelve a tu lugar!

LA FAMILIA QUE CENA UNIDA PERMANECE UNIDA.

En la hacienda o en la ciudad, Joãozinho Costa imponía normas, implantaba hábitos, de los cuales no se deshacía. La cena en familia los jueves era uno de ellos: la familia reunida en torno de la gran mesa, en el solar de Corredor da Vitória, el whisky escocés, el gin tonic para Olimpia, el vino portugués, las comidas preparadas por Pretinha, cocinera traída del interior. De vez en cuando, el grupo se ampliaba con algún pariente próximo de paso por la capital pero, por regla, quedaban en completa intimidad los dueños de casa, el yerno y las dos hijas, las herederas de la fortuna, una de las mayores de Bahía. Once años separaban a Olimpia de Marlene, en el lapso entre ambas doña Eliodora había dado a luz a un chico que vivió poco, la disentería lo consumió antes de festejar el cumpleaños: disgusto enorme para Joaozinho Costa. El hacendado persistió en el deseo de un hijo macho pero cuando doña Eliodora quedó embarazada de nuevo, desovó a Marlene a los siete meses de gravidez difícil.

Mi grey, decía el señor de tierras, cultor de valores tradicionales: la familia es la base de la sociedad. Exigía que Olimpia y Asterio rechazaran cualquier compromiso para la hora sagrada de la cena de los jueves, se disgustaba cuando una circunstancia insalvable obligaba a la ausencia de la pareja: la familia está antes que el gobernador, reclamaba. No fue el gobernador, papi, fue el general.

En aquel agitado jueves, en el confort de la sala de estar abierta sobre el jardín y la piscina, la familia esperaba a Asterio, atrasadísimo. Vestida de excitación y minifalda, Marlene, adolescente indócil, no se resignaba con la demora del cuñado, una falta de consideración. Miraba la hora en el reloj de pulsera, adelantado, tenía un encuentro marcado a las ocho y media de la noche, en la puerta del Teatro Castro Alves, donde el equipo francés iba a grabar a Caetano Veloso, Gilberto Gil, María Betânia y una novata que estaba dando que hablar, Gal Costa. Marlene había sido invitada a asistir a las filmaciones por Georges Moustaki. Se habían conocido el día anterior, no se largaron más. Menuda, morena y coqueta, Marlene acababa de cumplir los quince años, las crónicas sociales dieron am-

234

plia cobertura a los festejos: la ceremonia de confirmación en la Matriz, el gran almuerzo, el baile en el yate, el vals bailado con el padre, "hidalgo rural, especie en extinción" (Terezinha de Mayo, *Siete Dias*). Quince años, la edad preferida por el juglar griego: según opinaba Moustaki, las mujeres, después de los quince años, comienzan a envejecer. Jacques Chancel había traído al compositor de *Joseph* y *Le Métèque* para que cantara en el programa las canciones que Bahía le había inspirado: *Bahia de San Salvador* y *Bye Bye Bahia*, compuestas en París, al regreso de viajes anteriores. Marlene veía pasar la hora, no escondía su mal humor: ¿Asterio piensa que no tenemos nada que hacer? ¿Qué cree que somos? Dejar a Moustaki enmoheciéndose en la puerta del teatro, a disposición del mujererío desbocado, una insensatez: no podía cometerla.

Más nervioso aún estaba el jefe de la familia: Joaozinho Costa no podía permanecer quieto, iba y venía, controlando el portón de entrada, aguzaba el oído para percibir la llegada del fusca. Asterio se desplazaba en el pequeño Volkswagen: el Mercedes, con chofer uniformado, servía a Olimpia. Al final de aquella tarde, sin embargo, Olimpia había llegado en taxi, venía directamente de la *garçonnière* prestada al senador por uno de los secretarios de Estado, su protegido político.

Cubierta de joyas, sólo el collar había costado el valor de una boyada, doña Eliodora, el busto de diva, las curvas *belle époque* presas en la faja de goma, sorbía un cóctel de frutas, oyendo a Olimpia desgranar las novedades de Brasilia: terrible, su hija, ¿cómo conseguía saber tantas cosas y tan pronto? Por ejemplo, las desventuras recientes del teniente Elmo — ese buen mozo que estuvo aquí con el general Abdias, ¿te acuerdas, Lenoca? ¿Qué ocurrió con él? Te contaré: estaba de lo mejor en la cama con la generala, cuando el general se materializó sin aviso previo, y el tenientito fue a dar de narices en la frontera de Colombia, va a tener que acostarse con las indias, ésas de labios como fuentes, pobrecito. En la cocina, mientras esperaba las órdenes del patrón, Zé do Lirio confiaba a Pretinha su nostalgia por la india Momi, su mujer: sin igual para curar el empacho y la tos convulsa.

En la mano un sobre pardo y anónimo, Asterio atravesó la puerta:

—Quedé atrapado en la oficina... —mientras se disculpaba distribuía besos a la suegra, la cuñada, la esposa—. Nues-

235

tro senador insistió en traerme él mismo la noticia de la ausencia del ministro a mi propuesta, el contrato de la carretera está casi listo. Vamos a celebrar.

Olimpia sonrió tímida y discreta, bajó los ojos al suelo: había valido la pena el tributo pagado, la tarde de cama sosa y cansadora, senatorial. Su Excelencia había anunciado: en cuanto salga de aquí voy a visitar a nuestro buen Asterio. ¿Visitar a Asterio para qué?, preguntó ella, sorprendida. Para verle los cuernos, belleza. Mientras ejecutaba sus tareas, Olimpia puso el pensamiento en Sylvia y el pequeño Eloi, los dichosos: transcurrían la tarde placentera en los ocios de la fornicación y los etcéteras, mientras ella se esforzaba en la boquilla para levantar el palo del senador. Al saber su esfuerzo premiado, recogida por Asterio la debida recompensa, Olimpia bendijo las horas de gravamen, sonrió a su marido. Con sus ojos de sapo, él la contempló y la vio bella y dedicada, esposa irreprochable, inigualable. Olimpia había heredado del padre el sentido de familia.

LA FOTO TOMADA EN EL MOTEL O EL DESNUDO ARTÍSTICO VERSIÓN SNI. Asterio señaló con el sobre al suegro impaciente:

—Ni tuve tiempo de abrirlo.

Joãozinho Costa, batiendo palmas, ordenó a la mujer y las hijas, imperativo:

—Vayan yendo a la mesa, nosotros ya vamos...

Mientras las mujeres se dirigían al comedor, el suegro y el yerno se aproximaron a la lámpara, para ver mejor a la luz la desnudez del padre Abelardo Galvão y la espabilada Patricia das Flores. Asterio despegó el sobre que no traía el nombre del destinatario ni del remitente, de él retiró un negativo y una foto 18 por 24, en colores. Antes de que la viera, Joãozinho Costa la arrebató, apurado por gozar la cara del cardenal primado, el santo camaleón. De frente, celos y mesuras, agradecimientos —¿cómo va la hacienda, coronel? Gracias por el barril de dendê, oro líquido—, por la espalda, protector de padres-sandía.

Allí estaban, desnudos, en pelo, sólo que no eran ellos.

—¿Qué diablos es esto? Este muchacho no es el padre.

Asterio de Castro tomó la foto, miró, estalló:

—¡Imbéciles! ¡Incompetentes! ¡Hijos de puta!

Ni el padre Galvão, ni la chica del teatro. En la fotografía, bien enfocada, el empresario reconoció no sólo a la mujer del juez de Menores sino también al seminarista con quien Olimpia andaba cada dos por tres: el sinvergüenza estaba engañando a Olimpia. Asterio echaba espuma de indignación, no por la infidelidad del muchacho, que poco le importaba. Se mantenía al tanto de los pasatiempos de la amorosa esposa, sin envolverse en ellos salvo cuando alguno le parecía inconveniente, capaz de perturbar proyectos y negocios; entonces le daba a entender, ponía fin a la aventura.

Indignado, furibundo porque de Brasilia le habían anunciado por teléfono la elección y el envío de agentes de toda la confianza y la mayor competencia. La presencia del agente Siete Siete Cero como jefe aseguraba la ejecución perfecta de la Operación Cangrejo Conchudo, la imposibilidad de error, de fracaso. Siete Siete Cero, el as de los ases.

—¡Y son estos mierdas los que quieren ganarles a los comunistas! Solamente saben dar golpes, no sirven nada más que para pegar. ¡Submierdas!

El grito del marido hizo que Olimpia regresara a la sala, interesada. Asterio se contuvo, trató de guardar la foto, pero ella se adelantó y, con un gesto rápido, se apoderó del sobre: quería ver lo que tanto había perturbado a quien se jactaba de impasible.

Vio y no pudo creer lo que sus ojos veían. Se cubrió la boca con la mano, tragó la exclamación de espanto: ¡ay, Dios mío!, ¿qué es esto? Cerró los ojos bajo las pestañas de rímel, volvió a abrirlos y ver. En la copia de colores, aún húmeda del laboratorio, Sylvia Esmeralda y el pequeño Eloi, desnuditos como Adán y Eva, la sotana, el calzoncillo, el vestido, la combinación y la bombacha a los pies de la cama redonda, cama típica de hotel. Los dos lado a lado, fotografiados de frente, ella con los ojos muy abiertos, muerta de miedo, él con cara de llanto, el pájaro mustio. Ni el celebrado lunar de Sylvia, provocativo en lo alto de los pendejos —había inspirado un soneto al novato Joca— salvaba el desnudo artístico de la mediocridad.

Qué cosa más perturbadora, más intrigante, Olimpia no sabía qué pensar. Cerró nuevamente los ojos y entonces comprendió y tuvo que dominarse para mantener la calma. Acababa de darse cuenta del peligro que había corrido y del que fue salvada por el encuentro con el senador. Todo le pareció claro como el agua: de no ser por ese compromiso, en vez de Sylvia habría sido ella la que posara de EVA para el SNI. Obra del SNI, era evidente, y, además, reincidente: cuando las elecciones habían hecho lo mismo con la esposa del parlamentario, ahora la víctima era ella, Olimpia. Habían armado un complot, transmitido un recado en su nombre para Eloi, marcando hora y lugar para el encuentro, él había caído como un chorlito ella habría caído también de no ser por la cita con el senador. Sylvia había participado en la cosa sin comerla ni beberla, debía de estar desesperada. Misterio esclarecido: querían desmoralizar a Asterio. ¿Pero por qué el SNI se había vuelto de repente contra él? Alguna cosa grave pasaba a sus espaldas, al margen de su conocimiento. Por lo general, Asterio la mantenía informada de los acontecimientos y los problemas, ¿por qué no le había contado?

—Asterio, ¿qué significa esa foto? Quiero saber.

Fue el padre quien respondió, impostando la voz:

—Nada fuera de lo común, Olimpita, una broma que quisimos hacer. Un chiste... —trataba de reír, no lo conseguía.

Olimpia no sacaba los ojos de Asterio, él la sintió asustada, le hizo un gesto a escondidas del suegro para tranquilizarla. Joãozinho Costa, rehaciéndose de la decepción, concluía, entre la irritación y la chacota:

—Quién iba a decir que el doctor Prado d'Ávila, tan metido a recto, fuera a ser cornudo: ya no se puede confiar en nadie. Ustedes vayan a la mesa, yo no demoro.

Tomó el camino de la cocina, Olimpia y Asterio se encontraron a solas. Ella acababa de guardar el sobre con la foto y el negativo en la cartera Christian Dior, grande y blanca. No habiéndose quedado con el negativo, procedimiento extraño, no podrían hacer nuevas copias. ¿Cuántas habrían distribuido ya en las áreas de la política y los negocios? Sylvia y su lunar, señal de belleza, expuestos al mundo: la celebridad. Olimpia se acercó al marido:

—¿Sabes algo de esto?

—Todo. En casa te cuento. No es importante.

—No me mientas, Asterio. Quieren darte, ¿no? ¿Por qué? —Susurraba a pesar de que la sala estaba vacía.

238

—No. Nada de eso, quédate tranquila. Sólo se trata de una confusión. En casa... —le tendió la mano, tomados de la mano fueron a la mesa de la cena el sapo buey y el avión.

En la mesa, agitadísima, en dos bocados Lenoca engulló la sabrosa coquilla de cangrejo, dejó de lado el pescado con salsa de camarón, el bife con papas fritas, los diversos postres, inclusive la ambrosía: no tengo hambre, mami. Solamente esperaba que llegara el padre para pedirle permiso y salir corriendo a los brazos del *métèque*: *avec ma gueule de métèque*, de *juif errant, de pâtre grec*... Marlene sabía de memoria la letra y la melodía de la canción. ¡Ay!, Georges Moustaki, pasión, el aura de los cabellos blancos, el renombre, la gloria... la espera en la puerta del teatro. Papi, ¿por qué demoras tanto?

Con pasos medidos, Joãozinho Costa se había dirigido a la cocina. Menos mal que no había despedido a Zé do Lirio, que no lo había mandado de vuelta a Pernambuco como le había aconsejado el yerno. Balanceó la cabezota: Asterio y sus ideas de loco. Eructaba competencia, se jactaba de poderes casi ilimitados, un mandaparte, un fanfarrón. Tan pagado de sí y no pasaba de ser un tonto, un embrollón, un... cabrón, el juez de Menores, ¿quién iba a decirlo?

EL ARGOS EN ACCIÓN. El comisario Ripoleto bajó en Santo Amaro al anochecer y apenas saltó del ómnibus hubo quien le reconoció la profesión y los méritos:

—Anda un cana suelto por ahí dándoselas de turista.

—Y es de los buenos... Enseguida quiso saber de la muchachita del vicario. ¡Llamar muchachita a Marina, imagínese!

Envuelto en proverbial capa de goma, oculto por los anteojos oscuros y el ala del sombrero, en consecuencia de incógnito, el comisario llevó a cabo la misión que el secretario de Seguridad le había confiado, tarea delicada y peligrosa. Aun siendo blanco de corrupción, engaño y violencia, el comisario había llegado a una conclusión precisa y objetiva: el pueblo de Santo Amaro había tomado las armas y se disponía a hacer la guerra.

Tanto más meritoria la actuación del comisario Ripoleto por cuanto enfrentó evidente mala voluntad, dificultades a montones, estorbos a granel: cualquier otro habría desistido, él se mantuvo en pie y persistió. Oyó respuestas irrisorias a las preguntas pertinentes que propuso a José Veloso, a doña Canô, y a otras personalidades sospechosas del burgo convulsionado. Escuchó risitas de burla a sus espaldas —¿está disfrazado de Sherlock Holmes o de *capanga* de Tenório Cavalcanti? —, tragó exabruptos del alma de la parroquia, doña Marina, una hembrona, de cara enrojecida y bozo fuerte. Rodeada de la estima y el respeto de los conciudadanos, ofendidísima con la indiscreción del policía secreto, a la comadre del vicario sólo le faltó pegar: no tengo que dar explicaciones de mi vida, déjeme en paz, imbécil, vaya a preguntarle a su madre cuántos son los padres de cada hijo de ella. Hasta amenazas le hicieron entre dientes: a los espías, la gente de aquí los devuelve a nado a Bahía.

La revuelta se extendió por las calles y la población estaba en pie de guerra. Se reunían grupos en las esquinas y marchaban en dirección a la Plaza de la Matriz, resonaban vivas al vicario, a don José y a doña Canô, padres de los niños. Partían emisarios hacia las otras ciudades del Recóncavo en vehículos terrestres y fluviales —autos, camiones, carros tirados por bueyes, motos y bicicletas, caballos, burros y jumentos, lanchas, barcazas, botes, canoas y una yola propiedad del campeón Dori Zarolho. Llevaban la incumbencia de informar sobre la cruzada libertaria y punitiva, sacrosanta, de regimentar naves y almirantes, soldados y marineros, alistarlos bajo el estandarte de Santa Bárbara, la del trueno. En todo el curso del Paraguazú resonaban las trompetas del Juicio Final, acudía la gente en confusión y levantando polvo: ¡la Santa es nuestra!

En el navío de la compañía Bahiana, en el horario matutino, llegaban diariamente a Santo Amaro de la Purificación ejemplares del *Diário de Notícias* y de *A Tarde*, destinados a suscriptores. Aquel jueves se tornaron propiedad colectiva, socializada, pasaban de mano en mano. Todos los que sabían leer leyeron las notas de Guido Guerra y José Berbert de Castro, una diciendo que la Santa había desaparecido en el viaje, la otra describiendo la llegada de la imagen al muelle de Bahía, en la presencia del cronista.

Entre noticias tan contradictorias, ¿en cuál creer? ¡Vaya, qué pregunta! No hubo opinión divergente: *A Tarde* no cometía errores, no publicaba bolazos, se podía jurar en cruz por la verdad que se leía en sus columnas. En cuanto al sensacionalismo del folletinista Guerra, en el *Diário de Notícias*, no pasaba de ser un invento de cabo a rabo, seguramente a pedido de alguien influyente, interesado en establecer confusión en torno del destino de Santa Bárbara, la del trueno —¿no eran carne y uña el discutido director del Museo de Arte Sacra y el doctor Odorico Tavares, director de los Diarios Asociados de Bahía? No había misterio alguno que revelar: la imagen había sido robada por un timador de la capital, pasado el alboroto sería discretamente incorporada al acervo del Museo. No era el primer caso, no sería el último. ¿El nombre completo del ladrón, del timador de la capital? Citar nombres implica correr peligro, pero aquí va una pista esclarecedora: al referirse al señalado, el padre Teo lo trataba de don Mimoso.

Otra versión, ésta de evidente connotación oposicionista, insinuaba que había sido el gobernador el que había ordenado el robo, en la intención de ofrecer la Santa del trueno, la única existente, al general candidato a la Presidencia de la República. Rumor basado en antecedentes, varios y comprobados. A propósito salió a relucir el caso de aquel fiero coronel, devoto de santos antiguos. Despojó de imágenes al Estado de Alagoas, con la complicidad de políticos locales durante los siete meses en que ejerció el comando de la tropa del Ejército en Maceió. Tiempo después, promovido a general, pasado a retiro, metido en el piyama de los oficiales reformados, perdidas las prerrogativas y la vanagloria, se le dio por ser liberal. Aplicó el producto del saqueo alagoano a la compra de un apartamento de cobertura en São Conrado, en Río de Janeiro. Recordando los tiempos de autoridad, la razzia en los conventos y templos de Penedo y São Miguel dos Campos, aclaraba que había adquirido el apartamento de lujo con la ayuda de Dios y de los santos de la Iglesia. Ingrato, aporreaba a los aduladores y los chupamedias.

El comisario Ripoleto olfateó el aire lleno de pólvora, percibió señales de desorden, movimientos sospechosos, incitación criminal, pero hasta la hora de la cena, por más que se esforzara y saliera a interrogar a unos y a otros, no consiguió determinar la extensión y el carácter de lo que se armaba. Cenó en una fonda, comida mala y parca. El mozo, además de idiota, torpe: no supo responder a ninguna de sus variadas interrogaciones y le derramó en el pecho el soso contenido de la fuente, manchando con grasa y salsa el saco y la camisa casi limpia del policía. Hasta parecía hecho a propósito.

EL PUEBLO EN ARMAS. Los habitantes de la ciudad, prácticamente todos, sin distinción de sexo o edad, campesinos llegados, en gran número, de los alrededores, algunos portando hoces para cortar caña, se reunieron aquella noche, a la luz de las antorchas, superpoblando la plaza frente a la Matriz. ¡Queremos la Santa!, vociferaban.

El comisario Ripoleto se mezcló con el pueblo y, para no hacerse notar, fue de los manifestantes más entusiastas, terminó por comandar el coro de las beatas en trance, ampliando el alarido histérico de las viejas con su voz atronadora: ¡la Santa es nuestra! Inteligencia viva, olfato de bulldog, dotes que los colegas envidiosos no le perdonaban, el comisario se dio cuenta de que estaba participando activamente en un acto preparatorio de manifestación, si no algo peor, cometiendo un acto ilegal e imperdonable.

Motivo más que suficiente para prisión y proceso, si actuado por detective de la policía. Las consecuencias serían mucho más graves si lo llevaba preso un agente militar: palizas de antología, sesiones refinadas de tortura hasta ser obtenida la completa confesión de los crímenes contra la patria, los nombres de los cómplices y de los jefes, demorada permanencia en los sótanos de los aparatos de seguridad, los DOI-CODI de la vida, es decir, de la muerte.

El comisario Ripoleto se estremeció de sólo pensar en la sigla, pero se tranquilizó al recordar que se encontraba allí de servicio. Camuflado de revoltoso, astucia magistral, digna de su intelecto privilegiado. Se sintió eufórico, imaginando el estupendo informe que presentaría al doctor secretario de Seguridad, proponiéndose para la próxima promoción: misión cumplida, jefe. No sólo había sido astuto, también había sido cauto, insistente, determinado, caradura, oportunista, brillante y positivo, había honrado el nombre de la corporación.

Llegado desde el interior del templo, rodeado por arrugadas chupahostias y excitados periodistas, asomó en lo alto de la escalinata el vicario de Santo Amaro, el padre Teófilo

242

Lópes de Santana, el popular padre Teo, Teteo en la boca de cariño y gula de doña Marina cuando, después de las devociones y los trajines del día, el reverendo se sacaba la sotana y se ponía el camisón, con florecitas rosadas en el cuello.

Desde el atrio, palco y tribuna, el desaforado sacerdote se dirigió a la multitud. Contó con indignación y detalles, utilizando palabras fuertes, a veces gruesas, la historia innoble. El pedido de préstamo de la imagen, el rechazo, la insistencia, la presión, por fin la orden superior, el embarco y la desaparición. El responsable, el autor del plan maquiavélico, el que había mandado el robo, también él había desaparecido. Durante aquel día, desde la noche del día anterior, desesperado, el padre Teo había tratado de hablar por teléfono con el director del museo sin conseguir oírle la voz meliflua: don Mimoso se había escabullido.

¿Dónde se metió don Maximiliano, ciudadano considerado flor de gentileza, de quien decían era más delicado que una dama? Desapareció el ciudadano, la dama se desvaneció llevando consigo a Santa Bárbara, la del trueno, nuestra Santa protectora. Al término del discurso, dicho con la lengua ferina del padre Antonio Vieira en el púlpito de la Sede de Bahía refiriéndose al arte de hurtar de los hidalgos lusitanos, la masa ovacionó a su pastor: ¡Viva el padre Teo, nuestro defensor! ¡Viva la Santa del trueno! ¡Abajo don Mimoso! El comisario Ripoleto se preguntaba quién sería ese don Mimoso y, mientras esperaba descubrirlo, gritaba con el coro indignado: ¡Abajo! En el aire estallaban cohetes, iluminando el cielo: olor de pólvora.

Ovación aun mayor saludó a doña Canô, pequeña, enjuta, frágil, una santa de jade. Hija de Yansã, se transformaba en agitadora insolente, en líder de revuelta, en conductora de guerreros. ¡Vamos a rescatar a nuestra Santa Bárbara, la del trueno, ella es del pueblo de Santo Amaro, nos pertenece! Dijo con voz dulce e implacable, y el pueblo la condujo en brazos. De nuevo, el cohetería.

Acción subversiva en marcha, intuyó el comisario Ripoleto, el olfato más aguzado que nunca. Paseó la mirada sobre la multitud de comunistas para calcular el número exacto de los subversivos reunidos en la plaza. Inspección demorada pues dependía de cálculos matemáticos y las cuentas de multiplicar no eran su fuerte, y menos hechas mentalmente. En ese ínterin el atrio se vació, desapareciendo el señor vicario y las figuras principales, José Veloso, el orfebre Araújo, el memorialista *maragogipano* Osvaldo Sá, el sacristán Miltinho y los cronistas y fotógrafos venidos de Bahía, enviados de todos los diarios, inclusive Gervasio Batista, de la revista *Manchete*, de Río de Janeiro, recién llegado de la guerra de Vietnam.

Habían desaparecido para conspirar a escondidas o para saborear cena opípara —donde hay periodistas, hay tenedor libre, es inevitable. El comisario Ripoleto decidió descubrir el lugar del crimen, de la comilona, y hacerlo de prisa, antes de que la conjura y la comida llegaran al fin. La comida, *maniçoba*, especialidad del Recóncavo, entre todos el plato preferido de la luminaria.

El único modo de saber era preguntar, no había otro. El comisario salió preguntando a la gente del lugar que abandonaba la plaza después de la manifestación. Las preguntas, hechas con autoridad pero sin mayor griterío, pocos empujones, ninguna trompada, provocaron, sin embargo, reacción desagradable. Algunos muchachos osados enfrentaron al detective, le tomaron el revólver, le insultaron a la madre, lo condujeron a la fuerza al puerto de barcos y canoas. Primero, sin sacarle la ropa, lo bañaron en las aguas del río, una buena acción pues el calor mataba. Después lo embarcaron en una pequeña canoa sin timón y sin remos —lo soltaron a la deriva en la corriente, chicos juguetones.

No navegó gran distancia el novel marinero. Poco más adelante, donde, en una curva, el río se ensancha, la canoa llegó a un gran cañaveral entre las márgenes en verdad próximas. ¿Se arrojó al Paraguazú el comisario y en pocas y rápidas brazadas alcanzó tierra firme? ¿No lo hizo? Aquí entre nosotros, que nadie nos oiga, dígase en confidencia secretísima: el argos de la Policía del Estado no sabía nadar. Que este particular permanezca para siempre ignorado, que jamás vengan a tomar conocimiento de él los canallas de la Secretaría, pues arrastrarían a nuestro héroe por la calle de la amargura.

Con la ropa empapada secándosele en el cuerpo, el zumbido atroz de los mosquitos, nunca había visto tantos —el sombrero, que podría defenderlo, bajaba por la corriente, considerable perjuicio—, el viento que soplaba, las sombras indistintas y los ruidos furtivos, la impotencia, el miedo, en resumen, la soledad de los intelectuales, el comisario Ripoleto, destacado en misión especial en Santo Amaro de la Purificación, debido a su olfato y a su capacidad, pasó la noche estornudando y tiritando a pesar del calor reinante. Había hecho lo posible por merecer elogios y ascenso. Si llegaba a escapar de la neumonía o de otras amenazadoras dolencias: varicela, paludismo, reumatismo.

LOS ATURDIDOS. Al dejar entre pedos y protestas la Avenida del Ave María y verse en la calle, rodeado del movimiento nocturno, Danilo se dio cuenta de que no sabía qué hacer. Sólo volveré con Manela, había afirmado con bravuconería — frase muy de macho, ¿y después?

Se le había ocurrido buscar al juez de Menores pero, teniendo en cuenta la hora, desistió enseguida. Además, ¿qué hacer en casa del juez, solo, sin Dadá? ¿Hablar de su discordancia al respecto de la internación de la sobrina? Sobrina política, mientras que Adalgisa era de sangre, ¿a cuál de los tutores daría la razón el meritorísimo? Por cierto a la tía, moralista y vigilante, plantada en sus mierdosuras de señora. De cualquier manera, sólo al día siguiente podría intentar obtener una contraorden del juez, y Danilo se había propuesto liberar a Manela aquella misma noche y, categórico, lo había afirmado en el ardor de la discusión.

Pero era más difícil de lo que imaginó al oír de la boca de Dadá la noticia de la decisión absurda, de la espantosa sentencia. Repugnado, se había exaltado, no midió las palabras, se comprometió. Se encontró parado en el paseo, bajo la luz del poste, con cara de idiota. En medio de la confusión se acordó de Gildete, la otra tía, tan de sangre como Adalgisa, tutora de Marieta, la huérfana menor. Resolvió ir a buscarla, contarle lo sucedido, decidir con ella las medidas que poner en práctica: Gildete era de buenos consejos y resuelta. Dadá se iba a poner loca cuando se enterara de que el marido se había mancomunado con aquella peste —la trataba de peste para abajo— pero a Danilo poco le importaba lo que pudiera ocurrir, que Dadá se fuera al diablo. Tomó el ómnibus para Tororó.

En casa de Gildete encontró a Miro, el pivot de la cuestión. Danilo estaba harto de oír a Damiana del Arroz con Leche, la vecina de al lado, exaltar las cualidades del chofer de taxi, destacando la alegría permanente y contagiosa, su marca registrada:

—Qué buen muchacho es ése, Danilo. Si yo tuviera una hija, no querría otro marido para ella.

Aire de pocos amigos, en el rostro cerrado de Miro la preocupación había ocupado el lugar de la alegría. Cuando, poco antes de las siete, había detenido el auto en el lugar del encuentro, ya venía con la pulga detrás de la oreja. En casa de la hermana, donde vivía, se había topado, al final de la tarde, con una convocatoria del juez de Menores, que le ordenaba comparecer a su presencia el día siguiente a las quince —no adelantaba el motivo—. Miro guardó el papel en el bolsillo, ¿qué podría hacer?

Miro y Manela tenían un acuerdo, debido a los percances del romance: si, después de media hora de espera, ella no iba a una cita, él se iba sabiendo que la tía Adalgisa había descubierto el encuentro o desconfiado de ella e impuesto un castigo a la sobrina, encerrándola en el cuarto: ocurría con relativa frecuencia. Pero, aquel jueves, Miro no se conformó, había contado con llevar a Manela con él, la oportunidad era única y no podían perderla. Fue a rondar por la entrada de la Avenida del Ave-María, tal vez Manela se las arreglaba para escapar.

El profesor João Batista le contó haber visto a Manela cuando ella regresó, al mediodía, del colegio. Entusiasmada, le había confiado la cita con Miro, en secreto, es claro, y la decisión de ir sin falta, no habría quien la detuviera. Por medio de Damiana se enteró de que Manela no estaba presa en el cuarto, la dulcera lo había constatado personalmente: poco antes de la cena había estado en casa de la vecina para llevar un postre que Manela adoraba. Vio el cuarto abierto, la puerta entornada. Manela fue a estudiar a la casa de Rizia, contó Adalgisa. Damiana quedó intrigada debido a dos cosas, según explicó a Miro. Había sido testigo de la salida de la tía y la sobrina a la tarde, no serían todavía las cuatro. Manela la saludó con la mano al pasar, le dijo hasta luego. Por casualidad Damiana estaba en la puerta cuando Adalgisa regresó sola, más o menos una hora después. Desde entonces nadie de por ahí había visto a Manela. La otra cosa que la intrigó fue la alegría de Adalgisa, incontenida. No cabía en sí, contenta pero nerviosa, en verdad muy rarona a ojos vistas.

Los demás vecinos nada sabían de Manela. Inquieto, Miro se dirigió a la casa de Rizia y la encontró mirando televisión con el novio. ¿Manela? Había estado con ella en la escuela, no habían combinado estudiar juntas, mentira de Manela para engañar a la tía y poder salir con él, Miro. ¿No tenían una cita esa noche? Manela se lo había confiado, exaltada. Cada vez más preocupado, Miro fue a la casa de Gildete.

¿QUÉ HACER? Parado junto a Álvaro, el estudiante de medicina, que había ido a abrirle la puerta, Danilo oyó el fin de la explicación de Miro: hablaba alto, gesticulando mucho, tan aprensivo que había dejado de lado el compromiso con los franceses sin siquiera disculparse:

—La comadre Damiana las vio a las dos salir juntas a media tarde y estaba en la puerta, despachando a unos clientes, cuando solamente Adalgisa volvió. Nadie supo decirme dónde puede estar Manela. Además de lo que ya le conté, no tengo nada más que agregar.

—Buenas noches... —saludó Danilo entrando en la sala.

Las dos chicas, Violeta y Marieta, fueron a recibirle la bendición. Miro hizo un gesto con la cabeza: conocía al tío de la noviecita apenas de vista. Gildete se levantó del sillón:

—¿Qué está pasando, Danilo? Miro vino como loco: tenía una cita con Manela, ella no apareció, no está encerrada en la casa, salió con Adalgisa pero no volvió con ella. Tú por aquí a estas horas es señal de que algo ocurre. ¿Qué es lo que sabes?

—Lo sé todo... —Miró alrededor, la voz apenada, embarazada. —Dadá internó a Manela en el Convento de la Inmaculada Concepción.

—¿Y qué convento es ése? Nunca lo oí nombrar —quiso saber Gildete, pero no esperó a recibir la respuesta, se dio cuenta—. No me digas que ella metió a la chica...

—En el convento de la Lapa, exactamente.

—¿En las Arrepentidas? ¡Ah, esto es demasiado! No aguanto una cosa así.

—¿Qué? —Miro avanzó hacia Danilo. —¿En las Arrepentidas?

—Y el culpable eres tú —replicó Danilo— Yo creo que
Dadá actuó mal y por eso estoy aquí. Pero el culpable es este
muchacho... —señaló a Miro—. Dadá encontró una nota de
él a Manela en la que marcaba hora para huir juntos hoy a la
noche. Se enojó, fue al juez, le contó, él dio la orden.

—¿Yo? ¿Nota marcando hora para huir? ¿Qué historia
es ésa? ¿Quién inventó esa mentira? ¡Dígame, vamos! ¡Mues-
tre las pruebas!

—Yo vi un pedazo de nota en la que se combinaba el encuentro, no me desmientas. No podía estar más claro: hoy vas
a conocer, ¿cómo era que decía?... lo bueno y lo mejor... Lo
bueno y lo mejor, todo el mundo sabe lo que quiere decir.

—¡Ah! Esa nota... —Miro no se calmó del todo pero moderó la exaltación. —Le mandé una nota, es verdad. Marcando un encuentro para las siete de la tarde, también es verdad.
Quería llevar a Manela a que presenciara la grabación del programa de los franceses en el Castro Alves. Lo bueno y lo mejor a lo que me refería era Caetano y Gil, ya habrá oído hablar de ellos, ¿no? Son lo mejor que hay, ¿no es así? La
grabación debe de estar comenzando —explicó, menos inflamado—. Estoy con el coche a disposición del equipo de los
franceses, buena gente, no se dan aires de superioridad como
algunos que conozco. Le pedí a doña Nilda, ella consintió en
que llevara a Manela. Nadie habló de fuga.

Los ojos volvieron a encendérsele, enfrentó a Danilo:

—Voy a casarme con Manela, con el consentimiento suyo y el de doña Adalgisa, pero nunca pensamos en huir. Todavía no —de nuevo indignado, el dedo en ristre—. ¿Quiere
decir que la metieron en la Lapa como si fuera una puta? ¡Qué
porquería! Y ahora, dígame, ¿qué es lo que usted va a hacer
para sacarla de ahí?

Danilo no respondió, se mantenía calmo, no llegó a irri-
tarse con Miro: entendía el descontrol del muchacho, el ímpetu, el enojo. Se dirigió a Gildete:

—Por eso estoy aquí, Gildete. Para que veamos qué podemos hacer para liberar a la pobrecita. Tuve una discusión
fea con Dadá, todo lo que quiero es traer a Manela de vuelta
a casa. Pero realmente no sé qué hacer. Ver al juez, recién
mañana será posible, y me temo que, entre Dadá y yo, él le dé
la razón a ella. Puede parecer un absurdo, pero ella actúa pensando en el bien de la sobrina.

—Maldita sea... —Gildete no se contuvo.

—Son los puntos de vista de ella, qué vas a hacer. Lo que yo quiero saber es si tú tienes algo que proponer. Vine para eso. Tú, Alvaro, tal vez ese muchacho... No es hora de pelear, Manela debe de estar pasando las penas del infierno... No quiero ni pensarlo.

—Tienes razón... Siempre fuiste bueno con ella. —Gildete balanceaba la cabeza, abrumada, sintiéndose inútil, impotente. —Así, de repente, no se me ocurre nada... Pero tiene que haber una solución, sea cual fuere. Vamos a sentarnos, exprimirnos los sesos hasta descubrir un camino, una salida. Tenemos que encontrar algo, lo que sea.

Violeta y Marieta lloraban abrazadas, un llanto contenido, desolado. Alvaro sugirió llamar a un abogado:

—Podemos hablar con el doctor Orlando Gomes, él es entendido en derecho de familia, ¿no fue él quien hizo el Código? Los diarios sólo hablan de eso. Fue amigo del viejo, trata a mamá con mucha deferencia. ¿No quieres llamarlo, mamá?

Miro se puso la gorra.

—Disculpe el mal modo, Danilo. Además, le agradezco. Y a usted también, Gildete. Pero no puedo quedarme aquí, exprimiéndome la cabeza, mientras ella sufre. Tengo que sacar a Manela del convento, y tiene que ser hoy mismo. ¡Hoy mismo! —repitió.

Salió. Alvaro se levantó, partió tras él.

—Voy con él para impedir que haga una locura.

LA FORTALEZA DE DIOS. Policías y periodistas, numerosos unos y otros, se cruzaban en las calles, subían y bajaban laderas, se metían por los callejones, en busca de los dos sacerdotes católicos. Un monje y un padre secular.

Pandillero, invasor de tierras, ladrón de imágenes, mujeriego, el secular: así informaban repetidos llamados telefónicos a las redacciones. Los órganos de seguridad tenían pruebas que demostraban de sobra el papel del padre Abelardo Galvão, cura de Piaçava, en el ataque a las haciendas situadas en aquel municipio, al frente de campesinos armados por él. Reunían indicios que lo señalaban como el principal sospechoso del hurto reciente y espectacular de la imagen de Santa

249

Bárbara, la del trueno. Lo identificaban como uno de los jefes de la mafia especializada en el pillaje en las iglesias, en el robo de imágenes y objetos de culto, que actuaba en todo el nordeste. Anónimo pero preciso, al tanto de la vida pública del reverendo, el autor de los llamados daba a conocer otra faceta de la compleja personalidad del padre Galvão: seductor de vírgenes, frecuentador de moteles, el tipo andaba con una mujerzuela. Escandalizando a sus parroquianos, se había metido con todo con indecorosa cómica de teatro, a ese respecto el incógnito informante prometía para muy pronto nuevas y sensacionales revelaciones. En la redacción de *A Tarde*, Renato Simoes y Jorge Calmon se preguntaban sobre la procedencia de los llamados telefónicos. Fácil, dijo el jefe de redacción, basta buscar entre quienes poseen latifundios en Piaçava: sólo conozco uno. Renato Simões concordó: ni no es cosa de él, será del yerno.

En la parte local del noticiario de las 20:00, un flash de televisión mostró escenas del almuerzo en el Mercado: las bahianas en el *samba-de-roda*, el franchute Chancel aplaudiéndolas, algunas de las personalidades presentes. El coronel Raúl Antonio, ojo de lince, localizó al padre Galvão sentado entre el diputado Fernando Santana y el novelista Dias Gomes, comunista redomado. Los federales lo daban por desaparecido, y él muy tranquilo almorzando en compañía de subversivos, posando de galán para la televisión. Dientes apretados, murmurando amenazas, fuera de sí ante tamaña incompetencia, el coronel Delegado reunió a los incapaces y exigió entre amenazas: quiero noticias del padre inmediatamente, ¡hoy mismo! Mandó que redoblaran la vigilancia, que localizaran al malhechor, que le siguieran los pasos: hasta en la cama, si fuera preciso. Los policías le habían perdido la pista antes del almuerzo, el padre había conseguido eludirlos, no se sabe cómo: tanto a los de la Secretaría de Seguridad cuanto a los de la Policía Federal. El comisario Parreirinha, para explicarse, había inventado un eclipse de sol que le ofuscó la vista. Como disculpa, de las más torpes.

Sólo a las once los periodistas fueron alertados al respecto del padre Abelardo Galvão y ni siquiera lo habían localizado, andaban de lo más ocupados con otro desaparecido, don Maximiliano von Gruden. Cronistas y fotógrafos, habiendo llegado a la Arquidiócesis después de la partida del director del Museo de Arte Sacra, ya no lograron saber nada más de él. Tenían una única certeza: don Maximiliano no había regresado al Convento de Santa Teresa, sede del museo. Circulaban rumores contradictorios sobre el destino del fraile: había sido visto en el aeropuerto embarcándose hacia Río de Janeiro, estaba preso, incomunicado, en el cuartel del Ejército.

En el museo, periodistas de guardia a la espera del director presenciaban, bostezando, los trabajos de montaje de la Exposición de Arte Religiosa. A Gilberbert Chaves y Lew Smarchevski se les unió un tercer arquitecto, Silvio Robato, bueno para los pálpitos y las anécdotas: ayudaba a los profesionales de la prensa en la tarea de matar el tiempo. En el Teatro Castro Alves, en cuyo escenario estaba montado el aparataje de la Antenne 2, se veían policías, atentos a las grabaciones y filmaciones, a las entradas y salidas, los ojos puestos en Patricia, pista para conducir al padre Abelardo Galvão. Patricia vestida a lo Carmen Miranda, mostrando todo lo que tiene la bahiana, mucha pista para un solo padre.

Los dos reverendos, el cura de Piaçava y el maestro museólogo, se encontraban, uno y otro, bastante cerca del Teatro, en la Abadía de San Bento, en lo alto de la ladera sobre la Plaza Castro Alves. Allí se hospedaba el padre Abelardo cada vez que venía a la capital. Había sido recomendado al Abad por don Helder Câmara, el renombrado arzobispo de Recife, jefe supremo de los padres de manifestaciones, el principal de los sandías, según los militares en el poder: lo odiaban.

Don Maximiliano von Gruden, atormentado director del Museo de Arte Sacra, figura importante en la vida intelectual, presencia obligatoria en las pompas de la alta sociedad, era, como todos saben pero nadie recuerda, miembro ilustre de la comunidad benedictina. Conservaba en la abadía su celda de monje, modesta y sobria como todas las demás, diferente de ella apenas por el hecho de tener en una pared reproducción alemana, digna del original, de los Cuatro Evangelistas, de Jordaens.

Podíase imaginar a don Maximiliano asilado en cualquier parte de la ciudad, era amplio su círculo de amistades, numerosos los sitios adonde lo conducían la curiosidad intelectual y el ansia de vivir. No causaría extrañeza encontrarlo en un atelier de pintor, en una mansión de banquero, en el fondo de una librería, en una república de estudiantes, en la *camarinha* de un *candomblé*. Jamás alguien se acordaría de buscarlo en su celda de la Abadía de San Bento.

Erguida en la cima de la colina, vuelta hacia el mar, fortaleza de Dios, la Abadía de San Bento: memoria de la patria, trinchera de la libertad, refugio de los perseguidos.

EL TEATRO DEL POETA. El Teatro Castro Alves bullía de policías: está lleno de canas, dijo Nilda Spencer a Nelson Araújo. Canas, comisarios, detectives, agentes secretos vestidos con disfraces: la capa, el sombrero ladeado, el bulto del revólver, milicos de civil, no faltaban espías del SNI. Designados por los diversos organismos civiles y militares de la comunidad de seguridad para seguir una de las filmaciones de *Le Grand Échiquier*, marcada para aquella noche de jueves, en el escenario del Teatro. Imposible impedirles la entrada. Los que habían recibido la misión explícita de descubrir el paradero del padre Abelardo Galvão fiscalizaban cada gesto de Patricia. Ella terminaría por llevarlos a la presencia del sandía.

En los bolsillos de los impermeables, en las solapas de los sacos, escondían sofisticados aparatos de grabación, importados de los Estados Unidos, de Japón, de Alemania, mínimos en el tamaño, el máximo en perfección, el nec plus ultra en materia de electrónica. Esos pertrechos magistrales, como ya se vio ocurrir en las arterias de la ciudad, se estropeaban con extrema facilidad; por cierto tenía razón el coronel Raúl Antonio cuando atribuía la culpa de tales fallas a los agentes nacionales que los manejaban. En manos niponas o yanquis funcionaban que daba gusto. Lo ideal, concluía el coronel, sería importar también material humano. Exceptuaba, sin embargo, a los torturadores, especialistas que no tenían nada que envidiar a los más truculentos y refinados peritos de los países del primer mundo, civilizados.

El bulto de la concurrencia policial, aún más evidente por estar el Castro Alves cerrado al público esa noche, la entrada permitida apenas a unos raros invitados, resultaba de la decisión del equipo de la Antenne 2 de realizar allí las grabaciones con cuatro astros de la música brasileña, dos compositores, dos intérpretes. Aquellos que, en el malhadado billete para Manela, Miro había designado como "lo bueno, lo mejor": Caetano Veloso, Gilberto Gil, María Betânia, Gal Costa. Las figuras más importantes del tropicalismo, movimiento musical acusado por la dictadura de acción sediciosa, rotulado de arte degenerado, contestatario, subversivo.

La tropicalia les había costado cara a Gil y a Caetano, los dos jefes de línea; pagaron con la prisión y el exilio las canciones que despertaron la esperanza, levantaron el ánimo, fueron banderas de la juventud. Recién llegaban del destierro en Londres, que siguió a la cárcel, la violencia y la humillación: los cabellos rapados, mudas las guitarras, las bocas silenciadas. Regresaban ungidos con la aureola de héroes, rodeados por el cariño de la gente y por la permanente vigilancia de la policía.

En los sutilísimos grabadores, los valentones pretendían registrar para conocimiento y consideración de las autoridades competentes las declaraciones que los dos compositores hicieran ante el micrófono de la emisora francesa. De lo cual resultó un considerable atraso en las grabaciones, debido a una curiosa si no extraordinaria conjunción: mientras grababan las canciones o discurrían sobre música, ningún problema, pero apenas Caetano y Gil comenzaban a responder a las preguntas políticas propuestas por Chancel, los aparatos receptores, manejados por los canas secretos, se estropeaban, la estática del mundo resonaba ensordecedora en el Teatro Castro Alves. No era posible oír o entender siquiera una palabra. En el fondo de la sala, en la última fila, una negra de poco habitual donaire, vestida con prendas semejantes a las de Patricia, parecía divertirse en grande con las interferencias y los ruidos. En la butaca vecina, su compadre Exu Malé se reía a más no poder. Había acudido a su llamado, a deshojar con ella las rosas de la noche.

De común acuerdo, Chancel y los tropicalistas decidieron realizar las entrevistas —que tanto dieron que hablar cuando fueron divulgadas en París— otro día y en otro lugar menos sujetos a las perturbaciones atmosféricas. Pero, al dar noticia de las filmaciones y grabaciones realizadas aquella noche, vale recordar los títulos de las melodías allí interpretadas, pues solamente los brasileños que se encontraban en Francia tuvieron el privilegio de ver la transmisión de *Le Grand Échiquier* dedicada a Bahía.

El primero en grabar fue Gilberto Gil. Cantó el samba

con que se despidió de Brasil al partir para el exilio, *Aquele Abraço*. Sacó a los presentes de las butacas donde se sentaban, salían a bailar arrastrados por el sonido irresistible. Siguió María Betânia, voz de cólera y sublevación, canción de guerra, *Carcará*: el *carcará* agarra, mata y come, el carcará no va a morir de hambre. La cabellera derramada, la nariz corva, ave de rapiña, era al mismo tiempo la dulzura del mundo, doña Janaína, Inaê, Yemanjá, Betânia. ¡Alegría! ¡Alegría!, estalló Caetano: llegó caminando contra el viento, sin pañuelo, sin documentos y hasta los policías, corazones de barro, sangre de cucaracha, se estremecieron, sintieron el soplo de vida y belleza. Gal Costa tomó el micrófono, era todavía una tímida muchachita. Con esa voz que Dios le dio para seducir y dominar, grabó una canción compuesta por Caetano para ella. Se titulaba *Baby*: necesitas saber de mí, verme de cerca, baby, baby.

En el escenario, coasistente de Chancel, figurón de *candomblé*, dominante, feérica, Patricia sonreía a las cámaras. Pero los ojos ansiosos trataban de ver en la oscuridad de la sala, entre los presentes, a su padre maestro, a su lindo muchacho. Había combinado ir, ¿por qué fallaba? ¡Preso en las cadenas, en los votos del celibato, ay! Patricia jamás se había imaginado que semejante feudalismo pudiera persistir en los días actuales.

También en el escenario, en silencio, hechizado por aquellos ritmos brasileños, aquellas rebeldías tropicales, Georges Moustaki seguía las grabaciones. Arrodillada a sus pies, la cabeza apoyada en sus rodillas, Marlene, en adoración. La presumida Lenoca, travieso carcará, baby ávida, deslumbrada — necesitas saber de mí, agárrame, mátame y cómeme, baby, baby.

NOTICIAS DE PERNAMBUCO. No, no fueron las cadenas del celibato, los votos pronunciados en Porto Alegre en la ceremonia de la consagración lo que impidió la ida del padre Abelardo al encuentro de Patricia, en el Teatro Castro Alves. Para presenciar las grabaciones, oír el canto libertario de Gil y Caetano, las voces arrebatadoras de Betânia y Gal, y para que ocurriera lo que ocurriere.

En la virtud de la castidad, obligatoria, pensó y repensó al volver del almuerzo en el Mercado: pesado compromiso, sujeción más que fatídica, fatal. Aquella noche, sin embargo, Dios lo cargó con otra prueba que lo sorprendió en los límites de la Abadía de San Bento: la noticia llegó de Pernambuco, era terrible. Junto con monjes y amigos, el cura de Piaçava se dedicaba a la oración y la reflexión en memoria de un padre asesinado días antes en Recife por los esbirros de la policía. Le habían cortado las manos antes de matarlo, así lo contó el enviado de don Helder Câmara, un señor Paulo Loureiro, él mismo recién salido de la cárcel.

La víctima se llamaba padre Henrique Pereira, auxiliar de confianza del arzobispo de Recife y Olinda. Uno de los idealizadores de las comunidades de la tierra pero, sobre todo, presencia prestigiosa junto a los jóvenes que, superando divergencias ideológicas, se organizaban en torno de él en la lucha contra el Estado militarista, autoritario. Infatigable en su prédica democrática, el padre Henrique se había convertido en símbolo de la resistencia a la dictadura. Desapareció al volver de una reunión con estudiantes, el cuerpo fue encontrado días después en un albañal, las manos cortadas, el rostro una masa sanguinolenta. Paulo Loureiro había traído fotos del cadáver: se veían las marcas de tortura en el torso desnudo del padre.

Perfidia y salvajismo caracterizaban la represión política en Pernambuco. Pequeño y delgado, frágil en la sotana blanca, un pajarito, don Helder Câmara resistía a las amenazas y truculencias, denunciaba los horrores de la dictadura militar, con su ejemplo alimentaba el coraje de los combatientes, reclutaba nuevas adhesiones. Impávida voz de acusación, trasponía las fronteras de la patria brasileña, resonaba en los cinco continentes, se hacía oír por pueblos y gobiernos. El enviado del incómodo arzobispo llegó a la abadía acompañado por una mujer que, habiendo conversado a solas con el abad por más de tres cuartos de hora, partió para encontrar exactamente a Gil y Caetano después de las grabaciones en el Castro Alves, se conocían de la Europa de desterrados y fugitivos.

El señor Loureiro, *sertanejo* rubión de mediana edad, se demoró en compañía de los monjes de San Bento, relatando peripecias de la lucha en Pernambuco. Contó de Gregorio Bezerra, octogenario, grilletes en las muñecas, cuerda pasada al cuello, bestia arrastrada por las calles de Recife. Todos vieron producirse la infamia, en un día claro, en la Calle Nueva, en el Muelle de las Princesas, en la Plaza de San Pedro de los Clérigos, en la Calle de la Emperatriz y en la de Aurora, en todo el centro de la ciudad. Dio noticias de Ariano Suassuna, Rui Antunes, Paulo Cavalcanti, Pelópidas Silveira: firmes todos ellos. Los espectáculos de guiñol habían sido prohibidos, así como ciertos bailes de carnaval.

Invitado y solidario, el señor Paulo Loureiro acompañó a los benedictinos a la iglesia para las oraciones por el alma del padre Henrique Pereira, inmolado en holocausto a la dictadura. No rezó porque era ateo, pero se sintió confortado.

LOS MAESTROS DE LA CAPOEIRA ANGOLA. En el largo de Pelourinho, en la Escuela de Capoeira Angola del maestro Pastinha, se instaló la noche de ese jueves el Primer Gran Encuentro de los Maestros de Capoeira Angola. Resultado de larga preparación e ingente esfuerzo: el maestro Pastinha no quería morir sin dejar escrito y proclamado en los diarios el código de honor de los que practican la mencionada destreza.

A partir de la mañana siguiente, divididos en comisiones, los maestros iban a discutir los diversos problemas referentes al estudio y la práctica de la capoeira angola en Bahía, en tiempo de industrialización y turismo. Las ventajas y las desventajas, en especial el peligro de descaracterización capaz de transformar la lucha nacional en exhibición folklórica, suntuosa o tosca, rica o pobre en agilidad y malicia, espectáculo para que vieran los ingleses, aplaudieran los argentinos, fotografiaran los norteamericanos. Planeaban fundar un organismo, con sede en Bahía, que reuniera a todos los maestros del país en torno de un Estatuto del Capoeirista que estableciera normas de comportamiento, reglas, obligaciones, preceptos. El anteproyecto de ese código de honor había sido esbozado por el maestro Pastinha y redactado por el cuentista Vasconcelos Maia, capoeirista él mismo y dos de sus hijos, el abogado y el ingeniero.

Arma de defensa, nacida en las *senzalas*, creación de los esclavos *bantos*, la *capoeira* estuvo sujeta a la más feroz persecución: prohibido su ejercicio, castigados sus cultores. Considerada, junto con el *candomblé*, expresión de la barbarie: toda la matriz africana de la cultura brasileña era entonces repudiada, obliterado su conocimiento, vedada su manifestación. No obstante la *capoeira*, camuflada en danza colectiva, subsistió al son de los *berimbaus*, impuso su eficacia y su belleza, ballet de pasos mágicos, lucha de golpes mortíferos, ganó nivel de arte. Cada día se abrían nuevas escuelas, maestros eximios se destacaban. Había costado trabajo reunirlos, pero el maestro Pastinha estaba habituado a vencer dificultades y no había quién le negara la maestría sin igual y la honradez extrema. "Ser humano hecho de generosidad y de civilización, es uno de los grandes, de los ilustres de Bahía", escribió Glauber Rocha a su respecto en la revista *Mapa*, y el pueblo lo veneraba.

Aquel jueves, noche de inauguración del Primer Gran Encuentro, y la del cierre, el domingo, para alegría de los asistentes, los maestros se mostraron en el salón de la Escuela. El sábado por la mañana estarían en la zona de los fondos del Mercado Modelo, escenario tradicional de los desafíos, donde serían filmados por el equipo de *Le Grand Échiquier*.

A los noventa años de edad ya cumplidos, ciego y cansado, apenas recuperado de una hemiplejia, ya firme en las piernas, cabeza lúcida, voz de mando, el maestro Pastinha saludó y acogió al grupo numeroso venido de las siete puertas de Bahía, de la isla de Itaparica, de las ciudades del Recóncavo. Su mujer, Romelia, vendedora de *acarajés* y *abarás*, de cuzcuz, de *cocada puxa* y *cocada blanca*, anunciaba el nombre de cada participante, el maestro Pastinha lo repetía, dándole la bienvenida: los conocía a todos, les sabía la jactancia y el valor.

Aprovéchase la oportunidad para escribir aquí los nombres de los maestros, ilustrando así las páginas de esta crónica bahiana de costumbres religiosas y profanas, engrandeciéndola. No por haber entre ellos doctores, intelectuales, millonarios y políticos, sino porque los maestros que enseñan y preservan la *capoeira* angola son artífices de la cultura brasileña.

Que se comience por donde se debe comenzar, o sea recordando a los grandes del pasado, citando sus nombres inmortales: Besouro, Chico Porreta, Zé Dou, Tibiri da Folha Grossa, Pantalona, Quebra-Ferro, Sessenta, Biluaca, Gasolina, Cazumbá, Najá que murió enfrentando a cinco *cabras* armados con cuchillos delante del Fuerte de Santa María. Vivieron los tiempos de la persecución, conocieron el látigo y la cárcel, no conocieron el miedo.

Acudieron a la convocatoria de Pastinha y participaron en el Primer Gran Encuentro los maestros cuyos nombres, verdaderos o de guerra, aquí se enumeran según el orden de llegada a la puerta de la Escuela donde Romelia y el maestro mayor los recibieron. Querido de Deus fue el primero. Waldemar da Liberdade llegó en compañía de Traíra y Bom Cabelo. El maestro Bimba, creador de la *capoeira* regional, llegó rodeado de discípulos que le apoyaban la disidencia. Camafeu de Oxóssi, de gran pinta, con corbata y sombrero de ala ancha, Cobra Coral, Gato, Cangiquinha, Paulo dos Anjos, maestros eméritos. Jaime do Mar Grande, Caiçara, Jorge Satélite, René, Gigante, Falcão, King Senac, Jairo Petróleo, Tamoinha, Senavox, Angola, Zé Poeta, Dois de Ouro, Bobo, Miguel da Lua, Mala, Diogo, Bola Sete, Bola Branca, Bola Preta y Bolinha Caramelo, Mangueira, Vermelho da Moenda, Bira da Pomba, Medicina, Burro Inchado, Luiz Gutemberg, Virgilio Costa, Milton Macumba, Cacau, Indio Poty, Gajé, Americano, Dimola, Boca Rica, João de Barro, João Pequeno, João Grande, João da Maricota, João Luanda y Joãozinho, Lua de Bobó, Nô, Aristides, Boa Gente, Itapuã, Geni Loló, Alabama, Cobra Mansa, Cobrinha Verde, Carrapeta, Daladé, Toninho Murici, Macau, Piauí, Curió, Azulão, Dinelson, Exequiel, Ferreirinha de Santo Amaro, Mario Bom Cabrito, Benivaldo, Zé do Lenço, Zé da Tripa, Zé Macaco y Zezito da Varig, Batista da Embasa, Decente, Queixada, Bozó, Emanuel Filho de Deus, Chirica, Urubu, Birro, Augusto Sarará, Marreta, Vivi do Caminho, Raimundo, Almir Loló, Lazinho, Sinval, Salis, China, Daltro, Lucio Dendê, Lázaro, Edinho Aratu, Tonho Matéria y Docutor Manu. Si alguien fue olvidado que perdone la torpeza al ignorante como ordena el estatuto.

Invitados especiales, comparecieron algunos diplomados con derecho al título si bien no ejercen la profesión. En la mayoría ex alumnos del maestro Pastinha, unos cuantos del maestro Bimba. Entre los últimos, el rico hacendado itabunense Moysés Alves, entre los primeros el escritor Wilson Lins. Ya fue citado Vasconcelos Maia pero no se reducían a él y al autor de *Los cabras del coronel* los escritores presentes. Diversos otros, igualmente conocidos, fueron a prestigiar el Gran Encuentro: Waldir Freitas de Oliveira, Vivaldo Costa Lima, Ildasio Tavares, Antonio Loureiro de Souza, Antonio Riserio, Luis Ademir, Jeovah de Carvalho y Cid Teixera, que lo documentó en una erudita nota para la Universidad Católica, con la colaboración de Rui Simões. Se veían también intelectuales de diversas procedencias: el *metteur-en-scène* de teatro Alvinho Guimarães, el de cine Guido Araújo, el publicitario Fernando Hupsel, el escultor Mario Cravo, el pintor Carybé — ese tipo se mete en todas partes, no espera a que lo llamen —, el profesor norteamericano John Dwyer y Bruno Amado, muchacho enamorador. Todos ellos pueden ser vistos en el documental cinematográfico rodado por Siri, producido por el empresario Renato Martins, mecenas de vocación y oficio.

Compositores y poetas del Mercado pregonaban:

> *Bahía, mi Bahía,*
> *Bahía del Salvador,*
> *el que no conoce la capoeira*
> *no le puede dar valor.*
> *Todos pueden aprender:*
> *el general y hasta el doctor...*

Doctores, cineastas, teatrólogos, etnólogos, profesores, ricachones, escritores grandes y pequeños, artistas de la gubia y el pincel, de todo se vio en el salón de fiesta de la Escuela. ¿Pero dónde está el general? Al general, el gato se lo comió por el camino; la profecía, sin embargo, ha de cumplirse y todavía se verá a un general de cuatro estrellas dándoselas de capoeirista, empuñando el *berimbau*, soltando las manos, estirando las piernas a los ritmos del martillo y del galope, de San Bento Pequeño si no fuere de San Bento Grande. Todos pueden aprender.

De las personalidades invitadas a la inauguración del Primer Gran Encuentro de los Maestros de Capoeira Angola, faltó apenas Danilo Correia, el ex crack del Ipiranga, ex alumno de Pastinha, de los más loados por el maestro: mejor aún en la media luna, en el aú, en la bendición, en la cabeceada, en el rabo-de-raya* que en el gol, el drible, el pase.

---

* Aú, bendición, rabo-de-raya: diversos movimientos de la capoeira. *(N. de la T.)*

EL CÓDIGO DE HONOR. Iba alta la animación, la sala llena, las cámaras de televisión ya habían registrado lo acontecido para los noticiarios de las veintitrés; Siri, con su equipo — el equipo de Siri era su mujer —, filmaba desde varios ángulos a los campeones en los movimientos más audaces.

Waldemar y Camafeu, dos solistas mayores, daban una demostración peregrina de *berimbau*, en la cadencia del *caxixi*. La voz grave de Camafeu de Oxóssi resonaba en la sala, se extendía sobre el fondo de Pelourinho y Maciel, iba a desvanecerse en los lados del Carmo y del Terreiro de Jesús:

> *Aruandê,*
> *ê aruandê, camarado.*
> *El gallo cantó, camarado,*
> *cocorocó.*

Waldemar, cuya artesanía de *berimbaus* en la Calle de la Libertad no admitía competencia con las demás, soltaba la garganta en el estribillo de la *capoeira*:

> *Camarada, ê!*
> *camaradinho,*
> *camarado...*

Camaradería de hombres libres, compadrinazgo de amigos:

> *Vuelta del mundo, eh!*
> *Vuelta del mundo, ah!*

En el centro de la sala, Traíra y Bom Cabelo, cada cual más ágil, más dueño de sí, más malicioso e inesperado, más deslumbrante. Quien los vio jugar el juego no olvidará jamás la picardía y la astucia, los golpes que eran pasos de ballet de los más difíciles. Cantando canciones clásicas, viejas, del tiempo de la esclavitud, de la guerra del Paraguay, Camafeu y Waldemar unían las voces viriles y calientes:

Yo estaba allá en casa
sin pensá, sin imaginá,
y vinieron a buscá'me
p'ayudarlo a usté
en la guerra del Paraguá.
Camarada eh
camaradita,
camarada...

Resonaban palmas saludando una evolución de Bom Cabelo cuando Miro surgió en la puerta, hasta parecía que saludaban su llegada. Lo cual no sería de extrañar, pues era bienvenido en la Escuela y el hogar de Romelia y Pastinha, lo estimaban como a un pariente próximo, Pastinha era un segundo padre para sus alumnos. Cuando el anciano tenía que desplazarse en la ciudad, Miro iba a buscarlo con el taxi y lo llevaba para abajo y para arriba y nada le cobraba, ni siquiera el precio de la nafta. ¿Cobrar qué? El deudor soy yo.

Acompañado por Alvaro, Miro llegaba exaltado, furibundo. Se silenciaron las palmas de aplauso a Bom Cabelo, prosiguieron las del recién llegado reclamando atención para lo que iba a comunicar:

—Disculpe, maestro Pastinha, discúlpenme los señores por la interrupción pero el asunto es grave, es de vida o muerte. Pido ayuda.

—¿Quién es? —preguntó Pastinha a Romelia—. Le conozco la voz.

—Es Miro. Miro del Buen Querer.

—¿Qué te trae por aquí, hijo? Por la voz te veo atormentado. Habla pues, libera el corazón.

Miro había sido alumno del maestro Pastinha, pero no llegó al fin del curso, ¿de dónde sacar el tiempo? El tiempo le resultaba corto para tantos quehaceres y otros tantos complaceres. Traíra y Bom Cabelo suspendieron el desafío, Waldemar y Camafeu dejaron a un lado los *berimbaus*.

En un discurso atropellado, Miro contó de Manela, su enamorada, llevada a la fuerza al Convento de la Lapa, clausura peor que la peor prisión. No había cometido crimen, no había ofendido, amenazado ni desacatado: si era pecado gustar de alguien y querer casarse algún día con ese alguien, ese era su pecado. La tía malvada, alma sañosa, intolerante, de castellana, de castellana no, alma fanática de franquista, de racista, de fascista, la tía madrastra se oponía al casamiento por ser él, además de pobre, chofer de taxi, mulato oscuro. Manela era mulata clara, estudiante de escuela secundaria, frecuentaba los bailes de la colonia y las quermeses de la nueva Iglesia de Sant'Ana. Huérfana de padre y madre, bajo las riendas de hierro de la tutora.

Romelia la conocía, le daba la bendición y bromeaban a propósito del verdadero nombre del llamado bollito de estudiante. ¿Cómo se llama, tía Romelia? ¿Y no lo sabes, querida? Lo sabes muy bien, el nombre es puñeta, bollito de estudiante es el nombre que le dan las beatas. Puñeta, tan sabrosa como la otra. ¿Otra, qué otra? Vamos, tía, dígamelo. La que tú sabes de sobra, no te hagas la boba. Se reían las dos, Manela comía un *abará*, con bastante pimienta, tía.

—¡Ay, lo que hicieron con mi chiquita, gente malvada!

—No puede ser —dijo el maestro Pastinha y repitió: —No puede ser, no lo consiento. De verdad que no lo consiento.

El código de honor de los capoeiristas afirma, en el primer artículo de los diecisiete que lo componen, que es obligación de aquellos que practican la *capoeira* ayudar a quien clama por socorro, asistir a quien sufre, a los perseguidos. La luz de la libertad es el faro de los maestros que estudian, practican y enseñan la lucha brasileña, pues la *capoeira* nació de la pugna de los esclavos contra la esclavitud —así se dice en el introito del bizarro documento.

—¡Vamos a sacarla de allí! —exclamó Querido de Deus, habituado a la amplitud del mar, era maestre de barco además de capoeirista.

—Y ya mismo —completó Cobra Coral, que no tenía otra profesión además de conversar demasiado, beber jugo de lambreta en el Mercado, allí mismo comer moqueca de raya y jugar una partida de dominó con el árabe Merched. Fuera de eso, hacer el amor en el arenal.

—Invadiremos ese convento, no ha de ser difícil —consideró con su voz pausada el mulato Traíra, amigo de las peleas, conocido en la policía como revoltoso: no negaba el fuego cuando era necesario.

Mario Cravo, el escultor, reía bajo los agrestes bigotes, amigo él también de una buena agarrada, por eso mismo ídolo de Traíra. Antiguamente había asaltado iglesias y conventos para rescatar imágenes, ¿por qué no rescatar para el novio una doncella?

—Paso por el atelier, agarro una palanca para abrir el portón sin hacer mucho ruido. Y un garrote.

El notorio Carybé se restregó las manos de puro contento. La última vez que había liberado a una virgen enclaustrada por la familia había sido en Salta, en la Argentina, hacía ya muchos años; doña Nancy cuenta que, para realizar la hazaña, el galán se vistió con una capa roja y montó un caballo bayo. Hasta puede que sea verdad.

Alvaro despejó las últimas dudas. Gildete, su madre, aprobaría la diligencia:

—Pues entonces vamos.

—Hay que hacerlo rápido —rogó Miro del Buen Querer.

El maestro Pastinha tendió la mano, Romelia le dio al brazo:

—Rápido, mi gente, que el tiempo del padecimiento es demasiado largo. Quien sea de veras *capoeira* que me siga.

Asumió el mando, se dirigió a la escalera. Si alguien sintió miedo y se echó atrás, los anales de la Escuela no le registraron la cobardía: en el apuro del momento lo que contó fue la decisión unánime. Así, inclusive antes de ser aprobado en la sesión solemne del cierre, se vio el código de honor puesto en práctica.

En el Largo do Pelourinho, en la plaza ilustre, Camafeu levantó el *berimbau*, abrió el pecho en el canto antiguo:

> *Negra, ¿qué vendes?*
> *Vendo arroz de camarón,*
> *la señora me lo mandó vender*
> *en la cueva de Salomón.*

Manela en la cueva de Salomón, es largo el tiempo del padecimiento, más largo aún el de la espera, noche sin fin. El coro de los capoeiristas estremeció el suelo negro, de piedras lisas, frente a la iglesia de Nuestra Señora del Rosario de los Negros:

> *Camarada ieh!,*
> *camaradita*
> *camarada...*

263

Del brazo de doña Romelia, el maestro Pastinha conducía la vanguardia del pueblo. Nonagenario, ciego y hemipléjico, entero. Con su código de honor, bandera de Bahía.

LA PREGUNTA. ¿Y Manela? Pregunta sufrida, dicha y repetida con vehemencia: Gildete llama a abogados, Danilo visita a un magistrado, Damiana y el profesor João Batista emprenden diligencias, mientras los capoeiristas juegan el buen juego. ¿Y Manela?

¿Por qué tanto desprecio, ese total silencio en torno de la desdichada? ¿No es ella, por acaso, el eje del argumento? No será el único pero forma parte de los primeros, a partir de ella transcurre la trama, en su intención se agitan parientes, adherentes, vecinos, conocidos y desconocidos, figuras top de la justicia y la sociedad, pero de ella en sí no se habla: como si no bastara enterrarla en la clausura, se disfraza la cueva con el olvido. Receso absurdo, reserva inaceptable: se quiere saber el comportamiento de Manela, cómo la condenada soporta o enfrenta el trance.

Al final Manela fue llevada a la fuerza al Convento de las Inmaculadas en la mitad de la tarde y ya se aproxima la medianoche. Dentro de poco será viernes —día del *vernissage* de la exposición, ¿recuerdan?— y hasta ahora nada se dijo de qué manera reaccionó, la reconstitución bahiana de la tragedia de los Capuletos, la Julieta de la Avenida del Ave María. Tragedia de los Capuletos, va la anotación literaria, si bien no sea fácil de concebir a Miro en el papel de Romeo, le faltan el perfil latino y la mórbida tendencia al suicidio. Le sobra, en cambio, la disposición de enfrentar y vencer los prejuicios de la parienta señorial de la bienamada: casamiento, sí, suicidio ¡nunca! Manela o Julieta, ¿cómo se comporta la doncella perseguida?

Quien cuenta el cuento debe contarlo entero, sin escatimar detalles, sin limitar la acción a su conveniencia o al número de páginas del volumen. Para contar mal, en la negligencia de las lagunas, bastan y sobran los expertos que redactan magras novelas modernosas para exaltación de la crítica. Por más pedantes e incapaces, aun así hay esperanza: en caso de que persistan, terminarán por aprender. Como sucede con los doctores en la relación con la *capoeira* angola.

La pregunta está en el aire, apremiante: exige respuesta pronta. ¿Y Manela?

LA MADRE SUPERIORA. Pues que nadie se demore en responder y que la respuesta, además de inmediata, sea precisa y clara, sea minuciosa en los detalles: el detalle es el secreto de la novela, conforme se aprende leyendo el Don Quijote, de Cervantes.

El pueblo enseña que mucho sufre quien padece, y el maestro Pastinha, voz de la sabiduría popular, acaba de decir que es largo el tiempo del padecimiento, el padeciente no le ve el fin. Por eso el maestro apresura el paso a la cabeza de los capoeiristas que se dirigen a la Lapa, donde queda el Convento de la Inmaculada Concepción. Para dar otro toque de erudición a estas maltratadas líneas, ennobleciendo la narración, revélese que, frente al eremitorio, se levanta la casa de Julia Feital, la que fue asesinada con una bala de oro por el novio enloquecido de celos. Aun para matarla quiso lo mejor, bala única de oro macizo por él acuñada con los refinamientos del amor.

Lentas fueron las horas de Manela, largas, hechas de tercios de rosario, rezados en la capilla del convento por la reducida comunidad, unas pocas monjas viejas y cansadas. Muchacha reclusa por haber facilitado la virginidad al novio o enamorado, no había ninguna otra. Doncella allí recogida para preservar el virgo amenazado por las contingencias de pasión escabrosa, solamente Manela. La madre superiora se había espantado cuando Adalgisa —habiendo dejado a Manela en el claustro, voy allá, ya vuelvo— le mostró en el despacho la orden del juez de Menores. El padre José Antonio había llegado antes, adelantó la noticia.

—Hace muchos años desde la última que recibimos, una chica del Bajo San Francisco, el padre trajo carta de recomendación del señor obispo de Barra. Murió aquí, pobrecita, de tuberculosis. O de melancolía, sólo Dios lo sabe.

—Esta casa de Dios fue fundada por los ancestros para

resguardar la virtud y castigar el vicio, no lo olvide, madre —aseveró el sacerdote—. Usted debería regocijarse cuando surge la ocasión de cumplir el mandato del Señor.

Bajó la cabeza la madre superiora, no discutió la orden del juez, pero no demostró entusiasmo:

—Espero que la señora no la deje aquí por mucho tiempo. Es una falta de caridad.

La madre Leonor Lima, así se llamaba la superiora, mandó a la hermana Eunice a buscar a Manela en el claustro donde, sentada en un banco decorado con mosaicos, mataba el tiempo saboreando de antemano el placer de la ida al Castro Alves a oír, al lado de Miro, a sus ídolos, en audición más que reservada. Una maravilla, las compañeras se iban a morir de envidia. Adalgisa y el padre confesor evitaron atravesar el claustro, se retiraron a hurtadillas, a escondidas. Manela acompañó a la monja, segura de que iba a encontrarse con la tía en la puerta de salida.

La madre Leonor le ofreció una silla, la estudió con la mirada y le dijo: voy a darte una mala noticia, hija mía, sé fuerte. Manela demoró en entender lo que la superiora le comunicaba. Cuando por fin se convenció de que la tía la había internado en la Clausura de las Arrepentidas, habiendo para ello obtenido orden del juez de Menores —la madre le mostró la orden, se veía la firma del magistrado—, Manela, fuera de sí, se levantó y se enfureció:

—No me quedaré aquí. Me voy ahora mismo.

Gritó, golpeó con los puños la tapa del escritorio, rechazó la mano benévola que la hermana Eunice le tendía, se abrió en un llanto incontrolable como hacía años que no se oía en el Convento de la Lapa: la jovencita de la ciudad de Barra, la última arrepentida, los ojos hinchados, había llorado con un llanto manso, desolado. La desesperación ingente duró unos buenos minutos contados en el tictac del reloj alto y antiguo, de pie en una caja de caoba.

La madre superiora, los cabellos blancos saliendo de la toca que los cubría, el rostro magro, las manos huesudas, se mantuvo serena, no le mandó callarse. La dejó imprecar, acusar y ofender a la tía, decir lo que pensaba del padre José Antonio —la sombra de una sonrisa atravesó los labios de la madre superiora—, jurar amor eterno al enamorado. A la altura de la declaración de amor, cuando la voz de rabia y sublevación se humedeció con el rocío de la ternura, la madre Leonor Lima por fin habló, inesperada voz amiga:

—Óyeme un momento lo que voy a decirte, hija. No pienses que yo deseo mantenerte aquí. Deseo que te demores el menor tiempo posible, espero en Dios que tu tutora vuelva atrás en la decisión que tomó, en mi opinión decisión infeliz pero contra la cual nada puedo hacer, estás aquí por orden del juez de Menores.

Rogó a Manela que le contara su historia, Manela la contó entre sollozos, habló de los padres, del desastre de automóvil, de las dos tías, Gildete y Adalgisa, la primera tutora de Marieta, a ella le había tocado la segunda, que era... Se calló, no era fácil definir, calificar a la tía, a veces mala, a veces buena, cariñosa y agresiva, tan contradictoria:

—Pienso que ella es enferma.

Se refirió al tío Danilo, persona bondadosa pero que temía los escándalos de la esposa; la tía Gildete, sin embargo, los enfrentaba. Miro era el sol de su vida, una alegría, madre, una simpatía, iba a casarse con él. La tía Adalgisa se oponía porque él era pobre y oscuro, mulato lindo, madre. Como si Manela y la propia tía no fueran mulatas, la tía no se miraba... ¿Será que ella realmente piensa que es blanca pura? Haciéndole un gran favor podía ser blanca bahiana, como se dice en son de broma.

La madre superiora la escuchó y el rostro delgado se abrió en blandura, los ojos cansados que habían visto muchas cosas tristes se animaron, la voz convincente, maternal. Manela tenía razón al sentirse víctima y protestar pero, pensándolo bien, no había por qué desesperarse, motivo para entregarse a malos pensamientos. Por cierto el tío bondadoso, la tía belicosa, el muchacho enamorado, cuando supieran lo acontecido tratarían de ponerse en movimiento para retirarla de la clausura, anular la orden del juez. Anular la orden, sin eso no podrían hacer nada.

Tal vez ya fuera tarde para obtener su liberación aquel mismo día, pero al siguiente con toda certeza vendrían a buscarla, tal vez la misma Adalgisa, arrepentida. Si eso no ocurría, ella, la madre Leonor, iría al señor cardenal a exponerle el caso y pedir su intervención. Una noche es fácil de pasar, que tuviera paciencia y fe en Dios. Aquella prueba le sería acreditada en el cuaderno celeste: un día, más adelante, al pensar en lo sucedido, Manela se reiría. Lo mejor que hacer era calmarse, esperar con paciencia, sin martirizarse más. La hermana Eunice la llevaría a la celda que sería suya mientras durase la breve estada en el convento —ha de ser breve, hija mía, iré a ver al señor cardenal si es preciso—. Manela aceptó la mano de la hermana Eunice.

En la servidumbre de Dios, en la cueva de Salomón, aun envuelta en tantos argumentos en apariencia justos, no era fácil pasar la noche. Mucho sufre quien padece, el tiempo del padecimiento no se cuenta con reloj, se cuenta con las tripas y el corazón.

DILIGENCIAS. Atenta al consejo de Alvaro, Gildete comenzó por telefonear a la residencia del profesor Orlando Gomes. Le informaron que el jurista se encontraba en Portugal, en viaje glorioso, había ido a recibir el título de Doctor Honoris Causa de la Universidad de Coimbra. Dionisio, el otro hijo, acababa de llegar de la faena del Mercado, la madre lo puso al tanto de lo sucedido. En general bonachón, flemático, el muchacho enloqueció:

—¡Voy a sacarla de allí aunque sea a golpes!

Gildete le pidió calma, para exaltada bastaba con ella, no conseguía quedarse quieta. La entrada de Dionisio recordó a Danilo un amigo común, el doctor Tiburcio Barreiros: además de casuístico reputado, un amigón. Dionisio aprobó la idea, Tiburcinho conocía a medio mundo, tenía el brazo largo y buena cabeza, les indicaría qué hacer si él mismo no hacía lo necesario. Danilo buscó el número de teléfono en la guía, llamó, encontró al abogado en casa, no iba a salir, esperaría al estimado Príncipe. ¿Príncipe? Cosas del pasado... Quien fue el rey siempre es majestad, recordó el abogado.

Dionisio no quiso ni cenar: voy contigo. Yo también decidió Gildete. No aguanto quedarme aquí sin hacer nada. Lo difícil fue convencer a Violeta y a Marieta de que permanecieran esperándolos. Gildete prometió volver para informarlas, pero ni aun así logró que pararan de llorar.

Tiburcio Barreiros, cuarentón jovial, los saludó con efusión: esperaba a un amigo, recibía a tres, ¿a qué debo tanta honra? Acercó un sillón para Gildete: siéntate aquí, santa. La dueña de casa, morena encantadora, rigurosamente elegante inclusive a esa hora, doña Dagmar pidió permiso, fue a preparar un cafecito. Gildete expuso el caso, interrumpida a veces por Danilo, que buscaba excusas para Adalgisa, a veces por Dionisio, boca de insultos y amenazas. Volviendo de la cocina con la bandeja donde había colocado las tacitas y la cafetera, Dagmar se quedó escuchando, boquiabierta:

—¿En la Clausura de las Arrepentidas? ¿Todavía existe?

—Directora de un curso de inglés, viajada, ejecutiva, no entendía la razón de la internación, prejuicios caducos, obsoletos. —¡Cuánta ignorancia!

El abogado dijo que no veía cómo podían liberar a Manela aquella misma noche. El juez de Menores, ese doctor d'Ávila, no era muy buena persona que digamos, mal visto en los círculos de la justicia pero adulado y temido por ser de la confianza de los gorilas, reaccionario de los peores, fascistón —las simpatías izquierdistas y los desatinos de lenguaje del doctor Barreiros eran notorios—. Cabrón de mal carácter, además hipócrita, el meritorísimo se las daba de campeón de la moralidad pero vivía en los burdeles, mantenía concubinas. Falso que ni Judas, había roto relaciones con Tiburcio hacía más de un año, por una tontería, no explicó qué. Danilo concluyó que habría sido por problemas de faldas, lo que averiguaría en otra ocasión.

Aquella noche, como máximo podrían intentar obtener autorización —no del juez sino de las monjas del Convento— para una visita de los tíos a Manela. La presencia de los parientes serviría de consuelo y aliento a la muchacha: saber que se ocupaban de ella, que no estaba abandonada. La posición de Danilo era de importancia primordial. Al ser tutor y en desacuerdo con la medida tomada por la esposa, podía negarse a ella, tratando de embargarla, solicitando la anulación de la orden del juez de Menores. No iba a ser fácil; el cornudo d'Ávila, vaca sagrada y arrogante, no acostumbraba volverse atrás. Pero no olviden que el marido es la cabeza del matrimonio.

—Mañana veremos cómo actuar, necesito una procuración del Príncipe. Por ahora vamos a ocuparnos de la visita, no conozco a la superiora del convento, no sé quién pueda ser. Déjenme localizar a alguien que pueda ayudarnos.

Tomó el asunto en sus manos, sin otro interés que el de servir, así actuó Tiburcio Barreiros durante toda la vida. Se dirigió al teléfono, hizo unas cuantas llamadas. Doña Dagmar, después de distribuir los pocillos con el café caliente, se sentó en la rueda de las lamentaciones: pensé que ese lugar no existía más. Lugar del pasado.

Ni cinco minutos transcurrieron, el abogado volvió a la sala:

—Vamos a la casa del doctor Monteiro, juez de Familia. Excelente persona y conoce a la madre superiora.

El doctor Agnaldo Bahia Monteiro los recibió en la puerta, se disculpó por estar de piyama, no sabía que el amigo Tiburcio vendría acompañado por una señora, los condujo al despacho donde estudiaba autos y minuteaba sentencias: en el comedor la familia jugaba, se oían risas, exclamaciones.

A pesar de ser compañero de magistratura, el doctor Monteiro no disintió cuando Tiburcio calificó al juez de Menores de tipo despreciable. No se llevaban bien los dos hombres desde que le tocó al juez de Familia sustituir al doctor d'Ávila en el ejercicio del Juzgado de Menores durante un impedimento del mandatario. Breve temporada, pero suficiente para que el doctor Monteiro deshiciera un montón de miserias determinadas por el titular. Los amigos ni siquiera pueden imaginarlo: ¡burradas y arbitrariedades a granel!

¿Visitar a Manela aquella misma noche? Podía ser, quién sabe, si bien tenía dudas debido a lo adelantado de la hora, tratándose de un convento de monjas con sus normas y preceptos. Pero, si querían intentarlo, les daría una tarjeta que presentara a Danilo y Gildete, tíos de la chica, a la madre superiora. Él la conocía desde el inventario de los bienes de la hermana: la madre Leonor es mujer derecha, de carácter. Donó su parte de la herencia a las obras de caridad de la hermana Dulce. Los ojos del magistrado se iluminaron, reflejaban su pensamiento:

—Esa hermana Dulce es maravillosa, ¿no les parece? ¡Santa, tres veces santa!

Escribió el recado en una tarjeta, la colocó en el sobre, puso: madre Leonor de Lima, en manos; la entregó a Danilo: creo que ella le dará permiso, pero deben ir cuanto antes.

El cuanto antes se demoró pues Gildete quiso pasar por su casa, cumpliendo la promesa hecha a las hijas, y ellas no renunciaron a acompañarla en la visita. En el ínterin aparecieron Damiana y el profesor João Batista en busca de informaciones: la dulcera deshecha en lágrimas, el profesor irritadísimo: maldecía en francés: *Mais non! Merde alors!*

Antes de que, en grupo, parientes y vecinos, se dirijan al Convento de la Lapa, informemos sobre cómo la noticia llegó a los habitantes de la Avenida del Ave María. Damiana lo supo por el profesor João Batista y éste, ¡increíble!, por el propio juez de Menores. ¿Qué conexión, díganme, puede existir, común al sustentáculo del orden autoritario y de la moral burguesa y al profesor francófilo y liberal, *bon vivant* —la expresión es de él—, antípodas, común a la cara larga y la risa franca?

Pues existía y era un sitio de placer, tranquilo y apacible. Se trataba del burdel de Anunciata, situado en el barrio de Brotas, en un chalet antiguo pero bien conservado, rodeado de árboles, al abrigo de miradas indiscretas. Allí se cruzaron, en las primeras horas de la noche, ambos buenos clientes del serrallo acogedor y confortable. Salía el profesor de los brazos torneados de Mocinha da Briosa, musa de la Policía Militar; salía el meritorísimo de las entrepiernas de Prudencia Concha Dulce, apreciadísima: en el corredor se encontraron y se dieron las buenas noches. Con el aire de quien da una óptima noticia, el juez de Menores, doctor Liberato Mendes Prado d'Ávila, adelantó al colega de recreación que, en la tarde de aquel mismo día, había mandado internar en la Clausura de las Arrepentidas a una joven menor de edad, conocida tal vez del estimado amigo pues habitaban los dos en la misma calle: qué casualidad, ¿no? La tía, persona responsable, había recurrido a él antes de que la menor prevaricara. Decía pre-va-ri-ca-ra, separando las sílabas.

DESEMBOCAN LOS CORTEJOS EN LA AVENIDA JOANA ANGÉLICA. Llegando uno del Pelourinho, venido el otro del Tororó, los dos bandos desembocaron al mismo compás en la Avenida Joana Angélica, a unos pasos del Convento de la Lapa. Terminaron por reunirse, cortejo numeroso, pequeña procesión, ruidosa manifestación, semejaba un séquito de carnaval.

Después de atravesar el Terreiro de Jesús, la Plaza de la Sede y la Misericordia, los capoeiristas bajaron la Ladera de la Plaza, salieron frente al Cuerpo de Bomberos, cruzaron la Plaza de los Veteranos, subieron a la Ladera de la Independencia, ocuparon el Campo de la Pólvora donde fue fusilado fray Caneca, el revolucionario.

En cada esquina crecía la caravana, abultándose durante la caminata. Turbas de curiosos y ociosos la engrosaban: estudiantes, putas y bohemios, jugadores, científicos que salían de una reunión sobre el desarrollo de la tecnología, subliteratos y turistas, y la concejala Amabilia Almeida. La seguían sin saber adónde ni por qué, convocados por el sonido de los *berimbaus* y los cantos. En la retaguardia se ejecutaban golpes de *capoeira*, volteretas, llevaban la maestría en la sangre, les era hereditaria, y también la picardía. Por cierto que iba a haber un torneo descomunal en cualquier parte, nadie quería perderse el espectáculo.

El grupo formado por la parentela, aumentado por vecinos —Damiana fue corriendo a reclutarlos—, partió de la casa de Gildete en Tororó da Cima. Tíos, primos y amigos apretaban el paso en la prisa por llegar a tiempo a la visita. A cambio de un final feliz, la vecina Alina, supersticiosa, prometió un mes de abstinencia sexual a la esclava Anastácia, santa reciente de la creencia popular; el sargento Deolindo se había puesto el uniforme de la Briosa para imponer respeto.

En la Avenida Joana Angélica las dos huestes se mezclaron, se confundieron sin previa combinación pero no por acaso: todo cuanto ocurrió aquella noche tuvo regencia, ilación y alcance, el guión se cumplió al pie de la letra.

Pues fue en aquel instante de confraternización, cuando, al toque de los solistas, resonaron más alto los *berimbaus* de guerra y el canto de la *capoeira* angola llevó a los moradores a las ventanas, que Santa Bárbara, la del trueno, tocó la campanilla del vetusto Convento de la Inmaculada Concepción donde, por orden del juez de Menores, había sido reinaugurada la Clausura de las Arrepentidas.

LA ORDEN FIRMADA POR EL JUEZ DE MENORES, DOCTOR MENDES D'ÁVILA. De guardia en la portería, al oír el timbre la hermana Eunice abrió el postigo, miró hacia afuera, reconoció a la Santa, habían viajado juntas desde Santo Amaro a Bahía. A la llegada, la bienaventurada había recogido el manto y ganado el mundo.

Descuido imperdonable, inexplicable omisión —mea culpa! mea culpa! mea maxima culpa! —, no se incluyó en los acontecimientos de la mañana de aquel jueves noticia o referencia al siguiente hecho: muy temprano la hermana Eunice había recibido en el convento la visita del comisario Parreirinha. El competente policía le anunció que había ido para oírla en secreto de justicia: quería saber quién había robado la imagen. ¿Robo? ¿Quién habló de robo? La Santa salió andando en sus propios pies, hasta le dijo adiós. El comisario desistió: está loca, no dice nada coherente, los conventos están llenos de viejas caducas. Interrogatorio sin pies ni cabeza, inconsecuente.

Al ver a Santa Bárbara, la del trueno, del lado de afuera, parada en el sendero, la hermana Eunice sonrió, retiró la cara del postigo, deslizó el cerrojo, abrió la pequeña puerta embutida en el portón. La Santa le retribuyó la sonrisa:

—Buenas noches, Eunice. Que la paz del Señor sea contigo.

—La bendición, Santa Bárbara. ¿Usted por aquí? ¿Vino a pasar la noche? Entre, la casa es suya.

Santa Bárbara, la del trueno, le dio la bendición y en seguida le extendió el papel oficial con sello, fecha, firma, los requisitos burocráticos.

—Pongo en sus manos la orden de liberación, firmada por el juez de Menores, de la jovencita Manela Pérez Belini que, por orden de él mismo, fue internada aquí hoy a la tarde. ¿La madre Leonor todavía está despierta? —preguntó para continuar el diálogo, sabía de sobra que la superiora estaba inmersa en el primer sueño, el más pesado.

—Ya se recogió, debe de estar durmiendo. Pero la llamo, si usted lo desea.

—No es necesario. Ponga la orden sobre la mesa de trabajo de la madre, por la mañana la verá. Rápido, traiga a la chica, ahora mismo, me quedo esperando. No vale la pena entrar.

La hermana Eunice tomó la orden, miró maquinalmente fecha y firma, salió veloz con su paso menudito, casi se deslizaba, iba contenta. ¡Qué bueno! La tutora se había arrepentido, el juez había dado una nueva orden revocando la anterior, la mala; Santa Bárbara, la del trueno, había ido en persona, debía de ser madrina de bautismo de la chica. Rápido, no podía dejarla esperando. Ni a la Santa ni a la muchachita: la pobrecita, después de ponerse el traje de novicia, no había probado un solo bocado de la comida; en la capilla, rezando con las monjas, había llorado las últimas lágrimas. Vestida como estaba se extendió en el catre, no se reconocía en el hábito de novicia, Manela había dejado de existir. En aquellas vísperas, la hermana Eunice la acompañó en la calle de la amargura, el corazón sangrando de pena por la chica. Apresuraba el paso, murmurando una oración de gracias.

Manela no se tomó el trabajo de cambiar de ropa, perder tiempo. Salió corriendo, alborozada, también ella imaginó a Adalgisa arrepentida, la tía era imprevisible, actuaba por impulsos, sin reflexionar, debía de haberse dado cuenta de la inhumanidad cometida. La hermana Eunice le abrió la puerta, Manela le besó la mano, cruzó el umbral: con un movimiento sordo, la puerta se cerró sola, el cerrojo se trancó al mismo tiempo, dejando a la monja boquiabierta. No pudiendo despedirse de Santa Bárbara, la del trueno, la hermana Eunice rezó para ella una cantiga que le había enseñado su abuela, Iá Kaçu:

> *Santa Bárbara de la valentía*
> *de los relámpagos y los truenos,*
> *préstame tres tostones*
> *para comprar mi liberación*
> *Santa Bárbara de los truenos.*

En la calle, la negra, vestida con paños color de vino, bonita a más no poder, sonrió a Manela, le entregó el *eiru* hecho de crines de caballo y se desvaneció.

LA NOVICIA. Dádiva del mar a la ciudad de Bahía inmersa en el calor, la brisa de la noche alborotaba divertida el traje prestado, suelto, de novicia. Brisa fuerte, casi viento.

Exaltada, Manela respiró hondo, estaba libre. Sintió la misma sensación de plenitud que la había poseído en enero, el Jueves de Bomfim, cuando en el atrio de la Basílica mojó la cabeza de Miro con las aguas de Oxalá. Pena que Miro no la pudiera ver vestida con hábito de novicia, se habría reído a las carcajadas, el gozador. Debía de estar enojado, ella lo había dejado esperando, no fue al encuentro: no pude ir, Mirinho, me prendieron en la Clausura de las Arrepentidas. Miró alrededor tratando de ver a la negra que le había entregado el *eiru*, la negra había desaparecido, a quien ella vio frente a sí no fue otro que Miro, del brazo de Romelia. La multitud penetraba en el pequeño paseo donde el Convento de la Lapa hace ángulo con el Colegio de Bahía.

Enmudecidos, lentos, los capoeiristas ya no cantaban ni tañían los alegres berimbaus. Avanzaban, perturbados, pues la hora de la acción se aproximaba y nadie podía prever el curso de la hazaña, ni Miro ni siquiera el maestro Pastinha. Del confuso grupo se destacaban, apresuradas, las figuras de la tía Gildete y el tío Danilo; la tía Gildete blandía un sobre en la mano alzada: la carta dirigida por el doctor Agnaldo a la Madre Superiora. El grito de Miro al ver a Manela delante del portón estremeció la tierra, conmovió el cielo:

—¡Manela! ¡Ay, Manela!

—¿Manela? ¿Dónde? —preguntó el maestro Pastinha.

—Ahí, vestida de monja —apuntó Romelia.

Manela apenas tuvo tiempo de sonreír al enamorado, reconocer al tío Danilo, vislumbrar a la tía Gildete. Cuando quiso llamarlos, avanzar al encuentro de su gente, ya no le pertenecían la boca y los pies, Yansã la invadió y cabalgó.

Salió bailando en el paseo del Convento, bajó hacia el Largo, allá se fue. El maestro Pastinha, que no podía ver pero podía adivinar, levantó las manos, curvó la cabeza como ordena la obligación, saludó al *orixá*:

—*Eparrei*, Oyá!

El pueblo a coro lo secundó, las palmas de las manos, a la altura de las caras, vueltas hacia el encantado: *Eparrei*, Yansã, madre del trueno! *Eparrei*, Oyá! El rostro de Manela resplandecía, el cuerpo suelto en el·hábito de novicia, en los estremecimientos del baile, así tan bella como Miro jamás la había visto: se dobló en dos, en reverencia.

Yansã recorrió el espacio del Largo de punta a punta, exhibiendo ante el pueblo el baile de la guerrera, de la que no tiene miedo pues enfrentó a la muerte y la venció. Se detuvo delante del maestro Pastinha y se lo acercó al pecho, prolongó el abrazo ritual, hombro contra hombro, rostro contra rostro.

Salió saludando a sus dilectos, los merecedores.

Comenzó por Gildete, abrió los brazos para acoger en ellos a la tía y protectora. Gildete vaciló en los pies, escupió para los lados, arrancó los zapatos y fue Oxalá quien correspondió al abrazo de Yansã: había llegado para asistir a la *iaô* en trance. Oyá apretó al tío Danilo contra el corazón y le entregó el *eiru* para significar que él sería su padre pequeño y en el remate de las esclavas compraría la libertad de la *iaô* por diez reis de miel colada.* Llegó por fin la voz de Miro: respetuoso, reverente, él aguardaba. Oyá danzó para él los pasos de la guerra y la victoria: el cuerpo del encantado se estremeció, la boca se llenó de saliva, ronca de amor la voz, densa y enamorada. Aferró a Miro por las piernas y lo suspendió, *ogã* de Yansã, allí frente al convento. Vestida de novicia.

Bailando sin parar, escoltada por Oxalá, Oyá tomó la calle, se dirigió al Candomblé de Gantois, donde la madre Menininha esperaba para, solamente entonces, tomar la navaja y levantar el ancla del barco. El pueblo la acompañó rumbo a la Federación hasta el Largo de Pulqueria. La brisa creció hasta convertirse en viento, rayos y truenos rasgaron el cielo límpido, la noche serena, en la proclamación de la libertad. Oyá Yansã danzaba en las calles de la ciudad de Bahía.

EL BARCO DE LA *IAÔS*. Bailando, Yansã subió los escalones de la puerta del Candomblé de Gantois. En el *terreiro* casi a oscuras —apenas una lámpara de pocas velas derramaba luz diminuta y amarillenta—, asistida por Cleusa y Carmen, *iyakekerê* e *iyalaxê*, sentada en su trono, la madre Menininha la recibió. El séquito variado se había estacionado en el Largo de Pulqueria y se dispersó poco a poco.

—Estaba esperándola, madre mía.

La madre Menininha tocó con los dedos la cabeza de la iaô estirada a sus pies. En la tirada de los *buzios*, en el rosario de Ifá, la *iyalorixá* había mirado y visto: Oyá le ordenaba que se reservara lugar para una hija suya en la tripulación del barco que partiría aquella noche hacia el misterio de la camarinha, hacia los puertos de la iniciación.

* Ver en el Glosario, "compra de las iaôs". *(N. de la T.)*

Las demás ya estaban recogidas. Había una Oxum, igual a la madre de santo, un Ogum, una Euá, dos Xangôs, un Oxumarê, dos Oxalás, uno viejo y uno joven, y, cosa rara de suceder, un Ossae, venido del bosque. No apareció ningún Oxóssi, todos ocupados con la caza mayor en la selva. Tampoco Omolu u Obaluayê. Obá, se dijo, no asistió para evitar encontrarse con Yansã, con quien tenía una pendencia de celos. Barco numeroso, en él embarcó Manela para hacer el santo.

La madre Menininha de Gantois tomó la navaja, iba a usar el tremendo poder de *hacer la cabeza* de las escogidas, raparlas, abrir los caminos para la manifestación de los *orixás*. El toque del *adjá* calló el fragor de los truenos, la vela encendida en el *peji* apagó la claridad de los rayos.

LA LARGA JORNADA DEL VIERNES DE LAS PASIONES

PREPARATIVOS DE GUERRA. Al amanecer, insomne, febril, sucio, la ropa húmeda, el rostro inflamado debido a las picaduras de los mosquitos, el estómago vacío, la boca seca, desde la canoa naufragada el comisario Ripoleto siguió el inusitado movimiento de las embarcaciones y la gente en el puerto sobre el río.

Atendiendo el llamado del vicario de Santo Amaro, arribaban de todo el curso del río Paraguazú, de las ciudades y aldeas del Recóncavo, barcos y botes, allí se reunían y se transformaban en barcos de guerra. La Armada Invencible se aprestaba a la partida en las barbas, en la nariz del comisario.

Grupos armados recibían órdenes del belicoso padre Teo. Armadas, las mujeres, con tercios y rosarios, libros de oraciones, flores recogidas en los jardines de las residencias para, al regreso, con ellas adornar el altar de Santa Bárbara, la del trueno; armados los hombres con palmas de dendê y varas de caña de azúcar. Doña Canô distribuía entre los voluntarios una estampita coloreada: al frente, reproducida en colores, la imagen de la Santa, del otro lado datos contestables, de dudoso valor histórico, desecho de la fiesta pasada, promoción de una fábrica de bebidas, especializada en licor de *jurubeba*. Jóvenes uniformados con pantalones vaqueros y túnicas variadas: T-shirts, blusones de cuero, camisas chillonas, cantaban canciones de Caetano.

En el inestable equilibrio de la canoa, en condiciones desfavorables, aún bajo el impacto de los malos tratos y las afrentas, el comisario Ripoleto no se despojó de los atributos de investigador de primera clase con más de veinte años de servicio en la policía, se mantuvo en su puesto, quebrantado pero vigilante. Tantas embarcaciones reunidas en el ancladero, el vaivén continuo de personas, todo aquel movimiento matinal le pareció extremadamente sospechoso, el hambre y los insectos le afinaban la percepción. Obsesivo, trató de mentalizar detalles, situaciones, suposiciones, altura de las aguas, fuerza de la corriente, velocidad y eficacia de los mosquitos para formarse una opinión segura y trasmitirla cuando fuera posible al secretario estatal de Seguridad.

Zafarse de la dificultad, obtener transporte para la capital, presentarse a su superior, rendirle cuentas de la misión recibida y llevada a cabo, esos eran los objetivos inmediatos del comisario. Debido al handicap cuyo secreto compartimos, no le era fácil dejar la canoa, alcanzar la orilla. Comenzaba a desesperar cuando todo se resolvió. Hasta cierto punto, es la verdad.

Los indigestos muchachos que la noche anterior lo agredieron y despacharon, fueron en su búsqueda, lo rescataron y lo condujeron a uno de los barcos que se preparaban para la expedición punitiva, en él lo embarcaron. No sólo habían retirado al comisario Ripoleto de la canoa, del banco de *baronesas*, sino que le ofrecían, sin que él lo pidiera, vehículo hacia la capital. Solución perfecta a no ser por el pormenor de los brazos atados detrás de la espalda, los pies atados. El comisario iba de rehén.

LECTURA DE LOS DIARIOS: 1 - EL ANUNCIO. Aquel viernes los diarios de la capital bahiana publicaron, todos ellos, espectacular anuncio de página entera teniendo en el centro una foto de Santa Bárbara, la del trueno, reproducida en tamaño grande (sin autorización) del libro de don Maximiliano von Gruden. Aún no se encontraba el volumen en venta en las librerías pero algunos ejemplares habían sido ofrecidos por el autor a críticos y amigos.

Título en letras enormes: "¡ESTA SANTA DESAPARECIÓ!"; llamaba la atención, despertaba la curiosidad de los lectores. Realizado con el refinamiento de profesionales de categoría —el *layout* era de Vera Rocha—, el aviso daba, en cuerpo ocho sobre diez, noticia sucinta y exacta sobre la imagen, destacándole el valor inestimable: su autoría era atribuida al Aleijadinho por quien entendía de esos patrimonios, don Maximiliano von Gruden, maestro insigne, personaje notable. Para hacer idea de la relevancia de la imagen desaparecida, basta decir que a su respecto el director del Arte Sacra había escrito un libro entero en alemán.

Bajo la foto, en negrita y caja alta, se leían la pregunta y la promesa: si usted posee alguna pista o información capaz de conducir al hallazgo de la imagen que se ve en la foto, podrá ganar... (equis cantidad en cruceiros), recompensa ofrecida por... (el nombre de archipotente y prestigiosa firma), empresa que, colaborando intensamente con el progreso de nuestra patria, defiende con igual entusiasmo la preservación de nuestra grandeza: la imagen de Santa Bárbara, la del trueno, es parte inalienable de la grandeza del Brasil. El redactor de la agencia, publicitario premiado, había puesto lo mejor de sí; el patrón, el doctor Sergio, lo felicitó por la concisión y la calidad del texto elaborado.

De este texto ejemplar se retiró la cantidad en cruceiros porque, con la inflación a rienda suelta, galopante, el valor del premio, altísimo en la época, parecería ridículo. Tampoco se leyó el nombre de la empresa que bancó el prestigioso anuncio que le costó apenas una ínfima fracción de los lucros colosales, expensa, por otra parte, escamoteable del impuesto a las rentas —les costó poco y encima les salió gratis. ¿Será necesario explicar el porqué de la omisión? Aun siendo obvio el motivo, no cuesta repetirlo: jamás las páginas deslucidas pero decorosas de esta crónica de hechos religiosos y culturales servirán de vehículo para la publicidad, incluso subliminal, de multinacionales. Subliminal y, agréguese, gratuita: ninguna propuesta nos llegó a las manos.

Si alguien desea mayores informaciones a propósito del aviso: valor del premio, razón social de la firma patrocinadora, si aparecieron candidatos, si la recompensa fue pagada, si ese alboroto fue de verdad o no pasó de aspaviento o mistificación, el interesado debe dirigirse al señor Sergio Amado, un victorioso. Director de la agencia responsable del *outdoor* y su divulgación, es él quien puede esclarecer, informar con precisión, y no el pobre escriba que se esfuerza, golpeteando con dos dedos la máquina de escribir —de las antiguas, manuales, que ya nadie usa en este fin de siglo de la electrónica y las computadoras— para defender tuertos derechos autorales que el impuesto a las ganancias, ¡ay!, reducirá a la mitad: a menos de la mitad, a nadería, a polvo.

LECTURA DE LOS DIARIOS: 2 - LA ENTREVISTA DEL VICARIO DE SANTO AMARO. Además de la página ocupada por el aviso pago de la multinacional, los diarios del viernes dedicaban considerable espacio a la desaparición de la imagen de Santa Bárbara, la del trueno. Titulares en primera página, editoriales, comentarios, sueltos y artículos especiales.

Merece mención el artículo del *Diário de Notícias*, en bastardilla, en lo alto de la tercera página; en él la dirección de los Diarios Asociados de Bahía se felicitaba ante los lectores por la espectacular exclusiva de la víspera. El *Diário* había sido el único periódico de la ciudad en levantar el velo del misterio que envolvía la llegada de la imagen al muelle de Salvador. Mientras los rivales corroboraban la versión oficial —la imagen había desembarcado en paz, el director del museo la había recibido en presencia de los periodistas (¡sic!), pieza fundamental, figuraría en la exposición—, el "diario de ustedes" había presenciado y registrado, inclusive con fotos exclusivas, la desesperación del ilustre museólogo al constatar la desaparición de la Santa.

De no ser por el artículo del *Diário de Notícias*, la población bahiana aún no sabría del robo de la imagen —se trataba de robo, ¿qué otra cosa podía ser? Hazaña audaz, practicada a la luz del día, la dirección del museo había tratado de ocultarla, ahogando la verdad, dejando a la prensa en la luna de Valencia. ¿Banda internacional, como sostenía el coronel Raúl Antonio, jefe de la Policía Federal, o un nuevo desvío de efigies antiguas de los altares de iglesias y capillas pobres hacia las casas millonarias de los coleccionistas, como aseveraba el secretario de Seguridad? Para dirimir tales dudas y esclarecerlo todo, para bien servir a los lectores, la nota del *Diário de Notícias* se empeñaba sin medir esfuerzos. El diario que informa y lo hace correctamente, afirmaba, victorioso, el editorial.

Héroe del día, felicitado por el director en persona —el doctor Odorico Tavares le palmeó el hombro: felicitaciones, Guido, se apuntó un poroto—, candidato a aumento de sueldo, Guido Guerra no se dormía sobre los laureles. Ejemplar del diario bajo el sobaco, tempranito se había ido a Santo Amaro con la intención de obtener entrevista exclusiva con el

281

vicario. Allá llegó antes que cualquier otro periodista, acompañado por el fotógrafo Gervasio Batista hijo —hijo del famoso, el de la *Manchete*, culo de uno, cara del otro—, que piloteaba el fusca de la redacción.

El padre Teo lo recibió con aire de pocos amigos, ese granuja había escrito una crónica dejándolo mal parado desde la primera línea, con la más completa falta de respeto, grosería total, arrasadora. Criticándolo por negarse al préstamo de la imagen para la Exposición, el canalla lo exponía al ridículo, lo trataba de retrógrado, atrasado, mentalidad tacaña, "alma medieval, elitista incapaz de entender las necesidades culturales de las masas", no merecía ser vicario de la parroquia de Santo Amaro, tierra de los Veloso, ni celar por imagen de tal valor. Lo había apodado con el mote de Buitre de Sotana.

No era el padre Teo hombre de quedarse con las cosas en la garganta. Así, cuando Guido se anunció, desfachatado, el vicario, antes inclusive de darle las buenas tardes, le dijo:

—¿Guido Guerra? —Midió la frágil osamenta del cronista. —Justo estaba queriendo verlo. Para decirle que buitre de sotana será su excelentísima señora madre. —Le tiró en el morro pedazos de la crónica ácida, con aires de graciosa, le dolió sobre todo el machaqueo sobre la cultura: él, el padre Teo, ¡medieval y elitista! ¡Era lo único que faltaba! Le negó la entrevista.

No era Guido Guerra periodista de darse por vencido con una negativa, aunque fuera acompañada por duras expresiones de desdén y desagrado: caradura, insolente, inepto. Guido hizo penitencia, se confesó liviano: en el ejercicio de la crónica, jamás del reportaje, cronista de implacable corrección. Apeló a su ignorancia: estaba en juego su empleo, mentira clásica, u obtenía aquella entrevista o lo perdía; despedido, ¿cómo garantizar el pan de cada día de la esposa y dos hijitos inocentes? Inventó la familia en ese instante, apenas había comenzado a salir con Celi, pero con el llanto de los hijos chiquitos terminó de envolver a bravo padre Teo. El *Diário de Notícias* abrió la entrevista en la primera página con titular en dos líneas:

EL PUEBLO DE SANTO AMARO RECUPERARÁ LA IMAGEN
EL LUGAR DE LA SANTA ES AQUÍ Y NO EL MUSEO

La probidad profesional llevó a Guido a dejar entrever su discrepancia con ciertas declaraciones del entrevistado. Pero no se comprometió: mañana no podrían acusarlo de mentiroso y falso, de calumniador. Testigo visual de la desesperación de Maximiliano von Gruden, en el muelle del puerto, al comprobar la desaparición de la imagen, no podía corroborar la opinión del vicario de Santo Amaro que acusaba al fraile, en voz alta y audible, de haber armado toda aquella confusión para, a río revuelto, obtener que la imagen de Santa Bárbara, la del trueno, fuera colocada bajo su custodia en el acervo del museo. La afirmación, estampada en el diario, corría por cuenta y riesgo del padre Teófilo Lopes de Santana: escriba, joven, y publique, asumo la responsabilidad.

En la exasperada y difícil porfía en que se empeñaron el fraile y el párroco —la presta, no la presto—, don Maximiliano, por lo general obsequioso, melifluo, perdió la paciencia. Se descontroló, voz de desacato, acento de menosprecio: imagen digna de figurar en el Museo de Escultura de Valladolid o en cualquier otro museo de Europa o de los Estados Unidos, relegarla a una pequeña ciudad ignota muerta del Recóncavo era un contrasentido. La parroquia de Santo Amaro no le posibilitaba la visita de los interesados en estudiarla ni de los turistas, no le garantizaba siquiera la necesaria seguridad. Un día, cuando el vicario menos lo esperara, los ladrones especializados en iglesias y conventos, activísimos, le pasarían los cinco dedos y adiós, si te he visto no me acuerdo. El lugar donde la imagen de Santa Bárbara, la del trueno, se encontraría a salvo y podría ser vista y admirada por millares y millares de visitantes sería el Museo de Arte Sacra de la Universidad de Bahía.

El vicario no veía necesidad de otras pruebas para acusar a don Maximiliano, llamarlo ladrón con todas las letras y señalarlo a la policía. Mancomunado con dignatarios del clero y con periodistas insensatos. No autorizó a Guido a citar al cardenal como el mejor ejemplo de los dignatarios involucrados en la maquinación: no me cree problemas, pero, si quiere, estimado joven, puede citar su propio nombre como el mejor ejemplo de periodista ignorante metido en el complot de don Mimoso —también el vicario era bueno en la ironía y el apodo.

Al apagar el grabador y tender la mano al sacerdote, en agradecimiento y despedida, Guido dijo, malicioso:

—Don Mimoso, eso me gustó. Estuve mal cuando lo llamé a usted de buitre de sotana, ya le pedí disculpas. Pero para retractarme completamente, en la entrevista le voy a dar el título de Paloma del Divino.

—Paloma del Divino, ¿sabe, estimado joven?, es la que lo parió. Si pone en el diario que soy la Paloma del Divino, voy allá, le parto la cara y después le pido a Dios que me perdone. —Volvió a medir al puro-hueso, flacucho, narigón, cara fea y oscurecida, un ave zancuda, padre de dos hijos pequeños.

—Hago peor todavía: voy allá y, frente a sus colegas, le tiro de las orejas. Y ni preciso pedirle perdón a Dios.

Riendo, este vicario es de lo que no hay, Guido entró en un bar, se sentó con Gervasio Hijo, pidió café: una cafetera llena y dos tazas, señorita. Puso a andar el grabador con el casete repleto con la indignación del padre, se dedicó a la redacción de la entrevista. Los parroquianos que, en las mesas en torno, discutían ensañados el caso de la Santa se callaron al oír la voz del padre Teo, miraban de soslayo. Rápido, el periodista llenaba las hojas de papel, caligrafía de estudiante. No revisaba las páginas, dejaba las correcciones para el secretario de redacción. Tarea terminada, entregó los papeles y el casete al fotógrafo, además de chofer, y lo despachó apurándolo:

—Entrégale la nota a Kleber, dile que ponga los pronombres en su lugar. Cuando reveles el filme y elijas las fotos que vas a usar, separa una para el padre, métete en el fusca y ven de vuelta. ¡Acá, querido Gervasio, las cosas van a arder!

LECTURA DE LOS DIARIOS: 3 — ARTÍCULOS ESPECIALES, COLUMNA SOCIAL Y POEMA. El editorial de *A Tarde*, obra maestra del maestro Cruz Ríos, planteaba una serie de preguntas sin respuesta y una única afirmación. Inequívoca: la imagen de Santa Bárbara, la del trueno, había llegado a la capital el día anterior, al final del día, conforme "los lectores supieron a través de nuestra edición de ayer, en ella publicamos harto material informativo sobre el importante asunto". La nota de *A Tarde* ahí se encontraba presente "como suele acontecer en tales ocasiones: nuestro diario no mide esfuerzos para proporcionar al gran público que nos honra con su preferencia la noticia precisa y verdadera". *A Tarde* no acostumbra recurrir, en el afán de promoción y rating, a sensacionalismos baratos, no vive jactándose. El editorialista pasó por encima la declaración formal del cronista Berbert, testigo ocular de la euforia del director del museo al poner los ojos en la imagen, al tocarle la madera, al recibirla. Detalle secundario, no mereció explicación ni referencia. Explicar, sólo el cronista podía hacerlo, pero don Berbert durante todo el jueves no había puesto los pies en la redacción. ¿Para evitar encontrarse con el doctor Jorge Calmon, director-jefe de redacción de la gaceta, o para quedarse al acecho, aguardando al director del museo, y lograr la gran entrevista que el amigo don Maximiliano no podía negarle? Una mano lava a la otra y las dos juntas lavan el ombligo del mundo.

En la página noble, la página de opinión, dos artículos, igualmente primorosos, trataban de la imagen desde ángulos diferentes. Autoridad indiscutida, autor de pequeño pero docto recuadro, el primer estudio serio a propósito de la imagen de Santa Bárbara, la del trueno, publicado en más de un quinquenio, Ary Guimarães hacía una síntesis de lo que sobre ella sabía, incluyendo la tesis reciente de don Maximiliano que le atribuía la autoría al Aleijadinho. Ary Guimarães creía más probable que la escultura fuera obra de un discípulo bahiano del maestro minero.

El otro artículo estaba firmado por Paulo Tavares, investigador de literatura y arte, autor del *Diccionario de personajes de la ficción bahiana*, premio de la Academia Brasileña de Letras: había extraído de sus archivos el relato integral de cuanto se había escrito a propósito de la celebrada imagen. Artículos, crónicas, ensayos, recuadros, separatas, nombres de los autores, fechas de diarios y revistas, sin faltar el libro aún por lanzar de don Maximiliano von Gruden y el reportaje de Guido Guerra aparecido la víspera en el *Diário de Notícias*. Los dos artículos se complementaban, dejando a los lectores informados e ilustrados.

Sobre el desarrollo de la investigación, *A Tarde* abría columnas para las declaraciones sucintas del coronel delegado de la Policía Federal: estamos en la pista de los criminales, una prisión podría ser anunciada todavía hoy pero el asunto es complicado, es más que un simple hurto de iglesia. Y para la exposición prolija del doctor Calixto Passos, jefe de Policía del Estado: asunto simple, uno más de los muchos robos de imágenes, todo ocurre en familia, por así decirlo; nuestros hombres recogen las últimas pruebas pero ya localizamos a los culpables. Complementando el noticiario, el diario aludía a los llamados telefónicos anónimos recibidos por la redacción: trataban de relacionar a determinado sacerdote con la desaparición de la Santa. *A Tarde* dedicaba dos líneas a la denuncia sin, no obstante, citar el nombre del delatado, guardándose de cualquier liviandad.

En la columna Sociedad, sustancioso alimento de la *intelligentsia* y de la high-society, July revelaba, de primera mano, los nombres de las personalidades esperadas, en los aviones de la mañana, venidas del norte y del sur, para el *vernissage* de la Exposición de Arte Religiosa, encuentro cultural y social que se prolongaría en un fin de semana de almuerzos y cenas, de cócteles y veladas, de paseos en lancha por la Bahía de Todos los Santos. Procedentes de Río, eran esperados "el médico de las estrellas de Hollywood y de las princesas árabes", Ivo Pitanguy, la directora del Museo de Arte Moderno, Niomar Moniz Sodré, el académico Eduardo Portela y su mujer Celia, dos propietarias de galería de arte, Giovanna Bonino y Anna María Niemeyer, el coleccionista Gravatá Galvão y los señores Carlos Leonam y João Condé, presencias infaltables en estos agasajos. De Fortaleza, el matrimonio Paulo Elpidio Menezes, el rector, ella, Zuleide, directora del Museo de la Universidad Federal de Ceará. De Belem do Pará, Ruth y Rodolfo Steiner, hidalgos de la Isla de Marajó. De San Pablo, comitiva numerosa y variada: el director del Museo de Arte, Pietro Bardi, y Lina do Bardi, la arquitecta, fundadora del Museo de Arte Moderno de Bahía, los hermanos Siciliano, libreros interesados en contratar la edición brasileña del libro de don Maximiliano, la doctora Fanny y el doctor Joelson Amado, reunidos por el rico *marchand de tableaux* Waldemar Szaniecki. El ricacho venía con Belinha y aprovecharía el pretexto para arrebatar cuadros al óleo, aguadas y dibujos de Carybé y para registrar la ciudad en busca de telas de Di Cavalcanti y de Pancetti. Mientras los demás se llenaban con las comilonas y las bebidas, él, Lindinho, estaría laburando.

286

En la tapa de la segunda sección, dibujo de Floriano Teixeira, meticuloso, fuerte, bello, mostrando a la Santa de frente y de perfil, sobre un poema de Godofredo Filho. Escrito en 1958, con ocasión de la visita del consagrado vate a Santo Amaro, olvidado en un cajón de donde el barullo en torno de la imagen por fin lo había retirado. Otro poeta reputado, Carvalho Filho —uno más, éste de los mejores, ¿quién no leyó *La cara oculta*?—, lo consideró premonitorio, al registrar en un *speech* en la Academia de Letras de Bahía la publicación por el diario *A Tarde* de la "Balada de las mulaterías y negruras de Bárbara de los truenos, santa dual y brasileña". Premonitorio, reveló con agudeza crítica. Creación del juglar en noche de romería, vigilia y revelación, en la insania de la atracción por la Santa, en el delirio por la negra, nació el poema al rayar la aurora, ambiguo, adivinatorio, eterno.

LAS PACES. Conciencia tranquila, Adalgisa durmió de un tirón. Día tenso y cansador, de prisa y exaltación, en cuanto Danilo salió, contrariado, ella terminó de lavar los platos y se retiró al cuarto. La televisión no la sedujo, el arrebato del marido no la impresionó al punto de causarle insomnio.

En esos casi veinte años de casados, unas cuantas veces, no muchas, él había partido golpeando puertas, amotinado, a los gritos, diciendo esto y aquello. Ni esto ni aquello: volvía horas después, un corderito, cesada la rabia, terminado el desacuerdo. Para arreglar las cosas le llevaba un regalito: una fruta europea, pera o manzana, una barra de chocolate con leche, una rosa roja.

Arrodillada junto a la cama, dijo sus oraciones, aumentadas aquella noche con unos cuantos padrenuestros y otros tantos avemarías para agradecer al Señor que la había amparado y favorecido en el combate, conduciéndola al triunfo. Se acostó despreocupada, ajena al alboroto que movilizó la Avenida del Ave María a partir de cierta hora. Sabía que, al despertar, encontraría a Danilo en la cama, a su lado, gentil y sensato como si nada hubiera sucedido: no volvería a mencionar el motivo de la pelea, a reclamar contra la internación de Manela. Liberada de recelos, se adormeció y pasó la noche en un sueño agradable en el cual era testigo de la prisión de

Mro: el chimpancé era llevado por dos policías ante la presencia del juez de Menores.

Se repitió lo de siempre: lo primero que vio Adalgisa al despertar fue a Danilo. Ya no estaba en la cama, salía del baño, bañado, puestos la camisa y el calzoncillo, preparándose para la jornada en la escribanía. Le dio los buenos días sin vestigio de enojo, ella respondió sonriendo y se encerró en el baño, llevando la radio. Danilo terminó de vestirse, fue a buscar del otro lado de la puerta el ejemplar de *A Tarde*, se sentó en el sillón para enterarse de las novedades mientras aguardaba que el café fuera servido. Leía la noticia sobre el hurto de la imagen cuando Dadá vino de la cocina con la bandeja con las tajadas de *fruta-pão*, el queso blanco y los bizcochos de canela. Danilo comentó:

—Esta historia de la Santa está dando que hablar.

—¿Qué historia? —Adalgisa reducía la lectura de los diarios a las páginas de crímenes y a la crónica social.

Danilo esperó que ella volviera con la lechera y la cafetera para discurrir sobre el asunto que preocupaba a la ciudad: la imagen de Santa Bárbara, la del trueno, había venido de Santo Amaro para una exposición, al llegar al muelle se había evaporado. El diario no hablaba de otra cosa:

—Vale un dineral. Parece que fue el vicario de Santo Amaro quien la vendió, hay otro padre involucrado, un revoltoso. Va a terminar en la casa del doctor Clemente Mariani o de otro ricachón, viven comprando trastos viejos, manteniendo a una banda de sinvergüenzas. —Se reía, divirtiéndose, el rostro alegre, contento. —Estos vicarios son unos vivarios...

Adalgisa observó la cara de Danilo. Abierta en risa, parecía iluminada, eufórica con la broma, sin duda iba a repetirla en la oficina. Adalgisa se preguntaba qué había de raro en los modos del marido:

—El robo de un santo no es motivo de bromas, es pecado y de los grandes. No sé cómo un padre puede negociar con santos y cómo tú puedes reírte de esa manera.

—Vicariadas de los santos vicarios... —Danilo resplandecía, feliz con las variaciones del comentario. Se levantó de la mesa, se puso la chaqueta, tomó el sombrero, se dirigió a la puerta, silbando. Adalgisa lo encontraba cada vez más extraño. Inclusive se había olvidado de preguntar, como de costumbre

288

lo hacía al despedirse: ¿quieres algo de la calle, Dadá? Pregunta formal pero atenta. Dadá, acostumbrada a oírla y responder: nada, gracias, la echó de menos. Sí, había algo de sorprendente en el comportamiento de Danilo. En ocasiones anteriores, cuando celebraban la paz después de altercados y querellas, él la rodeaba de atenciones, esta vez ni siquiera le había llevado el acostumbrado regalito, flor o fruta, chocolate o rama de laurel. Cuando mayor la pelea, mayores la gentileza y el cariño de la reconciliación. Pues bien, la discusión de la víspera se encontraba entre las más bravas, comparable apenas a las de los tiempos iniciales: él dispuesto a hacerle el culo por las buenas o por la fuerza, ¡ella firme en la negativa, jamás en la vida!

Sorprendida, desconcertada, picada en su amor propio, al verlo abrir la puerta muy tranquilo, sin decirle ni hasta luego, Adalgisa no resistió, provocó:

—¿No dijiste anoche que sólo volvías a casa trayendo a Manela?

La puerta semiabierta, la mano en el picaporte, Danilo se volvió hacia Dadá, el rostro plácido, la voz neutra. Como si le diera la noticia más banal, como si no fuera nada, dijo:

—Manela no quiso volver a casa. Fue a hacer el santo en el Candomblé de Gantois.

Cuando Adalgisa recuperó el habla, el marido iba lejos, no sirvió de nada que ella saliera corriendo, vestida como estaba y con chinelas. Desde la entrada de la villa pudo verlo tomando el ómnibus camino al trabajo.

HUMILLACIÓN. Humillación monstruosa, abominable, fue por la boca de Damiana del Arroz con Leche, esa gentuza, que Adalgisa se enteró: con detalles. La vecina la vio pasar corriendo, se puso de atalaya en el vano de la puerta, surgió a su paso cuando ella, cabizbaja, volvía. Ni los buenos días le dio, en la prisa por largarle todo, tirar la noticia en el hocico de la sujeta presuntuosa, siempre con el copete parado. Al tanto del horror de Adalgisa por todo cuanto fuera *candomblé*, la dulcera no conseguía esconder la satisfacción que sentía en el alma ante la perspectiva de divertirse a costa de la madrastra malvada, la presuntuosa, la tipa detestable.

—¿Ya lo sabe, verdad, Adalgisa? La novedad de Manela.

El primer impulso de Adalgisa fue darle la espalda y entrar en su casa haciendo de cuenta que no la había oído. Pero el deseo de saber se impuso a la certeza del vejamen a que la vecina pretendía someterla:

—¿Si sé qué?

—Manela estaba muy bonita anoche cuando el santo la tomó frente al convento. Presencié todo.

Damiana no dijo por qué razones se encontraba en medio de la noche frente al portón del Convento de la Lapa, tampoco se refirió a la manera como Manela abandonó la clausura, pero narró con abundancia de detalles y manifiesto entusiasmo la fiesta en el Largo, la danza de Yansã acompañada por el Oxalá de Gildete, una belleza, Dadá. La Yansã de Manela nada tenía que envidiarle a las más comentadas de la ciudad, incluyendo entre ellas a Oyá Oiaci, Yansã de Margarida do Bogum, enaltecida por griegos y troyanos.

Se refirió a las personas presentes, testigos que no la dejaban mentir: además de Gildete, estaban João Batista, Alina, el sargento Deolindo y el maestro Pastinha, el maestro Pastinha en persona, sí señora. Ciertamente Danilo ya le había contado lo principal pero, por si no le había contado todo, él estaba animadísimo y Yansã lo honró entregándole el eiru. También a ella, a Damiana, el encantado la abrazó en muestra de amistad, pero el momento más sensacional —¿Danilo no le contó?— fue cuando Miro fue levantado como ogã. ¿Dónde había conseguido Manela la fuerza necesaria para levantar al enamorado por las piernas y con él suspendido en el aire bailar la danza de presentación? Fuerza sobrehumana del *orixá* o fuerza del amor, quién sabe si una u otra, vecina, las dos reunidas en los brazos frágiles de la *iaô*. Siento que usted no lo haya visto, le habría gustado, doña Dadá, querida.

Un nudo en la garganta la estrangulaba, el dolor de cabeza le comía los ojos, le quemaba los sesos, sin embargo Adalgisa consiguió un hilo de voz para preguntar:

—¿Cómo es que ella salió del convento?

Mostrando los dientes blancos en la boca carnosa de mulata gorda, la risa enorme, incontenida, Damiana se disculpó:

—¡Ah! Discúlpeme pero eso no sé cómo sucedió, doña

Dadá, querida. —Abandonando la delicadeza y la hipocresía, Damiana del Arroz con Leche se limpió el pecho de los agravios, las groserías y las maldades de la vecina, escupió sobre el cadáver de Adalgisa: —Sólo sé que salió, Dios la ayudó, y sé algo más, y eso puedo decírselo: quien puso a la pobrecita cautiva en la Clausura de las Arrepentidas no tiene alma ni corazón, es una maldita, una desgraciada. ¡Eso mismo, doña Dadá querida!

DONDE SE TIENEN NOTICIAS, AUNQUE VAGAS, DE SYLVIA ESMERALDA. Con violencia, Adalgisa le dio la espalda a Damiana, le dio con la puerta en la cara a esa asquerosa. Se detuvo en la sala para respirar, tenía miedo de que fuera a sucederle una desgracia. Entró en el baño, se lavó la cara con agua fría de la canilla. Podía oír los latidos de su corazón.

Se puso un vestido para salir, calzó los zapatos, tomó la cartera, rumbeó para la iglesia de Sant'Ana, en Río Vermelho. En el ómnibus repasaba las cuentas del rosario, sofocada por el humo que el tipo a su lado arrancaba plácido de un cigarro barato. Movía los labios en la oración; el del cigarro, un bruto, la miró de soslayo. El ómnibus paraba en cada esquina, no llegaba nunca.

El padre José Antonio realizaba un bautismo, en torno de la pila bautismal se aglomeraban españoles. Adalgisa pasó de largo para evitar a los conocidos, fue a esperar en la sacristía. El padre demoró en aparecer, bautizaba vástago de familia rica, con derecho a sermón. Llegó por fin acompañado por los padres, abuelos y padrinos, Adalgisa no pudo huir a los saludos. El padre José Antonio firmó el certificado, recibió el dinero, confirmó su presencia en el almuerzo conmemorativo, se sacó la bata y la estola. En la sacristía vaciada, al dirigirse a la parroquiana predilecta, le sintió el nerviosismo:

—¿Qué haces aquí tan temprano, hija? —Cuando se hallaba a solas con Adalgisa le hablaba en español, ignorándole la nacionalidad brasileña, volviéndola más próxima y haciéndose más carismático. —¿Por qué te quedas de pie? ¿Qué pasa contigo que te veo temblar?

—Manela huyó del convento.

—¿Se fugó? ¿Del Convento de la Lapa? Imposible, hija. No te creo.

Adalgisa le relató lo que sabía, narración atropellada donde figuraban en confusión el marido, Danilo, una vecina, el maestro Pastinha y *orixás*. No tenía sentido, el padre llegó a pensar que la buena oveja del rebaño del Señor no estaba muy bien de la cabeza. Ocurría fácilmente que una beata se desquiciara y saliera diciendo burradas, imaginando cosas: en general se trataba de viejas seniles, no era el caso.

—No puedo entender. Lo mejor es ir a hablar con la Madre, saber lo que pasó. Vamos, hija.

En el ómnibus reveló a Adalgisa que no le había gustado la reacción de la madre superiora al recibir la orden de internación de Manelá. La monja no se había hecho rogar para exponer su desacuerdo. ¡Embravecida, liberal, qué asco! ¡Malcriada, qué insolencia! Le había faltado el respeto, no había tomado en cuenta los puntos de vista expresados por él, el padre José Antonio, la madre era una de esas monjas modernas que más parecen... ¡cállate, boca! No creía probable, pero no le parecía imposible, que la propia madre Leonor hubiera facilitado la fuga de la menor, no veía otra explicación. Si tal absurdo se comprobase, la madre pagaría caro, él, el padre José Antonio, iría a ver al obispo auxiliar.

La madre Leonor Lima se limitó a desear buen día al padre José Antonio pero saludó calurosa la llegada de Adalgisa:

—No puedo más que elogiar su decisión. El pecador que se arrepiente del error es doblemente merecedor de la gracia de Dios. Me regocijo en usted.

La desconsideración y el atrevimiento de la monja dejaron al padre José Antonio casi apoplético. Interrumpió la euforia de la madre, exigió explicaciones sobre la fuga de Manelá, que contara todo, detalle por detalle, amenazó con denunciarla a don Rudolph. La madre superiora ni se tomó el trabajo de responder, retiró del cajón la orden del juez de Menores y la exhibió. El padre leyó y releyó, examinó el papel, los sellos, la firma: no había posibilidad de duda, era una orden del juez perfecta y acabada. También Adalgisa se demoró leyendo el mandato de liberación:

—Danilo lo logró... Bien que me dijo...

—¿Su marido? —El padre José Antonio quería confirmación.

—Dijo que iba a hablar con el juez, él también es tutor...

—Pero el juez afirmó en mi presencia que solamente a su pedido y de nadie más cambiaría la orden...

El padre José Antonio se enorgullecía de hablar el portugués casi tan bien como el español, con absoluta corrección gramatical, la pronunciación cerrada apenas denunciaba al inmigrante. Si perdía la calma, no obstante, y se acaloraba, mezclaba las dos lenguas, confundía los pronombres, la tendencia a usar el idioma materno predominaba. Quiso llevarse la orden pero la madre se opuso, categórica. Consintió, sin embargo, en mandar a hacer una fotocopia en la máquina del vecino Colegio de Bahía. Al retirarse, con la fotocopia en el bolsillo de la sotana, el padre José Antonio eructó valentía:

—No desarme la celda, madre. —Levantó el dedo, afirmativo: —La pecadora volverá. ¡Enseguida! Va a llegar poseída por el demonio, puede que sea necesario exorcizarla. — Bravateaba en el más puro portuñol.

—Volverá, con fe en Dios. —Adalgisa hizo la señal de la cruz.

No tan enseguida cuanto había previsto el falangista en guerra pues el juez de Menores no compareció al forum aquella mañana. El escribiente del Juzgado que los recibió desaconsejó la ida a la residencia del magistrado:

—El doctor juez no está en casa. Su esposa, doña Diana, está mal, cosa seria, tuvo que ser internada de apuro. El doctor Liberato está con ella; sólo a la tarde podrán encontrarlo aquí. Si doña Diana mejora. Vuelvan a partir de las quince, antes no les servirá de nada.

Doña Diana, la esposa del juez de Menores. La excelentísima señora Diana Teles Mendes Prado d'Ávila, florón de la aristocracia de Bahía. En los medios de teatro, en las alcahueterías de cornolandia, Sylvia Esmeralda, aquella que bien se sabe.

EL EXILIO. León herido, desatinado, don Maximiliano von Gruden cruzaba la celda modesta, jaula estrecha, los rugidos atronando en los corredores sombríos de la abadía...

Táchese la frase entera. Falsa la imagen, además de repetida: delicado y elegante, calva incipiente, en nada recorda-

293

ba don Maximiliano a un león de garras afiladas y melena majestuosa. Falso el bosquejo de la escena, además de bombástico y vulgar. En los anchos corredores de la Abadía de San Bento, claros y no sombríos, no se oían rugidos, clamores, gritos, ni siquiera sollozos. El lamento por la muerte del padre Henrique Pereira, asesinado en Pernambuco por los esbirros del gobierno militar, tuvo la precisa altura de las oraciones fúnebres rezadas en la iglesia, al son del órgano. En el sigiloso encuentro de sacerdotes y laicos, la protesta no se manifestó en discursos demagógicos, en histeria colectiva. Se configuró en la reafirmación de la conciencia y del propósito de proseguir y ampliar la oposición aunque la lucha por la justicia y la libertad costara manos cortadas, cuerpos disformes, cadáveres arrojados en los albañales. En los oficios religiosos y las conversaciones cívicas no participó don Maximiliano von Gruden, en meditación en su celda.

La vigilia duró una eternidad de humillación y deshonra, antes de que la fatiga terminara por embotarle los ojos sin librar al corazón del puñal clavado, sin adormecer la aflicción, ablandar la herida, sin mitigar el sentimiento de derrota y de consumación. Don Maximiliano, insomne en el hueco del mundo, había redactado un breve documento de renuncia. Dirigido al Magnífico Rector de la Universidad de Bahía, poníale en las manos el cargo de director del Museo de Arte Sacra que había ejercido durante más de diez años con eficiencia y brillo. Se decía y se escribía, con razón, que el museo debía a don Maximiliano la perfecta organización, el valor y la calidad del acervo, el renombre nacional e internacional, verdad patente, renuncia irrevocable.

Decisión reafirmada en el silencio de la celda, solo consigo mismo, arrinconado. Allá afuera lo esperaban para masacrarlo, arrastrarlo por el lodo, responsabilizarlo, crucificarlo. En la conversación telefónica con el rector, en la mañana del jueves, pensó anunciarle el pedido de dimisión en caso de que la imagen de la Santa no fuera encontrada, pero se calló la boca, todavía había tiempo para la esperanza; en la conversación con el obispo auxiliar se había dicho dispuesto a la renuncia y al exilio, Su reverendísimo había acordado: realmente, don Maximiliano no podría permanecer en el cargo y en la ciudad después de suceso tan espinoso y tan grotesco. Renuncia y exilio, ¿cuál era la diferencia con la muerte?

¿Exilio? Sí, exilio era la palabra exacta. Nacido en las brumas de Alemania, después de haber recorrido los caminos del mundo, Europa y Asia, América del Norte, naufragado en tantos puertos, abrumándose en el trabajo, en el estudio, buscando convivir, había ido a descubrir el sol tajante de Bahía, la patria de adopción, aquella que lo abrigó y acogió, la tierra prometida. En la brisa del mar bahiano, en la exaltación, en la inventiva, en la cordialidad, en el arte de la gentileza, en los ritos de la amistad, en el mestizaje, como condición de vida, fuente de humanismo, él se había encontrado y permaneció: atravesó el desierto y la tempestad para reconocerse.

En la noche de perros, en el muelle yermo de la desaparición de la Santa, Edimilson en la demencia de las visiones, don Maximiliano, estupefacto y perdido, clamó a los cielos, maldiciendo la hora en que Dios lo llevó a las tierras de Bahía, para en ellas vivir y trabajar. Apostrofó contra la nación donde todo se mezcla y se confunde, donde nadie distingue los límites entre la realidad y el sueño, donde el pueblo abusa de los milagros y de la hechicería. Boca desastrosa, ingrata, desagradecida, lengua de trapo, el cobarde no sabía lo que hablaba, no tardó en arrepentirse. Al comprobar que podrían obligarlo a irse, a dejar la ciudad y la gente morena y dulce que la habitaba, aquel pueblo, supo que cualquier otro suelo sería el exilio.

Tal vez el investigador atento y osado, el intelectual brillante, el competente museólogo, el sabio pudiera sobrevivir y trabajar en otra abadía, en otro museo, en un centro de investigaciones de arte religiosa. Pero para vivir la vida como don Maximiliano la concebía y disfrutaba, no había otro territorio que no fuera Bahía. ¡Ah, no había!

Mucho papel rasgó tratando de decir por qué se iba. Redactó páginas y páginas, pequeño ensayo, memorias vivas, explicación y pedido de disculpas. No llegó al fin en ninguna de las tres tentativas de afirmarse y decir adiós. El texto fue reduciéndose hasta quedar en la concisa media página, lo que restó. En ella estaba dicho apenas que él dejaba el cargo y que se retiraba para nunca más volver: si volvía iba a querer quedarse.

Cuando la mañana rayó don Maximiliano fue a la iglesia, se arrodilló, hizo la señal de la cruz, en la cocina le dieron café, un trozo de pan, mandó comprar los diarios. Pidió que le co-

municaran al Abad que él se encontraba allí y deseaba verlo.
Cuanto antes.

EL ABAD. Mientras don Maximiliano, obligándose a la paciencia, aguarda ser recibido por el abad, a aquella hora todavía ocupado con la revisión de la homilía sobre el asesinato del padre pernambucano, que sería leída el domingo en el púlpito de la iglesia, durante la misa, aprovéchese el intervalo para un desvío más en la sinuosa narración.

Interpelación nacida del respeto y la amistad, se destina a introducir en el argumento, con las honras que le son debidas y a las cuales en su modestia él se hurta, al abad del Monasterio de San Bento, don Timoteo Amoroso. Para saludar su presencia inspiradora en una trama en la que se codean numerosísimos padres y poetas, algunos excelentes, otros pésimos, en la doctrina y en la estrofa.

Frágil carcaza en la sotana blanca, antes de vestirla vivió el mundo, ciudadano igual que los demás, fue casado, tuvo hijos, no sabe de las cosas por boca ajena. Profesó y se ordenó cuando, muerta la esposa, se encontró carente: buscó en Dios consuelo y alegría. Poeta, si escribió versos no los publicó pero la poesía es inherente a cada instante, a cada paso de una vida vivida en función del ser humano. Don Timoteo Amoroso renovó en Bahía la tradición de los apóstoles insignes que no se contentaron con bautizar indios y negros y aconsejarles la sumisión.

El padre Manuel de Nóbrega vino en el primer grupo de los jesuitas, abrió un colegio en la montaña, ayudó a plantar la ciudad en el oriente del mundo, de todas la más bella. En la Iglesia da Sé esparció la palabra del padre Antonio Vieira, milagroso e implacable, tribuno de selvícolas y esclavos. Para callar esa voz de fuego, la Santa Inquisición, no contentándose con haberlo perseguido en vida, continuó haciéndolo durante siglos: derribó su Iglesia da Sé de Bahía intentando extinguir los ecos de la denuncia de los ladrones, de los cobardes, de los verdugos.

Dos frailes, ambos se llamaban Agostinho, uno de la Piedad, otro de Jesús, dieron cara, gesto y atributos a los santos de los cielos, les dieron vida eterna al recrearlos en el arte de

296

la escultura, en la piedra, en la madera, en la arcilla. Frei Caneca, huido de Pernambuco, ancestro del padre Henrique Pereira, fue fusilado en el Campo de la Pólvora, en pleno centro de la ciudad de Bahía, para servir de ejemplo. Varios otros, cuyos nombres fueron omitidos por la doble ignorancia, histórica y religiosa, de quien redacta esta crónica de costumbres, se consagraron a la ciudad y al pueblo con abnegación y amor. Nadie con más abnegación que don Timoteo Amoroso en su Abadía de San Bento.

Pocos días antes de aquel jueves, don Timoteo había abierto de par en par los portones del monasterio para abrigar y proteger a los estudiantes atacados por los esbirros de la policía civil y militar, cuando hacían una manifestación en la Plaza Castro Alves. Bandas y carteles de la manifestación disuelta a golpes se mantuvieron erguidos, a la vista, por detrás de las reja del convento. Para derribarlos y destruirlos, para prender a los estudiantes que los llevaban, los mastines debían invadir la abadía, pasar por encima del monje delgado que, con los brazos abiertos, les negaba la entrada. Ninguno osó hacerlo, se quedaron rezongando en el Largo, en lo alto de la ladera.

Con ocasión de los festejos conmemorativos de los cincuenta años de la madre de santo Menininha de Gantois, guardián de los ritos afro-brasileños, de la cultura perseguida y negada de los esclavos africanos, *iyalorixá* mayor de la ciudad y del país, don Timoteo celebró, en la Iglesia de la Abadía de San Bento, la misa celebratoria y le enalteció el sacerdocio: doña Menininha cela con amor por los *orixás* y por el pueblo de Bahía.

Dos momentos, dos gestos, dos acciones entre decenas similares, ejemplares, son suficientes para que se pueda medir la estatura y la excelencia del personaje que va a entrar en la trama apenas para escuchar a don Maximiliano en confesión.

EL SERMÓN DEL MILAGRO. De lo que fue dicho y oído en confesión ninguna referencia aquí se leerá, el secreto se mantendrá íntegro como ordena el mandamiento de la Santa Madre Iglesia.

Cuéntese solamente que don Timoteo recibió a don Maximiliano con la admiración, la estima y la paciencia que el monje ilustre, galardón de la Orden de los Benedictinos, siempre le había merecido. Y que, después de absolverlo de los pecados y haberle dado la debida penitencia, le prometió ayuda para agilizar su decisión de trasladarse a la Abadía de Río de Janeiro: don Maximiliano proyectaba viajar en cuanto entregara la dirección del museo.

Viéndolo decidido pero no contento, el abad lo retuvo, prolongando la entrevista en conversación amigable. Le preguntó por qué él, don Maximiliano, dudaba de la misericordia divina, del poder de Dios, de la existencia de milagros:

—Los milagros existen, suceden delante de nosotros a cada instante, sólo el orgullo nos impide verlos y reconocerlos.

¿Qué era lo que Edimilson había visto en el muelle, sino un milagro? ¿Por qué don Maximiliano cuestiona la visión de su auxiliar y no confía en que vaya a suceder un milagro? Los milagros son el pan de cada día de Dios Todopoderoso. Aquí, en esta ciudad de Bahía, son tantos los dioses y tamaños los prodigios, que se pierde la cuenta de los milagros y ya no se los observa, triviales, cotidianos:

—¿Vivir en las condiciones en que vive el pueblo no es ya un milagro, y de los mayores?

El abad no siguió adelante con el tema de la miseria del pueblo pues debía atender la urgencia requerida por la agonía del fraile: la aflicción amenazaba crecer y convertirse en aridez, en desamor. Posó los ojos claros, de agua y luz, en los hombros curvos, en el rostro atormentado del sapiente museólogo, sufrió con él. No tenía otro bálsamo para la herida expuesta además de la parábola del maestro y el discípulo en la soledad del muelle.

Dijo que el saber con frecuencia nos limita, haciéndonos intolerantes, orgullosos, tontos, incrédulos. Angel tuerto del Señor, Edimilson no permitió que el saber lo limitara, hiciera de él un sectario, un infatuado, un presumido, grávido de amor propio, al punto de llevarlo a perder la creencia en los milagros. No deje que el saber lo limite, seque su imaginación, reduzca su fantasía, hijo mío, hermano mío, maestro mío, don Maximiliano: mayores que la ciencia que dominamos son la gracia de Dios y la poesía.

LAS PALMAS DEL MARTIRIO. En la curia de Piaçava, el padre Abelardo Galvão había aprendido unas cuantas cosas por experiencia propia, muchas otras por oírlas decir. Oía decir y repetir conceptos, afirmaciones, límites, deberes, prohibiciones, desde la adolescencia mística en el seminario adonde lo había llevado la vocación inviolada. Los límites eran estrechos, muchas las prohibiciones.

Médico de clínica prestigiosa, el padre lo veía de estetoscopio en mano, ayudándolo en el hospital y en el consultorio. La madre, devoradora de novelas, lo deseaba letrado, profesor de la Universidad. Desde la hacienda, sin embargo, la abuela materna lo apoyó en la controversia: rica y mandona, impuso la decisión. Quiero ver a mi nieto entronizado como obispo, besarle el anillo episcopal y darle la bendición, yo a él, no él a mí. Se llamaba Edelwais dos Reis Rizerio, había enviudado aún joven, antes de cumplir los treinta años. Un pedazo de mujer: grande, vistosa, impositiva.

Ni por las tapas el cura de Piaçava alimentaba sueños de obispado, intención de elección y preferencia: la abuela usaba largavistas para dominar desde la galería de la casa grande el horizonte de la estancia. En las cartas, raras, la abuela Edelwais reclamaba: ¿qué idea es ésa que tienes, de pelear por una diócesis en Bahía?

Tus largavistas te engañan, abuela. Anillo de dignatario, mitra de obispo, inaccesibles honras. Aun la paupérrima curia sertaneja corría peligro: el obispo auxiliar le había dictado el ultimátum: o terminaba con la acción comunitaria —subversiva, decía don Rudolph— o sería removido. Ni obispo ni medio obispo, abuela, un cura amenazado. Por detrás de Su Eminencia Reverendísima, la sombra del hacendado Costa, mandador de la muerte de los labradores. Malos presagios, abuela.

Próxima, eso sí, la palma del martirio: allí, delante de él, a mano y a la vista, en la noticia traída de Recife por el señor Paulo Loureiro. Durante el relato del crimen y el análisis político de la situación nacional, el pernambucano había dicho: volvemos al tiempo de los mártires, y había usado la palabra compañeros refiriéndose a los presentes.

El padre Abelardo estaba de acuerdo. Se volvía a los tiempos heroicos de la difusión del Evangelio, los mártires cristianos pagaban con la vida la misión sagrada. Tiempos peligrosos y exaltantes los de la Iglesia de los Pobres en el mundo de hoy dividido al medio, la Iglesia de Roma vacilando entre los ricos y los desposeídos, tan dividida como la sociedad. Un puñado de padres progresistas enfrentando la legión de sotanas reaccionarias. Coyuntura amenazadora y apasionante, el padre Abelardo había contemplado el reducido círculo de clérigos y laicos, la palabra compañeros tenía una vibración fraterna, rompía barreras, nivelaba diferencias, extinguía distancias. Recordó la frase de la abuela en la fiesta de la ordenación: exijo que seas un padre entero, no uno de esos vagos que desfilan por la Calle del Frente, aquí en Porto Alegre, petimetres, perfumados, afectados, astutos, *gigolos* de Dios. La abuela Edelwais no tenía pelos en la lengua, usaba espuelas para montar y acometer.

Entero, como la abuela exigía, por lo menos eso ya que no le podía dar a besar el anillo de obispo. Se había alistado bajo las órdenes de Dios en el ejército de los pobres, comprometido en las filas de los más pobres de todos, los sin tierra, los siervos. Al hacerlo, cumplía el juramento de bien servir pronunciado cuando se extendió en el piso de la iglesia para recibir el santo sacramento. Estanciera gaúcha, la abuela conocía la pobreza de los peones, pero no podía siquiera imaginar la miseria de los campesinos en las glebas del nordeste.

El padre Abelardo cumplía el juramento a pesar de las amenazas, de las insinuaciones en los diarios, de las presiones de los superiores, de los recados siniestros. Entre los que se habían dispuesto a trabajar a pecho descubierto, ¿cuántos habían ya dado la vida en sacrificio, asesinados por los *capangas*: policías, pistoleros o *jagunços*, por orden de los señores? Enumeración extensa, crecía inexorable, no había semana en que un padre no fuera muerto en la caatinga sertaneja, en las plantaciones, en las barrancas del río San Francisco, dondequiera que los siervos osaran reclamar la posesión de la tierra que plantaban.

El cura de Piaçava, entero, cumplía su deber cuando pregonaba la resistencia en lugar de la sumisión a los parroquianos reducidos a la miseria extrema, viviendo como animales. ¿Pero bastaba actuar con valentía para que fuera completa la entereza del comportamiento de un sacerdote católico? ¿O se hacía obligatoria la estricta observancia del juramento? En la preparación para el martirio, el padre Abelardo Galvão decidió arrancarse del pecho en brasas cualquier vestigio, el menor vislumbre de desobediencia a los votos asumidos. No podía permitir que las brasas del pecho se inflamaran, debía apagarlas de una vez y para siempre. Para que nunca más el incendio alimentado con el fuego del pecado le quemara el corazón. Había ocurrido el día anterior, en el automóvil, en el almuerzo, en la despedida —hasta luego, te espero en el Teatro—, cuando Patricia le rozó los labios con los suyos, los de ella mojados y calientes, los de él secos y ávidos. Caído en pecado mortal, ¿sería un padre entero? ¡Ay, abuela!, es más difícil de lo que piensas.

En verdad no sabía con exactitud lo que pensaba la abuela. A propósito, ¿el pueblo no murmuraba de la viuda rica con el padre del lugar? El canónigo Jesuino Santo Domingo comandó gaúchos en las guerras de los pobres, montaba de sotana, personaje de Erico Veríssimo. Dormía con la abuela Edelwais, secreteaban peones y chinas entre risas contenidas. No censuraban, la historia les parecía divertida, natural. Un padre entero, ¿qué quería decir la abuela?

EL ESCOGIDO. Motivo de fuerza mayor, ya te contaré, explicó el padre Abelardo a Patricia cuando la muchacha por teléfono quiso saber por qué él la había dejado plantada, habiendo combinado sin falta el encuentro en el Castro Alves. Estuve rezando por un mártir y buscando la consecuencia de su martirio. ¿Un mártir?, preguntó Patricia extrañada. Vivimos de nuevo el tiempo de los apóstoles y el sacrificio, cumplir la misión de Cristo puede significar persecución atroz, calumnia vil, la iniquidad, puede costar la vida, respondió él, la voz casi alegre, exaltado. Tuvo ganas de decirle compañera, contuvo la lengua.

Patricia oyó la declaración solemne con cierta impaciencia. En el programa de grabación de *Le Grand Échiquier*, el viernes era el día más atropellado pues iban a filmar en el Pelourinho una muestra del carnaval bahiano, con la participación de grupos afro y de *afoxés*, los Internacionales, los Hijos de Gandhi y el Bloco de Jacu, éste bajo la batuta del compositor Waltinho Queiroz y su madre amantísima y fiestera animadísima, doña Luz da Serra. Desde la víspera, el pueblo estaba siendo convocado, por las estaciones de radio y televisión, para asistir en masa a las quince horas al Largo do Pelourinho donde el Trío Eléctrico de Dodô y Osmar centralizaría el improvisado festejo de carnaval. Nilda Spencer había garantizado a Jacques Chancel la asistencia de miles de personas, dos o tres mil por lo bajo; el francés vibraba.

—Me explicarás después —cortó Patricia—. No, no es eso, la tesis del martirio me interesa mucho... Pero ahora tengo que cortar, estoy en un barullo. Te espero a las dos en punto en la Escuela, a las dos de la tarde, claro... No voy a tener tiempo de almorzar, si puedes trae un sándwich. Sí, puede ser de jamón, pero prefiero de mortadela, me gusta más. Me gustas muchísimo, ¿sabías? Pues sábelo, mi mártir favorito, mi San Sebastián, y ponte una camisa linda para aparecer en la televisión —dijo la atrevida por teléfono.

Loca de remate, no decía nada coherente, encelada, cautivante: ¿qué historia es esa de la camisa para la televisión? ¿De nuevo? ¿No se había contentado con el almuerzo en el Mercado? ¿Qué no diría el obispo auxiliar al saberlo posando para las cámaras entre artistas de teatro semidesnudas? En la despedida, el rozar de los labios jugosos. Se burlaba del martirio: mi San Sebastián, me gustas muchísimo, sábelo. ¡Ay, abuela, un padre entero, qué prebenda más adversa y arriesgada!

En el orden de ideas que le preocupaban, él quiso repetirle que cumplir la misión de Cristo era tarea para elegidos, no se sentía digno, merecedor. Si Dios, no obstante, lo designaba para las palmas del martirio, si lo colocaba entre los escogidos, estaría en su puesto, no retrocedería. Pero Patricia cortó antes de que el cura de Piaçava le garantizara que el peligro no lo amendrentaba, no lo haría abandonar a los pobres, extinguir la comunidad de la tierra, callar la palabra de Dios. Fogoso, ardiente, apasionado, ¡listo y acabado para la inmolación!

EL PISTOLERO. Y eso que el padre Abelardo Galvão, mártir electo y asumido, no sabía que en el Largo de San Bento, delante del monasterio, con capa impermeable, anteojos oscuros, sombrero de ala ancha, masticando un palito de fósforo,

Zé do Lirio lo esperaba para que juntos caminaran hasta lugar propicio, juntos alcanzaran la mejor ocasión para la bala del holocausto. Tenía seis en el tambor del revólver, pero nunca había usado más de una.

Hombre religioso, Zé do Lirio. Temeroso de Dios y del padre Cícero, santo protector de los cangaceiros y los jagunços por extensión de los pistoleros, pero no, sin embargo, déjese en evidencia, de los policías, torturadores, soldados de las patrullas volantes y otros criminales. Zé do Lirio había oído misa en la iglesia de la Abadía, el pensamiento vuelto hacia el cielo, lugar bonito y abundante donde se escucha música el día entero y se come maná, papas finas, extranjeras. Los ojos puestos en el padre Abelardo.

Para fijarle la fisonomía y no cometer otro error como lo sucedido en la feria de Caruaru. Fue a vigilar al inocente, tomó una cachacita, masticó un poco de *jabá*, le vio la cara de cerca: tenía rasgos de culpable pero la semejanza era poca, no iba más allá del bigotito de Carlitos, responsable por la confusión. En la Iglesia de San Bento, Zé do Lirio pidió una vez más perdón a Dios. Según sus cuentas, ya debía de haber mandado al otro mundo a unas buenas dos docenas de granujas, no sentía remordimientos, no pensaba en eso: si alguien pagaba por despachar a un viviente, debía de tener motivo serio, nadie gasta dinero en vano. En compensación, cargaba a sus espaldas el peso de aquel difunto por error, hasta había mandado a rezar una misa por su alma.

Se grabó la cara del padrecito, con seguridad un sinvergüenza, un desalmado. Uno de esos padres malvados que no reconocen la ley de Dios y quieren sacar la tierra a sus dueños, sin respetar escrituras, portones y demarcaciones. Tal vez se había volteado a alguna de las hijas del Coronel, eran bonitas las dos, de la casada mejor ni hablar, y esos padres de ahora no pierden tiempo en su servicio, van dando, van tomando, salvo algunos que prefieren dar el culo. A los primeros, Zé do Lirio los criticaba, quien encuentra un tajo que se ofrece y no aprovecha no merece el reino de los cielos, pero a los dadores de culo, él los detestaba, raza dañina.

El coronel Joãozinho Costa había pagado por adelantado pues aquel viernes tomaría el avión bien temprano, viaje urgente y repentino. Zé do Lirio conocía la estratagema: el que ordenaba el crimen prefería estar lejos a la hora hache, a

303

la hora de la justicia. Justicia de Dios, había dicho el patrón Costa a Zé do Lirio, ya que la justicia de los doctores anda lerda y los hijos de puta de esos padres se están haciendo los tontos, invadiendo tierras ajenas al frente de *jagunços*.

En el Largo de San Bento, en el fresco de la mañana, Zé do Lirio, corazón limpio de culpa, conciencia pura, cumplidor de sus deberes, aguarda al padre condenado, sin modo de escapar. La sentencia fue dictada por hombre derecho, el trabajo está pago, bien pago además, y Zé do Lirio fotografió la cara del padre en la retina, el reverendo estaba allí, estaba muerto, ya se podía rezar por su alma.

LAS EMINENCIAS. En el primer avión salido de Brasilia en la tarde aquel viernes, repleto de parlamentarios que aprovechaban el fin de semana para visitar a la familia y la tierra, tomar contacto con las bases electorales, desembarcaron en Bahía Su Eminencia Reverendísima, el cardenal primado, y el magnífico Rector de la Universidad Federal.

Nuestra aeronave está repleta de eminencias, comentó, alzando la voz, el diputado Hamilton Trevisio, el radical de las mociones congratulatorias. Tal vez por haber sido compañero de viaje de dos figurones, se sintió cómodo para capitalizar ante los estudiantes las concesiones que el cardenal y el rector, pagando el precio de la humillación, habían arrancado al Señor Ministro —el de Guerra, no el de Educación—. En represalia por la huelga y las manifestaciones recientes, los alumnos de la Universidad estaban bajo la amenaza de perder el año y la matrícula.

Soldado de caballería, rudo, disciplina férrea, el general ministro había dejado al cardenal primado y al Magnífico Rector juntando moho en la antesala durante quince minutos contados por reloj, a pesar de la hora fijada el día anterior: para quebrar la resistencia de esos paisanos metidos a sabihondos. Inició la entrevista llamando la atención al rector: contenga a esos mocosos, déles con el hacha, son todos comunistas, ¿dónde está su autoridad? Prosiguió echando en cara al cardenal la acción intempestiva de los padres: ¿hasta dónde quieren llegar? Son peores que los comunistas pero nosotros les tenemos puesto el ojo y la sotana no da inmunidad: las inmunidades se acabaron, para el bien de la patria y la seguridad de las instituciones. Habiendo puesto al rector y al cardenal en sus debidos lugares, se dispuso a oírlos. Discutió las razones presentadas pero terminó por atender a las súplicas: iba a dar órdenes al ministro de Educación, que fueran a buscarlo. En la despedida estuvo casi amable.

Civil y cortesano, el ministro de Educación y Cultura los recibió enseguida si bien la visita no figuraba en la agenda, no dijo nada respecto del llamado telefónico transmitido por el gabinete del general, fue magnánimo. Padre de universitarios, vivía el problema en carne propia. Jóvenes sin experiencia, idealistas, los estudiantes eran las víctimas preferidas de los comunistas, malos brasileños al servicio de Rusia, que los arrastraban a la subversión. No solamente a los muchachos estudiantes: ¿qué decir de ciertos padres, Eminencia? En las invasiones de tierras y hasta en la guerrilla, en el Pará, los padres desempeñaban un papel relevante, agitadores peligrosos e insolentes. Él, ministro, no confundía a esos padres marxistas con la Iglesia de Cristo, baluarte de la sociedad y de la benemérita Revolución de 1964 de la cual había sido inspiradora. Retórico y patético, preguntaba: si no fuera por la Revolución, ¿dónde estaríamos hoy? Sería un desastre, los soviets, el ateísmo. ¡El ateísmo decretado en ley, impuesto por las bayonetas, cardenal! Ablandó la voz, recogió las bayonetas rojas, fue la amabilidad en persona. Reafirmó la aceptación de la invitación para el *vernissage* de la Exposición de Arte Religiosa: allí estaría a la noche para desatar la cinta inaugural, volvería enseguida a Brasilia en el jetcito del Ministerio: además de cómodos, esos avioncitos son de la mayor utilidad, permiten traslados rápidos, agilizan el gobierno. Abrazó al rector, besó, reverente, el anillo del cardenal.

En la hora y media de vuelo, cansados, humillados, satisfechos, victoriosos, restituidos a la dignidad habitual, el cardenal y el rector intercambiaron loas y congratulaciones: el año escolar de los irresponsables estaba a salvo, alejada la amenaza de expulsión de la Universidad, lo demás poco importaba. No era fácil ser rector o cardenal en tiempos de gobierno militar, ministros de botas y espuelas, montados en sus caballos y en la arbitrariedad, pequeños déspotas ácidos y malcriados: sobre tales desconsuelos no hablaron pero tuvieron palabras de simpatía para con el ministro de Educación. El rector lo conocía de cerca, mantenían relaciones de trabajo, trato frecuente:

—Hombre fino. Orador primoroso, intelectual brillante. Los milicos no confían en él, le critican el liberalismo.

El cardenal le reconoció las cualidades pero agregó:

—Pobre, no le envidio el empleo.

Más no dijo, prefiriendo llevar la conversación por otros carriles que los incomodaban: la desaparición de la imagen de Santa Bárbara, la del trueno. En las andanzas en Brasilia, sobrecargados con la situación estudiantil y las acciones represivas, apenas habían tocado el tema, no tuvieron tiempo para comentar la lamentable novedad. En el avión, sin embargo, la Santa se sentó entre las dos eminencias, se impuso.

—Enredo típico de nuestro estimado don Maximiliano. Uno más... —comentó el rector, poniendo el dedo en la llaga.

Misericordioso, el cardenal salió en defensa del monje:

—Don Maximiliano es un sabio, y los sabios, por lo general, son dados a confusiones...

—Algunos en demasía... —impiadoso, el rector.

El cardenal primado no levantó el guante. Pensaban en el vicario de Santo Amaro y en la batahola que a aquella hora estaría armando. El padre Teo no era doctor, de sabio no tenía nada, por cierto ya había olvidado el latín del seminario, pero era hueso duro de roer y en cierta forma él, el cardenal, lo había forzado a prestar la imagen, se sentía responsable. El vicario, el indigesto padre Teo, a aquella hora...

LA ARMADA INVENCIBLE. A aquella hora el vicario de Santo Amaro, el indigesto padre Teo, a la cabeza de los notables de la ciudad, tomaba las últimas providencias para la partida de la Armada Invencible rumbo a la capital. A fin de rescatar a la Santa, traerla de vuelta a su altar en la Iglesia de la Purificación. Estuviera donde estuviese, habrían de localizarla y recuperarla.

Para el padre Teo, no cabían dudas sobre el destino de la imagen: disimulada en sitio oculto por el director del Museo de Arte Sacra, el tal don Mimoso. Con la complicidad del cardenal primado. Puesto contra la pared por la población santamarense sublevada, el fraile ladrón tendría que confesar el robo y restituir la Santa a su altar. No habría cardenal que lo salvara.

La ciudad de Santo Amaro corrió peligro de quedar despoblada. Los habitantes se presentaban en masa, voluntarios; las embarcaciones, si bien numerosas, eran insuficientes para transportar los millares que deseaban participar en la expedición. Lo difícil no fue convocar, sino impedir que se pelearan por un lugar, un puesto, un cartel, una palma. Por fin, doña Canô, experimentada en el manejo de apuros y entredichos, habituada a descubrir y dictar soluciones justas, consiguió convencer a los insumisos: cada familia enviaría un representante. Aun así los galeones partirían abarrotados, Santo Amaro no se negaba a la lucha.

La gente empezó a embarcar a partir del mediodía. Algunos barcos ya llegaban a Santo Amaro con el pasaje completo, en una algarabía alegre. Los combatientes traían vituallas variadas y copiosas: sándwiches, frutas, huevos duros, pollos asados, bollitos de bacalao, pescado frito, charque ablandado con cebolla, carne de vaca asada con salsa, costillas de cerdo, empanaditas y pasteles de camarón; lista interminable, propia para abrir el apetito, hacer agua la boca. Sin contar los refrescos de guaraná y la cerveza, sin hablar, por prohibidas, de las botellas de cachaza. En las lanchas de los ricos, eran apenas cuatro, el whisky corría sin freno.

Las viejitas de la Cofradía de Nuestra Señora de la Buena Muerte, de Cachoeira, la Heroica, tripulaban uno de los buques más animados. Vestidas con cuidado, faldas blancas adornadas con puntillas y bordados sobre enaguas almidonadas, las blusas ostentando el escapulario de la Orden: cadena de oro de dieciocho kilates con dos medallas trabajadas con el mayor refinamiento de la orfebrería. Negras, risueñas, antiquísimas, casi todas ellas octogenarias, algunas mayores de noventa años: Badu, de setenta y seis, era la menor. La decana, María Pía, había nacido en los tiempos de la esclavitud. No tenía dientes pero chupaba caña, amasándola con las encías.

Escoltado por los jóvenes deportistas que cuidaban de él desde la víspera, al comisario Ripoleto le desataron los brazos para que pudiera comer un muslo de pollo con pan, dos bananas y *goiabada*: de hambre no iba a morir. Volvieron a atarle los brazos a la espalda pues, habiendo ido a los yuyos a hacer pis, trató de escapar. A pesar de la incomodidad y el miedo —¿no irían a ahogarlo en medio de la travesía?—, consciente de sus obligaciones, el comisario Ripoleto anotaba en la memoria, infelizmente defectuosa, las recomendaciones dictadas por los jefes y las palabras de orden inscriptas en las bandas y los carteles: ¡Queremos a Santa Bárbara, la del trueno! — ¡La Santa Bárbara es nuestra! — ¡Abajo el imperialismo del museo! — ¡Abajo don Mimoso! — ¡Viva el padre Teo!

Como debía llegar a la capital con tiempo suficiente para el desembarco y la marcha sobre el Convento de Santa Teresa, para establecer el sitio en torno del museo antes del *vernisagge* programado para las nueve de la noche, a las tres de la tarde la Armada Invencible, fierros levantados, esperaba sólo la orden de partida. Velas al viento, guarniciones completas y aparejadas, tropas dispuestas para el buen combate, marineros y vendedores empuñando palmas, canoas y barcazas iba a dejar el puerto de Santo Amaro, descender por el curso del Paraguazú, enfilar hacia la rampa del Mercado. Escuadra igual no se había vuelto a ver desde el tiempo de las guerras holandesas.

Provisto de un silbato, rodeado de hijos y parroquianos, teniendo por ordenanzas el cronista Guido Guerra y el fotógrafo Batista, el vicario de Santo Amaro, padre Teófilo Lopes de Santana, después de decir adiós a doña Marina, asumió el puesto de mando, de pie en la proa del *Paquete volador*: un almirante bátavo, un héroe del Dos de Julio, un caballero de la esperanza, San Jorge de Capadocia.

LA DECISIÓN. Después de la entrevista con el Abad, don Maximiliano von Gruden se demoró meditando sobre la mejor manera de ir de la Abadía al museo y cobijarse en él, sin ser señalado en la calle ni asediado por los periodistas. De guardia en el patio del Convento de Santa Teresa, algunos de ellos mataban el tiempo jugando a las cartas, otros escuchaban música en las radios de pilas. Bien relacionado, José Berbert de Castro se había apostado en el taller de Roque, frente a la iglesia, dormitaba en la reposera del "acomodado artista de la moldura" —así lo designó en una de las crónicas de la serie inspirada en la desaparición de la Santa.

Después de mucho reflexionar, pasando revista a las penas purgadas en aquellos dos días de infierno en vida, imaginando las que le esperaban de allí en más, don Maximiliano tomó una resolución terminante. Ya que estaba perdido — sólo el milagro proclamado por don Timoteo podría salvarlo, pero, a pesar de la prédica del abad, el sabio seguía no creyendo en milagros —, más valía enfrentar la situación con la frente alta, no huir, no esconderse. Había decidido qué hacer cuando llegara la hora de la crucifixión. ¿por qué entonces proseguir actuando como un cobarde incapaz de asumir y resolver? Dispuesto a todo, se sintió aliviado. Samurai nipón derrotado y deshonrado, heroico y suicida, colocó en el bolsillo de la sotana el arma con que practicaría el harakiri, delante de los jueces implacables: el pedido de dimisión. Puesto que había resuelto renunciar y partir, ¿qué más podía temer?

En los estertores de la elegancia, arregló la sotana arrugada, le faltó el espejo donde componer el rostro abatido, para presentarlo altivo con un trazo de melancolía, la palidez le sentaba bien. Disimulando la decepción y el desamparo, dejó la abadía en el Largo de San Bento, se mezcló a los transeúntes afanosos, subió por San Pedro, ignoró a la pareja que murmuró al cruzarse con él —la mujer lo señaló con el dedo, ¿no era el padre de la fotografía de los diarios? En la Piedad, dobló la esquina, siguió por la calle del Bajo, vio, de lejos, al doctor Odorico Tavares: se dirigía al diario llevando del brazo al catedrático Edwaldo Boaventura con quien conversaba, riendo mucho. Riendo de don Maximiliano, sólo podía ser eso.

¿Por qué causa el doctor Odorico, que siempre se había mostrado amigo, dándole total apoyo en la gestión controvertida, prestado piezas de su colección para las exposiciones, escribiendo sobre él palabras consagradoras en la *Rosa de los Vientos*, por qué de pronto había cambiado por completo, transformándose en enemigo jurado, mortal? Le había dado carta blanca al belicoso Guido, arrastraba al viejo amigo por la calle de la amargura. ¿Por qué?

Bien que don Maximiliano sabía el motivo. Pagaba la intemperancia de la lengua suelta, incapaz de resistir la charlatanería. En persona, obsequioso como nadie, por detrás murmurador, calumniador. Escupe en el plato donde come, había dicho al parecer, el doctor Odorico cuando fueron a contarle: siempre hay alguien que cuenta. Y que exagera, intriga, adulterando la irreverencia, tal vez mordaz, de mal gusto, tal vez insidiosa, pero un chiste, nada más, una broma, nada más, transformándola en insolencia, en agravio.

Pasó a propósito frente al diario pero nadie reparó en el gesto provocador. Tuvo el impulso de entrar, ¿para hacer qué? Desde lo alto de la escalinata que comunica la calle del Bajo con la de Sodré, don Maximiliano contempló la Iglesia y el Convento de Santa Teresa, el patio al frente, el jardín al lado, uno de los conjuntos más bellos de la ciudad, enclavado en el paisaje incomparable del mar y la montaña: su museo, su casa, su vida. Un *cabra* rechoncho, con jubón de cuero, enfrentaba la Ladera de la Pereza tirando de las riendas de un jumento flaco y lerdo. En el lomo del animal, la grupera, enorme, vieja, estrambótica, le cubría la barriga. Don Maximiliano siguió con la vista al hombre y el animal, reparó en la grupera, después cerró los ojos para conservar el recuerdo de aquel instante. Comenzó a descender la escalinata, escalón por escalón, saludando a los vecinos con movimientos de cabeza.

Se detuvo frente al atelier del tallista Zu Campos y lo vio atareado cortando la madera con el escoplo. El artista sonrió al ver al fraile.

—Buenas tardes, don Maximiliano.

—¿Qué hace, Zu? ¿Qué santa es ésta?

—Santa Bárbara. ¿No ve el *eiru*? Si la de Santo Amaro no aparece, podrá poner ésta en su lugar, señor director.

Un ángel sobrevolaba el cielo de flores azules y pájaros rosados, en una talla pequeña, colgada de la pared, junto a la puerta.

—¿Cuánto quieres por el ángel, Zu?

—¿El Angel Mulato? ¿Le gusta?

—Mucho.

—¿Es para usted o para regalar?

—Para mí.

—Si es para usted, no cuesta nada, todo lo que está aquí es suyo, don Maximiliano.

Don Maximiliano sabía que, si insistía en pagar, el artista se ofendería:

—Pues, si es así, muchas gracias. Guárdelo, lo mandaré a buscar dentro de poco. Yo también voy a darle un recuerdo: el libro que escribí sobre Santa Bárbara. La de Santo Amaro, la del trueno. La suya está quedando casi tan linda como ella.

Quiso contarle a Zu Campos que, en los proyectos del

310

museo para el año siguiente, había concebido otra Exposición de Arte Religiosa de Bahía, arte contemporáneo, a partir de Presciliano hasta Zu, Wanda do Nada y Osmundo. Complemento de la que sería inaugurada antes de las nueve de la noche, sin ninguna Santa Bárbara, la del trueno o del *eiru*. Pero tal proyecto iba a quedar en la cabeza del ex director, jamás sería realizado, ¿de qué valía hablar de él, proclamarlo? Ex director, en muy pocas horas más.

Bajó los últimos escalones, apenas puso el pie en la calle se vio rodeado de periodistas, grabadores encendidos, un disparate de preguntas. Desde la puerta del taller de Roque, Zé Berbert, ágil a pesar del corpachón, cruzó frente al monje. Tan aguardado, apareciendo cuando ya lo imaginaban en Río de Janeiro camino de Alemania.

Impasible, un dejo de melancolía en el rostro altivo, la palidez marmórea —queda mejor si se dice palidez de marfil—, manteniendo el paso mesurado, don Maximiliano no se detuvo, prosiguió en dirección al convento, sin responder a los periodistas pero sin apartarlos. Zé Berbert lo tenía aferrado por la manga de la sotana.

Al llegar a la puerta que daba entrada al museo, dueño de sí, la voz pausada, se dirigió a los presentes:

—Un momento de atención, amigos, por favor. Escuchen lo que voy a decir, no me interrumpan. Desde ayer los apreciados colegas de la prensa están queriendo oírme. Permitan que les diga —miró el reloj de pulsera—, son las catorce horas y cuarenta y cinco minutos, las dos y cuarenta y cinco de la tarde. Exactamente a las ocho y media de la noche, a las veinte horas y treinta minutos en. punto, o sea, dentro de más o menos cinco horas —volvió a mirar el reloj, rectificó—, dentro de cinco horas y cuarenta y un minutos, será inaugurada la Exposición de Arte Religiosa de Bahía a la cual los invito a todos ustedes. En ese momento, y sólo entonces, hablaré. Apenas cinco horas, un poco más, no perderán nada por esperar.

Sonrió a Zé Berbert, le apartó la mano, traspuso el umbral y trancó la puerta por dentro.

LA SANTA FIRMADA. Tuvo que apoyarse en el pasamanos: un atontamiento, los ojos turbios, el estómago vacío, no había almorzado, no tenía hambre, la boca amarga. Don Maximiliano sacó el pañuelo del bolsillo de la sotana, se limpió el rostro de las gotas de sudor y del desmayo. Se puso la máscara de la desfachatez: nadie se le iba a reír en la cara. Subió los pocos escalones.

En las salas destinadas a la exposición, algunas personas se movían en silencio. Jamison Pedra, artista y arquitecto, salió al encuentro del director del museo:

—Vine a dar los últimos retoques.

—Muy amable de su parte.

Enseguida fue rodeado por los demás. Gilberbert Chaves informó:

—Estamos llegando al fin. De importante, sólo faltan las piezas de Mirabeau. Propuse mandar a buscarlas, él se negó, dijo que las traería personalmente. Pero ya designamos los lugares donde van a quedar.

Don Maximiliano no pudo dejar de sonreír ante la mención de la cautela del coleccionista. Escultor premiado, dibujante, pintor con vasto mercado, Mirabeau Sampaio poseía la mayor y más selecta colección de santos antiguos de Bahía.

—Hasta me admiro de que él haya consentido en prestar las piezas. De miedo a que yo no las devuelva nunca más.

No había terminado de hablar cuando el citado Mirabeau entró en la sala. En los brazos, con los cuidados de quien carga a un recién nacido, traía la codiciada imagen de Santa Catalina de Alejandría. Por ella suspiraban anticuarios y coleccionistas, con ella soñaban directores de museos, pues ostentaba en el manto la firma de Fray Agostinho da Piedade. Una de las cuatro únicas piezas firmadas por el maestro famoso, el mayor después del Aleijadinho, alardeaba Mirabeau, propietario presuntuoso. Don Maximiliano fue a recibirlo:

—Permita que un pobre mortal tome en las manos esa preciosidad.

—Cuidado, es pesada.

Pesada y grande. Con las manos delgadas, de dedos largos, don Maximiliano la aferró con firmeza y por enésima vez dejó que la admiración le animara el rostro y la codicia le oscureciera los ojos al examinar la firma rara y auténtica. Atento, preocupado, Mirabeau siguió la inspección de la Santa Catalina. Sonrió, confortado, cuando la vio entregada al robusto

Sylvio Robato: ya no corría peligro y la marca no había sido descubierta, el fraile no se había dado cuenta. No podía. Sólo él, Mirabeau Sampaio, y nadie más, sabía dónde había grabado la señal que identificaba a la imagen: encerrado en el atelier, sin testigos. No era que creyera en todo cuanto se decía de don Maximiliano y a él se atribuía, pero, como dicen, seguro murió de viejo. Como si lo hiciera a propósito, don Maximiliano comentó:

—Vamos a buscar un lugar especial para ella, un sitio destacado, como se merece. Tal vez el estimado Mirabeau se convenza de que esta Santa Catalina de Alejandría no puede continuar en una colección particular. El lugar de ella es aquí, en el Museo de Arte Sacra. Quizá, generoso como es, nos haga una donación...

Generoso o no, existían dudas, a Mirabeau no le causaban gracia las bromas de ese tipo. Don Maximiliano no merecía confianza, ahora no más había engendrado esa historia confusa de Santa Bárbara, la del trueno. Broma por broma, amenaza por amenaza, respondió al pie de la letra:

—Mire que me la llevo de vuelta... Ni donación, ni venta, ni trueque... Ninguna clase de cambio. —Ya enojado, Mirabeau levantó la voz.

Conversación con doble sentido, don Maximiliano la entendía. Para calmar al caprichoso pensó, por segunda vez en aquella tarde, referirse al proyecto de la exposición de arte religiosa contemporánea. Las santas pintadas por Mirabeau, sus esculturas, la Piedad, el Cristo figurarían en ella con realce. Por segunda vez se calló: mañana ya no sería el director del museo, adiós proyectos. Un vacío en el pecho: mañana ya no sería el director. Tomó a Mirabeau del brazo:

—Vamos a buscar el lugar para su Santa Catalina.

Acompañados por colaboradores y funcionarios, los dos cómplices, cómplices de tantas maquinaciones y astucias, recorrieron las salas. La exposición estaba prácticamente armada, imponente, abarcaba desde los tiempos coloniales hasta el fin del siglo XIX, reunía tesoros de valor y belleza inconmensurables. En el centro del salón principal, el pedestal vacío a la espera de la imagen de Santa Bárbara, la del trueno: don Maximiliano ordenó que lo llevaran y trajeran del depósito cierta mesita, rareza del dominio holandés; sobre ella posó a la santa de Alejandría recreada en Bahía por Fray Agostinho

313

da Piedade: al escultor le había gustado tanto la imagen que la firmó. Bien a la vista, la firma.

Don Maximiliano mandó al portero Almerio a buscar las otras piezas prestadas por Mirabeau, habían quedado en el automóvil bajo la guardia de Edgard, hombre orquesta. Mirabeau era un joven dandi, un extravagante, rey de las argentinas del Bataclan, cuando lo contrató de chófer y guardaespaldas: envejecían juntos, malhumorados.

A pesar de estar muriendo de curiosidad, loco por saber del destino de la imagen de Santa Bárbara, la del trueno, en ningún momento Mirabeau Sampaio aludió a la desaparición comunicada por la prensa, no hizo mención de la visita de la policía a su atelier: pico callado, oído a la escucha. Pero cuando, al fin del recorrido, se encontraron parados delante del gran salón, ante la puerta, al despedirse, Mirabeau no resistió y preguntó como quien no quiere la cosa y no sabe nada:

—Y Santa Bárbara, la del trueno, ¿ya sabe dónde va a colocarla?

Tomado por sorpresa, no esperaba la pregunta, no estaba preparado para responderla, teniendo que decir lo que fuera, don Maximiliano respondió, sin vacilar, lo primero que le vino a la cabeza:

—Exactamente aquí, donde estoy, bien a la entrada. ¿Qué le parece, mi estimado Mirabeau?

Sin esperar respuesta, le estrechó la mano dejó que los otros lo condujeran hasta la escalera, pues el ángel de guardia había venido a avisarle:

—El cardenal al teléfono, maestro.

El cardenal saludó a don Maximiliano con afecto, antes de informarse sobre el problema de la Santa. Acababa de oír largo relato de boca del obispo auxiliar pero deseaba conocer la versión del director del museo. Don Maximiliano le dijo, sin reservas, todo lo que sabía. Aquel día, además de lo que se leía en los diarios, ninguna novedad le había llegado a los oídos, ni una sombra de esperanza le había sido concedida. De la abadía se había comunicado por teléfono con el secretario de Seguridad. Sin adelantar opinión sobre el personaje, Su Eminencia podía no aprobar la indiscreción, informó que el doctor Calixto Passos insistía en señalar al padre Teo como sospechoso, sospechoso no, culpable...

Del otro lado de la línea, el cardenal exclamó: ¿quién?

¿El padre Teo? Él, sí, el vicario de Santo Amaro, exactamente... De nuevo don Maximiliano se calló los comentarios, proseguía narrando. Había intentado entrar en contacto con el delegado de la Policía Federal, sin conseguirlo, el coronel había mandado un recado: nada tenía para decirle. Don Maximiliano terminó declarándose feliz por encontrarse aún en libertad. Por cuanto tiempo, sólo Dios lo sabía.

El cardenal le prometió informaciones en cuanto hablara con el coronel Raúl Antonio. Antes de cortar, le preguntó si era correcta la noticia que don Rudolph le había adelantado: don Maximiliano pensaba renunciar a la dirección del museo e irse de Bahía, si la imagen no se encontraba a tiempo de figurar en la exposición. Sí, era verdad.

—¿Le parece indispensable?

—No veo qué otra cosa hacer, Eminencia.

Esperó, tal vez, oír del cardenal una palabra de desacuerdo, opinión divergente, rechazo a aceptar la dimisión, orden para mantenerlo en el cargo. No lo oyó, Su Eminencia se limitó a lamentar:

—Es una pena, una gran pena, pero, realmente, no le queda otra salida.

Por lo menos, pensó don Maximiliano, podría haberse referido a la asistencia que le dio para obtener la imagen, le cabía alguna responsabilidad, se había empeñado por convencer al vicario de Santo Amaro, pero, por cierto, el cardenal había olvidado el detalle. En esos, sus Pasos de la Pasión, don Maximiliano cargaba la cruz solito, no había Simón de Cirineia que lo ayudara en la subida del Calvario.

LA MOTOCICLISTA. Cuando el padre Abelardo Galvão se dio cuenta se vio en la parte de atrás de la motocicleta, las dos manos plantadas en la barriga desnuda de Patricia. Agarrado de ella, los brazos rodeándole el cuerpo, sintiéndole el contacto y el calor: así atravesaron el centro de la ciudad, de la Escuela de Teatro, en Canela, al Largo do Pelourinho, donde la multitud se abultaba.

Ven conmigo, había ordenado ella: como siempre estamos atrasados, Jacques ya fue con Nilda, Guy está en el Pelourinho, hace rato. Dos autos acababan de partir, los asientos completos. Llegaremos antes que ellos, sube rápido. Y montó en la moto. A cien por hora.

Suelta sobre los pantalones Lee la camisa de colores, la única que había llevado en el viaje breve, además de la seria para el traje de clérigo y las dos camisetas discretas con poemas de Mario Quintana impresos en blanco sobre la tela negra. En cuanto a Patricia, lo más justo es decir que se había desvestido al ponerse el disfraz vistoso y reducido. Por debajo del pareo estampado, era fácil comprobarlo, apenas llevaba una tanga blanca. Anudado a la cintura, abriéndose y cerrándose, el pareo le exhibía los muslos y la cola, por completo. Sobre los senos, mostrando más que escondiendo, un corpiñito mínimo para contener las opulencias. Se había levantado los cabellos de india en lo alto de la cabeza, entrelazados con flores, corona de reina. Reina del carnaval para que los franceses vieran y filmaran.

Hasta cubrirse con el casco de motociclista para defender la corona y el maquillaje del viento enloquecido, Patricia había desfilado en la Escuela de Teatro, descalza y casi desnuda, provocativa. Expuesta al viento y a la vista, a la luz del sol, pujante, radiante, un monumento, una estatua. Las estatuas no se mueven: fijas en los pedestales, estáticas en los museos, Venus de Milo, Eva de Rodin, mientras Patricia iba de un lado al otro y al andar se revoleaba, se le abría el pareo, se le veía todo.

Sensual pero no lasciva, voluptuosa pero no impúdica, ningún trazo de indecencia, estimó el padre Abelardo al contemplarla: no huyó con la vista, no se consideraba en falta, no se sentía pecador. Era como si mirara el vuelo de una gaviota, una acacia en flor, el ave del paraíso. ¿Sería?

Indóciles candidatas al estrellato en el cielo de las artes escénicas, las alumnas del curso de representación, vestidas con idéntica desnudez, se dirigían corriendo a los dos automóviles, uno de los cuales era el de Miro. Al padre le extrañó la ausencia de Sylvia Esmeralda, el día anterior la más animada, preguntó por ella. Pobre Sylvia, se había enfermado la noche anterior, pero doña Olimpia de Castro, la fina de su amiga, acababa de telefonear desde el hospital, dando noticias: Sylvia todavía guardaba cama pero se encontraba fuera de peligro. ¡Pobre!, se compadeció Patricia: enfermarse justo para ese carnaval, una ocasión que ni en cien años se repite.

Diálogo disparatado, en todo instante interrumpido. Patricia decidía, apuraba, dictaba órdenes, a las colegas, a los ayudantes, a los choferes y a él, el padre Abelardo Galvão. Después de la filmación de las escenas del carnaval, cuando él estuviera junto al trío eléctrico, en el reducido grupo de privilegiados, ella lo llevaría a participar en un *caruru* de los mil diablos. En Piaçava el cura había asistido a otros *carurus*, el de Cosme y Damián, usanza tradicional también en el interior. Este es el de Yansã, va a ser en el Mercado de Santa Bárbara, en el Bajo del Zapatero. Saldrían directo del Pelourinho hacia la farra, estaba a un paso. Jacira do Odô Oyá había pedido que ella llevara al equipo entero, sin olvidar a Jacques, el lindo, ni a aquel francesito tan moderno, el de los aros que parece puto pero no es.

Fue así, cuando menos lo esperaba, que el padre Abelardo Galvão se descubrió incorporado, asociado a una gente cuyos hábitos hasta la víspera sólo conocía de oídas —y de oídas más o menos—. Todo constituía una novedad para él, desde el lenguaje suelto, divertido, a los trajes reducidos, relajados. Desbocados, inconvenientes, usando y abusando de la libertad, inclusive de la libertad sexual, como era voz corriente y se figuraba que era verdad por lo que le era dado observar, sin embargo no le parecían merecer los rótulos acostumbrados: malignos, degenerados, peligrosos. Descubría personas simpáticas, cordiales, buenos camaradas: nadie le había echado en cara la condición de padre, y los que le conocían la acción comunitaria lo felicitaban, solidarios. Envuelto en la mal afamada mafia del teatro y la televisión, vedettes de los espectáculos de Eros Martins Gonçalves, de los filmes de Glauber Rocha, bohemios, liberados y libertarios, él, el recatado sacerdote pajuerano, no se encontró extraño ni distante. Al contrario, se sentía cómodo, complacido.

Patricia lo guiaba por esos laberintos, le daba las pistas, lo ilustraba. El *caruru* de los encantados, le enseñaba, fiesta ligada a las tradiciones del *candomblé*, no era obligación de *terreiro*, fiesta ritual del *axé* cuando los *orixás* vienen a cantar y bailar con las *hechas* y las *iaôs*. Pero puede ocurrir.

—¿Nunca fuiste a un *candomblé*?

—Todavía no, pero tengo ganas. Oí decir que es muy lindo.

—Un día te llevo. ¿Sabes que soy hija de Yansã? Me rapé la cabeza, hice el santo, ¿nunca te dije?

—Nunca. No lo sabía.

—Es bueno que lo sepas pues el pueblo de Yansã no es para bromear, gente directa pero brava. Y tu santo, ¿cuál será? Por tus maneras, pienso que puede ser Oxalá, pero preferiría que fuera Xangô.

—¿Por qué Xangô?

—Porque Xangô es el marido de Yansã.

Los padres no se pueden casar, Patricia, los votos lo impiden. Los padres hacen voto de celibato, de castidad. Nada decía, tragaba en seco: tal vez aquellas extralimitaciones no pasaban de ser pura broma, la muchacha de la ciudad divirtiéndose a costa del padrecito del campo. En la moto, al tocarle el cuerpo, al sentir en la palma de la mano la suavidad de la piel, la curva del vientre, al reconocer de pronto, inesperado, el hueco del ombligo, el cura de Piaçava, el predicador de la Pastoral de la Tierra, candidato al martirio, se preguntaba adónde, por artes del diablo, habían ido a parar las decisiones tomadas al nacer el día cuando se preparaba para dar la vida en sacrificio. Austeras, firmes, incorruptibles, inmaculadas. Inmaculadas un carajo, como reaccionaría cualquiera de las alumnas de la Escuela si oyera la palabrota. Frágiles, temerarias, el viento las llevaba, insustentables. El martirio él lo sufría, allí, en aquel momento, en el asiento posterior de la moto, entre el cielo y el infierno, entre el aleluya y la maldición.

Procuraba mantener distancia, se veía pegado al cuerpo de Patricia. Para no ser expelido por el vehículo, en una curva de velocidad prohibida, se aferró a ella, y ni el susto impidió que sintiera la dulzura del mundo en sus manos, y un frío de vaticinio lo atravesó de la cabeza a los pies, apuñalándole los huevos. ¿Y los padres tienen huevos, Abelardo?

El atribulado, insano, interminable viaje del padre Abelardo Galvão, cura de la indigente parroquia de Piaçava, pastor de la calumniada comunidad de los sin tierra, duró pocos minutos desde Canela al Pelourinho. Ignorando las señales de tránsito, el bólido pasaba omnibuses y automóviles, el taxi de Miro, el Mercedes de Jenner Augusto, nave espacial en vuelo de derrapes fulgurantes. Las manos votivas del padre tocan el vientre cóncavo de Patricia, territorio de sueño y pecado. La mano derecha o bien la mano izquierda, a veces una a veces otra, resbala, encuentra el ombligo, se desvía, se aparta, retor-

318

na, se aleja, el ombligo es un abismo, cráter de volcán, las profundidades del infierno, la mano derecha o bien la izquierda se desliza, no hay fuerza de voluntad capaz de detenerla. Curvada sobre el volante, levantada en el asiento, Patricia de espaldas pegadas al pecho del padre, un padre en peligro de muerte y de condenación eterna. ¿Qué significa un padre entero, abuela? Un padre tiene huevos como cualquier hombre; ¿lo sabías abuela?

En los atajos de la tentación, en las amenazas de la caída, en las sendas de la excomunión, el padre Abelardo Galvão viaja hacia el carnaval de los franceses. Irá después a un *caruru* de Yansã, mujer de Xangô. ¡Ay, Patricia!, aunque sea de Xangô, un padre no puede casarse, Patricia, ¡ay no!

LAS CONCESIONES IMPOSIBLES. Habiendo fijado cita con el padre José Antonio en el juzgado, a las tres de la tarde, Adalgisa volvió a su casa. Decir que estaba indignada, furibunda, no le definía el estado, el frenesí. Una pila de nervios, al mismo tiempo resuelta, consciente.

Estuvo a punto de estallar al ver las puertas y ventanas abrirse a su paso, las vecinas ansiosas por novedades, listas a gozarla. Había decidido no dar lugar a la gentuza de la villa, negarles el gusto de cualquier noticia, de la información más mínima, el deleite de una queja, de la menor recriminación, el gozo supremo del chisme. Perdían el tiempo las conventilleras, las asquerosas. Cruzó con la cabeza erguida hasta la puerta de la casa, la fisonomía tan cerrada que ni Damiana, intrigante mayor, que la esperaba con ansias, osó hacer preguntas. La descocada se contentó con reír al verle la cara: el que ríe último ríe mejor, consuelo insignificante pero en la ocasión Adalgisa no disponía de ningún otro.

Danilo iba a oírla cuando llegara para el almuerzo. Por lo oído y lo imaginado, Adalgisa determinó la extensión del papel que el marido había desempeñado en los nefastos sucesos de la noche anterior. Danilo no era hombre de trazar y ejecutar plan tan preciso y complejo: había gastado en las canchas de fútbol toda la capacidad de iniciativa, dejado a la esposa el timón del barco, navegaba en aguas mansas.

Gildete, peste metida, revoltosa, mujerzuela, había tomado el mando, imaginado la trama, dirigiéndola de cabo a rabo. Con la ayuda del chimpancé, del negro apestoso. A Adalgisa le parecía oírla, argumentando para convencer a Danilo: si él era tutor de Manela, tanto como Dadá, ¿por qué no iba enseguida a ver al juez de Menores? A exponer sus razones, contar al respecto de la educación de la chica bajo la batuta de la tía. O sea: inventar una pila de mentiras, presentándola a ella, Adalgisa, con el aspecto de un monstruo, una desnaturalizada sin entrañas. Así, ciertamente, había ocurrido, y tales cosas habían dicho respecto de ella, que convencieron al juez y obtuvieron la contraorden.

Al presumir lo sucedido, furiosa y ofendida, Adalgisa se consideraba sobre todo víctima de una injusticia. Ella se mataba, con la salud dañada, no conocía un momento de sosiego, se sacrificaba para educar a la hija adoptiva en la ley de Dios, para defenderla del vicio y del pecado, impedir que se corrompiera y se descarase, para hacer de ella una señora. Los parientes, inclusive su propio marido, en lugar de agradecerle la abnegación, la arrastraban por la calle de la amargura, la apuñalaban por la espalda. Debía de haber sido de ella, de la macumbera, la idea de alertar a la gentuza de la villa, de llevar al profesor João Batista, a la execrada Damiana y al resto de la chusma para que todos pudieran ser testigos de la infamia cometida contra Manela, de la derrota de Adalgisa. Adalgisa no estaba derrotada, quién ríe último etcétera.

Contaba con un arma decisiva: el propio Danilo. Cuando llegara para el almuerzo, en el intervalo del trabajo en la escribanía, iba a oír lo que nunca había oído en su vida, lo que Adalgisa tenía para decirle y que no les había dicho a las brujas de la vecindad. Nunca se había sentido tan enfurecida contra él; ni siquiera durante la luna de miel en la playa o en los primeros meses del matrimonio cuando Danilo intentaba forzarle a prácticas degradantes. Había tenido que ser dura, hablar grueso, nada comparable, sin embargo, con lo que le esperaba.

Después de rezar las últimas cuentas del rosario, Adalgisa lo obligaría a acompañarla en la visita al juez de Menores para desdecirse de las miserias imputadas contra ella, afirmar que estaba de acuerdo, de completo acuerdo con la internación de Manela en la Clausura de las Arrepentidas, a salvo del Mala-Cosa y de las prácticas de hechicería. ¿Sabía el doctor juez que Manela estaba asilada en el Candomblé de Gantois?

De dos, una: o Danilo se entregaba, bajaba los brazos, actuaba conforme ella deseaba, o el casamiento —considerado la perfecta unión de dos corazones amantes en una voluntad sola— se iría al diablo. Que él decidiera entre acompañarla al juez de Menores o irse, no había tercera alternativa. Y que lo hiciera inmediatamente: la puerta de calle estaba abierta.

Todo podía consentirle al marido, de buen o de mal grado, todo menos dos cosas. No iba a admitir que él ayudara a Manela en una ocasión como esa, tan decisiva, que la auxiliara en la fuga, permitiendo que se entregara al descaro y a la idolatría. Esa era la primera de las dos imposibles concesiones. La segunda ya se sabe cuál es, de ella se comentó de sobra al narrar con colores fuertes detalles realistas de la vida sexual de los bien casados, mal cogidos. Nunca, jamás accedería a los pedidos susurrados en la cama en el curso de esos casi veinte años, indecencia de lengua, depravaciones de culo, degeneraciones, asquerosidades, inmundicias. Ni Manela, ni el culo, ¡olé!

Ocurrió, sin embargo, que, en medio de la confusión de la mañana ajetreada, Adalgisa había olvidado el día de la semana, viernes. Tan fuera de sí estaba que no recordó el almuerzo del escribano ni el estofado de sesos. Hacía más de veinte años, todos los viernes, el jefe de Danilo, el escribano Wilson Guimarães Vieira, además de jefe, amigo, llevaba a un grupo de invitados a un restaurante de la Ciudad Baja, el Colón, donde se comía un plato cuyo sabor oscilaba entre lo sublime y lo divino. Adalgisa aprovechaba la ausencia del marido para preparar y regalarse con seso estofado, su plato preferido. Danilo era alérgico a los sesos y, por más extraño que nos parezca, al rabo.

Lo que Adalgisa desconocía, nunca le había interesado saberlo, era la razón de ese almuerzo semanal. Día consagrado a Oxalá, los viernes sus hijos, hombres y mujeres, se visten de blanco y lo festejan. El escribano Vieira lo festejaba con un almuerzo de amigos, regado con vino verde, portugués. Invitado permanente y especial, el profesor João Batista insistía en degustar como entrada un plato de *escargots* —a Danilo le repugnaban. Además de manjar refinado, *escargot* en francés, caracol en portugués, *igbin* en ioruba, *catasol* en cualquier lengua, es comida de Oxalá.

CORREDOR Y ANTESALA. Adalgisa llegó al Juzgado de Menores antes de la hora fijada, no aguantaba esperar en la casa.

Había tratado en balde de comunicarse con Danilo; fue a telefonear desde la panadería de don Ramírez, nuevamente la gentuza de la villa se apostó en las ventanas para verla pasar, ella respondió con el desprecio. Los compañeros de almuerzo ya habían dejado el restaurante, el mozo que la atendió, al saber de quién se trataba, atento, lamentó: Danilo acaba de salir en compañía del doctor Wilson. Para tranquilizar la conciencia, Adalgisa llamó a la escribanía sabiendo que no lo encontraría. Escribano y empleado, conniventes, los viernes, después de regalarse el estómago, no volvían al trabajo antes de las tres. Prolongaban la hora del almuerzo tomando una copa, aquí y allí, con éste y con aquél, con otros gozadores, práctica de hombres, censurable, a su modo de ver: una de las concesiones que hacía al marido, de mal grado.

Primero, esperó en el corredor para entrar junto con el padre. Iba de un lado a otro, caminaba hasta el hall de los ascensores, insegura debido a la ausencia de Danilo, triunfo mayor con que contaba para ganar la batalla con el juez. Aun más dependiente de la ayuda divina, hizo una promesa: si Dios la ayudaba a llevar a Manela de vuelta a la Clausura, se privaría durante un año, a partir del viernes venidero, del estofado de sesos. En una oportunidad anterior, de enfermedad y cura de la madrina, había llevado tres meses sin probar el plato preferido.

El dolor de cabeza no la dejaba en paz un momento siquiera, le quemaba las sienes, le embotaba los ojos. Las piernas le dolían de tanto cruzar el corredor cuando, por fin, el padre José Antonio apareció, disculpándose por el atraso: tránsito horrible, el ómnibus cayéndose a pedazos, arrastrándose. En verdad se había demorado en el almuerzo del bautismo, se había llenado el buche, se había regalado. En la puerta del Juzgado, el escribiente terminó por atenderlos, venido de allá adentro, despacio, fumando un cigarro barato. Los reconoció: el juez aún no había dado noticias, si querían podían esperar sentados en la antesala. ¿Asunto urgente?

Muy urgente, respondieron. Quién sabe, a lo mejor él viene, si no viene telefonea. Les dio la espalda y se fue, carraspeando largo y fuerte, padecía una antigua bronquitis catarral.

Menos cansadora, menos mortificante la espera en la antesala: estaba sentada, y el padre José Antonio consiguió levantarle la moral, tan abatida:

—No pierdas la confianza, hija. No ha de ser nada. Yo me responsabilizo: el doctor d'Ávila me conoce de hace mucho. Fuimos compañeros en el seminario de la Cruzada Anticomunista, dictado por el mayor Saturnino, poco después de la Revolución, comulgando en los mismos ideales.

Sin embargo había algo que se le escapaba, dejándolo confundido:

—No puedo imaginar qué habrá llevado al doctor d'Ávila a cambiar de posición, a atender el pedido de tu marido. En pocas horas cambió de blanco a negro, algo muy serio ocurrió. Pero, sea como fuere, vamos a esclarecer el asunto. No te aflijas, nuestra causa es santa, Dios está con nosotros. Dios es grande, hija mía.

Se enmohecieron en la antesala, el padre José Antonio llegó a dormitar, saciado, sudaba a chorros, calor mortal: el aire acondicionado se había descompuesto hacía más de un año. Eran las cuatro de la tarde pasadas cuando el juez se dignó aparecer. A pesar de haber ido a su casa a darse una ducha y cambiarse de ropa, el meritorísimo aún llevaba en el rostro las señales de la noche mal dormida y de la mañana inquieta en el hospital.

El padre José Antonio, mesurado, pidió noticias de doña Diana, la virtuosa esposa, el juez se dijo preocupado, el padre prometió oraciones por el rápido restablecimiento, Adalgisa se unió a sus votos. No la conocía personalmente, pero había oído los mayores elogios sobre la belleza y la elegancia de la esposa del doctor, de la boca de una conocida suya, Olimpia de Castro: soy sombrerera y doña Olimpia es clienta mía.

RONDÓ SIMPLE: LA DEDICADA. El juez de Menores había podido comparecer en el Juzgado porque la clienta de Adalgisa, doña Olimpia de Castro, señora distinguida, persona delicada, había abandonado sus múltiples ocupaciones so-

323

ciales, inclusive el cóctel organizado por los promotores de la excursión al Caribe, para quedarse a la cabecera de su amiga. Acompañarla en el trance amargo, enfermedad tan rara esa súbita conmoción que dejó a la pobre Diana hablando sola, sin decir cosa con cosa, como loca. En el delirio llamaba a Olimpia, único nombre que le venía a la boca.

El día anterior, al volver a su casa, tranquilo, después de haber dado pasto al cuerpo en el burdel de Anunciata, el doctor d'Ávila había encontrado a la esposa tirada en la cama, debatiéndose, dando patadas, a los gritos, los ojos fuera de las órbitas. Llamado a toda prisa, el doctor Rubim de Pinho constató una grave crisis de nervios, le aplicó una inyección sedante. Le pareció aconsejable internarla, alejándola del ambiente habitual. Así hicieron. Noche difícil la del doctor juez.

Por la mañana, a una hora razonable —estas señoras de la alta sociedad se acuestan por la madrugada, duermen hasta tarde—, el doctor d'Ávila telefoneó a la señora Castro, pidió que lo perdonase por la incomodidad pero se trataba de un asunto delicado y urgente. Diana se encontraba hospitalizada con una crisis nerviosa. Aclaró: no un simple ataquecito, el doctor Rubim do Pinho había diagnosticado crisis violenta de histeria. Pregunta por usted todo el tiempo.

Doña Olimpia, revelando educación y sentimiento, escuchó casi en silencio, unas cuantas exclamaciones aquí y allí, demostró gran interés y mucha preocupación pero no pareció sorprendida. En la víspera, según contó, había tratado de hablar con Sylvia —disculpe, quise decir Diana—, la llamó repetidas veces, sin conseguir localizarla. Voy para allá corriendo, prometió, en cuanto me levante y me vista. Había atendido en la cama el atribulado llamado, a las once de la mañana.

Alrededor de la una y media de la tarde, Olimpia apareció en el hospital, vestida como si fuera a un desfile de modas. Al oírle el nombre, pronunciado por el juez con deferencia, Diana, quiero decir, Sylvia Esmeralda, hasta entonces envuelta en la sábana de la cabeza a los pies, gimiendo bajito, se incorporó en la cama, aferró el brazo de su amiga, los ojos desorbitados, mirándola como si de ella dependiera la continuación de su vida.

Vaya a sus quehaceres, doctor, propuso Olimpia al atónito magistrado y marido, deje a nuestra querida bajo mis cuidados, se la devuelvo curada en un rato. Todo esto no pasa de un exceso de sensibilidad. Su esposa, doctor d'Ávila, es una sensitiva, la menor cosa le ataca los nervios. Vaya con sus chicos, yo cuido de la chica.

La mañana del juez tampoco había sido fácil.

RONDÓ DOBLE: LOS DEMENTES. El magistrado se detuvo a saludarlos y los condujo al despacho donde ya habían estado el día anterior, les pidió que se sentaran, se sentó él también, del otro lado de la mesa repleta de papeles. A pesar de la preocupación por el estado mental de la esposa, se esforzó por ser amable, tenía al padre José Antonio en alta estima:

—¿En qué puedo servirlos? —Cansado y amargado, la cabeza estaba lejos, en el hospital. —¿Y? ¿Internaron a la chica?

Adalgisa esperaba una explicación, la pregunta la perturbó, le pareció desprovista de sentido, tartamudeó, atontada:

—Sí, señor... a la tarde... Pero, anoche, usted mandó soltarla...

Le tocó el turno al juez de quedarse perplejo, sin comprender:

—¿Que yo la mandé soltar? No le entiendo, explíquese bien, estimada señora.

—Usted... —Incapaz, Adalgisa miró al padre José Antonio pidiéndole socorro.

El padre levantó una mano, entonó la voz, dijo con su mejor pronunciación:

—Deja que yo le explico, hija mía. Escúcheme, estimado doctor d'Ávila, lo que pasó. Ayer a la tarde llevamos a la menor al convento y allí la dejamos en la paz de Dios —dijo Dios en español, se corrigió. —Hoy por la mañana doña Adalgisa, aquí presente, me comunicó que su sobrina había abandonado la clausura en medio de la noche. Fuimos hasta allá y la madre superiora lo confirmó: había permitido que ella se fuese, realmente, y actuó así en obediencia a una orden de usted.

—¿Orden mía? ¿Qué locura es ésta? ¿Quién la transmitió? ¿Quién habló en mi nombre? Quiero saber quién cometió ese abuso para meterlo en la cárcel, abrirle un proceso.

Embrollo cada vez más difícil de entender: el dolor de cabeza se había instalado, el malestar, la náusea, Adalgisa sentía palpitaciones. También el padre José Antonio perdía el hilo, comenzaba a mezclar el español con el portugués:

—Nadie falou en nome de usted. Fue orden escrita. ·

El juez vaciló al escuchar el despropósito: torneo de equívocos, conversación de dementes:

—¿Orden escrita, mía? ¡Absurdo! Esa orden no existe.

El padre José Antonio tendió la mano:

—¿Dónde está la orden, hija? Dámela.

Adalgisa sacó la fotocopia de la cartera, el padre la tomó, le echó un vistazo, la extendió al juez:

—Orden firmada. Vea usted.

El doctor Liberato Mendes Prado d'Ávila, meritorísimo juez de Menores de la Comarca de Salvador, capital del Estado de Bahía, tomó el papelucho seguro de estar tratando con dos locos: desde la víspera no ocurría otra cosa. Había comenzado con Diana tirada en la cama, el cuerpo sacudido por espasmos, pidiendo perdón, a los gritos. Una que otra vez, ante evidencias flagrantes, ella intentó explicaciones, disculpas torpes, desmañadas: perdón nunca había pedido, siendo el marido el único culpable. ¿Por qué perdón, así de repente?

Al dar con los ojos en la fotocopia del oficio frunció el entrecejo. Cuanto más estudiaba el papel más estupefacto iba quedándose. Autenticidad absoluta, indiscutible. Anonadado, el doctor d'Ávila dijo:

—¿Qué es esto? ¿Qué significa?

Miró nuevamente la fotocopia, estudiándole los detalles. Todos correctos, el papel, los sellos, la firma: su firma, inconfundible.

—Falsificaron mi firma. —Alzó la voz para ser oído en la sala contigua. —Macedo, venga acá enseguida.

Macedo, el escribiente, fue despacio, arrastrando los pies, mascando la punta del cigarro, el catarro insistente. Había envejecido en el forum, servido con varios jueces, unos mejores, otros peores, el doctor d'Ávila dejaba chiquito al peor de ellos —un escroto, en la idónea opinión de don Macedo.

—Vea esto y dígame qué piensa.

Macedo le echó una ojeada al oficio, lo encontró en orden, la única salvedad que podía formularse era no haber sido diligenciado durante el expediente:

—¿Usted lo hizo en su casa o estuvo aquí ayer a la noche?

—Ni en casa ni aquí, en ninguna parte. Alguien falsificó mi firma. —Se detuvo a examinar la fotocopia: —Falsificación perfecta, quiero ver el original. Trabajo hecho por alguien familiarizado con mi firma, alguien con acceso a los sellos, al papel de oficio. Macedo, ¿qué me dice?

—No le digo nada, doctor, sé tanto como usted, ni más ni menos. Pasé la noche en casa, miré la novela de las ocho en la televisión, después me fui a dormir. Parece que sale el casamiento entre Tarcisio y Gloria... —opinaba, refiriéndose al argumento de la novela.

Conociendo al juez como bien lo conocía, sabiéndolo maestro en embrollos, habituado y hábil en provocar confusiones, Macedo no se alteró con la sospecha y la amenaza. El doctor d'Ávila, habiendo armado una de las suyas, había inventado esa escena de la falsificación y la investigación para engañar a dos tontos, el padre y la fuertona. Lamió a Adalgisa con la vista: el vejete del padre sabía con qué darse, esos jesuitas comen lo bueno y lo mejor. Se dio vuelta, carraspeó, iba a regresar a la sala cuando sonó el teléfono. Macedo atendió, pasó el aparato al meritorísimo:

—Es del hospital.

INTERRUPCIÓN TELEFÓNICA PARA BUENA NOTICIA. Al aparato doña Olimpia de Castro, gentilísima señora, para dar buenas noticias. La querida enferma, nuestra mimosa chiquita, ya está mucho mejor, prácticamente en forma, mañana podrá volver al hogar.

La voz de Olimpia, habitualmente tibia, sensual —voz de concha, había verseado el poeta Cid Seixas en el albor de la pasión—, se deshacía en azúcar, meliflua, envolvente. Después de un disgusto así, crisis terrible, la pobre querida necesitaba un período de reposo que la hiciera olvidar, le permitiera recuperar la tranquilidad y la alegría de la vida. ¿No le parece, doctor? Con certeza, sí, respondió.

Ahora bien, por feliz coincidencia, doña Olimpia de Castro se preparaba para un crucero por el Caribe, a bordo de modernísima nave italiana, veinticinco días de mar e islas tropicales, en el sosiego más total. ¿Qué le parecía, estimado doctor? Pues me parece bien.

Siendo así, estando él de acuerdo, doña Olimpia iba a dar la buena nueva a nuestra querida convaleciente: era óptimo pues como mi marido, el suyo, el de ella, doña Olimpia, no puede acompañarla en la excursión debido a los compromisos —pobre Asterio, con tantos negocios no le sobra tiempo para el reposo—, ella tendría la compañía de su mejor amiga. Gracias, doctor. Con lo cual cortó. El doctor d'Ávila todavía se quedó con el aparato en el oído, atontado. Demoró en darse cuenta de que acababa de ofrecer a la esposa, a nuestra querida, un crucero turístico por los mares del Caribe, para que ella se restableciera del disgusto, de la terrible crisis. La razón de la crisis, del disgusto, la insania no le fue revelada, ninguna explicación le había dado doña Olimpia ni esperaba oírla de Diana. Por una vez Diana había pedido perdón, de qué, él no lo sabía. ¿Valdría la pena saberlo? Por cierto que no.

Pensativo, el juez de Menores colgó el teléfono, volvió al contrasentido, al disparate, al rompecabezas: la orden de liberación, firmada por él, fotocopia sobre la mesa. ¿No estaría loco, por acaso?

Patética, Adalgisa se había puesto de pie, interpelaba:

—¿Y Manela, doctor? ¿Qué va a pasar? ¿Sabe para dónde la llevaron? ¡Para el Candomblé de Gantois!

EL CARNAVAL DE LOS FRANCESES: BREVE INFORMACIÓN. Nilda Spencer había prometido a Jacques Chancel de dos a tres mil personas reunidas en el Pelourinho en el carnaval improvisado por la Antenne 2 para mostrar a los franceses el auténtico carnaval bahiano: fue modesta en sus previsiones. Por lo menos cinco mil parranderos bailaban ya al son del Trío Eléctrico de Dodô y Osmar cuando Patricia y el padre Abelardo, habiendo dejado la moto frente a la antigua Facultad de Medicina, bajaron a pie la calle Alfredo Brito, abriéndose paso en medio del pueblo: llegaba gente de todos lados. El Trío Eléctrico se había situado en lo alto del Largo, entre el Museo de la Ciudad y la Iglesia del Rosario de los Negros.

Delante de la fachada de las casas, a la izquierda de quien baja la Ladera, había sido levantada una armazón de madera desde donde la cámara filmaba los planos grandes, las panorámicas. Tres cámaras transitaban entre la multitud, en las tomas de detalles. Cada detalle para dejar a los franceses con la boca abierta, babeándose: no se puede describir.

En la calle Gregorio de Matos se concentraban los *afoxés* y los *blocos*, una buena media docena, cada cual con su música poderosa y su negritud radical, producto del mestizaje brasileño, inconfundible. Frente a la sede del Afoxé Filhos de Gandhi, gloria del carnaval de Bahía, sus componentes se organizaban: del interior del edificio llegaba el sonar de los *atabaques*. Figurantes del Bloco do Jacu, con sus túnicas azul turquesa, esperaban sentados en la escalinata de la iglesia. Bando alegre, las alumnas de la Escuela de Teatro se unieron a ellos, iniciaron la danza en los escalones del templo. El pueblo descendía desde el Carmo y Terreiro de Jesús, subía del Taboão, desembocaba en el Bajo de los Zapateros. Venía saltando y cantando la música de Gilberto Gil:

> *Yansā, Yemanjá llama a Xangô*
> *Oxóssi también manda bajar para ver*
> *Hijos de Gandhi*
> *Oh mi Padre del Cielo*
> *en la tierra es carnaval...*

Acompañado por Nilda Spencer, Jacques Chancel inspeccionó los diversos conjuntos, decidiendo sobre el orden del desfile, no escondía el entusiasmo. Un único pero que lamentar: la ausencia de Sylvia Esmeralda, contaba con verla de pareo exhibiendo las partes. Preguntó por ella a Patricia que, después de acomodar a su padre-maestro en lo alto del Trío Eléctrico, entre las figuras elevadas, el cónsul de Francia, Jacques Falah, el portugués Fernando Assis Pacheco, la norteamericana Frances Swift y nacionales variados, fue a completar el equipo de los responsables.

—*Où est Sylvie? Je ne la vois pas.*

—*Elle est malade.*

—*Comment, malade! Quel dommage! Moi qui avais pensé faire la fête avec elle... La fête du carnaval, bien sûr...*

—*Seulement du carnaval?* —bromeó Patricia con malicia.

Nilda Spencer se echó a reír, el francés no perdió el aplomo:

—*Elle est si belle...*

Reían las dos bellas, majestuosas, ¿acaso no sería para llorar la desventura de la amiga? Pobre Sylvie, cuando supiera que Jacques Chancel, el mandamás del equipo, célebre, encantador y disputado, por quien ella suspiraba lánguida y romántica, ofrecida, él y ningún otro, había sentido su ausencia a la hora de iniciar las tomas y había dicho, en voz clara y alta, que pensaba *faire la fête avec elle, faire la bombe...* Es capaz de morir de tristeza, la desdichada Sylvia: ¿quién le mandaba enfermarse en día de carnaval?

Improvisado, montado, dirigido, el carnaval trasmitido en la emisión de *Le Grand Échiquier* dedicada a Bahía valió el dinero gastado, el esfuerzo empeñado. Fue un esplendor de música y danza, los disfraces, las mujeres bellas, el samba, el *frevo*, los *afoxés*, embajadas de los reinos africanos, la animación feérica del pueblo en la fiesta singular y colectiva: los gringos pudieron ver un espectáculo sin comparación en el mundo.

Vieron el desfile de los Filhos de Gandhi, cortejo grandioso en el rigor del blanco, al frente Gandhi conduciendo la cabra. Vieron el desfile del Bloco do Jacu, con las muchachas de túnica y las de pareo abierto, cantando maliciosas y mostrando el cuerpo. Al frente de la muchachada iba Waltinho Queiroz llevando el ritmo, a su lado Luz da Serra, su madre: con toda la cuerda suelta, más parecía su hermana. Vieron a Georges Moustaki, griego de Alejandría, parisiense de l'Ile Saint Louis, carnavalesco bahiano de túnica de algodón ralo sobre el cuerpo, a las agarradas y los besos con Lenoca, más desnuda todavía que las alumnas de la Escuela de Teatro. Vieron aparecer en el Largo do Pelourinho, bajo el mando del presidente Rubinho, a Los Internacionales, desfilando al son de la música de Vinicius de Morães compuesta especialmente para el bloco *horsconcours*. Vieron eso, aquello y lo de más allá, las cámaras registraron la locura desatada, la fiesta sin cuartel y sin fronteras, la eclosión de la alegría, la libertad. Del padre Abelardo Galvão, algunos telespectadores más atentos vislumbraron de pasada una breve toma, casual: en lo alto del Trío Eléctrico, un pandeiro en la mano, los ojos puestos en Patricia allá abajo.

En torno del Trío Eléctrico, Patricia iba de brazo en brazo, el objetivo le seguía los pasos, documentando la danza que de ella se extendía y se multiplicaba en millares de pies de bailarines y acróbatas. Los franceses la vieron, india, negra y blanca: la holandesa Patricia da Silva Vaalserberg, la bahiana Patricia das Flores, mulata explosiva.

En cierto momento la mostraron en gran plano y la ostentaron en primer plano, en un espacio abierto por la admiración del pueblo para que allí, al son de las palmas, suelta y única, ella bailara. Camafeu de Oxóssi, hijo de Gandhi en la suprema elegancia de los trajes del *afoxé*, batucando en una caja de fósforos, hacía *figuraciones* de *mestre-sala*, mientras Patricia, la *porta-bandera*, reina del carnaval bahiano, revoloteaba en los pasos más difíciles, exagerando en la cadencia, derrochando nalgas en los diversos·pasos del samba, deshaciéndose para que los franceses se dieran cuenta de cómo es el carnaval, la fiesta mayor del pueblo brasileño. Y para que, desde lo alto del Trío Eléctrico de Dodô y Osmar, su padre lindo y virgen la viera y la deseara.

EPOPEYA EUCLIDIANA. Narrar el maratón de Zé do Lirio en el Pelourinho es empresa digna de la pluma de un Homero, un Shakespeare, un Euclides da Cunha en sociedad con émulos de Dostoievski o Gogol: tragedia griega y novela rusa.. Tarea demasiado pesada para la escritura desmañada y deslustrada de oscuro trovador de redondilla menor, rimas en ón y ado, autor bahiano de literatura popular. Falto de la grandeza de los aedos, del refinamiento psicológico de los intimistas, del brillo del estilo, de la calidad artística, queda apenas al anónimo cronista el coraje impávido de los ignorantes —con él se sigue adelante, cojeando.

Durante una eternidad, dos horas de carnaval, en medio del barullo, la batahola, de tanta mujer pelada ofreciéndose, grosero y exhibido puterío, Zé do Lirio, a veces violento, a veces introspectivo, convivió con el miedo, el peligro, la esclavitud y la muerte. Trazó planes, analizó detalles, invadió lugares, violó leyes, cometió abusos, reflexionó, imaginó, fue encarcelado, sujeto a juicio y sentencia, descendió al fondo de los infiernos, mató y se vio muerto.

La pugna para superar dificultades comenzó ya frente a la escuela de Teatro cuando el padre hijo de una yegua montó en la moto con la loca, se agarró a ella, y la moto partió como una bestia enloquecida. Zé do Lirio consiguió un taxi en Campo Grande, la moto iba lejos, imposible alcanzarla pero el chofer lo tranquilizó: quédese tranquilo, van al carnaval del Pelourinho. Dios, que ayuda a los suyos, lo ayudó, pues el taxi lo depositó a tiempo de ver a la pareja de mentecatos subiendo hacia donde estaba el Trío Eléctrico. La desatinada bajó enseguida, dejando al excomulgado entre gente de plata: padre más mujeriego nunca había visto, no se contentaba con la hija casada del coronel Costa, y eso que era un minón.

Viéndolo acomodado, Zé do Lirio se extasió en el estudio del terreno y las condiciones para llevar a buen término la empresa, en el momento adecuado. Despachar a un maldito a la ciudad de los pies juntos tanto puede ser un asunto resuelto de un golpe, por cierto la mejor manera, como puede, en casos complicados como ese, exigir presteza en la reflexión, cautela en el planeamiento: precisión matemática.

Primero pensó en tirar mientras el padre estuviera con el Trío Eléctrico, sería fácil divisarlo desde cualquier ventana de un primer piso de las inmediaciones. Zé do Lirio había descubierto inclusive el puesto ideal: la sala del piso superior del Museo de la Ciudad donde estaba expuesta la sensacional colección de torsos de bahiana, más de trescientos. Penetró en el museo furtivamente, mientras los funcionarios, machos y hembras, reunidos en el paseo, delante de la fachada principal, se incorporaban a la fiesta. Desde la ventana, el pistolero admiró la melena despeinada del padre, allí, bien próxima, blanco perfecto. Perfecto, una mierda: corría un riesgo extremo. A pesar de la seguridad total de la puntería, bastaba que el desgraciado se moviera para que un inocente cayera en su lugar. La gente se movía sin parar, cambiaba de posición a cada instante, se reservaban los mejores sitios. Tanto tenía de fácil cuanto de imposible. Zé do Lirio salió del Museo de la Ciudad como había entrado, a escondidas. Taciturno.

Estudió otras modalidades, no encontró ninguna que sirviera, todas temerarias, no ofrecían garantías de éxito. Zé do Lirio podía encontrarse con otro difunto errado a las espaldas: uno ya era fardo pesado, no tenía fuerzas para dos. Después de mucho pensar llegó a la conclusión de que no le restaba otro remedio que enfrentar lo peor, el peligro de lo flagrante. Lo peor había ocurrido una única vez, pero el coronel Ulisses Cardoso, mandatario del encargo y del Estado de

Alagoas, hombre derecho, fue a buscarlo a la cárcel apenas supo de la burrada de la policía. Experimentado y astuto, Zé do Lirio había reconocido con facilidad, emboscados en los vanos de las puertas, a diversos policías tan interesados en el padre como él. No bien llegó identificó al comisario Parreirinha: no le sabía el nombre pero no había olvidado esa cara de idiota. Aun así, rodeado de canas, corriendo el riesgo de ir a la cárcel, soportar un proceso, acabar condenado a treinta años de prisión, debía cumplir el compromiso, no admitía someter al escarnio público el nombre y la honra de un hombre de bien.

Hombre de bien, profesional recto, idóneo, y, agréguese, paciente. Si no fuera recto, idóneo y paciente, el chupacirios del padre podría zafarse con vida, alegre y contento. Se ubicó detrás del Trío Eléctrico, los ojos en el susodicho fulano, dispuesto a esperar todo el tiempo necesario. El único que se movía en las proximidades, un coterráneo, se había subido a la grupera de un jumento para tener mejor visión del panorama. El cura lo estaba pasando en grande, con el Trío, entre los señores; cuando bajara, Zé do Lirio le haría la boleta: si conseguía llegar a la Ladera del Aguijón estaría a salvo. Se armó de paciencia y contención, concedió pocas y rápidas miradas a los muslos y los vientres desnudos, pechos rollizos, culos de locura: responsable, ocupa más tiempo observando al condenado. .

La fiesta se había extendido desde la Catedral Basílica al Convento del Carmo. Otros dos Tríos Eléctricos habían salido a la calle, por cuenta propia, sin invitación y sin contrato; uno se ubicó en la esquina de la calle Alfredo Brito, el otro en la entrada de la Ladera del Taboão. Ranchos, *afoxés* y *blocos* afros, no previstos por la producción, se hicieron presentes, fueron espontáneamente a participar en el festejo: vale citar al Bloco do Barão, los Apaches de Tororo, el Bloco dos Corujas, el Olodum, los Mercaderes de Bagdad, la Juventude do García. Con la exageración habitual pero sin excesos, los cronistas calcularon en diez mil a los parranderos que siguieron sambando hasta la madrugada: no habían comparecido debido a las cámaras de televisión, habían ido de las siete puertas de la ciudad para bailar en el carnaval.

Para hacerse una idea del éxito del carnaval de los franceses —expresión robada a una crónica del poeta, *encore!*, Rui Espinheira Filho—, basta mencionar la cifra oficial, proporcionada a la prensa, número preciso: de los dos mil y muchos asociados del Afoxé Filhos de Gandhi que desfilaban habitualmente, quinientos noventa y siete atendieron al llamado de la dirección. Para completar la información, cítese a Tereza de Mayo, plagiando lo que escribió el domingo en la columna de *Sete Días*: "El Pelourinho se transformó en revuelto mar de danza, océano proceloso de senos y nalgas desnudos, alucinada utopía surrealista, la Francia eterna, la Francia de Voltaire y de Sartre se inclinaba una vez más ante el Brasil." Descripción suculenta, revestida con las galas de la fantasía y la erudición y una pizca de justificado chauvinismo. Muy bien, Teresita.

La multitud alcanzó el auge del delirio cuando las cámaras, en las últimas tomas, documentaban la pompa sin igual del cortejo de los Filhos de Gandhi: Jacques Chancel en la primera fila, abrazado al presidente. Fue entonces cuando Patricia fue a buscar al padre Abelardo para saltar juntos en medio del pueblo: hasta aquel exacto momento ella había trabajado, él apenas había mirado. Gesticulando para ser vista, a los gritos para que el padre la oyera, le mandaba bajar. Zé do Lirio se movió, apartándose del individuo rechoncho que había desmontado del jumento y, sentado a horcajadas, se adormecía. Solamente un *pau-de-arara* sería capaz de tal proeza: dormir en plena mascarada. El jumento masticaba un cartel de colores, arrancado de la pared. El pueblo estaba concentrado por completo en el desfile de los Filhos de Gandhi, aplaudiendo.

Zé do Lirio aferró, en el bolsillo de la capa impermeable, el revólver Taurus, calibre 38, seis tiros, todos mortales: mano firme, puntería infalible, fe en Dios, inquebrantable. Adiós, padrecito del diablo, llegó tu última hora, despídete de la vida y de la putita, no irás a sambar con ella, a hacer porquerías en cama excomulgada, para ti se acabó. Ni dividir tierra ajena, ni voltear mujeres, los padres no fueron hechos para eso. Adiós, padre hijo de puta, ¿quién te mandó a hacer lo que no debías?

El padre Abelardo bajó, pandeiro en mano, Patricia le pasó el brazo por la cintura, Zé do Lirio se adelantó, apuntó el arma a la nuca del fallecido, a un metro de distancia, apretó el gatillo. Su brazo se movió, resorte, muela partida, la bala se perdió en el horizonte. Zé do Lirio se dio vuelta, listo para liquidar al atrevido que había osado empujarle el codo. No vio a nadie, excepto al dormilón y al jumento ocupado en masticar el papel impreso, sabroso y alimenticio.

La pareja iba adelante, en paso de carnaval, Zé do Lirio no tenía tiempo de pasar en limpio lo sucedido, se abrió paso, divisó la cabeza del padre, difunto pervertido, de nuevo el brazo se extendió y la bala desapareció en los aires. Volvió a suceder, la tercera, cuarta y quinta tentativas, otros tres tiros perdidos, quedaba apenas una bala en el revólver. Zé do Lirio se entonteció.

Un sertanejo muere, se mata si fuera preciso, pero no se desmoraliza, pues el sertanejo, como escribió Euclides, es ante todo un fuerte. Zé do Lirio reservó para sí la última bala. Se sentó en el paseo para estar más cómodo, reconoció que el padre estaba en relaciones con el diablo, sintió nostalgias de su mujer, la india Momi, buena rezadora y todavía fogosa en la red de dormir y de gozar. Se apoyó el Taurus contra el pecho, en el punto exacto donde latía desacompasado el corazón del bravo, dijo adiós a la vida, a Pernambuco, patria de valientes. Apretó el gatillo, sintió la sangre correr, manchando la capa impermeable, se consideró muerto, encogió el cuerpo, cayó en el paseo. No se dio cuenta de que la pequeña mancha húmeda no provenía del chorro de sangre del corazón herido sino del agua sucia que salió del caño del revólver, el Taurus se había convertido en juguete de niño.

EL *PAU-DE-ARARA* Y SU JUMENTO. El *pau-de-arara* hasta entonces adormecido se levantó rápido, estaba apurado. Rechoncho, tenía los brazos largos, de mono, con facilidad levantó al lúdico pistolero y lo colocó atravesado en la grupera, gastada y grande, carga infrecuente. Se fue con el burro y el fardo incómodo, bajó corriendo la Ladera del Aguijón, escarpada y resbaladiza. En la Estación Terminal, donde el ómnibus hacia Recife recibía pasajeros, depositó a Zé do Lirio que volvía del otro mundo.

Don Maximiliano von Gruden lo había visto, al *cafuzo*, tirando de su jumento lerdo y pacífico, bajando la Ladera de la Pereza. Aquella tarde, mucha gente lo vio sin darle importancia, si alguien le prestó atención se rió de la figura

335

cómica. Figura familiar del nordeste, desterrado hacia la capital por la sequía que mataba al ganado y los chicos. Si tuviera barbas largas, podría ser un beato del sertón de Canudos, comparsa de Antonio Conselheiro. Si llevara un arma atada a la grupera sobre el burro pachorriento, podría ser un cangaceiro, sobreviviente de la banda de Virgulino Ferreira Lampião. Peregrino del sertón de Cariri, devoto del padre Cícero Romão, santo padrino y patrono. Podría ser cortador de caña, barranquero del río San Francisco, recolector de *dendê*, *piaçava* y *carnaúba*; si usara sombrero de cuero, sería un vaquero de la *caatinga*, acordeonista, bailarín de *forró*, tenía cara de ex voto sergipano.

Impávido norteño del este, audaz y arrojado, con su maestre burro tozudo, bajito, chiquito, poco más grande que un chivo entero. Las raras personas que saben de *padê*, que miran en el *taramesso*, los de la estera de *Ifá*, los *mandingueiros*, los que están en todas las *aguas*, los *confirmados*, los *babalaôs* y los *eluôs*, los *akirijebôs*, los compadres del *Compadre*, ésos y solamente ellos sabían que el rechoncho, vestido con chaqueta grisácea y harapiento que le llegaba hasta las rodillas, calzado con alpargatas, pitando un cigarro de paja, aliento de cachaça, era Exu Malé, el *adjunto*, el *assecla*, el *malungo* de Yansã, que había venido acudiendo a su llamado.

Cuando el pardo y el jumento subieron la Ladera del Papagayo, en Rio Vermelho, encima de la grupera se podía ver una correa de cuero, de antigua y mucha utilidad.

LA CALMA. La Armada Invencible bajó el río Paraguazú en ritmo de celebración. Las aguas serenas transportaban los barcos, las lanchas, las goletas, en medio de cánticos religiosos y profanos, sambas de carnaval, himnos de iglesias, canciones de protesta, varias prohibidas por la censura, condenadas por el régimen:

> *Caminando contra el viento*
> *sin pañuelo y sin documentos*
> *El sol se reparte en crímenes,*
> *cosmonaves, guerrillas...*

Eran veintiocho embarcaciones en total, las velas hinchadas, en los mástiles banderolas multicolores, unas cuantas de tela, la mayoría de papel vegetal, la brisa del río las respetó. En el paso por los puertos fluviales, la expedición era saludada por el pueblo reunido en las orillas. En ciertas poblaciones ribereñas se realizaban procesiones, se rezaban letanías por el buen éxito del rescate.

Cuando, no obstante, al caer la tarde, la Armada Invencible penetró en las aguas de la Bahía de Todos los Santos, pudiendo ser vista desde las islas donde también se reunía el pueblo, solidario, ocurrió lo inesperado. La calma, completa, absoluta, ni una pizca de viento, ninguna señal, las aguas inmóviles, el mar parecía una alfombra verdeazul, daba la impresión de que se podía andar sobre él. Bajó un silencio de mal agüero sobre las naves.

¿Durante cuánto tiempo irían a estar allí parados? Antes de que cayera la noche necesitaban desembarcar en la Rampa del Mercado para la manifestación monstruo delante de los muros del Convento de Santa Teresa, en los portones del Museo de Arte Sacra, a la hora en que don director recibiera al gobernador y al cardenal para el *vernissage* de la exposición: la Santa Es Nuestra. Llevaban doce bandas y cincuenta y dos carteles. ¿Llegarían a tiempo?

—Estamos derrotados, padre Teo, esta calma puede durar días y días... —el ardiente Guido Guerra, de pronto abatido.

—Calla, hombre de poca fe; Santa Bárbara, la del trueno, no ha de consentirlo. Esto será algo pasajero, enseguida llegará el viento, dócil. —El vicario trataba de levantar los ánimos pero él también había perdido la euforia.

Entonces fue cuando se oyó, proveniente del barco *Flor de la Noche*, que conducía a las viejecitas de la Hermandad de Nuestra Señora de la Buena Muerte, un canto antiguo, nacido en las senzalas:

> *Santa Bárbara de los truenos*
> *préstame tres tostones*
> *de relámpagos y truenos*
> *para comprar mi libertad*
> *Santa Bárbara de los truenos.*

Doña Canô, madre de la música y la poesía, improvisó:

Santa Bárbara de los truenos
dame tres tostones de viento
con los relámpagos y los truenos
ponle fin a esta falta de movimiento...

El coro se formó, cubrió el mar, el manto verdeazul, se elevó a los cielos. Estuviera donde estuviese, ocupada con lo que fuere, Santa Bárbara, la del trueno, terminaría por oír y atender. Si alguien duda y quiere apostar, que ponga dinero, está aceptado el desafío, el que gane come gratis, el que pierda paga los cohetes.

LOS ALEGRES COMPARSAS. Adalgisa obtuvo completa satisfacción. Salió del Juzgado de Menores llevando en la cartera la nueva orden del meritorísimo doctor d'Ávila para adueñarse de Manela, su sobrina y tutelada, y remitirla sana y salva a la Clausura de las Arrepentidas del Convento de la Lapa, bajo la guarda de la madre superiora de la Comunidad de la Inmaculada Concepción, donde continuaría hasta que la tutora, y nadie más, fuera a retirarla. Además del padre José Antonio, dos esbirros al servicio del Juzgado la acompañaban con la misión de hacer cumplir la orden por las buenas o por las malas, usando la fuerza de la ley y de la policía, si fuese necesario. En caso de que hubiera la menor resistencia —obstáculo, discusión, protesta de parte de la gente del Gantois: de la negrada del *candomblé*, dijo el juez de Menores.

Bajaron del ómnibus en la esquina de Cardeal da Silva, nombre simbólico, fueron caminando en dirección a la subida al Largo de Pulqueria, donde, modesto y majestuoso, se yergue el Ilê Iyá Omim Axé Iyamansê, casa del Candomblé de Gantois. Más alegre aún que Adalgisa, el padre José Antonio no cabía en sí. Empanturrado de comida y de satisfacción, eufórico, besaba a cada momento el crucifijo que pendía de la larga cadena de plata sobre la sotana negra y bien cortada. Un petimetre, el padre José Antonio Hernández. En la mocedad sevillana, joven clérigo de porte militar en los desfiles de la falange, había provocado pasiones. Dos devotas, una viuda, adinerada y cuarentona, otra más joven, suspiraban por él —la adolescente sollozaba, suicida—, así como un torero de celebrada valentía y notorio mariconaje. La muchachita amenazó matarse tragando el breviario, la matrona lo colmó de regalos, el glorioso maricón —había abatido en la arena a decenas de toros indefensos— fue directo a la sacristía y le cantó sus sentimientos, le hizo propuestas indecorosas y millonarias, intentó besarlo en la boca.

La práctica de la verdad, fundamento y brújula de esta crónica bahiana, tal vez su única virtud, ordena que se cuente que el vicioso y mimado falangista fue devorado de pasión por la Santa Madre Iglesia y por el Generalísimo, y se negó a pie firme, boca cerrada y palo puesto en sosiego a duras penas, a los requerimientos de las tres descocadas, las dos hembras en celo y la mariquita loquísima. Si algo sucedió, si hubo polución, fue durante el sueño, pecado venial que un poco de jabón y un padrenuestro lavan sin dejar marca en la sábana, mácula en el alma.

Hizo oídos sordos a las insinuaciones de la mozuela, se indignó con los avances de la viuda y los rechazó sin rechazarle, por cortesía, los presentes, piyamas de seda, calzoncillos azules y amarillos, frascos de perfume, la cadena de plata con el crucifijo de *vermeil*: valía mucho dinero pero no lo corrompió. Más difícil fue deshacerse de la pasión fatal del matador, pues El Rijoso era desde hacía mucho el ídolo del joven matamoros José Antonio, frecuentador fanático de las corridas de toros. Trató, sin éxito, de convertirla en camaradería, pero El Rijoso, vaca viciosa, fue feroz y taxativo: o todo o nada, ¡camaradería un cuerno! Decepcionado, partió a torear en México donde se fue a vivir con bigotudo músico de mariachi, pendenciero y malo, olvidando el amor sacrílego. Así se afirmó la virtud inmaculada del padre José Antonio. En cuanto a las poluciones nocturnas, no hay problema: jabón y padrenuestro.

Los dos esbirros, el pardo Joselito Massaranduba, señor de edad, padre de familia numerosa, en las horas libres changuista para ganar unos céntimos extras para la comida de los hijos, ogan de Oxóssi en el Ilê Ogunjá, y el *sarará* Paulo Cotovia, todavía soltero aunque novio, en el tiempo ocioso músico aficionado, para divertirse, baterista de la jazz band The Xangô's Brothers, seguían al sacerdote y a la sombrerera que acortaban camino comentando la extraordinaria mistificación de la orden de liberación con la firma falsa del juez. Según el padre José Antonio, no había misterio que develar, la investigación anunciada iba a comprobar las sospechas del meritorísimo.

El doctor d'Ávila había dejado traslucir sobre quién recaían sus desconfianzas: el escribiente. Macedo podía entrar en el edificio del juzgado a cualquier hora, tenía acceso al papel con membrete y los sellos, estaba familiarizado con la firma del juez, nadie mejor para falsificarla. Faltaba solamente esclarecer a pedido de quién lo había hecho y la suma del pago recibido.

A pedido de Gildete, se exaltaba Adalgisa. La candomblera se había unido a Danilo para juntar la cantidad de la gratificación, la propina, si es que habían pagado por el fraude. Lo más probable era que ella, la ponzoñosa, fuera amiga de ese Macedo. Esa gentuza, se conocen todos entre ellos, son unidos, carne y uña, solidarios en el engaño y el embuste, capaces de todo.

Iban así conversando, se aproximaban al Candomblé de Gantois, cuando divisaron en la Avenida Cardeal da Silva al hombrecito rechoncho: iba al encuentro de ellos, tiraba del burro por las riendas.

ADARRUM. Las antenas de las cadenas bahianas de televisión cuyas torres se elevan en las cercanías del Largo de Pulqueria captaron, al final de la tarde de aquel viernes de pasiones desatadas, el toque del *adarrum*. Resonaba convocando a los *orixás* para la primera escala, en los puertos de la iniciación, del barco de *iaôs* anclado en el Candomblé de Gantois.

Magnitud y misterio, el toque sobre todos poderoso, trasmitido por satélite, resonó de norte a sur, de este a oeste, desde la costa al pantanal atravesó los mares, de continente a continente, de país a país, fue oído en los confines. ¿Qué señal era esa, antes jamás percibida, de pronto vibrando en todos los canales? ¿De dónde venía, qué mensaje buscaba trasmitir, qué bondades o cataclismos anunciaba, qué presagios invocaba?

Reunidos en congresos, asambleas, seminarios, simposios, los científicos, los más notables y eminentes, se dividieron al sabor de las ideologías, puestas, como siempre, al servicio del poder. Más precisamente, de los dueños del poder. Los sabios del Oeste, los patronos de la civilización occidental retrógrada y reaccionaria, declararon que se trataba de una señal emitida desde el planeta Júpiter. Los doctos del Este, los pregoneros de la civilización del socialismo burocrático y autoritario, discordaron en letra y número: la señal provenía de Neptuno. Intercambiaron comunicaciones eruditas e insultos clásicos.

Se encendió la polémica, se cruzaron los fuegos entre Washington y Moscú, entre la derecha y la izquierda. Una corriente liberal se constituyó, con dos vertientes principales: la de centro-derecha, la de centro-izquierda. Violento manifiesto radical reunió diversas tendencias extremistas dispuestas a la lucha armada en Júpiter o en Neptuno, no importaba dónde. Las disidencias se multiplicaron, se escribieron millares de libros, las prensas gimieron imprimiendo en caracteres latinos, eslavos, árabes, hebreos, ideogramas chinos, nipones, coreanos; se realizaron películas, videos, casetes de radio y programas de computadoras. Desconocido grupo de teóricos sino-japoneses lanzó, con éxito mundial, la noción sutil de la señal de Plutón, simbiosis de Buda y Marx.

El debate inmenso y decisivo tiende a aminorar en los países ricos y desarrollados, se habla de la posibilidad de acuerdo a mediano plazo entre las superpotencias, pero, en el tercer mundo, allí el debate prosigue entre acusaciones e insultos, la bajeza acostumbrada.

En Africa, en Cuba, en Haití, los *orixás* oyeron el toque del *adarrum*, abandonaron la buena vida, la caza, el baño en el río, la búsqueda de hojas en la selva, los mimos, el juego de gemir sin estar sintiendo dolor, cruzaron el cielo, dirigiéndose a los lados de Bahía.

LA GUERRA DE ALUVAIA. Al toque del *adarrum*, el *pau-de-arara* tiró del burro, aceleró el paso, aproximándose a la respetable troupe encargada de cumplir la misión moralizadora ordenada por el juez de Menores. En la calle Cardeal da Silva el tránsito era intenso, los automóviles pasaban a alta velocidad. Desdeñando los reglamentos del tráfico, el hombrecito y el jumento se pusieron a bailar como dos locos.

También Joselito Massaranduba y el joven Paulo Cotovia, apenas se toparon con la extraña pareja, dejaron la seriedad, comenzaron a revolotear, ejecutando la misma danza, por cierto que la conocían. El padre José Antonio ignoraba el carácter pagano del zarandeo, danza de despacho, propia para saludar a Exu, el reinador: *Laroiê!* Aun así se indignó al presenciar la escena degradante: dos servidores de la justicia, si bien modestos, entregados a la perversión en plena vía pública, en compañía de un descastado. ¿Y qué decir del mulo? ¿Dónde se había visto un asno bailarín? Además, el baile perturbaba la circulación, obligando a los vehículos a moderar la marcha, a frenadas y desvíos bruscos, derrapes.

—¿Qué significa isto? ¿Qué hacen ustedes? —Mezclaba los idiomas, señal de perturbación, atónito ante la osadía y el desorden, repentinos.

El *pau-de-arara*, el payaso, el compadre del nordeste, el de las encrucijadas, Exu Malé, abrió grande la boca, una caverna, mostró la lengua de metal, encendida, provocando al venerable sacerdote. ¡Vete!, exclamó el dignísimo, ofendido. Le respondió el burro con una descarga de pedos, mientras Exu enfrentaba a Adalgisa. De frente, sus ojos en los de ella: los ojos de Elegbará eran dos brasas. Adalgisa tuvo el primer estremecimiento, el primer escalofrío, anuncio de la próxima llegada del *orixá*, se llevó la mano a la boca, pidió socorro:

—¡Ayúdame, Nuestra Señora, auxíliame, Padre del cielo!

Se enfrentaban los contrarios, en la pugna inmensa cantada por el poeta Castro Alves, el fanatismo y la intolerancia, el prejuicio y el conocimiento, el racismo y el mestizaje, la tiranía y la libertad, en la pelea entre el abicun y el orixá, en la guerra de Aluvaiá. Esta batalla se traba en todas las partes del mundo, a cada instante: no se le ve el fin.

Fue rápido el embate, duró el tiempo necesario y ni un segundo más, pareció infinito. Automovilistas y pasajeros seguían indiferentes en los veloces automóviles, sin darse cuenta de que allí, en la Avenida Cardeal da Silva, que ostenta el nombre del irreductible, sectario y rígido guardián del dogma, al pie del Largo de Pulqueria, que recuerda a *iyalorixá* nacida esclava, celadora de los encantados en el culto perseguido, paupérrima y dulce criatura, se enfrentaban la pequeñez y la grandeza, el ayer y el mañana, la vocación de la muerte y el gusto de vivir. En la trinchera del oscurantismo, el padre José Antonio Hernández, falangista, entrañas de cruz gamada, boca de anatema, cojones atómicos. En la guerrilla del humanismo, los tres *orixás* venidos de Africa eran Oxóssi, Xangô y Exu Malé. En el vértigo de la corrida para ganar dinero, los transeúntes circulaban ciegos, en la urgencia de llegar cuanto antes. Sólo la joven Rosane Nóvoa, secretaria, al volante de su buggy de tercera mano, despacio y siempre, preguntó al marido Humberto por qué diablos aquel padre furioso, el crucifijo en el puño, se precipitaba en dirección a una señora de rodillas. Humberto no sabía ni le importaba.

Joselito y el joven Cotovia, Oxóssi y Xangô, el enamorado y el esposo, bailaban en torno de Adalgisa pasos de saludo y acogida, convites para el anunciado caruru en el Mercado de la bajadita. Adalgisa se retorció, se mordió la boca, los ojos pestañearon: había dejado de ver la tarde de sol alrededor, presentía el despuntar de la aurora, la mañana del nacimiento. Los labios roncaron rezongos inaudibles, el *abicun* dio tres saltos en el aire, cada cual más alto. El padre José Antonio, agitadísimo, levantó el crucifijo por encima de la cabeza, gritó, voz exaltada de espanto y condenación:

—¿Qué te pasa, hija? ¡Contrólate, desgraciada!

Trató de controlarse la española ungida e iluminada, católica de la Santa Inquisición, trató de huir del trance, escapar al santo. Se pasó las manos por el cuerpo, de arriba abajo, para apartar los fluidos, detener la fuerza del *orixá*. Negarle el paso, trancando la puerta abierta con la navaja cuando la madre embarcó en la camarinha sin imaginar que llevaba en el vientre a la hija de don Paco.

—¡Espera, hija! ¡Voy a librarte del demonio! ¡Ahora mismo!

Cayó Adalgisa de rodillas, las manos flojas, los brazos extendidos hacia el cielo, no quería dejar de ser una señora. Empuñando el Cristo de *vermeil* como si empuñara y blandiera la espada de San Tiago Matamoros, el padre José Antonio se precipitó a exorcizarla:

—¡Vade retro, Satanás!

No se fue Satanás, no obedeció a la intimación, por el contrario: veloz, Sete Pinotes se arrojó encima del exorcista, acompañado por el jumento bailarín. El rechoncho hacía vibrar la correa de cuero, retirada de la grupera, el burro baila-

343

ba al ritmo de paso doble, echando pedos, cagando, dando coces. En la tentativa de huir del látigo, el padre José Antonio recibió en el culo el casco mal herrado del asno que, sin duda satisfecho, levantó los belfos, apretó los dientes y rebuznó, sacrílego y pervertido. El padre se escondió entre las plantas, en el bulevar de la Avenida. Más adelante, Adalgisa se curvó, extendió el cuerpo muerto, la cabeza le estallaba; era el dolor de cabeza que se iba para siempre, la respiración atropellada: era el corazón de piedra que sangraba, ¡no se podía creer!

Se supo en aquella ocasión que el padre José Antonio Hernández, boca de heroísmo, tripas cobardes, no había nacido para el martirio, renegaba de las palmas del sacrificio. Alzó los brazos rindiéndose a la aproximación de los tres demonios, dispuestos, no cabían dudas, a acabar con él. Los comunistas acostumbran capar a los padres antes de matarlos, y el padre José Antonio deseaba salvar la vida y, de ser posible, conservarse entero, aunque no diera a las bolas, a no ser en sueños, el debido y placentero uso. Para él, demonios, comunistas, *orixás* y hippies, todo era lo mismo.

Los temidos asesinos, *orixás* juguetones y un tanto revoltosos, lo rodearon riendo, en la mayor de las burlas. Se conformaron con poco: en tres tiempos lo desvistieron y descalzaron, dejándolo desnudo, en pelo, o casi, pues le dejaron las medias sucias y la cadena de plata con el Cristo de *vermeil*. Exu Malé le dio un correazo en el culo flaco para despedirlo.

El padre José Antonio salió corriendo calle abajo, arañándose en los espinos de las plantas. Cayendo y levantándose, cruzó la Avenida Garibaldi, desembocó en Ondina, los transeúntes gritaban: ¡mira el cura desnudo! Invadió la casa del doctor Carlos Mascarenhas, millonario, llamado Carlitos Cavaquinho y Carlitos Mano de Gato debido a la excelencia demostrada en la orquesta y la baraja. El ejecutivo reconoció al recolector de limosnas y, si bien no lo estimaba, lo acogió con caballerosidad, invitándolo a acompañarlo con el scotch on the rocks del final de la tarde:

—¿Está interpretando a Adán, santo padre? ¿Huyendo de marido cabrón? Y la dadivosa, ¿vale la pena? —Enderezó el cuerpo en honor a la dadivosa.

Para que el párroco pudiera llegar a su iglesia sin ser señalado por los mocosos, le prestó la túnica que había vestido en el último carnaval: mortaja negra de difunto pobre, una

344

calavera blanca en medio del pecho. Y anteojos ahumados para disfrazarle la cara.

EL ARCA DE LA ALIANZA U OXUMARÊ, EL ARCO
IRIS. Los tres encantados retiraron la grupera del lomo del jumento y la pusieron sobre Adalgisa, que se contorsionaba en los estertores del *abicun*. Un tanto grande encima de las nalgas, hermoseaba aún más la cola de Dadá, el culo de los suspiros de Danilo.

En el *peji* de Gantois, en la secreta camarinha de las iniciadas, Yansã acababa de montar a Manela, *iaô* hermosa, potro ardiente: iba a ser un desvarío cuando se mostrara en la ronda de las hechas, indomable.

Habiendo asentado sus derechos sobre la cabeza de Manela, confirmado su caballo, Oyá la dejó reposando, extendida en la estera, la cabeza rapada, el rostro pintado de azul y blanco, en los tobillos los *xacrôs* de la sujeción. Yansã sonrió enternecida y recién entonces fue a anunciarse en la avenida en la claridad del relámpago, en el grito de guerra, en el trueno. Saltó más allá de las torres de televisión, descendió sobre Adalgisa: había mandado a Exu Malé colocar una grupera en la rebelde, así la montó, cumpliendo lo prometido. No usó espuelas debido a la lágrima que la tutora desalmada, la madrastra, lloró al dejar a Manela en la Clausura de las Arrepentidas.

Cuarenta años después de haber hecho el santo, apenas concebida en el vientre de Andreza, su madre, Adalgisa abandonó el estado clandestino de *abicun*, asumió la gloriosa condición de hija de Oyá Yansã. La Yansã de la Grupera, tan citada en los fastos orales del *candomblé*. En la mano, en vez del eiru, una correa de cuero, esa misma.

Oxumarê, el arco iris, serpiente de siete cabezas, San Bartolomé con su tridente, arca de la alianza, extendió en los cielos de Bahía el espectro solar, abrió el abanico de los siete colores, el camino del misterio. El jumento fue el primero en entrar, coceando en el aire. Según narran ciertos cronistas mediocres, de menguada inspiración y cultura de almanaque, se trataba del mismo asno citado en el Nuevo Testamento, el que condujo a la Sagrada Familia en la fuga hacia Egipto. Si no era el asno de Buridán, poniendo fin a la discusión: un trago de agua, un bocado de avena, matando al mismo tiempo el hambre, la sed y la charada. En cuanto a identificarlo con Maître Ane, de Perrault, ese que no hacía caca, cagaba oro, escudos relucientes, tal vez podría ser, pues en el suelo de la Cardeal da Silva, en medio de la bosta del burro, fueron encontradas tres monedas de cobre: una de veinte centavos, dos de diez reis.

Inseparables, Oxóssi y Xangô, los dos amores de Yansã, entraron en el arco iris por las puertas del verdeazul y del rojo y blanco. Juntos partieron hacia el bosque, el desierto, el río, las capitales de Africa, Lagos, Luanda, Praia, Puerto Nuevo, el golfo de Benin, las tierras de Aioká. Iban cantando un frevo de Caetano:

> *Quien ya tiró para hender*
> *aprendió*
> *que es del otro lado*
> *del lado*
> *que es allá del lado*
> *que es allá*
> *del lado de allá...*

Joselito Massaranduba y el joven Paulo Cotovia se encontraron solos en la avenida. ¿Dónde habrían ido a parar el padre santurrón, por fuera linda mandarina, por dentro pan enmohecido, y la doña todavía bien apetecible? No les hizo mella el hecho de que se hubieran ido sin despedirse, acostumbrados como estaban al trato de gente desconsiderada, grosera, ni muchas gracias, ni diez tostones para quedar bien. Joselito, que estaba invitado al *caruru* de Jacira, buena camarada, arrastró con él al colega rumbo a la fiesta:

—Va a ser para no olvidar.

Laroiê, allá fue Exu con una pirueta: cerró la puerta del arco iris.

Oya se había ido ciudad adentro, ciudad afuera, la grupera a cuestas, *Eparrei!*

EL CARURU

Del Terreiro de Jesús al Largo del Carmo, en el centro histórico, patrimonio de la humanidad, el carnaval de los franceses se prendió fuego hasta la madrugada: los últimos fiesteros sólo pararon de saltar cuando el albor de la mañana desatrancó la puerta del arco iris y clareó el sábado casi de aleluya.

Los franceses se habían retirado alrededor de las cinco de la tarde, enseguida de terminar las últimas tomas, la grande, la inmensa panorámica de la multitud sambando y los detalles del cuerpo desnudo de Patricia, sofocada, jadeante, ofrecida, frente al padre Abelardo Galvão, carnavalesco a la fuerza, en los estertores de la agonía.

Guardado en el hotel el material de televisión, los gringos acudieron todos, atendiendo a la invitación insistente, al *caruru* de Jacira do Odô Oyá, en el Mercado de Santa Bárbara. Miro se encargó de llevarlos. No faltó ninguno, desde el jefe Chancel hasta el joven de los cabellos ensortijados y el aro en la oreja, que parecía marica pero tal vez no lo fuera.

El *caruru* ofrecido por Jacira a la *cabeza* no tenía motivo especial, no pagaba promesa, no proponía *ebó*, se destinaba simplemente a festejar a Yansã, patrona del Mercado, santo principal de la puestera. Euá venía detrás bañándose en las fuentes, cisternas y pozos de la ciudad y en las nacientes de agua, en Itaparica.

El *eluô*, llegado de la fiesta del Gantois en la noche de la antevíspera, le había dicho en secreto que el encantado estaría en la ciudad en visitación, ocupándose con algún trabajo de fundamento, y quien confidenciaba sabía lo que decía, no se trataba de cualquiera, uno de esos sabihondos que sobran en los casos de *candomblé,* embrollones de marca registrada. Optimo pretexto para que Jacira reuniera a los amigos, amiguera como era, y para saludar a Oyá, su madre, a quien acredi-

347

taba todo lo bueno que le sucedía en el comercio y en el amor. Salió convidando a Dios y al mundo.

Caruru de los mejores: doce gruesas de *quiabo*. Los puesteros habían contribuido para la compra de los ingredientes, las fábricas de bebidas proporcionaron cajones de cerveza, el doctor Zezé Catarino, jurista afamado, se puso con los litros de batida, encargadas a Vilar y Deolino, abastecedores del Mercado. Batidas de limón, coco, pitanga, cajá, mandarina y póngase atención a esto: abundancia, diversidad y categoría. La señora del doctor, doña Regi, dama finísima, era hija de Yansã. Santo incubado, la infanta lo festejaba en casa, cada 4 de diciembre, dando de comer a la cabeza, caviar y champagne, en una cena de amistades selectas. No por partir de blanca rica Yansã despreciaba la ofrenda, no cultivaba prejuicios.

Jacira do Odô Oyá no contaba a los amigos con los dedos. Ella los poseía, y de los buenos, no sólo entre la gente simple que se ganaba el pan de cada día con el sudor de la frente, amigos del alma, sus iguales, sino que los tenía también en los altos círculos de las finanzas, de la política y de la intelectualidad. Antes de ocuparse del puesto en el Mercado de la Bajadita, Jacira había dirigido un discreto burdel en Amaralina. El puesto lo había heredado del hermano, único y soltero, malviviente asesinado de un tiro en conflicto de proporciones, en noche de reunión maleva.

Concurridísimo, sería más fácil decir quién no estaba en el festín de Jacira. No sería posible citar los nombres de todos los bacanes que allí se encontraban lamiéndose los dedos — el *caruru* no podría ser más sabroso si hubiera sido condimentado por las manos benditas de Anália do Yemanjá —, degustando batidas, conversando, riendo, regalándose. Limítese pues la lista a los pocos nombres de personalidades que, personajes, ya dieron que hablar en estos apuntes de la visitación de Yansã a su ciudad de Bahía en aquel año signado por la monumental Exposición de Arte Religiosa, aún hoy recordada.

En charla animada con Chancel, nuestro estimado y siempre bienvenido profesor João Batista gastaba su francés purísimo, pese a la pronunciación sergipana: le explicaba el *caruru*, *vatapá*, gallina de *xinxim*, *quitandê* y otros manjares de la cocina afro-bahiana, con conocimiento y satisfacción. El crítico de arte Antonio Celestino acaparaba y manoseaba a dos ex-

348

celentes museólogas —buenas de museo y buenas de cuerpo— y otra tan buena como ellas pero sólo de cuerpo: sin título universitario que ostentar, ostentaba el culo, valía cualquier título, incluyendo el de honoris causa. En el séquito del hidalgo San Juan del Rey, se veía también al poeta portugués Fernando Assis Pacheco, curioso de las costumbres bahianas, por ellas seducido. El vate de Coimbra engulló, con valentía, varios platos hondos de *caruru*, probó con gusto batidas de diferentes sabores y, como se vino a constatar después, obtuvo de la fiesta inspiración para un poema de desvelo e insomnio, oriflámico. Dando continuidad a los placeres del almuerzo y de la tarde ociosa, el escribano Wilson Guimarães Vieira y su fiel ayudante Danilo Correia rindieron homenaje a la delicia de los *quiabos* y la cerveza heladísima. La popularidad del ex crack del Ipiranga, alejado de las lides del fútbol tantos años atrás, todavía se mantenía viva: iban a estrecharle la mano y abrazarlo:

—¿Cómo le va, Príncipe Danilo? ¿Doña Adalgisa no quiso venir?

Adalgisa no frecuentaba esos lugares, no asistía a *carurus*, renegaba de esas cosas. Danilo había arrastrado al jefe y amigo al Mercado de la Bajadita con la intención de retardar la hora del regreso al hogar. En casa tendría que enfrentar la furia de Dadá, iba a ser un escándalo. No se arrepentía de las andanzas de la noche anterior, cuando desobedeció las órdenes de la esposa, se insurreccionara. Vacilaba entre la altivez y el miedo. Había decidido llegar a su casa tarde, a la noche, con la mona de su vida: borracho, sería más fácil. De cualquier manera, iba a pasar un mal cuarto de hora, oír quejas, insultos, amenazas, Dadá tomada por el dolor de cabeza, de aquí para allá con la jaqueca, amargada. En fin, que fuera lo que Dios quisiera.

Cítese por último al padre Abelardo Galvão, cura de Piaçava en atribulado paso por la capital. Trataba de aparentar ánimo alegre, había hecho honor al *caruru*, bebido batida de *maracujá*, néctar de los dioses, pero no lograba esconder la aprensión que lo tornaba silencioso, retraído. La preocupación no provenía de la presencia en el Mercado de agentes de la Policía Federal y del comisario Parreirinha, fuerte rival del poeta Assis Pacheco en el consumo y el elogio al *caruru*. La preocupación del predicador de la Pastoral de la Tierra se debía a Patricia, que había perdido por completo la continencia y se demostraba dispuesta a ir a los hechos. Tomaba al padre por el brazo, le daba de comer en la boca, le pasaba la mano por la cara, la metía en los cabellos ondulados, le susurraba en la oreja, lo llamaba mi San Sebastián todo flechado, mi Cordero de Dios, mi Niño Dios, mi ovejita, mi Niño Jesús de Praga, mi lindo, dime mi amor bien bajito, se agarraba de él, se refregaba, le mordió la oreja, le dio un beso en el cuello —y eso que no estaba bebida, cuando mucho alegre. Cabra de Yansã, indócil y dispuesta: u hoy o nunca. El padre Abelardo entre dos fuegos, entre la espada y la pared, el bien y el mal, exaltado y depresivo. Un padre no puede casarse, Patricia, los votos no lo permiten. Patricia parecía no saberlo, no tomaba conocimiento de la prohibición fatal. No sólo ella la renegaba, también la renegaba el corazón del padre, incendiado de amor maldito. ¡Y los huevos, eh!

Gente de *candomblé*, en cantidad. Además de la madre Olga de Tempo, Olga de Yansã, reina del Alaketu, se hallaban presentes el *pai* Air de Oxaguian, el *babalaô* Nezinho, Manuel Cerqueira de Amorim, con casa-de-santo en Muritiba, Mario Obá Telá, zapatero remendón, pozo de sabiduría, el *babalorixá* Luis da Muriçoca que cuida del Exu Sete Pinotes, el *pai* Balbino de Xangô, Aurelio Sodré, *ogan* de Bogum, todos de blanco por ser viernes, día de Oxalá. Además, el color blanco predominaba en los trajes de los asistentes, aun los que no eran de santo obedecían el precepto.

Pasaban de las siete de la tarde, la comilona llegaba al fin y la embriaguez apenas comenzaba, el Mercado regurgitando, cuando, por sugerencia del *bàbalaô* Nezinho, retiraron del puesto del árabe Jamil los *atabaques* que allí quedaban guardados, a salvo. En el *caruru* sobraban tocadores, un *alabé* se presentó. Improvisaron la orquesta en el espacio mayor, de donde habían sacado las ollas y los platos. Los *atabaques* comenzaron a batir, algunas hechas se pusieron a bailar, la primera fue Gildete, no es necesario decirlo. Olga comenzó el canto de salutación a los orixás:

Agô lelê
agô lô daké
ô xaoorô

A continuación saludó a Yansã, dueña de la fiesta, patrona del Mercado:

E ialoia
ê ialoia ô ô

No había terminado de cantar: atravesando el carnaval de los franceses, Oyá se mostró en la puerta central, llegó meneando el cuerpo, murmurando salutaciones, escupiendo fuego, grupera a cuestas, en la mano la correa de cuero. Adalgisa, la Yansã de la Grupera, nunca nadie la había visto antes y se asombraron. Corrió un estremecimiento en las alas del Mercado, Jacira do Odô Oyá se acostó en el suelo, de bruces como si estuviera en el *terreiro*. Era verdad lo que le habían contado en secreto: Yansã estaba en la ciudad, había aceptado el *caruru*, venido a festejar. Oyá levantó a la hija y tres veces la abrazó. Desencadenó al santo, Odô Oyá montó a Jacira, la danza se alargó.

Las Yansãs fueron llegando, una a una. Los invitados se apretujaban, todos querían ver. Creció el sonido de los *atabaques*, se oyó el acompañamiento del *agogô* y de la *cabaça*. Olga do Alaketu partió, caballo al galope, disparado, ¡qué belleza! Enseguida se presentó Oiaci, *vodun* de la nación jeje, cabalgó a Margarita do Bogun, Margarita de Yansã, mujer del ogan Aurelio. Después fue la vez de Vero do Veludo, que había llegado aquel día de Río de Janeiro.

Cuando el padre Abelardo se dio cuenta, Patricia, tomada por la santa, se arrancó los zapatos de los pies y entró en la rueda. Bailaban las cinco Yansã en torno de la Oyá de la Grupera que presentaba al pueblo a su hija Adalgisa, durante cuarenta años *abicun* insumiso, ahora *iaô* dócil y obediente. Hablando *ioruba*, latín de los *candomblés*, mandó que retiraran la grupera, ya el pueblo la había visto en las calles de la ciudad, la mayoría rió pensando en una broma, otros entendieron y sonrieron con discreción. Nezinho, Mario Obá Telá y Gildete hicieron lo necesario, la grupera quedó depositada en el puesto de Jamil. Terminada la fiesta, la buscaron, nadie supo dar noticias, objeto grande y pesado, había desaparecido que ni Santa Bárbara, la del trueno.

Seis Yansãs se manifestaron en el *caruru* del Mercado de la Bajadita, todas bellas para morirse, la Yansã de Adalgisa era de todas la más bella, incomparable. Sólo quien la vio bailar, el amplio busto estremeciéndose, levantando las caderas monumentales, sabe lo que es bueno.

Danilo se había quedado más en los fondos del mercado, mientras discutía el apasionante asunto del penal, marcado por el juez *paraibano*, que había dado la victoria al Santa Cruz de Recife en el partido contra Bahía, reciente. El juez había salido de la cancha un tanto machucado, fue poco. Danilo oyó gritar su nombre, era el escribano Wilson, que lo llamaba, agitado, estupefacto. El ex Príncipe de las Canchas fue llegando, en la mano el vaso de cerveza, miró hacia donde apuntaba el dedo extendido del jefe y amigo, poco faltó para que se cayera de espaldas:

—¡Dios mío, es Dadá!

Montada en Adalgisa, su caballo *manga-larga*, Oyá fue en dirección al buen Danilo, le entregó la correa de cuero y, tomándolo de las piernas, lo levantó como Manela había hecho con Miro, y lo presentó al pueblo: otro *ogan* en la corte de Yansá, su predilecto.

Ya llegada la noche, la fiesta declinó, cada cual partió hacia su casa. Oyá entregó a Adalgisa, la de la Grupera, al *babalorixá* Luis da Muriçoca: cuide de ella con desvelo. Durante cuarenta días ocuparía la *camarinha* del *ilê* para aprender los puntos, los pasos de danza, las cantigas de santo. Liberada del dolor de cabeza, del fanatismo, de la maldad:

Ya cerré la puerta,
ya la mandé abrir.

EL *VERNISSAGE*

LA SENTENCIA. La sentencia fue dictada a las diecinueve, cuando la negrura de la noche había reemplazado a las sombras del crepúsculo sobre el mar del golfo y las montañas de la ciudad. El montaje de la exposición había llegado al fin, concluida en los últimos y mínimos detalles.

Don Maximiliano había cuidado de todo, a todo atento, nada se le escapó. Acompañó hasta la puerta de salida a los cuatro amigos —Gilberbert, Lev, Sylvio, Jamison—, les agradeció la colaboración con la palabra adecuada para cada uno, sobre la decisión tomada nada anticipó pero algo ellos sospechaban, pues en la convivencia con el fraile el silencio era desacostumbrado, hablaba alto.

Reunió a los funcionarios, les dictó las órdenes, perentorias como de costumbre. A nadie, a nadie por más alta autoridad que fuese, le sería permitida la entrada en las salas donde se exhibía la muestra antes de que él, don Maximiliano, en persona, y ningún otro, diera la orden. Las altas autoridades —el Cardenal, los tres comandantes militares, doña Regina Simões, el intendente, el obispo auxiliar, el doctor Norberto Odebrecht, los banqueros Angelo Calmon de Sá y Lafayette Pondé, don Timoteo y Caribé— esperarían en el despacho del director, los demás invitados y la prensa en la sala del acervo. Él iba a retirarse a sus aposentos, que sólo lo llamaran cuando recibieran del aeropuerto la información de la salida hacia Santa Teresa del ministro de Educación. Antes de eso, deseaba no ser molestado: de periodistas, ni hablar. Los funcionarios, de los bedeles a los museólogos, lo sentían tenso y melancólico, lo rodearon de obediencia amistosa, desconsolada: en expectativas como aquella don director solía reír y bromear, hacer chistes a propósito de la ocasión para distender los nervios, apoyar a sus auxiliares.

Antes de retirarse, atendió al cardenal por teléfono, oyó
la sentencia, frunció el entrecejo, le tembló levemente la mano, bajó la cabeza: la sentencia no tenía apelación.

LA IMAGEN DE LA SANTA SE FUE AL DIABLO: FIN
DE LA INVESTIGACIÓN DE LA POLICÍA FEDERAL.
Llamado telefónico demorado, el cardenal transmitió a don
Maximiliano parte de las informaciones que acababa de recibir, dándole cuenta del resultado final de la investigación efec-
tuada por la Policía Federal para esclarecer el misterio del robo de la imagen de Santa Bárbara, la del trueno. Partiendo de
premisas correctas, siguiendo pistas decisivas, los ladinos policías habían llegado a conclusiones categóricas. Las luminarias de la corporación lograron no sólo esclarecer sino solu-
cionar completamente el problema en apariencia
indescifrable, poniendo todo en limpio, en menos de cuarenta y ocho horas, récord honroso. De la investigación abierta
por la Secretaría de Seguridad del Estado, ni noticias: si había
resultado que anunciar, seguramente sería para el año verde.

El coronel Raúl Antonio, delegado de la Policía Federal,
había ido en persona a visitar al cardenal, no envió a un
subalterno. Prueba de cortesía y consideración, a tener en
cuenta en tiempos de dictadura militar: aparte del comandante de la Región, el coronel Delegado era la mayor autoridad existente en el Estado. Durante cerca de una hora le
prestó pormenorizado relato, con abundancia de detalles técnicos. Expuso teorías, hizo acusaciones, citó nombres. Ni
siquiera faltó una salvedad crítica al trabajo admirable
desarrollado por sus hombres, bajo su dirección: resultados
rápidos, aun así habían perdido tiempo. Perdido tiempo, sí
señor, llegaron demasiado tarde al aeropuerto, no consiguieron recuperar la imagen.

El cardenal no encontró necesario transmitir a don Maximiliano los pormenores de la conversación, nombres y lugares citados por el coronel: el del padre Galvão, el de la Abadía
de San Bento. El padre Galvão, de notorio envolvimiento en
la candente cuestión de las tierras, acusado por la prensa de
haber promovido, si no dirigido, la invasión a la Fazenda Santa Eliodora, fue la llave que abrió la puerta a la solución del

enigma. El hecho de que hubiera viajado a la capital vía Santo Amaro, prolongando el trayecto con el fin evidente de embarcar en el mismo navío que la imagen, llamó la atención del coronel. Enseguida descubrió la presencia sospechosa del padre en el barco del maestre Manuel, a pesar de que don Maximiliano la había ocultado al prestar declaraciones, omisión curiosa.

En la pista del padre, la Federal localizó el escondite donde la banda había ocultado la imagen, el Monasterio de San Bento. Los hechos se encadenaban: un padre subversivo, un convento infiltrado de ideas marxistas, centro de agitación contra el benemérito régimen militar. Educado pero firme, el coronel Raúl Antonio otorgó escasa atención a la defensa iniciada por Su Eminencia: discúlpeme, primado, pero nosotros tenemos pruebas. Elevó la voz, lo necesario para evitar la controversia: lo sabemos todo sobre la Abadía de San Bento y sobre el abad, un pez gordo.

Al acecho del padre Galvão, escondido en el monasterio, los canas de la Federal observaron la llegada a la abadía de una mujer que allí se demoró durante más de media hora, casi una. La encontraron sospechosa, dados los modos furtivos y la ropa de extranjera: botas de gamuza, trajecito gris, guantes y sombrero, elegante; anotaron la hora de llegada, en taxi, y de salida, en el vehículo del convento. Informado, el coronel puso en funcionamiento la máquina perfecta de la Federal y, después de intercambios de mensajes con otras comisarías del estado y con Brasilia, fue posible, transcurridas algunas horas, identificar a la visitante nocturna del Monasterio. ¿Sabe quién, Eminencia?

—Nada más ni nada menos que una hermana de Miguel Arraes, el jefe comunista que ocupaba el gobierno de Pernambuco en 1964, agitadora de las más peligrosas: Violeta Arraes.

—¿Violeta Arraes?

—¿Usted la conoce, su Eminencia?

Su Eminencia hizo un gesto vago, un cardenal conoce a tanta gente, ¿cómo acordarse de todos? El coronel no insistió, continuó relatando. Descubierta la identidad, fue fácil rehacer el itinerario de la subversiva en Bahía, adonde había llegado la víspera. Al dejar el monasterio, fue a recoger el equipaje en la casa donde se hospedaba. La casa, vea de quién era: de Caetano Veloso, que no aprendió la lección que le dimos, está necesitando otra. De allí se dirigió al aeropuerto.

—Cuando llegamos, el avión de Varig, directo a París, ya había partido, llevando a la Pasionaria del Capibaribe y a nuestra Santa.

Pasionaria del Capibaribe, ¿de dónde había sacado ese apodo el coronel? ¿De las calles de Recife? ¿De los archivos del SNI? La hermana de Arraes se había demorado en Pernambuco, conspirando con don Helder y otros partidarios del hermano exiliado. Fue a Bahía a recibir la imagen robada, tenía la tarea específica de retirarla del país, transportarla a Europa, donde sería vendida en beneficio de las finanzas de la subversión. Cumplió la misión, misión bien planeada, mejor ejecutada: la mafia lo había previsto todo, el tiempo cronometrado:

—Viajó con pasaporte francés, bajo el nombre falso de Violeta Gervaiseau.

En su equipaje constaba un cajón grande y pesado, le había pedido al despachante que en él colocara la etiqueta de frágil, declarando que contenía piezas de artesanía popular pernambucana, cerámicas del maestro Vitalino y de Severino de Tracunhaém.

La Policía Federal, en una muestra de extrema eficiencia, develó el misterio de la desaparición de la Santa en menos de cuarenta y ocho horas, pero el escrupuloso Raúl Antonio no aceptaba felicitaciones pues había llegado al aeropuerto demasiado tarde.

—Fue una cuestión de menos de doce horas: el avión salió a la una y media de la madrugada, era un poco más de mediodía cuando llegamos al mostrador de Varig. —Se golpeó el pecho en penitencia, el coronel. —Su Santa, primado, está en París, fuera de nuestro alcance. Se fue al diablo.

Pero proseguirían en la lucha contra la mafia de los robos en las iglesias hasta desbaratar a la banda, meter a jefes y cómplices en la cárcel, habían perdido una batalla, ganarían la guerra: ·

—Y quien nos va a llevar a los capos es ese padre Galvão, pieza importante de la pandilla. Vamos a dejarlo libre y, sin saberlo, él nos conducirá a los demás. En todo esto va a haber muchas sorpresas, Eminencia. —De intelectual a intelectual, terminó sacando su Shakespeare del bolsillo del chaleco: — Hay algo podrido en el reino de Holanda, mi cardenal.

El cardenal no corrigió la cita; Holanda o Dinamarca, el coronel delegado de la Policía Federal quería referirse al revoltijo ideológico de la Iglesia. En tiempos de dictadura militar, de amenazas y humillaciones, ¿quién respeta a un cardenal, aunque sea primado?

EL CÁLIZ. El cardenal, por teléfono, transmitió a don Maximiliano la desastrosa noticia: la imagen estaba fuera del país. Toda y cualquier esperanza se había agotado, ya no había nada que hacer.

Se demoró comentando la extraordinaria teoría expuesta por el coronel, ya conocida por el fraile. Rocambolesca, sin duda: eso de que los hurtos de bienes de la Iglesia eran perpetrados para financiar las invasiones de tierras y la guerrilla urbana. Sería increíble si el delegado de la Federal no la sirviera envuelta en pruebas, en evidencias reveladas por la investigación. El embarco de la imagen de Santa Bárbara, la del Trueno, sacada del Brasil por Violeta Arraes.

El cardenal la conocía de largo tiempo: Violeta Arraes Gervaiseau, no se trataba de un nombre falso, error del coronel, sino de su nombre de casada con el economista francés Pierre Gervaiseau, bravo y generoso *nazareno*. Y, conociéndola como bien la conocía, el cardenal creía totalmente en la hazaña: Violeta Arraes o Gervaiseau era capaz de mucho más.

Antes de cortar la comunicación telefónica, Su Eminencia preguntó a don Maximiliano si no le parecía preferible abstenerse del *vernissage*, enviando a un delegado que elevara al rector su carta de renuncia al cargo. El museólogo replicó, sufrido, ácido:

—Renunciaré públicamente, Eminencia, al declarar abierta la exposición. Beberé este cáliz hasta la última gota.

¿Cómo responder a afirmación tan melodramática? No sabiendo qué decir, el cardenal habló: en ese caso hasta lueguito, y cortó. Adivinaba la figura del fraile, degustando la amargura del cáliz, gota a gota, podía medir la extensión del drama y del infortunio del museólogo. Don Maximiliano era dado a frases de espíritu, despreciaba la retórica; ¡a lo que había llegado! El cardenal lamentaba la suerte del benedictino, sabio, trabajador, creativo, no conocía a nadie capaz de sustituirlo.

Pobre don Maximiliano: atravesaba una noche de tormentos. Pero, por más que dure, una noche tiene las horas contadas, pasa y se acabó. Al día siguiente don Maximiliano subiría al avión, partiría hacia Río de Janeiro, lejos de aquella batahola, mientras él, el cardenal primado, tendría tras sus talones. al vicario de Santo Amaro: ni frases de espíritu ni retórica barroca, la grosería vulgar y ridiculizante. Ni que lo hiciera a propósito, un secretario fue a anunciarle el desembarco, en la Rampa del Mercado, del padre Teo, al frente de la población de Santo Amaro. El cardenal sintió que un frío le bajaba por la columna vertebral.

CONSUMATUM EST! La crucifixión de don Maximiliano von Gruden comenzó a las veinte, minuto más, minuto menos, cuando supo que la imagen, su Santa Bárbara, la del trueno, había sido contrabandeada para Francia. La policía se había revelado lenta, obstinada, burocrática, incapaz. El fraile había llegado al final del camino de piedras y espinos, alcanzado la estrecha puerta, punto final, le restaba partir hacia el destierro. Quedarse en Río, volver a Europa, ¿recomenzar dónde? Lo decidiría después, a la hora de la consumación ni pensó en el mañana, cargaba en el pecho los días del ayer, los años de Bahía, alegres, exaltantes. Consumatum est!

Al cabo de una hora recibiría al ministro de Educación y Cultura, al cardenal, el gobernador, el rector de la Universidad y otras tres centenas de personalidades, la flor y nata de la riqueza, del poder, de la inteligencia de Bahía, y declararía inaugurada la Exposición de Arte Religiosa, organizada por el Museo de Arte Sacra, organizada por él, su director. Allí estaba ella, lista y acabada en su esplendor casi completo. Debería ser la hora del triunfo de don Maximiliano, de la consagración, del aplauso nacional repercutiendo más allá del mar, el momento mayor de una vida de estudios y trabajos. Se había dado lo contrario, lo opuesto. Delante de las cámaras de televisión, sacaría del bolsillo de la sotana el papel con la sentencia, la dimisión del cargo de director, daría cuenta a los presentes de la irrevocable renuncia. Consumatum est!

Documento incisivo y corto, la lectura duraría rápidos minutos. Al terminar, entregaría cargo e invitados a la restauradora Liana Gomes Silveira, funcionaria graduada a quien cabía sustituir al director en sus ausencias breves, ausencia definitiva a partir de ese momento. Sin hacer caso de los periodistas, se embarcaría en el fusca de su propiedad, daría la espalda al museo, al placer de concebir, realizar, mandar, a la alegre cotidianidad de los quehaceres, cuidados, convivencia. Humillado, blanco de vejaciones y ofensas, excluido. Consumatum est!

Solo en su despacho de trabajo, inició la subida del Calvario. Durante la tarde había limpiado los cajones del escritorio, la valija llena de efectos personales ya estaba en el fusca, al lado del teléfono permanecían solamente él y su tristeza. La tristeza dolía como el látigo de los centuriones en el Gólgota. Don Maximiliano von Gruden se levantó, encaminándose al extremo opuesto del piso, desde donde la pequeña escalera conducía al depósito y a sus aposentos. Para llegar allí, atravesó los salones donde había sido montada la exposición. Caminaba despacio, demorándose en mirar las piezas con ojos de amor, grabando en la retina y en el corazón la visión deslumbrante. Al fin de cada salón, apagaba la luz. Dejó la exposición a oscuras, la llevaba consigo. Consumatum est!

En la suite no había tocado nada, no había habido tiempo y le faltaron la fuerza y el coraje. Entregaría la llave de la puerta a Emanuel Araújo, amigo dilecto, pidiéndole que se ocupara de todo: retirar sus pertenencias y despacharlas a Río. Encendió sólo la pequeña lámpara de cabecera, fue a la ventana, si debía llorar sería allí y no en el instante de la partida: quería salir con la frente alta y los ojos secos. En la ciudad proletaria la noche disolvía cansancios y frustraciones, se sumergía en bostezos, quejas, sonidos de música. En la victrola cantaba Roberto Carlos, alguien sacaba una canción en la guitarra, la radio de transistores irradiaba un programa deportivo, tres hombres en torno discutían, la mujer gorda agitaba la mano, a las sombras del jazmín florido la muchachita de la caja del supermercado y el muchacho de la moto se aprovechaban: hasta ese espectáculo sin grandeza le iba a hacer falta. ¿Qué era lo que no le haría falta? Consumatum est!

Extendió la mirada sobre los viejos tejados de las laderas, sobre las dormidas calles de la Ciudad Baja, sobre la bahía donde titilaban estrellas, faroles de barcos, sobre el bulto negro del Fuerte de San Marcelo, caparazón de inmensa tortuga. Los ojos húmedos, el corazón deshecho, don Maximiliano se abandonó como cualquiera, pero nadie oyó el sonido estrangulado del sollozo ni la lágrima corriendo por la mejilla pálida. Consumatum est!

El ruido crecía, al comienzo distante murmullo, cada vez más próximo y más grande, pasos de personas en la calle. Don Maximiliano fijó la vista y vio la manifestación que subía la Ladera de la Pereza, al son de himnos de iglesia: eran los peregrinos de Santo Amaro de la Purificación, venían a rescatar la imagen robada. Cuando desembocaron delante de la fachada del Convento, don Maximiliano reconoció al vicario de Santo Amaro, padre Teófilo Lopes de Santana, empuñaba un cartel, se podía leer: ¡DON MIMOSO ES UN LADRÓN! ¿Don Mimoso? ¿Quién podía ser sino él? ¡Don Mimoso, qué abyección! Señor, ¿por qué leño tan pesado? Consumatum est!

Los manifestantes ocuparon la calle del Sodré, tomaron posición frente al museo. Bajo la claridad de los postes de luz eléctrica, don Maximiliano pudo descifrar algunas de las palabras escritas en bandas y carteles: ¡LA SANTA ES NUESTRA! ¡QUEREMOS DE VUELTA A NUESTRA SANTA! ¡ROBARON A SANTA BÁRBARA, LA DEL TRUENO! ¡CÁRCEL PARA DON MIMOSO! ¡DON MIMOSO ES MARICÓN! Don Maximiliano bajó la cabeza, recibió en las manos y en los pies los clavos de la crucifixión, descalzo, desnudo, expuesto. La lágrima le corrió mentón abajo, consumatum est!

Golpe de nudillos en la puerta, era Nelito, el muchacho risueño, el ángel negro, huido de una cornisa, de una cariátide. Un llamado del aeropuerto anunciaba que el señor ministro de Educación, acompañado por el gobernador y por el rector, que habían ido a recibirlo, ya había partido en dirección al museo. El despacho y las salas del acervo estaban repletas, el cardenal no escondía la impaciencia. Fue él quien le había mandado avisar.

—Gracias, Nelito. Espérame.

Se secó los ojos antes de encender las luces del baño: se lavó la cara, hizo una sumaria higiene, se arregló el hábito para que cayera bien. Se examinó ante el espejo: rostro melancólico, perfil romántico, mortalmente pálido, figura bonita, un fraile de marfil. Escondidas las llagas de la derrota, las marcas de flaqueza bajo el maquillaje de viril misantropía, consumido pero digno, consumatum est!

—Vamos, Nelito, voy a decirte una cosa que nadie sabe todavía. Lo sabrán dentro de poco. Mañana ya no estaré aquí, me marcho.

—¿Se va, maestro? No puede. ¿Y el museo? ¿Cómo va a ser sin usted, don director? No le creo, usted está bromeando.

¡GLORIA A DIOS EN LAS ALTURAS! Encendiendo las lámparas, iluminando los salones de la exposición, el muchachito precedía a don Maximiliano von Gruden, que marchaba con paso de condenado, impuesto por el verdugo y su segundo que, invisibles, lo castigaban y le imponían la cadencia estoica en el andar. Sin otro testigo además del travieso Nelito, don Maximiliano, en la travesía hacia el destierro, no descuidó, ni siquiera por un momento, la unción del rostro, el decoro de la sotana blanca, el brío necesario. Un funeral.

Conmovido por la euforia del querubín, don Maximiliano, emocionado, lo reprendió:

—¿Qué es eso, Nelito? Más respeto.

—Hoy es noche de luna llena, maestro, la noche de la fiesta de la exposición. Nelito está contento.

No volvería a ver al ángel negro de la cohorte, saltando frente a él, grabado de Debret. La fiesta de hoy, Nelito, no nos pertenece, va a ser la fiesta del obispo auxiliar, del rector, de esos a quienes no les gusto y de los que desean sucederme en el cargo de director de Arte Sacra, se cuentan por docenas. Estaré lejos, no intervendré en la elección, ojalá sea Liana.

—Escucha, Nelito. Me quedaré esperando delante de la puerta. Tú te apostarás al pie de la escalera, no dejes subir a nadie antes de que llegue el ministro. A nadie, ni siquiera al cardenal.

Nelito se adelantó para cumplir las órdenes. Desde las salas del acervo llegaban el vocerío, fragmentos de diálogos, risas de mujer, el atropello de los invitados en movimiento para obtener un lugar en la fila para la entrada, atrás de los privilegiados reunidos en el despacho. El gran reloj de pared, pieza de museo aún en uso, terminaba de señalar las horas. Ministro de dictadura militar, aun siendo paisano, determina la hora adecuada, tiene el poder de parar las agujas de los relojes, atrasar el balanceo de los péndulos para anunciar las precisas nueve horas de la noche del *vernissage* de la Exposición de Arte Religiosa de Bahía. La hora precisa de la consumación.

Don Maximiliano llegó al fin del camino del calvario, o sea, el comienzo de la exposición; era un despojo de persona, cadáver para la tumba, estaba allá abajo. Se hizo fuerte, levantó el pecho pero el corazón no respondía, embargado de pena, los ojos le dolían de tan secos.

Fue cuando miró y no creyó, no, no era posible lo que le parecía ver. Forzó la vista, allí en el punto exacto donde le dijo a Mirabeau Sampaio que iba a colocar la imagen de Santa Bárbara, la del trueno, en la entrada de la exposición, allí estaba ella, la Santa magnífica, puesta en el piso, sin pedestal, igual que una persona viva, igual que uno. Le parecía imposible, tuvo que pellizcarse para creer lo que veían sus ojos, abiertos en lágrimas. Pero ya no se espantó, le pareció normal que Santa Bárbara, la del trueno, le sonriera y le guiñara un ojo, trayéndolo de vuelta del destierro para estas tierras disparatadas de Bahía.

Don Maximiliano se puso de rodillas, glorificó al Señor, después se tendió a los pies de la Santa y le besó el ruedo del manto de truenos. Más parecía un hijo de Oyá en el *dobalé* de la obediencia y la predilección.

Cuando, sin embargo, rodeado de cámaras de televisión, de micrófonos de radio, el señor ministro de Educación y Cultura apareció en la puerta que daba acceso a la exposición, don Maximiliano von Gruden, director del Museo de Arte Sacra, lo esperaba, entero, al lado de la imagen dada como desaparecida y embarcada hacia Europa. Entero, altivo, sonriente, en la voz un dejo de arrogancia:

—En la presencia del señor ministro de Educación y Cultura, del señor gobernador del Estado, de Su Eminencia el cardenal primado, en nombre del magnífico rector de la Universidad Federal de Bahía —una pausa, elevó la voz—, bajo las bendiciones de Santa Bárbara, la del trueno, declaro inaugurada la Exposición de Arte Religiosa de Bahía.

Los micrófonos le registraron las palabras, las cámaras de televisión mostraban vía satélite, desde el Oiapoque al Chuí, a millones de brasileños, al fraile de sotana blanca, al fraile más sabio en materia y en el trato de la museología, el más sabio y el más lindo, al lado de su protegida y protectora, la famosa imagen. Lo mostraron después autografiando para los notables los ejemplares del libro que había escrito sobre ella, sobre Santa Bárbara, la del trueno. Definiéndola, dándole certificado de nacimiento, la fecha cierta y el nombre del padre, el escultor de los dedos comidos por la lepra, el mestizo divino.

¡Gloria a Dios en las alturas! El sábado de aleluya comenzó a las nueve horas y doce minutos de la noche del viernes de las pasiones.

SARAVA TRES VECES QUE YO ME VOY

CORREO DE LECTORES. Innovación en materia de novela, este Correo de Lectores, páginas en las cuales el autor responde a las preguntas de aquellos que se obligaron a la penitencia de acompañar las peripecias de la trama, las tribulaciones de los personajes —y las del autor, que ahora, para colmo, padece los dolores atroces del lumbago. Jamás se oyó referencia a tal recurso periodístico en obra de ficción, de creación. Esta, sin embargo, es una novela bahiana y, como tal, atenta al dernier cri de la renovación literaria, abierta a la ventolera ideológica desencadenada por la perestroika. ¡Se acabaron los tiempos del elitismo y la burocracia, *harachó*!

Es notoria la incapacidad del autor para renovar e innovar. Para renovar la escritura oprimida, para revolucionar la estructura folletinesca de la narración, para profundizar la introspección freudiana de los seres condenados a la vida por las potestades del destino, para presentar el amor como aberración, para ser lectura difícil, para ser modernoso y aburrido. Tal incapacidad come las carnes del autor, le corroe las entrañas, le amarga los días de la senilidad, las noches de caduquez. ¿Será este Correo de Lectores una caducidad más?

Atiende a la curiosidad y los reclamos de lectores que testimoniaron, solidarios, el esfuerzo persistente, cotidiano del escribiente en la tentativa de llevar a cabo el compromiso de contar para divertir y, divirtiéndose él mismo, cambiar los términos del teorema y mejorar al mundo. Innegable audacia del autor, viejo de edad y de batallas perdidas, que todavía no consiguió llevar a la crítica literaria a morirse de goce con la lectura de sus apuntes, de lenguaje escaso, vacíos de ideas, populacheros.

Quien no esté de acuerdo con la innovación no está obligado a leer las páginas que siguen a continuación, pues, en verdad, la narración acabó en la página anterior, éstas del Correo de Lectores sirven tan sólo para dejar todo en claro, la consecuencia de la trama.

LA REPERCUSIÓN. Altamente positiva, consagradora, la repercusión nacional, con ecos lusitanos, de la Exposición de Arte Religiosa de Bahía, y, de yapa, del libro ya nacido clásico de don Maximiliano von Gruden sobre la imagen de Santa Bárbara, la del trueno.

Don Maximiliano anda que no cabe en sí, desperdicia el tiempo dando vueltas en torno de su propia gloria, círculo vicioso. Se pavonea en las cercanías del convento, una palabra con Roque, el moldurista, otra con Zu Campos, el tallista, desfila la sotana blanca en los jardines del museo. Saltando alrededor de él, Nelito, travieso querubín, carga el breviario inútil, don Maximiliano se dispensa de la lectura: pasa entre canteros de margaritas y angélicas, pastor de imágenes y de ángeles. Así lo dejamos, saboreando la vida.

La prensa abrió columnas, titulares, gastó fotografías a granel, sacó a relucir los adjetivos más barrocos sobre la exposición y el libro. Sobre la desaparición de la Santa, episodio que preocupó a la ciudad durante cuarenta y ocho horas, llevando a la población al suspenso de una novela de televisión, la opinión corriente es que todo no pasó de un golpe genial de promoción del evento y la monografía, concebido y ejecutado, con precisión y malicia, por don Maximiliano. Con activa colaboración del periodista Guido Guerra, mistificadores dignos el uno del otro.

Lejos de desmentir, Guido se contenta con reír de costado, con los ojos astutos de papagayo licencioso: el papagayo se come el maíz, el periquito carga con la fama. José Berbert de Castro no parece un periquito, más bien recuerda a una cacatúa: festejó, victorioso. Pudo regresar a la redacción de *A Tarde* y enfrentar a un doctor Jorge Calmon afable, que le pasó la mano por la cabeza. Una vez más sin recurrir al sensacionalismo, el diario del doctor Simões había dado la nota justa, la información correcta. A la hora de la llegada de la Santa, el cronista de *A Tarde* estaba presente para registrar el acontecimiento e informar con exactitud.

Dejando de lado la competencia entre los órganos de la prensa escrita, recuérdese la cantidad de artículos firmados por nombres ilustres. En el Patio de las Artes, Antonio Celestino, de cuya corrección llegó a dudarse sin razón válida, cantó loas a la exposición. "Visión panorámica, monumental, de la riqueza inconmensurable del arte religioso reunida y preservada en Bahía." En el mismo artículo exaltó con adjetivos lusitanos y ardientes el libro de don Maximiliano. "Obra mayor de la literatura sobre la imaginería brasileña, debida a la pluma de oro del maestro inter pares, esclarece todas las incógnitas que rodeaban a la imagen de Santa Bárbara, la del trueno, inclusive elucida de manera definitiva, con argumentos incuestionables, el problema mayor del autor. Bahía puede regocijarse: poseemos una de las más bellas piezas creadas por el genio del Aleijadinho."

En la crónica de la *Rosa de los Vientos*, diario de buena prosa, Odorico Tavares no regateó aplausos a la exposición y alabó el ensayo, aunque mantuvo cierta discreción en lo que se refiere al Aleijadinho. Arriesgar una hipótesis, muy bien, pero afirmar, como lo hacía don Maximiliano von Gruden, que la imagen de Santa Bárbara, la del trueno, era obra del Aleijadinho, era atreverse a demasiado. Evidentemente el doctor Odorico aún guardaba rencor.

Estruendoso el artículo de Clarival do Prado Valladares, de la Asociación Internacional de Críticos de Arte: exaltado y largo, lleno de citas en varias lenguas, sobre todo en alemán, ponía a don Maximiliano por las nubes. Además, la tesis respecto de la autoría, él, Clarival, ya la había insinuado anteriormente, en el ensayo sobre la Cosmología de Santa Bárbara, la del trueno. Al plantear el problema de la autoría, había escrito: "...labor de escultor anónimo, en verdad discípulo del Aleijadinho..." Tres maestros bahianos de la crítica de arte, uno nacido en Portugal, otro en Pernambuco, solamente Clarival había visto la luz allí, hicieron justicia al director del museo, lo ungieron con los óleos del loor, con el incienso de los encomios.

La consagración no se redujo al aplauso local de Valladares, Celestino y el poeta Tavares; se extendió por el país entero, repercutió allende el mar. Al haber un artículo de Gilberto Freyre, no se puede comenzar hablando de ningún otro. Publicado en el *Diário de Pernambuco*, transcripto en

Río, en San Pablo, en Fortaleza y en el *Diário de Notícias*, en Bahía, traducido al español y difundido en las columnas del *ABC* de Madrid, el maestro de Recife, pagando el precio del aplauso, compró e hizo suyas las tesis del director del Museo de Arte Sacra, "el eminente von Gruden", avaló al Aleijadinho. Revelando lo que nadie sabía, descubiertas para su nueva edición de la *Guía Histórica y Sentimental* de Recife: solamente en Recife existían tres imágenes, un San Jorge, un San Benedicto y una Nuestra Señora de los Dolores, obras auténticas del Aleijadinho, las tres. El San Jorge pertenecía a la colección de Abelardo Rodrígues, la Nuestra Señora de los Dolores era propiedad del matrimonio de Tania y André Carneiro Leão, y el San Benedicto, preciosidad única, se encontraba en el solar de los Apipucos, feudo del gran Gilberto, maestro de todos nosotros.

Surgió en Río Grande del Sur otra imagen imputada al Aleijadinho, según simpático artículo de Moacyr Scliar en un diario de Porto Alegre. El joven escritor recurría al testimonio de su tío Henrique Scliar, viejo anarquista y amante de las artes, que llegó a poseer, pero tuvo que vender para mantener al hijo pintor que estudiaba en Europa, un Cristo esculpido por el Aleijadinho. ¿Cómo autenticó la obra, cómo supo que la obra era del genio, tío? —había preguntado Moacyr, entonces un chico de pantalones cortos. Basta ponerle el ojo encima y se ve enseguida, respondió el buen Henrique Sclair, perentorio.

Otra autoridad principal, Pietro Bardi, en *O Estado de São Paulo*, sin regatear elogios al libro de don Maximiliano, rechazó la afirmación del investigador y lo hizo de modo incisivo. ¡Qué Aleijadinho ni Aleijadinho! Las fechas no concordaban, menos aún las características de la escultura, más bien permitían pensar en Agostinho da Piedade que en el mestizo Antonio Francisco Lisboa, hijo de colono portugués y negra esclava.

Causó sensación el extenso artículo, ocupó casi una página entera en *O Globo*, de Rio de Janeiro, del escritor mineiro Otto Lara Resende, miembro de la Academia Brasileña, sobre "Origen y autoría de Santa Bárbara, la del trueno". El libro del fraile no era más que un montón de burradas, según el doctor Resende. Con todo el respeto debido al noble letrado, dueño de fulgurante inteligencia, sus libros son de lo mejor de la ficción brasileña, el humor preside la polémica tan de su agrado, debe aclararse, sin miedo de error o injusticia, que su artículo fue el fruto de la xenofobia y la envidia, el única verdaderamente negativo entre tantos escritos a propósito de la exposición —que él no vio, lo cual ya es mala señal— y del libro de don Maximiliano von Gruden. ¿El articulista habría leído o, al menos, hojeado el volumen? No parece.

"¡EL ALEIJADINHO ES NUESTRO!", se titulaba el pasquín en el cual el colérico Resende atacó sin dolor ni piedad al museólogo, negándole pan y agua, tratándolo de aventurero y charlatán, de pluma alquilada a intereses ocultos. Escondiéndose en la sombra de la posición nacionalista afirmada en la campaña de "El petróleo es nuestro", reafirmada en la manifestación del pueblo de Santo Amaro, "La Santa es nuestra", el artículo respira estrecho chauvinismo, niega la existencia de piezas del Aleijadinho fuera del Estado de Minas Gerais, a no ser aquellas pocas registradas en los archivos del Museo de Ouro Preto. Museo junto al cual, escribía Resende, el Arte Sacra de Bahía "no pasaba de ser una ordinaria sacristía de convento".

No conformes con robar a Minas el acceso al mar, los bahianos habían decidido apoderarse de las glorias mineiras. No tardarían en decir, hablando del genio de Ouro Preto, basándose en el libro del vicario Gruden, què se trataba de un artista nacido en Cachoeira, de un santero establecido en Santo Amaro de la Purificación. No querían otra cosa los bahianos, colonialistas. ¿El señor James Amado no acababa de escribir que Guimarães Rosa era un novelista más bahiano que mineiro? Atrevimiento tras atrevimiento.

La honradez nos obliga a reconocer que las injurias y los insultos del señor Resende estaban envueltos en aplastante volumen de erudición, lo cual hacía de la acusación una genuina enciclopedia de las imágenes y, en particular, de la creación del Aleijadinho, con referencias literarias, francesas de preferencia, de Flaubert a Proust, de Hugo a Sartre, de François Villon a Jacques Prevert y a otros zares. Imposible no admirarla. Sin hablar de la prosa cautivante y el mineirismo, especie peculiar y virulenta de la xenofobia.

La decepción causada por el artículo del académico Lara Resende fue compensada con el recibimiento de la "Broma de Santa Bárbara huida de la oficina de Antonio Francisco Lisboa, encontrada en Bahía", breve poema de Carlos Drummond de Andrade. Enviado a don Maximiliano en agradecimiento por el regalo del ejemplar de la "edición soberbia, del libro espléndido". ¿Y ahora, Otto?

Para cerrar con llave de oro esta reducida mención de reportajes, crónicas, artículos consecuencia de la exposición y el libro, háblese de la entrevista y la nota de Fernando Assis Pacheco, "enviado especial de la prensa portuguesa". Así lo había anunciado don Maximiliano en la conferencia colectiva del miércoles, poco antes de comenzar la confusión. En la entrevista al exponerle las ideas, las afirmaciones temerarias, el encanto personal, Pacheco trazó un excelente perfil del director del museo. "Confiesa cincuenta y cinco años, quince de los cuales los ha vivido en Bahía, pero la elocuencia y la malicia son de siempre; señor de otros magisterios poéticos además de los relacionado con las imágenes, lo oí mencionar con amplios recursos la poesía del cancionero gallego-portugués", escribió el corresponsal en lusitano. No quedó ahí: "De las memorias de amor con Santa Bárbara, la del trueno, resultó un libro muy bueno, metafórico y lúcido, completo seguramente." Don Maximiliano se regaló.

En cuanto a la nota, en ella narró la prosa risueña, dominical, en un atropello de detalles, la desaparición de la Santa, los dos días de pánico vividos por la población de Bahía. Un cuadro pintoresco de la ciudad conmovida por la noticia del robo de la imagen, un bien del pueblo. Contaba el almuerzo en el Mercado, del *samba-de-roda*, del carnaval de los franceses, del *caruru* de Jacira do Odo Oyá.

Escarneció rudamente las teorías de las policías, la Federal y la del Estado, afirmaciones vacías, desmentidas por los acontecimientos. Un coronel presuntuoso, valentón disfrazado de intelectual: la imagen fue llevada a Europa. Un bachiller charlatán, bestia metido a cagatintas: el que robó la imagen fue el propio vicario de Santo Amaro. Dos imbéciles, seguramente dimitiendo en aquel momento.

Se equivocó el vate de Coimbra al anunciarles la exoneración, el licenciamiento. El coronel Delegado de la Policía Federal continuó desenmascarando el plan vil de los comunistas, los de overol y los de sotana. Si la imagen no había sido llevada a Europa, se debía a la acción de la Federal. Violeta Arraes, percibiendo que la seguían, que podía ser arrestada en el aeropuerto, había desistido de retirar la imagen de la Abadía de San Bento. El secretario de Seguridad, en posesión de los informes del comisario Parreirinha y del resfriadísimo Ripoleto, una vez más apuntó a la sacristía, en el caso a la Matriz de Santo Amaro de la Purificación. En las sacristías, vicarios y sacristanes planean y ponen en marcha los robos cada vez más numerosos de los bienes de parroquias y curias. El vicario de Santo Amaro, al verse descubierto, había vuelto atrás y armado la farsa de la protesta.

LA VERDAD DEL POEMA. Al publicar, en esta respiración final, la primera versión del poema de Fernando Assis Pacheco, motivo de exasperada polémica en la cual participaron escribas de aquí y de allá, contribúyese a que esta deslustrada crónica adquiera méritos literarios que hasta ahora le faltaban.

Antes de transcribir el poema, será de buena práctica hacer referencia a las discrepancias existentes entre el texto original y el que vino a ser divulgado en Lisboa, transcurridos varios años. Inspirado a la tarde, durante el *caruru* de Jacira de Odo Oyá, realizado en la noche del viernes, después del *vernissage*, día y noche de comilona, fue editado a la mañana siguiente, bajo el sello de las Ediciones Macunaíma. Edición peregrina, fuera del comercio, ilustrada en blanco y negro con xilograbados de Calasans Neto, para regalo de privilegiados, según reza el colofón. El mismo poema tuvo una versión publicada en Portugal recientemente. Se compone con otros, no menos admirables, el volumen de las *Variaciones en Souza*, responsabilidad de la editorial Hiena.

La edición Macunaíma presenta el poema y los grabados prensados en imprenta manual por el artista, sobre hoja mate y ancha de papel chino, especial para xilograbados. Al lado del poema manuscrito se extiende el grabado: en él se alzan las ancas de montaña y nube de un ser apocalíptico y sensual, medio yegua medio mujer. En la edición portuguesa, no figura la ilustración del maestro Calasans. Es uno de los últimos poemas del cuaderno, el tercero empezando por atrás.

Las modificaciones fáciles de constatar, preservando la estructura del poema, tuvieron la evidente finalidad de ocultar la musa inspiradora. Por qué actuó así el vate Pacheco, no lo sabemos: travesuras de poeta, gallegadas debidas, quién sabe, a celos de doña Rosarinho, la esposa igualmente bien servida. Si consiguieron explicarlas dos críticos portugueses de los más renombrados, los señores José Carlos Vasconcelos y Antonio Alçada Batista, en abundantes artículos, y podían hacerlo pues poseían los números 6 y 7 de la edición bahiana, sería demasiada pretensión tratar de resolver aquí la controversia. Conformémonos con anotar las discrepancias entre los dos textos.

Vamos, pues, a ellas. Donde en el texto primitivo se lee Adalgisa, en la edición revisada se lee Maruxa; Bahia se convierte en Orense, las Bahias se transforman en las Burgos, y la *iaô*, escrita con ortografía *ioruba*, es una simple nena, el culo magnífico fue adivinado en un mercado y no en un restaurante. Nada más que eso, sin embargo lo bastante como para expulsar a la indefensa Adalgisa de la historia literaria y para sabotear a Bahia, víctima eterna de la falta de escrúpulos de ciertos poetastros.

Para completar la información bibliográfica, vale saber que cuatro ejemplares de los diez numerados y firmados por el poeta y por el artista fueron llevados a Portugal. El vate guardó tan bien guardado el número 1 que no volvió a verlo; el segundo fue ofrecido al doctor José María Assis Pacheco, padre del autor; los otros dos, con dedicatorias aduladoras, los destinó a Alçada y a Vasconcelos. Seis ejemplares permanecieron en Brasil, el número 2 quedó con la reina, rosa y enamorada del ilustrador, doña Auta Calasans Neto; los demás, sin orden de numeración, fueron distribuidos entre las siguientes personalidades: Antonio Celestino, en cuyo apartamento de banquero se hospedó Pacheco por más de un mes; Carlos y Myriam Fraga, que acogieron y alimentaron, en una visita a Mar Grande, al portuga de buen comer y beber; el novelista João Ubaldo Ribeiro y su resignada Berenice —ivivir con un genio es terrible!— por idénticas razones *itaparicanas* y degustativas; el consejero James Amado, en prueba de devoción a su amabilidad de carácter: James Amado es una criatura hecha de blanduras, sin espinas, lisonjero. Del ejemplar restante se apoderó otro Amado, hermano de James: presente en la ocasión, *profiteur*, lo afanó.

Dichas estas verbosidades, están las gentiles señoras y los distinguidos caballeros invitados a la lectura del poema inspirado a Fernando Assis Pacheco por Adalgisa, la Yansã de la Grupera, mientras el encantado la poseía en el *caruru* de Jacira de Odô Oyá. Más precisamente, por el culo triunfal de Dadá.

EL POEMA EN SU FORMA ORIGINAL

EL CULO DE ADALGISA

Un culo que se descubre en agosto en Bahía
redondo para mirar un culo magnificente
un culo como un bisonte
tu culo, Adalgisa, adivinado en un mercado

yo rimo tanto culo que traigo en la memoria
el tuyo hará por cierto más historia
es un culo para la gloria ó iyawô impante

rodando en la silla él nos deja suspendidos
casi llevados, Adalgisa, de las narices

me recuerda rollizo tajo así fuerte de carne
fermentadas y alba en las Bahías cocinando
si de soslayo ahora se requiebra

¡y cómo canta Adalgisa! igual que un pájaro
al cual en este mesón pido venia

tu oriflámico culo me da insomnio

FERNANDO ASSIS PACHECO
Bahía, noche de agosto, tormentosa.

EL DÍA DEL *ORUNKO*. Muchos son los curiosos de noticias de Manela, son tantas las preguntas. ¿Quién es el que no desea saber del destino del barco de *iaôs* que levó anclas del puerto de Gantois?

En las rutas de Aioká, navegó en el fondo del mar, de muelle en muelle, aguas errantes de la memoria apagada como si fuera mancha vil en el cuerpo de la patria. Peripecias y longitudes, sonidos recuperados, gestos, sentimientos, las arenas del desierto, el humus del bosque, el encantamiento, el sortilegio. El barco retornaba de la etapa cotidiana, cargado de vestigios, de colores, de ritmos, de ecos e indicios, de joyas y cascajos, cosas buenas y malas que componen una nación, y las *iaôs* las acumulaban en el suelo sagrado del *jurá oluá*, del santuario. Holgazaneaban de renacer y renacían, asentaban el santo, aprendían los puntos y los acentos, el trote del galope, tropa de caballos jóvenes, monterías. Manela y su *erê* los trabajos de Yansã.

La cabeza rapada por la navaja del éfun, puerta ancha de entrada, puerta abierta de salida, y los pelos de la axila y los pendejos de la concha, puertas estrechas, ocultas, postigos para visitaciones inesperadas para despachos. Manela aprendió las cantigas, siete para cada santo por lo menos, los diferentes toques de la orquesta de los *atabaques, rum, rumpi* y *lé*, del *alujá* al *adarrum*, en las diecisiete jornadas de circunnavegación, antes de que la madre Menininha determinara el día del *orunkó*.

El día más festivo y glorioso, el día de dar el nombre, cuando Yansã, en el barracón del Gantois repleto, por fin saltó, se irguió en el aire toda de rubíes y uvas moradas, y anunció por primera y última vez el nombre de la recién nacida, la Oyá de Manela. El Oxalá de Gildete, majestuoso, la Yansã de Adalgisa, poderosa, la acompañaron en el transcurso de la revelación.

El nombre se oye y se olvida, jamás se repite y nadie lo decora, solamente la madre y la hija, la *iyá* y la *iaô*, le conocen la pronunciación. El nombre de Yansã de Manela fue proclamado, grito ronco, oído y olvidado en una fiesta grande y bonita, de mucho aparato y cierta soberbia. En el terreiro adornado con banderolas multicolores, se reunieron invitados a manos llenas, incontables. Además de *ogans* de muchas otras casas de santo, comparecieron el *babalaô* Nezinho, el *babalo-*

rixá Luis da Muriçoca, Miguel Santana Obá Aré. Camafeu de Oxóssi, Sinval Costa Lima, el maestro Didi, Carybé y Pierre Fatumbi Verger, Ojuobá, llevando a un hijo de Elegbará, venido de Cuba, vía París, de nombre cristiano Severo Sarduy, amante de las palabras. La Avenida del Ave María compareció *au grand complet*, para repetir al profesor João Batista, francófilo. En el comedor y la cocina, en la casa vecina de Cleusa, los manjares opíparos de la culinaria afro-bahiana: tres cabras, dos docenas de gallinas y una de *coquéns* fueron sacrificadas al *ebó* del nombre. Comilona harta y apetitosa para la cabeza.

El domingo que siguió al día del *orunkó*, se realizó la ceremonia del *paña*, la compra de las *iaôs*, la feria de las esclavas: los *yaoros* en los tobillos, en la garganta el *kelê* del *orixá*. Manela fue comprada a buen precio por Danilo, su padre pequeño. Pero incluso antes de comprarla y por segunda vez quedar responsable de ella, bancó la fiesta del nombre sin medir gastos. ¿Habría ganado en el pronóstico deportivo, hecho los trece puntos? Solamente así un empleado de escribanía podría permitirse tales liberalidades: Danilo no tenía suerte en el juego, en general no pasaba de los diez puntos, en una única ocasión había logrado once, pero tenía amigos, muchos y buenos, y quien tiene amigos no pasa vergüenza.

El día del nombre, Miro, riendo con todos los dientes, fue con el taxi a buscar a Gildete y Adalgisa y las llevó en el mismo viaje, a las dos tías, que iban de lo más animadas. Tanto se habían detestado en el pasado cuanto se estimaban ahora, parecían hermanas gemelas fecundadas en el mismo óvulo. Adalgisa domada, jovial, libre de jaquecas, de aquellos dolores de cabeza y del padre confesor, se había dado vuelta y, sin dejar de ser una señora, era una persona igual a las otras. Sin dejar de ser católica, era fogoso caballo de encantado en la ronda de los santos. Adalgisa, la de la Grupera.

Quien quiera saber todavía más sobre estos asuntos de santería, de *vodum*, de *candomblé* y macumba, de hechas, de *caboclos* y *orixás*, que trate de juntar un dinerillo, que embarque para Bahía, capital general del sueño. Que vaya a una casa de santo, al Engenho Velho, Axé Yá Nassô, al Gantois, Axé Yá Massê, al Centro Cruz Santa de São Gonçalo do Retiro, Axé do Opô Afonjá, a las Sociedades São Gerônim, Ilê Moroialajê o Alaketu, al Candomblé do Portão, *peji* de Oxóssi y del *caboclo* Pedra Preta, al Pilão de Prata, Ilê de Oxumarê, al Bogum, território de la nación jeje, al Ilê Ibá Ogun, Candomblé da Muriçoca donde salta el compadre Exu Sete Pinotes, a la Aldeia de Zumino-Reanzarro Gangajti, de Neve Branco, al Bate-Folha, suelo angola en el Beiru, reino de Tempo. Que vaya a cualquiera de las dos mil casas de *candomblé* de las diversas naciones de Africa y de las naciones indígenas, *nago, jeje, ijexá, congo, angola* y *caboclo*, situadas en Bahía, en todas ellas será bien recibido, con largueza e hidalguía: siendo de paz puede entrar.

Quien sea ajeno, podrá ver de golpe y por arriba la belleza y la libertad. Si fuera del culto, va a ver mucho más lejos, va a errar con los *orixás*. En esos templos pobres, aún ayer tan perseguidos, se guarda la saga de los esclavos, la danza y el canto prohibidos, se rescata la memoria condenada. Las celadoras de los *orixás* son señoras de Bahía, cada cual más majestuosa, más bella y sabia, princesas y reinas, *iyás*, las madres del pueblo.

El viajero, sea rico o pobre, negro o blanco, joven o viejo, erudito o analfabeto, sea quien fuere siempre que sea de paz, podrá participar en la fiesta del candomblé, donde dioses y hombres son iguales, cantan y bailan la fraternidad universal.

Manela vistió el manto de truenos de Santa Bárbara, levantó el eiru de Yansã. Oyá ya dio el nombre y quien lo oyó ya lo olvidó.

EL BEATO. Lamentamos informar a los coroneles feudales, propietarios de latifundios sin cercas ni candados, sin demarcaciones, dueños de comarcas, de corrales electorales, de legiones de siervos, a los políticos advenedizos, a los mandantes de asesinos, a los padres de los pobres, lamentamos, señores míos, informar que uno de los más completos profesionales de la muerte, Zé do Lirio, pistolero pernambucano de fama interestatal, el de la puntería infalible, tiró: mató, abandonó para siempre la profesión.

Seis tiros disparados perdidos. Cinco contra el sinvergüenza del padre, uno en el propio pecho para morir como un valiente. Aviso de Dios, por intermedio del padre Cícero Romão Batista, santo del sertón, de quien el *pau-de-arara* montado en el jumento era uno de los doce apóstoles. Zé do Lirio apeló a la penitencia. Recomendaba a los ricos la renuncia a los bienes terrenales, convocaba a los pobres para la peregrinación final al Cariri, aconsejaba el abandono del trabajo y la práctica de la oración.

Logró reunir una banda considerable de fanáticos, con imprecación y letanía, ya lo llamaban San José del Lirio Blanco, le pedían la bendición, le solicitaban milagros y él los hacía. Cuando le pidieron comida para matar el hambre, aconsejó la invasión de los pastos y el abatimiento de unas pocas reses para frugal comida. Bebieron agua de pozo.

La policía paramilitar a las órdenes del Ejército, concentrada en la guerra contra la subversión, lo tomó preso, le dio una zurra con vaina y facón, lo acusó de comunista peligroso y le procesó por agitación de masas campesinas, hasta marxista-leninista le dijeron. Lo mandaron atado con un grupo de criminales a cumplir pena en Fernando de Noronha. En la isla vive en paz, orando a Dios Todopoderoso, juguetea en la red con la India Momi, su mujer, que fue a hacerle compañía, mientras espera el tronar de las trompetas del Apocalipsis. Zé do Lirio, profesional competente, hombre de bien.

PEDIDO DE RECONCILIACIÓN. Bajo la luna llena, exuberante, clavada en el Faro de Itapua, Patricia robó un beso al padre Abelardo Galvão. Un beso en la boca, tenía sabor de crimen y de ambrosía hecha en casa.

El padre Abelardo Galvão acababa de comunicarle que había decidido prolongar por unos días su estada en la ciudad, aprovechándolos para asistir a las conferencias de don Pedro Casaldáliga, el legendario obispo y poeta de la Prelatura de Araguaia, sobre la Reforma agraria y pastoral de la tierra. En el cursillo reservado a restringido círculo de padres y laicos, en la Casa de Veraneo, en Pedra do Sal, don Casaldáliga narraría la saga de su acción misionera contra la miseria, en la tentativa de modificar el estatuto de la tierra. Don Timoteo había obtenido la inscripción para el cura de Piaçava. Vibrando con la noticia, Patricia le rodeó el cuello con los brazos y le sacó el beso: beso verdadero, en la boca, no un simple apoyarse de los labios medrosos.

El padre Abelardo se estremeció en los cascos de gaúcho, machote por nacimiento, ardiente campeador, casto por obligación asumida al pie del altar: lo habían capado pero olvidaron retirarle los huevos, contradicción moral y física, antidialéctica. Al desprenderse del beso, a costa de mucha fuerza de voluntad, el padre proclamó en voz alta, para que ella oyera y actuara en consecuencia, la drástica verdad que, para no caer en tentación, se repetía a sí mismo, en las últimas cuarenta y ocho horas, invariable letanía:

—¡Un padre no puede casarse, Patricia!

El espanto nubló el perfil de medalla de Patricia, jubiloso bajo la luz de la luna, los cabellos de india, lacios, los ojos azules de blanca, los labios comilones de negra:

—¿Y quién habló de casamiento?

"Dígame, padre Abelardo Galvão, díganme usted y sus votos de celibato jurados en el acto de la consagración: ¿quién habló de casamiento? La vida, amor, es fácil y simple, dulce intimidad, cuando abrimos los ojos para verla y liberamos el corazón de penas y trabas, de tonterías. Vamos, amor, barre de la cabeza tonsurada las telarañas, asienta el juicio, encara la realidad. No te hagas el desentendido, el sordo, el tonto, el inocente, no sirve de nada huir del asunto, hablar de otra cosa, sé un hombre.

"Esa historia del celibato de los padres que ustedes tanto discuten, proponiendo soluciones radicales, cambios del código canónico, la condenación del dogma caduco en encíclica del Papa, esa novela de televisión, aquí ya se resolvió hace mucho tiempo, sin necesidad de teologías ni concilios: se le encontró la vueltita brasileña. José de Alencar, el de Iracema, era hijo de un cura, ¿lo sabías? Pues sábelo.

"No te pido en casamiento, no te pido que reniegues de la sotana que tan poco usas, que dejes de ser padre. Sé que los votos te impiden casarte, perderías el derecho a ejercer el sacerdocio, motivación de tu vida: casamiento, mi padrecito lindo, fue algo que nunca se me pasó por la cabeza. Yo te pido en amigación.

"Pastor de la Iglesia, misionero en las tierras de la miseria, tu apostolado sirve a los más pobres entre los pobres, a los desheredados, a los sin tierra, a los siervos. No quieres negar tu compromiso, Cristo es tu maestro, tu bandera nazarena. Pues levántala alto y honra la lección del Maestro, ¿por qué habrías de abandonar tu prédica? Jamás te pediría que lo hicieras, soy oveja de tu rebaño, oveja negra, cabrita de los montes saltando sobre piedras en la *caatinga*. Apoyo tu batalla: la tierra para los que la trabajan, estoy de tu lado en la trinchera.

"Vives diciendo que el voto de castidad de los sacerdotes es una excrecencia medieval, acto político de la antigua Iglesia reaccionaria que servía a los ricos, que hoy es diferente. Día más día menos, un concilio progresista derribará esa pavada y el amor ya no será pecado, ni mortal ni venial, será la gracia de Dios. Los padres brasileños no esperaron ese concilio revolucionario, resolvieron el asunto a su manera, sin tesis teológicas, sin recurrir a la luz de los doctores de la doctrina, con la cara y el coraje, del modo que a Dios le gusta. Dios cierra los ojos y sonríe, nunca levantó la voz para condenarlos, y los recibe en su seno cuando mueren, casi siempre en olor de santidad.

"Sólo pido que me ames, nada más. Aquí estoy, vestida de luna y de estrellas, salpicada con la sal de las olas, oliendo a marejada, el rostro húmedo, el corazón a los saltos y excomulgada cansada de esperarte, mi oclócrata, aquí estoy pidiendo tu mano de amigo, en mancebía.

"¿Piensas que, a excepción de unos raros fanáticos o debiloides, los padres practican la castidad? ¿Y los que no la practican van a escondidas a morir en los brazos de las putas como el buen cardenal de París?, me olvidé de su nombre. ¿O bien aquellos que a las claras constituyen familia, hacen hijos a las comadres, devotas y dedicadas como yo o peor, son padres de familia ejemplares? Sin necesidad de casamiento con papeles firmados, se juntan en la ley del pueblo que es la verdadera ley de Dios. Quiero ser tu amante, prostituta de vicario, volverme *mula-sin-cabeza*, burra de padre, *caapora*.

"Quiero que me embaraces, quiero tener un hijo tuyo nacido en el sertón de Piaçava sobre la sangre derramada bajo el mando del señor feudal, del coronel. Hablando de esto, ¿sabes que querían matarte? ¿Que Joãozinho Costa contrató a un pistolero en Pernambuco para despacharte a la tierra de los pies juntos? Fue Oyá quien te salvó, a mi pedido, borró la sentencia y escribió en el lugar la palabra amor. Compré tu vida, pagué por ella el precio de una cabra.

"El amor no es agravio, no ofende a Dios, no es maldad,

cosa fea y sucia, no es pecado ni maldición. Ven, mi lindo, vamos a acabar con esta tontería. Vas a ser un padre todavía mejor, un padre a quien nadie podrá encontrarle defectos, después de aprender el gusto de mi beso, de gemir en mis brazos, de escuchar mis ayes de amor, cuando en tus manos maduren las manzanas de mis senos, después de haber probado la miel silvestre del cántaro de mi vientre, de haber descansado la cabeza en mi regazo, ven mi Niño Dios, mi Jesús de Nazaret, voy a crucificarte.

"Si no quieres venir, si me niegas tu mano de amante, si estás sordo y ciego, no quieres oír ni ver, si eres tan burro e ignorante hasta ese punto, si prefieres la masturbación, el sueño pornográfico, la polución nocturna, lo sucio y lo feo, si eres la copia sertaneja o gaúcha del padre José Antonio Hernández, falangista, entonces me voy y no quiero verte más. De París me invitan a la fiesta de Bahía en la Antenne 2. ¡Va a ser un delirio, una gran conmemoración, *la grande pagaille*, *la paillardise*, la *bringue*, imagina lo que va a ser! ¿Quieres que vaya a la fiesta con los franceses?; hay uno que es un dulce de coco, uno que usa un aro pero no es marica, ¿o quieres que me quede en Bahía y te desvirgue, mi doncello? Decide de una vez, te pido que seas mi amante. ¿Me concedes tu mano?

En el jardín de los enamorados, Patricia da Silva Vaalseberg, Patricia das Flores, oveja negra del rebaño del Señor, cabra de Yansã, habiendo concluido su discurso, descargado el pecho, robó otro beso al padre Abelardo Galvão, cura de Piaçava. Otro beso en la boca, de lengua y dientes, mojado de mar, no se acababa más.

Un padre entero, abuela; con la gracia de Dios. A la distancia, seguro en la laguna oscura del Abaeté, un coro de ángeles y diablos canta aleluya al son de flautas y cavaquinhos. La música es de Tom Jobim. Un hombre entero, abuela.

VIAJES Y VIAJEROS. En la composición de este relato de tan vasta circunstancia, hemos recurrido con frecuencia —y aquí expresamos nuestros agradecimientos— a la columna "Sociedad" redactada por July, Julieta Isensêe, periodista de buena cepa, informada y leída. Todo cuanto acontece en el universo festivo de la alta sociedad y en los bastidores de la cultura, noticias calientes, noticias frescas, murmullos, chismes de primera mano, encuentra registro y comentario en el espacio cordial de la crónica de July.

La columnista anunció, con placer y un dejo de envidia, el embarco del jactancioso grupo de excursionistas adinerados, hacia un crucero en el Caribe, a bordo de lujosa nave italiana. En la enumeración de los dichosos, resaltó entre las figuras más animadas a dos distinguidas, estimables conocidas nuestras, elegantérrimas. Olimpia de Castro, el avión, vestida a la marinera, traje a la altura de su tamaño y audacia, y su inseparable amiga Diana Teles de los Anzuelos y Capucha, nombre de guerra Sylvia Esmeralda, flamante de minifalda y T-shirt con la imagen de Santa Bárbara, la del trueno, estampada en colores, promoción del librero Chaves: no pierde oportunidad. Recuperada de la crisis nerviosa que la llevó al hospital, una sola alegría.

Viajaban solteras, única cosa que lamentar. El ejecutivo Asterio de Castro no podía abandonar el mando de la constructora, de la concesionaria de obras, de los múltiples negocios, el contacto con ministros, generales, senadores, coroneles. Tenía cuentas que pagar a fin de mes, propinas que distribuir, financiaciones que recibir, y los rivales eran feroces. El meritorísimo juez, además de empeñado en la patriótica batalla contra la delincuencia infanto-juvenil, se encontraba absorbido por la investigación para averiguar quién le había falsificado la firma. Pobres esposas, solitarias, muertas de nostalgia de los maridos, tratando de matar la tristeza en los brazos de los turistas, de los oficiales de a bordo, el segundo piloto era disputadísimo, de los muchachitos de vacaciones, con preferencia.

A través también de la columna de July, se supo de la honrosa invitación recibida por Nilda Spencer: la Antenne 2 solicitaba su presencia en París para colaborar en el montaje del *Le Grand Échiquier* bahiano. Jacques Chancel quería tenerla a su lado en el auditorio en la noche de la emisión. Nilda Spencer viajó en avión llevando una reserva de lágrimas para llorarlas en la conmoción de oír y ver desfilar en los videos de los televisores de Francia la música de Bahía, los trajes, el *samba-de-roda*, la *capoeira* angola, el *candomblé*, el caserío, la gente simple, el pueblo en el carnaval, la vida tan sufrida y tan ardiente: *La Chanson de Bahia*.

No viajaba sola. Doña Eliodora Costa le había pedido que cuidara a su hija Marlene, Lenoca, aún una niña, cuyo regalo de los quince años era ese viaje de estudios a Europa, un mes para atiborrarse de cultura. July previó que Lenoca, inquieta expresión del poder joven, obtendría el máximo de aprovechamiento en el enciclopédico maratón: museos, conferencias, curso rápido de civilización francesa en La Sorbonne, conciertos, teatros, l'Église de Notre Dame, Le Lapin Agile, el Louvre, l'Opéra, le Grand Palais y el Crazy Horse.

Por lo que supo, no por la columna de July sino por la boca de eternos chismosos, la niña Lenoca, apenas llegada a París, en el deseo de conmemorar bien las quince primaveras, se deshizo de la compañía de Nilda, que dio gracias a Dios. Además de no tener vocación para candado de concha de nadie, estaba ocupadísima con los detalles finales de la *mise-en-scène* del programa de Chancel. Lenoca se despidió prometiendo llamar por teléfono.

Fue a refugiarse en un sexto piso de la Ile Saint-Louis, llevaba la dirección guardada junto con los dólares y los travellers en un cinturón de seda apretada contra la piel, cosido por doña Eliodora. Una banda alegre y multinacional la recibió: *demoiselles* lindas, ninguna de ellas mayor de quince años, primaverales. Acogieron a Lenoca con extrema gentileza, le enseñaron los dos pisos del apartamento, paso a paso: los instrumentos musicales, los canales de grabación, los dibujos, los libros, la pequeña plantación de verde, las sábanas del compositor que estaba de viaje pero podía llegar en cualquier momento: la vida de artista es cansadora, de artista famoso mejor ni hablar.

Las mozuelas se ocupaban y se divertían tejiendo una guirnalda para coronarlo novio cuando él regresara, le *pâtre grec*. Eran en total diecisiete *jeunes filles* y se llamaban Benedicte, Nadja, Nadine, Vera, Véronique, Vasso, la griega, Anna, Rachilde, la negra Bonza, Valentina, Alexandra, Renée, Remedios, la sevillana, Oula y Maria Les Sept Merveilles, color de cobre.

EL DEL MILAGRO. Para alabarlo en público, para aplaudirlo, revelo el nombre de la única alma caritativa que se acordó de él, del pobre infeliz: se trata de Anny-Claude Basset, literata franco-brasileña: corazón sensible, reclamó noticias del seminarista Eloi. El seminarista Eloi había posado desnudo para el fotógrafo del SNI, ¿recuerdan?

Víctima de una emboscada del destino, se vio de repente el caño del revólver en su cabeza, la ametralladora rozándole el pecho. Temblando como una rama verde, desnudo y mustio, se puso a llorar, se meó todo.

Dado por desaparecido en el seminario, fue encontrado en la Boca do Rio tiritando de fiebre, con bloqueo de memoria, masturbándose sin parar. Amnésico y onanista, loco manso escapado del hospicio, desnudez patética.

Brenda Hallstatt, suiza avejentada y adinerada, que hacía más de cinco años había establecido allí residencia —vivía en compañía del fantasma Artur que compró en un saldo de Saint Gardens y resultó un aburrido—, lo recogió y lo llevó a su casa. Nunca le supo el nombre, de dónde había salido y el motivo del delirio. Brenda lo adoptó: l'Inconnu du Fleuve lo llamó, él respondía. Por intermedio de un despacho hecho por la madre Mirinha do Portão, en la intención del *caboclo* Pedra Preta, devolvió al fantasma Artur a sus orígenes montañosos de Haute Garonne.

Romántica y viciosa, usando recursos naturales de mano, boca y tajo, Brenda rápidamente curó a l'Inconnu del misticismo, de la fiebre maligna y de la tendencia a la masturbación. El ex seminarista no recuperó la memoria ni de ella tuvo necesidad alguna. Se dedicó con éxito considerable a la profesión de esclavo sexual. Lleva vida regalada, sólo de tanto en tanto sueña con un revólver que lo amenaza, la ametralladora apuntada, y el fotógrafo impasible sacando las placas. Cuando ocurre se entrega al onanismo, se hace pis en la cama. En la opinión de Brenda, suiza y freudiana, el hecho debe relacionarse con el complejo de Edipo.

LA CURA. En el Ile Axé Ybá Ogun, en cuarenta días de *camarinha*, Adalgisa pagó a la cabeza los siete años de desobediencia, de obligaciones que el *abicun* había dejado de observar. Entró *iaô*, salió *êbômin*.

Salió lavada y hecha, cuando llegó de vuelta a la Avenida

382

del Ave María fue recibida en triunfo, risueño alborozo de la vecindad en fiesta. Comida y bebida, música en la victrola de la astuta Alina y del sargento Deolindo: Damiana se había esmerado con los dulces, y el profesor João Batista había conseguido, en el prestigioso círculo de sus relaciones, vino blanco y tinto, español; vino verde, portugués; jerez, manzanilla, vodka nacional y whisky paraguayo de las más acreditadas marcas escocesas. El canto y el baile, frente a las casas, se extendieron hasta la madrugada pero, alrededor de la medianoche, Dadá y Danilo se retiraron diciendo que iban a descansar.

No descansaron. Yansã había escupido fuego en las partes de Adalgisa y durante los cuarenta días de la confirmación ella había llevado colgados en la cintura los cuernos de búfalo: el afrodisíaco más potente e inmediato. Adalgisa se incendió, y aquella noche de confraternidad en el barrio fue en la cama la del primer orgasmo, por fin Dadá desfalleció en goce. Danilo no abusó. Hambriento y sediento, no fue con sed al pozo, ni quiso matar el hambre en una sola comida. Decidieron volver al Morro de San Pablo para conmemorar los veinte años de casados, una segunda luna de miel. La primera se había prestado a juego de palabras —luna de miel, luna de hiel cuando el Príncipe de las Canchas desvirgó a la virginal esposa a la fuerza, trancándole el tajo con candado de cerrojo, tornando frígida a quien ya era puritana.

Dejó de ser puritana pero no se hizo desenfrenada, conservó cierto melindre en el trato del amor que le aumentaba la gracia y la seducción. Continuó siendo una señora, dada a licencias en el lecho, dejó de ser fanática pero siguió siendo buena católica, va a misa los domingos en compañía de Gildete pero ya no se confiesa y nunca más volvió a ver al padre José Antonio Hernández. Adora a Miro, la ceremonia solemne del pedido de la mano de Manela en casamiento ya tiene fecha marcada. Todavía un último detalle antes de que Dadá y el Príncipe tomen la barca para el Morro de San Pablo: Adalgisa se curó del dolor de cabeza, a Danilo tampoco le fue mal: mejoró mucho de la pedorrea, ahora sólo le pasa de vez en cuando.

HAPPY END. En la modesta casa de madera prestada por el matrimonio Queiroz, Laura y Darío, conocidos desde hace veinte años y de muchas conversaciones sobre fútbol, la armonía presidió la orgía. Incontinencia grande y animada, Dadá llevaba en la valija veinte años de atraso, dos décadas de ignorancia. Se puso al día.

En los cuarenta días de *camarinha*, en el Candomblé da Muriçoca, había pagado siete años de obligaciones y aprendido el ritual de los *orixás*. En quince días y catorce noches en la playa del Morro de San Pablo, cubierta de luz de luna, en la caricia de la brisa, Dadá pagó todo cuanto le cobró el marido pedigüeño, debía mucho: ¡ay, tiempo perdido! Aprendió con la punta de la lengua, por decirlo así, las lecciones del profesor capaz y perseverante, el príncipe de los burdeles, el sabihondo, Danilo de buena cama, Danilo degeneradito como la peste, para divulgar una libidinosa expresión de Elisa, Abeja Maestra, la del culo loco.

Si alguien espera leer, después de estas sucintas y pudendas consideraciones, cincuenta robustas páginas que narren la segunda luna de miel, conmemorativa de los veinte años de casamiento, como se hizo cuando la primera, ese alguien se equivocó. ¿Esperaron los innumerables apreciadores, ¡válgame Dios!, ese tipo de baja literatura? Esperó o esperaron, poco importa: quedarán pagando. La puerta del cuarto de los reincidentes está cerrada con llave y no somos de espiar por el agujero de la cerradura.

Se va a quedar esperando quien piense regalarse con expresiones eróticas, detalles pícaros, excitantes, suspiros y gemidos, palabras dulces: ven, degeneradita mía, mi puta descarada, lengua de oro, concha de terciopelo, culo ardiente, cosas así de ternura, delicadas, románticas, divinas expresiones de amor. No se contará el desvirgamiento.

¿Desvirgamiento? ¿No había sucedido ya? Hace veinte años, en la luna de miel después del casamiento, sobre las sábanas de lino en la casa del doctor Fernando Almeida? En aquel entonces, con torpeza y apuro desubicado, Danilo había desvirgado a Adalgisa, incrustándose bajo la mata de pelos encaracolados en la boca del mundo, virginal. La segunda vez, la de los veinte años, fue el virgo del culo, llamado orto por los entendidos, el que él desfloró, comida divina, y lo degustó con delicadeza, con la aquiescencia asustada de la culona.

Fue en la séptima noche, en la mitad exacta de las vacaciones, que Danilo le hizo el culo, era noche de luna llena.

Habían caminado hasta bastante lejos del caserío, los pies descalzos en la senda mágica de la luz lunar, se sacaron las mallas, desnudos entraron en el mar, él la persiguió entre carcajadas, rodaron en las olas, dieron vueltas en la arena mojada y dura, asustaban a los cangrejos, la espuma de las olas estremecía los senos de Dadá y la poronga de Danilo apuntaba hacia el cielo. Los besos de sal, las bocas devoradoras, las manos desatadas, el pensamiento en eso. Volvieron a la casa apresurando el paso, estaban apurados. Sucedió.

Al contarse del casamiento, de la luna de miel difícil, infeliz, se prometió "relatar el melodrama y el.happy end". El melodrama fue narrado en las minucias sufridas, esfuerzo y venganza, encuentro y desencuentro, cosa de un pasado triste. La segunda vez, el happy end.

Danilo, convengamos, mereció el final feliz pues, a lo largo de veinte años de puritanismo de la fanática Adalgisa, no se desaninó, siguió pidiendo. Demoró pero realizó sus sueños más osados: más fogosa y completa en la cama que Dadá, aún está por verse. Danilo precisa recurrir a la competencia y el entusiasmo que son de su carácter masculino, fuerzas aún no le faltan, felizmente. Pero, de algún tiempo a esta parte, pasó a tomar polvo de *guaraná* que le envía Eduardo Lago, un amigo de São Luis do Maranhão, fanático del fútbol.

Y aquí se da por terminada la historia de Adalgisa y de Manela, descendientes del castellano Paco Pérez y Pérez y de la negra Andreza, tía y sobrina, ambas hijas de Yansã. Yansã vino a Bahía en visitación para arreglarles la vida torcida, cobrar la maldad, enseñar el bien y el goce, la alegría de vivir. Vistió el manto de truenos de Santa Bárbara, su alter ego, embarcó en el navío del maestre Manuel, atravesó los límites de la confusión y el peligro, salvó la vida de un padre-sandía, se divirtió. Cantó con Dorival Caymmi, con Carybé y con este vuestro criado, gracias, tres *obás* de Xangô, tres doctores honoris causa de la escuela de la vida, tres muchachos de Bahía, un músico, un pintor, un novelista, *saravá!*

EL RETORNO. Éxito absoluto, mayor no podría haber sido, el de la Exposición de Arte Religiosa: visitantes incontables, frases de retumbante entusiasmo en los libros de firmas de los visitantes, la repercusión inmensa, como se sabe. Se prolongó por un mes, pero la imagen de Santa Bárbara, la del trueno, todavía permaneció una larga semana en el Convento de Santa Teresa, en los talleres del museo, bajo los cuidados especiales de la restauradora Liana Gomes Silveira, de notoria idoneidad.

Seguro murió de viejo: desconfiado, el padre Teo, cuyas relaciones con don Maximiliano von Gruden se mantenían tirantes, bajo los signos de la antipatía y la sospecha, se impacientó y fue a buscarla, en persona. Tuvo que aguantar dos días, entre maldiciones y rezongos, pues el director del museo había viajado inesperadamente y sólo él podía firmar la orden para la restitución de la imagen.

Pero todo llega y, así, la mañana de un domingo de sol y brisa, don Maximiliano y el funcionario Edimilson, ángel marxista y visionario, reintegrado a las funciones de asesor, llevaron la imagen en la camioneta del museo hasta la Rampa del Mercado, donde estaba amarrado el *Viajero sin puerto*. El maestre Manuel y María Clara se encargaron de embarcarla, la colocaron sobre el pedestal en la popa del barco. Cortés, don Maximiliano se despidió del vicario de Santo Amaro, que no fue menos urbano: disculpe mis modos, es que soy así. Que no se disculpara, rogó don Maximiliano: no tenía en cuenta incomprensiones, engaños, insinuaciones malévolas, podía comprenderlas y hasta justificarlas. Se estrecharon las manos, el vicario y don Mimoso. En el cofre del museo, cerrado con siete llaves, don Maximiliano había guardado el documento firmado por el padre Teo, testimonio de haber recibido en perfecto estado de conservación la imagen de Santa Bárbara, la del trueno, que había sido prestada al Museo de Arte Sacra: había mandado a comprobar la firma del vicario.

Dos periodistas acompañaron la imagen de Santo Amaro: Guido Guerra, por el *Diário de Notícias*, José Berbert de Castro, por *A Tarde*, con los respectivos fotógrafos, Gervasio Filho y Vavá. Coincidieron los brillantes cronistas, cada cual en su estilo, en la descripción del viaje, de la parada en la desembocadura del río y del desembarco en Santo Amaro. El viaje transcurrió sereno, la parada tuvo cohetes y declamaciones, el desembarco fue una apoteosis.

De los muelles de Bahía el *Viajero sin puerto* salió seguido por numerosos barcos que lo escoltaron hasta el Paraguazú.

Allí, en el encuentro del río con el mar, los navíos se detuvieron. Los cohetes subieron para anunciar el feliz retorno y, usando un viejo altoparlante, Antonio Brasileiro, trovador de la Feria de Sant'Ana, último aedo que figura en este manual de versificación, declamó una alabanza a la Santa: Triunfo de Santa Bárbara, la del trueno, en las Alas Delta del Pueblo. Los peces salieron a la superficie para escucharlo, las *baronesas* florecieron, rimas volaron en la brisa de la mañana.

En el curso del río, el acompañamiento fue tarea y devoción de los barcos venidos de los puertos del Recóncavo. En el regazo de la imagen, el relicario de la cofradía de Nuestra Señora de la Buena Muerte: las viejitas de Cachoeira aguardaban inquietas, en los muelles de Santo Amaro. Santa Bárbara, la del trueno, parecía satisfecha con el regreso a su altar, sonreía al oír a María Clara las canciones de amor, los puntos rituales para el *orixá*. La brisa venía a jugar en las manos callosas del maestre Manuel. Hosanna!

En Santo Amaro el desembarco fue una consagración, celebraban la victoria del pueblo, la derrota de los canallas que habían intentado robar un bien de la ciudad, ahora aún más valioso pues, está probado y comprobado, y se lee en el libro, la imagen de Santa Bárbara, la del trueno, fue esculpida por el Aleijadinho, por pedido del vicario, especialmente para ser venerada en Santo Amaro de la Purificación. La población en masa acompañó la procesión, se turnaban para cargar en andas a la Santa, al frente iban doña Canô y don José Veloso, padre de los felices chicos, ¡Epifanía!

Depositada en su modesto altar en la Matriz, allí permanece la discutida imagen que desapareció y que dio que hablar. En la opinión del padre Teo, de allí nunca tendría que haber salido. Le había costado trabajo y palabrotas traerla de vuelta: la famosa, única y verdadera Santa Bárbara, la del trueno.

LA NOTA. ¿La verdadera, la única? Puede ser que sí, puede ser que no. En las puertas de librerías, lugares de encuentro y prosa que además ya no existen, se comenta bajito entre letrados acerca de una nota dedicada a la imagen de Santa Bárbara, la del trueno, con fotos en colores, en la Universalenzyklopädie der Religiösen Kunst recientemente editada en Alemania (Piper Verlag, München).

"Die Heilige Barbara der Blitze", la nota, exacta y concisa, canta loas a la hermosura de la imagen, habla del alto valor artístico y del valor extraordinario de *marchandage* en el mercado especializado, hace referencia al libro de don Maximiliano von Gruden, *Der Ursprung und der Schöpfer des Gnadenbildes Barbara, die der Blitze*, y a la tesis según la cual cabe al Aleijadinho la autoría de la escultura. Termina informando que la pieza original forma parte del notable acervo del Museo de Arte Sacra de la Universidad Federal de Bahía. Una copia es objeto de culto popular, de devoción pública en la Matriz de Santo Amaro de la Purificación.

Con esta espantosa información germánica que invita a la duda, relanza la polémica, alimenta denuncias veladas, estimula acusaciones, llegamos al final del cuento, sólo nos resta decir hasta luego, au revoir. Desmontando del lomo del jumento lerdo, aquel mismo, el bailarín, en la encrucijada donde los caminos se confunden y las caras se mezclan, traigo el *ebó* debido a Exu: *ebó* de sangre con una botella de *cachaça* y media docena de cigarros baratos.

Laroiê! Digo despidiéndome, y el coro de los compadres me responde: *Laus Déo! Axé*, buena gente, que yo me voy, hasta más ver.

FIN DE LA NOVELA

En el Quai des Célestins, en París,
de mayo a octubre de 1987,
de febrero a julio de 1988.
En Bahía, agosto de 1988.

GLOSARIO

A

Abará: Especie de pequeña torta hecha con porotos cocidos pisados, adobada con camarón, pimienta, cebolla y aceite de *dendê*, que se pone a cocinar en agua, envuelta en hojas de banano.

Acaça: *Angu* de harina de arroz o maíz, que sirve de aperitivo./ Refresco de arroz o maíz fermentado con agua y azúcar.

Abicun: Persona que, sin saberlo, ya ha sido consagrada a un *orixá* antes de nacer; sufrirá molestias de origen misterioso, enfermará y correrá peligro de muerte hasta enterarse de su condición y cumplir con las *obligaciones* debidas a su *encantado*.

Acarajé: Pequeña torta hecha con porotos rallados, frita en aceite de *dendê*.

Adarrum: En el *candomblé*, ritmo apurado, fuerte y continuo, marcado al unísono por todos los *atabaques* y el *agogô*, destinado a invocar la llegada de los *orixás*. Tiene tres modalidades diferentes.

Adjá: Campanillas de metal utilizadas en los *candomblés* para invitar a los creyentes a asistir a la ceremonia para ofrecer la comida al santo.

Adjunto: Trabajo colectivo y gratuito en auxilio de una tarea comunitaria./ Adjunto de Jurema: ceremonia secreta con la finalidad de realizar un hechizo.

Afoxé: Fiesta negra de carnaval. Los negros se visten principescamente y cantan canciones en lengua africana, especialmente en *nagô*. También se denomina así a los *candomblés* de calidad inferior y a las fiestas profanas, de carácter público, en los *terreiros* del culto *jeje-nagô*.

Agogô: Instrumento de percusión de origen africano, compuesto por campanillas de hierro, de tamaño desigual, sobre las que se golpea con una varilla del mismo metal. En los más modernos *candomblés* de Bahía, las danzas en los *barracões* se inician con la saludación a la *Madre-de-Santo*, tañendo el *agogô* para que los tambores den el ritmo que habrá de mantenerse.

Aguas de Oxalá: Ceremonia por medio de la cual se cambia toda el agua de las vasijas y las *quartinhas* del *candomblé*, y se la reemplaza con el agua que las *hijas* van a buscar, de madrugada, a la fuente más próxima, en larga procesión. Ceremonia de purificación de los *candomblés*.

Aguas, todas las: Expresión usada para significar todos los cursos de agua donde los buenos devotos de Yemanjá deben depositar ofrendas para cumplir con la Madre del Agua.

Aipim: Tipo de mandioca, de sabor dulzón.

Aioká: El fondo del mar. Se emplea sobre todo en expresiones como Reina o Princesa de Aioká, uno de los cinco nombres que se dan a Yemanjá en Bahía.

Akirijebó: Individuo que frecuenta todos los *candomblés* de la ciudad o está presente en todas las fiestas públicas de esos *candomblés*.

Alabé: El jefe de la orquesta de *atabaques* de los *candomblés*, generalmente un *oga*.

Alujá: Toque de los *atabaques*, especial para Xangô.

Aluvaiá: Es el equivalente, entre los negros *bantos*, del *orixá* Exu.

Amalá: Comida votiva de Xangô (*caruru* de *quiabos*).

Ambrosía: Dulce que se hace con leche y huevos.

Angola: Individuo perteneciente o descendiente de las tribus negras del sudoeste de Africa, habitada por pueblos del grupo lingüístico *banto*, que el siglo pasado fueron traídos como esclavos al Brasil, donde ejercieron singular influencia popular, especialmente en el lenguaje.

Angu: Especie de sopa espesa hecha de harina de maíz (fubá), mandioca y arroz, con agua y sal, cocida a fuego lento.

Aratú: Pequeño cangrejo de forma cuadrangular, de la familia de los grápsidas.

Aré: Indígena de la tribu tupí-guaraní de los arés, del río Ivaí, los cuales se autodenominan como xetás.

Assentar el santo: Preparar el cuerpo de la inicianda para servir de morada al *orixá*: fijar la fuerza dinámica del *orixá* en su fetiche o en la cabeza de la inciada, mediante ceremonias rituales.

Assustado: Danza popular improvisada o rápida.

Atabaque: Tambor de guerra de origen africano, que es como un barril con cuero de un solo lado, en el que se toca con las manos. Es un instrumento de primordial importancia en las ceremonias y ritos del *candomblé*.

Axé: Fuerza dinámica de las divinidades, poder de realización, vitalidad que se individualiza en determinados objetos, como plantas, símbolos metálicos, piedras u otros, que constituyen secreto y son enterrados bajo el poste central del *terreiro*, convirtiéndose en la seguridad espiritual de éste, pues representan a todos los *orixás*. También se denomina axé a estos objetos sagrados de cada *orixá* que quedan en los *pejis* de las casas de *candomblé*.

Axogun: Auxiliar de gran categoría, *oga* encargado especialmente de sacrificar a los animales que serán ofrecidos a los *orixás*, en el *candomblé* tradicional.

B

Babalão: Originalmente, sacerdote de alta categoría de diversos cultos africanos; estaba consagrado a Ifá, el *orixá* de la adivinación. En la actualidad, el término se emplea para denominar a algunos jefes de *terreiro (babalorixás)* que practican la adivinación con los *búzios*. En Bahía no tienen el prestigio ritualístico de las *madres-de-santo*.

Babá Oké: "Padre de la colina", nombre con el cual se designa al Señor de Bomfim (sincretizado con Oxalá) en Bahía, debido a que, en esta ciudad, la Iglesia de Bomfim se halla sobre una elevación.

Balanganda: (onomatopeya del ruido de cosas colgantes). Conjunto de adornos o amuletos, en general de plata, que las criollas bahianas usan al cuello los días festivos.

Banhos de folhas (baños de hojas): Baños rituales con hierbas aromáticas que toman las iniciandas durante el período de aprendizaje.

Banto: Individuo de los bantos, raza negra sudafricana a la cual pertenecían, entre otros, los negros esclavos llamados en Brasil angolas, cabindas, banguelas, congos, moçambiques.

Barco de iaôs: Conjunto de las iniciandas que salen de la *camarinha*, ya *hechas*, en cada período de iniciación del *candomblé*, generalmente una vez por año.

Baronesa: Nombre dado a las plantas ninfáceas que crecen en las lagunas y que en invierno descienden a los ríos.

Barracón (barracão): Lugar donde se realizan las ceremonias públicas del *candomblé*.

Barriguda: Nombre dado a varios árboles de la familia de las bombáceas.

Baticum: Barullo de zapateo y palmas, como en los *batuques*.

Batida: Bebida preparada con aguardiente *(cachaça)*, jugo de alguna fruta y azúcar.

Batucar: Hacer ritmo percutiendo. Bailar el batuque.

Batuque: Designación genérica de las danzas negras, acompañadas por instrumentos de percusión y cantos, zapateado y palmas; a veces con guitarra y pandeiro.

Berimbau: Pequeño instrumento sonoro de hierro, que se toca tomándolo con los dientes y accionando la lengüeta con el dedo índice.

Bloco: En el vocabulario de carnaval, es un grupo vestido con indumentaria uniforme, que canta y baila un himno-marcha compuesto para la ocasión, y que se exhibe los tres días de fiesta. Se trata de grupos improvisados en las vísperas del carnaval, sin mayores exigencias. Siempre van acompañados por un pequeño grupo musical.

Bolo de puba: Torta hecha a base de mandioca remojada en agua hasta ablandarla y fermentar.

Bori: Ceremonia ritual del *candomblé*, también llamada de "dar de comer a la *cabeza*". Finalidades: fortificar el espíritu del creyente para que pueda soportar repetidas posesiones o porque se halla debilitado por ellas; penitencia por incumplimiento de algún precepto; ofrecer resistencia contra fuerzas negativas. Se realiza en la iniciación y se dedica al *orixá* personal, "dueño de la cabeza".

Búzios: Pequeños "caracoles" de mar (conchas univalvas de un molusco gastrópodo) que se usan para adivinar el futuro.

Búzios, tirar los: Método de adivinación empleado por los *babalaôs*; éstos consultan a los *orixás* sobre el futuro arrojando o tirando pequeños *búzios* sobre una esterilla y deduciendo la respuesta del *encantado* según la posición en que hayan quedado al caer.

C

Caapora: Nombre que dan los indios al hombre de campo./ Divinidad indígena.

Caatinga: Tipo de vegetación característico del nordeste brasileño, compuesto de árbóles que se despojan de sus hojas en la larga temporada seca y que generalmente es rico en plantas espinosas, cactáceas y bromeláceas.

Cabaça: Calabaza adornada con cuentas de Santa María, usada como instrumento musical.

Caballo (del santo): La persona poseída por el *orixá*. (Según la creencia popular, el santo "monta" al iniciado, como si fuera un caballo, pues no puede permanecer de pie.) El caballo es el instrumento del *orixá* para su comunicación con los mortales. Montada por el *orixá*, la *hija-de-santo*, el caballo, empieza a sentir estremecimientos en el cuerpo, marearse, perderá el equilibrio, andará como ebria de un lado a otro en busca de un punto de apoyo y, finalmente, vencida por el *orixá*, adquirirá otra fisonomía y recobrará los sentidos: con los ojos cerrados comenzará a bailar, tal vez a hablar, y prácticamente orientará la fiesta de *candomblé*, que, al menos hasta que el santo deje de cabalgarla, se dirige solamente a ella.

Cabeza: Santo u *orixá* rector del iniciado.

Caboclo: Indígena brasileño de color cobrizo; mestizo de blanco e indio; mulato de color cobrizo y cabellos lacios./ En el *candomblé*, término empleado para designar a algunos *encantados* (espíritus ancestrales indígenas), o para distinguir a los *candomblés* en los que predomina la influencia amerindia (candomblé de caboclo).

Cabo-verde: Mestizo de negro e indio.

Cabra: Ver *Capanga*.

Cachaça: Aguardiente que se obtiene mediante la fermentación de la melaza.

Cachaceiro: El que abusa de la *cachaça* y/o se embriaga con ella.

Cafuzo: Hijo de negro e indio; mestizo negro o casi negro.

Caipirinha: Bebida que se prepara con limón verde macerado con azúcar, hielo y cachaça.

Cajá: Fruto de la cajaceira; es una drupa elipsoide, amarilla, aromática, muy jugosa y ácida.

Cajarana: Arbol (y su fruto) de la familia de las anacardiáceas.

Cajú: Fruto del cajuceiro, con el que se preparan dulces y bebidas. En la parte superior tiene una especie de almendra que es muy apreciada por su sabor (castaña de cajú).

Calota: Fruta tropical.

Camarinha: Aposento en el que permanecen las *iaôs* durante los días o meses de aprendizaje y realización de los rituales de iniciación.

Cambray: Tela rústica de lino o algodón, muy liviana y casi transparente.

Candomblé: Religión de los negros *ioruba* en Bahía, con diver-

sas modalidades según las influencias predominantes.
Lugar donde se realizan las fiestas religiosas de este culto; nombre de las grandes ceremonias anuales obligatorias del culto.

Cangaceiro: Bandido del *sertão* nordestino brasileño que anda siempre armado.

Canja: Caldo de gallina con arroz.

Canjica: Papilla de consistencia cremosa que se hace con maíz fresco rallado, leche de vaca, o de coco, azúcar y canela.

Cantiga: Poesía cantada; género poético de los trovadores. Cantigas de permiso: cánticos con que el *orixá* (en los *candomblés* de Angola, del Congo y de *caboclo*) pide permiso para bailar, no bien se manifiesta en la inicianda.

Capanga: Matón que se coloca al servicio de quien le paga. Sinónimo de cabra.

Capoeira: Juego atlético de origen negro, introducido en Brasil por los esclavos bantos de Angola, defensivo y ofensivo, esparcido por el territorio y tradicional en Recife, Bahía y Río de Janeiro donde se recuerda a los maestros, famosos por su agilidad y destreza.

Carambola: Fruto de la caramboleira, planta de la familia de las oxalidáceas.

Carcará: Nombre de varias aves de la familia de las falcónidas y particularmente del carancho.

Carnaúba: Especie de palmera y cera que se extrae de sus hojas.

Caruru: Especie de guiso hecho con caruru (fruto de una planta de la familia de las amarantáceas) o *quiabos*, al que se agregan camarones, pescado, etcétera, sazonado con aceite de *dendê* y mucha pimienta. Es la comida votiva de Xangô.

Casa-de-Santo: *Terreiro*, *candomblé*.

Cavaquinho: Pequeña viola, de origen europeo, de cuatro cuerdas simples.

Caxixí: Bolsita de paja trenzada que contiene semillas de banano silvestre, usado por los *pais* de los *candomblés* de Angola para acompañar ciertos cánticos.

Cobra-de-vidrio: Especie de culebra rayada (ophiodes striatus).

Cocada puxa: Dulce seco dividido en tajadas, hecho con coco rallado y azúcar mascavo o melaza, con consistencia de turrón.

Cocada branca: Dulce de coco blanco.

Compadre: Designación amigable para el *Exu* que guarda el *terreiro* o la casa de *candomblé*.

Confirmado: Que ha recibido la confirmación (ver Confirmación de oga/Confirmación de protector.

Confirmación de oga: Ceremonia del *candomblé*, especie de consagración. Es una fiesta pública, cuyos gastos corren por su cuenta, el nuevo *oga*, después de unos días de retiro en el *candomblé*, reafirma ante todos su voluntad de formar parte de esa comunidad y servir a los *orixás*.

Confirmación de protector: Ceremonia realizada después de la iniciación del médium, para confirmar cuál es realmente su entidad protectora.

Congo: Uno de los nombres con que se denomina a los negros del grupo *banto*.

Corazón de buey (coração-de-boi): Especie de mango o caqui.

Cosme y Damián: Eran dos hermanos mellizos, cristianos y nacidos en Arabia. Como médicos cirujanos realizaron numerosos milagros consistentes en curar a enfermos desahuciados. Son los patronos de la medicina.

Cuerpo limpio (estar de corpo limpo): Estado exigido para que los médium puedan realizar rituales religiosos; para ello deben antes tomar un baño purificador y de firmeza, hacer higiene mental y abstenerse de mantener relaciones sexuales.

Cuzcuz: Plato que se prepara con harina de maíz o arroz cocida al vapor.

Compra de las iaôs: Ceremonia, también llamada *pana*, mediante la cual la *madre-de-santo* vende a la inicianda, unos días antes de que ésta se convierta en *hija-de-santo*, a uno de los hombres del *candomblé*. La compra se asemeja a un remate. Alineadas las *iaôs*, la madre habla de las excelencias de cada una, proponiendo un precio para su adquisición y explicando que la compra vale como si se tratara de la compra de una esclava, pues la *iaô* queda obligada a obedecer al comprador de por vida (en general, el comprador está elegido de antemano). Los compradores suben sus apuestas, ficticias; cuando la madre acepta la puesta mayor, los asistentes aplauden y el comprador y la *iaô* dan una vuelta por la sala, al son festivo de los atabaques. Lo mismo se repite con cada una de las *iaôs*. Acabada la ceremonia de compra, se lleva a cabo la *quitanda* (verdulería, puesto de venta) de las *iaôs*; es como una pequeña feria libre de comestibles en la que las *iaôs*, con la cabeza rapada, ofician de vendedoras. Los presentes van comprando las mercaderías expuestas, que ese día se cobran muy caras. Es una ceremonia divertida y alegre.

D

Dendê: Fruto drupáceo, amarillo o anaranjado, de cuya pulpa y carozo se extrae un aceite muy usado en la comida del norte brasileño.

Despacho: Paquete con elementos de hechicería que se deja en ciertos lugares para influir sobre la voluntad ajena o como ofrenda a alguna divinidad de macumba./ Sacrificio de animales a los *orixás*; en general consiste en una olla con farofa con aceite de *dendê*, un gallo, una calavera de chivo, monedas de cobre o níquel, pedazos de tela roja, velas, una muñeca de trapo... El despacho (también llamado *ebó*) se prepara casi siempre sin intenciones ofensivas.

Dobalé: Saludo que los hijos e *hijas de santo* que tiene *orixá* "dueño de la cabeza" femenino hacen ante el *peji*, el jefe del *terreiro*, los *orixás* y los visitantes de alta jerarquía religiosa. Consiste en echarse de bruces al suelo, tocar éste con la cabeza y después, apoyándose en las caderas y el antebrazo, girar levemente hacia uno y otro lado.

Doburu: Pochoclo, maíz especial reventado al calor del fuego, dedicado a Omolu-Obaluaiê, ya que es su comida predilecta.

E

Ebó: Ofrenda o sacrificio animal hecho a cualquier *orixá* y especialmente para un *Exu*. Simboliza el plato principal que comió Oxalá en casa de su hijo al regresar de la prisión, liberado por Xangô. Suele hacerse en cruces de calles, esquinas o encrucijadas.

Ebômin: Sacerdotisa (*hija-de-santo*) que ya lleva más de siete años de *hecha*. En la segunda etapa jerárquica de la *iaô*.

Efó: Especie de guiso de camarones y hierbas, condimentado con aceite de *dendê* y pimienta. Es parecido al *caruru*, pero difiere de éste por su mayor consistencia.

Efun: Ceremonia de pintar la cabeza de la *iaô*, candidata al puesto de *hija-de-santo*. Se le rapa la cabeza y se la pinta con los colores del *orixá* al cual se consagrará.

Egun: Alma de los muertos, antepasado. Viene de "égungún", esqueleto.

Eiru: Instrumento simbólico de jerarquía usado en Africa por reyes, príncipes, jefes. Es un cabo de madera, hueso o metal que sostiene una cola de caballo, antílope o vaca. Uno de los atributos de Oxóssi, dios de la caza.

Ekede: En la jerarquía femenina de los *candomblés* bahianos, siervas voluntarias de las *hijas-de-santo* que, por devoción a los *orixás*, las ayudan en los trabajos de vestuario y ornamentos y, cuando caen en trance las atienden, las cuidan, les secan el sudor, etcétera, haciendo de cuidadoras tanto de las *hijas-de-santo* como del *orixá* que las monta.

Elegbará: Nombre complementario de *Exu*: proviene del vocablo iorubano "ehlégbá", persona de cualidades sobresalientes y ostensivas. También: dios del mal o la desgracia.

Eluô: Grado inferior al babalaô. Entre los *jeje-nagô*, vidente con alto grado de sabiduría./ Adivino, tipo de sacerdote de *candomblé* que lee el futuro en los *búzios*.

Encantados: En los *candomblés* de *caboclo*, se designa así a los *orixás*, espíritus ancestrales indígenas. Es un nombre extraído de los ritos amazónicos, en los que se designa así a los espíritus animados por fuerzas naturales con formas animales o humanas. También se emplea este término, de manera general, como sinónimo de *orixá*.

Eparrei oyá: Salutación para Yansā.

Erê: Nombre genérico de un espíritu inferior, un compañero de la *hija-de-santo*, que generalmente se representa mediante gemelos, sobre todo Cosme y Damián. Todas las personas que tienen santo tienen también un *erê*, que suaviza las obligaciones de la *hecha* en relación con su *orixá*.

Euá: *Orixá* femenino al que sólo se rinde culto en el *candomblé*; tiene pocos "hijos". En algunos *terreiros* se la considera hermana de Yansã, en otros, la esposa de Oxumarê; también se la confunde o asimila con Oxum.

Exú: En el *candomblé* tradicional, representante de las potencias contrarias al hombre, que hace de mensajero entre éste y los dioses. Los afro-bahianos lo asimilan al demonio de los católicos, pero no sólo le temen sino que también lo respetan y hacen de él un objeto de culto. Antes de iniciar cualquier fiesta o ceremonia de *candomblé*, se le hace una ofrenda para que no interfiera.

Exvoto: Cuadro o imagen, brazo o pierna de cera, etcétera, figura simbólica que se ofrece o expone en una iglesia o capilla en conmemoración a un voto (promesa) cumplido.

F

Farinha: Harina en general, pero, en Brasil, en especial harina de mandioca.

Farofa: Comida que se prepara con harina de mandioca, tostada en una sartén con un poco de manteca o aceite; a veces se la mezcla con huevos, tocino, charque desmenuzado, etcétera. Acompaña platos de carne, aves, porotos.

Favela: Barrio popular de casillas de construcción miserable (generalmente en *morros*) y desprovistas de recursos higiénicos.

Fazenda: Estancia; gran propiedad rural dedicada a la explotación agrícola o ganadera.

Feita: Ver *Hecha*.

Feijão fradinho: Tipo de poroto blanco o pardo con manchitas

401

negras; se lo emplea mucho en las comidas de santo y en la cocina afro-bahiana en general.

Fiesta del nombre: Ver Orunkó.

Figa: Amuleto en forma de mano cerrada, con el dedo pulgar entre el índice y el mayor. Tiene finalidad protectora contra el mal de ojo, hechizos, envidia, dolencias, etcétera. Se usa mucho en los cultos afro-brasileños, en diversos materiales (coral, azabache, marfil, sobre todo una madera blanca llamada guiné).

Figuración: Especie de representación teatral-musical popular con breves parlamentos generalmente en verso y personajes tradicionales, alusiva a determinadas fiestas.

Figurante: Cada uno de los que participan en una figuración. También: personaje que entra sin hablar en representaciones de este tipo.

Filha-de-santo: Ver *Hija-de-santo*.

Forró: Forrobodó, baile popular del norte.

Frevo: Grupo numeroso y denso de personas que bailan y gesticulan al son de la música en las fiestas carnavalescas. Fiesta muy animada, desorden, barullo.

Fruta-pão: Arbol de la familia de las moráceas y su fruto, compuesto, grande, globoso, verde, de semillas pequeñas, comestible y muy perfumado.

Fundamento, de: Religión o terreiro que se apoya en una fuerza divina, con base sólida y tradicional.

Fundamentos: *Assentamentos*, objetos que contienen el *axé* de las divinidades y quedan enterrados en un lugar especial del *terreiro* o la casa de *candomblé*, constituyendo la base mística de éstos.

G

Gaúcho: Natural o habitante de Río Grande do Sul.

Goiabada: Dulce de guayaba, por lo general sólido.

Graviola: Arbol de la familia de las anonáceas y su fruto, muy
. perfumado.

Guaiamun: Cangrejo terrestre, azulado, que vive en agujeros
y es comestible.

Guaraná: Arbusto sarmentoso de la familia de las sa-
pindáceas. Sus semillas, comestibles, se preparan de diversas formas; reducidas a polvo y mezcladas con agua
componen una bebida de propiedades energizantes.
También se hace con ellas una bebida gaseosa, muy popular.

H

Hacer la cabeza: Iniciarse, someterse a determinados rituales
del *candomblé*, preparar la mente para recibir a los *orixás*.
Ver *Hacer el santo*, *Iniciación*.

Hacer el santo: Llevar a cabo o someterse al proceso de
iniciación, destinado a preparar a la persona para servir
de morada e instrumento de los *orixás*. Cuando un
médium "hace el santo" o "se hace la cabeza", "da" su
cabeza al padre o la madre de santo, que se la "hace", con
lo cual queda sujeto a su poder espiritual. Para algunos,
esto es peligroso, pues un padre o una madre desho-
nesto puede "quitar la fuerza" (espiritual) del hijo o hija
de santo, impidiéndole recibir a sus guías (*orixás*).

Hauça: Individuo perteneciente al pueblo sudanés islamizado hauça, traído a Bahía como esclavo, donde influyó sobre todo en los trajes y amuletos de los cultos afro-brasileños./ Arroz de hauça: arroz preparado con charque y pimienta.

Hecha (feita): Inicianda, persona que hizo el santo. Ver *Hechura de santo*.

Hechura de santo: Proceso de iniciación. Preparación ritual para servir de morada al *orixá*, para ser sacerdote o sacerdotisa de la divinidad. También se denomina "obligación de cabeza". Consta de varias fases (ver *Iniciación*), entre ellas un riguroso aprendizaje de todo lo que se refiere a las creencias y rituales de su *nación*: cantos, danzas, toque de *atabaques*, preparación de los alimentos votivos, adivinación por los *búzios*, sacrificio de animales, recolección y preparación de las hierbas sagradas, ofrendas de alimentos en los días especiales, aprendizaje de la lengua de la *nación* (lenguas rituales) y de las ceremonias rituales (iniciación, fiestas públicas, ceremonias fúnebres).

Hijo/a-de-santo: Iniciado/a, sacerdote o sacerdotisa. La hija-de-santo ocupa una jerarquía inferior a prácticamente todos los otros miembros del *candomblé*, y es ella quien se encarga de todos los servicios domésticos del *terreiro*. Pero, como hace un noviciado como servidora de determinado *orixá* (uno o más de uno, según el tipo de *candomblé*), está más o menos predispuesta a servirle de *caballo*, de vehículo para que los *orixás* se comuniquen con los mortales.

I

Iabá: Auxiliar de las *iaôs* en trance./ Jefe de la cocina ritual de los *orixás*./ En plural, denomina a los *orixás* femeninos de las aguas.

Iaô: Sacerdotisa, *inicianda*. *Hija-de-santo* en precepto en el proceso de cumplimiento de los deberes y encargos del curso de iniciación, o recién inicianda.

Ifá: Divinidad de la adivinación. Se la representa con dos jarros cada uno de los cuales contiene dieciséis frutos de *dendê*, frutos que se sacuden en las manos y luego se arrojan para predecir el futuro.

Ifá, estera de: Pequeña estera de unos diez centímetros de largo, usada por los *eluôs* para adivinar el futuro: la estera, moviéndose de un lado a otro, responde a las preguntas del adivino.

Igbin: Caracol comestible que es la comida predilecta de Oxalá.

Ijexá: Subdivisión del pueblo *nagô* o *ioruba*, que se distingue por pequeñas particularidades de culto, en especial en lo referente a música y danza./ Ritmo que se toca para Oxum, de pronunciada cadencia.

Ilheense: Natural o habitante de la zona bahiana de Ilhéus.

Ile: En nagô, casa, morada.

Inaê: Uno de los nombres de Yemanjá.

Incorporar: Entrar en trance, "recibir" al *orixá* o entidad espiritual, ser poseído por ellos.

Inhame: Planta medicinal y alimenticia de la familia de las aráceas, cuyo tubérculo, nutritivo y sabroso, parecido a la mandioca, se emplea en diversos platos.

Iniciación: Acto de iniciarse, de aprender los secretos de los rituales, doctrinas, y "fijar al *orixá* personal en la cabeza", de entrar en el mundo íntimo de las divinidades. En general, las fases son las siguientes: 1) tirada de los *búzios* por el jefe del *terreiro*, para determinar al *orixá* de *cabeza*; 2) entrada en el *terreiro*, cambio de ropa, entrada en la *camarinha*; 3) aprendizaje iniciático; 4) manifestación del *orixá*; 5) rapado de la cabeza, después de cortar los cabellos con tijera; 6) lavado con agua de los *axés*, cura (corte en lo alto de la cabeza), *sundidè* (baño de sangre de animal de dos y cuatro patas); 7) baño ritual, pintura (*éfun*) representando las marcas tribales; 8) primera salida de la *camarinha*; 9) continuación del aprendizaje; 10) segunda salida; 11) "Día del *Ọrunkó*"; 12) *Compra y feria de las iaôs*; 13) peregrinaje a la iglesia de Bomfim (en Bahía). Al cabo de todo este proceso, la *iạô* queda "*hecha*". Después de tres meses rompe el *kelê* y recupera la libertad.

Ioruba: Ver Nagô.

Itabunense: Natural o habitante de la zona bahiana de Itabuna.

Itiúba: Nombre común a tres árboles (y sus frutos) de la familia de las lauráceas.

Iyakekerê: Auxiliar inmediata y sustituta eventual de la *iyalorixá* o el *babalorixá*, *mae pequenha* (madre pequeña). Atiende también a las iniciandas, dándoles instrucciones, baños rituales, etcétera.

Iyalaxê: Cargo de celadora o guardiana de los *axés*, los cuales tiene a su cuidado, ocupándose de la limpieza, la colocación de comidas, etcétera. Es de gran importancia, el tercer cargo sacerdotal del *candomblé*.

Iyalorixá: *Madre-de-santo*, *madre de terreiro*; directora de un *candomblé*, sacerdotisa del culto *jeje-nagô*, mentora, gobernadora absoluta de su *candomblé*, responsable de éste interna y externamente.

Itaparicano: Natural o habitante de la isla de Itaparica, en la zona de Bahía.

J

Jabá: Charque; tipo de carne seca.

Jaca: Fruto de la jaqueira, árbol de la familia de las moráceas.

Jagunço: Ver *Capanga*.

Jambo: Fruto del jambeiro, grande y carnoso.

Janaína: Uno de los nombres de Yemanjá.

Jaqueira: Arbol de la familia de las moráceas. Su fruto, la jaca, es comestible.

Jejes: Negros de Daomé, llegados a Brasil como esclavos, que tuvieron gran influencia folklórica y etnográfica sobre todo en Bahía. Fueron casi absorbidos por los *nagôs*, especialmente en lo religioso.

Jeje-nagô: Designación de la cultura y los rituales religiosos que se formaron, en Bahía, a partir de las costumbres, creencias, etcétera, de los pueblos daomeanos y iorubanos (sobre todo éstos), traídos a Brasil como esclavos en el siglo XVIII.

Jurá oluá: El santuario del *candomblé*. Del *nagô* "jará Oluwá", el cuarto del señor.

Jurubeba: Planta solanácea de hojas anchas y tallo espinoso, dedicada a Omolu.

K

Kelê: Collar de mostacillas, de varias vueltas (por lo general veintiuna) que las iniciandas usan, ajustado al cuello, durante la iniciación y hasta tres meses después, ocasión en que se realiza la ceremonia de su rotura, que simboliza la recuperación de la libertad. Representa la sujeción absoluta al *orixá* y obediencia total a la madre o padre de santo que le "hizo la cabeza".

L

Lambreta: Fruta tropical.

Largo: Plazoleta.

Lavado de la iglesia: Originalmente, ceremonia católica producto de la promesa permanente de ayudar al aseo del templo, lavando, limpiando, barriendo, arreglando naves, altares, sacristía, corredores, etcétera; se hacía el jueves de Pascua, como preparativo del domingo. Los negros transformaron este lavado en una fiesta sincrética católico-fetichista consagrada al Señor de Bomfim.

Limpiar el cuerpo: Ver Cuerpo limpio.

M

Maconheiro: Afecto a fumar *maconha* (mariguana).

Madre (Mae): Ver *madre de santo*.

Madre de santo (Mae de santo): Sacerdotisa-jefe del culto *jeje-nagô* en Bahía, responsable espiritual del *candomblé* y de la educación religiosa de las *hijas*, suprema autoridad en todas las dificultades materiales, religiosas y morales, directora de las fiestas y ceremonias.

Madre pequeña (mae pequena): Sustituta inmediata de la *madre*, también se la llama *iyakekerê*.

Maionga: Baño ritual que toma la inicianda, durante el curso de su iniciación, de madrugada en la fuente más próxima al *candomblé*.

Malé: Nombre genérico que se da en Brasil, especialmente en Bahía, a los negros mahometanos, sobre todo a los *hauçás*.

Malungo: Camarada, compañero. Título que los esclavos africanos daban a aquellos que habían venido de África en el mismo barco. Hermano de leche.

Mandingueiro: Hechicero, mago, brujo. Término originado en la fama de hechiceros de los negros mandés o mandingas.

Mangaba: Fruto de la mangabeira, del tamaño de un limón, pulposo y dulce.

Manga-larga: Dícese de una raza de caballos, cruza con pura sangre, obtenida en Minas Gerais.

Maniçoba: Plato hecho con mandioca mezclada con carne o pescado, condimentado sólo con sal y pimienta.

Manuê: Especie de torta hecha con harina fina de maíz (fubá), miel y otros ingredientes.

Maracujá: Planta de la familia de las pasifloráceas, de fruto muy sabroso y perfumado.

Maragogipano: Natural o habitante de la zona bahiana de Maragogipe.

Maranhense: Natural o habitante de São Sebastião do Maranhão (Minas Gerais).

Massa: Mandioca rallada que, después de exprimida en un utensilio especial, es cernida y enviada al horno, donde, al cocerse, completa la fabricación de la *farinha* y diversas especies de bollos y tortas.

Mestre sala: Maestro de ceremonias de un baile público.

Mineiro: Natural de Minas Gerais.

Moneda de vintém: Moneda que valía veinte réis (antigua denominación monetaria brasileña).

Moqueca: Guiso de pescado o marisco condimentado con abundante pimienta y aceite de *dendê*.

Morro: Monte poco elevado, otero, colina.

Mula-sin-cabeza: Según la creencia popular, concubina de su padre que, transformada en mula, sale en ciertas noches, cumpliendo su destino, a correr locamente, al son del lúgubre tintinear de las cadenas que arrastra, aterrando así a los supersticiosos.

N

Nación: En la tradición cultural y religiosa afro-brasileña, tribu o pueblo; cada pueblo africano forma una nación: nación angola, nación nagô, nación ioruba, etcétera.

Nagô: Nombre dado en Brasil al grupo de esclavos sudaneses procedentes del país *ioruba*. Nombre de la "lengua general" de los esclavos, que ejerció gran influencia en el vocabulario popular del norte de Brasil, especialmente en lo religioso.

Nazareno: Natural o habitante de la zona bahiana de Nazaré.

O

Obá: Término que, en lengua africana, significa "rey". Se lo

410

emplea ocasionalmente para distinguir a un *orixá* de otro. En Brasil se lo usa también para designar a los doce ministros de Xangô.

Obá: *Orixá* del río Obá (Nigeria) y esposa de Xangô. Con frecuencia se la confunde con Yansã, pues también es guerrera, esposa de Xangô y usa espada de cobre.

Obaluayé: *Orixá* de la viruela, sincretizado en algunos lugares con San Roque y en otros con San Sebastián. Forma joven de Omolu.

Obligación (*obrigação*): Cada una de las ofrendas o tareas rituales que el creyente debe hacer, con el objeto de recibir el auxilio de las divinidades en cuestiones espirituales y materiales. El no cumplirlas puede acarrear pesados sufrimientos al responsable. Son diferentes para cada miembro de la comunidad religiosa; cuanto más próximo se halla en jerarquía a la divinidad, mayores son sus obligaciones, tanto en cantidad de veces como en volumen de ofrendas, por lo general de alimentos./ Este término designa también la herencia espiritual y religiosa que deja un *padre* o *madre de santo* y que el *hijo o hija de santo* deberá cumplir.

Odô oyá: Una de las salutaciones a Yemanjá.

Ogá: Auxiliar y protector civil de los *candomblés* en Bahía, escogido por los *orixás* y confirmado en una fiesta pública. Cada *candomblé* tiene uno o varios *ogás*, y cada uno de éstos su *orixá* protector. Son los miembros masculinos de la secta, y cumplen la función de ayudar al *padre o la madre de santo* en el ritual, apadrinar el *terreiro* y proporcionar dinero para las fiestas sagradas.

Ogan: Ver Ogá.

Ogun: Uno de los *orixás* cazadores, protector de la caza, la agricultura y la guerra.

Omolu: *Orixá* de la viruela; es una entidad demoníaca, de atri-

411

butos fálicos; se le sacrifican el gallo y el chivo. Su fetiche es una escobilla adornada con búzios.

Orixá: Personificación y divinización de las fuerzas naturales, que bien puede interpretarse como santo, en la acepción católica. Son divinidades intermediarias entre Olórum (el Mejor), su representante e hijo, Oxalá, y los hombres. Muchos de ellos son antiguos reyes, reinas o héroes divinizados, los cuales representan las vibraciones de las fuerzas elementales de la naturaleza (rayos, truenos, vientos, tempestades, agua), fenómenos naturales (el arco iris), actividades primordiales del hombre primitivo (caza, pesca, agricultura), algunos minerales e inclusive ciertas enfermedades epidémicas (la viruela). Los *orixás* más importantes son: Oxalá (de la creación), Nana y Yemanjá (de la procreación, y también representantes de las aguas dulces y saladas), Xangô (rayos y truenos), Oyá y Yansã (vientos y tempestades), Oxum, Obá y Euá (aguas dulces), Ogum y Oxóssi (protectores de la caza), Ogán (de la agricultura), Ogun (el hierro y la guerra), Omolu-Obaluaiê (la viruela), Ossaim (las hojas medicinales y litúrgicas), Logunede (la caza, el agua y los navegantes), Oxumarê (el arco iris), Iroko (el árbol sagrado), Ibeji, los gemelos (el principio de dualidad). En Brasil, así como en Cuba y Haití, los *orixás* fueron sincretizados con los santos católicos, por lo cual también se les llama santos. Cada *orixá* puede tener "cualidades" que se unen a su nombre, o "tipos especiales", además del *Orunkó*, nombre especial que toma el *orixá* particular de cada *iaô*.

Orixá de frente: También llamado "*orixá* de cabeza". *Orixá* principal de un *hijo o una hija de santo*, en los *candomblés bantos* o de *umbanda*. Protector, ángel de la guarda.

Orixá manifestado: *Orixá* que se "presenta" o se "incorpora" en la inicianda.

Orunkó (día del): Ceremonia durante la cual la inicianda, salida en trance de la *camarinha* para bailar en público, revela gritando el nombre de su *orixá*. Es la única vez que

412

el *orixá* habla por la voz de la *iaô*. Esta ceremonia se denomina también "día de dar el nombre".

Ossé: Ofrecimiento semanal de alimentos al *orixá*, en su día especial. Los alimentos preferidos del santo son reemplazados por nuevos y el *peji* es aseado por la *hija del santo* encargada, bajo la dirección de la *iyalaxé*.

Ossae: *Orixá* masculino de las hojas litúrgicas y medicinales, considerado por eso el *"orixá* de la medicina". En Brasil se lo sincretiza con San Benedicto. Sin este dios no se hace nada en los cultos afro-brasileños, pues las hojas sagradas son imprescindibles para conseguir el *axé* (fuerza mística) de los *orixás*, para la preparación y la purificación de las *iaôs*, etcétera.

Oxalá: El mayor de los *orixás*, identidad andrógina, bisexual, hijo del Olorum, *orixá* de la creación de la humanidad. Simboliza las energías productivas de la naturaleza. Se lo identifica con el Señor de Bomfim, santo de enorme devoción entre el pueblo de Bahía.

Oxaguian, *Oxaguinha*: Forma joven, guerrera, de Oxalá.

Oxente: Exclamación de salutación al *orixá*.

Oxóssi: *Orixá* de la caza, protector de los cazadores, hijo de Yemanjá. Sincretizado con San Jorge. Se lo representa con un arco atravesado por una flecha.

Oxum: *Orixá* de las aguas dulces, y también de la riqueza y de la belleza.

Oxumarê: *Orixá* del arco iris, ocupado en transportar agua de la tierra al ardiente palacio de las nubes, residencia de Xangô.

Oyá: *Orixá* del río Níger, esposa de Xangô, llamada Yansã en Bahía.

P

Padê: Ritual propiciatorio, con ofrenda a Exu, realizado antes del inicio de toda ceremonia pública o privada de los cultos afro-brasileños. También se la llama "despacho de Exu". Su finalidad es pedir al mensajero —elemento dinámico y de comunicación— que proteja la ceremonia a realizar, vaya a llevar las ofrendas y buscar a los dioses y llamarlos. Por lo general consiste en cantos, bailes u ofrendas de bebidas, comestibles y sacrificio de animales.

Padre, Padre-de-santo (*Pai, Pai-de-santo*): Jefe de un *terreiro* o casa de *candomblé*; sinónimo de *babalorixá*. Tiene las mismas funciones que la *madre de santo*.

Padre pequeño (*pai pequenho*):

Pamonha: Especie de torta hecha con maíz fresco, leche de coco, manteca, canela y azúcar, cocida en las mismas hojas del maíz o en cáscaras de banano, atadas en las extremidades.

Pana: Ritual de transición de la vida religiosa a la profana, realizado por las *iaôs* recién iniciadas una semana después de la tercera salida de la *camarinha*. Tiene tres finalidades: reaprendizaje de las actividades de la vida cotidiana (lavar, planchar, hacer las compras, etcétera) olvidadas junto con la antigua personalidad durante la iniciación; paso de la sociedad religiosa a la civil; venta de objetos hechos en la *camarinha* o recibidos de regalo (frutas, verduras, dulces, adornos, etcétera) como contribución de la colectividad a los gastos del ritual iniciático.

Pandeiro: Cuadrado o aro de madera sobre el que se estira una piel que se tañe batiéndola con la mano.

Pao-de-ló: Torta muy leve y esponjosa hecha con harina de trigo, huevos y azúcar.

Paraibano: Natural o habitante del estado de Paraíba.

Pataxó: Indígena de la tribu de los pataxós, de Bahía y Espíritu Santo.

Patuá: Amuleto que se lleva colgado del cuello o abrochado a la ropa. En la actualidad es de forma cuadrada o rectangular, en cuero natural o sintético de los colores rituales; en una de las caras llevan una *figa* de madera guiné, *búzios*, una estrella de Salomón bordada, el nombre del *orixá* o entidad protectora. Dentro hay pedacitos de raíces o hierbas sagradas, a veces oraciones escritas u otros objetos mágicos secretos.

Pau-brasil: Árbol de la familia de las leguminosas y su madera.

Pau-de-arara: Campesino pobre que, huyendo de la sequía y la aridez del nordeste, emigra (por lo general "haciendo dedo" en camiones) hacia San Pablo y Minas Gerais.

Pau-marfim: Árbol de la familia de las rutáceas y su madera.

Paxorô: Cayado de metal blanco, instrumento simbólico de Oxalá Viejo, que sostiene en la mano cuando baila en los *terreiros*, incorporado en una *iaô*. Es una vara larga rematada con una corona de rey o un globo terráqueo sobre, el que se posa una paloma.

Peji: Santuario o altar de las divinidades del *candomblé* (*orixás*), donde se colocan símbolos, ofrendas, fetiches, comidas rituales, etcétera.

Piaçava: Nombre de dos tipos de palmeras que producen fibras que se emplean en la fabricación de escobas.

Pico-de-jaca: Tipo de madera.

Pitanga: Fruto de la pitangueira; es una baya roja agridulce, bastante sabrosa.

Porta-bandeira: La persona que, en los desfiles de carnaval, lleva la bandera distintiva de su *bloco*.

Puba: La mandioca puesta en agua hasta ablandarse y fermentar.

Q

Quartinhas: Vasijas de barro en las que se colocan, en el *peji*, los líquidos para los *orixás* o las entidades espirituales.

Quentão: Aguardiente o vino caliente, preparado con jengibre, canela, azúcar y clavo de olor.

Quiabo: Fruto capsular cónico, verde y velloso, producido por el quiabeiro. Es muy apreciado por Xangô.

Quitandê: Poroto menudo y verde que, desprovisto de la cáscara, se emplea para preparar sopas y otros platos.

R

Rapar la cabeza (*raspar a cabeça*): Rapado de los cabellos de la iaô, con el que la *madre de santo* da comienzo a la principal ceremonia de iniciación de las sacerdotisas. Ver *Iniciación*.

Rebolado: Movimiento de las caderas.

Reis: Antigua denominación de moneda brasileña.

Reisado: Danza dramática popular con que se festeja en Brasil el día de Reyes; denominación de los grupos que cantan, bailan y hacen pequeñas representaciones alusivas en ese día y su víspera.

Requeijão: Pasta de consistencia cremosa hecha con la nata de la leche coagulada por la acción del calor. Requesón.

S

Samba: Danza cantada de origen africano, de compás binario y acompañamiento sincopado.

Samba-de-roda: Samba en que los bailarines forman una ronda, al centro de la cual van pasando uno a uno para lucirse como solistas.

Sambar: Bailar el samba.

Sapota: Fruta y árbol de la familia de las sapotáceas.

Sapoti: Fruto del sapotizeiro.

Sarará: Mulato de pelo claro.

Saravá: Saludo de los umbandistas. ¡Salve!

Senzala: Grupo de casas o alojamientos destinados a los esclavos de la época colonial.

Sergipano: Natural o habitante del estado de Sergipe.

Sertanejo: Natural o habitante del *sertão*.

Sertão (sertón): Zona poco poblada y muy árida del norte de Brasil, en especial del interior de la parte nordoccidental, más seca que la *caatinga*, donde perduran costumbres y tradiciones antiguas.

Sincretismo: Mezcla de pensamientos u opiniones diversos para formar uno. En el caso de los cultos afro-brasileños, asimilación de un *orixá*, *vodun* o divinidad a un santo católico, formando una sola divinidad.

Siri: Nombre común a varias especies de cangrejos.

T

Tanajura: Tipo de hormiga, de abdomen ("cola") muy redondo y prominente.

Taramesso: Mesa sobre la cual se realiza la tirada de adivinación; a un lado se sienta el adivinador, frente al consultante.

Terreiro: Casa de *candomblé*, casa de santo; nombre dado a los terrenos y casas donde se practican las ceremonias y fiestas religiosas y sus preparativos, en los cultos afro-brasileños.

Tostão (tostón): Antigua moneda brasileña de níquel, del valor de cien réis.

U

Umbanda: Religión formada en el Brasil a partir de una selección de valores doctrinarios y rituales extraídos de la fusión de los cultos africanos congo-angola, ya influidos por el *nagô*, más elementos de los *malés*, del catolicismo y el espiritismo. Hay una Umbanda esotérica, iniciática o cabalística, cuya doctrina resulta de difícil comprensión para las masas, y una Umbanda popular, con teorías más simples y accesibles. Tiene numerosos puntos en común con el *candomblé*.

Umbigada: Golpe dado con la región del ombligo, que se realiza en las danzas de rueda o ronda, como invitación intimidatoria para reemplazar al bailarín solista.

Umbú: Fruto típico de la *caatinga*, comestible y muy apreciado.

V

Vatapá: Pasta de harina de arroz, condimentada con aceite de *dendê* y pimienta y mezclada con pescado y camarones.

Vodun: Denominación genérica de los dioses *jejés*; proviene de *vodu*, santo, consagrado. Los *voduns jejés* son menos conocidos, debido a la prestigiosa popularidad de los *orixás nagôs*, pero son en esencia los mismos, aunque con diferentes nombres.

X

Xangô: Grande y poderoso *orixá*, dios del rayo y del trueno, hijo de Yemanjá. Uno de los *orixás* más populares, prestigiosos y divulgados.

Xaorô: Tobillera de paja trenzada con cascabeles que usan las iniciandas durante el recogimiento en la *camarinha* para la iniciación. Simboliza el sometimiento a su *orixá*.

Xinxim: Plato tradicional de la comida afro-bahiana; es un guiso de gallina con cebolla y ajo rallados, al que se agrega aceite de *dendê*, camarones secos y semillas de zapallo o sandía tostadas y trituradas.

Y

Yansā: *Orixá* femenino, divinidad africana del río Níger, una de las esposas de Xangô, reina guerrera, diosa de los vientos, rayos y tempestades.

Yemanjá: *Orixá* femenino, divinidad de los ríos y las corrientes y del mar, considerada madre de todos los *orixás*. Representa la creación.

ÍNDICE

Rosamunde Pilcher

Historia de una herencia

Un relato cálido e inteligente. Las debilidades y las alegrías humanas de personajes tan reales como nosotros mismos. El amor, el coraje y los principios de la protagonista influyen en las vidas de todos cuantos la rodean. *Historia de una herencia* permanece desde hace un año y medio en las listas de best sellers de *The New York Times*.

Joan Collins

La hora del éxito

Joan Collins conoce bien Hollywood. Nadie como ella para describir la magia y el ambiente de la meca del cine y la televisión. Después de su autobiografía, que tituló *Pasado imperfecto*, ha escrito este libro apasionante que desnuda los entretelones del mundo de las estrellas. Un gran best seller.

Elizabeth Gage

Cuando nada se respeta

Cuando nada se respeta es una novela de violencia, pasiones y venganza. Es la historia de tres mujeres cuyos destinos chocan en forma inexorable; una joven actriz que trepa al estrellato sin medir riesgos; una prostituta de lujo que frecuenta los hombres más poderosos; una maléfica viuda que odia a las otras dos mujeres y pretende arruinar sus vidas.

Pamela Oldfield

Coraje de mujer

Corría el año 1849. La fiebre del oro se desató de pronto en California y Patrick se lanzó a la aventura. Su mujer, Lily, emprendió una larga y azarosa odisea... Una novela ágil y entretenida, sobre un episodio inolvidable en la historia del desarrollo de los Estados Unidos.